Impressum

Cerys – Der Ruf der Rebellen
Band 1

1. Auflage

c/o Fakriro GbR
Bodenfeldstr. 9
91438 Bad Windsheim

Lektorat: Ina Solowij (Lektorat: Kompass & Feder)
Korrektorat: Sabine Steck (www.lauragambrinus.de)
Buchsatz: Franziska Buhl
Bestellung und Vertrieb: Nova MD GmbH, Vachendorf
Covergestaltung: Alexander Kopainski (www.kopainski.com)
Unter Verwendung von Stockdaten von shutterstock.com
Kartendesign: Misty Beee (www.mistybeee.com)
Druck: CUSTOM PRINTING
ul. Wał Miedzeszyński 217, 04-987 Warszawa, Polen

ISBN 978-3-98595-217-5

Theresa Eisner

CERYS

Der Ruf der Rebellen

Erstes Buch

Das Zeitalter des Rabensteins

Für meinen Vater.
Lass uns den Olivenbaum noch einmal besuchen.

In »Cerys – Der Ruf der Rebellen« gibt es eine Szene, die betroffene Personen unter Umständen ***triggern*** *könnte. In dieser Szene kommt es zu selbstverletzendem Verhalten durch Schnitte. Der Umfang dieser Szene umfasst etwa zwei Seiten. Falls es gewünscht ist, vor dem Lesen zu wissen, worum es geht, gibt es auf Seite 668 eine kurze Zusammenfassung dazu.*

Prolog

Du musst dich entscheiden.«

Die Dunkelheit hatte sich über die Stadt gelegt wie ein undurchdringliches schwarzes Tuch, das mit hellen Punkten bestickt war. Nur die Häuser, die sich hoch über ihnen in das Bergmassiv krallten, wurden vom Mond in silbriges Licht getaucht. Durch die herabfallenden Lavaströme dahinter sah es aus, als würde die Nacht feurige Tränen weinen.

Cerys hob den Blick von ihren dreckigen Füßen und sah in diese eindringlichen Augen. Diese Frau war gekommen, um sie mit sich zu nehmen. Ihr Herz zog sich schmerzhaft zusammen.

Sollte sie die Stadt verlassen, die ihre Heimat gewesen war?

»Wenn ich es tue, was wird dann aus meiner Schwester?«

»Sie wird bleiben, es wird ihr hier gut gehen.«

»Aber ich kenne Euch nicht.«

»Nein, tust du nicht, und dennoch musst du jetzt eine Wahl treffen. Du kannst hierbleiben oder du kannst mit mir kommen.«

Cerys griff nach ihrem Handgelenk und fuhr über die verschorften Schnitte, die die Handschellen dort hinterlassen hatten. Sie waren eine ständige Erinnerung daran, dass sie bis vor Kurzem nicht mehr gewesen war als eine Todgeweihte.

»Du wirst es nicht bereuen, Cerys. Es wird dir an nichts fehlen.«

Die Frau beugte sich zu ihr hinunter und hielt ihr die geöffnete Hand entgegen. Cerys zuckte zurück und dachte für einen Moment, sie würde sie schlagen wollen, doch die Frau verharrte in dieser Haltung und wartete ab. Cerys schluckte. Schnell wischte sie sich die Tränen aus den Augen und legte scheu ihre kalte Hand in die der Frau. Langsam hob ihr Gegenüber den Arm und strich ihr übers Haar.

»Du musst nicht traurig sein, Cerys. Ich bin nun deine Familie.«

Sie schwiegen, bis Cerys eine letzte Frage stellte. »Wie soll ich Euch nennen?«

»Du darfst mich Mutter nennen.«

Von Hexen und Feuerstellen

LUNE

Lune blinzelte ins fahle Sonnenlicht, das durch die Fenster fiel. Sie betrachtete die winzigen Staubkörnchen, die durch das Zimmer tanzten. Die Strahlen, die durch die Blätter des Apfelbaumes neben der Hütte fielen, malten leuchtende Sprenkel auf das Fell eines Fuchses, der sich auf dem Boden vor der Feuerstelle zusammengerollt hatte. Schräge Dachbalken schoben sich in ihr Blickfeld, als sie sich auf den Rücken drehte.

Müde fuhr sie sich mit der Hand über das Gesicht. Sie blieb liegen, bis sich ihre trägen Sinne zu schärfen begannen und die Spinnennetze der Traumwelt abschüttelten. Lune schälte sich aus der dünnen Wolldecke und stand auf. Sie zupfte sich ein Stück Moos vom Unterkleid. Ihre Schlafstatt bestand aus Heidekraut und Farnen, über welche sie ein Tuch gespannt hatte. Ein zusammengerollter Umhang diente ihr als Kissen. Sie breitete ihn auf dem zerwühlten Laken aus und klaubte die Kleidungsstücke heraus, die sie darin eingewickelt hatte. Rasch entkleidete sie sich, um in die wollene Hose und das viel zu weite Leinenhemd zu schlüpfen. Anschließend zwängte sie ihre Füße in die derben Wildlederschuhe, die neben der Feuerstelle auf sie warteten.

Der Fuchs blinzelte schlaftrunken zu ihr hoch. Er gähnte und streckte sich genüsslich. Sie tätschelte ihm den pelzigen Kopf und schlich dann weiter, behutsam darauf bedacht, Hestia nicht zu wecken.

Sie sah verstohlen hinüber zu dem Bett, das vom Fenster abgewandt stand. Die Frau darin war im Halbdunkel kaum auszumachen. Sie regte sich im Schlaf, erwachte jedoch nicht. Selbst dann nicht, als die Tür beim Öffnen laut knarrte. Ein Uhu flatterte aufgeschreckt zum Dachbalken hinauf. Die Eule beäugte das Mädchen und klapperte verärgert mit dem Schnabel.

Draußen empfing sie ein milder Morgen. Obwohl Lune nun schon lange in der Hütte lebte, hielt sie noch immer einen Augenblick inne und genoss den Ausblick, der sich ihr bot. Sie stand auf einer sanften Anhöhe, unter der sich ein Apfelhain ausbreitete. Im Herbst pflückten die Bauern die kleinen süßen Äpfel, während ihre Sprösslinge sich lachend mit dem fauligen Fallobst bewarfen. Und in den späten Abendstunden, wenn die Sonne versank, tummelten sich zwischen den Bäumen die Rehe.

Die ersten zarten Triebe an den Ästen verkündeten, dass es bald vorbei sein würde mit den kalten Tagen, die die Gegend schon seit Monaten heimsuchten. Hinter ihrer schlichten Behausung begannen die Ausläufer der bewaldeten Hügel, die Eschenbach wie ein Halbmond umschlossen. Manchmal schien es, als würden ihre Schatten in der Abenddämmerung nach der kleinen Stadt greifen, um sie zu verschlingen.

Das Mädchen setzte sich in Bewegung und lief durch den Hain. Die Gräser waren noch schwer vom Tau und durchnässten ihr die Hosenbeine. Schon bald erreichte sie die Felder, die wie Teppiche vor ihr ausgebreitet lagen. Ihre Füße schlugen den gewohnten Weg ein, einen angelegten Pfad entlang, der von Gehöften gesäumt war. Ein Marder stöberte in einem Komposthaufen und kratzte mit der

Pfote an einem sich windenden Regenwurm. Als sie an ihm vorbeilief, hob er den Kopf und stieß ein mahnendes Keckern aus, ehe er mit seiner Beute davonhuschte.

»Lu!«

Sie sah sich um und erblickte eine Gestalt, die auf sie zu gehastet kam. Ein Lächeln stahl sich auf ihr Gesicht, als sie Sam erkannte. Der Junge gehörte zu den Müllerburschen, die in der Mühle am Bach ihrem Gewerbe nachgingen. Er erreichte sie keuchend und musste sich vornüberbeugen, die Hände auf die Knie gestützt. An seiner groben Kleidung hing noch der Mehlstaub und seine braunen Haare waren an den Spitzen weiß verkrustet.

Sam war ein gut aussehender junger Mann mit seinen siebzehn Jahren, aber zu schmächtig gebaut, um aufzufallen. Nur seine bernsteinfarbenen Augen ließen die Leute manchmal unwillkürlich innehalten und erinnerten an die eines Wolfes.

»Ich dachte schon, du würdest mich gar nicht mehr bemerken«, japste er.

»Komm erst einmal wieder zu Atem, bevor du mir eine Predigt hältst«, zog sie ihn auf. »Was hast du hier verloren? Ich dachte, an den Ruhetagen würde selbst die Mühle stillstehen.«

Er zuckte mit den Schultern. »Schon, aber warum soll ich den Tag müßig mit Nichtstun verbringen, wenn ich mich stattdessen auch anderswo nützlich machen kann?«

»Es gibt Menschen, die würden an ihren freien Tagen ausschlafen. Haben die Mäuse an deinen Zehen geknabbert, sobald die Sonne aufgegangen ist?«

Sam verdrehte die Augen. »Gerade du solltest mich verstehen. Immerhin könntest du täglich erst gegen Mittag aus den Federn kriechen.«

»Wohl kaum. Hestia jagt mich an den meisten Tagen schon vor Morgengrauen aus dem Bett, damit ich ihr zur Hand gehe.«

»Ich habe auch nicht behauptet, du würdest auf der faulen Haut liegen«, beteuerte Sam.

»Du hast noch nicht auf meine Frage geantwortet«, erinnerte ihn Lune. »Was treibt dich am frühen Morgen hierher?« Sie lächelte verhalten. »Hast du in letzter Zeit in den Spiegel gesehen? Du siehst furchtbar aus. Würde ich dich nicht kennen, würde ich dich für einen Ghul halten und Reißaus nehmen.«

Seine Augen waren dunkel umrandet, als hätte er die letzten Nächte kaum geschlafen, und die feine Mehlschicht auf seiner Haut machte ihn totenbleich. Er griff sich an die Brust.

»Au, das tat weh.«

Sie kicherte, doch sein Gesicht wurde ernst.

»In der Mühle sind wir in den vergangenen Tagen alle kaum zum Schlafen gekommen. Die Höfe am Waldrand rufen uns immer öfter. Die Wölfe sind dreister geworden, seitdem die Wilderer ihnen die Rehböcke wegschießen. In den abgelegeneren Dörfern sollen sie schon die Leute anfallen, wenn sie nach der Dämmerung ihre Häuser verlassen.«

Lune fröstelte bei der Vorstellung, Wölfe könnten des Nachts um ihre Hütte schleichen. »Habt ihr sie vertreiben können?«

»Ja«, seufzte Sam, »aber das letzte Mal wurden drei Schafe gerissen, bevor wir eintrafen. Ich kann nur hoffen, dass die Stallknechte die Schlupflöcher in den Pferchen ausbessern, ehe das Rudel zurückkommt.«

Das Mädchen rümpfte missbilligend die Nase. »Faule Bande. Was haben sie in diesem Winter anderes getrieben, als sich in der Taverne zu betrinken?«

»Was soll's.« Sam schüttelte sich das wirre, hellbraune Haar aus der Stirn. »Ich bin nicht den halben Weg von der Mühle bis hierher gerannt, um über Schafhirten zu diskutieren. Ich wollte dich fragen, ob du zum Abendessen kommst. Ein Wilderer hat einige Auerhähne geschossen und zwei davon an das Waisenhaus gespendet. Margarete hat darauf bestanden, dass wir dich einladen. Du wirst sehen, das wird ein richtiges Festessen!«

»Oh.« Verlegen strich sie sich eine Strähne hinters Ohr. »Ich komme sehr gern, danke.«

Seine Miene hellte sich auf. Das Mädchen knuffte ihn gegen die Schulter.

»Vielleicht kommt Delia ja auch, wenn du sie höflich darum bittest.«

»Lune!«, rief er empört aus.

Sie hob abwehrend die Hände. »Schon gut, ich habe nichts gesagt. Auch wenn es kein Geheimnis ist, so wie du sie ansiehst.«

»Ach, halt doch den Mund«, murrte er, doch seine Wangen glühten verlegen.

»Du machst es einem aber auch wirklich leicht«, stellte sie lachend fest. »Ich gehe Ty besuchen, komm doch mit.«

Sam zögerte, dann nickte er. »Gut, aber lange kann ich nicht bleiben.«

Gemeinsam schlenderten sie weiter und steuerten einen kleinen Hof an, der ein wenig abseits der anderen lag. Der Junge öffnete das Gatter und hielt es Lune auf.

Neben dem kleinen Bauernhaus war eine Scheune erbaut worden, in der Stroh und Heu eingelagert waren. Ein Huhn stakste durch den kleinen, sorgsam gepflegten Kräutergarten der Bäuerin.

»Wer da?«, bellte eine Stimme, als Lune sachte an die Tür klopfte.

Ein verhärmter Bauer öffnete ihnen, der so unbeugsam und zerfurcht wirkte wie eine alte Kiefer. Hinter seinem Rücken blinzelte ihnen träge eine Kuh entgegen.

»Sieh nicht so verschreckt drein, Junge. Das steht dir nicht gut zu Gesicht«, raunzte er zur Begrüßung.

Sam sah verlegen auf seine Schuhe.

»Geh weiter, Sam. Es ist zu kalt, um auf der Türschwelle Wurzeln zu schlagen!« Ungeduldig schob Lune sich an ihm vorbei und umarmte den Bauern. »Guten Morgen, Albrecht«, grüßte sie ihn.

»Wird auch Zeit, dass du dich wieder blicken lässt«, brummte er. Lachfalten bildeten sich um seine Augen. Er löste sich von dem

Mädchen und deutete mit dem Kopf in die warme Stube. »Ich brühe uns einen Tee auf.«

Erleichtert folgte Lune der Einladung. Im Vorbeigehen tätschelte sie der Kuh den Hals und ließ sich dann auf einen Hocker fallen. Sie steckte die Hände unter die Oberschenkel und sah sich um. Der Wohnbereich war recht klein dafür, dass er eine dreiköpfige Familie sowie eine Kuh mit ihrem Kalb und ein Schwein zu beherbergen hatte. Die Familie schlief getrennt von den Tieren unter dem Dach, wo es zwar rauchig, aber im Winter gemütlich warm war.

Albrecht warf Teeblätter in einen Wasserkessel und bedeutete Sam, der ein wenig verloren im Raum stand, sich zu setzen. Gemächlich stopfte Albrecht sich eine Pfeife, während er den Jungen nicht aus den Augen ließ, der unbehaglich auf seinem Schemel herumrutschte.

»Bist du nicht einer von den Armenhäuslern?«, wollte der Bauer stirnrunzelnd wissen. »Von denen, die mit dieser Frau in den Elendsvierteln leben?«

Lune verdrehte die Augen angesichts der unumwundenen Art des Bauern.

»Bin ich«, stimmte Sam leise zu. »Ich habe bis vor Kurzem in ihrem Waisenhaus gelebt.«

Die Wärme in seiner Stimme brachte Lune zum Lächeln. Es gab viele, die sich dafür geschämt hätten, einzugestehen, dass sie einst in einem Waisenhaus untergekommen waren, aber Sam strahlte stets Zuneigung aus, wenn er von seinem alten Zuhause sprach.

»Solange ich es mit ehrlichen Leuten zu tun habe und nicht mit Strauchdieben, bist du mir willkommen. Aber Margarete erzieht ihre Schützlinge für gewöhnlich ohnehin zu anständigen Leuten.« Er wandte sich an das Mädchen. »Und was ist mit dir? Was hat dich die ganze Zeit über ferngehalten?«

Lune verzog das Gesicht und richtete den Blick auf die Tischplatte. »Ich hatte eine kleine Meinungsverschiedenheit mit den Wachen«, murmelte sie widerwillig.

»Soso. Eine Meinungsverschiedenheit also«, wiederholte der Bauer bedächtig. »Bist du schon wieder in die private Bibliothek des Statthalters eingebrochen?«

»Meine Güte, ist das so verwunderlich?«, brauste Lune auf. »Wenn die Bücher zur freien Verfügung stehen würden, müssten die Nachtwächter sich auch nicht mehr mit mir herumplagen. Aber nein, nur die wohlbetuchten Bälger dürfen dort unterrichtet werden.«

»So ist es nun einmal und so war es schon immer. Mich interessiert viel eher, wie du dafür bestraft wurdest.« Albrecht zog eine Augenbraue hoch. »Es ist nicht ratsam, die Obrigkeit zu verärgern.«

»Ich glaube nicht, dass der Statthalter verärgert war«, widersprach Sam mit einem breiten Grinsen.

»Nicht wirklich«, kicherte Lune. »Für die restliche Nacht wurde ich in eines seiner Gästezimmer gesperrt, wo ich so gut geschlafen habe wie noch nie.«

»Und nachdem er sie kurz gerügt und zu Hestia zurückgeschickt hat, traf am Tag darauf ein Bote ein, der das gestohlene Sortiment unter ihrem Laken hübsch erweiterte.«

Albrecht schüttelte belustigt den Kopf. »Das sieht ihm ähnlich. Aber ich vermute, die Wächter behalten dich seitdem genaustens im Auge.«

»Schon, aber es ist nicht so, als hätten sie mich vorher ignoriert, oder?«

Es kursierten viele Gerüchte über Lune. Im vorletzten Spätsommer war sie einfach aufgetaucht. Mit bloßen Füßen und verblichener Kleidung, die jedoch aus feinster Wolle gefertigt und mit Knöpfen aus Silber versehen war. Offensichtlich verwirrt hatte sie nach dem Weg gefragt, um dann im Schlamm zusammenzubrechen. Das Mädchen mit den langen, schokoladenbraunen Locken und den dunkelgrauen Augen hatte einiges Aufsehen erregt und war zum Objekt wilder Spekulationen geworden, nachdem sie sich auch noch entschieden hatte, der ansässigen Kräutersammlerin zur

Hand zu gehen und nicht dorthin zurückzukehren, woher sie gekommen war.

Manche munkelten, sie sei die Tochter eines reichen Edelmanns, andere nannten sie eine Gauklerin, die des ewigen Umherziehens überdrüssig geworden sei, wieder andere nannten sie eine Konkubine, die diesem Dasein zu entfliehen versuchte. Doch niemandem hatte Lune je die Wahrheit darüber erzählt, woher sie kam oder wie es sie in diese Gegend verschlagen hatte.

Das Mädchen schenkte den beiden ein rätselhaftes Lächeln, sagte aber nichts weiter zu diesem Thema. Sie umfasste ihren Becher mit beiden Händen. Allmählich kroch die Wärme zurück in ihre Fingerspitzen.

»Wie auch immer, jetzt bin ich hier. Ich wollte Ty mitnehmen. Er wird sich freuen, den Frühling begrüßen zu können.« Der Bauer runzelte unwillig die Stirn. »Seine Mutter kann ihn nicht ewig auf dem Hof festhalten«, fügte sie sanft hinzu. »Und du auch nicht.«

Albrecht sah aus dem verhangenen Fenster. Seine Verärgerung war Besorgnis gewichen.

»Möglicherweise hast du recht«, gab er seufzend nach. »Auch wenn Gertrud das nicht gern sehen wird. Ich bin auch nicht froh darüber, aber …« Er räusperte sich. »Solange du ihn wohlbehalten nach Hause bringst.«

»Habe ich das nicht immer getan?«, fragte sie zaghaft.

Er nickte und stand auf. »Ich werde ihn wecken.«

Schwerfällig kletterte er die wackelige Leiter hinauf, die zu der kleinen Schlafkammer unter dem Dach führte.

Lune sah ihm nach. *Es muss schwer für sie sein zu akzeptieren, dass sie Ty irgendwann verlieren werden.*

Gedankenverloren nahm Lune einen Schluck Tee. Sie schüttelte sich innerlich. Mit diesem Gebräu konnte man Tote wiederbeleben. Das Mädchen betrachtete Sam verstohlen von der Seite. Er war dünner geworden. Seine Wangen wirkten eingefallen und das unordentliche Haar hing ihm tief in die Stirn. Wahrscheinlich hatten die übrigen Müllerburschen ihm die spärlichen Essensrationen streitig gemacht. In den kalten Jahreszeiten mussten selbst die Lehrlinge der Zünfte Hunger leiden.

In seinen bernsteinfarbenen Augen lag stets dieser verletzliche Ausdruck, als hätten sie schon zu viel Elend gesehen. Jedes Mal, wenn er Lune aus diesen traurigen Augen anblickte, zog sich ihr Herz mitfühlend zusammen. Auch er war nicht in Eschenbach geboren worden und wie sie sprach er nicht gern über sein früheres Leben.

Er kam aus den Nördlichen Reichen, so viel wusste sie. Dort hatte er in den Randbezirken einer großen Stadt gelebt und täglich darum gekämpft, dem Tod einen weiteren Tag zu stehlen. Über die Zeit danach konnte sie sich nur zusammenreimen, was sie aus der Gerüchteküche aufgeschnappt hatte. Sie wusste nicht, wie lange er hatte ausharren müssen, bis es ihm gelungen war, über das Grenzgebirge zu entkommen. Das Mädchen hatte einmal einen Blick auf seinen entblößten Rücken erhascht und war zusammengezuckt, als sie die langen Striemen gesehen hatte, die ihn entstellten.

Der Junge rückte unauffällig näher ans Feuer und seufzte wohlig. Er fuhr unmerklich zusammen, als eine kleine Gestalt von der Schlafkammer heruntergesprungen kam, das Haar noch vom Schlaf zerzaust.

»Lune!«, rief Ty begeistert und hüpfte fröhlich auf sie zu. »Wo warst du? Nimmst du mich mit?«, sprudelte es aus ihm heraus. »Hier war es furchtbar langweilig. Mutter hat mich nicht mehr aus dem Haus gelassen.«

Das Mädchen strahlte. »Ich freue mich auch, dich zu sehen, Ty.«

»Bitte sag, dass ich mitkommen darf!«, bettelte der Junge.

»Du darfst.« Sie zwinkerte ihm zu. »Wir besuchen jemanden.«

Offenkundig beruhigt, konzentrierte sich Ty wieder auf Albrecht und zupfte ihn am Hemd. »Ich will ein Honigbrot«, verlangte er.

Sam, offenbar verblüfft über den plötzlichen Themenwechsel, zog fragend eine Augenbraue hoch, lächelte aber.

Schon auf den ersten Blick wusste man, dass Ty anders war. Ein seltsames Kind mit noch seltsameren Gepflogenheiten. Obwohl er seinen Altersgenossen weit voraus war, benahm er sich oft wie ein Kleinkind und quengelte bei der kleinsten Unannehmlichkeit. Sein Geist forderte eine klare Routine und setzte sich gern mit Details und Regeln auseinander, die er stundenlang zerpflückte und über sie sinnierte. Wenn etwas von seinem gewohnten Muster abwich, verstörte ihn das zutiefst. Er war ein völlig fremdartiges Wesen, in vielerlei Hinsicht.

Der Junge knibbelte an seinem Hemd, das ihm bis auf die Knie reichte, kein Wunder bei seinem kleinen Körperwuchs. Er war schmächtig und seine braunen Haare standen in alle Himmelsrichtungen ab, weshalb ihn seine Mutter zärtlich *mein Igelchen* nannte. Seine Nase war von Sommersprossen gefleckt und seine Augen waren von einem dunklen Waldgrün mit einem honigfarbenen Hof um die Pupille. Unter seinem wirren Haar sah man seine großen, spitz zulaufenden Ohren. Das war eine weitere Besonderheit an Ty. Er war ein Wechselbalg.

»Wie geht es dir, Ty?«, fragte Sam höflich. Der Balg sah ihn mit großen Augen an.

»Warum fragst du das?«, wollte er mit piepsiger Stimme wissen.

»Äh …« Sam überlegte kurz. »Ich wollte nur ein Gespräch beginnen.«

Ty legte die Stirn in Falten. »Wieso?«

Sam warf Lune einen hilfesuchenden Blick zu. Die kicherte nur stumm und hatte die Hand auf den Mund gepresst.

»Menschensachen«, meinte er dann bloß. »Davon verstehst du nichts.«

Albrecht schmunzelte in seinen Bart und reichte seinem Sohn die gewünschte Leckerei. Ty widmete sich uneingeschränkt der Mahlzeit, wobei er winzige Brocken herausbrach, den Honig ableckte und erst dann den Brotkrumen verzehrte.

Sam räusperte sich. »Wie war das damals mit Ty?«, fragte er den Bauern. »Ich wusste nicht, dass die Feen so weit in die annektierten Gebiete der Menschen eindringen.«

»Nun, sie tun es, Bursche«, brummte Albrecht und nahm einen Schluck von seinem Tee. »Vor … lass mich nachdenken … fünfzehn Jahre müssten es jetzt sein, gebar Gertrud einen gesunden Säugling mit einer kräftigen Lunge. Nach vier Fehlgeburten schenkten uns die Götter dieses wundervolle Kind.« Seine Miene wurde bei diesen Worten weich. »Gertrud nannte sie Gretchen. Wir wollten ein gutes Leben für sie, frei von den Entsagungen eines bäuerlichen Lebens. Also spielte ich bereits mit dem Gedanken, den Hof zu verkaufen und mich als Händler zu versuchen wie mein Schwager, aber keine acht Tage später fand meine Frau eines Morgens den Wechselbalg in der Wiege der Kleinen, eingewickelt in ein Tuch aus Blättern. Also nahmen wir ihn auf und zogen ihn als unseren Sohn groß.«

»Wart ihr denn nicht wütend?« Sam sah ihn zweifelnd an.

Albrecht lächelte wissend. »Im ersten Moment wollte ich ihm den Schädel mit meiner Axt einschlagen und den halben Wald niederbrennen, um meine Tochter wiederzubekommen, aber Gertrud hat mich davon abgehalten. Sie setzte sich bloß stumm neben die Wiege und sah bis spät in die Nacht aus dem Fenster. Irgendwann nahm sie den Wechselbalg hoch und setzte ihn auf ihren Schoß. Als ich sie so fand, wurde auch mir klar, dass das Bündel in der Wiege keine Schuld traf. Ich habe unsere Entscheidung nie bereut.« Der Bauer rieb sich die Nase. »Nun denn, fort mit euch. Mein Weib kommt bald vom Markt zurück und bis dahin müsst ihr verschwunden sein. Raus mit euch.«

Lune wickelte Ty einen Schal um die schmalen Schultern. Der Balg leckte sich unterdessen den Honig von den Fingern.

Ty. Gertrud hatte ihm diesen Namen gegeben. Es war die Abkürzung von Tameran, einem einst berühmten Barden aus den Nördlichen Reichen. »Er war so klein und hilflos, als wir ihn fanden«, hatte die Bäuerin ihr erzählt, während sie ihrem Findelkind das Haar kämmte. »Deshalb haben wir nach einem Namen gesucht, der groß ist.«

Die Wehmut stieg jedes Mal in ihr auf, wenn sie eine Mutter sah, die ihr Kind in die Arme schloss und ihm übers Haar strich. Sie fragte sich, wie sie sich anfühlen mochte, diese innige Zuneigung. Wenn sie diese selbst einmal erfahren hatte, hatte sie es längst vergessen.

Zum Abschied winkte Ty seinem Vater zu und rannte los, wobei sich kleine Steinchen in seine ledrigen Fersen bohrten. Sam verabschiedete sich am Tor und machte sich auf den Weg in die Stadt.

»Bis später«, rief Lune ihm über die Schulter nach.

»Vergiss unsere Verabredung nicht!«, rief er zurück und ein spitzbübisches Grinsen huschte über sein Gesicht. »Neirin rechnet fest mit dir!«

Das Mädchen streckte ihm die Zunge heraus und spurtete dann los. Sie holte Ty am Rande des Waldes ein. Von dort blickte sie zurück und sah, dass das Leben in der Stadt allmählich erwachte.

Der Balg presste seine Hand gegen eine Buche. Sie sah, dass sich seine Lippen bewegten.

Er spricht mit den Bäumen wie zu einem Freund.

Als er bemerkte, dass sie stehen geblieben war, lief er wieder los und rief: »Fang mich!«

Sie schüttelte lächelnd den Kopf und folgte ihm die Hügel hinauf.

Ty blühte zwischen den Bäumen und verhutzelten Sträuchern geradezu auf. Er schien mit den Farben der Blätter und Rinden zu verschmelzen, sodass es schwierig war, ihn nicht aus den Augen zu verlieren. Die staubigen Gassen der Stadt, durch die etliche Gerüche waberten, mussten ein Wesen wie ihn ungemein einengen.

Er gehört nicht hierher, meldete sich eine ungebetene Stimme in ihrem Kopf.

Ein Wechselbalg, ein Sprössling der Feen, gehörte unter die uralten Laubbäume des Najama. Hier jedoch herrschte noch immer vereinzelter Schneefall, der die Äste zuckerte und die Singvögel fernhielt. Die Einheimischen deuteten diesen langen Winter als schlechtes Omen. Und lagen sie damit so falsch?

Die Schneestürme in diesem Jahr hatten sie alle unerwartet getroffen. Der Frost hatte die Stadt und ihre Bewohner heimgesucht und seine Vorboten hatten unter ihnen ein Fieber gesät. Die Menschen der Elendsviertel hatte es als Erste getroffen, aber auch hinter den Stadtmauern war die Krankheit schon bald darauf ausgebrochen. Die Seuche unterschied nicht zwischen arm oder reich, alt oder jung. Niemand war bisher gänzlich genesen und nur wenige befanden sich auf dem Weg der Besserung. Man hatte am Rand der Siedlungen ein Lazarett aufgeschlagen. Jeder, der die verräterischen Symptome zeigte, wurde isoliert und dort behandelt, ungeachtet seiner Herkunft. Die Menschen erhofften sich vom Einbruch des Frühlings Besserung. Dann konnte die Aussaat beginnen und die Tiere würden aus ihren Winterverstecken hervorkommen. Die Händler mit ihren Karawanen voller südlicher Früchte und Handwerkswaren würden kommen und den Hunger vertreiben, der die Menschen geschwächt hatte. Zumindest redeten sie sich das ein.

Dabei hatten doch selbst die Heilkundigen unter ihnen den Glauben an eine Genesung aufgegeben. Sie streiften täglich durch die Straßen und schickten jeden fort, der auch nur hustete. Sie glaubten, dass erst der Tod der Erkrankten sie vor einer Ansteckung bewahren würde.

Lune beobachtete, wie der Wechselbalg über einen Felsen kletterte.

»Ist es klug, Zuneigung gegenüber einem Wechselbalg zuzulassen?«, hatte Sam sie einmal gefragt. Als ob sie selbst nie daran gedacht hätte! Jeder Balg verschwand eines Tages spurlos. Sie kehrten zu ihresgleichen zurück und die Zieheltern erfuhren nie, wie es ihrem Schützling ergangen war. Es sei denn, sie entschlossen sich, ihm zu folgen.

»Ich weiß es nicht«, hatte sie ehrlich erwidert. »Seine Eltern hoffen, dass es bei ihm anders wird. Dass er bleibt. Ich teile diese Hoffnung.«

Ty war es, der sie noch in den traurigsten Momenten zum Lächeln brachte. Sie wusste nicht, wie sie mit seinem Verlust umgehen sollte, wenn es so weit käme.

Dabei war es nicht so, dass sie keine Freunde unter den anderen Kindern gefunden hätte. In den Elendsvierteln gab es Einrichtungen für die Bettler und Krüppel, Armenhäuser und geheime Seitengassen. Eine dieser Einrichtungen war ihr besonders ans Herz gewachsen. Ein Waisenhaus, das in einem der besseren Viertel der Siedlungen lag und wo auch Neirin und Sam eine Heimat gefunden hatten. Die zuständige Leiterin war die Frau eines verarmten Kaufmanns, deren Mildtätigkeit schon so manches Kind in kalten Wintermonaten gerettet hatte. Margarete war die Mutter, die ihre Freunde schon vor Jahren verloren hatten.

Von den Zünften waren sie nie mit mehr als einigen Säcken Getreide abgespeist worden, aber es gab andere Wege, auf denen die Waisenkinder sich durchschlugen. Die Diebesbanden schmuggelten Decken und Vorräte aus der Stadt, um sie unter den Hüttenbewohnern aufzuteilen, und seitdem Margarete auch verwaisten Langfingern Obdach gewährte, flossen großzügige Mengen an Pökelfleisch und Dörräpfeln an das Waisenhaus.

Hestia hatte sie dorthin mitgenommen, als eines der Kinder an einem schweren Fieber erkrankt war. So hatte sie die beiden Jungen kennengelernt. Den hitzköpfigen Dieb und den Müllerburschen mit den traurigen Augen.

Aber es hatte gedauert, bis die Waisen ihr uneingeschränkt vertraut hatten. Es gab Städter, die die Siedlungen auslöschen wollten, und dafür mussten sie erst einmal die Diebesbanden ausfindig machen. Aber irgendwann war Lune wie selbstverständlich in diese bunte Truppe aufgenommen worden. Manchmal wünschte sie sich, wie die anderen zu sein. Eine gewöhnliche Waise, die sich nicht von ihnen unterschied; kein Mädchen, bei dessen Anblick die Leute zu tuscheln begannen.

»Was starrst du da so gedankenverloren in die Luft, Kind?«

Das Mädchen schreckte bei den Worten zusammen. Eine alte Frau kam durch die Bäume auf sie zu gehumpelt. Das fleckige Flickenkleid reichte ihr bis auf die Knöchel, sodass ihre bandagierten Zehen zu sehen waren. Ein geflochtener Korb schlenkerte an ihrem Arm. Er war gefüllt mit allerlei Pilzen und Beeren. Das Gesicht der Alten war von Falten zerfurcht. Ihre Gelenke waren dünn und die geschwollenen Fingerknöchel übersät von Altersflecken. Schmutzig graue Locken umrahmten die hageren Züge. Große, blasse Augen, in denen man die Jahrhunderte erahnen konnte, die sie erblickt hatten, waren auf das Mädchen gerichtet.

Die Alte hob mahnend den Finger. »Wenn du unbedingt vollkommen kopflos umherirren musst, dann halte dich wenigstens von abschüssigen Wegen fern. Es wäre doch zu schade um deinen dürren Hals.« Ihre Stimme war heiser und klang wie das Gekrächze einer Krähe.

Lune musste lächeln. Die verschrobene Kräuterhexe war ihr ans Herz gewachsen. Agata lebte in diesem Wald und kurierte die Einheimischen von ihren Geschwüren und Knochenbrüchen, die selbst ein erfahrener Heiler nicht richten konnte.

»Dir auch einen guten Morgen«, sagte Lune.

»Aggi!« Ty rannte freudig auf Agata zu. Bei seiner stürmischen Begrüßung fielen einige Pfifferlinge aus dem Korb. Agata gab dem Wechselbalg einen Klaps aufs Ohr.

»Dummkopf«, schalt sie ihn. Ty schob schmollend die Unterlippe vor, bückte sich dann aber, um die Pilze wieder aufzulesen.

Agata rieb sich das Kinn. »Ich vermute, ihr wolltet ohnehin zu mir.« Lune und Ty nickten.

»Warum verschwenden wir dann weiter Zeit?«

Die Kräuterhexe drehte sich um und stapfte los. Der Wechselbalg hüpfte fröhlich neben ihr her. Lune folge ihnen kopfschüttelnd.

Agata schlurfte zügig voran, sodass Lune erst nach einer Weile bemerkte, dass die Bäume um sie herum bereits kräftige grüne Blätter trugen. Ihr Blick wanderte weiter. Am Wegesrand hatten sich kleine Blüten durch die Erde geschoben, um die ein Pfauenauge flatterte. Lune blieb überrascht stehen und reckte die Finger nach den kleinen, reifen Früchten, die an den Zweigen eines Brombeerbusches hingen. Einige seiner Blätter waren noch immer mit einer Raureifschicht überzogen. Es schien fast so, als wäre er gerade dabei, sein tristes Winterkleid abzuwerfen.

»Wie hast du das gemacht?«, fragte Lune und wandte sich zu ihren Begleitern um, konnte sie aber nirgends entdecken. Sie seufzte. Agata verschmolz mit ihrer Flickenkleidung ebenso gut mit der Umgebung wie Ty. Sie zwischen den Bäumen ausfindig machen zu wollen, wäre vergeblich. Aber immerhin wusste sie, wohin die beiden unterwegs waren. Lune pflückte eine Handvoll Brombeeren und machte sich dann auf den Weg tiefer in die Hügel hinein.

Als sie sich gerade die letzte Beere in den Mund warf, rutschte ihr Fuß auf einem Haufen loser Blätter aus und sie schlug mit der Schläfe auf einen moosbewachsenen Stein. Mit einem unterdrückten Schmerzenslaut rieb sie sich den Schädel. Leise vor sich hin schimpfend setzte sie sich auf und erstarrte.

Aus dem Augenwinkel sah sie mehrere vermummte Gestalten, die zwischen den Bäumen hindurchschritten und in die Richtung zu eilen schienen, aus der sie gekommen war.

Erschrocken rappelte das Mädchen sich auf und verschanzte sich hinter einem entwurzelten Baum, doch als sie über die borkige Rinde spähte, waren die seltsamen Fremden verschwunden.

Vielleicht waren es keine Menschen, dachte sie beunruhigt. Sie hatte schon von den seltsamsten Wesen gehört, die sich in dieser Welt herumtrieben, von den Meernymphen der Perlenbucht bis zu den Basilisken, die sich in der roten Wüste heimisch fühlten. Doch nie zuvor hatte sie ein Geschöpf zu Gesicht bekommen, das ihr bisher in den Schauergeschichten begegnet war, die Mütter ihren Kindern erzählten. Sie biss sich auf die Unterlippe, als sie daran dachte, dass Nachtmahre jede Gestalt annehmen konnten, die ihnen gefiel.

Vielleicht habe ich es mir bloß eingebildet, versuchte sie, sich zu beruhigen. *Es war ein ziemlicher Schlag auf den Kopf, das ist alles.*

Vielleicht sollte sie Agata danach fragen. Aber nein. Die Hexe würde ihr nicht glauben und ihr nur einen ihrer fürchterlichen Tees aufbrühen, um sie zu beruhigen. Lune verbannte das Gesehene aus ihrem Gedächtnis, aber die Unruhe wollte sich nicht so schnell vertreiben lassen.

Es kostete sie den ganzen Morgen, Agatas Hütte aufzuspüren. Die Sonne stand schon hoch am Himmel, als sie das versteckte kleine Tal erreichte und den verschlungenen Wegen hinab folgte.

Die Behausung der Hexe sah aus wie ein überdimensionierter Hühnerstall. Das Dach war schief geraten und hatte einen krummen Schornstein, aus dem schwarzer Rauch quoll. Ein Rabe stieß einen Warnschrei aus, als sie das Gatter öffnete, das einen kleinen Garten einzäunte. Unter die Heilkräuter, die hier wuchsen, mischten sich auch Sträucher mit giftigen Beeren und Blumen mit Dolden, die Dämpfe absonderten. Der Duft, der die Luft erfüllte, war schwer und brannte zuweilen in den Augen. Angeblich wuchsen solche Gewächse nur an Stellen, die der Tod berührt hatte. Diesem Umstand verdankten diese Pflanzen auch ihre Namen: Schädelblüten, Knochenlilien, Blutbeeren, Würgedisteln. Agata selbst konnten diese Pflanzen nichts anhaben. Bisweilen vergaß sie, dass für Lune nicht dasselbe galt, und hatte sie Wisperknöpfchen pflücken lassen, bei deren bloßer Berührung das Mädchen in Ohnmacht gefallen war und noch tagelang geisterhafte Stimmen gehört hatte.

Jedes Mal, wenn sie die giftigen Gaben betrachtete, fragte sie sich, wessen Knochen in der Erde liegen mochten und weshalb diese Person hatte sterben müssen. Als sie die Hexe einmal danach gefragt hatte, hatte diese ihr deutlich zu verstehen gegeben, was sie von solch abergläubischem Geschwätz hielt.

Trotzdem hatte das Mädchen manchmal das Gefühl, beobachtet zu werden, und in der Dämmerung meinte sie zuweilen, die verschwommenen Umrisse eines kleinen Jungen auszumachen, der in einer hilflosen Geste die Hand nach ihr ausstreckte.

Ob er wirklich nur ein Trugbild ihrer Fantasie war, das ihr von dem schwachen Licht vorgegaukelt wurde? Oder war er etwas anderes? Möglicherweise eine Erscheinung, wie sie in der Nähe von Orten gefunden wurden, an denen ein gewaltsamer Tod stattgefunden hatte. Das Abbild eines längst verstorbenen Kindes, das noch immer umherirrte und die Gegend heimsuchte.

Schluss damit!, rief sie sich zur Ordnung. Es war ohnehin müßig, darüber nachzudenken.

Ein schmaler Steinweg führte zu der Haustür, die laut quietschte, als Lune eintrat. Eine schwarze Katze, die auf einer Decke vor dem Ofen lag, fauchte zur Begrüßung. Die Hexe saß mit Ty am Küchentisch und schälte Kartoffeln, während sie ihm mit ihrer rauchigen Stimme berichtete.

»… nicht sagen. Diese Tunnel liegen knapp unter der Erdoberfläche, dort findest du noch keine Kristalle. Nur Bovisten und Wurzeln, die von der Decke hängen.« Sie ignorierte Lunes Eintreffen und fuhr ungehindert fort. »In dem Moos an den Wänden tummeln sich Motten, die in verschiedenen Farben leuchten. Es gibt da diese roten Beerenflügler, vor denen man sich in Acht nehmen sollte. Sie haben die lästige Angewohnheit, sich in deine Haare zu setzen und dort zu nisten, wenn du sie nicht rechtzeitig wieder verscheuchst. Dann sind da noch Blattspanner, die grünes Licht produzieren, sodass du das Gefühl hast, Silenus persönlich würde dir gleich über den Weg laufen.«

Lune zog einen Hocker heran und setzte sich dazu. »Deinen Scharnieren könnte ein wenig Öl nicht schaden«, bemerkte sie beiläufig.

Agata schüttelte den Kopf, woraufhin ihre grauen Locken auf und ab wippten. »Unsinn! Wer hat schon von einer Hexenhütte gehört, deren Tür nicht quietscht? Als nächstes soll ich wohl auch noch die Löcher in meinem Dach ausbessern und die Flechten abkratzen. Nein, nein. Der Fortschritt kommt mir nicht ins Haus! Diese ganzen Dächer aus Lehmziegeln sind wirklich albern. Nichts gegen die guten, altmodischen Strohdächer. Und wie sollte ich sonst mitkriegen, dass Besuch eintrifft? Hm? Sag mir das.«

Lune sah sich mit hochgezogenen Augenbrauen um. Die Hütte bestand nur aus einem einzigen Zimmer. »Keine Ahnung«, erwiderte sie mit bemüht ernsthafter Miene.

»Na, siehst du? Und jetzt mach dich nützlich.« Agata schob ihr einen Berg Kartoffeln hin und hielt ihr auffordernd das Messer unter die Nase. Das Mädchen nahm es entgegen und griff zur ersten Knolle. Ty saß ihr gegenüber, mit einer Tasse Tee in der einen und einem Keks in der anderen Hand. Der Keks sah verdächtig nach Grünkern aus und Lune war froh, anderweitig beschäftigt zu sein.

»Du hast also doch noch hergefunden. Ich hatte meine Zweifel.«

»Wäre es zu viel verlangt gewesen, auf mich zu warten?«, wollte Lune säuerlich wissen.

»Wäre es.« Die Hexe putzte sich geräuschvoll die Nase. »Wo hast du den Jungen gelassen? Wolltest du mir diesen diebischen Burschen nicht einmal vorstellen? Traut der sich etwa nicht her? Meint er vielleicht, ich wolle ihn in meinen Kessel schubsen?« Lune versuchte, ein Kichern zu ersticken. »Meine Schwestern hätten das ohne Weiteres getan, aber ich bin die Unschuld in Person.«

Das Mädchen unterdrückte ein Hüsteln. »Bist du das?« Die Hexe überhörte die Frage.

»Wie kommt es, dass hier unten schon Frühling ist?«

Agata räusperte sich. »Es gibt da den einen oder anderen Kniff«, meinte sie nur geheimnisvoll.

Das Mädchen rieb sich mit dem Ärmel über die juckende Nase. In der Hütte roch es stark nach Rauch und den Kräutern, die in Bündeln von der Decke hingen. Die Gerüche brachten die Erinnerungen an die Zeit zurück, in der sie von Hestia aufgenommen worden war. Die Kräutersammlerin hatte sie eingeladen, die Nächte unter ihrem Dach zu verbringen, nachdem sie die wunden Füße des Mädchens behandelt hatte, mit denen es barfuß das Gebirge überquert hatte. Lune hatte auf dem Boden nahe dem Feuer geschlafen und ihr mit ihren Tränken und Salben geholfen, Feuerholz gesammelt und den Wald nach Kräutern und Beeren abgesucht. Sie wusste nicht recht, wann sie die Entscheidung getroffen hatte, dass sie bleiben würde. Ihre Anwesenheit war für Hestia irgendwann zur Selbstverständlichkeit geworden. Sie war es gewesen, die ihr Agata und Ty vorgestellt und dafür gesorgt hatte, dass Lune sich unter das Volk mischte, indem sie das Mädchen zu ihren Patienten mitnahm. Aber seit dem Ausbruch der Seuche waren ihre Besuche bei Agata seltener geworden.

Das Mädchen beachtete Zanya gar nicht, die spuckend und fauchend auf einem Regal Zuflucht gesucht hatte. Die Katze hatte Lune noch nie leiden können.

»Ach, sei still«, schimpfte Agata, während sie in ihrem Kessel rührte. »Ich werfe sonst wieder mit einer Zwiebel nach dir.«

Die Katze ging dazu über, leise zu murren. »Schon besser.«

»Aggi, wie feiern die Feen eigentlich?«, fragte Ty. Er nannte sie seit seinen Kleinkindertagen Aggi.

»Hm. Diese Tunichtgute sind da ganz ausgefallen. Ihre Feste finden nur an Vollmonden oder in den Mittsommernächten statt.«

»Wir haben tagsüber gefeiert«, vertraute er ihr verwundert an.

Der Wechselbalg hatte im Herbst zum ersten Mal ein Bauernfest in der Stadt besucht. Sam hatte sie beide dorthin mitgenommen. Neirin hatte sich geweigert, sie zu begleiten. Er verabscheute den Gedanken, dass die Bauern auf die Zünfte tranken, die dieses Fest ausrichteten und die nie hatten hungern müssen. Aber Lune hatte diesen Tag mehr genossen, als sie sich eingestehen mochte. Am Abend hatten sich alle in den Scheunen versammelt und von den einheimischen Köstlichkeiten probiert, von denen Lune zuvor noch nie etwas gehört hatte.

»Denen würde es wohl nie einfallen, bei Tageslicht zu tanzen«, unterbrach Agata ihre Träumereien. »Nein, sie wollen immer den Glanz des Geheimnisvollen aufrechterhalten. Was auch immer das sein soll. Sie versammeln sich in der Dämmerung auf den Elfenhainen und tanzen die ganze Nacht. Manchmal verirrt sich ein Sterblicher zu ihnen, der sich dem Rundtanz anschließt. Für den ist es dann zu spät. Sie nehmen den Verzauberten in ihre Reihen auf und für ihn wird der nächtliche Tanz nicht enden. Der Verzauberte fristet ein Dasein, das ihm wie ein Traum vorkommt, aus dem er nie erwachen wird.«

Die Hexe starrte gedankenverloren aus dem Fenster. Lune wusste, dass sie eine lange Zeit bei den Feen verbracht hatte. Auch sie war durch deren Gesänge angelockt worden und hatte nur überlebt, weil Hexen eine ungewöhnlich lange Lebensspanne besaßen. Agata hatte ihr erzählt, dass sie manchmal wochenlang nicht einmal mehr gewusst hatte, wie sie hieß. Und dennoch vermisste sie ihre vorwitzigen Gefährten noch immer.

»Sie meinten es nie böse mit mir«, hatte die Alte dem Mädchen einmal anvertraut. »Es bereitet ihnen Vergnügen, sich Menschen zu fangen und mit ihnen zu spielen. Sie schenken ihnen eine wunderbare Zeit und begreifen nicht, dass sie sie damit ins Unglück stürzen.« Lune konnte Agata stundenlang zuhören, wenn sie vom Volk der Feen erzählte, das so andersartig war als ihres.

Lune legte das Schälmesser beiseite und rieb sich die schmerzenden Finger. Agata mustert die Kartoffeln, die auf dem Tisch lagen. »Denen hast du aber übel mitgespielt.«

»Oh ja«, murrte Lune. »Bemitleide sie nur. Diese da hat die Frechheit besessen, mir aus der Hand zu flutschen. Ich habe mich deswegen geschnitten.« Das Mädchen hielt der Hexe seinen blutenden Daumen hin. »Sie hat es verdient.«

»Pff. Jammerlappen. Hier.« Sie hielt Lune ein Töpfchen mit Salbe unter die Nase. »Reib den Schnitt damit ein und er ist morgen so gut wie nicht mehr zu sehen.« Lune schmierte sich die grüne Paste auf den Finger.

»Igitt. Das riecht wie Algenpampe.«

»Das ist Algenpampe«, stimmte Agata zu. »Die hast du mir im Herbst angerührt.«

»Ich erinnere mich.« Lune betrachtete sie angewidert. »Wozu brauchst du eigentlich diese ganzen Tinkturen, wenn du eine Hexe bist? Du könntest doch einfach zaubern und fertig.«

»So einfach ist das nicht«, seufzte Agata. »Hexerei kostet Kraft. Viel Kraft. Und würde ich alle Leute, die zu mir kommen, auf diese Weise behandeln, würde ich das nicht lange durchhalten. Ich werde nicht umsonst eine Kräuterhexe genannt. Ich webe meine Zauber in meine Arbeit ein. Auf diese Weise spare ich Energie und verschrecke meine Kunden nicht. Alle Hexen halten es so. Bei verwünschten Wunden wie Hirschsegen oder dem Biss eines Kobolds muss ich natürlich hexen, das dauert dann aber auch seine Zeit. Nicht jeder von uns kann ein Zauberkundiger sein.«

»Wieso?« Lune schaute überrascht auf. »Wo ist der Unterschied?«

Agata seufzte. »Sie verfügen einfach über eine ganze andere Art von Magie. Magische Ströme wirken sich unterschiedlich auf menschliche Wesen aus. Mir bescheren sie ein langes Leben und begrenzte Heileigenschaften. Bei Magiern dagegen wirken sie sehr viel destruktiver. Sie sind in der Lage, ihre körpereigene Magie zu bündeln und ihren Wünschen entsprechend zu formen. Und Zauberer sind zu Dingen imstande, von denen ich nicht einmal träumen könnte. Auch ich ziehe meine Magie aus meiner Umgebung, indem ich mich mit der Natur vereine, aber ein Magier besitzt zusätzlich eine eigene Kraftquelle, die in seinem Körper gespeichert ist. Was ich mir behutsam von den Pflanzen nehme oder sie mir geben, entreißt ein Zauberer ihnen.« Sie tippte sich gegen die Nasenspitze. »Ja, ich glaube, das trifft es ganz gut.«

Lune sah sie staunend an. »Wenn sie so erstaunliche Dinge vollbringen können, warum hassen sie dann alle?«

»Ach Kindchen, ist das nicht offensichtlich? Die Leute sind neidisch. Sie wollen es auch können. Für sie zählt nur diese Art von Magie, wobei sie selbst auch welche wirken, ohne es je zu begreifen. All die kleinen Alltagswunder bemerken sie nicht mehr.«

Agata stand auf und massierte sich den Rücken. »Es wird langsam spät«, bemerkte die Kräuterhexe mit einem Blick aus dem Fenster. »Ihr solltet aufbrechen.«

Mehl und Apfelmost

SAM

Eine heiße Dampfwolke schlug dem Jungen entgegen, als er mit dem Scheffel das frische Brot aus dem Ofen holte. Bran sah von dem Teig auf, den er knetete. Mehl klebte an seiner Wange.

»Was ist das für eins?«, wollte er stirnrunzelnd wissen und betrachtete die schwarzen Früchte, die in der Kruste saßen.

»Ich habe dem Teig Nüsse und Rosinen hinzugefügt«, erklärte Sam und betrachtete stolz sein Werk. »Ich wollte mal etwas Ausgefallenes ausprobieren. Keine Sorge, du musst es nicht essen.«

»Da darf ich mich wohl glücklich schätzen«, murrte Bran. »Setz dich lieber wieder an deine Torten, anstatt wahllos unsere Zutaten zusammenzuschütten.«

»Wenn du mal einen Blick auf die Theke wirfst, wirst du sehen, dass ich die Torten bereits verziert habe«, sagte Sam gut gelaunt und schnappte sich ein feuchtes Tuch, mit dem er über die Anrichte wischte. »Übrigens bist du mit Mehl bestäubt. Also erzähl mir nichts vom Verschwenden von Zutaten.«

»Du drückst dich schon den ganzen Tag vor der harten Arbeit. Mir tun die Finger weh von den ganzen Brotteigen, die ich durchgeknetet habe.«

»Dafür musstest du nicht die Öfen reinigen und die Botengänge erledigen. Außerdem kannst du das doch sowieso viel besser als ich.« Schalk blitzte in seinen Augen auf.

Bran schnaubte. Der Bäckerssohn war schon immer ein mürrischer Kerl gewesen, ganz im Gegensatz zu seinem Vater.

Sam fühlte sich in der Bäckerei wohler als an irgendeinem anderen Ort. Er liebte den Duft der frischen Backwaren und empfand jedes Mal kindliche Freude, wenn er den Teig mit seinen Händen formte und den Kuchen und Torten zu einem herausgeputzten Aussehen verhalf, bis sie ihn mit ihren Sahnehäubchen und Blüten aus Marzipan an die feinen Damen bei Hofe erinnerten. Es gab kaum etwas Befriedigenderes, als den eigenen Händen bei der Arbeit zuzusehen.

Als das Glöckchen über der Ladentür klingelte, sah er auf. Ein verhärmter älterer Mann kam herein. Ein Gnom klammerte sich an seine Hosenträger, um nicht von seiner Schulter zu rutschen. Der Gnom hatte ein pelziges Gesicht, große Ohren wie die einer Fledermaus, aus denen dicke Büschel weißen Fells sprossen, eine Nase, die entfernt der einer Katze glich, einen gepflegten Ziegenbart und kleine Knopfaugen. Wie auch der Schuster, auf dem er saß, trug er eine lederne Schürze, in deren Taschen allerlei Werkzeuge steckten.

»Guten Abend, Gildas«, begrüßte ihn Sam. »Und auch dir, Leydoc.«

»Guten Abend, mein Junge«, gab der Schuster zurück und lächelte ihm zu. Seine Stimme war ein pfeifendes Keuchen. »Wenn auch ein wenig frisch für meinen Geschmack.«

»Was darf ich dir einpacken?«

»Eines von diesen Roggenbroten.« Gildas beugte sich ein wenig vor, um die Ware genauer zu betrachten, wobei ein kleiner Hammer aus der Tasche des Gnomen rutschte. Der fing sofort an zu schimpfen.

»Ist ja schon gut!«, raunzte der Schuster. »Ich hätte dich schon längst rauswerfen sollen!«

Sam bückte sich eilig und las den winzigen Hammer auf.

»Du würdest nirgendwo einen auch nur halb so guten Helfer finden wie mich«, empörte sich Leydoc. »Niemand aus meinem Volk interessiert sich noch für Schuhe aus Leder, seit die Feen ihre aus Blättern und Rinde wollen. Aber los, geh und such dir einen anderen!«

»Sei doch nicht gleich eingeschnappt«, seufzte Gildas und reichte dem Gnomen sein Werkzeug, welches Sam ihm in die Hand gedrückt hatte. »Er ist immer so schnell beleidigt«, raunte er dem Jungen zu, der sich ein Lächeln verkneifen musste, als er die sauertöpfische Miene des Gnomen sah.

Sam angelte ein Brot aus dem Regal hinter sich und packte es in ein Tuch. »Sonst noch was?«, erkundigte er sich.

»Dieses Zuckergebäck sieht gut aus«, bemerkte Leydoc beiläufig.

»Damit du mir wieder den halben Keller vollkrümelst?«

»Es ist doch nicht meine Schuld, wenn du mich nicht am Tisch mitessen lässt!«

»So weit kommt es noch!«, polterte der Schuster. »Reicht es nicht, dass ich mich jeden Monat auf den Markt stellen muss, um deine geliebten Mondsteine zwischen den Händlern zu finden? Das ist Bezahlung genug.«

»Ich wäre bereit, diesen Monat darauf zu verzichten«, sagte der Gnom und sah begehrlich auf die Süßspeise hinab. Sam fühlte sich geschmeichelt. Er mochte den kleinen, übellaunigen Kerl. Gnome waren bekannt für ihre Geschicklichkeit und deshalb bei Handwerkern sehr gefragt. Als Gegenleistung forderten sie bloß eine Schlafecke in einem unbewohnten Keller oder Kleiderschrank, ausreichend Verpflegung und bunte Steine, die sie horteten und gern im Licht einer Kerze betrachteten.

Gildas rang mit sich und bedeutete dem Müllerburschen dann, die Zuckerteilchen einzupacken.

»Irgendwann wird auch die Katze dich nicht mehr tragen können«, brummte er ungnädig, als Leydoc begierig die Finger danach ausstreckte.

»Blödsinn. Dieser fette Kater könnte einen Kobold tragen.«

Bei dem Gedanken an den großen getigerten Kater des Schusters, der aufgezäumt durch die Straßen stiefelte, musste der Junge grinsen. Gnome ritten auf Katzen, Enten und manchmal auch Ziegen wie die Menschen auf Pferden. Es war zu komisch, dabei zuzusehen, wie die kleinen Kerle sich abmühten, eine wilde Ente zu zähmen.

Gildas hob zum Abschied die Hand. Noch während die Ladentür zuschlug, hörte er die beiden bereits wieder zanken. Sam sah den Gesellen hinterher und konnte sich das Grinsen nicht länger verkneifen.

Bran stand auf und wischte sich die Hände an einem Tuch ab. »Ich glaube, wir sind für heute fertig«, bemerkte er. »Geh heim und sieh zu, dass du eine Mütze voll Schlaf bekommst. Du verschreckst uns noch die Kundschaft.«

»Herzlich wie immer.« Der Junge musste ein Gähnen unterdrücken.

Er las den Laib Brot auf, der ihm beinahe die Finger verbrannte, und nahm zwei weitere von denen, die am nächsten Morgen nicht mehr zu verkaufen waren. Draußen empfing ihn ein schneidender Wind. Er zog die Schultern hoch und schritt eilig voran.

Sein Weg führte ihn an den verschiedenen Zunfthäusern vorbei. Bloß die Räucherei fand keinen Platz innerhalb der schützenden Stadtmauern. An Tagen, an denen der Wind ungünstig stand, wehte der penetrante Geruch von Fisch bis in die Mahlstube und ließ die Burschen in der Mühle ungehalten werden. Sam zog die Schultern hoch, doch es gab schlimmere Schicksale als die ungestümen Raufereien unter den Lehrlingen.

Er erinnerte sich noch gut, wie er beinahe jede Nacht mit knurrendem Magen durch verlassene Straßen geirrt war auf der Suche nach einem Schlafplatz. Aber das war vor seiner Zeit in Eschenbach gewesen, bevor Margarete sich seiner angenommen hatte.

Irgendwann hatte Margarete ihn dabei erwischt, wie er, angelockt von dem herrlichen Duft frischer Brotlaibe, zur Backstube geschlichen war, und für ihren Schützling ein gutes Wort eingelegt. Der Bäcker hatte dem Jungen daraufhin erlaubt, ihm zur Hand zu gehen, wann immer er die Zeit dazu fand. Seitdem war die Bäckerei sein Rückzugsort vor den Launen seiner Mitgesellen in der Mühle.

Sam grüßte im Vorbeigehen den Sohn des Schmieds, Gavin, der von der Esse aufsah und ihm zuwinkte. Sein Vater hatte Sam schon häufiger kommen lassen, damit er ihnen bei großen Aufträgen half. Noch immer versuchte er, ihn zu überreden, eine Stelle bei ihm anzunehmen und seine Zeit nicht als Müllergeselle zu vertrödeln. Aber Sam wurde jedes Mal mulmig, wenn er die glühenden Eisen sah.

Er gelangte zu einem Haus mit einem hübschen, gepflasterten Innenhof. An den Mauern rankte sich im Sommer wilder Wein empor. Nervös trat er zur Tür und klopfte. Es dauerte kurz, bis sie nach innen aufschwang und ihm ein hübsches Mädchen mit kupferrotem Haar gegenüberstand. Delia schenkte ihm ein schüchternes Lächeln. Seine Augen blieben an dem grünen Kleid mit den aufgenähten weißen Blüten an Saum und Kragen hängen, das sie trug und welches ihre blassgrünen Augen betonte.

Er lächelte verzagt. »Guten Abend«, grüßte er sie.

»Ja, dir auch.«

Sein Hirn war wie leergefegt. Ihm fiel auf, dass das Lächeln ihre Augen nicht erreichte. Mit den Gedanken schien sie weit fort und er wusste auch, wo. Auch ihre Mutter war an der Seuche erkrankt und je länger kein Heilmittel gefunden wurde, desto unwahrscheinlicher wurde es, dass sie es überleben würde.

»Hier.« Er hielt ihr das Brot mit den Rosinen hin, welches er in ein Tuch geschlagen hatte. »Das habe ich selbst gebacken. Ich dachte, vielleicht kann es dich ein wenig aufheitern.«

Warum kam er sich immer wie ein liebestoller Idiot vor, wenn er ihr gegenüberstand?

Eine sanfte Wärme ersetzte die Sorge in ihrem Gesicht. »Danke«, sagte sie und presste den warmen Laib an sich. Der Geruch von Blut waberte aus der Stube.

An den Feiertagen konnte sich die Metzgerei kaum vor Kundschaft retten. Delia bereitete dann gefüllte Gänse und mit Knoblauch gespickte Lammkeulen im Innenhof vor. Im letzten Herbst hatte Sam dem Metzger geholfen, zwei Ochsen für das Erntefest zu schlachten, und hatte ihr anschließend dabei zugesehen, mit welcher Hingabe sie ihre Arbeit verrichtete. Ihr Bruder hatte ihm ein blaues Auge verpasst, als er ihn dabei erwischte. Delia hatte sich daraufhin für ihn entrüstet, ihm ein feuchtes Tuch auf die Schwellung gedrückt und sich für die Grobheit ihres Bruders entschuldigt. Ein paar Tage später hatte sie einen Strauß Wildblumen vor ihrer Kammer gefunden. Er hatte beobachtet, wie es ihr ein Lächeln auf die Lippen gezaubert hatte. Von da an hatte er beschlossen, sie öfter dazu zu bringen, so zu lächeln.

»Also«, er fuhr sich nervös durchs Haar, »ich gehe dann …«

»Sam, warte.« Der Junge sah sie fragend an. Ihre Wangen verfärbten sich rosig. Sie schien etwas sagen zu wollen, wurde aber von einer Stimme unterbrochen, die aus der Stube drang.

»Dee, wer ist das?«

»Niemand«, beeilte sie sich, zu sagen.

Sam erkannte die Stimme ihres älteren Bruders. Sein linkes Auge begann zu jucken.

»Er mag mich immer noch nicht, oder? Vielleicht solltest du ihm sagen, dass ich eigentlich ganz in Ordnung bin.«

»Das habe ich«, gestand sie ebenso leise. »Leider hat das an seinem Vorhaben, dir gehörig den Kopf zu waschen, nichts geändert. Ich glaube, damit habe ich es nur noch verschlimmert.«

»Dee?«

Sie lächelte entschuldigend. »Danke noch mal.« Dann schob sie rasch die Tür zu.

Der Junge machte, dass er davonkam, denn schon im nächsten Augenblick flog die Tür wieder auf und ein überaus wütender großer Bruder trat auf die Gasse, dessen ebenso grüne Augen aber nicht sanft, sondern mordlüstern dreinblickten.

Sam erreichte in Windeseile die Stadttore und passierte sie, ohne von den Wachen behelligt zu werden. Die Atmosphäre der Elendsviertel drückte ihn nieder, denn alles schien grauer zu werden und bekam einen düsteren Ausdruck. Hier verweilten die weniger Glücklichen. Bettler, Vagabunden, Tagelöhner. Sam senkte den Kopf. Er konnte es Lune nicht verdenken, dass sie lieber bei der Kräutersammlerin wohnte.

Sam bog in eine düstere Gasse ab. Eine Ratte huschte über den schlammigen Weg und quiekte bei seinem Anblick. Er drängte sich an zwielichtigen Gestalten vorbei, bis er vor einer Schenke stehen blieb. Der Name war auf dem vermoderten Holzbrett, das traurig an zwei Ketten im Wind schwang, kaum noch zu entziffern.

Sam stieß die Schanktür auf. Im *Bierhumpen* war es laut und voll. Er zog die Nase kraus bei dem Gestank von schalem Ale und Erbrochenem, der ihm entgegenschlug. In einer der hinteren Ecken droschen zwei betrunkene Burschen aufeinander ein, um die sich ein Halbkreis aus Schaulustigen gebildet hatte, die sie grölend anfeuerten.

Sam bahnte sich einen Weg zwischen den Tischen und Leibern zum Tresen hindurch. Der dickbäuchige Wirt wischte mit einem zerschlissenen Lappen einen Krug aus. Er war ein schmieriger Kerl mit dem Namen Cray. Hier jedoch wurde er Fuselwirt gerufen. Als er Sam sah, grinste er und entblößte dabei seine tabakgelben Zähne.

»Sieh an. Wen haben wir denn hier?«

Sam lächelte breit und stützte sich auf den Tresen. »Wie läuft das Geschäft?«

»Gut, gut. Auch wenn die Eheweiber einige der Jungs fernhalten. Man will es ihnen nicht verdenken. Die Kälte lässt auch den anständigsten Mann im Alkohol Vergessen suchen.«

»Ich nehme einen Becher Most.« Der Apfelmost war das Beste, was die Diebesviertel zu bieten hatten. Die Brühe, die hier als Ale verkauft wurde, roch nach Lampenöl, und er hatte nie Gefallen daran gefunden, sich zu betrinken.

Fuselwirt füllte ihm einen Becher und nahm den Schürhaken aus dem Feuer, den er hineintauchte. Es zischte und der würzige Geruch nach verbranntem Alkohol und Dörrapfel stieg auf. Dankbar nahm der Junge das heiße Getränk entgegen und kramte in seinen Taschen nach einem Kupferstück, als bereits eines klirrend auf dem polierten Holz landete.

»Der Most geht auf mich«, ließ eine tiefe Stimme hinter ihm verlauten. Sam drehte sich um. Ein breitschultriger Mann mit dunklem Haar und Bart hatte sich hinter ihm aufgebaut. Ein schartiges Breitschwert hing an seiner Hüfte und ein geöltes Kettenhemd blitzte unter dem schweren Ledermantel auf.

»Lawson?« Sam sah ihn ungläubig an. »Was machst du denn hier?«

Lawson war ein einschüchternder Mann, der sich als Söldner verdingte. Die beiden verband eine alte Freundschaft.

»Ich wollte mich vergewissern, wie es meinem Schützling geht«, meinte Lawson. »Schön, dich wiederzusehen.«

Sams Lächeln verblasste ein wenig. »Ja. Das ist es.«

Der Söldner packte ihn an der Schulter und schob ihn vor sich her zu einem freien Tisch, wo sie sich gegenübersetzten. Sam fiel auf, dass sich graue Strähnen in das schwarze Haar seines Gegenübers mischten. Er wirkte älter, als er ihn in Erinnerung gehabt hatte.

»Ich habe mir hier ein Zimmer genommen«, brummte der Söldner. »Noch nie bin ich so vielen Flöhen auf einmal begegnet.«

»Du hast sicher schon Schlimmeres gesehen.«

Lawson schmunzelte. »Ein Bett ist immer einer Nacht unter freiem Himmel vorzuziehen.« Er sah Sam prüfend an. »Wie ist es dir seit unserem letzten Treffen ergangen?«

»Gut«, antwortete Sam wahrheitsgemäß, wich dabei aber dem Blick des Söldners aus. »Ich habe eine Lehrstelle angenommen.«

»Das freut mich für dich. Ich hätte nicht erwartet, dass du so gut Fuß fassen würdest.«

»Doch, ich … Es ist gut. Ich fühle mich wohl hier, nur … Ich bin noch immer zu nah an der Nordgrenze. Ich sollte weiter in den Süden gehen. Ich habe keine Ahnung, ob ich hier vor ihren Schergen sicher bin.« Sam leckte sich über die Lippen. »Hast du irgendetwas Neues von ihnen aufgeschnappt?« Angst flackerte in seinen Augen auf.

»Und ob ich das habe. Einer der Rekruten ist ihnen entkommen. Der Oberkommandant hat seine Häscher nach ihm ausgeschickt. Anscheinend rast er vor Wut. Es heißt, er habe den Mann erschlagen, der ihm die Nachricht überbracht hat. Es war sein Schüler, der fortgelaufen ist.«

»Jared?«, fragte Sam fassungslos. »Jared ist entkommen?«

»Ja. Der Junge muss wahrlich ein Talent darin haben, unterzutauchen. Bisher hat man ihn nicht erwischt, dabei ist ihm das halbe Söldnerheer auf den Fersen.«

Der Junge lächelte in sich hinein. »Sie werden ihn nie zu fassen bekommen.«

Erleichterung durchflutete ihn. Jared hatte all die Jahre gegen seine Ausbilder angekämpft und keiner hatte ihm je seine Widerspenstigkeit rauben können. Wenn jemand es verdient hatte, erfolgreich zu desertieren, dann er. Allerdings …

»Jared wird versuchen, in den Süden zu entkommen«, stellte er mit rauer Stimme fest. »Und das bringt sie direkt hierher.«

»Sam«, begann Lawson beinahe mitfühlend. »Ihre Bluthunde werden dich nicht finden. Hier bist du vor ihnen sicher, solange du vorsichtig bist. Es sind jetzt beinahe drei Jahre vergangen. Ich glaube nicht, dass sie noch nach dir suchen. Man geht davon aus, dass du tot bist.«

»Wirklich?«, fragte der Junge hoffnungsvoll.

Der Söldner griff nach seinem Arm. »Du musst vergessen, Sam. Vergiss, was geschehen ist.«

Sam schluckte. »Das kann ich nicht.« Er sah auf seine Hände hinab, die leicht zitterten.

Lawson räusperte sich. »Ich würde mich derzeit um andere Dinge sorgen. Auf dem Weg bin ich einigen zwielichtigen Gestalten begegnet, die wohl hierher unterwegs waren. Vielleicht wollen sie bloß Vorräte besorgen, aber ich würde mich von ihnen fernhalten, wenn ich du wäre.«

»Was waren das für Leute?«, wollte Sam angespannt wissen.

»Ich weiß es nicht, aber mir kamen sie seltsam vor, irgendwie gefährlich.«

»Aber ...« In seiner Stimme lag ein Zittern. »Aber was, wenn sie zu ihnen gehören? Hältst du das für möglich?«

Lawson öffnete schon den Mund für eine Erwiderung, als drei Männer zu ihnen an den Tisch traten. Sie alle waren Wegelagerer. Jakswell, ein Mann mit schütterem Haar, klopfte mit den Knöcheln auf das Holz.

»Es stört doch nicht, wenn wir uns dazugesellen?«

Ohne eine Antwort abzuwarten, setzte er sich rittlings auf den Stuhl und legte einen Arm auf die Lehne. Er wirkte entspannt, aber seine rechte Hand ruhte auf dem Griff seines Kurzschwertes und er ließ den Söldner nicht aus den Augen. Sein Scheckenhund, ein wilder Rüde, legte sich neben ihn und knurrte leise. Hagen zog sich einen Schemel heran und der junge Bain ließ sich neben Sam nieder. Der Kerl war ängstlich wie ein Mäuserich und erschrak schon vor seinem eigenen Schatten, weshalb man ihn Bain Geisterseher nannte.

Jakswell beugte sich zu Lawson hin. »Solche wie dich sehen wir hier nicht oft«, bemerkte er beiläufig.

Lawson nahm einen Schluck Bier. »Das glaube ich gern.«

Sam spannte sich unmerklich an.

»Was sucht ein Söldner in einer Gegend, in der es so wenig Gold gibt?«, wollte Hagen wissen.

Auch Lawson schien zu spüren, dass hinter ihrer Gelassenheit Anspannung schlummerte. Sam kannte die Diebe und Wegelagerer, die durch die Gassen streiften. Aber selbst, wenn er mit ihnen lachte, Geschichten austauschte und raufte, war er immer darauf gefasst, aufzuspringen und sich ein Messer von der Kehle zu halten. Trotzdem schätzte er die rauen Kerle. Jeder von ihnen hatte eine tragische Vergangenheit und mancher sogar ein gutes Herz. Außerdem waren sie begnadete Geschichtenerzähler, wie Sam festgestellt hatte. Ihm behagte dieser Umgang zwar nicht, doch nur so erfuhr er von den Geschehnissen außerhalb der Stadt.

»Ich wurde nicht dafür bezahlt, euch alle abzumurksen«, stellte Lawson nüchtern klar. »Ich bin auf der Durchreise.«

»Und das sollen wir dir einfach glauben, ja?«, blaffte Jakswell.

»Das solltet ihr«, mischte Sam sich ein. »Ich kann für ihn bürgen.«

»Du, Bürschchen?« Der Wegelagerer schnaubte. »Du hast zu wenige Winter gesehen, als dass du eine Ahnung von Männern wie ihm haben könntest.«

Der Junge funkelte ihn an. »Ich weiß, wovon ich rede«, fauchte er den Mann an. »Schließlich habe ich genug Zeit mit Kerlen wie dir verbracht!«

»Lass es gut sein, Sam«, beruhigte ihn der Söldner. »Ich sehe, ich bin hier unerwünscht.« Er stand auf. »Ich werde morgen wieder aufbrechen. Wegen dem, was wir besprochen hatten … Mach dir deshalb keine Sorgen. Vielleicht gelingt es dir ja, mich noch abzupassen, wenn du reden willst.«

Dann ging er zu der Treppe, die zu den Gästezimmern führte.

Hagen spuckte aus. »Solchem Volk ist nicht zu trauen.«

Jakswell prostete ihm zu. »Was hast du mit so einem zu schaffen?«, wollte er von Sam wissen.

Der Junge schüttelte nur den Kopf. »Das geht dich nichts an.«

Bain sah ihn furchtsam an. »Er sah aus wie ein Rabe der Hexe. Ich habe gehört, sie umschwärmen sie wie eine Wolke und verwandeln sich in furchterregende Krieger, wenn sie sie losschickt, um jemanden zu töten.«

»Wer hat sich das denn ausgedacht?«, spöttelte Sam. »Du selbst?«

Hagen lachte. »Seit wann glaubst du an Märchen, Bain? Demnächst behauptest du auch noch, die lausigen Köter von Jak seien Bluthunde.«

»Diese lausigen Köter beißen dir noch in den Arsch, wenn du weiter so das Maul aufreißt!«, bellte Jakswell.

Sein Kamerad ertränkte seine nächsten Worte lieber im Ale. Dann zog er einen kleinen Geldbeutel aus der Tasche und warf ihn dem Jungen in den Schoß. Der sah ihn fragend an.

»Meine Tochter hat mir erzählt, dass irgendein Bursche versucht hat, sie zu begrapschen. Er lebt in diesem Waisenhaus an der Stadtmauer. Könntest du das unterbinden?«

»Sehe ich einem Söldner jetzt schon so ähnlich, dass du mich mit ihm verwechselst?« Seine Finger schlossen sich dennoch um den Beutel.

Der Mann verzog das Gesicht. »Du lebst doch dort, oder nicht? Der Junge hat nichts getan, was ich in seinem Alter nicht auch versucht hätte, aber er soll sich von ihr fernhalten. Persönlich kann ich in dieses Nest nicht einsteigen, aber du könntest es ihm klarmachen.«

Sam dachte kurz nach und nickte dann. »In Ordnung.«

Er leerte seinen Becher und stand auf. »Ich muss ohnehin gehen, da kann ich mich auch gleich um ihn kümmern.«

Jakswells ausgestreckter Arm hielt ihn zurück. »Du solltest solchem Pack aus dem Weg gehen«, raunte er ihm zu. »Sonst wachst du irgendwann mit aufgeschlitzter Kehle auf.«

Sam erwiderte seinen Blick fest und riss sich los. »Ich weiß, was ich tue«, gab er grob zurück und marschierte auf die Tür zu.

Nachdem der Junge die Schenke verlassen hatte, schlug er den Weg zu den Stadttoren ein. Nach wenigen Straßenecken rückte das heruntergekommene Waisenhaus bereits in Sicht.

Verschwörerische Stimmen drangen an sein Ohr. Drei Gestalten lungerten auf dem schlammigen Pfad herum. Sam erkannte sie sofort. *Was suchen* die *hier?*

Der glatte, geölte Haarschopf und das plumpe Gesicht des einen gehörten Micah, dem Sohn eines einflussreichen Händlers, bei dem halb Eschenbach verschuldet war. Flankiert wurde er von seinen Spießgesellen.

Als der Müllerbursche sich näherte, entdeckten sie ihn. Micah setzte ein breites Lächeln auf.

»Sam! Verzeih die Störung, wir wollten uns nur einmal ansehen, in welcher Absteige du untergekommen bist, ehe der Müller sich dir gnädig gezeigt hat. Sei ehrlich, mein Freund, sind dir die Spinnen nachts in die Ohren gekrochen? Ich an deiner Stelle hätte es keine drei Tage in diesem Armenhaus ausgehalten. Wie kommt es, dass es dich noch immer hierher verschlägt? Sehnsucht nach den Läusen?«

Sam kniff die Augen zusammen. »Kann dir doch egal sein, wohin ich gehe«, knurrte er durch zusammengebissene Zähne.

»Man möchte es kaum glauben«, höhnte Micah, ohne sich um seine Worte zu scheren. »Es ist eben ein Glück, wenn ein Bauernlümmel wie du das Gespiele eines hohen Herrn wird, nicht?«

»Was hast du gesagt?«, entfuhr es Sam. Unwillkürlich ballte er die Hände zu Fäusten. Das Blut schoss ihm in die Ohren.

»Du hast mich schon verstanden«, feixte sein Gegenüber und seine Kumpane lachten dreckig. »Einen anderen Grund kann es schließlich nicht geben, weshalb er dich in seiner Nähe … Argh!«

Eine Ratte war ihm durch die Füße gehuscht und krallte sich nun in seinem Hosenbein fest. »Verdammtes Biest!« Er schüttelte sie ab und trat nach dem Nager, der unter lautem Quieken in einer Gasse verschwand.

Sam konnte sich ein Grinsen nicht verkneifen. »Angst vor Ratten? Ich bin sicher, du hast kaum je eine zu Gesicht bekommen.«

»Ich habe eine direkt vor meiner Nase. Ein verdammt großes, hässliches Exemplar.«

Der Müllerbursche ließ diese Bemerkung an sich abprallen. »Und was dich angeht … in deinen feinen Unterkünften muss es kalt sein. Schüren die Diener dein Feuer nicht ausreichend? Hast du dich deshalb so dick eingepackt, dass du einem Schwein Konkurrenz machen könntest?«

Micahs Wangen verfärbten sich rot. Er war übergewichtig und konnte die Mädchen nur durch seinen Reichtum locken, wenn er wie ein Gockel um sie herumscharwenzelte und große Reden hielt.

Aber mir laufen sie nach, du aufgeblasener Pudding! Ich brauche keinen zweiten Namen, um sie zu beeindrucken. Und Delia gehört mir.

»Wie war das eigentlich?«, stichelte Micah. »Ich habe gehört, die Stadtwache hat dich in irgendeiner dunklen Gasse aufgelesen, die Taschen ganz ausgebeult von Diebesgut. Ich wette, du hast geweint wie ein kleines Mädchen, als sie dich holten. Eine Schande, dass sie dich nicht an den Pranger gestellt haben. Verwunderlich ist es jedoch nicht. Sie sammeln häufig Streuner wie dich auf, um sie ins Waisenhaus zu sperren. Dem Statthalter hat es sicher nichts ausgemacht, dass sie deine Visage erhalten haben.«

Sam machte einen Schritt auf ihn zu und ballte die Hände zu Fäusten. »Halt dein Maul!«

Bei dem Wort *Streuner* traf ihn die Erinnerung wie ein Faustschlag.

»Streuner! Komm zu mir, sofort.« Feste Hände packten und zogen ihn mit sich zu den Hunden. Sie zwangen ihn, ein Halsband zu tragen. Die kalten Glieder jagten ihm eine Gänsehaut über den Rücken. Zitternd hockte er an der Wand, mit einem Seil an einen der Eisenringe gebunden. In den Zwingern neben ihm hörte er das Winseln der Jagdhunde, wenn die Aufseher sie traten.

»O-ho! Scheint, als hättest du es noch immer nicht verwunden, stimmt's Leute? Wie oft lässt er dich denn rufen, damit du ihm

Gesellschaft leistest? Ich schätze, nicht oft genug, dass du dieser Bruchbude hier lange genug entkommst. Immerhin hat er dir ein neues Heim verschafft, damit du die Wanzen nicht länger in sein Bett bringst.«

Sam schüttelte es vor unterdrückter Wut. Er wusste, dass Micah ihn provozieren wollte, doch er fürchtete, dass derlei Gerüchte auf fruchtbaren Boden fallen könnten. Die Menschen hungerten förmlich danach, sich von ihrem Elend abzulenken und sich an einem unzüchtigen Skandal zu weiden.

»Du hast doch keine Ahnung, wovon du redest!«, stieß Sam zwischen zusammengebissenen Zähnen hervor.

»Was höre ich da heraus? Sag nicht, er wäre deiner bereits überdrüssig! Nun gut, vielleicht erlaubt er dir trotzdem, in der Mühle zu bleiben. Und wenn nicht … Das ist das Schöne an einem Leben als ungewolltes Waisenkind. Du brauchst deine Familie nicht länger, sondern bekommst eine ganz neue, die sich wie die Ratten vermehrt!«

Seine Kumpane grölten. Ihr Gelächter schallte Sam in den Ohren und das Zittern ergriff seine Hände. Er verschränkte die Arme vor der Brust, um es zu verbergen, und musste den Impuls unterdrücken, sich an den Oberarm zu fassen, wo man ihm das Zeichen eingebrannt hatte, das ihn als Besitz der Söldner kennzeichnete.

Du hast keine andere *Familie. Wir sind deine Familie!* Ich *bin es! Hast du das verstanden, Junge?*

Er spürte eine Hand, die sich ihm auf die Schulter legte.

»Lasst es gut sein.« Der Sprecher war ein Junge in seinem Alter mit rotblonden Haaren, die ihm verwegen ins Gesicht fielen, und dunkelbraunen Augen, die er abschätzig zusammenkniff.

Es hätte nicht fiel gefehlt und Sam hätte vor Erleichterung laut aufgeseufzt. Neirin wusste immer, was in ihm vorging. Wann er von seinen Geistern heimgesucht wurde.

»Verspritz dein Gift anderswo, Schweinchen. Ich hatte einen miesen Tag und würde es dir sehr übelnehmen, wenn du meine kostbare Zeit verschwendest. Und es warten noch mehr darauf, einen wohlgenährten Adeligen in eine dunkle Ecke zu zerren und ihn seine Eingeweide betrachten zu lassen. Diese Viertel sind ein raues Fleckchen und ich würde es nicht übers Herz bringen, die armen Leutchen bei dieser noblen Tätigkeit zu stören.«

Die Burschen wurden kalkweiß. »Willst du mir drohen?«, stieß Micah hervor.

»Keineswegs«, empörte sich Neirin. »Ich werde versuchen, es ein wenig anschaulicher zu machen, damit auch du es verstehst. Wenn du noch länger bleibst, werden die Menschen dich irgendwann entdecken, sich auf dich stürzen und dir das Fleisch von jeder einzelnen Rippe nagen. Du kannst es ihnen nach diesem harten Winter nicht verdenken. Wir haben keine fetten Jungen wie dich und mit dir hätten wir noch genug Knochen für die Suppe, um uns bis zur Ernte durchzuschlagen.«

Ein Schweißtropfen rann Micah übers Gesicht.

Neirin trat beiseite. »Ich würde mich beeilen. Ich meine, ich höre Cray dort drüben singen. Er könnte gutes Geld mit einem Eintopf verdienen, meinst du nicht, Sam?«

Die Jungen schraken zusammen und nahmen die Beine in die Hand. Neirin grinste hinterhältig.

»Musstest du das so ausmalen?«, fragte der Müllerbursche mit hochgezogenen Augenbrauen, während er ihnen nachsah.

»Es vertreibt die Zeit.«

Sam prustete. »Du hast sie das Fürchten gelehrt.«

»Ich bin mir sicher, wenn ich die Leute fragen würde, würden sie es sich zweimal überlegen.«

Die Freunde trotteten weiter. Der rotblonde Junge warf ihm einen eingehenden Blick zu. »Alles in Ordnung mit dir, Sam?«

Der nickte. »Ja, schon, ich muss nur meine Gedanken sortieren.« Er lächelte flüchtig und sah zu den Stadttoren zurück, hinter denen der graue Bergfried wie zum Spott aufragte.

Gemeinsam legten sie den restlichen Weg zum Waisenhaus zurück. Wie alle Häuser in diesem Viertel hatte man das Waisenhaus eilig und mit dürftigen Mitteln erbaut. Die hölzernen Stützbalken wiesen tiefe Kerben auf und das Gebäude befand sich in einem frühen Stadium des Verfalls. Das Schieferdach wies einige Löcher auf, die Granitsteine bröckelten an mehreren Stellen und man sah noch die kümmerlichen Überreste des Efeus, der sich im Sommer an den Wänden emporgerankt hatte. Trotzdem hatte das Haus etwas Unverwüstliches.

»Wie war dein Tag?«, fragte er Neirin, um auf andere Gedanken zu kommen.

»Großartig«, schnaubte dieser sarkastisch. »Ich durfte die Heilkräuter wieder in die Regale einsortieren, nachdem irgendein Trottel in sie hineingestolpert ist. Und danach habe ich Glühwein ausgeschenkt, ohne selbst auch nur einen Tropfen abzubekommen.«

Sam schaute mitleidig drein.

Neirin war der Lehrling des Heilers und lebte im Haus des Statthalters und doch hatte er Margarete nie den Rücken gekehrt. An seinen freien Tagen half er in den Stadttavernen aus. Seinen Lohn entrichtete er dem Waisenhaus ebenso wie Sam. Jedoch ging sein Freund noch einen Schritt weiter, denn in den zwielichtigen Schenken konnte er mit Diebstahl und Gaunerei ein paar zusätzliche Münzen abgreifen. Und Neirin war ein vortrefflicher Dieb.

Auf Anweisung des Heilers hatte er dieser Neigung zwar abgeschworen, aber wenn es schlecht um das Waisenhaus stand, fiel er in alte Gewohnheiten zurück. Manchmal führte er ein ganzes Rudel Kinder in den Bergfried, wo die Vorratskammern der Stadt lagen, und plünderte die Getreidespeicher. Sam warnte ihn stets davor, es mit seinem Glück nicht zu weit zu treiben. Zwar war es ihm bisher gelungen, die Nachtwächter zu narren, die ihn noch nicht als Drahtzieher enttarnt hatten, doch es war bloß eine Frage der Zeit.

Sie erreichten das Waisenhaus und Sam stieß die Tür auf. Der würzige Duft von Eintopf empfing sie. Die Köchin, Bertha, stand an der Feuerstelle und rührte in einem Kessel. Auf dem Sims über ihr zerrieb ein Wichtelmännchen Kräuter. Es hatte ein zerknittertes Gesicht und mausgraue Fransen lugten unter seiner beigen Wollmütze hervor, an die es verschiedenfarbige Knöpfe genäht hatte. Das kleine Männlein trug eine Latzhose und ein weißes, fleckiges Hemd. Um den Hals hatte es sich einen dünnen, blauen Wollschal gewickelt. Seine Füße waren nackt, hatten aber lederne Sohlen.

Lune und Margarete saßen beide am Tisch und schauderten in dem kühlen Luftzug.

Margarete war eine dünne Frau mit langen, strohblonden Haaren, die sie zu einem Zopf geflochten hatte. Sie war erschöpft. Er sah es an ihren gebeugten Schultern und den geröteten Augen. Margarete lächelte den Jungen zu.

»Wie geht es euch? Konntet ihr den Ruhetag ein wenig genießen?«

Die Freunde warfen sich zerknirschte Blicke zu. Beide hatte sie nicht daran gedacht, ihrer alten Betreuerin zur Hand zu gehen.

»Das glaubst du doch selbst nicht«, ließ Lune in diesem Moment verlauten. »Wahrscheinlich wissen sie noch nicht einmal, dass es einen solchen Tag gibt.«

Neirin zog die Tür zu und warf sich neben Lune auf einen freien Stuhl. Er verdrehte übertrieben die Augen und sie schlug ihm lachend auf den Arm. In dieser schäbigen Küche, umringt von seinen Freunden, fühlte Sam sich geborgen. All seine Sorgen fielen dann von ihm ab. Sein Herz zog sich zusammen, als er sich vorstellte, das alles aufzugeben.

»Dann hoffe ich wenigstens, dass ihr Hunger mitgebracht habt.« Margarete nickte zu dem Eintopf hin, der über dem Feuer köchelte. »Bertha hat den ganzen Tag Gemüse geschält und das Fleisch zubereitet. Heute Abend werden wir alle ohne knurrenden Magen zu Bett gehen.«

»Na, was für ein Glück«, murrte das Wichtelmännchen. »Ich kann keinen Salzhering mehr sehen. Den nächsten auf meinen Teller kippe ich auf die Gasse.«

Sam nahm das als Stichwort, um die beiden Brotlaibe auf den Tisch zu legen.

Bertha strahlte. »Der Tag kann gar nicht mehr besser werden«, lobte sie und zerzauste ihm liebevoll das Haar, ehe er sich wegducken konnte.

»Habt ihr irgendetwas Neues zu berichten?«, fragte Margarete.

Sam schüttelte den Kopf. »Eigentlich nicht, nein.« Der Junge machte sich daran, die Brote in Scheiben zu schneiden. »Vielleicht …« Er zögerte. »Nein, es ist nichts.«

»Dafür habe ich etwas mitzuteilen«, verkündete Neirin und hob stolz den Kopf. »Mir wurde ein Platz im Sanatorium von Grauehr angeboten.«

Sam pfiff anerkennend und Margarete griff lächelnd nach seiner Hand. »Das ist wunderbar, Nye. Ich freue mich für dich.«

Ein Schatten der Enttäuschung huschte über Lunes Züge, aber sie sagte nur: »Gut gemacht. Es wird dir bestimmt gefallen.«

»Danke. Wenn ich mich anstrenge, kann ich meine Lehrzeit vielleicht schon in zwei bis drei Jahren abschließen und selbstständig arbeiten.«

»Du wirst das ganz großartig machen«, meinte Bertha und schnäuzte sich in ein Taschentuch. »Endlich wird hier jemand erwachsen.«

»Was soll das denn heißen?«, empörte sich Sam übertrieben betroffen.

Das Wichtelmännchen schnaubte bloß und widmete sich wieder seiner Arbeit.

»Guten Abend, Sedulos«, begrüßte Sam es freundlich, als ihm seine guten Manieren wieder einfielen.

»Guten Abend«, gab es unwirsch zurück und warf ihm einen missbilligenden Blick zu. »Du solltest den Tisch decken«, fügte es naserümpfend hinzu.

Sam seufzte und kramte Besteck und Holzschüsseln aus einer Truhe. Lune ging ihm zur Hand und brachte gefüllte Schalen in den Aufenthaltsraum, wo die kleineren Kinder sich allmählich versammelten, während die Älteren in der Küche essen würden.

»Was habe ich diesmal falsch gemacht?«, hakte er bei ihr nach. »Ist es, weil ich nicht früher mit ihm gesprochen habe?«

Sie winkte ab und verspritzte dabei beinahe den Eintopf. »Ach, er ist doch immer so.«

»Kein Protest von dir? Keine Empörung?« Sedulos Stimme wehte vom Nebenzimmer zu ihnen herüber.

Sam reckte den Hals und sah, dass das Wichtelmännchen mit seinen Händen herumfuchtelte.

»Ich habe Geschichten über diesen Jungen gehört, jawohl, und nichts Schmeichelhaftes!«

»Das bezweifle ich nicht«, erwiderte Neirin süffisant. »Allerdings darf ich anmerken, dass ich nicht in der Stimmung für alberne Wortgefechte bin. Entweder du hältst den Mund oder ich tunke dich in die Suppe.«

»Neirin!«, schimpfte Bertha. »Ich verbitte mir diesen Ton!«

»Was denn?«

Sam und Lune warfen sich amüsierte Blicke zu und kehrten zurück in die Küche. Das Mädchen kniete sich hin und streute eine Handvoll Brotkrumen auf den Boden. Ein Riss am unteren Teil der Mauer beherbergte eine kleine Feldmaus, die sich häuslich eingerichtet hatte. Die kleineren Kinder hatten sich diese Angewohnheit von dem älteren Mädchen abgeguckt, sodass sie inzwischen aussah wie eine dralle Kugel auf vier Beinen. Vermutlich war diese Maus das bestgenährte Lebewesen in den Elendsvierteln.

Sedulos warf Lune einen missbilligenden Blick zu. »Man sollte Schädlinge nicht durchfüttern«, brummelte er leise vor sich hin und wandte sich wieder seiner Arbeit zu. Sam hatte das ungute Gefühl, dass diese Aussage auch auf ihn gemünzt war. Das Wichtelmännchen hatte ihn noch nie ausstehen können.

Das Mädchen überging seinen Kommentar und durchsuchte die Schränke nach zusätzlichem Geschirr. »Wann kommen die anderen?«, erkundigte es sich.

»Lotte und Tilda kommen nicht mehr. Sie bleiben bei der Schneiderin. Ich glaube, es gefällt ihnen dort.«

»Sie arbeiten für die alte Vettel?«, rief Sam aus. »Seit wann?«

Margarete konnte sich ein Lächeln nicht verkneifen. »Seit ein paar Tagen. Ich bin froh, dass sie eine Begabung für derlei Dinge haben, damit konnte ich … die alte Vettel überzeugen.« Sie kicherte. »Andere machen es mir da nicht so leicht.« Sie warf Lune einen bedeutungsschweren Blick zu.

Sie hatte seiner Freundin ebenfalls eine passende Stelle suchen wollen und sich für eine Anstellung in einem der Kaufmannshäuser umgehört. »Ich bin keine Dienstmagd!«, hatte das Mädchen sie entsetzt angefahren, als es Wind davon bekommen hatte.

»Ich habe absolut kein Interesse an einer solchen Lehrstelle«, knurrte Lune und stellte demonstrativ einen Teller Suppe vor sich ab, die dabei über den Rand zu schwappen drohte.

Ein kleiner Junge kam heulend in den Raum gestürzt und klammerte sich an der dünnen Frau fest. Margarete beugte sich zu ihm hinunter, während er ihr seine Klagen ins Ohr schluchzte, und folgte ihm dann nach draußen.

Schweigend arbeite Sam weiter und füllte das Brot in Körbe, die er auf die Tische stellte.

Seine Gedanken wanderten zu Jared. Er hatte bereits Jahre in Schwarzborn zugebracht, als Sam dorthin verschleppt worden war. Und unter den anderen Rekruten hatte nur er ihm je Freundlichkeit entgegengebracht. Hatte er seine Lebensfreude gänzlich eingebüßt, nachdem auch er ihn für tot halten musste?

»Hast du ein paar alte Bekannte getroffen?«, fragte Sam seinen Freund, um sich vom Grübeln abzulenken.

»Und ob. Kennst du noch Bain Geisterseher? Er ist bei jemandem eingestiegen und du wirst nicht glauben, bei wem! Dabei ist er ein solcher Feigling.«

»Neirin«, rief Margarete mahnend aus dem Nebenzimmer. »Pass auf, was du sagst! Sollen die Kinder sich etwa diesen Schund anhören? Mach dich nützlich und ruf die Mädchen runter!«

Sie wusste von Neirins zwielichtigen Geschäften, zumindest glaubte sie es, aber er trug damit auch zum Erhalt dieser Einrichtung bei, also hörte sie lieber im rechten Moment weg.

»Ja, hohe Dame«, flüsterte er Lune zu, ehe er aufstand, und beide prusteten los.

Während Neirin durch das ganze Haus brüllte, ließ Bertha das Wichtelmännchen auf ihre Hand klettern und setzte es auf den Tisch. Es hockte sich neben ihren Teller und zog seinen winzigen eigenen zu sich heran. Neirin kam mit vier jungen Frauen in die Küche gestapft. Sie setzten sich kichernd und schwatzend zusammen.

»Guten Appetit!«, rief Margarete und Sam machte sich hungrig über seine Schale her. Der Teller des Jungen war schon halb leer, bevor die anderen überhaupt angefangen hatten.

»Er ist doch kein Schwamm!«, flüsterte Lune Neirin zu, der leise gluckste.

»Ist die Suppe nicht noch heiß?«, fragte sie Sam neckisch.

Neirin schlug seinem Freund anerkennend auf den Rücken. »Ein wahrer Mann kennt keinen Schmerz, was?«

Lune schüttelte sich vor Lachen, aber Sam zuckte nur mit den Achseln und schaufelte weiter. Er hatte schon sehr früh gelernt, seine Mahlzeiten so schnell wie möglich hinunterzuschlingen, bevor ein anderer sie ihm abjagen konnte. Und der Eintopf war köstlich. Bertha war eine begnadete Köchin. Selbst Sedulos schmatzte genießerisch.

»Das schmeckt wirklich …«, setzte er an und verstummte dann. Rufe erschallten. Hysterische, angsterfüllte Rufe. Die anderen sahen ihn verständnislos an, bis auch sie es hörten. Margarete stand auf und öffnete die Tür, um nachzusehen, was da los war. Wieder ertönten Rufe. Nun klar zu vernehmen durch die Nacht.

»Sie kommen! Sie kommen!«

Der Brief im Feuer

RHENAWEN

Schlammiges Wasser spritzte auf, als sie an den ersten Häusern vorbeikam. Der Himmel war wolkenverhangen und ließ Regen auf das einsame Dorf herabfallen, als wollte er es in seinen eisigen Fluten ertränken. Tropfen perlten von der Kapuze, die das Gesicht verbarg, und der lange Mantel hing ihr feucht von den Schultern. Das Reittier, ein stattlicher Hengst, schüttelte unwillig den Kopf, als ihm das Wasser in die Augen rann.

In dem trüben Licht wirkten die einfachen Behausungen bedrohlich. Die dunklen Fenster erinnerten an die leeren Augen eines Ghuls, eines jener Geschöpfe, die über die Schlachtfelder krochen und die Leichen fraßen. Von einigen der Hütten war nichts übriggeblieben als eingestürzte Mauern und verkohlte Holzbalken, zwischen denen das Unkraut wucherte.

Zu dieser Stunde waren die Straßen wie ausgestorben, doch die Reiterin spürte die Blicke hinter den Türspalten und Vorhängen. Die Armeen waren weitergezogen, aber geblieben waren Besatzungstruppen, die diesen abgelegenen Landstrich mit eiserner Faust regierten.

In der Ferne hörte man das Krähen eines Hahns, das in der Stille unnatürlich laut klang. Die Reiterin hielt auf eine Taverne zu, dem einzigen erleuchteten Fleck in dieser trostlosen Umgebung. Das Licht, das aus der Stube drang, wurde von den Wasserlachen auf der Straße reflektiert und man hörte dumpfes Stimmengewirr, das nach draußen drang. Sie ließ sich aus dem Sattel gleiten und versank dabei knöcheltief in der aufgeweichten Erde.

In der Taverne schlug ihr der Geruch von Rauch und Gewürzen entgegen. Sie ließ die Tür ins Schloss fallen und streifte die Kapuze ab, wobei sie das Gesicht eines Mädchens enthüllte, das sich die nassen, dunklen Strähnen aus den Augen strich.

Der Schanksaal war nur spärlich beleuchtet. Nahe dem Tresen prasselte ein Feuer im Kamin, das gerade genügend Licht spendete, um sein Gegenüber zu erkennen. An den massiven Eichenholztischen saßen nur wenige Gäste, die sich nicht einmal nach dem Neuankömmling umsahen.

Das Wappen, das an einen der Holzpfosten genagelt worden war, zeigte den aufsteigenden Adler des Fürstentums Loranien. Ein Schwerthieb hatte den Stoff zerteilt. Der Rumpf des Vogels war eingerissen und das imposante Tier wurde halb von den Fetzen verdeckt. Eine letzte Mahnung der Soldaten, dass diese Gegend nun gereinigt war von rebellischem Gedankengut, und die Dorfbewohner wie die Reisenden sollten es nicht vergessen.

Rhenawen strich im Vorbeigehen mit den Fingerspitzen über den Stoff und verspürte scharfes Bedauern. Diese Menschen hatten viel mehr als ihre Heimat verloren. Mit dem Ende dieses Konflikts würden nicht bloß die Leichen ihrer Söhne und Väter begraben werden, sondern auch ihre Identität.

Das Mädchen trat an den Tresen und bestellte einen Krug Grog, ein Getränk aus Rum, Zucker und heißem Wasser, um die Kälte aus den Gliedern zu vertreiben. Während sie wartete, beobachtete Rhenawen die Wirtin bei ihrer Arbeit. Sie war eine stämmige Frau mit rostroten Locken, die mitgenommen aussah, als wäre sie vor ihrer Zeit gealtert. Als die Wirtin ihr das Gewünschte brachte, blieben ihre Augen an den Zwillingsdolchen hängen, die im Gürtel des

Mädchens steckten. Dieses erwiderte ihren forschenden Blick ungerührt. Die Züge der Wirtin verhärteten sich, aber sie sagte nichts.

»Was ist mit dem Wappen passiert?«, fragte eine Männerstimme hinter ihr. Rhenawen wandte leicht den Kopf und ihr Blick fiel auf ein wettergegerbtes Gesicht, in dem wache Augen lagen. Das fettige Haar, in welches sich graue Strähnen mischten, reichte ihm bis auf die Schultern. An seinem Tisch saßen noch weitere Männer, die den geschändeten Adler beäugten, als hinge an seiner Stelle ihr Erstgeborener.

Die Wirtin sah kurz zu dem zerschnittenen Wappen hinüber und schüttelte den Kopf. »Die Soldaten haben versucht, es herunterzureißen. Ich werde es abhängen.«

»Abhängen?«, wiederholte der Mann angewidert. »Um es durch einen Kreis aus Sternen zu ersetzen?«

»Sie würden mir ansonsten die Taverne niederbrennen«, erklärte die Wirtin mit müder Stimme.

»Verdammtes Pack«, knurrte einer seiner Kumpane und vollführte eine rüde Geste mit der Hand.

»Sei leise«, zischte eine Kellnerin, die gerade die Teller ihrer beendeten Mahlzeit abräumte. »Die Soldaten sind niemals weit.« Mit diesen Worten eilte sie davon.

Der Mann brummte etwas Unverständliches und stürzte den Inhalt seines Krugs hinunter. Er sah aus wie ein Veteran der einstigen Streitkräfte, den Schwielen an seinen Händen nach zu urteilen und der langen, wulstigen Narbe, die sich über seinen Hals zog, als hätte jemand versucht, ihm die Kehle durchzuschneiden.

»Verängstigte Hühner, allesamt«, polterte ein anderer aus der Runde und setzte seinen Humpen so heftig ab, dass mehrere Gäste zusammenzuckten und sich nach ihm umsahen. Er erhob sich schwankend. »Aber eins sage ich euch …!«

Der Kerl mit den fettigen Haaren zog ihn grob wieder auf die Bank. »Genug jetzt«, fuhr er ihn an. »Wenn du dich schon zu Tode saufen musst, dann tu es, aber tu es schweigend, kapiert?«

Als der Betrunkene zu einer Schimpftirade ansetzte, wandte Rhenawen sich gelangweilt ab und suchte sich einen freien Tisch an einem der Fenster. Sie streifte den durchnässten Mantel ab und wärmte die Finger an ihrem Becher. Mit halbem Ohr lauschte sie den Gesprächen um sich herum.

»Also, nun berichte uns, was du dort draußen gesehen hast, Wanderer. Nicht viele verirren sich hierher«, ertönte eine heisere Stimme vom Tisch neben ihr. Dort saßen einige Männer zusammen, die alle ihre Blütejahre hinter sich gelassen hatten. »Was ist geschehen, während wir hier müßig herumgesessen und auf bessere Zeiten gewartet haben?«

»Wo soll ich da anfangen?«, fragte der Angesprochene und stierte dabei in seinen Krug. »Ihr habt umsonst gewartet. Es steht nicht gut um unsere Heimat.« Es dauerte eine Weile, bis er fortfuhr. »Die Kunde von den Grenzüberschreitungen hat uns schon früh erreicht, aber niemand hat es ernst genommen. Selbst wenn Astor sich an sein blutiges Erbe erinnert und es auf einen Krieg angelegt hat, ist diese Gegend zu entlegen, um von strategischem Wert zu sein, so dachten wir zumindest. Die Wahrheit sah aber ganz anders aus. Was wir für Grenzüberschreitungen gehalten hatten, waren tatsächlich Aufstände, die sich allmählich ausbreiteten. Ich hatte zwar schon von Unruhen gehört, von Ausrufern, die tagsüber in einem Dorf auftauchten und des Nachts wieder verschwanden, doch anscheinend steckte mehr dahinter. Manche munkelten, die Rebellen hätten ihre Finger im Spiel.

Allerorts schienen die Leute verrückt geworden zu sein, denn sie verweigerten die Abgaben, als die Steuereintreiber kamen, und metzelten sie mit Forken und Prügeln nieder. Nur die Götter wissen, wer ihnen diesen Floh ins Ohr gesetzt hat. Es kam, wie es kommen musste. Unsere Dörfer gerieten in Streit. Die eine Hälfte schrie nach dem Zuchtmeister, die andere nach der Freiheit, und es dauerte nicht mehr lange, bis die Kornspeicher brannten und sich Bruder gegen Bruder wandte.«

Seine Zuhörer murmelten betroffen und stießen auf das Gedenken ihrer Zunftgenossen an, ehe der Wanderer mit seinem Bericht fortfuhr.

»Nach diesem blutigen Spektakel verlor ich schon fast den Mut und als ich die Fahnen des Rats am Horizont sah, brachen ich und meine Kameraden in Jubel aus. Uns kümmerte nicht mehr, wer uns zur Hilfe eilen würde, und wenn es den Fürsten von Loranien nicht scherte, so war uns jeder andere ebenso recht. Wie hätten wir ahnen können, was folgen würde?«

An diesem Mann ist ein guter Geschichtenerzähler verloren gegangen, dachte das Mädchen amüsiert, doch sie hörte weiterhin neugierig zu.

»Als die Soldaten in mein Dorf kamen, trieben sie sämtliche Knaben zusammen, die kräftig genug waren, um eine Axt zu halten. Ich hielt einen dieser Grobiane am Arm fest, als er einen jungen Burschen abführte. *Was soll das?*, fragte ich ihn. *Sind euch die Fußsoldaten ausgegangen?* Da lachte er nur. Erst da begriff ich, wen man uns geschickt hatte. Die sogenannte Verstärkung aus Astor waren angeheuerte Söldnertruppen aus Schwarzborn und den Frostfängen.« Der Wanderer rieb sich über die Augen. »Man gab den Burschen Keulen und Mistgabeln und als die Aufständischen sich wieder versammelten, um die Söldner fortzujagen, stellten diese die Jungen in die vorderste Reihe. Noch nie habe ich so etwas mit ansehen müssen. Und die Schreie …«

»Sie haben die Kinder getötet?«, fragte der Heisere leise. »Nicht einmal das hat sie aufgehalten?«

»Nein. Sie metzelten alle nieder. Ich habe gehört, was ihr Wortführer gesagt hat. Er hat die Söldner für ihre Feigheit verflucht und sie aufgefordert, die Kinder fortzuschicken. Aber die verhöhnten ihn nur. Um die Kinder zu retten, hätten die Aufständischen sich ergeben müssen. Und für einen Moment dachte ich, sie würden es tun. Doch dann meinte ihr Wortführer, dass ihr Kampf dieses Opfer wert sei und seine Leute stürmten vor. Vermutlich fürchteten sie sich davor, sich der Gnade der Söldner auszuliefern. Und fast wäre es diesen … Rebellen sogar gelungen, die Söldner durch ihre schiere Masse zu erdrücken, aber letztendlich mussten sie fliehen.«

Der verhärmte Mann rieb sich die Nasenwurzel. »Irgendwann hielt ich es nicht länger aus, die weinenden Mütter zu sehen, die ihre Kinder einsammelten und begruben, und beschloss, weiterzuziehen. Ich erhoffte mir, in den umliegenden Dörfern mehr zu erfahren. Doch noch ehe ich eines davon erreichte, sah ich, was geschehen war.« Er schüttelte den Kopf.

»Ich kann das Grauen kaum in Worte fassen. Auf meinem Weg sah ich die Leichenberge am Wegesrand und die Rauchfahnen, die über den Dörfern hingen. Hunderte waren gefallen oder verwundet zurückgeblieben und für die Krähen liegengelassen worden.«

Rhenawen senkte den Blick auf die Tischplatte und rieb mit dem Daumen über einen alten Brandfleck.

Diese Gegend war zugrunde gerichtet worden. Es war eines der unbedeutenderen Grenzgebiete zwischen Loranien und Astor, das bloß existierte, weil es nach Jahrhunderten der Feindschaft zu Friedensverhandlungen zwischen den Elf Reichen gekommen war. Da es an der ehemaligen Grenze keine natürliche Barriere gab, war eine neutrale Zone zwischen den beiden Ländern etabliert worden. Und solange die Statthalter regelmäßig ihre Abgaben entrichteten, war man mit dieser Lösung zufrieden gewesen. Bisher zumindest.

Doch nun, da die Rebellen die Aufstände geschürt hatten, war der einschüchternde Nachbar zu einer strafenden Hand geworden. Hungersnöte waren ausgebrochen, geschürt von einer schlechten Ernte vor dem harten Winter, und inzwischen waren es nicht bloß die angeheuerten Söldner, die sich an Ehefrauen und Töchtern vergriffen. Die geschlagenen Aufständischen streiften von Dorf zu Dorf und plünderten ihre eigene Heimat.

Diejenigen, die nun davonliefen, kamen an niedergebrannten Höfen und gesalzenen Feldern vorbei. Das Vieh war schon lange davongelaufen oder geschlachtet worden. Das war der Preis, den diese Menschen dafür zahlen mussten, dass einige der ihren den Reden der Rebellen zu eifrig gelauscht hatten.

»Warum haben sie das getan?«, wollte ein Jüngling wissen, dem gerade der erste Bartflaum auf den Wangen spross.

»Ist das nicht offensichtlich?«, schnaubte der Heisere. »Damit halten sie uns weiter klein. Niemand im Umkreis von achtzig Meilen, der davon gehört hat, wird sich noch trauen, auch nur einen Finger gegen die Söldner zu heben. Wer könnte es ihnen verdenken?«

»Sind unsere Streiter denn wirklich so unfähig?«, stieß der Jüngling hervor.

Offenbar war Rhenawen nicht allein mit ihren Ohren bei fremden Gesprächen. Von allen Tischen her blitzten Augenpaare zu ihnen herüber. Auch der Veteran hatte sich der Auseinandersetzung inzwischen zugewandt.

»Was weißt du schon vom Krieg?«, wollte er verächtlich wissen. »Wo warst du, als sie uns beim Keilerkopf niedergemetzelt haben? Hast du da auch hier gehockt und große Sprüche geklopft? Du kannst von Glück sagen, dass sie dich noch nicht eingezogen haben, Jungspund. Ich habe an der Front schon Jungen gesehen, die waren gerade einmal halb so alt wie du und haben unseren Boden mit Blut verteidigt. Und was hast du getan?«

»Lass den Jungen in Frieden«, meldete sich ein anderer zu Wort. »Das waren andere Zeiten. Wir haben hier seit Jahrzehnten keine echte Schlacht mehr gesehen und so wird es auch bleiben.«

»Mag sein, aber dummes Geschwätz sollte man nicht dulden.« Der Jüngling senkte verschämt den Kopf, als der Veteran weitersprach. »Du hast keine Ahnung, wie es ist, einen Kameraden sterben zu sehen oder einen Freund verwundet zurückzulassen, um deine eigene stinkende Haut zu retten. Hast du die Leichenberge gesehen, die sich an den Straßen türmen, und die Aaskrähen, die an ihren Gedärmen picken? Ganz zu schweigen von den Wölfen. Das hier«, er deutete auf die Narbe an seinem Hals, »hat mich davor bewahrt, dass sie mich im nächsten Gefecht massakriert haben. Du hast von nichts eine Ahnung, also überleg dir gut, ob du auf jene schimpfst, die dort draußen sind.«

Ein peinliches Schweigen trat ein, das schließlich von der Wirtin durchbrochen wurde. »Was ist dann passiert, Wanderer?«

»Eben das, was unser Freund hier vermutet hat. Keiner hat sich mehr getraut, die Waffen zu erheben. Die wenigen, die es getan haben, sind aufgehängt worden oder haben sich den Rebellen in Astor angeschlossen. Keiner öffnet einem Reisenden mehr die Tür. Ich selbst habe es kaum bis hierher geschafft. Zweimal haben Bauernfamilien mich mit Steinen vertrieben, als ich mich ihren Höfen näherte ...«

»Und die Flüchtlinge? Wo zieht es sie hin?«

»Manche Familien haben Schutz in Ternos gefunden. Angeblich sind die Gassen mit ihnen verstopft und die Lebensmittel reichen kaum, um jeden satt zu kriegen. Ich hätte es ebenfalls versucht, aber meine Beine lassen zu wünschen übrig. Das Letzte, was ich gehört habe, ist, dass die Söldnerheere sich vor den Toren versammeln und sich auf eine Belagerung vorbereiten.«

Der Wanderer hörte sich müde an, als würde ihn die Last des Geschehens niederdrücken. »Offenbar glauben sie, dort würden sich noch mehr Aufrührer verstecken.«

Vor den Augen des Mädchens entstand ein Bild von verängstigten Menschen, die eng aneinandergedrängt in schmutzigen Gassen kauerten und den Kriegsfanfaren vor den schützenden Mauern lauschten.

»Freunde, wir müssen den Tatsachen ins Auge sehen. Der Fürst von Loranien muss in die Angelegenheit mit den Aufständen verwickelt gewesen sein. Weshalb sonst sollten sie eine Stadt, die unter seinem persönlichen Schutz steht, belagern?«

»Richtig!«, rief ein anderer. »Er hat den Rat damit erzürnt und nun müssen wir dafür leiden!«

»Unsinn! Jeder weiß, dass er versucht hat, die Unruhestifter zu finden und nun für sein Scheitern zur Rechenschaft gezogen werden soll. Dabei ist das nicht einmal den Söldnern gelungen!«

»Genau! Wenn der Rat uns so behandelt, vielleicht haben diese Aufständischen ja doch gut daran getan, ihn zu bekämpfen!«

»Noch ist nicht aller Tage Abend! Diese Brut wird sich die Zähne an unseren Mauern ausbeißen!«

»Der Fürst wird niemals nachgeben!«, bekräftigte der Veteran. »Sollen diese Kindermörder es nur versuchen. Sie werden sehen, was sie von diesen Landen haben! Der Rat wird diese Hundesöhne von Söldnern noch zur Rechenschaft ziehen! Sie überschreiten ihre Befugnisse und dafür wird man sie aufknüpfen!«

Das bezweifle ich, dachte Rhenawen.

»Und der Rat wird einsehen, dass unsere Autonomie gewahrt bleiben muss, wenn er keinen Krieg heraufbeschwören will!«

Weitere Stimmen wurden laut, die seine Worte bekräftigten, und zustimmendes Gemurmel erfasste die Taverne. Selbst die Wirtin sah von dem Teller auf, den sie sauber wischte, und gestattete sich ein Lächeln, welches sie hastig wieder verbarg, als fürchtete sie, die Soldaten draußen könnten es sehen.

»Ternos ist gefallen.«

Augenblicklich verstummten die Stimmen. In der eintretenden Stille hätte man eine Feder fallen hören können. Ungläubig richteten sich alle Blicke auf den Mann, der sich zu ihnen umdrehte. Das Kaminfeuer beschien eine Hälfte seines kantigen Gesichts, dessen stoppelige Wange eine lange Narbe verunzierte. Ein Blick aus harten hellgrauen Augen schweifte über die versammelten Gäste.

Die blanke Abscheu in den Gesichtern der Männer schien ihn nicht zu stören.

Rhenawen unterzog ihn einer gründlichen Musterung und unterdrückte ein Lächeln, als sie ihn erkannte. Zwar war sein Gesicht ausgezehrter und schmaler, als sie es in Erinnerung hatte, aber das spöttische Halblächeln auf seinen Lippen hatte sich nicht verändert.

Anselm war ein alter Bekannter, ein besserer Vagabund, der sich mit allerlei krummen Machenschaften über die Runden half. Nicht selten war er dafür schon in den Stadtverliesen gelandet und doch immer wieder dem Galgen entkommen. Seine Wärter wussten, was sie an ihm hatten. Es gab nicht vieles, was ihm verborgen blieb und damit war er eine nützliche Informationsquelle. Sie hatte nie erfahren, woher er sein Wissen bezog.

»Woher will ein Straßenköter wie du das wissen?«, durchbrach schließlich einer das Schweigen.

Der Veteran spuckte aus. »Er ist einer von denen, siehst du das denn nicht? Vermutlich einer ihrer angeheuerten Söldner. Diesem Otterngezücht ist nicht zu trauen.«

»Offenbar sind der Armee die Rekruten ausgegangen«, fügte einer seiner Kameraden spöttisch hinzu. »Zieht das Heer jetzt schon alte Männer ein?«

Anselm schenkte ihm ein dünnes Lächeln. Er war jünger, als es sein graues Haar vermuten ließ, vielleicht Anfang dreißig. »Ich würde den Mund nicht allzu weit aufreißen, wenn ich du wäre.« Noch während er sprach, legte er die linke Hand auf den Knauf seines schartigen Langschwerts. »Immerhin habe ich schon Trunkenbolde wie dich aufgeschlitzt, als du noch ein sabbernder Hosenscheißer warst, der noch nicht wusste, dass er seinen Schwanz zum Pissen rausnehmen muss.«

Einen Moment lang stutzten die Anwesenden. Dann brachen einige in schallendes Gelächter aus. Es klang seltsam deplatziert und schürte die nervöse Anspannung noch.

Der mit den fettigen Haaren prostete Anselm zu. »Gut pariert.«

Anselm zuckte nur mit den Schultern. »Mein tägliches Brot, fürchte ich. Euer Völkchen ist recht streitlustig, wenn man mehr von sich gibt als die Aufforderung, mehr Ale heranzuschaffen.«

Er warf der Wirtin einen bedeutungsvollen Blick zu, die einer Magd zuwinkte, um ihm den Krug wieder aufzufüllen. Dabei ließ sie ihn nicht aus den Augen.

Der Vagabund nahm einen tiefen Schluck und wischte sich den Mund ab. »Ah, schon viel besser.«

Der Veteran musterte ihn kritisch ohne die leiseste Spur von Freundlichkeit. »Na schön, Fremder. Dann erzähl uns, woher du diese Dreistigkeiten nimmst.«

Sogleich wurde die vereinzelte Ausgelassenheit wieder durch ängstliches Misstrauen ersetzt.

»Die Stadt ist vor sechs Tagen gefallen.«

»Unmöglich!«

»Lügner!«

»Es ist wahr. Ich habe es auch gehört.«

Ein alter Mann hatte gesprochen, der in einer schwach beleuchteten Ecke saß und nun den Kopf hob. Unter seiner Kapuze hingen ihm verfilzte Strähnen ins Gesicht, in dem blinde Augen lagen, und ein langer Bart bedeckte seine Brust. Seine Haut war zerfurcht, als hätte die Zeit selbst ihre Klauen in ihn gegraben. Sein hagerer Körper war in eine Vielzahl von Decken gehüllt und dennoch zitterten seine Hände, die er in die Falten seines Gewandes schob.

»Die Soldaten sind schließlich mit ihren Magiekundigen durch die Tore gebrochen. Der Statthalter ist bei der Verteidigung seiner Feste gefallen. Der oberste General der grauen Heerscharen, eine Geißel der Frostfänge, hat ihn auf den Stadtmauern mit seinem Schwert durchbohrt und ihn zu den Kämpfenden hinabgestoßen. Es heißt, bei diesem Anblick seien die Verteidiger von Trauer übermannt worden und hätten die Waffen niedergelegt.«

»Ganz so romantisch war es nicht«, korrigierte ihn Anselm und leerte lässig seinen Krug. Ihm war bewusst, dass die Leute an seinen Lippen hingen, während er weitersprach. Rhenawen hob eine Hand vors Gesicht, um ihre Belustigung zu verbergen. »Die Torwächter wurden ganz einfach bestochen. Die Zauberer würden sich nicht dazu herablassen, eine Belagerung zu führen, bei der ihre Mitglieder getötet werden könnten. Nachdem der Statthalter in seinem Bett erstochen wurde, haben die Söldner mit Katapulten Chaos in der Stadt ausbrechen lassen. Die eingepferchten Flüchtlinge und die Soldaten haben sich gegenseitig zertrampelt oder wurden von den Gesteinstrümmern zerquetscht. Keiner konnte die Ordnung wiederherstellen und so konnten die Belagerer einfach einmarschieren und die Familie des Statthalters festsetzen. Sie stießen nur auf wenig Widerstand. Dieses Grenzgebiet existiert nicht mehr. Zumindest nicht mehr lange, wenn es erst den umliegenden Ländereien irgendeines adeligen Astori angegliedert wird.«

Das Mädchen musste den Blick abwenden, als manche der Dorfbewohner anfingen zu weinen. Selbst ein paar der hartgesottenen Bauern begannen, hemmungslos zu schluchzen wie kleine Kinder. Sie fühlte sich schuldig, obwohl sie nichts mit diesen Gräueltaten zu tun hatte.

Der Veteran spuckte aus. »Wir sind noch nicht besiegt, Söldnerhund. Es ist gleich, was du erzählst, ich glaube kein Wort davon.«

»Du vergisst mal wieder deine guten Manieren«, rügte ihn der Mann mit den fettigen Haaren. »Der Fußboden hat dir nichts getan. Wenn du deinen Gefühlen Luft machen willst, geh raus und such dir die nächstbeste Streife.«

»Was soll das?«, knurrte der Veteran. »Stellst du dich auf seine Seite, Gwilim? Sieh ihn dir doch an! Er sieht aus wie eine geldgierige Krähe, oder willst du das abstreiten? Wer weiß, wie viele unserer Landsleute er auf dem Gewissen hat?«

»Was? Wo ist er, den bring ich um!«, röhrte einer der Betrunkenen und sah sich schielend um.

»Ich streite gar nichts ab«, entgegnete Gwilim. »Sehe ich aus, als wäre ich blind? Aber ich sehe, dass dieser Kerl ehrlich zu uns war. Wie weit ist es mit uns gekommen, wenn wir Menschen nun schon wegen ihrer Berufung verurteilen?«

Der Veteran rümpfte die Nase. »Wie du meinst. Ich habe ohnehin nicht vor, uns die Patrouillen auf den Hals zu hetzen. Es wurden hier bereits genügend Hütten angesteckt. Es wäre schade, wenn diese Taverne als nächstes drankäme.«

»Wie wahr«, stimmte der betrunkene Kerl neben ihm zu und betrachtete bedauernd seinen leeren Krug. »Komm, setz dich zu uns, du Mistkerl, wenn du schon mal da bist. Allein trinkt es sich nicht gut.« An die Wirtin gewandt brüllte er: »Mehr Ale!«

»Danke, ich verzichte«, entgegnete Anselm und stand auf. »Ich habe heute Nacht noch was zu erledigen und will mich nicht vorzeitig besinnungslos saufen.«

Ehe der Vagabund sich abwandte, zögerte er. »Eins wäre da noch«, setzte er erneut an und suchte dabei den Blick des Veteranen. »Vielleicht interessiert es euch, dass die Tochter des Fürsten fortgeschafft wurde, ehe die Stadt ihrer Mutter fiel. Die Überbleibsel der Hausgarde haben sich ihr angeschlossen, heißt es. Zuletzt wurden sie an der Südgrenze gesichtet, als sie das Grenzgebiet Richtung Meer verließen.«

Der Veteran nickte bedächtig. »Vielleicht habe ich mich in dir geirrt«, räumte er ein.

Rhenawen brauchte einen Moment, ehe sie diese Mitteilung einordnen konnte. Die Tochter des Statthalters von Ternos war die verschmähte Geliebte des Fürsten gewesen, als dieser noch jünger gewesen war, und hatte ihm ein Kind geschenkt. Deshalb hatte schon damals sein Vater die anliegenden Grenzgebiete unter seinen Schutz gestellt, fiel ihr wieder ein. Etwas, das dem Rat von Astor gar nicht gefallen hatte, der bis dahin dieses Recht inoffiziell innegehabt hatte. Vermutlich fühlten diese Leute sich deshalb dem Fürstentum mehr verbunden als dem Rat, auch wenn sie darauf bestanden, eigenständig genannt zu werden.

»Ah«, seufzte der Wanderer. »Das sind gute Neuigkeiten. Vielleicht sind wir doch noch nicht ausgelöscht. Wenn der Wächter sich jetzt noch rührt, können wir den Rat möglicherweise noch überzeugen, von diesem unheiligen Pfad abzuweichen.«

Unheilig, in der Tat, dachte das Mädchen. Sie fragte sich, was der Rat damit bezweckte, dieses Gebiet zu annektieren. Auch wenn seine uneheliche Tochter entkommen war, könnte die Zerstörung ihres Zuhauses den Fürsten dazu veranlassen, nach einem Vergeltungsschlag zu trachten. Rhenawen war noch in diese Frage versunken, als der Jüngling wieder das Wort ergriff.

»Wer ist der Wächter?«

Es gab noch mehr, die fragende Blicke tauschten. Auch Rhenawen sah verwirrt auf, denn sie hatte noch nie von einem solchen gehört.

»Ist das wieder eine neue Gottheit, die sie aus dem Schutt der Ruinen gegraben haben?«, fragte der Veteran spöttisch. »Es kommt mir so vor, als würden die Götter jeden Tag mehr.«

Seine Tischkameraden lachten lauthals.

»Habt ihr ihn wirklich vergessen?«, krächzte der alte Mann, der noch immer in der Ecke kauerte. »Habt ihr den Menschen vergessen, der sein Leben dem Schutz aller Reiche widmet?« Er schüttelte traurig den Kopf. »Niemand erinnert sich mehr daran, wie viel er für uns getan hat, dabei bewacht er uns schon seit Tausenden von Jahren. Er war es, der dabei half, die Herrschaft der Ältesten zu brechen, die unser Volk geknechtet haben. Er trieb die Ungeheuer in ihre Wälder zurück, als sie begannen, unsere Dörfer zu überfallen. Stets hat er die Ordnung aufrechterhalten.«

»Du meinst, er hat die Menschen an der Macht gehalten«, schnaubte Gwilim. »Und allein die Götter wissen, ob wir dafür dankbar sein sollten.«

Rhenawen musste schmunzeln. Er sah es und zwinkerte ihr verschwörerisch zu.

»Außerdem«, fuhr Gwilim fort, »ist der Wächter längst tot. Er war nur ein Mensch und wir sterben nun einmal. Selbst Zauberer sind nur Menschen, auch wenn sie das zuweilen vergessen.«

»Aber was, wenn es stimmt?«, fragte der Jüngling aufgeregt. Sein Gesicht glühte hoffnungsvoll. »Könnte er uns wirklich retten? Könnte er die Besatzer vertreiben?«

»Das sind bloß Ammenmärchen, Bursche. Glaub nicht alles, was man sich erzählt!«, keuchte der Heisere und hustete trocken. »Unseren Statthalter kann nichts zurückbringen und genau das wäre nötig, damit wieder Frieden einkehrt.«

»Unsinn. Es gibt ihn, so wahr ich hier sitze«, beteuerte der Wanderer. »Meine Heimat liegt nahe der Nordgrenze. Dort erinnern wir uns noch an ihn!«

»Ganz recht. Und mehr als eine Erinnerung wird er auch nicht bleiben«, schnaubte der Veteran. »Und nähmen wir einmal an, es gäbe ihn tatsächlich … dann hat er seine Aufgabe nicht sonderlich gut erfüllt, oder? Ich habe nämlich andere Dinge nicht vergessen. Ich habe diesen irren Ratsherrn nicht vergessen, der seinen eigenen Bruder im Schlaf gemeuchelt hat. Hätte dein Wächter das nicht verhindern sollen? Hätte er diesen Brudermörder nicht schon vor vierzehn Jahren töten sollen?«

»Recht hat er!«, grölte sein betrunkener Kamerad. »Nieder mit dem verfluchten Sippenmörder, diesem Sohn einer räudigen Hündin!«

Die Schanktür flog krachend auf und acht Soldaten stürmten herein. Hinter ihnen folgte der Kommandant, der an seinem stählernen Brustpanzer zu erkennen war. Sie alle trugen zusammengestückelte Rüstungsteile, aber jeder von ihnen hatte eine Binde um den Arm geknotet, die eine zweiköpfige Wildkatze zeigte. Es waren Söldner der Frostfänge.

Augenblicklich verstummten alle Gespräche im Raum. Der Betrunkene hatte noch immer seinen Humpen erhoben, als würde er darauf warten, dass jemand mit ihm darauf anstieß, dass er soeben einen der mächtigsten Männer Astors beleidigt hatte.

Der Kommandant sah sich um, die Lippen zu einem abfälligen Lächeln verzogen. Die meisten Dorfbewohner zogen rasch die

Köpfe ein. Nur wenige starrten die Eindringlinge mit solch unverhohlenem Hass an wie der Veteran, der die Hände unter dem Tisch zu Fäusten geballt hatte.

»Ergreift ihn.«

Zwei der Söldner kamen auf den betrunkenen Mann zu und rissen ihn von der Bank. Er brüllte und schlug um sich, wobei er den Inhalt seines Krugs verschüttete und sein ohnehin schon verdrecktes Hemd durchnässte. Er wurde brutal auf die Knie gestoßen und als er versuchte, sich aufzurichten, schlugen sie ihn nieder. Einer der Söldner stellte ihm einen Fuß in den Nacken, um ihn unten zu halten, während er tobte und schrie. Sein Gesicht wurde in eine Lache aus Ale und seinem eigenen Speichel gedrückt.

»Du kennst die Strafe für dein Vergehen, nicht wahr, du Tölpel?«, fragte der Kommandant genüsslich und winkte einen seiner Handlanger herbei. »Gib mir dein Schwert«, wies er ihn an. »Ich möchte mir meine Klinge nicht mit Bauernblut besudeln.«

Die Wirtin stolperte auf ihn zu und hob abwehrend die Hände. »Er ist bloß betrunken«, stammelte sie. »Er würde die Herrschaft des Rats niemals anzweifeln, wenn er bei klarem Verstand wäre.«

»Ich denke, er weiß genau, was er sagt«, entgegnete der Kommandant verächtlich, während er die angebotene Klinge entgegennahm. »Und ihr alle kennt das Gesetz eurer neuen Herren. Es ist eine Dreistigkeit, den Namen eines Ratsherrn vor seinen Soldaten durch den Schmutz zu ziehen, auch wenn sie bloß von ihm bezahlt werden.«

»Er hat es nicht vor euch getan!«, rief der Jüngling erbost. »Ihr lauert bloß an Schlüssellöchern, um noch mehr von uns dranzukriegen!«

Der Kommandant wandte sich ihm zu und der Junge duckte sich instinktiv. »Vorsicht, Kleiner, oder willst du enden wie dein Freund hier?« Er deutete mit der Klingenspitze auf den Trunkenbold. Dann legte er den Kopf schief. »Aber du siehst mir recht alt aus. Alt genug, um mit einer Waffe umzugehen.«

»Er ist nur ein Junge«, wagte sich der Wanderer vor. »Hört nicht auf ihn. Sie haben einen anderen Gerechtigkeitssinn als wir Erwachsenen. Einen törichten, würde ich meinen.«

»Soso, meinst du das?« Der Kommandant lachte auf. »Einen ungetrübteren eher. Einen, der noch nicht durch die Angst verkümmert ist. Ich muss gestehen, es ist eine Erleichterung zu sehen, dass es noch so etwas wie Mut unter euch wimmernden Feiglingen gibt.«

Rhenawen hoffte, dass die Anwesenden sich weiterhin ruhig verhalten würden. Der Veteran schien einen inneren Kampf zu führen, das sah sie an seinen zuckenden Fingern. Aber damit wäre niemandem geholfen. Wenn diese Menschen sich erheben würden, wenn dieser Söldnertrupp einfach verschwinden würde, würde jemand dafür bezahlen. Und das würden nicht nur die sein, die den Konflikt begonnen hatten, sondern das ganze Dorf. Sie war verwirrt von den widersprüchlichen Gefühlen, die in ihr wüteten. Sie wusste selbst nicht, auf wessen Seite sie eigentlich stand.

»Ich möchte, dass ihr euch das anseht«, rief der Kommandant und richtete das Schwert auf den am Boden Liegenden, der zappelnd versuchte, sich zu befreien, und dazu übergegangen war, zu jammern wie ein misshandelter Hund. Die Dorfbewohner waren wie gelähmt vor Entsetzen. Einige hatten den Kopf in der Armbeuge vergraben, um nicht hinsehen zu müssen.

»Lasst den armen Kerl in Frieden.« Unbemerkt war Anselm hinter die Söldner getreten und baute sich nun vor dem Kommandanten auf.

»Verschwinde, Grauhaar, oder du bist der Nächste.«

»Weißt du, wer ich bin?«, wollte Anselm harsch wissen und verschränkte die Arme vor der Brust.

Der Kommandant musterte ihn, als wäre er eine Fliege, die er in seiner Suppe gefunden hatte. Dann verzog er spöttisch die Lippen. »Du bist das Vögelchen, das gegen eine Handvoll Körner etwas vorzwitschert.«

Anselm ließ sich nicht provozieren und blickte stur geradeaus. »Ich schlage dir eine Abmachung vor. Ein wenig Gezwitscher dafür, dass du diese versoffene Amphore in Ruhe lässt. Abgemacht?«

»Das hängt wohl von der Information ab«, erwiderte der Kommandant gönnerhaft. »Aber was könntest du mir schon zu sagen haben? Nein, vielleicht töte ich dich einfach an seiner Stelle, weil du mir widersprochen hast. Ich könnte dir vor versammeltem Publikum die Haut abziehen oder …«

Doch ehe er weiter ausmalen konnte, auf welche Weise er sich vergnügen wollte, unterbrach ihn eine scharfe Stimme. »Kommandant!«

Alle Köpfe wandten sich zur Schanktür um. Der Neuankömmling war stämmig und reichte dem Kommandanten kaum bis zur Schulter, aber dennoch senkten einige seiner Männer respektvoll den Kopf, als sie ihn erblickten. Wer mochte er wohl sein, überlegte Rhenawen, dass diese grimmigen Krieger ihm Respekt zollten?

»Was hat das hier zu bedeuten?«

Er war anders gekleidet als die Söldner. Seine Rüstung war blank poliert und ein blauer Umhang fiel von seinen Schultern. Erst jetzt bemerkte sie das Wappen von Astor, das auf seiner Brust prangte. Ein Kreis aus zwölf Sternen, von denen jeder für ein Ratsmitglied stand.

»Eure Lordschaft.« Der Söldner lächelte dünn und deutete eine knappe Verbeugung an. »Wir sind lediglich bestrebt diesen Bauern Eure Gesetze näher zu bringen. Einer von ihnen äußerte sich äußerst unflätig über Eure hohen Herren.«

»Ich bin kein Adeliger, wie Ihr sehr genau wisst.«

Sie boten ein merkwürdiges Bild, der jungenhafte Söldner mit den vernarbten Armen und den stechenden Augen und der Kriegsherr aus Astor mit seinen vom Wein aufgedunsenen Wangen und der gedrungenen Gestalt.

»Eine harmlose Floskel.« Die Augen des Söldners wurden schmal. Offensichtlich gefiel es ihm nicht, in aller Öffentlichkeit vorgeführt zu werden.

»Eine Lüge, also streicht sie aus Eurem Repertoire. Ihr werdet mich mit meinem Titel anreden oder gar nicht.«

»Natürlich.« Der Kommandant verzog die Lippen zu einem abfälligen Lächeln. »Wir alle sollten uns nicht höher erheben, als wir tatsächlich stehen, nicht wahr, Konsul?«

Einige Umstehende schnappten erschrocken nach Luft und machten sich möglichst klein.

»Hütet Eure Zunge«, gab der kleine Mann zurück. »Dafür werdet Ihr schließlich bezahlt, vergesst das nicht.« Dann wandte er sich Anselm zu. »Und Ihr habt diesen Männern etwas zu sagen? Dann heraus damit.«

»In einem der Häuser am Dorfeingang haben sich zwielichtige Gestalten verschanzt und ich meinte zu hören, wie sie sich ganz ähnlich äußerten wie unser Freund hier. Nur waren sie nicht betrunken.« Er warf dem Söldner einen bedeutungsschweren Blick zu. »Du solltest nach ihnen sehen.«

Der Kommandant kniff die Augen zusammen und schien kurz zu überlegen. Offenbar war ihm diese Enthüllung vor dem Konsul unangenehm. Er knirschte mit den Zähnen.

»Also schön«, knurrte er. »Aber das nächste Mal …« Er ließ die Klinge sachte über den Hals des Betrunkenen wandern und machte damit weitere Ausführungen überflüssig. Dann sah er wieder zu Anselm. »Ich hoffe für dich, dass du die Wahrheit sagst.«

»Und falls nicht, weißt du, wo du mich findest. Ich habe nicht vor, diese Taverne vor der Sperrstunde zu verlassen«, erklärte Anselm ruhig.

»Genug mit diesem Geplänkel«, schaltete der Konsul sich ein. »Ruft Eure Köter zurück und dann raus hier!«

Sie maßen einander mit Blicken, bis der Kommandant die Lider niederschlug und seinen Männern ein Zeichen gab. »Ihr habt es gehört.«

Der Söldner nahm den Fuß vom Nacken des Mannes, der sich aufrappelte, zu den Tischen zurück kroch und sich dort zusammenkauerte. Einer der Söldner spuckte aus. Anselm wartete, bis die Streife die Taverne verlassen hatte, wobei er dem Konsul zunickte, ehe er sich umdrehte und gegen den Tresen lehnte, als wäre nichts geschehen. Der Kommandant bedachte ihn mit einem letzten, wenig freundlichen Blick und sah so aus, als wollte er noch etwas sagen, schien es sich dann jedoch anders zu überlegen, als der Konsul seine nächsten Worte an die Wirtin richtete.

»Sollten sich diese Männer erneut ungebührlich verhalten, gebt einem meiner Soldaten Bescheid. Der Rat duldet solche Verstöße nicht.«

Der Söldner sah aus, als hätte er Galle geschluckt, folgte dem kleinen Mann aber wortlos nach draußen.

Rhenawen stand auf und gesellte sich zu Anselm. »Das war sehr anständig von dir«, sagte sie.

Der Vagabund drehte sich zu ihr um und hob erstaunt eine Augenbraue. Er schien sie erst jetzt bemerkt zu haben. »Sehe ich richtig? Was hat dich in dieses Nest verschlagen?«

»Geschäfte«, erwiderte sie schulterzuckend. »Was sonst? Ich kann mir schönere Orte vorstellen, die ich zu dieser Jahreszeit aufsuchen könnte.«

Er nippte genießerisch an seinem Ale und musterte sie, ehe er provokant lächelte. »Du hast dich nicht verändert, Kleine. Zu schade, dass du nicht als Mann geborenen wurdest, sonst würdest du in jedem Dorf ein wenig Freude finden.«

Rhenawen schnaubte abschätzig. »Verschon mich mit deinen Weisheiten.«

Anselm lachte bellend. »Dann hast du mir also tatsächlich zugehört? Ich hatte gedacht, du würdest schon nach den ersten paar Worten das Interesse verlieren, aber man lernt nie aus.«

Das Mädchen warf ihm einen entnervten Blick zu, den er mit einem unverschämten Grinsen quittierte.

»Ach, Aschegeborene, ich kenne dich genau. Vergiss nie, ich kenne alle Menschen, die im Norden herumstreifen, selbst kleine Lichter wie dich.«

Die Bezeichnung *Aschegeborene* war wie ein Schlag ins Gesicht. Sie wurde abfällig verwendet für jene Bürger von Astor und Dariya, die schon vor den Eroberungskriegen das Knie vor den Altvorderen gebeugt hatten. Die beiden Völker rühmten sich, von den Eroberern jener Zeit abzustammen, die ganze Reiche niedergebrannt hatten. Jene, die damals unterjocht wurden, verhöhnten diesen Stolz und bezeichneten sie als Emporkömmlinge, die bloß die Asche regierten, die zurückgeblieben war.

Sie kniff verärgert die Augen zusammen, verbiss sich aber einen scharfen Kommentar. Sie hatte keinen nennenswerten Akzent, auch wenn die gemeine Zunge nicht die Sprache war, mit der sie aufgewachsen war.

»Wenn dir deine Zunge lieb ist«, sagte sie leise, »dann wirst du mich in der Öffentlichkeit nie wieder so nennen, alter Freund.«

Zu ihrer Überraschung senkte Anselm zustimmend den Kopf und sagte: »Das war unvorsichtig, vergib mir. Es stand nicht in meiner Absicht, dir zu nahezutreten oder andere darauf aufmerksam zu machen.«

Eine Weile standen sie nur schweigend nebeneinander.

»Also, was genau hat dich hierher verschlagen?«, nahm der Vagabund das Gespräch wieder auf. »Sollte ich von irgendeinem Monster wissen, das in dieser Gegend herumschleicht?«

Ein mattes Lächeln huschte über ihr Gesicht. »Diesmal nicht. Die Karawanen, die Richtung Nordwesten aufbrechen, sind von weitaus größerem Interesse für mich.«

»Ich vermute, sie haben diese Route gewählt, damit ihre Kundschafter sie an den Krisengebieten vorbeidirigieren können.«

»Es scheint so.« Die Lügen kamen ihr immer leichter über die Lippen. »Umso besser für mich.«

»Gar nicht dumm«, stellte er fest. »Auf diese Weise konnten sie den Patrouillen und der sofortigen Konfiszierung ihrer Waren entgehen. Ich habe es schon immer gesagt, im Krieg blühen die Händler auf … wenn du nicht wärst.«

Er stellte seinen Krug auf den Tresen und warf zwei Kupfermünzen auf das polierte Holz.

»Warum gibst du dich neuerdings mit solch trivialen Tätigkeiten zufrieden? Bist du es müde geworden, Beltreks aufzulauern und Harpyien die Flügel zu stutzen?«

»Was spricht dagegen? Es ist leicht verdientes Geld mit minimalem Risiko«, konterte das Mädchen. »Ich muss mir nichts beweisen, indem ich Monster erschlage. Es wird ohnehin nicht besonders gut bezahlt.«

Wenn ich diese Flunkereien noch weiter stricke, stolpere ich irgendwann selbst darüber, dachte sie bei sich.

»Ich bezweifle, dass dein jetziger Lohn höher ist«, bemerkte Anselm. »Wozu es sich so schwer machen, wenn es auch noch andere Wege gibt, reich zu werden?«

Rhenawen schenkte ihm einen vernichtenden Blick. »An Reichtum liegt mir nichts und ehe ich anfange, den Menschen deine überteuerten *Handelsgegenstände* unterzujubeln, werde ich Tellerwäscherin in irgendeinem Wirtshaus.«

»Jeder, der auf den Straßen lebt, hätte nichts gegen ein geregeltes Einkommen. Erzähl mir nicht, du seist die Ausnahme. Außerdem rede ich nicht von illegalen Geschäften.« Er schüttelte den Kopf. »Ich weiß, dass du dir ungern die Hände schmutzig machst. Nein. Es gibt noch eine weitere Möglichkeit.«

»Erleuchte mich.«

»Es ist eigentlich ganz einfach. Die Tempelwache bezahlt ihre Unterstützer sehr gut.« Anselm zwinkerte ihr vielsagend zu.

Rhenawen starrte ihn an. Unbeabsichtigt heftig knallte sie ihren Krug auf den Tresen. »Was hast du da gesagt? Willst du mir etwa erzählen, dass du neuerdings *Magier* jagst?«

»Abtrünnige Magier«, korrigierte er sie. »Und wie gesagt, es lebt sich nicht schlecht damit. Und du hättest uns anderen noch etwas voraus. Zieh dir was Nettes an, lächle ausnahmsweise einmal und sie werden von ganz allein angeflogen kommen.« Rhenawen runzelte die Stirn über diese Bemerkung. »Die Tempelwache zahlt ihren Leuten monatlich einen soliden Lohn und eine zusätzliche Prämie für jeden gefangenen Zauberkundigen, sei er nun ein Einsiedler oder ein Flüchtiger.«

»Und wie soll ich sie der Tempelwache übergeben? Ihr Einflussbereich erstreckt sich in den Landen jenseits des Meeres. Außerdem, woher können sie wissen, ob man ihnen tatsächlich einen ihrer Landsleute bringt?«

»Das können sie nicht, aber sie begnügen sich auch mit ausländischer Ware, wenn sie nichts anderes kriegen können.« Er zwinkerte ihr verschwörerisch zu. »So halten sie sich weiterhin, ansonsten hätte ihre Bruderschaft schon einigen Einfluss verloren. Inzwischen haben sie auch hier ihre Bastionen aufgebaut, es ist also nicht schwierig, sie zu finden. Also, was sagst du?«

»Nein.«

»Warum nicht? Du siehst, es ist ein leichter Gelderwerb.« Anselm runzelte verwundert die Stirn.

»Das sind immer noch Menschen, Anselm«, rief das Mädchen ungehalten, »und keine tollwütigen Hunde, die man einfangen muss. Hast du eigentlich noch einen Funken Ehrgefühl im Leib?«

Der Vagabund lächelte sie herablassend an. »Ehrgefühl füllt weder meinen Magen noch beschlägt es mein Pferd. Du bist eine Närrin, wenn du eine solche Chance ausschlägst.«

»Solange mir eine andere Möglichkeit offensteht, werde ich keine verängstigten Kinder aus ihren Betten zerren, um mich an ihnen zu bereichern«, gab sie schneidend zurück.

»Dann bist du eben eine prinzipientreue Närrin.« Er zuckte mit den Schultern. »Was soll' s. Mir kann es egal sein, wie du deinen Lebensunterhalt bestreitest, aber glaube mir, mit dem Rückhalt der Tempelwache würde es dir bedeutend leichter fallen.«

»Es rührt mich, wie du dich um mich sorgst«, fuhr sie ihn gereizt an. »Aber ich habe mit denen nichts zu schaffen.«

»Wie du meinst. Aber sei vorsichtig, Mädchen.« Er bedachte sie mit einem mahnenden Blick. »Eine zu offene Ablehnung gegenüber der Tempelwache kann dich Kopf und Kragen kosten, wenn sie an falscher Stelle geäußert wird.«

»Und du bist so eine *falsche Stelle*?«

Sie maßen einander mit Blicken, ehe Anselm die Anspannung zwischen ihnen mit einem Lächeln entschärfte. »Ich weiß, dass ich dir so etwas nicht unterstellen könnte, ohne wie ein Narr dazustehen, aber andere könnten es missverstehen. Du weißt, worauf ich hinauswill?«

»Natürlich weiß ich das. Für wie beschränkt hältst du mich eigentlich?«

»Was ich sagen möchte ist, sei vorsichtig. Man weiß nie, wem man trauen kann.«

Rhenawen zwang sich dazu, ihre verkrampfte Muskulatur zu entspannen, und sah sich um, ob jemand ihren Disput mit angehört hatte, doch man schien sie keines Blicks zu würdigen.

»Ich werde deinen Ratschlag beherzigen.«

»Mehr verlange ich gar nicht. Da fällt mir ein«, sagte Anselm und kramte in einer Tasche, »dass meine Angewohnheiten doch zu deinem Nutzen ausfallen können.«

Er zog ein Tuch aus der Innentasche seines Mantels hervor und schlug es auf. Zum Vorschein kam eine Handvoll mitternachtsblauer

Blätter, über die sich ein weißes Adergeflecht rankte wie ein Spinnennetz.

»Wo hast du die her?« Unwillkürlich griff das Mädchen nach den getrockneten Blättern und strich über die Verfärbungen, als wollte sie prüfen, dass sie nicht bloß mit einem Pinsel aufgetragen waren. Sie fühlten sich rau unter ihren Fingern an, wobei die übrige Oberfläche ölig schimmerte.

»Ich habe einen Strauch an einem Gebirgssee gefunden. Muss schon einige Monate her sein, doch ich wusste, wie viel dir daran liegt.«

»Wohl eher, wie viel ich bereit bin, dir zu zahlen.«

»Den üblichen Preis, will ich doch hoffen.«

Rhenawen langte nach dem Beutel an ihrem Gürtel und zog sechzehn Silberstücke heraus. Wortlos wechselte das Geld den Besitzer. Das unscheinbare Gewächs verstaute sie sorgfältig, wobei sie es wieder in das Tuch einschlug. Anselm beobachtete sie dabei neugierig.

»Wozu brauchst du sie eigentlich? Ich weiß, dass die Heiler Blauschatten benutzen, um schmerzlindernde Tränke oder Beruhigungsmittel zu brauen, aber weshalb sind sie dir so wichtig? In höheren Dosen sind sie hochgiftig.«

»Das«, bemerkte Rhenawen mit einem rätselhaften Lächeln, »wirst du nie erfahren. Aber ich kann dich beruhigen. Sie besitzen bloß für mich einen besonderen Wert. Ich versuche nicht, hinter deinem Rücken einen höheren Profit herauszuschlagen. Und ich bezweifle, dass es einen Händler gibt, der dir mehr dafür zahlen würde als ich.«

»Wie du meinst.« Trotzdem schwang ein Hauch von Unzufriedenheit in seiner Stimme mit. »Es ist wie immer eine Freude, mit dir zu handeln.«

Rhenawen schob den halbgeleerten Krug von sich. »Also dann, ich muss gehen. Ich will dieses Dorf vor der Sperrstunde weit hinter mir haben.«

Anselm prostete ihr zu. »Gute Reise. Und vergiss einen alten Freund nicht, wenn du unterwegs bist. Du weißt ja, wie du mich findest.«

Das Mädchen nickte ihm zu und wandte sich zum Gehen, als eine Hand sie zurückhielt. Rhenawen blickte auf und begegnete den Augen der Wirtin. Das Mädchen sah sie fragend an.

»Warte«, zischte diese und fischte eine Pergamentrolle unter dem Tresen hervor, die sie ihr zuschob. Das Schreiben war mit rotem Wachs versiegelt worden, auf welches der Umriss einer Bärenpranke geprägt war. Rhenawen schluckte und ihre Finger schwebten zögernd über der Rolle, bevor sie danach griff. Sie mied den neugierigen Blick des Vagabunden. »Danke.«

Sie trat näher an das Kaminfeuer heran und hielt die Nachricht in den flackernden Lichtschein. Mit unsicheren Fingern brach sie das Siegel und vertiefte sich in die schwarzen Buchstaben.

Rhenawen,

ich weiß, Du vermeidest den Kontakt zu mir, aber ich musste Dir einfach schreiben, als ich davon gehört habe. Ich kenne Dich und ich verstehe es, aber hast Du den Verstand verloren? Hör auf damit und komm zurück nach Hause, ich bitte Dich. Wir vermissen Dich …

Ruckartig löste sie ihren Blick von dem Brief, als hätte sie sich an den Worten verbrannt. Sie hatte die krakelige Schrift sofort erkannt. *Griffin.*

Sie ballte die Hand zur Faust und warf den Brief in die Flammen, die ihn gierig verschlangen.

Die Säuberung

LUNE

Bertha schrie vor Entsetzen auf und schlug die Hände vor den Mund. Das Wichtelmännchen neben ihr verschluckte sich und begann zu husten. Neirin hieb frustriert auf den Tisch. Eintopf spritzte umher und die Mädchen sprangen kreischend auf, um den heißen Fleischbrocken zu entgehen. Sam saß wie versteinert da und starrte auf die Tischplatte, während seine Augen rastlos hin und her huschten.

Lune sah irritiert von einem zum andern. Was hatte alle so in helle Aufregung versetzt? Margarete schlug die Tür zu und tätschelte der Köchin beruhigend den Rücken, die schluchzend auf ihrem Stuhl zusammengesunken war.

»Was geht hier vor sich?«, fragte Lune.

Neirin sah verblüfft zu ihr auf. »Das weißt du nicht?«

»Woher sollte ich?«, blaffte sie ihn an. Die angespannte Atmosphäre machte sie nervös.

»Sie kommen, um die Kinder zu holen. Mütter erzählen ihren Kindern diese Geschichte schon, wenn sie noch in der Wiege liegen. Wie kommt es, dass du das nicht weißt?«

»Ich bin nicht von hier«, erinnerte sie ihn. »Was ist hier los, Nye?«

»Vor achtzehn Jahren kamen sie zum letzten Mal«, begann er stockend. »Fremde Männer, die alle Kinder zusammentrieben und sie einer Art Ritus unterzogen. Keiner weiß, warum sie das taten, aber die Kinder kehrten völlig verstört zurück und redeten wirres Zeug. Zwei Geschwister blieben für immer vermisst. Die Männer haben sie mitgenommen. Bertha hat erzählt, es könne jeden treffen und dass es keine Gesetzmäßigkeit gebe bei dem, was sie tun.«

»Was tun sie?«

Neirin raufte sich die Haare. »Lu, ich habe doch auch keine Ahnung. Alle, die ihnen gefährlich werden können, werden verschleppt. Niemand redet mehr darüber, wer diese Leute waren, aber …« Er wandte sich an Bertha. »Jetzt musst du es mir sagen! Wer sind diese Männer und was haben sie mit euch gemacht?«

Die dicke Frau schüttelte den Kopf. »Ich … ich habe das Gesehene damals wie heute nicht verstanden. Ich war noch sehr klein. Zwar habe ich Geschichten über andere Städte gehört, wo man gesitteter vorging, aber hier …« Sie schniefte. »Wir leben abgeschottet von den umliegenden besiedelten Gebieten. Wen schert es schon, was sie hier tun? Was sollte sie daran hindern, uns alle in … in …« Sie brach in Tränen aus und versuchte, erneut anzusetzen, als Lune sie bestürmte, brachte den Satz aber nicht über die Lippen.

»Ich kann es nicht!«, schluchzte sie verzweifelt. »Bitte versteh doch. Ich kann es nicht.«

Sedulos tätschelte ihre Hand. »Na, na. Keine Sorge. Alles wird gut werden.«

Sam leckte sich nervös über die aufgesprungenen Lippen. »Mir haben zwei betrunkene Tagelöhner einmal erzählt, dass die Männer Hexenmeister waren. Bei den Einzelheiten sind sie sich in die Haare gekommen, aber diesen Jungen sollen sie mit schwarzer Magie irgendwie verändert haben. Ich habe das immer als betrunkenes Geschwätz abgetan, aber jetzt …« Er verstummte.

Lune erschauderte. Hexenmeister waren ein Verbund von Zauberkundigen, die verbotene Bereiche der Magie praktizierten wie

Totenbeschwörungen und sich widernatürlichen Experimenten verschrieben. Sie unterstanden der Herrschaft der Nördlichen Reiche jenseits des Gebirges, doch ihre Schergen streiften auch durch Cantos und boten ihre schwarze Kunst unter der einfachen Bevölkerung feil.

»Was sollten Hexenmeister von uns wollen?«, fragte Lune. »Und warum sollte der König sie so weit in den Süden eindringen lassen und in so großer Zahl? Man würde ihnen den Kopf abschlagen lassen, wenn sie die Menschen bedrohten.«

Neirin meldete sich zu Wort. Alle Farbe war aus seinen Wangen gewichen. »Es sind keine Hexenmeister.«

Margarete hatte während ihrer Diskussion den Raum verlassen und trommelte die Kinder zusammen, die nun in die Küche strömten, die meisten von ihnen sichtlich verwirrt, andere weinend.

Bertha hatte den Kopf in den Armen vergraben. Als ein kleines Mädchen sie am Rockzipfel zupfte, nahm sie es auf den Schoß und strich ihm über den Kopf. Eine Geste, die sowohl sie selbst als auch die Kleine zu beruhigen schien.

»Bist du traurig?«, fragte sie ein kleiner Junge mit laufender Nase.

»Nein, mein Schatz. Alles ist gut.« Sie lächelte vage, aber ihre verquollenen Augen konnten die Sorge nicht kaschieren. Sie drückte das Mädchen fester an ihren ausladenden Busen.

Margarete baute sich in der Tür auf und bat um Ruhe.

»Hört mir zu!«, begann sie. »Heute Abend haben wir Besucher, die von weither kommen. Ihr werdet sie in die Stadt begleiten, wo sie euch erklären werden, was sie wollen. Euch wird nichts geschehen, hört ihr? Egal, was andere vielleicht erzählen mögen. Einige werden ausgewählt werden, um mit ihnen weiterzureisen. Und weil ich nicht weiß, wer von euch das sein könnte, möchte ich, dass ihr jetzt alle in eure Zimmer geht und eure wichtigsten Habseligkeiten zusammenpackt, verstanden?«

Die Kinder sahen mit großen Augen zu ihr auf und begannen dann erwartungsvoll miteinander zu flüstern.

»Warum sehe ich euch noch immer? Ab mit euch.«

Die Kleineren schossen so flink los, dass einige sich fast auf die Nase legten.

Lune bewunderte Margaretes Geistesgegenwart. Sie hatte das Geschehen nicht mit Angst, sondern mit etwas Erstrebenswertem verbunden. Nur das kleine Mädchen auf Berthas Schoß begann zu weinen.

»Ich will aber nicht weg von hier!« Sie drückte ihr Gesicht in den Stoff des Kleides der Köchin.

»Na, wenn du das nicht willst, dann sorgen wir auch dafür, dass das nicht passiert«, tröstete Bertha sie.

Der Dieb lachte bitter. Lune legte ihre Hand auf seine und drückte sie aufmunternd. Sie liebte ihn wie ein Familienmitglied und sie wusste, dass es sich umgekehrt genauso verhielt. Seit dem Augenblick, an dem sie sich kennengelernt hatten, herrschte eine eigenartige Vertrautheit zwischen ihnen.

»Was ist los?«, fragte sie.

Er seufzte. »Nichts. Ich … Es ist nur … ich bin einfach erschöpft.«

Sie kannte ihn gut genug, um zu bemerken, wann er log. »Was immer es ist, wir stehen das gemeinsam durch.« Lune drehte sich zu Sam um. »Wir alle.«

Sam hatte das Gesicht in den Händen vergraben und schien ihre Worte gar nicht wahrzunehmen. Bei diesem Anblick wurde sie traurig. Er hatte viel durchgemacht und es war nicht spurlos an ihm vorübergegangen.

»Was wird jetzt wirklich geschehen?«, wollte sie angespannt wissen.

Margarete sank auf einem Stuhl zusammen und rieb sich die Stirn. »Man wird euch einer Art Prüfung unterziehen. Ich kann sie nicht genau beschreiben. Diejenigen mit Potential werden fortgebracht und kehren für gewöhnlich nicht zurück. Ich weiß nicht, was mit ihnen geschieht. Ich kann nur hoffen, dass ich mit meiner Vermutung rechthabe.«

Lune malte mit dem verspritzten Wasser Kringel auf das Holz. Fragen kreisten in ihrem Kopf. Dann stand Sam ruckartig auf und stützte sich vor Bertha auf den Tisch.

»Wer sind diese Fremden?« Seine Stimme war zum Zerreißen gespannt. »Wer sind sie?« Die Frau schüttelte stumm den Kopf. Furcht flackerte in seinen bernsteinfarbenen Augen. »Sag es mir!« Sein Blick wirkte gehetzt, wie der eines in die Enge getriebenen Wolfes.

Neirin riss ihn zurück. »Lass das!«, fuhr er ihn barsch an. »Sie weiß es nicht, Sam!«

»Natürlich nicht«, schnarrte er. »Ihr wisst gar nichts!« Er stürzte zur Tür hinaus und ließ sie ratlos zurück.

Lune schüttelte verständnislos den Kopf. »Was ist denn in den gefahren?«, fragte sie verwirrt.

Neirin seufzte. »Er hat Angst.«

»Wovor?«

Der Dieb zuckte mit den Achseln. »Er redet nie darüber, aber du weißt doch, was sie sich erzählen.«

Die Küche versank in unbehagliches Schweigen, durchbrochen nur vom Poltern über ihnen.

Ängstliches Stimmengewirr und hastige Schritte sowie das Klappern von Pferdehufen drangen von draußen herein. Ein lautes Pochen riss sie aus ihrer Starre.

Margarete strich ihr Kleid glatt und öffnete dann hochaufgerichtet die Tür. Lune sah jedoch, wie ihre Hand dabei leicht zitterte. Draußen erwarteten sie vier Soldaten. Ihre Rüstungen waren blank poliert und weiße Umhänge fielen ihnen um die Schultern. In der rechten Hand führten sie lange Piken und ihre Schilde trugen eine verschlungene weiße Rune als Emblem. Halbhelme verbargen den Großteil ihrer Gesichter.

Ein kleiner Junge, der mit seinem Bündel in der Küche aufgetaucht war, riss die Augen auf und starrte sie an. »Sind das Ritter?«, fragte er ehrfürchtig.

Einer der Männer schmunzelte. Trotz seiner Bartstoppeln schätzte Lune, dass er nur wenig älter als sie selbst war.

Das Mädchen beugte sich zu dem Kleinen hinunter und flüsterte: »Nicht jeder mit einer Rüstung muss zwangsläufig ein Ritter sein.«

Der Junge wirkte kein bisschen enttäuscht, sondern flitzte erneut die Treppen hinauf, zweifellos, um seinen Freunden von seiner Entdeckung zu berichten.

Einer der Soldaten trat vor. »Ihr wisst, warum wir gekommen sind?«

Margarete nickte. »Ja. Bitte habt ein wenig Geduld, meine Schützlinge werden gleich alle hier versammelt sein.«

Lune verspürte eine Anwandlung von nervöser Aufregung. Ihr bisheriges Leben war nicht von Ereignisreichtum geprägt gewesen, wenn man von ihren nächtlichen Raubzügen einmal absah. Ihr gesamter Körper kribbelte vor Erwartung und ihr Herz hüpfte. Es war ihr nicht klar gewesen, wie sehr sie sich nach etwas Unerwartetem gesehnt hatte. Endlich passierte etwas! Vielleicht war das der Anfang einer Erklärung, was sie hier überhaupt tat. Wie sie hierhergekommen war, in dieses Leben.

Der Dieb packte sie am Arm und zog sie mit sich. »Wir werden die Trödler einsammeln«, rief er Margarete über die Schulter zu.

Lune wollte protestieren, doch seine finstere Miene belehrte sie eines Besseren. Er zerrte sie grob mit sich.

»He! Sachte«, murrte sie verärgert, doch er achtete gar nicht auf sie. Das Mädchen runzelte die Stirn, als er sie in die Speisekammer schleppte. Was sollten sie da drin? Alle Waisen waren zu ihren Zimmern geschickt worden, die in den oberen Stockwerken lagen. Sie wollte schon zu einer Frage ansetzen, doch er schüttelte nur den Kopf.

Als sie außer Sichtweite der Soldaten gerückt waren, stieß er sie in eine dunkle Ecke. Lune funkelte ihn aufgebracht an, beschloss jedoch, diese rüde Behandlung nicht zu kommentieren. Die Sorge war ihm deutlich ins Gesicht geschrieben.

»Wir müssen gehen«, flüsterte er drängend, die Lippen dicht an ihrem Ohr. »Sofort.«

Ein kalter Schauer der Vorahnung lief ihr über den Rücken, so beunruhigt klang er.

»Weshalb? Was ist denn los, Nye?«

»Hier ist es nicht länger sicher«, flüsterte er und griff nach ihrer Hand. »Komm!«

Er wollte sie zu einem der Fenster ziehen, als ein Soldat hinter ihnen eintrat. Es war der junge Mann, der ihr zuvor aufgefallen war.

»Stehen bleiben«, bellte er. »Was treibt ihr hier drin?«

Lune sah, wie er die Augen zusammenkniff und hob beschwichtigend eine Hand. »Ich hoffe, Ihr seht es uns nach, Herr, aber manche der Kinder waren verängstigt, als sie die Schreie hörten, und wir wollten nachsehen, ob sich irgendjemand unter den Tischen versteckt hat.«

Neirin warf ihr einen schnellen Blick zu, in dem eine Mischung aus Erleichterung und Furcht lag. Der Soldat sah noch immer skeptisch drein, nickte aber.

»Nun gut. Aber jetzt raus hier.« Auffordernd winkte er mit seiner behandschuhten Hand zum Durchgang.

Das ließen sich die beiden nicht zweimal sagen.

»Dann gehen wir jetzt nach oben«, sagte Neirin betont lässig und stellte bereits den Fuß auf die erste Stufe.

»Das werdet ihr nicht«, herrschte der Soldat ihn an.

Lune bemühte sich, freundlich zu lächeln. Sie wies auf die Waisen, die sich bereits versammelt hatten. »Herr, wir sind noch immer nicht vollzählig. Es wird schneller gehen, wenn wir …«

»Das ist nicht nötig«, schnitt er ihr das Wort ab. »Ich werde nach den Fehlenden sehen. Euch wird man schon einmal zu den anderen bringen.« Er winkte einen seiner Kameraden herbei. »Du.« Er raunte ihm etwas zu. Das Mädchen meinte zu hören, wie er ihn anwies, sie beide nicht aus den Augen zu lassen. »Und schick mehr Männer hierher.«

Sein Kamerad nickte und bedeutete ihnen, ihm zu folgen. Neirins Hand verkrampfte sich in ihrer und er biss die Zähne zusammen, folgte der Anweisung aber. Lune spürte Margaretes Blick in ihrem Rücken, als sie nach draußen traten und das Waisenhaus hinter sich ließen.

Die Nacht war erfüllt von Stimmen. Leise, laute, panische, wütende und angsterfüllte Stimmen. Sie erblickten noch weitere Kinder, die weggeführt wurden, immer in Begleitung von Soldaten. Fackeln erleuchteten die Szenerie. Verschwommene Schatten huschten über die Wände. Der Zug aus Lichtern mündete auf die Straße, die durch die Stadttore führte.

Der Soldat postierte sich hinter ihnen und sie setzten sich in Bewegung. Lune sah sich unbehaglich nach ihm um. Sie verstand nicht, weshalb dieser hartgesottene Krieger, der bedeutend mehr Winter zählte als der Jüngling, sich von diesem Befehle erteilen ließ.

Sie folgten dem steten Strom an Menschen. Lune sah sich nach den Höfen um und erblickte auch dort Fackelschein. Dann hörte sie einen schrillen Schrei, der ihr das Blut in den Adern gefrieren ließ.

»Ty!«, rief Lune. *Er wird es nicht verstehen! Sie werden ihm wehtun!*

Der Soldat grunzte überrascht, als sie Neirin ihre Hand entwand und losspurtete. Der junge Dieb entwischte den zugreifenden Fingern des Mannes und jagte um die nächste Ecke davon, während Lune auf die Höfe zuhielt. Erde flog zu den Seiten auf, als sie über die Felder rannte.

»Bleib stehen!«

Sie ignorierte den Ruf. Es war ihr egal, ob er ihr folgte, sie wollte nur ihrem Freund helfen.

Das Mädchen schwang sich über die niedrige Mauer und landete in einem Maulwurfshügel, der sie fast zu Fall brachte. Um Gleichgewicht bemüht, stolperte sie auf die Männer zu, die sich auf dem Hof versammelt hatten.

Die Bäuerin stürmte aus dem Haus und drängte sich unsanft an den Soldaten vorbei, die unwillig Platz machten. Sie stieß den Mann beiseite, der Ty am Arm festhielt, und stellte sich schützend vor ihn. Sogleich verstummten die Schreie.

»Immer mit der Ruhe, Weib«, knurrte der Soldat.

»Lasst die Finger von ihm«, fuhr Gertrud ihn an. »Seht Ihr denn nicht, wie sehr Ihr ihn verstört?« Dann bückte sie sich neben Ty.

Lune sah die Tränenspuren, die sein Gesicht überzogen, und eine seiner Wangen war rot und geschwollen. Hatten sie ihn geschlagen? Allein der Gedanke daran machte sie so wütend, dass sie hätte schreien mögen.

Tys Mutter strich ihm zärtlich über die geschwollene Wange und flüsterte: »Pscht, Ty, pscht. Es ist alles gut. Alles ist gut.« Sie wischte ihm eine verirrte Träne von der Nase.

»Ma«, schniefte er und vergrub das Gesicht an ihrer Schulter. Überrascht streichelte sie ihm über den Rücken. Für gewöhnlich mied der Balg körperliche Nähe und zuckte vor Berührungen zurück.

»Sie sind gemein«, flüsterte er. »Jetzt ist doch Schlafenszeit, aber sie lassen mich nicht. Sie machen alles kaputt.« Seine Unterlippe begann zu beben.

»Keine Sorge«, beschwichtigte seine Mutter ihn. »Heute ist es anders. Heute darfst du später schlafen.«

»Nein!«, wimmerte er.

»Doch«, insistierte Lune, die sich an den Soldaten vorbeischob und sich neben den Wechselbalg hockte. »Schau doch mal. Heute war alles anders, weißt du noch? Heute habe ich dich abgeholt und du hast Agata wiedergetroffen. Manchmal sind Veränderungen nicht schlimm.«

Gertrud strich Ty sanft die Haare aus dem Gesicht und zog aus ihrer Schürze unauffällig etwas heraus, das sie in ihrer Hand verbarg.

»Aber diese Fremden werden mich fortbringen. Und Aggi auch!« Seine Stimme wurde schrill. »Sie nehmen mir meine Freunde wieder weg! Und meine Eltern.«

»Nein, Ty. Nein. Das werden sie nicht«, beruhigte ihn seine Mutter. »Sie werden dir nichts tun, das verspreche ich dir. Dir wird nichts geschehen.« Sie sah ihm tief in die Augen. »Wir sehen uns bald wieder. Glaubst du mir?«

»Ja.«

Lune lächelte, aber sie wusste, Ty würde sich nicht mehr lange nur mit Worten beruhigen lassen. Nicht in einer Situation wie dieser.

»Willst du das Wollknäuel, Ty?« Die Bäuerin hielt ein schönes azurblaues Knäuel in die Höhe.

»Ja, ich will es«, sagte Ty. Er betrachtete es bewundernd und streckte die Hände danach aus. Sie gab es ihm. Während er es versunken drehte, wandte sich Gertrud an ihren Gatten. »Hast du ihm schon seinen Beutel gepackt?«

Albrecht, der reglos am Türrahmen verharrt hatte, blinzelte langsam, als bräuchten die Worte einige Zeit, bis sie zu ihm durchdrangen. Es schien, als könnte er die Situation nicht völlig erfassen. Doch dann nickte der Bauer und ging zu ihr.

Er legte den Beutel neben sie ins Gras und beugte sich zu seinem Ziehsohn hinunter. Eine einzelne Träne glitzerte auf seiner Wange. Er drückte Ty fest an sich, stand auf und verschwand dann wortlos im Haus. Das alles schien ihm näher zu gehen, als Lune vermutet hatte. Albrecht war ein zäher alter Knochen, der nicht zu Sentimentalitäten neigte, aber Ty war zu ihm durchgedrungen. Das Mädchen sah ihm bedauernd nach. Auch die Bäuerin drückte ihren Sohn zum Abschied, was dieser klaglos über sich ergehen ließ.

»Pass auf ihn auf«, flüsterte Gertrud mit erstickter Stimme.

»Das werde ich«, versprach Lune und half dem Balg auf die Füße.

Dann verschwand auch die Bäuerin im Haus und zog die Tür hinter sich zu.

»Gehört die Göre zu dir?«, fragte ein Soldat und Lune sah, dass ihr Verfolger sie inzwischen eingeholt hatte. Er presste die Lippen zu einem dünnen Strich zusammen, doch sein Blick wurde milder, als er Ty entdeckte. Er hob den Beutel auf und postierte sich an seiner Seite, offenbar davon überzeugt, dass Lune ihm folgen würde, wenn er den Wechselbalg bewachte. Und so war es ja auch. Sie würde ihn nicht zurücklassen. Niemals.

Noch immer hielt Ty das Wollknäuel fest umklammert. Der Soldat legte ihm eine Hand ins Kreuz und schob ihn sanft vorwärts, vorbei an seinen Dienstgenossen, die eine Gasse für sie bildeten. Lune folgte ihnen widerstandslos.

Sie schlugen den Weg zurück zu den Hütten ein. Lune beschlich ein schlechtes Gewissen Neirin gegenüber, aber daran konnte sie nichts mehr ändern. Sie passierten das Stadttor ohne Zwischenfälle und schlossen sich dem steten Strom an. Einer der Kaufmannssöhne feixte, als er Ty erblickte.

»Hat das kleine Balg gleich angefangen zu heulen? Diese Missgeburt ist so erbärmlich.«

Lune wirbelte zu ihm herum und gab ihm eine schallende Ohrfeige. Mehr vor Verblüffung als vor Schmerz hielt sich der Bursche die Wange.

»Du hast mich geschlagen«, rief er fassungslos.

»Wag es nie wieder, ihn erbärmlich zu nennen!«, zischte das Mädchen ihn an und holte noch einmal aus, um ihm die Selbstgefälligkeit aus dem Gesicht zu wischen.

»Genug«, knurrte ein Soldat und packte ihr Handgelenk. Lune riss sich los und schritt an der Seite des Wechselbalges an ihnen vorbei.

DELIA

Sie sah, wie die Soldaten in den Elendsvierteln eintrafen und mit ihren Fackeln die Nacht verbrannten. Delia krallte sich an das Fensterbrett. Unter ihren Nägeln platzte die Farbe ab. Es hatte beunruhigende Gerüchte über diese Besuche gegeben und keines weckte Vorfreude. Nie hatte sie sich mehr nach der Anwesenheit ihrer Mutter gesehnt als in diesem Augenblick. Sie hätte ihr erklärt, wozu die Soldaten gekommen waren, mit ihrer rauchigen Stimme, die schon immer die dunkelsten Albträume verscheucht hatte. Die Erklärung wäre begleitet gewesen von Fingern, die ihr übers Haar strichen, und einer Umarmung, um ihr die Angst zu nehmen.

Die Tür öffnete sich mit einem leisen Knarren. Sie sah über die Schulter und erblickte ihren Bruder, der mit besorgtem Gesicht eintrat.

»Du hast es also schon bemerkt«, stellte er fest.

Er war älter als sie, bloß einen Sommer vom Mannesalter entfernt. *Großer Bruder.* Er war alles, was ihr noch geblieben war. Ihre Mutter hatte wieder geheiratet, als Delia gerade vier Jahre gezählt hatte. Henrik war sechs gewesen. Der Metzger war gut zu ihnen, aber sie tolerierten ihn nur, weil er ihre Mutter glücklich machte. Ihr leiblicher Vater war kurz vor Delias Geburt verschwunden. Ihren drei Halbgeschwistern waren Henrik und sie nie so nahe gewesen wie einander.

»Was wird jetzt passieren?«, fragte sie leise.

»Ich weiß es nicht«, gestand Henrik. »Aber ich denke, wir sollten nach unten gehen. Rose hat angefangen zu weinen und hört nicht auf, nach Mutter zu rufen.«

Seufzend löste sich Delia vom Fenster und folgte ihm die Treppen hinunter in den Wohnbereich. Der Metzger hatte die kleine Rosemary auf den Arm genommen und tätschelte ihr den Rücken.

»Es ist alles gut, mein Schatz«, flüsterte er ihr ins Ohr. »Du musst dich nicht fürchten.«

Nichts ist gut, dachte Delia dumpf. Ihre Gedanken kehrten wieder zurück zu ihrer Mutter. Im Lazarett wachte man Tag und Nacht über die Erkrankten, aber die Kräutersammler waren mit ihren Tränken schon lange überfragt. Jeden Morgen wartete sie ängstlich auf die Nachricht, dass ihre Mutter unter den Toten der letzten Nacht sei. Sie hatte sie besuchen wollen, aber ihr Ziehvater hatte sie davon abgehalten. Es hatte in einen Streit ausgeartet, der sie noch jetzt beschämte.

Henrik hatte ihr Einhalt geboten und sie war in seinen Armen in Tränen ausgebrochen, während er sie wieder an ihr Versprechen erinnert hatte.

»Du weißt, was der Heiler gesagt hat, Dee. Sie möchte nicht, dass wir kommen. Wir sollen sie so in Erinnerung behalten, wie sie war.«

Delia hatte das Gefühl, keinen Augenblick länger in dem stickigen Zimmer bleiben zu können, das nach Kupfer und Salz roch. Unbemerkt schlüpfte sie nach draußen und saugte gierig die frische Luft ein, um sich zu beruhigen.

»Delia«, flüsterte eine Stimme. Sie zuckte zusammen, als sich eine Gestalt aus dem Schatten einer Seitentür löste.

»Sam!«, rief sie erleichtert aus. »Du hast mir vielleicht einen Schrecken eingejagt.«

Ein Lächeln huschte über sein Gesicht, erlosch aber gleich darauf wieder. »Komm schnell«, flüsterte er und warf einen Blick über die Schulter. »Die Soldaten haben die Stadttore schon beinahe erreicht. Wir sollten von hier verschwinden, ehe sie uns bemerken.«

Ihr Herz begann schneller zu schlagen. Er war gekommen, um sie in Sicherheit zu bringen?

»Wohin sollten wir denn gehen?«, fragte sie.

Er zuckte mit den Schultern. »Wir könnten die Stadt verlassen, bis sie abziehen.«

»Ich habe eine bessere Idee«, flüsterte das Mädchen. Ihre Augen leuchteten. »Das Lazarett, Sam! Dort wird uns niemand finden.« *Und ich werde meine Mutter wiedersehen.*

Der Junge überlegte kurz und nickte dann langsam. »Ja, vielleicht.« Er streckte die Hand nach ihr aus. »Dann los.«

Sie ergriff sie und die beiden huschten gemeinsam davon. Auf der Straße hatten sich Menschen gesammelt, die der bewaffneten Delegation tuschelnd entgegensahen. Der Müllerbursche blieb abrupt stehen, als er sah, dass die Soldaten bereits die Hauptstraße hinaufkamen. Er zog Delia hastig in eine weniger belebte Gasse.

»Was jetzt?«, fragte sie beunruhigt.

»Die Dächer. Ein Jäger am Boden schaut niemals zum Himmel auf.« In seinen Augen funkelte es.

Er suchte eine Mauer aus, die tiefe Furchen aufwies, sodass der Aufstieg leicht zu bewältigen war.

»Ich gehe voran«, bot er an und begann zu klettern. Sie versuchte, seine Bewegungen nachzuahmen, kam jedoch nur quälend langsam voran. Er zog sie zu sich hinauf und gönnte ihr eine kurze Atempause, dann übernahm er die Führung. Es kostete Delia Überwindung, von einem Dach zum anderen zu springen, auch wenn die Lücken kaum mehr als eine Hand breit waren. Nachdem sie die Palisade überquert hatten, wurde es schwieriger. Sie mussten vorsichtig sein wegen der Löcher, die der langsame Verfall aufgerissen hatte. Sams helfender Arm begleitete sie über die morschen Holzdächer hinweg. In einer düsteren Gasse kletterten sie wieder zu Boden.

Eine magere Katze flitzte über den Weg. Delia sprang vor Schreck fast gegen eine Häuserwand. Wie Verbrecher schlichen sie um die Hütten herum, bis schließlich das Lazarett vor ihnen auftauchte.

Es lag abseits der Siedlungen auf einem brachliegenden Feld und machte den Eindruck einer Zeltstadt. Die Innenräume waren verwinkelt, nachdem man es zweckmäßig mit zusammengenähten Tüchern erweitert hatte, sodass man möglichst viele Seuchenopfer unterbringen konnte und auch noch Vorratslager für Nahrung und Heilutensilien blieben.

Sam knüpfte sein Halstuch auf und reichte es Delia. Dann riss er den Saum seines Hemdes ab und band ihn sich um Mund und Nase. Sie tat es ihm gleich.

Gemeinsam schlichen sie näher und versteckten sich hastig, als die Zeltplane zurückgeschlagen wurde. Eine Helferin trat heraus, die eine Wasserschüssel trug. Auch ihr Gesicht wurde von einem Tuch bedeckt. Als die junge Frau verschwunden war, huschten die beiden unbemerkt hinein. Auf das, was sie drinnen erwartete, war Delia nicht vorbereitet.

Das Licht war dämmrig. Überall hingen Laternen von den Zeltstangen. Der Boden war bedeckt von Krankenlagern, die nur schmale Wege freiließen. Die Helfer eilten umher, beugten sich über die Erkrankten, kühlten ihnen mit feuchten Lappen die Stirn oder versuchten, ihnen Kräuter zu verabreichen. Der Geruch von getrocknetem Blut und Erbrochenem hing in der Luft. Und es war erschreckend kühl.

Ihre Hand stahl sich in die von Sam, der sie beruhigend drückte. Eigentlich hätte sie verlegen sein müssen, sich ihm auf diese Weise zu nähern, doch sie empfand bloß stille Dankbarkeit dafür, dass er bei ihr war und sie nicht alleinließ. Gemeinsam gingen sie weiter auf der Suche nach ihrer Mutter. Die verschiedenen Stadien der Seuche ließen einen Brechreiz in ihr aufsteigen.

Diejenigen, die sich erst vor kurzem infiziert hatten, waren bloß bleich und verschwitzt. Winzige rote Flecken übersäten ihre Haut. Bei anderen quoll Blut aus den Poren, was den Gestank erklärte. Wieder andere wurden von rauem Husten geschüttelt. Das Weiße in ihren Augen war blutig geworden. Ihre Hände und Füße hatten eine schwarzblaue Färbung angenommen.

Zweifel ergriffen Delia. Wollte sie ihre Mutter in diesem Zustand sehen? Sollte das ihr letztes Bild von ihr sein? *Nein.* Trotzdem suchten sie weiter. Neben ihr begann eine junge Frau zu würgen und erbrach einen Schwall Blut. Delia wich zurück und rempelte dabei jemanden an.

Eine Stimme fluchte derb und raunzte: »Pass auf, wo du hinläufst, Mädel. Ihr Turteltauben, steht da nicht so dumm rum, sondern macht euch nützlich, wenn ihr schon einmal hier seid!«

Eine Helferin drückte ihr einen kleinen Kessel in die Hand, in dem Suppe schwappte. Sie musterte Delia prüfend. Ihr Gesicht war von einem grauen Lumpen verdeckt, doch das, was man von ihrer Haut sah, war von Falten zerfurcht. Ihr weißes Haar war strähnig und von kastanienbraunen Resten durchzogen. Das Mädchen erkannte sie. Es war die Dorfälteste und gleichzeitig die Frau mit den größten Kenntnissen über Pflanzen in der Umgebung. Sie war eine äußerst mürrische Person, aber bewandert in der Heilkunde, weswegen man ihr ihre Grobheit und das fehlende Taktgefühl nachsah. Der Heiler des Statthalters hielt große Stücke auf ihre Fertigkeiten.

»Dich habe ich hier noch nie gesehen, aber das ist nun auch egal.« Die Alte reichte Sam einige Schüsseln. »Gebt den Kranken davon«, blaffte sie und ging, um wieder nach ihren Patienten zu sehen.

Delia blieb etwas verdattert zurück. Noch vor ein paar Tagen hätte sie alles gegeben, um hier zu helfen, doch jetzt wollte sie nur eins. *Sie* finden.

Sam stupste sie leicht an. »Komm schon. Sie hat recht.«

Sie füllten jedem, an dem sie vorbeikamen, eine Schüssel und eilten dann schnell weiter. Als der Kessel leer war, stellte Delia ihn in einer Ecke ab. Ihre Hände schmerzten von dem Abdruck, den der Henkel hinterlassen hatte. Leise schimpfend rieb sie sich die Handfläche, doch dann sah Delia aus dem Augenwinkel eine Gestalt, die sich schwach regte. Langsam drehte sie sich zu dem schlaffen Bündel um, das da in Decken gehüllt lag.

Sie konnte ihren Blick nicht von der Frau lösen. Das Gesicht ihrer Mutter war eingefallen. Ihre Augen waren trüb, die Wangen ganz blass. Schweiß perlte ihr von der Stirn.

»Mutter«, wisperte Delia. Sie stürzte zu ihr hin, schluchzte auf und nahm die zerbrechliche Hand in die ihre. Sie drückte sie fest. Ihre Mutter schien zuerst verwirrt, doch dann lächelte sie schwach.

Ihre andere Hand berührte ihr Gesicht. Ihre Lippen bewegten sich. Mühsam hauchte sie den Namen ihrer Tochter.

»Ja.« Ihre Tränen wurden von dem Tuch aufgesogen. »Ich bin hier.« Ihre Mutter blinzelte und auch ihre Augen wurden feucht. »Delia.« Ihre Stimme war so heiser und angestrengt. Dieses Wesen, das vor dem Mädchen lag, hatte nichts mehr von der kraftvollen, tatkräftigen Frau, die sie gekannt hatte. Selbst ihre kupferfarbenen Haare hatten durch die Anstrengungen graue Strähnen bekommen.

Eine Hand berührte sanft die Schulter des Mädchens und sie drehte den Kopf. Die dunklen Augen des Heilers begegneten ihren. Er war der Mentor von Neirin, der ihr die Botschaft hatte zukommen lassen, sich von dem Lazarett fernzuhalten. Sein Gesicht war von Schmerz und Trauer gezeichnet. Er musste schon viele der Erkrankten beim Sterben begleitet haben.

»Ich …« Ihre Stimme erstarb. Was hätte sie auch sagen sollen? Dass sie jetzt verstand, warum sie nicht hatte kommen dürfen? Es war offensichtlich, dass der Heiler ihr diesen Kummer hatte ersparen wollen. Er wollte, dass sie schöne Erinnerungen an ihre Mutter behielt, statt immer dieses Bild im Kopf zu behalten. Denn eins wusste Delia: dass dieser Anblick sich für immer in ihre Gedanken eingebrannt hatte und sie in Albträumen heimsuchen würde.

Der Heiler seufzte schwer. »Ich verstehe, weshalb du gekommen bist. Ich kann es dir nicht einmal verübeln, obwohl ich wünschte, du hättest es nicht getan. Aber deine Sturheit hast du offenbar von ihr.« Er lächelte ihrer Mutter ermutigend zu. Dann senkte er den Kopf. »Es ist zu spät für sie. Du musst jetzt Abschied nehmen, Delia.«

»Nein«, flüsterte sie. Dafür war sie nicht hergekommen. Es musste doch einen Weg geben. Irgendeinen.

Sam zog sie an sich und tätschelte ihr unbeholfen den Rücken. »Das ist ihre letzte Nacht.«

Delia hätte so gern ihr Gesicht in Sams Hemd vergraben und all ihren Schmerz herausgelassen, doch sie wollte vor ihrer Mutter stark bleiben. Sie griff wieder nach der kalten Hand. Ihre Mutter lächelte immer noch. Sam hockte sich neben sie. Seine Nähe war tröstlich.

Die Zeit verstrich. Delia konzentrierte sich ganz auf ihre Mutter. Sie meinte, ihrem Herzschlag zu lauschen, ihrem angestrengten, flachen Atem. Die Kranke murmelte einen Namen, der dem Mädchen nicht vertraut war, den ihre Mutter aber voller Zuneigung aussprach. »Mordecai.«

Es klang wie ein Seufzen. Dann wurde es still. Nichts drang mehr an ihre Ohren. Die Augen der Frau vor ihr blickten ins Leere. Ihre Glieder waren nun entspannt. Ihre Mutter rührte sich nicht mehr.

Delia fühlte sich taub. Der Heiler beugte sich noch einmal zu seiner Patientin herab und schloss ihre Augen. Dann zog er ihr die Decke über den Kopf.

Sam schloss sie fest in seine Arme und Delia hielt die Tränen nicht länger zurück. Er zog sie mit sich auf die Füße und wiegte sie sanft. »Es ist schon gut«, flüsterte er. »Es ist besser so.«

Nach einer Weile lösten sie sich voneinander. Der Heiler betrachtete sie mit hohlem Blick.

»Sam, bitte such die Dorfälteste und bring sie her. Sie hat darum gebeten, gerufen zu werden, wenn ihre Nichte stirbt.«

Der Junge nickte und ging davon.

Delia wischte sich die Tränen von der Wange. »Ich wusste gar nicht, dass sie meine Großtante ist«, murmelte sie erstickt. »Das hat sie nie erwähnt.«

»Deine Großmutter und sie haben sich zerstritten, als deine Mutter noch sehr jung war«, erklärte der Heiler. »Sie hatten kein enges Verhältnis.«

»Dieser Name, den sie genannt hat … Mordecai.« Sie kostete den Klang des Wortes. »Wisst Ihr, wer er war?« Noch während sie die Frage aussprach, überkam sie eine Ahnung.

Der Mann sah sie schweigend an und nickte dann widerwillig. »Ja. Er war dein Vater.«

Früher hätte es sie in Aufregung versetzt, den Namen ihres Vaters zu erfahren, aber nun fühlte sie sich bloß seltsam leer, als hätte ihre Mutter ihre Fähigkeit, zu fühlen, mit sich genommen.

»Du solltest nach Hause gehen«, sagte der Heiler. »Dein Bruder braucht dich jetzt.«

Es dauerte einen Moment, bis seine Worte sie erreichten. Dann schüttelte sie langsam den Kopf.

»Ich kann nicht nach Hause gehen. Die Fremden sind noch da.«

»Fremde?« Er klang beunruhigt. »Delia, wovon redest du?«

Bevor sie antworten konnte, wurde die Zeltplane beiseite gerissen und sechs Soldaten betraten das Lazarett. Das Mädchen spürte ein Flattern in der Brust, als wäre ein kleiner Vogel darin gefangen. Hinter den Soldaten trat ein Mann ein, der in eine schwarze Robe gekleidet war. Sein Blick durchwanderte die Reihen der Krankenlager, dann gab er den Soldaten ein Zeichen, auszuschwärmen. Durch den Nebel ihrer Trauer merkte sie, dass sie angefangen hatte zu zittern. Sie konnte den Blick nicht von diesem Mann lösen, von dem eine eigenartige Faszination ausging. Sie fühlte sich auf seltsame Weise zu ihm hingezogen und spürte das drängende Bedürfnis, auf ihn zuzugehen.

»Sieh ihn nicht an«, wies der Heiler sie zurecht und sie senkte verstört den Blick. Aber seine hellen, blauen Augen hatten sie bereits gefunden. Delia wagte nicht, sich zu rühren. Ein harter Ausdruck trat in das Gesicht des Heilers, als der Mann sich ihnen näherte.

Das Mädchen sah aus dem Augenwinkel, wie die Soldaten durch die Reihen der Seuchenopfer schritten. Der Mann kam vor ihnen zum Stehen und erwiderte den herausfordernden Blick des Heilers gelassen.

»Ihr wisst, weshalb ich gekommen bin.«

Der Heiler verschränkte die Arme vor der Brust. »Das weiß ich, aber es gibt Euch kein Recht, meine Patienten zu verstören oder mir meine Helfer abspenstig zu machen, wenn sie am dringendsten gebraucht werden.«

»Sie ist keine von Euren Helfern«, sagte der Mann leise. Erst jetzt fiel Delia der blasse, goldene Ring um seine Pupille auf. »Versucht nicht, mich zum Narren zu halten, *Heiler.*«

Die Art, wie er das Wort betonte, ließ ein ungutes Gefühl in dem Mädchen aufsteigen. Es klang beinahe so, als würde er sein Gegenüber in Frage stellen. Die Augen des Heilers verengten sich.

»Ihr solltet gehen«, presste er durch zusammengebissene Zähne hervor. »Sofort.«

Sie wurden durch einen lauten Ausruf unterbrochen. »Was glaubst du, was du da tust?!«

Delia schreckte zusammen und sah sich nach der herrischen Stimme um. Die Dorfälteste hatte sich vor einem der Soldaten aufgebaut, der einen kleinen Jungen von seinem Lager hochgerissen hatte, der nun von einem heftigen Hustenreiz geschüttelt wurde. Sein kleines Köpfchen war auf seine Brust gesunken. Die alte Kräuterfrau durchbohrte den Soldaten schier mit ihrem Blick. Delia hätte es nicht gewundert, wenn er darunter leblos zusammengebrochen wäre.

»Ich werde nicht zulassen, dass ihr die Leiden meiner Patienten noch erschwert! Sucht doch sämtliche Kinder aus den unzähligen Ecken der Siedlungen und zerrt sie aus den Misthaufen, in denen sie sich verstecken, aber hier werdet ihr niemanden mitnehmen!«

Der Soldat versuchte, sie aus dem Weg zu schieben, aber die Alte war so unverrückbar wie ein Fels.

»Du hast dich rauszuhalten, Kräutermischerin«, raunzte er sie an.

»Ach ja? Dieser Junge hat Familie. Er hat bereits zwei seiner Geschwister sowie seinen Vater verloren und ich werde nicht zulassen, dass seine Mutter auch noch seinen Leichnam zu beerdigen hat!«

Die Leidenschaft in ihren Worten entfachte ein warmes Gefühl in Delias Bauch. Es war bestimmt nicht das Schlechteste, mit dieser Frau verwandt zu sein.

Der Mann vor ihr hatte die Auseinandersetzung schweigend verfolgt. Jetzt aber trat er auf die Streitenden zu. »Das werdet Ihr auch nicht«, sagte er und berührte die schweißnasse Stirn des Jungen, der sich unter der Berührung merklich entspannte. Sein Atem kam gleichmäßiger und die Farbe kehrte in sein Gesicht zurück. Seine schreckensweiten Augen blickten umher und fanden ungläubig den Mann vor ihm.

Er ist ein Magier!, begriff Delia mit einem Schaudern.

Die Miene des Heilers blieb unbewegt.

»Das ist unmöglich«, flüsterte Delia. Sie hatte von den Wundertaten gehört, die Magier vollbringen konnten, aber nie hatte sie damit gerechnet, eine zu Gesicht zu bekommen. Wenn sie über diese Kräfte verfügen würde, hätte sie ihre Mutter retten können. Sie hätte sie alle gerettet.

»Beeindruckend«, sagte die Dorfälteste, aber es lag keine Bewunderung in ihrer Stimme. »Und werdet Ihr auch den anderen helfen oder nur denen, die Ihr mitzunehmen gedenkt?«

»Ich kann Euren Unmut nachvollziehen, aber Ihr werdet verstehen, dass ich nicht in der Lage bin, jeden zu heilen. Aber ich kann Euch ein Kraut nennen, welches die gewünschte Wirkung hat. Ich weiß, dass Ihr es bereits in Betracht gezogen habt, es aber für zu gefährlich hieltet.«

»Wisperknöpfchen«, murmelte sie. »Ich wollte sie nicht nehmen, weil ich mich mit der Dosierung nicht auskenne.«

»Die Wurzeln haben eine ähnliche Wirkung wie die Blätter und Blüten«, teilte ihr der Magier ruhig mit. »Nur sehr viel weniger stark. Wenn Ihr sie aufbrüht und verdünnt, wird niemand dadurch zu Schaden kommen.«

Die alte Kräuterfrau nickte langsam. »Gut, dann nehmt ihn«, sagte sie und trat aus dem Weg. »Ihn und alle, die Ihr heilen könnt.«

Der Magier neigte den Kopf vor ihr und gab dem Soldaten einen Wink, der ihm bedeutete, mit seiner Suche fortzufahren. Erst dann wandte er sich erneut Delia zu.

»Komm mit, Mädchen«, sagte er. »Du kannst ohnehin nicht vor meinesgleichen davonlaufen.«

Wie betäubt ging sie auf ihn zu. Sie warf einen raschen Blick zurück, vorbei an dem Heiler, der die Hände zu Fäusten geballt hatte, aber von Sam war keine Spur zu sehen.

Die Ausgesonderten

SAM

Sam schlich durch die engen Gassen. Als der Trupp das Lazarett betreten hatte, war er unbemerkt in einer Ecke verborgen geblieben. Leise war er davongeschlichen und hatte sich unter der Plane hindurch ins Freie geschoben. Von dort aus hatte er beobachtet, wie die Soldaten Delia und einige andere Kinder in Begleitung eines schwarz gewandeten Mannes fortbrachten. Sam war ihnen gefolgt. Er konnte Delia nicht zurücklassen. Er musste sie retten.

Allen Bewohnern, denen Sam auf seinem Weg begegnete, stand die Angst ins Gesicht geschrieben. Viele schienen Verstecke vorbereitet zu haben. Er entdeckte einen zerlumpten Burschen, der sich aus einem Heuhaufen freikämpfte, gefolgt von seiner kleinen Schwester, und ein Mädchen, das sich hinter einem Stapel Holzscheite verbarg. Er sah Mütter, die ihre Söhne und Töchter fest umklammert hielten, sah, wie einer der Schenkenbesitzer sich schützend vor ein kleines Kind stellte, das sich mit großen Augen an seinem Bein festklammerte. Einer der Väter musste von zwei seiner Kameraden zurückgehalten werden, als er sich mit einer Forke auf die Fremden stürzen wollte, die seinen Sohn wegführten. Sam konnte sein Gebrüll noch hören, lange nachdem sie ihn aus der Gasse fortgezerrt hatten. Ihre Angst konnte nicht unbegründet sein.

Sam schlug einen Umweg zu den Toren ein, um unbemerkt wieder in die Stadt zu gelangen, als plötzlich eine der Eskorten vor ihm auftauchte. Er hechtete durch ein Loch in einer Häuserwand und verschanzte sich hinter dem bröckelnden Stein.

Die Soldaten trieben eine kleine Schar Kinder vor sich her. Unter ihnen entdeckte er Bain Geisterseher. Unwillkürlich hielt er den Atem an, als die Soldaten näherkamen. Der Wegelagerer sah verschreckt drein und ähnelte mehr denn je einer Maus.

Bain beschleunigte seine Schritte. Nachdem sie um eine Häuserecke gebogen waren, rannte er los. Die Fremden, die die Zusammengetriebenen begleiteten, riefen ihm wütend nach, aber der junge Mann blieb nicht stehen. Er wollte bei ihren Spielchen nicht mitmachen. Eine Gruppe der Soldaten kam ihnen entgegen. Mit aller Kraft stieß Bain einen der Männer beiseite und schleuderte um die nächste Häuserecke. Die Fackel flog dem Fallenden aus der Hand. Sie landete auf dem Boden und warf Funken in alle Richtungen.

Die Soldaten fluchten, als sich mit lautem Gebrüll vermummte Männer aus einer nahen Gasse heraus auf sie stürzten. Sam erkannte in ihnen Mitglieder der Diebesbanden. Die eskortierten Kinder johlten und machten, dass sie davonkamen. Überrumpelt wurden die Soldaten zurückgedrängt und wehrten sich lieber mit ihren Piken, als den Entflohenen nachzujagen. Das Handgemenge zog weitere Leute an, die sich begeistert dem Aufruhr anschlossen.

Sam musste grinsen, doch die Freude verblasste schnell wieder, als sich zwei in lange Roben gekleidete Gestalten in sein Blickfeld schoben. Der Junge keuchte auf und kauerte sich zusammen, um nicht entdeckt zu werden.

»Erledige du das«, hörte er einen der Fremden sagen. »Dieses Lumpenpack soll nicht denken, es könnte uns zum Narren halten.«

Der Angesprochene murmelte etwas und ein mächtiger Windstoß fegte über sie hinweg. Dachschindeln begruben einen Mann unter sich und ein Getreidekarren wurde umgeworfen, der zwei

Vagabunden einzwängte. Die übrigen Männer wurden davongeweht und gegen die Wände geschmettert. Ein scharfer Luftzug fuhr über Sam hinweg und zerzauste ihm das Haar. Kleinere Gesteinsbrocken lösten sich aus der Wand und wurden ihm ins Gesicht geweht, aber er wagte nicht, sich zu rühren.

Die Soldaten wandten sich überrascht zu ihren Helfern um.

»Ihr habt später noch Zeit für körperliche Ertüchtigung«, verkündete der erste Fremde und sein Gefährte lachte. »Holt diese Bälger zurück, oder wollt ihr mir weismachen, dass euch Kinder entkommen, die gerade mal bis zehn zählen können?«

»Nein, Herr«, rief einer der Soldaten dienstbeflissen und verbeugte sich. Dann teilten sie sich auf.

Magier! Sams Herz schlug wild in seiner Brust. Die Magier nickten sich unbeteiligt zu und setzten sich wieder in Bewegung. Erst als sie fort waren, schlüpfte der Junge aus seinem Versteck.

»Sam!« Er drehte sich um. Neirin kam auf ihn zu gerannt. Keuchend blieb er vor ihm stehen und hielt sich die stechende Seite. »Sie … sie haben Lune.«

»Was weißt du darüber?«, fragte Sam, ohne sich um die Worte seines Freundes zu scheren. »Du hast geahnt, was sie sind! Du weißt, was sie hier wollen!«

»Ja.« Neirin lächelte kläglich. »Ich habe so etwas schon miterlebt.«

»Dann erklär es mir«, forderte Sam. »Was erwartet uns hier?«

Neirin wich seinem Blick aus. »Wir sollten aufbrechen, sonst verpassen wir es noch.«

Sam packte den Dieb am Arm. »Du willst zu ihnen gehen? Bist du verrückt? Wir sollten von hier verschwinden, solange wir noch können!«

»Was wird dann aus Lune?« Neirin stieß ihn zurück. »Bist du wirklich so selbstsüchtig, dass du sogar Delia einfach zurücklässt?«

Sie funkelten einander an. »Ich dachte, du willst *nicht* entdeckt werden«, stieß Sam hitzig hervor.

»Ich sage nicht, dass wir sie gewaltsam da rausholen sollen. Lass uns wenigstens zusehen. Bitte, Sam. Ich brauche dich dabei an meiner Seite.«

Der Müllerbursche zögerte und rieb sich die Schulter. »Na schön«, antwortete er schließlich. »Aber du wirst jetzt mit der Sprache rausrücken.«

Der Dieb seufzte resigniert. »Schön, wie du willst.« Sie machten sich wieder auf den Weg.

Neirin begann ein wenig stockend. »Ich … muss gestehen, dass ich dir nie gesagt habe, woher ich komme. Ich stamme genauso wenig aus Eschenbach wie du oder Lune.«

Sam starrte ihn an. Warum sollte der Dieb daraus solch ein Geheimnis machen?

Der fuhr mit gesenktem Kopf fort. »Vor etwa zehn Jahren lebte ich noch bei meiner Mutter in einem Dorf am Rande eines Moors. Es war ein kleines Dorf, kaum mehr als eine Ansammlung von Hütten. Meinen Vater habe ich nie kennengelernt. Meine Mutter war eine Kräuterfrau und wurde von den übrigen Dorfbewohnern geachtet, die uns im Gegenzug für ihre Dienste mit Vorräten versorgten. Es ging uns gut. Sie unterrichtete mich am Abend, wenn ich vom Spielen mit den anderen Kindern heimkam, und erzählte mir Geschichten von schwarzen Schrecken, die die Nacht heimsuchen, um unschuldige Kinder zu entführen. Es gab viele gruselige Gestalten in ihren Erzählungen. Nachtmahre und Werwölfe, Geister und Rotkappen. Und Magier. Eines Abends dann kamen sie. Meine Mutter weinte und befahl mir, mich zu verstecken. Also lief ich ins Moor und verbarg mich im Heidekraut, von wo aus ich alles mit ansah. Die Soldaten trieben die Dorfbewohner zusammen und ein Magier trat auf meine Mutter zu. Er packte sie am Kinn und zwang sie, in seine Augen zu sehen, bevor er sie zu Boden stieß und seine Hand zu glühen begann.« Die Stimme des Diebes begann zu zittern. »Er tötete sie vor den Augen der Dorfbewohner. Ich wollte schreien und zurücklaufen, aber ich wusste, dann würde ich ebenfalls sterben. Glaub mir, Sam, das wollte ich, aber ich hatte es ihr versprochen, also tat ich nichts. Ich sah zu, wie die Kinder vor den Magier geführt wurden. Zwei ließ er von seinen Männern abführen. Danach befahl er den Soldaten, die Häuser in Brand zu setzen.« In Neirins Stimme lagen Schuldgefühle, die nach all den Jahren noch immer an ihm nagten. »Noch während das Feuer meine Heimat niederbrannte, rannte ich davon und schwor mir, niemals dorthin zurückzukehren. Seitdem verfolgen mich die Worte meiner Mutter. Sie sagte mir jeden Abend vor dem Einschlafen, dass ich niemals einem Magier vertrauen könne und weglaufen solle, sollte ich jemals einen zu Gesicht bekommen.«

Sam konnte den kleinen Jungen beinahe vor sich sehen, dem Tränen über die Wangen liefen, während er rannte, beschienen von den gierigen Flammen in seinem Rücken.

»Sie war anders, verstehst du? Meine Mutter sang zu den Blumen, die vor unserer Hütte wuchsen. Mit wenigen Worten konnte sie den Menschen, die zu ihr kamen, ihre Schmerzen nehmen. Das erinnert mich immer an diesen vermaledeiten Wechselbalg und die Hexe. Und an Hestia. Was, wenn sie Lune dafür hängen, weil sie mit ihnen befreundet ist?«

In seiner Stimme schwang Panik mit. Sam schwieg. Er musste die Worte seines Freundes erst verdauen.

Sie waren an der Stadtmauer angelangt. Auf den Straßen drängten sich die Menschen, sodass sie untertauchen konnten. Der Tumult hatte sich inzwischen bis in die Stadt ausgebreitet. Sie kletterten die Palisade empor und sprangen von dort aus auf die Dächer. Niemand schaute nach oben. Als sie endlich den alten Marktplatz erreichten, verbargen sie sich hinter einem Schornstein.

»Es wird alles gut gehen, Nye«, versicherte ihm Sam. »Wir werden ihnen keine Gelegenheit geben, Lune etwas anzutun.«

Sie richteten ihre Aufmerksamkeit auf den Platz unter ihnen. Es sah so aus, als hätte sich kein Kind den Fremden entziehen können. Die Soldaten bildeten eine Mauer aus Fleisch und Stahl um sie und hielten die Eltern von ihnen fern, die beunruhigt die Seitenstraßen füllten. Einige Schaulustige säumten die Balkone der Häuser und Sam entdeckte eine Gruppe Magier, die sich in einiger Entfernung beriet.

»Siehst du Lune irgendwo? Oder Ty?«, flüsterte Neirin. Sam schüttelte den Kopf. Der Dieb wirkte bedrückt.

»Es tut mir leid«, flüsterte Sam und legte ihm eine Hand auf die Schulter.

Neirin lächelte ihm flüchtig zu. »Es ist schon lange her.« Er blickte wieder nach unten. Seine Mundwinkel zuckten in die Höhe. »Sieh mal.«

Der Müllerbursche folgte seinem Blick. Micah war aufgetaucht und bestürmte einen der Magier mit Fragen. Er gestikulierte wild und sein Gesicht hatte die Farbe von zerquetschten Brombeeren angenommen.

»Was, denkst du, sagt er?«, fragte Neirin.

Sam spitzte die Ohren, aber durch das Stimmengewirr verstand er nichts. »Wahrscheinlich beschwert er sich über die Anwesenheit unseresgleichen.« Der Dieb spuckte aus.

Dann rief einer der Magier etwas und Lichtkugeln verteilten sich über die Versammelten. Sie pulsierten leicht und es sah so aus, als hätte man sie aus goldener Lava geformt, die in ihrem Gefängnis herumwirbelte. Die Freunde tauschten bedeutungsschwere Blicke. Der beleibte Junge stolperte zurück und entschuldigte sich wortreich.

»Das haben sie nur gemacht, um sie einzuschüchtern«, schnaubte Sam.

Mit Erfolg. Die Kinder rückten enger zusammen. Vor Magiern konnten sie nicht fliehen. Es war traurig, dass die Waisen und Armen ihren ersten Ausflug in die Stadt mit Angst verbinden mussten. Sam entdeckte schließlich Ty, der sich ein Wollknäuel vor die Augen hielt.

Einige der Lichtkugeln flogen gefährlich hoch. Neirin fluchte unterdrückt, als eine ihr Dach erreichte und sachte auf sie zu schwebte.

»Duck dich!« Sie gingen in Deckung. Das Licht kam um die Ecke.

Neirin trat nach der Kugel, die ein Stück zurückwich und dann beharrlich näherkam. Sam schaute genauer hin. In den Strömen wirbelten Strudel umher, die eine dunklere Farbe hatten. Es war wunderschön. Noch ehe er begriff, was er da tat, schlossen sich seine Finger um die Kugel, die nur etwas größer war als eine zusammengeballte Faust.

»Nicht!«, rief sein Freund entsetzt.

Aber die Kugel war nicht glühend heiß wie angenommen, sondern verströmte eine angenehme Wärme bis in seine Fingerspitzen. Unter seiner Berührung stoben die Wirbel auseinander und formten Bilder. Seine Augen weiteten sich. Das Ding pulsierte wie ein schlagendes Herz. Erinnerungen stiegen ungewollt in ihm auf.

Er sah einen mageren, braunhaarigen Jungen, der auf den Zinnen eines Turmes saß und die Beine in die Tiefe baumeln ließ. Seine großen traurigen Augen reflektierten den Vollmond. Sam erkannte sein jüngeres Ich. Ein weiterer Junge mit rabenschwarzem Haar kam hinzu und setzte sich neben ihn. Er zerteilte mit einem Messer einen Apfel und hielt dem kleineren Jungen eine Hälfte hin. Dabei lächelte er aufmunternd.

Die Sehnsucht zerschnitt sein Herz. An dieser Erinnerung hing so viel. Dankbarkeit, Freude, aber auch Resignation, da er sich damals in sein Schicksal ergeben hatte, wenn auch an der Seite eines Freundes.

Es brachte auch die Jahre davor zurück, als er noch auf dem Hof seiner Eltern gelebt hatte, zusammen mit seinen Geschwistern. Ihre Namen lagen ihm auf der Zunge. Ob sie ihn inzwischen vergessen hatten?

Die Kugel wurde seinen Fingern entrissen. Sam schreckte auf. Neirins besorgtes Gesicht schob sich in sein Blickfeld. Der Schein der Kugel erhellte sein Gesicht.

»Ist alles in Ordnung?«

Sam griff sich an die Wange und bemerkte, dass sie feucht war. Er räusperte sich verlegen und nickte. Zittrig ausatmend lehnte er sich an den Schornstein.

Der Dieb schleuderte die Lichtkugel von sich, die über die Dächer davon trudelte.

Der Müllerbursche schloss für einen Moment die Augen und versuchte, die Bilder festzuhalten, doch sie entglitten ihm bereits wieder. Neirin sprach ihn nicht darauf an und Sam war ihm dankbar dafür.

Als ein Raunen durch die Menge zu seinen Füßen ging, raffte er sich auf und spähte nach unten.

Ein Magier, der in einen dunkelblauen Umhang gewandet war, stellte sich vor die Kinderschar. Das verängstigte Gemurmel verstummte.

»Ihr fragt euch, weshalb ihr hierhergebracht worden seid.« Seine Stimme schnitt wie ein Peitschenhieb durch die Stille. »Dieser Aufwand des Versteckens und der anfänglichen Gewalttaten war sinnlos. Derart drastische Maßnahmen sind lediglich eine Verschwendung von Energie und Zeit und angesichts unserer Absichten vollkommen unbegreiflich. Der Grund für unser Kommen ist, dass wir es uns zur Aufgabe gemacht haben, die Menschheit zu schützen. Deshalb sondern wir jene aus, die eine Bedrohung für die gemeine Bevölkerung darstellen.« Seine Stimme klang gelangweilt, als hätte er diese Worte schon zu oft vortragen müssen. »Aus diesem Grund reisen wir von Dorf zu Dorf, von Stadt zu Stadt. Es ist unsere oberste Pflicht der Bevölkerung gegenüber, sie vor Missbrauch zu schützen, indem wir diese Individuen ausfindig machen.«

Auf seine Worte hin folgte Schweigen. Einige der Erwachsenen unterhielten sich gedämpft und warfen dem Magier wütende bis furchtsame Blicke zu. Offenbar gefiel ihnen seine Herablassung nicht, aber andererseits hatte er die Angst unter ihnen geschürt.

Sie alle hatten schon von Werwölfen, Rachegeistern und Hexenmeistern gehört.

»Keine Fragen? Das überrascht mich.« Sam hätte es nicht gewundert, wenn er unter seiner Kapuze selbstgefällig gelächelt hätte.

»Zählen Magier auch zu diesen gefährlichen Individuen?«, rief jemand. Sam sah sich nach dem Sprecher um. Es war Gavin. »Muss man sie vor ihrer eigenen Arroganz schützen, damit sie nicht unerwartet eine verdiente Tracht Prügel einstecken?« Einige der Umstehenden schnappten erschrocken nach Luft.

Sam fluchte unterdrückt. »Dummer einfältiger Narr! Warum kann er nicht sein vorlautes Mundwerk halten, wenn es Zeit dafür ist?«

Einer der Magier machte wütend einen Schritt auf den Jungen zu. Seine Handflächen glühten auf, aber der Sprecher hielt ihn zurück.

»Junge, du solltest lernen, uns nicht derart zu reizen. Es bekommt den wenigsten, sich mit uns anzulegen.«

»Wollt ihr mir drohen!?«, brüllte der Schmiedesohn und wollte schon vorstürmen, aber Lune schob sich zwischen ihn und die Fremden. »Aus dem Weg!«, bellte er, aber das Mädchen blieb, wo es war. »Verschwinde!«

»Das haben wir gar nicht nötig«, erwiderte der Magier genüsslich.

»Geh aus dem Weg, Lune!« Er hatte die Hände zu Fäusten geballt.

»Nein«, antwortete sie ruhig. »Du verhältst dich wie ein Dummkopf. Was willst du denn tun? Dir den Erstbesten greifen und ihn zu Boden schlagen? Was würde das bringen? Lass die Situation nicht eskalieren. Wir sollten dieses Aufeinandertreffen friedlich halten.«

Gavin atmete schwer. »Du bist eine Idiotin, wenn du glaubst, sie würden es bei einer Art Test belassen!«, presste er hervor.

»Du kannst nicht gegen Magie kämpfen!«, fauchte sie ihn an. »Und nun hör auf, dich wie ein Irrer aufzuführen!« An den Magier gewandt sagte sie: »Bitte entschuldigt den kleinen Zwischenfall.«

Gavin starrte sie fassungslos an. »Du verteidigst sie auch noch?« Er schüttelte den Kopf und trat einen Schritt zurück, als könnte er ihre Nähe nicht länger ertragen.

»Jetzt stellt euch in einer Reihe auf«, befahl der Magier. Die Kinder legten ihre Bündel ab und mit viel Geschiebe und Gedränge wurde seiner Anweisung Folge geleistet.

Drei der Magier lösten sich aus der Gruppe und traten vor die wartende Schar. Sie zogen seltsame Gestelle aus ihren Gewändern und setzten sie auf die Nase. Fasziniert beugte Sam sich weiter vor. Er hatte schon zuvor Augengläser gesehen, auch wenn sie eine Rarität waren und die Lesesteine aus Beryll noch nicht abgelöst hatten. Aber diese Konstruktionen erinnerten an die Geräte der Sternengucker. Die Linsen schoben sich daumenbreit nach vorn wie ein Teleskop, seitlich waren Triebräder zu erkennen und auf einer Seite konnte man eine blassrote Linse herunterklappen.

Vielleicht hätte Jared ihm sagen können, wozu sie benutzt wurden. Sam hatte ihm häufig dabei zugesehen, wie er ein Uhrwerk oder einen Kompass reparierte und neu zusammensetzte. Eine kniffelige Angelegenheit, die einem viel Konzentration, Geschicklichkeit und Nerven abverlangte. Sam hatte nach seinen ersten Versuchen aufgegeben, aber Jared hatte immer behauptet, diese Arbeit würde es ihm erlauben, sich zu entspannen.

Die Magier nahmen sich die Kinder vor. Sie knieten sich vor jedes einzelne hin und sahen ihm in die Augen, wobei sie die Triebräder drehten und sich manchmal minutenlang mit nur einer Person beschäftigten. Dann wurden sie in Gruppen eingeteilt.

Von seinem Aussichtspunkt jedoch bemerkte Sam, dass der Wortführer sich zu einem seiner Soldaten gesellt hatte und sich leise mit ihm beriet. Soweit er es erkennen konnte, war der Soldat noch sehr jung, vielleicht drei oder vier Jahre älter als er selbst, mit einem schmächtigen Flaum an Kinn und Wangen. Der junge Mann deutete unauffällig auf verschiedene Personen, von denen jede der kleineren der beiden Gruppen zugeteilt wurde. Diese wurde im

Anschluss ein weiteres Mal überprüft. Die anderen konnten gehen und verfolgten das weitere Prozedere aus sicherer Entfernung. Die Jungen nutzten diese Gelegenheit und kletterten von ihrem Ansitz herab in eine Straße hinter dem Haus, ehe sie sich unbemerkt unter die Zuschauer mischten.

In Sams Kehle bildete sich ein Kloß, als er Delia unter den Verbliebenen entdeckte. Neben ihr waren noch fünf weitere Kinder von den übrigen separiert worden. Den Jungen beschlich ein mulmiges Gefühl. Er kannte sie alle.

Der Wechselbalg hatte sich in Lunes Hemd gekrallt und schien völlig aufgelöst, während sie ernste Blicke mit einem Handwerkslehrling wechselte, der Gareth hieß. Er war ein Freund von Gavin, den dieser schon seit Kindertagen kannte. Neben ihnen kauerte das kleine Mädchen, dem Bertha versprochen hatte, sie werde nicht zulassen, dass sie mitgenommen würde. Delia legte ihr eine Hand auf den Kopf und flüsterte ihr mitfühlende Worte zu. Ihr Bruder stand mit ernstem Gesicht neben ihr, die Arme vor der Brust verschränkt. Delia sah sich immer wieder um, als würde sie in der Menge nach jemandem suchen.

Sie sucht nach mir, wurde Sam bewusst und ihm krampfte sich der Magen zusammen. Nur zu gern hätte er ihr zugerufen, dass er sie beschützen werde und dass er für sie da sei.

Neirin schüttelte den Kopf. »Du kannst ihr nicht helfen.«

»Und du wirst Lune einfach so aufgeben«, konterte Sam. »Erzähl mir keine Märchen!«

Sein Freund presste die Lippen aufeinander. »Was könnten wir schon ausrichten?«

»Wozu hast du mich dann hierhergeschleppt?«, entfuhr es Sam.

Neirins Augen waren bekümmert. »Sie werden ihnen nichts tun. Wenn sie es wollten, hätten sie es längst tun können.«

»Vor ihren Eltern? Blödsinn! Vermutlich warten sie nur darauf, bis sie die Stadt verlassen haben, und werfen die Leichen in den Fluss.«

Sam sah zu seinen Freunden hinüber. In seinem Kopf herrschte ein einziges Chaos. Auch auf Neirins Gesicht rangen die widersprüchlichsten Gefühle miteinander.

»Es muss nicht so sein«, murmelte er. »Sie haben meine Mutter getötet, die Kinder aber nicht.«

Die Leute um sie her musterten die Ausgesonderten wie eine Attraktion auf dem Jahrmarkt.

Auf einmal kam Leben in einen der Magier, der auf die kleine Gruppe zuschritt. Sam erkannte ihn als den Mann, der Delia aus dem Lazarett geführt hatte. Der Magier trat vor die Metzgerstochter, die vor ihm zurückwich. Langsam hob er eine Hand und legte sie ihr an die Schläfe; behutsam, als würde er sich einem verschreckten Fohlen nähern. Das Mädchen verkrampfte die Hände und presste sie an die Brust, die Augen weit aufgerissen. Ihr Bruder machte einen drohenden Schritt auf den Magier zu, wurde aber von einem Soldaten zurückgehalten, der stumm den Kopf schüttelte.

»Was tut er da?«, fragte Sam angespannt. »Tut er ihr weh?«

Neirin war bleich geworden. »Er liest ihre Gedanken. Davon habe ich schon gehört. Man spürt es wohl kaum, aber es muss unheimlich sein, wenn du deine Erinnerungen nicht selbstständig heraufbeschwörst.«

Sam schluckte trocken.

Der Magier verharrte eine Weile so, dann ließ er von ihr ab und zog die Hand zurück. Er sah sich suchend um. »Wo ist Sam?«

Sam erstarrte vor Überraschung. Auch den Zuschauern verschlug es den Atem, als sie begriffen, was der Magier gerade getan hatte. Einige machten Zeichen gegen das Unheil. Die Städter, die ihn erkannten, warfen ihm scheele Blicke zu und sahen dann rasch wieder weg. Sam richtete sich auf und schickte sich an, dem Aufruf zu folgen.

Neirin packte ihn am Handgelenk. »Was machst du denn?«, zischte er ihm zu.

»Lass mich.« Sam wand sich los und trat aus der Menge. Er hob rebellisch den Kopf. »Ich bin hier.«

Ein schmales Lächeln umspielte die Lippen des Magiers. »Gut. Dann geselle dich zu uns.«

Er deutete mit dem Kopf zu den Ausgesonderten. Der Müllerbursche begegnete den blauen Augen trotzig und folgte dem Wink. Er stellte sich neben Delia, den Blick stur geradeaus gerichtet. Ihre Hand schob sich in seine und er drückte sie aufmunternd.

»Du bist zurückgekommen«, flüsterte sie.

»Ich konnte dich denen doch nicht überlassen«, murmelte er verschämt. Seine Ohren glühten.

Ein alter Magier stellte sich vor ihnen auf und erklärte schleppend: »Bei euch handelt es sich um die gesuchten Einzelfälle. Ich muss euch bitten, uns zu begleiten. Keine Sorge …« Er lächelte gutmütig. »Man wird euch nichts zuleide tun.«

»Wo wollt Ihr mit unseren Kindern hin?«, grollte ein breitschultriger Mann, den Sam als Gareths Vater wiedererkannte. Er war ein Geselle der Handwerkszunft. Die Frage wurde von vielen aufgegriffen und Proteste wurden laut.

Der Alte hob beschwichtigend die Hände. »Man wird sie in eine andere Stadt bringen.«

»Wozu?« Das war Delias Ziehvater. Er hatte die Arme fest um die kleine Rosemary gelegt.

»Ich fürchte, dazu kann ich keine genauere Auskunft geben«, erklärte der Magier bedauernd, »aber eure Kinder wird eine weitaus bessere Zukunft erwarten, als sie sie hier jemals haben könnten.«

»Die können sie hier auch haben!«, brüllte der Schmied wütend.

»Wie kommt Ihr dazu, unsere Kinder zu stehlen?«, wurde es an anderer Stelle laut.

»Warum sollten wir Euch glauben?«

»Warum unschuldige Kinder verschleppen, wenn es draußen im Wald eine echte Hexe gibt?«

»Ruhe!«, donnerte der blaugewandete Magier, den Sam für den Anführer hielt. »Wir sind nicht verpflichtet, unser Handeln zu rechtfertigen! Und sollte irgendjemand ein Kind vor uns verstecken, wird der Betreffende bestraft werden. Seine letzte Chance, dem entgegenzuwirken, wird sein, diese Torheit sofort zu beenden. Demjenigen bleibt Zeit bis Mitternacht. Wenn nicht, wird auch euer Sohn oder eure Tochter unter dieser Entscheidung zu leiden haben. Und jetzt … verschwindet!«

Sichtlich unwillig löste sich die Menschenmenge auf und nur die Familien der ausgesonderten Kinder blieben zurück und drängten sich weinend um ihre Schützlinge. Die Soldaten nahmen es widerspruchslos hin. Delias Entführer zog sich von den Gefühlsbekundungen zurück. Dann schloss er konzentriert die Augen.

Ein Aufschrei ertönte und der Magier fuhr herum. Neirin war ins Taumeln geraten und hielt seinen Kopf mit beiden Händen umklammert, das Gesicht vor Schmerz verzerrt. Die Menschen um ihn herum wichen vor ihm zurück, als hätte er eine ansteckende Krankheit.

Sam verschwendete keine Zeit. Er sah Delia in die Augen und sie verstand sofort.

»Lune!«, bellte er. »Schnapp dir Ty und lauf!«

Einer der Soldaten schlang Delia den Arm um die Taille, um sie aufzuhalten. Aus dem Nirgendwo tauchte der Metzger auf und schickte den Kerl mit einem Kinnhaken zu Boden.

»Rennt«, keuchte er und stellte sich den heraneilenden Männern entgegen.

Lune hatte Ty am Arm gepackt und rannte zu Neirin, der sich wieder gefasst hatte.

Die Menschen machten den Flüchtenden willig den Weg frei und versperrten ihn dann wieder mit ihren Körpern, um ihre Verfolger zu behindern. Ein übermütiges Grinsen stahl sich auf Sams Gesicht. Delia klammerte sich an seine Hand, mit der anderen hatte sie ihre

Röcke gerafft. Sie schlitterten über die gepflasterten Straßen und holten zu ihren Kameraden auf. Endlich erreichten sie das Stadttor.

Dahinter erwartete sie ein unübersichtliches Durcheinander. Stimmen wurden laut, die forderten, man müsse gegen die Soldaten vorgehen. Unter den Hüttenleuten waren handfeste Scharmützel ausgebrochen. Als sie die flüchtenden Kinder erblickten, johlten die Diebesbanden beifällig. Andere stellten sich ihnen in den Weg, um sie aufzuhalten.

Der Müllerbursche warf einen Blick nach hinten und sah, dass ihre Verfolger aufgeholt hatten.

»Nye!«, rief er dem anderen Jungen zu. »Bring die Mädchen fort von hier. Ich komme nach!«

»Bist du verrückt geworden?«

»Vielleicht.« Ein ungestümes Lachen brach aus ihm hervor. Seine Nerven lagen blank und er war zu aufgeregt, um noch klar denken zu können, aber er wusste, wenn sie heil herauskommen wollten, würde einer den Köder spielen müssen. »Vertrau mir, Nye.«

Er ließ Delia los und blieb stehen.

»Sam!«, schrie sie entsetzt, aber Neirin trieb sie unerbittlich weiter. Er hatte Sams Plan begriffen.

Der Junge drehte sich zu den Soldaten um. Hastig las er einen Stein vom Boden auf und schleuderte ihn auf die Männer. Das Geschoss prallte am Helm eines Soldaten ab, der strauchelte. Sein Wurf hatte eine Kerbe geschlagen.

Dann spurtete Sam los. Er bog in eine Gasse und hörte, wie die gepanzerten Männer ihm folgten.

Es funktioniert!

Er schleuderte um eine Ecke. Auf der feuchten Erde glitt er aus, rappelte sich aber gleich wieder fluchend hoch. Geschickt schlängelte er sich durch die engen Häuserreihen und ihre Durchgänge. Zwei Männer hefteten sich an seine Fersen, als sie ihn sahen. Der Junge stürzte in einen kleinen Vorhof und duckte sich hinter die zerfallene Mauer. Seine Brust hob und senkte sich rasch.

Seine Finger griffen in einen Beutel an seinem Gürtel, den Hestia ihm geschenkt hatte. Sam hatte erneut ihre Stimme im Ohr. *Wirf es einem ins Gesicht und er ist danach stundenlang blind. Du wirst es vielleicht nützlich finden.*

Er lauschte auf die sich nähernden Schritte. Instinktiv sprang er vor und schleuderte ihnen das rote Pulver ins Gesicht. Die Kerle schrien auf und schlugen die Hände vor die tränenden Augen.

Sam verschwendete keine Zeit und verschwand wieder in dem Hof, wo er über die gegenüberliegende Mauer hinwegsprang. Die taumelnden Schritte der erblindeten Soldaten verklangen bereits und würden die übrigen hoffentlich auf eine falsche Fährte locken.

Er hatte die äußeren Bezirke schon fast erreicht, als zwei Gestalten in Roben ihm den Weg abschnitten. Sein Herzschlag setzte für einen Moment aus. Schlitternd warf er sich herum und rannte den Weg zurück, den er gekommen war. Vor ihm bog ein Trupp Soldaten um die Ecke.

Der Junge stieß eine Salve derber Schimpfwörter aus, für die ihm Margarete vermutlich den Mund mit Seife ausgewaschen hätte, und schlug einen weiteren Haken in die nächste angrenzende Gasse. Die Schritte seiner Verfolger hallten laut hinter ihm wider.

Ihm fiel etwas ins Auge. Er beschleunigte und sprang auf ein vergessenes Bierfass vor einer Schenkentür. Dann stieß er sich davon ab und erreichte mit den Fingerspitzen die gegenüberliegende Mauer. Sein Körper prallte ungebremst dagegen. Es presste ihm die Luft aus den Lungen. Mühsam zog er sich hoch, wich den behandschuhten Händen der Soldaten aus, die seine Beine zu packen versuchten. Er trat nach ihnen und wuchtete sich auf die Mauer. Auf der anderen Seite ließ er sich fallen.

Das Ende der Hüttensiedlung ließ sich bereits erkennen. Sam hetzte los. Er war schnell. Er war schon immer schneller gewesen als seine Verfolger. Die plattgetretene Erde wurde von Gras abgelöst. Der Wind pfiff in seinen Ohren und die feuchten Halme peitschten gegen seine Beine. Die kalte Luft biss ihm in die bloße Haut. Seine

Lungen fühlten sich an, als müssten sie gleich platzen. Niemals fühlte er sich so frei wie beim Rennen.

Es zog ihm das rechte Bein weg. Sam stürzte und rollte übers Gras. Ein Stein traf ihn schmerzhaft in die Rippen, als er ihn bremste. Keuchend blieb er liegen und rang nach Atem. Er presste die Hand an die Seite. Mit einiger Mühe stützte er sich auf die Ellenbogen, als er auch schon auf die Beine gerissen wurde. Eine behandschuhte Hand schüttelte ihn wie einen ungehorsamen Welpen. Er biss die Zähne zusammen, um nicht aufzuschreien, denn seine Seite stach und trieb ihm die Tränen in die Augen.

»Es reicht«, bellte eine scharfe Stimme. »Lass ihn los.«

Der Soldat, der ihn gepackt hatte, stieß ihn von sich. Sam stolperte zur Seite, fing sich aber rasch wieder. Er sah sich nach dem Sprecher um.

Es war der schwarzgewandete Magier, flankiert von einem seiner Gefährten, der da auf ihn zugeschritten kam. Dunkles Haar umrahmte ein attraktives Gesicht. Der Magier fixierte Sam gelassen mit seinen seltsamen Augen, die um die Pupille wie Gold schimmerten. Der Junge starrte ihn feindselig an, noch immer abgehackt atmend. Ein kühles Lächeln erschien auf den Zügen des Magiers. Er vollführte eine verschlungene Handbewegung und der Schmerz verebbte.

»Gibt es einen Grund für deine Flucht, Sam? Außer deiner fehlgeleiteten Loyalität gegenüber deinen Freunden?«

Sam schob in einer Geste des Trotzes das Kinn vor. »Ich bin ein normaler Mensch, falls Ihr das meint.«

»Ich vermute, dafür hält Delia sich auch.« Die Gesichtszüge des Jungen entgleisten ihm. »Sie war erleichtert, dass wir dich scheinbar nicht gefunden hatten. Gleichzeitig aber rang sie mit ihrer Enttäuschung und der Frage, ob du dir je wirklich etwas aus ihr gemacht hast.« Sam zuckte vor seinen Worten zurück. »Wie schön, dass sie sich irrte. Ihr seid ein hübsches Paar.«

»Wir sind nur Freunde«, stammelte Sam.

»Ach, ihr seid doch so viel mehr als das.« Er runzelte konzentriert die Stirn. »Deine … Vergangenheit hat dich erfreulicherweise nicht daran gehindert, zu kommen.«

Der Müllerbursche erschauderte. Dieser Mann sprach von Dingen, von denen er niemandem je erzählt hatte.

»Dein Versuch, unsere Männer in die Irre zu leiten, war ein kluger Streich«, fuhr der Magier ungerührt fort. »Klug, aber vergeblich. Inzwischen müsste man deine Freunde gefasst haben.«

Die Eingeweide des Jungen schienen sich bei diesen Worten zu verknoten.

»Aber sei unbesorgt. Du wirst dich nicht so schnell von ihr trennen müssen.«

Die Art, wie der Magier auf seine Gedanken zu antworten schien, ängstigte Sam.

»Komm freiwillig mit uns und ich sorge dafür, dass ihnen kein Haar gekrümmt wird, solange du dich ruhig verhältst.«

»Was …« Sam schluckte. »Was wollt Ihr von ihnen?«

Der Magier sah berechnend auf ihn herab. »Ich will sie in Sicherheit bringen. Deine Freunde werden hier nicht ewig bleiben können. Sobald ihre Gaben sich entfalten, würde man sie verstoßen oder gar die Jagd auf sie eröffnen. Willst du das?«

»Warum sollte ich Euch Glauben schenken?«

Ein wissender Ausdruck lag in den blauen Augen. »Wir alle waren schon an diesem Punkt, Sam. Im Moment kann ich dir nur mein Wort geben. Später jedoch kann ich es dir zeigen.«

Der Junge sah zu ihm auf. »Ich vertraue Euch nicht, Magier, aber ich werde Euch beim Wort nehmen.«

Lune und ihre Freunde stürzten blindlings durch die Gassen. Sams Vorhaben schien aufzugehen. Ausnahmslos alle Soldaten richteten ihr Augenmerk auf den Müllerburschen, als dieser den Stein warf. Im Gesicht der Metzgerstochter sah sie die unverhohlene Sorge.

»Es wird gut gehen«, beschwichtigte Lune sie. »Er ist schneller als sie.«

Delia sah nicht überzeugt aus, blieb jedoch an ihrer Seite. Sie wusste, dass sie ohnehin nicht mehr ausrichten konnte, als dafür zu sorgen, dass Sam nicht umsonst gehandelt hatte.

Es war einfacher, aus den Siedlungen zu entkommen, als Lune gedacht hatte, und schon bald lag die Stadt hinter ihnen. Im Schutz der verlassen daliegenden Höfe kamen sie schneller voran. Gerade als Lune sich fragte, wohin sie eigentlich flüchteten, deutete Neirin auf die Hügel.

»Dorthin«, keuchte er. »Wir müssen es zu der Hexe schaffen. Mein Meister erwartet uns dort.«

Die Ausläufer der Hügel empfingen sie einladend. Der Dieb seufzte erleichtert und wurde langsamer. Ty hatte begonnen, leise zu weinen. Lune beugte sich zu ihm hinunter.

»Du musst schön meine Hand festhalten«, sagte sie in beruhigendem Ton. »Sie können uns nicht mehr einholen. Alles ist wieder gut.«

Das heisere Bellen eines Fuchses ließ Delia zusammenzucken. In der Dunkelheit strauchelten sie über Baumwurzeln und herabgefallene Äste, während sie sich die Hügel hochkämpften. Das Mädchen war überrascht, dass Delia so gut mithielt. Wie oft konnte sie schon durch einen Wald gelaufen sein? Hatte Sam sie durch die versteckten Apfelhaine geführt, die er so sehr liebte?

Lune lotste sie durch die Hügel. Obwohl sie erst am Morgen diesen Weg eingeschlagen hatte, fiel es ihr im Dunkeln schwer, die verborgenen Pfade wiederzufinden. Neirin entdeckte schließlich den

Weg. Er schien genau zu wissen, wohin er sich wenden musste, und schon schlitterten sie den Abhang hinunter, der ins Tal führte. Lune hatte keine Zeit, sich darüber zu wundern. Die Hütte war schon auf zwei Meilen Entfernung zu erkennen. Das warme Licht, das durch die Fenster schien, wirkte einladend.

Ein Leuchtfeuer für jeden, der das Tal entdeckt, dachte Lune beunruhigt.

Das Gatter war weit geöffnet, als würden sie bereits erwartet. Agata goss gerade ihre Mondlilien, die ein fahles, weißliches Licht absonderten, als sie aus dem Wald gestolpert kamen. Die Hexe ließ den Wassereimer sinken. Ernste Falten hatten sich in ihre Stirn gegraben.

»Ins Haus mit euch. Schnell«, wies Agata sie an. Sie stürzten durch die Tür. Der Heiler sah auf, als sie eintraten, und lächelte erleichtert. Er fasste Neirin bei der Schulter.

»Du hast es geschafft. Gut gemacht.«

Sein Lehrling nickte, sichtlich zufrieden mit sich selbst. Hestia stand auf und schloss rasch die Tür hinter ihnen. Die Kräutersammlerin hatte wallendes, dunkelrotes Haar, das ihr bis auf die Hüften fiel. Ihre sanften, veilchenblauen Augen schienen in ihrem jungen Gesicht zu strahlen, aber Lune wusste, dass dies nur die Hülle einer jungen Frau war. Sie war keine Hexe wie Agata, sondern die Tochter eines Waldgeistes, woher sie ihre ewige Jugend ebenso erlangt hatte wie ihre außergewöhnliche Schönheit.

Als sie sprach, hörte es sich an wie der Gesang einer Drossel. »Ich dachte schon, sie würden euch fassen«, seufzte sie. »Lune, wie konntest du so leichtsinnig sein, ihnen direkt in die Arme zu laufen? Dir hätte doch klar sein müssen, dass sie jemanden wie dich nicht gehen lassen würden.«

Der tadelnde Ton ließ das Mädchen den Kopf einziehen. »Ich hatte keine andere Wahl«, verteidigte sie sich. »Ich konnte Ty nicht im Stich lassen.«

»Natürlich nicht.« Hestia schüttelte missbilligend den Kopf. Sie bedachte Ty mit einem wenig freundlichen Blick. Der Wechselbalg zitterte unkontrolliert und bemerkte es nicht.

»Was genau meinst du mit *jemanden wie mich*?«, hakte das Mädchen nach.

Hestia winkte ab. »Später, Lu. Jetzt ist wirklich nicht der richtige Zeitpunkt, um zu diskutieren.«

Delia stand unschlüssig mitten im Raum, die Arme um den Körper geschlungen. Ihr hübsches grünes Kleid war unansehnlich mit Dreck beschmiert und sie fröstelte.

»Hier.« Der Heiler reichte ihr eine Flickendecke, die sie dankbar um die Schultern schlang. Er führte sie zu einem Stuhl. Lune sah, wie dem Mädchen Tränen in die Augen stiegen, als der Heiler leise etwas zu ihr sagte. Delia setzte sich und schaute aus dem Fenster ins Leere.

»Was jetzt?«, fragte Lune in die Runde.

Der Heiler seufzte tief. »Agata hat uns Zuflucht gewährt, aber ihre Kräfte können es nicht mit denen eines Magiers aufnehmen, von einer Horde ganz zu schweigen. Der Zauber über diesem Tal wird sie nicht lange aufhalten, wenn sie sich entschließen, euch hier zu suchen.«

»Dann sollten wir fortgehen«, ließ sein Lehrling verlauten.

Erschrocken sah die Metzgerstochter ihn an. »Fort? Wohin denn?«

Neirin zuckte nur die Achseln. »Irgendwohin, wo sie uns nicht finden können.«

Der Heiler rieb sich die Stirn und begann, auf und ab zu laufen. Warum half er ihnen? Er war seinem Schüler nicht verpflichtet. Steckte mehr dahinter als sein offenkundiger Widerwille gegen die Magier?

»Und was dann? Meinst du, sie würden euch einfach so ziehen lassen?«

Hestia legte dem Heiler in einer vertrauten Geste die Hand auf den Arm. »Die Wälder des Najama könnten uns schützen«, gab sie zu bedenken. »Dort ist auch meine Macht am größten.«

Er lächelte sie traurig an. »Und wie sollten wir uns bis dorthin durchschlagen? Ihre Handlanger würden uns zur Strecke bringen, ehe wir den Waldrand erreicht hätten. Und selbst wenn es gelänge, müssten wir die üblichen Wege meiden und uns tagsüber verstecken. Nein, es wird nicht möglich sein. Ihre Zauber können uns außerhalb dieses Tales aufspüren. Unsere einzige Möglichkeit besteht darin abzuwarten, bis …«

Er verstummte. Ein Rabe war durch das Fenster hereingeflattert und landete auf einem Dachbalken. Er faltete elegant seine Flügel zusammen und krächzte dann: »*Schicksal.*«

Delia zuckte zurück. Es war zu viel, was sie an einem Abend alles verdauen musste. Lune wechselte einen beunruhigten Blick mit Hestia. Ty kauerte sich in eine Ecke, das Wollknäuel fest umklammert.

Langsam ließen die Versammelten ihren Blick durchs Fenster nach draußen wandern. Fackelschein erhellte die borkigen Stämme, als die Rösser den Pfad herunterkamen. Die großen Tiere wühlten die Erde auf mit ihren schweren Hufen. Ihr schnaubender Atem hing weiß in der kühlen Nachtluft.

Die Hexe kam in die Hütte geeilt. »Es sind zu viele. Ich kann sie nicht aufhalten.«

Der Heiler stand einen Moment reglos da, dann ging er mit großen Schritten zu einer Truhe und riss den Deckel auf. Achtlos warf er Schriftrollen und Salbentöpfe zu Boden, bis er innehielt und vorsichtig ein in Sackleinen eingeschlagenes Bündel heraushob. Behutsam schnürte er es auf, schlug den Stoff beiseite und enthüllte eine wundersame Waffe. Sie hatte die Form eines Säbels, war jedoch nicht aus Eisen gefertigt, sondern aus einem durchscheinenden Material, ähnlich wie Glas oder Kristall. Ein weißes Licht erfüllte das Innere der Klinge, ein reines, strahlendes Leuchten.

»Oh«, entfuhr es Lune. Nie hatte sie etwas Schöneres gesehen.

Der Heiler nahm den Lichtsäbel in die Hand und richtete sich auf. Über seiner Iris lag ein schimmernder Glanz.

»Bevor sie auch nur einen Fuß in diese Hütte setzen, werden sie mich töten müssen.«

»Du …«, setzte Agata an, aber er schob sie einfach beiseite.

»Warte!« Hestia wollte ihm nach, aber Agata hielt sie fest. »Lass mich los!«

»Bleib in der Hütte«, wies die Hexe sie streng zurecht. »Dieser Holzkopf tut es für dich.«

Ängstlich spähte Lune durch den Türschlitz ins Freie, während Agata geschäftig die Fenster verriegelte. Die Reiter zügelten ihre Pferde. Einer der Männer lachte leise, als er den Heiler erblickte. Es war der Magier in der blauen Robe, der die Ansprache gehalten hatte. Noch immer wurde sein Gesicht von einer Kapuze verborgen.

»Ich hätte mir denken können, dass deinesgleichen sich unter Ungeziefer verstecken würde. Das habt ihr schon einmal getan, als ihr eure Beschützer verloren habt.«

»Denkt lieber nicht zu viel, Magier. Die anschließenden Kopfschmerzen sind es nicht wert«, entgegnete der Heiler barsch.

Der Magier kicherte. »Ich bin beeindruckt. Die meisten deiner Sorte sind verstockt und bekommen in meiner Gesellschaft kaum einen Ton heraus. Dein Mundwerk ist jedoch ziemlich lose. Es wundert mich, dass du noch eine Zunge hast.«

»Mich wundert, dass die Magier ihre Säuberungen inzwischen auf die Grenzlande ausgeweitet haben. Erstaunlich, dass ihr selbst im hintersten Winkel der Welt im Dreck wühlt, um Kinder ihren Familien zu entreißen.«

»Man kann sich nicht nur an angenehme Pflichten klammern.« Zähne blitzten unter der Kapuze auf. »Und doch beweist diese leidige Pflicht, dass zahlreiche Abtrünnige ihre Bälger hierhergebracht haben. An einen Ort, wo sie fernab des Einflusses der Monarchen sind, jedoch bloß scheinbar wohlbehütet.«

»Wie habe ich das zu verstehen?«

Der Magier legte den Kopf schief. »Stell dich nicht dümmer, als du bist. Diese Traumtänzer sehen in euch noch immer friedliche, stille Waldgeister, die kleine Kinder vor Albträumen beschützen.« Er lachte hoch und kalt. »Sie haben euch schon immer überschätzt. Aber eure Tage sind gezählt. Wie viele gibt es noch von euch? Ein Dutzend? Die Hälfte? Weniger?«

Eine solche Verachtung lag in seinen Worten, dass Lune vor Empörung nach Luft schnappte. Sie verstand nicht, wovon die beiden Männer redeten. Hestia schob sie beiseite und trat ins Freie. Die Hände hatte sie an ihren Seiten zu Fäusten geballt.

Die Fingerknöchel des Heilers traten weiß hervor, so fest umklammerte er das Heft. »Wie weit wollt Ihr es treiben, Magier? Habt Ihr nicht schon genug Menschen wegen ihrer Herkunft ermordet?«

»Seit wann ist es Mord, tollwütige Köter zu erschlagen?«, hielt der Magier dagegen. »Sei's drum … Ich habe nie davon geredet, diesen Kindern zu schaden. Was hätte ich von ihrem Tod? Nein, ich will sie bekehren und zum rechten Weg zurückführen. Du dagegen hättest im Norden bleiben oder dich wie die anderen in den Feenreichen verkriechen sollen. Wusstest du, dass der einzige Grund, weshalb meine Männer dich nicht schon längst aufgespürt haben, deine bezaubernde kleine Waldelfe dort drüben ist?«

Der Heiler warf der rothaarigen Frau einen raschen Blick zu, der vor Gefühlen überzuquellen schien: Furcht, Bedauern, Schuld, Zärtlichkeit, vielleicht auch Liebe.

Lune stand noch immer unbewegt im Türrahmen. Neirin legte erneut die Hand in die ihre und drückte sie aufmunternd. Seine Gegenwart beruhigte sie, doch ihre Aufmerksamkeit war noch immer gebannt auf das Geschehen draußen gerichtet.

»Hör zu, *Geschöpf*. Ich möchte in Gegenwart unserer zukünftigen Novizen kein Blutbad anrichten. Das könnte ein schlechtes Licht auf die Gilde werfen, findest du nicht? Ich schlage dir also eine Alternative vor. Gib mir die Kinder und die Frau, dann lasse ich dir dein erbärmliches, kleines Leben in diesem Tal.«

Lune sah, wie die Nackenmuskeln des Heilers sich anspannten. »Das soll Euer Angebot sein?«

»Ich rate dir, es anzunehmen. Andernfalls wirst du enden wie sie alle.«

»Nur über meine Leiche.«

»Das lässt sich einrichten«, höhnte der Magier und hob eine Hand. Auf dieses Zeichen hin legten zwei der Soldaten die Armbrüste an und zielten auf den Heiler. Lune stockte der Atem.

»Feigling«, fauchte Neirin aufgebracht. »Verdammter Feigling.« Er ließ ihre Hand los und drängte sich an Hestia vorbei. Mit hoch erhobenem Kopf stellte er sich vor seinen Lehrmeister, die Augen hasserfüllt auf die Eindringlinge gerichtet.

»So viel Heldenmut«, spottete der Magier.

»Nye«, flüsterte das Mädchen. Die Hexe zog sie von hinten in eine Umarmung. »Ihm wird nichts passieren. Dafür seid ihr alle zu wertvoll.«

Der Heiler schien davon nicht überzeugt, denn er packte den Jungen und stieß ihn zur Seite. »Das ist nicht deine Angelegenheit, Neirin«, fuhr er ihn an.

Hestia konnte den Blick nicht von den Bolzen abwenden, die auf den Heiler gerichtet waren. Ihre Lippen bebten und ihre Augen schwammen in Tränen.

»Soll ich schließen lassen?«, fragte der Magier sanft.

Hestia hielt es nicht mehr aus. Sie lief los und hob abwehrend die Arme. »Nicht!«, rief sie mit zittriger Stimme. »Ich ergebe mich, aber lasst ihn unversehrt!«

»Das hört sich in meinen Ohren doch schon weitaus kooperativer an«, lobte der Magier. »Tritt näher, meine Liebe, damit ich jegliche unangenehme Überraschung deinerseits unterbinden kann.«

Aus den Falten seines Umhangs ließ er Handschellen gleiten. Hestia zuckte bei ihrem Anblick zusammen. Seit jeher vermied die Kräutersammlerin die Berührung mit Metallen. Sie hatte Lune erklärt, das sei bloß eine alberne Eigenart, doch anscheinend steckte mehr dahinter.

»Du willst ihn doch nicht verlieren«, bemerkte der Magier mit drohendem Unterton, als Hestia sich nicht vom Fleck rührte. »Komm näher.«

Mit unsicheren kleinen Schritten folgte Hestia der Anweisung. Sie war aschfahl.

»Hestia.« Die Stimme des Heilers klang gequält. »Tu das nicht. Nicht für mich.«

Sie achtete nicht auf sein Flehen, vermied es sogar, ihn anzusehen. Stattdessen hielt sie den Blick auf ihre Füße gerichtet. Noch nie hatte Lune sie so verletzlich gesehen. Es zerriss ihr das Herz.

»Das kann ich nicht zulassen.« Mit einem Satz war der Heiler an ihrer Seite und zog sie zurück. Die Hand des Magiers fuhr herab. Ein Sirren ertönte, als die Bolzen ihre Halterung verließen, und dann ein Schmerzensschrei. Der Heiler strauchelte und riss Hestia mit sich zu Boden, deren Sturz von seinem Oberkörper abgebremst wurde. Stöhnend grub der Mann die Hände in die Erde. Lune schlug sich eine Hand vor den Mund, als sie sah, wo die Bolzen eingedrungen waren: Sie ragten aus seinem linken Bein. Einer hatte sich tief in den Oberschenkel gegraben, der andere seine Wade durchschlagen. Auf seiner wollenen Hose breiteten sich dunkle Flecken aus und Blut tropfte auf das Laub.

Als Hestia die Wunden erblickte, stieß sie einen markerschütternden Schrei aus. Sie stemmte sich auf die Beine, obwohl der Heiler sie festzuhalten versuchte, und sah den Magier mit zornfunkelnden Augen an, die nicht länger blau waren. Die Pupillen schluckten die Iris und das Weiß gänzlich, sodass sie aussahen wie schwarze Spiegel. Hestia warf die Haare in den Nacken und schüttelte dabei die weiten Ärmel ihres weißen Kleides zurück. »Das hättet Ihr nicht tun sollen!«

Ein Raunen ging durch die Blätter, als wäre der Wind durch sie gefahren. Das Laub wehte raschelnd über den Boden und es war, als würde der Wald tief einatmen. Die Erde selbst schien zu erzittern. Die Pferde tänzelten furchtsam und warfen die Köpfe zurück. Auch die Soldaten sahen sich beunruhigt zu allen Seiten hin um. Bloß der Magier blieb völlig unbeeindruckt, dabei meinte Lune, nie etwas Schaurigeres gesehen zu haben als die Kräutersammlerin. Bisher hatte sie sich nie vorstellen können, dass Hestia sich besonders von den Menschen unterschied.

Der aufkommende Wind wirbelte der Kräutersammlerin die Haare, deren Farbe beinahe unnatürlich wirkte, um den Kopf und riss an ihren Kleidern.

Ein unheimliches Knacken und Knirschen ließ die Köpfe der Anwesenden herumfahren. Dicke Wurzeln brachen aus der Erde und stießen die Schützen aus den Sätteln. Ihre Pferde wieherten schrill und stoben davon. Die übrigen Reiter hatten sichtlich Mühe, ihre Rösser unter Kontrolle zu bringen, um deren Hufe und Fesseln sich Pflanzen schlangen. Der Hengst des Magiers stieg und warf ihn beinahe ab.

Die beiden Soldaten, die am Boden lagen, richteten ihre Waffen auf die Äste. Einer der Männer brüllte vor Entsetzen, als seine Hüfte von einer Wurzel fest umschlugen wurde und er davongeschleift zu werden drohte. Panisch schlug er um sich und zerbrach etliche Zweige. Die Äste ballten sich zu Fäusten und droschen auf ihn ein, zerrten an seinen Haaren und Armen.

Lune konnte bloß wie gelähmt zusehen. Agata drängte sich an ihr vorbei und eilte Neirin zu Hilfe, der versuchte, den Heiler außer Reichweite der ausschlagenden Hufe zu ziehen. Das Mädchen hörte, wie Ty in der Hütte aufheulte, und erhaschte einen Blick auf ihn, wie er sich die Ohren zuhielt, die Augen fest zusammengekniffen. Delia, sichtlich ratlos, wie sie ihn beruhigen sollte, hockte neben ihm und redete auf ihn ein.

Dann wendete sich das Blatt. Blaue Flammen schlugen aus der Rinde und ein Stöhnen ging durch den Wald. Das Holz wurde von einer unsichtbaren Macht brutal aufgebrochen. Späne flogen umher.

Die uralten Eichen, die die Lichtung säumten, stürzten mit einem dumpfen Krachen zu Boden, wobei sich das Brechen der Zweige anhörte, als seien es Knochen. Die Stümpfe sahen aus, als hätte ein Riese seine Keule nach den Bäumen geschwungen. Eine Druckwelle ergriff die Umstehenden, die zurückgeschleudert wurden.

Hestia prallte mit dem Kopf gegen die Hüttenwand und sank ohnmächtig zu Boden, die Gliedmaßen seltsam von sich gespreizt wie ein Vogel, dem man die Flügel gebrochen hatte. Lune landete zwischen den Kräuterpflanzen. Die Würgedisteln zerkratzten ihr Gesicht und Arme, als sie sich wegrollte und hastig die giftigen Blätter, die ihr die Haut verätzten, von den nackten Händen und Wangen abwischte. Sie konnte die schlaksige Gestalt des Diebes erkennen, der zusammengerollt dalag, die Arme schützend um den Kopf gelegt, den rechten Knöchel merkwürdig angewinkelt. Der Heiler neben ihm hatte sich auf die Knie erhoben und beugte sich über einen Haufen Lumpen, bei dem es sich um die Kräuterhexe handelte, die sich schwach regte. *Aggi!*

Lune rappelte sich auf und wankte in ihre Richtung. Sie stolperte über die zerborstenen Holzplatten, die den Kräutergarten eingezäunt hatten. Raue Soldatenhände fingen sie auf, ehe sie fiel, und hielten sie fest. In der Hütte hörte sie das durchdringende Schluchzen des Wechselbalgs.

Der Magier war von seinem Pferd gestiegen und trat auf die Gefallenen zu. Die Kapuze war ihm heruntergerutscht und gab den Blick auf sein Gesicht preis. Es war das Gesicht eines jungen Mannes, der vielleicht dreißig Jahre zählte, mit hellblondem Haar und glattrasierten Wangen. Er hätte gut aussehen können, wären da nicht der kaltherzige Zug um seinen Mund gewesen und seine Augen, die so farblos waren wie ein Glas Milch. Die schlagenden Äste hatten ihm die rechte Wange zerkratzt, doch die oberflächlichen Schnitte bluteten kaum.

Seine Hand fuhr nach vorn und der Heiler griff sich röchelnd an den Hals, als hätte sich eine Peitsche darum geschlungen. Seine

Finger glitten über seine Kehle, als suchten sie nach dem, was ihn zu ersticken drohte. Die Sehnen traten deutlich hervor.

Der Magier gab einem seiner Männer einen Wink, der auf Hestia zuschritt und ihr grob die Hände auf den Rücken drehte. Die Eisenhandschellen schlossen sich um ihre Handgelenke. Dann hob er sie auf seine Arme und trug sie zu einem Pferd, das einer seiner Kameraden am Zügel festhielt. Das Tier scharrte noch immer mit den Hufen und rollte verstört mit den Augen.

»Ich habe es mir anders überlegt«, ließ der Magier verlauten. Er senkte die Hand und der Heiler fiel in sich zusammen, stützte sich mit den Händen am Boden ab und rang nach Atem. »Ich werde dich nicht töten. Noch nicht. Du wirst mir diese Frau gefügig halten. Ich bin überzeugt, dein Wohlbefinden liegt ihr genügend am Herzen, damit sie fortan folgsamer ist.«

»Ihr werdet … sie niemals … bekommen«, stöhnte der Heiler. »Sie wird entkommen …«

»… und dich zurücklassen? Nein, ich kenne die Schwäche der Frauen. Sie würde alles für ihren Geliebten tun.« Er beugte sich zu dem am Boden kauernden Mann hinab und brachte die Lippen dicht an sein Ohr. Lune musste sich anstrengen, um ihn noch zu verstehen. »Bereust du es schon, sie verführt zu haben?«

Der Heiler sackte in sich zusammen. Seine Schultern zuckten. Lune begriff, dass er lautlos weinte. Bei diesem Anblick wehrte sie sich gegen die Hände, die sie noch immer hielten.

»Lasst ihn in Ruhe!«, schrie sie aufgebracht. »Warum quält Ihr ihn so?«

Der Magier richtete sich auf und musterte das Mädchen amüsiert.

»Du hast keine Ahnung, was er ist, nicht wahr? Das ist nicht verwunderlich. Dennoch bin ich, zugegeben, ein wenig enttäuscht. Erik hat wohl zu viel versprochen, was dich betrifft. Es genügt zu sagen, dass dieses Geschöpf es verdient hat.«

Lune zitterte vor unterdrückter Wut. »Ihr mögt Euch den normalen Menschen überlegen fühlen, aber Ihr seid geringer als jeder von uns.«

Er lachte höhnisch auf. »Schöne Worte und doch zielen sie genauso sehr auf dich wie auf mich. Ich weiß mehr über euch als ihr selbst, wie es scheint.«

Der Magier kam auf sie zu. Sie wollte zurückweichen, doch der Soldat hielt sie weiterhin an Ort und Stelle. Lune schluckte trocken, als er vor ihr stehen blieb. Grob packte er sie am Kinn und zwang sie, ihm in die Augen zu sehen.

»Du stellst dich gegen uns, obwohl du nicht das Geringste über uns weißt. Dabei bist du genau wie ich.«

Seine Worte erschütterten das Mädchen. *Was meint er damit? Ich kann unmöglich so sein wie er. Ich kann unmöglich …*

Ihre Augen weiteten sich vor Entsetzen.

»Ich sehe schon, diese Reise verspricht, interessant zu werden. Gegen diese ablehnende Haltung werden wir schon noch ein Heilmittel finden, nicht wahr, Kleine?«

Er ließ von ihr ab. Sie konnte dem Blick seiner farblosen Augen nicht länger standhalten und wandte das Gesicht ab. Eine Träne rann ihr über die Wange. Sie hörte wie aus weiter Ferne, wie er seinen Männern Befehle erteilte.

»Fesselt sie alle und bringt sie zurück in die Stadt. Und sorgt dafür, dass diesem greinenden Balg dort drinnen das Maul gestopft wird.«

Versprechungen zwischen Skeletten

RHENAWEN

Rhenawen kniete an einem seichten Bachlauf. Die Nachmittagssonne tauchte die Umgebung in ein warmes Licht. Sie griff nach den frisch gefüllten Wasserschläuchen zu ihren Füßen und erhob sich, wobei sie aufmerksam ihre Umgebung im Auge behielt, doch es rührte sich nichts.

Die Straßen waren gefährlich geworden, seitdem die Grenzkonflikte eskaliert waren.

Sie kehrte zu ihrem Pferd zurück, das am Wegesrand graste und sich zu einem Kleebüschel vorarbeitete. Der Hengst sah nicht einmal auf, als sie ihm die Flanke klopfte. Die wulstigen Narben an seinem Hals hoben sich deutlich von seinem Fell ab. Ein Beltrek hatte ihm seine Klauen ins Fleisch geschlagen, als er noch ein Fohlen gewesen war. Trotzdem hatte Argento seine Furchtlosigkeit im Angesicht von Ungeheuern nicht eingebüßt. Griffin hatte ihn ihr geschenkt.

Sie seufzte. Die Stille der Wälder lockte die ungebetenen Erinnerungen hervor, die sie so sorgfältig zu vergessen versucht hatte, und brachte alles zurück. Die angestaute Wut, die Verbitterung und die tief sitzende Traurigkeit. Der Wunsch, zurückzukehren und so zu tun, als wären die vergangenen drei Jahre nicht gewesen, war für einen Moment übermächtig.

Wir vermissen dich. Rhenawen strich sich eine Strähne aus dem Gesicht und schloss für einen Moment die Augen. Die Worte gingen ihr nicht aus dem Kopf. *Wir vermissen dich.*

Ich vermisse euch auch, dachte sie. *Ich wünschte, alles wäre anders.*

Rhenawen zuckte gereizt mit dem Kopf, um die Gedanken zu vertreiben. Sie war nicht in diese Gegend gekommen, um sich närrischen Tagträumen hinzugeben. Schon bald würde sie eine größere Hafenstadt erreichen, in der sie sich weiter umhören konnte. Sie wollte in Erfahrung bringen, was in Astor vor sich ging. Es lag etwas in der Luft. Es gab zu viele unbeantwortete Fragen. Weshalb riskierte der Rat einen Krieg mit seinen Nachbarn? Warum schickten sie angeheuerte Söldnerheere aus, anstatt auf ihre eigenen Truppen zurückzugreifen? Was veranlasste die Gilde dazu, außerhalb ihrer Hoheitsgebiete zu operieren? Und was war so wichtig, dass einer der Konsuln sich persönlich ins Krisengebiet hineinwagte?

So viele Fragen und doch keine Antworten, sinnierte sie.

Rhenawen schüttelte den Kopf über sich selbst und richtete die Satteltaschen. Sie musste endlich damit aufhören, in der Vergangenheit zu leben, aber sie wusste selbst, dass sie dazu noch nicht bereit war. Sie konnte noch nicht loslassen.

Ein Rotkehlchen sang im Geäst über ihr. Und da war noch etwas. Das Mädchen hielt inne. Eine leise Melodie drang an ihr Ohr, nicht weit entfernt. Sie spitzte angestrengt die Ohren, überzeugt davon, sich verhört zu haben, aber nein. Die Musik erfüllte auch weiterhin den Wald.

Argwohn regte sich in ihr. Mantikore lockten menschliche Opfer mit ihren Gesängen an, doch danach klang es nicht.

»Warte hier auf mich«, flüsterte sie dem Hengst in das pelzige Ohr und verschwand zwischen den Bäumen, den melancholischen

Tönen folgend. Vor ihr lichteten sich die Bäume. Rhenawen schob einen Ast beiseite, was den Blick auf eine kleine Lichtung freigab.

Ein umgestürzter Baum lag am Rande, die Krone auf einen Felsen gestützt. Das Mädchen hob den Kopf und erblickte die Quelle der Musik.

Ein Junge saß auf dem Stamm, den Rücken lässig gegen einen abgebrochenen Ast gelehnt, und spielte auf einer Flöte, der er sanfte Klänge entlockte. Sein dunkles Haar war zerzaust und betonte seine leuchtend blauen Augen. Er war schlank wie ein Windhund, aber trotzdem muskulös gebaut. Am Leib trug er eine abgewetzte Hose und ein verblichenes Hemd, das an einem Ärmel eingerissen war und eine halb verheilte Schnittwunde freilegte. Um die Unterarme waren lederne Armschienen geschnallt und ein langes Jagdmesser steckte in einem Futteral, welches um seinen Oberschenkel festgezurrt war. Neben ihm lag ein loses Bündel.

Unbemerkt betrachtete Rhenawen ihn, den Kopf leicht zur Seite geneigt, und genoss sein Spiel. Es entführte sie an fremde Orte, in denen einem der salzige Wind durchs Haar strich und Schneeflocken durch die Luft tanzten, während man dem Rauschen des Meeres lauschte.

Der Junge wirkte gänzlich entspannt, gelöst von seiner Umgebung.

Es bereitet ihm Freude, schoss es ihr durch den Kopf. *Aber dann wäre er ein Narr.*

Dennoch konnte sie es ihm nachempfinden. Während der langen Reise durch die darischen Grenzregionen war die Stille auch für sie manchmal kaum zu ertragen gewesen. Kurz überlegte sie, sich einfach wieder umzudrehen und davonzugehen, aber sie wollte wissen, wer er war.

Als sie aus den Schatten trat, fuhr er auf und rutschte auf der moosigen Rinde weg. Ungeschickt landete er auf den Füßen und fing seinen Sturz mit einer Hand ab. Schon hatte er sich wieder aufgerichtet und das Messer gezogen. Alle Gelassenheit war von ihm abgefallen.

Das Mädchen machte keine Anstalten, ihrerseits die Waffe zu ziehen, obwohl sie bemerkte, wie sein Blick sich verdüsterte, als er die Zwillingsdolche an ihrem Gürtel entdeckte.

Sie kam nicht umhin sich einzugestehen, dass er äußerst gut aussehend war mit seiner langen Adlernase und dem markanten Kinn. Eine verblasste Narbe spaltete seine linke Augenbraue, kaum mehr als eine Linie, die ein Künstler mit dem Pinsel aufgetragen hatte. Die dunklen Ringe darunter sprachen für die Nächte, die er durchwacht haben musste. Sie fragte sich, ob er einer der Flüchtlinge war, die nach Osten unterwegs waren, um sich dem Heer des Fürsten von Loranien anzuschließen. Alt genug wäre er für ein solches Vorhaben. Er überragte sie um gut einen halben Kopf. Rhenawen schätzte ihn auf zwanzig.

»Ich hätte nicht erwartet, irgendjemandem hier zu begegnen«, brach er schließlich das Schweigen. Die Feindseligkeit in seiner Stimme war nicht zu überhören. Er spähte über ihre Schulter, als befürchtete er, dass noch mehr Unbekannte auftauchen könnten.

»Ich auch nicht«, erwiderte Rhenawen. Ihre Augen wanderten zu der Flöte, die verlassen im Gras lag. Soweit sie erkennen konnte, war sie aus einem ungewöhnlich blassen Holz geschnitzt.

Knochen, dachte sie.

Eilig las er das Instrument auf, ohne sie dabei unbeobachtet zu lassen, und umklammerte es fest, als wäre es sein kostbarster Besitz.

Ihre Lippen verzogen sich zu einem spöttischen Lächeln. »Willst du mir nicht erst deinen Namen verraten, bevor du versuchst, mich abzustechen?«

Der Junge kniff misstrauisch die Augen zusammen, steckte das Messer aber wieder weg. Er öffnete gerade den Mund, als ein langgezogener Klageschrei jäh die Stille durchbrach. Beide zuckten zusammen und starrten in die Richtung, aus der der Schrei gekommen war. Die gegenseitige Wachsamkeit war wie weggewischt. Ohne ein weiteres Wort stürmte er voran und sie folgte ihm.

Rhenawen blieb ihm dicht auf den Fersen und duckte sich unter zurückschnellenden Ästen hinweg. Das Mädchen strauchelte und fing sich an einer jungen Eiche ab. Sie stutzte, als sie die Hand wieder löste. Ihre Finger waren nach der Berührung mit Ruß verschmiert. Rhenawen folgte der geschlagenen Bresche und stolperte auf einmal ins Freie. Rutschend kam sie neben dem Schwarzhaarigen zum Stehen. Ihr stockte der Atem.

»Was zum …«, hörte sie ihn neben sich flüstern.

Vor ihnen lag eine verbrannte Ebene unter einem dunkel bewölkten Himmel. Die Erde war schwarz wie Kohle, die Grashalme verdorrt und sich krümmend wie Skeletthände. Dazwischen lagen verkohlte Rüstungsteile und Knochen, die eindeutig menschlich waren. Ein Schlachtfeld, getränkt von Blut, welches auf den Kieseln und kleineren Felsbrocken getrocknet war. Als das Mädchen einen Schritt machte, knirschte es und sie sah hinab. Ein Totenschädel grinste sie an, den Unterkiefer an einer Stelle gebrochen. Sie unterdrückte einen Aufschrei.

»Was ist hier bloß geschehen?«, fragte sie fassungslos. Ihre Stimme hörte sich seltsam dünn an. Sie hatte schon vorher Gedenkstätten solcher Gemetzel gesehen, doch nichts hatte jemals an dieses Massengrab herangereicht, das sich meilenweit erstreckte. Bei näherem Hinsehen kam es ihr so vor, als wären die Skelette förmlich auseinandergerissen worden. Wie viele Menschen mussten ihr Leben in dieser Einöde gelassen haben?

»Schau mal.«

Der Junge deutete in die Ferne. Ihr Blick folgte seinem ausgestreckten Zeigefinger und dann sah auch sie die drei zerlumpten Gestalten. Eine stützte den größeren ihrer Begleiter, der in sich zusammensackte und seinen Helfer mitriss. Der beugte sich über den Gefallenen und zerrte an ihm, um ihn erneut auf die Füße zu ziehen. Die hinterste Person hatte sie inzwischen eingeholt und gestikulierte hektisch.

Der Schwarzhaarige hob fragend eine Augenbraue und schon hasteten sie über die Ebene. Er fluchte unterdrückt, als sein Fuß in einem Brustkorb landete, dessen Rippen splitterten. Die kniende Gestalt blickte auf und Rhenawen konnte erkennen, dass es sich um eine Frau handelte. Tränenspuren durchzogen die staubigen Wangen. Sie war noch jung. Der Mann an ihrer Seite, der einen Arm um ihre Schultern gelegt hatte, konnte nicht viel älter sein. Er war lang und schlaksig und hatte die Hand auf eine stark blutende Wunde am Oberschenkel gepresst. Die dritte Gestalt entpuppte sich als magerer Junge mit schmutzig blonder Mähne, deren ausgeblichene Strähnen ihm in die Augen fielen.

Der Schwarzhaarige erreichte die drei noch vor ihr.

»Schnell«, rief er und packte den freien Arm des Mannes. »Wir müssen ihn schleunigst hier fortschaffen, bevor er zu viel Blut verliert.«

Die Frau nickte wortlos. Gemeinsam griffen sie unter seine Achseln und hievten ihn vom Boden hoch. Rhenawen rümpfte die Nase, als ihr der säuerliche Geruch von Schweiß entgegenschlug. Sie half ihnen und schon schleiften sie ihn über die Ebene, wobei dem blonden Jungen nichts Anderes übrigblieb, als ihnen hinterherzuhinken. Der Mann versuchte, mit seinem gesunden Bein festeren Stand zu bekommen, um sie zu entlasten. Er keuchte angestrengt und stöhnte bei jedem ihrer Schritte auf.

»Lasst mich zurück«, stieß er durch zusammengebissene Zähne hervor. »Ihr solltet von hier verschwinden, solange ihr noch könnt.«

Rhenawen horchte auf. Er hatte einen laisischen Akzent.

»Ich lasse dich nicht allein«, erwiderte seine Begleiterin vehement. Der schwarzhaarige Junge stolperte über die verdrehten Schenkel eines Skeletts und rang schimpfend um sein Gleichgewicht, sodass die ganze Prozession gefährlich ins Schwanken geriet.

»Sachte«, beschwor Rhenawen sie alle.

Die Anstrengung, einen ausgewachsenen Mann zu stützen, trieb ihr den Schweiß auf die Stirn, doch sie setzte stoisch einen Fuß vor den anderen. Bewusst umrundeten sie nun die Knochenberge und suchten sich einen trittfesten Weg durch die Einöde, als hinter ihnen ein scharfes Knacken ertönte.

Der Mann erschrak und drehte den Kopf in die Richtung. Sein Fuß blieb irgendwo hängen und die Prozession ging in die Knie.

»Verdammt noch mal!«, fluchte der Schwarzhaarige. »Wenn du stillhalten würdest, wäre uns schon geholfen.« Rhenawen war geneigt, ihm zuzustimmen, doch als sie den schreckgeweiteten Augen des Mannes begegnete, erstarben die Worte auf ihren Lippen. Sie folgte seinem Blick. In der Ferne sah sie eine Staubwolke, die sich auf sie zu bewegte.

»Ihr müsst gehen«, presste der Verwundete hervor. Seine Augen waren getrübt und der Mund vor Anspannung verzerrt. »Schnell. Bevor sie euch erwischen.«

Die Frau sank neben ihm zu Boden. »Wir hatten von vornherein keine Chance. Es ist vorbei.«

»Noch nicht.« Er packte den blonden Jungen am Kragen und zog ihn zu sich hinab.

»Was ist?«

»Du musst weitergehen. Ich kann sie eine Weile hinhalten, lange genug, damit du entkommen kannst.«

Der Junge schüttelte vehement den Kopf. »Ich gehe nicht ohne dich. Auf keinen Fall.«

»Für Streitereien haben wir keine Zeit, verdammt!«, rief der Mann. »Du musst fort, hast du das verstanden? Ich will nicht, dass sie uns beide erwischen.«

»Aber …«

»Nein, kein aber. Denk an Mutter. Sie würde es nicht verkraften, beide Kinder zu verlieren. Bitte, Espen.« In seiner Stimme schwang zunehmend Verzweiflung mit. »Du musst jetzt an sie denken … weil ich es nicht getan habe. Sag ihr, dass es mir leidtut.«

Seine stoppeligen Wangen waren eingefallen und hatten eine gräuliche Farbe angenommen. Blut klebte in seinem Mundwinkel. Er sah bereits jetzt aus wie eine Leiche.

»Nein«, widersprach Espen heftig. »Wir werden das gemeinsam durchstehen!«

»Das werden wir nicht!«, brüllte der Mann. »Wann kapierst du es endlich, Es? Nicht alle Märchen gehen gut aus!«

Espen verstummte.

»Und du gehst mit ihm«, wies der Mann seine Begleiterin an, doch die schüttelte nur den Kopf. Er schien protestieren zu wollen, als die Frau ihn unterbrach.

»Es wäre sinnlos. Wenn ich mitkomme, werden sie uns weiterhin jagen. Sie wissen, dass ich bei dir bin. Aber einen kleinen Jungen werden sie vielleicht laufen lassen. Sie werden nicht glauben, dass man ihm etwas Wichtiges anvertraut.«

Espen errötete beschämt, sagte jedoch nichts.

Der Mann sah sie bekümmert an. »Lucile, du musst das nicht tun.«

»Ich will es aber, Joel«, erwiderte sie fest. »Ich habe dir tausendmal gesagt, dass es mir egal ist, wie du dich entscheidest, solange du nicht von mir verlangst, dich zu verlassen. Denn das werde ich nicht.«

Joel seufzte tief, doch er verschränkte seine Hand mit ihrer und drückte sie. Lucile hob den Kopf, um Rhenawen und den schwarzhaarigen Jungen anzusehen.

»Ihr solltet auch verschwinden. Es wäre nicht gut, wenn sie euch in unserer Gesellschaft sähen.«

»Nehmt ihn mit«, keuchte Joel. »Bitte.«

Der schwarzhaarige Junge sah zu Rhenawen hin und sie wusste, dass er sich die gleiche Frage stellte wie sie gerade. Was braute sich da über ihnen zusammen? Doch dann nickte er.

»Keine Sorge, wir kümmern uns um ihn. Ich jedenfalls werde es tun.«

»Also gut«, flüsterte Espen erstickt. »Aber wenn sie dir etwas antun, dann werde ich …« Ihm versagte die Stimme.

»Lasst … lasst ihn nicht allein.«

»Werden wir nicht.« Rhenawen wusste selbst nicht, weshalb sie ihm antwortete. Vielleicht weil er sie daran erinnerte, wie es sich anfühlte, sich um einen anderen Menschen zu sorgen.

Joel packte sie unvermittelt am Kragen und zog sie zu sich hinab. Im ersten Moment wollte sie sich losreißen, doch dann erwiderte sie bloß den intensiven Blick seiner braunen Augen. Sie spürte seinen Atem heiß auf der Haut, als er ihr eindringlich ins Ohr flüsterte.

»Nimm es.« Seine zittrige Hand schob ihr etwas zwischen die Finger. »Zeig es niemandem. Und bring es so weit weg von hier wie nur möglich. Espen wird dir sagen, wem es gehört.« Dann ließ er sie los.

Das Mädchen stolperte von ihm zurück und starrte auf den kleinen Beutel in ihrer Hand.

»Versprich es mir.« Seine stoppeligen Wangen hatten in dem schwachen Licht einen bläulichen Schimmer. »Versprich es mir«, wiederholte er eindringlich.

Rhenawen merkte, wie sie nickte. »Ich verspreche es.«

»Joel«, flüsterte die junge Frau und sah von ihm zu Rhenawen. »Wenn sie es nicht bei dir finden …«

»Ich weiß. Du musst mir vertrauen, Lucile. Mir und jetzt auch ihnen. Das alles ist wichtiger, als du es dir vorstellen kannst.«

Der Schwarzhaarige warf ihm einen unsicheren Blick zu, ehe er Espen eine Hand auf die Schulter legte. »Komm.«

Der blonde Junge nickte und wollte sich abwenden, als er kurz innehielt. »Ich werde unserer Mutter sagen, wie du gestorben bist. Und wenn eine Chance besteht, werde ich dich finden, das verspreche ich.«

Joel musste trotz seiner Lage grinsen. »Wie ein verdammter Held aus einer gottverdammten Märchengeschichte.«

»Genau. Leb wohl, Lucile.«

Der Mann schloss erschöpft die Augen, doch ein erleichtertes Lächeln breitete sich auf seinen Zügen aus. Auf einmal wirkte sein Gesicht entsetzlich jung und verletzlich. »Gut. Dann lauft.«

Und sie liefen, auch wenn Espen eher hintendrein stolperte, bis der Schwarzhaarige ihm unter die Arme griff. Doch dann blieb Rhenawen stehen und bedeutete auch den Jungen, innezuhalten.

Ein kurzer Blick zurück zeigte ihr, dass Lucile eine Hand mit der des Verwundeten verwoben hatte und die andere auf seinem blutgetränkten Hemd ruhte. Ihre Schultern zuckten, als würde sie weinen. Hinter ihnen näherte sich die Staubwolke beharrlich. Inzwischen konnte sie die Umrisse einzelner Reiter ausmachen und das Donnern der Hufe hören.

Sie würden den Waldrand auf keinen Fall rechtzeitig erreichen und dabei unentdeckt bleiben.

Der Schwarzhaarige fluchte leise. Hektisch sah sie sich auf dem Schlachtfeld um, bis ihr Blick auf eine Grube fiel, die nicht weit entfernt lag.

»Hierher.« Rhenawen winkte die Jungen zu sich.

Sie duckte sich in die Grube, um die herum Erde zu einem niedrigen Wall aufgeworfen war. Der Schwarzhaarige und Espen folgten ihr und kauerten sich neben ein Skelett, das noch immer in seiner Rüstung steckte. Der Stahl sah aus, als wäre er geschmolzen.

Aus ihrem Versteck heraus beobachteten sie, wie die Verfolger die Verbliebenen einholten und ihre Rösser zügelten. Es waren acht Reiter in staubbedeckter Reisekleidung, doch ihre Haltung und der Stoff ihrer Mäntel ließen darauf schließen, dass sie mehr waren als einfache Vagabunden.

Einer der Männer lachte, doch die aufgesetzte Häme konnte nicht darüber hinwegtäuschen, wie jung er war. Dunkle Strähnen fielen ihm in die Augen und umspielten seine hohen Wangenknochen.

»Was für ein erbärmlicher Anblick. Wozu haben wir uns eigentlich die Mühe gemacht, hinter so etwas herzujagen?«

»Du«, keuchte der Verwundete.

Rhenawen bemerkte, wie der blonde Junge an ihrer Seite sich merklich anspannte. Der Schwarzhaarige legte ihm beruhigend die Hand auf die Schulter, um ihn von unbedachtem Handeln abzuhalten.

»Überrascht?« Der junge Mann grinste breit. »Was hast du denn erwartet? Wir kennen uns jetzt schon so lange und du hast wirklich nichts bemerkt? Du wusstest immer, dass ich gewisse Ambitionen habe. Hast du ernsthaft gedacht, ich würde mein Leben einer solch sinnlosen Sache verschreiben? Dein Patriotismus rührt mich zutiefst, aber seien wir mal ehrlich, er ist schuld daran, dass du dich in dieser Lage befindest.«

»Dann hast du uns verraten.« Es wirkte nicht wie eine Frage, mehr wie eine Feststellung.

»Ja, aber so weit hätte es nicht kommen müssen, wenn sie mich ausgewählt hätten.« Seine Miene verzog sich zu einer hässlichen Fratze. »Ich habe alles getan, was sie von mir verlangten, und trotzdem haben sie sich für einen Schwächling wie dich entschieden.« Er rang seinen aufwallenden Zorn nieder und musterte den am Boden Liegenden dann mit schiefgelegtem Kopf. »Du siehst nicht so aus, als würdest du noch lange zu leben haben.«

»Genug jetzt«, schnitt ihm einer seiner Gefährten das Wort ab. Er hatte ein scharf geschnittenes Gesicht, welches durch eine Narbe entstellt wurde, die sich sichelförmig auf seiner rechten Wange krümmte. Sein kastanienbrauner Haarschopf glänzte wie poliertes Kupfer und darunter saßen helle Augen. »Du hast dich schon immer gern reden hören, Damien, aber wir haben nicht ewig Zeit.« Er hatte eine überraschend tiefe, melodische Art, zu sprechen. »Durchsucht ihn.«

Er gab den Reitern neben sich einen Wink, die absaßen und zu dem Verletzen hinüber stapften, der sich in eine sitzende Haltung gestemmt hatte. Auch Lucile hatte sich aufgerichtet.

Rhenawen betrachtete die Versammelten aufmerksam und ihr Blick blieb an einem Verfolger hängen, der sich im Hintergrund hielt. Er war hochgewachsen und ganz in Schwarz gekleidet. Sein Gesicht wurde von einer Kapuze verdeckt und ein Tuch verhüllte zusätzlich Mund und Nase. Nur seine Augen waren frei gelassen. Aus der Entfernung schienen sie eine bläuliche Färbung zu haben.

Das Mädchen bemerkte, wie Lucile die Schulterblätter verkrampfte. Offenbar jagte ihr dieser Fremde Angst ein, auch wenn sie es zu verbergen suchte, indem sie kerzengerade dastand.

Im nächsten Moment wurde Joel schon von den zwei Handlangern hochgerissen. Er stieß einen unterdrückten Schmerzenslaut aus, bei dem Espen neben ihr zusammenzuckte. Der blonde Junge hatte die Hände zu Fäusten geballt und sah hilflos zu, nicht imstande, einzugreifen. Auch Lucile stand wie versteinert da, die Lippen zu einem Strich zusammengepresst.

Joel musste von einem der Männer aufrecht gehalten werden, während der andere ihn abtastete und ihm dabei fast das Hemd in Streifen riss.

»Er hat es nicht bei sich«, grunzte einer der Kerle schließlich und ließ von ihm ab.

Der Narbige fluchte. »Wo ist es dann?«, herrschte er seinen Gefangenen an.

»Wo ist was?«

»Oh, ich habe eure Spiele so satt«, zischte sein Gegenüber. »Ich weiß, dass die Rebellen es in ihren Besitz gebracht haben, also sag mir, wo es ist.«

Der Verletzte schüttelte in gespielter Verwirrung den Kopf, doch Rhenawen bemerkte, wie sein Kopf in die Richtung zuckte, in der sie sich verborgen hielten.

»Erspar uns deine Lügen«, knurrte einer seiner Peiniger ungehalten und versetzte ihm einen Faustschlag in die Magengegend, bei dem er sich krümmte.

»Noch kannst du das Leben deiner reizenden Begleiterin retten«, ließ Damien verlauten und stützte sich gelangweilt auf das Sattelhorn. »Gib es uns, dann lassen wir sie laufen.«

»Denkst du, wir lassen uns von dir einschüchtern?«, fragte Lucile herausfordernd, doch ihre Stimme bebte. Leiser fügte sie hinzu: »Wie kommt es nur, dass du zu denen gehörst? Wir haben dir vertraut.«

Damien schenkte ihr ein beunruhigendes Lächeln. »Ja, genau das denke ich.«

Er schwang sich aus dem Sattel und war mit wenigen Schritten bei ihr. Sie drehte den Kopf zur Seite, außerstande, ihn anzusehen. Er strich ihr behutsam eine Strähne hinters Ohr.

Rhenawen sah, wie sich seine Lippen bewegten, auch wenn sie die Worte nicht verstand.

»Lass sie in Ruhe!«, brüllte Joel und warf sich gegen die Hände, die ihn hielten. »Wag es nicht, sie anzufassen!«

Der Dunkelhaarige grinste verschlagen und warf ihr einen anzüglichen Blick zu. »Misch dich nicht in persönliche Angelegenheiten ein. Sie scheint meinem Vorschlag nicht völlig abgeneigt.«

Er strich ihr mit der Hand über die Wange und lachte, als sie vor der Berührung zurückzuckte. »Ich bin sicher, ich könnte ihr das eine oder andere beibringen, was meinst du?«

»Nimm deine dreckigen Finger von ihr, du Scheusal!«

Damien hob eine Augenbraue. »Bringt ihm Manieren bei«, befahl er und gab Joels Bewachern einen Wink mit der Hand.

Einer von ihnen trat dem jungen Mann in die Kniekehle seines verletzten Beines. Er verbiss sich einen Aufschrei, fiel aber mit einem dumpfen Aufprall aufs Gesicht.

»Nein!«, schrie Lucile entsetzt und hemmungsloses Schluchzen schüttelte sie.

Damien musterte den am Boden liegenden Mann desinteressiert und zuckte mit den Achseln. »Da gehörst du hin, mein Freund: in den Dreck.«

Espen hatte die Farbe gewechselt und robbte näher an den Rand ihres Verstecks, als könnte er dann besser sehen, ob sein Bruder sich noch regte. Der Schwarzhaarige zog ihn grob zurück.

»Idiot«, zischte er ihm zu. »Willst du, dass sie uns entdecken?«

»Oh, verflucht«, wisperte Rhenawen und die Jungen hoben rechtzeitig die Köpfe, um zu sehen, wie Lucile ausholte und Damien eine schallende Ohrfeige verpasste. Der grunzte überrascht und hielt sich die Wange, ehe er auflachte.

»Wie ungezogen«, kommentierte er und schlug ihr dann brutal ins Gesicht. Ihr Kopf flog zur Seite und ihre Lippe platzte unter der Wucht seines Schlages auf.

»Es reicht mit dem Geplänkel«, mischte sich der Narbige ein. Seine hellen Augen richteten sich auf die junge Frau. »Ich frage dich nur einmal, Weib: Wirst du mir sagen, wo er es versteckt hält?«

Lucile sah zu ihm auf. Blut rann ihr übers Kinn und sie wischte es mit dem Ärmel weg. Dann schüttelte sie stumm den Kopf.

Er nickte Damien auffordernd zu. »Vielleicht wird unser Freund hier gesprächiger, wenn sie den ersten Finger verliert.«

»Schade, ich hatte wirklich gehofft, eine so hübsche Frau verschonen zu können«, seufzte Damien, ehe er einen Dolch zückte und in der Hand herumwirbeln ließ.

Mit einem Ruck wollte Espen vorwärtsstürmen, doch der Schwarzhaarige erwischte ihn am Kragen und hielt ihn fest. Er schrie wütend und strampelte, um sich dem harten Zugriff zu entwinden. Wie von der Tarantel gestochen ließ der Junge ihn los und Espen stolperte aus seinem Versteck hervor.

»Nein!«, brüllte er. »Das lasse ich nicht zu!«

Die Köpfe fuhren zu ihm herum und die beiden Verbliebenen in der Kuhle pressten sich tiefer in den Staub. Sie hörten die Stimme des Jünglings, die zu ihnen herüberschallte.

»Na sieh einer an! Ich hatte mich schon gefragt, wo die kleine Ratte abgeblieben ist.«

»Es«, stöhnte Joel, der sich schwach regte. »Verdammt, was tust du?«

Der blonde Junge atmete schwer und hob die Fäuste. »Ich … ich kämpfe gegen euch!«

»Bemüh dich nicht«, erwiderte der Narbige. »Damit würdest du uns bloß erheitern. Wenn du deine Freunde tatsächlich retten willst, dann sag mir, was ich wissen will. Ich bin sicher, du hast alles mit angehört, während du dort hinten im Dreck gekauert hast. Aber beeil dich. Meine Geduld ist begrenzt.«

»Aber …«, stammelte Espen. »Er hat es Euch doch schon gesagt. Joel, meine ich. Wir wissen von keinem … Dingsda. Alles, was wir wissen …«

»Espen!«, stieß Joel angestrengt hervor. »Halt den Mund! Halt sofort …!«

Der Satz endete in einem Aufschrei, als ihn ein Fußtritt in die Seite traf. Er rollte sich zusammen wie ein Igel.

»Sprich weiter«, ermutigte ihn der Narbige. »Was wolltest du gerade sagen?«

Espen sah zwischen dem Fremden und seinem Bruder hin und her, unsicher, was er tun sollte. Er machte einen Schritt zurück. »Ich … ich weiß nicht.«

»Also schön.« Der Narbige verzog verächtlich die Lippen. »Anscheinend seid ihr alle recht wortkarg. Wie unerfreulich. Das wird es uns unnötig erschweren. Bring es hinter dich, Damien.«

Der Jüngling packte Lucile bei den Haaren und zog sie an seine Brust, sodass sie mit dem Rücken zu ihm stand. Mit einer raschen Bewegung hielt er ihr den Dolch an die Kehle.

»Keine Sorge«, schnurrte er seidenweich, als ein roter Blutstropfen über ihren Hals lief. »Ich werde sehr sanft mit dir umgehen.«

Luciles Lippen entschlüpfte ein leises Schluchzen, doch sie rührte sich nicht, war wie gelähmt vor Angst, als er nach ihrer Hand griff.

»Nicht«, sprudelte es aus Espen hervor. »Bitte.« Er hatte einen Arm ausgestreckt, wie um Damien zurückzuhalten. Seine Hand zitterte merklich.

»Das genügt.« Die Worte waren nicht besonders laut gesprochen, doch augenblicklich hielten alle Beteiligten inne. Der Schwarzhaarige reckte den Hals, um einen Blick auf den Sprecher zu werfen.

Seine Stimme war akzentfrei und dennoch schwang etwas darin mit, das einen daran zweifeln ließ, dass es sich um seine Muttersprache handelte. »Lass sie los.«

Der Jüngling gehorchte, wenn auch höchst widerwillig. Lucile taumelte von ihm weg und rieb sich dabei den Hals.

Jetzt erkannte Rhenawen, wer gesprochen hatte. Der vermummte Mann, der ihr bereits aufgefallen war, hatte seinen Rappen vortreten lassen. Er musterte die Szene vor sich unverwandt.

»Seine Augen verraten einem alles. Er wird nichts preisgeben.« Er musterte Joel eingehend. »Und er war klug genug, den beiden nichts Wichtiges anzuvertrauen.«

»Da wäre ich mir nicht so sicher. Er …«

Der Vermummte überging Damiens Einwurf, als hätte dieser nichts gesagt. »Noch ist er nicht tot. Ich will, dass das so bleibt. Wir nehmen ihn mit.«

Der Kiefer des Narbigen spannte sich an, als Damien ihn fragend ansah, doch dann nickte er knapp. »Tu, was dir befohlen wurde.«

»Also schön«, presste Damien zwischen zusammengebissenen Zähnen hervor.

»Ihr könnt ihn nicht mitnehmen!«, rief Lucile entsetzt und wollte zu Joel laufen, wurde jedoch von einem seiner Bewacher am Arm zurückgehalten.

»Wie willst du mich denn daran hindern?«, fragte Damien genüsslich. »Dir wird dein Leben geschenkt, das muss genügen. Und ich hoffe, du wirst dich dafür erkenntlich zeigen. Wenn du hinterdreinlaufen willst, ich werde dich nicht daran hindern.«

Joel wehrte sich gegen die Hände, die ihn auf die Füße rissen. »Lucile!«

»Keine Sorge, dein kleiner Rebell wird es gut bei uns haben. Immerhin sind wir doch alte Freunde.«

Joel bäumte sich auf, doch Damien schlug ihn bewusstlos, ehe der junge Mann mehr tun konnte.

Lucile schluchzte hemmungslos, während sie sich gegen die Hände wehrte, die sie gepackt hielten. »Was wollt ihr denn von ihm? Er hat nichts getan. Er hatte kein Artefakt bei sich!«

Der vermummte Mann erstarrte und riss den Kopf zu ihr herum. Seine Augen verengten sich, dann stieg er von seinem Pferd. Mit einer Geste bedeutete er seinem Kameraden, sie loszulassen. Im Gehen zog er einen Dolch aus dem Gürtel und sie wich ängstlich einen Schritt zurück.

Als er sie erreicht hatte, brachte er sich mit ihr auf gleiche Höhe und legte ihr eine Hand auf die zitternde Schulter. Ihr rannen stumm die Tränen über die Wangen.

»Warum?«, wollte sie mit brechender Stimme wissen.

»Weil du das nicht hättest wissen dürfen.«

Mit diesen Worten trieb er ihr den Dolch ins Herz. Die junge Frau sah einen Augenblick lang völlig überrascht aus. Ihr Lippen formten ein »Oh«, ehe ihr Körper erschlaffte und als regloses Bündel vor seinen Füßen liegen blieb. Eine rote Blutlache breitete sich unter ihr aus und mischte sich mit dem staubigen Untergrund.

Wortlos strich der Vermummte den Dolch an Luciles Hemd sauber und kehrte zu seinen Begleitern zurück. Sie hatten das Geschehen schweigend verfolgt.

Espen, der die ganze Zeit wie erstarrt dagestanden hatte, fiel auf die Knie. Fassungslos starrte er auf Luciles Leichnam.

»Nun gut, schafft ihn schon weg«, befahl der Narbige. »Ehe wir hier noch Wurzeln schlagen.«

Die Wachen schleiften den bewusstlosen Joel zu den Pferden, um ihn dann bäuchlings über den Rücken eines der Reittiere zu werfen.

Damien kehrte zu seinen Leuten zurück und saß auf. »Was fangen wir mit dem da an?«, wollte er wissen und musterte Espen abschätzig.

Der schwarzhaarige Junge konnte die Abscheu in seinem Gesicht nicht verbergen, während er ihm mit den Augen folgte.

Der vernarbte Mann überlegte kurz, ehe er antwortete. »Ich kann ihn nicht mehr gebrauchen. Du!« Er deutete auf einen seiner Männer. »Wenn du glaubst, er hat uns noch etwas zu sagen, hol es aus ihm heraus und töte ihn dann. Du kannst am vereinbarten Treffpunkt wieder zu uns stoßen.«

Der Angesprochene neigte den Kopf. »Gut.«

»Ich hätte es auch erledigen können«, meinte Damien schulterzuckend und wendete sein Pferd. »Leb wohl, Es.«

Sie entzündeten eine Fackel, die sie einem Skelett abnahmen, und warfen sie auf den Leichnam der Frau, damit die Flammen sie verschlingen konnten.

Auf ein Zeichen des Narbigen rissen sie die Rösser herum und preschten davon. Einer der Reiter kam ihrem Versteck so nahe, dass sie sich wegduckten, um nicht gesehen zu werden. Schon bald waren von den Fremden nur noch Staubwolken zu sehen. Bloß einer war zurückgeblieben und stieg nun ab.

Espen hob den Kopf und sah ihm entgegen. Der Mann griff in einen Beutel an seinem Gürtel und zog sich einen Schlagring über. Der blonde Junge rappelte sich auf und stolperte zurück. Sein Fuß blieb an einem Skelett hängen und er stürzte rücklings auf die Ellenbogen.

Abwehrend hob er eine Hand. »Bitte … nicht«, stammelte er.

»Es tut mir leid, Bursche.« Der Mann beugte sich zu Espen hinunter und hob die Faust. »Aber du hast dich mit den falschen Leuten eingelassen.«

Gerade als er zuschlagen wollte, sprang ihn der Schwarzhaarige von der Seite an und riss ihn herum. Der Schlagring verfehlte Espen um mehrere Zoll und der Mann stieß einen überraschten Laut aus, ehe er mit der anderen Hand ausholte und dem Schwarzhaarigen einen Hieb gegen die Schläfe versetzte, der ihn wegtaumeln ließ. Doch ehe er einen der Jungen erneut attackieren konnte, schnellte Rhenawens Arm vor und ein Dolch grub sich ihm in den Rücken.

Der Mann fiel mit einem Röcheln auf die Knie und sah sich nach ihr um. Maßloses Erstaunen stand ihm ins Gesicht geschrieben. Seine linke Hand tastete nach der Waffe, die zwischen seinen Rippen steckte. Er öffnete den Mund, doch statt Worten quoll ihm Blut über die Lippen. Hustend setzte er erneut zu sprechen an, aber nur ein unverständliches Gurgeln drang aus seiner Kehle. Dann kippte er auf die Seite und blieb reglos liegen.

Das Mädchen näherte sich und ging neben ihm in die Hocke. Sie zog den Dolch aus seinem Körper und wischte ihn an seinem Hemd notdürftig ab, ehe sie ihn wieder in die Scheide zurücksteckte und sich daran machte, den Leichnam nach verborgenen Taschen abzutasten.

Als sie den Blick hob, sah sie, wie die Jungen sie anstarrten. Der Schwarzhaarige hatte sich eine Hand gegen die Platzwunde an seiner Stirn gepresst.

»Du hast ihn getötet«, flüsterte Espen. »Einfach so.«

»Ich habe uns ein wenig Zeit erkauft«, erwiderte Rhenawen, ohne weiter auf ihn einzugehen. Sie löste den Gürtel und wickelte ihn um das Langschwert des Mannes, um es dann neben sich zu legen. »Wir sollten von hier verschwinden, so schnell wie möglich. Man wird schon bald bemerken, dass er nicht zurückkehren wird, und dann wird man uns jagen. Oder besser gesagt, dich.«

»Du hättest ihn nicht gleich umbringen müssen«, mischte sich der Schwarzhaarige ein, der ihr Tun missbilligend beobachtete. »Wir hätten ihn ebenso gut bewusstlos schlagen und zurücklassen können.«

Sie rollte den Leichnam auf den Rücken und schlug seinen Mantel zurück. Es klimperte dabei verräterisch. »Ach ja? Damit er eine haarkleine Beschreibung von uns abliefern kann? Wäre dir das wirklich lieber gewesen?«

Der Junge senkte den Blick und schüttelte den Kopf. »Nein, natürlich nicht.« Trotzdem schwang in seinen Worten noch immer eine leichte Anklage.

»Du brauchst nicht zu glauben, es hätte mir Spaß gemacht«, sagte sie, während sie den Dolch erneut zog, um das Futter aufzuschneiden. »Ich bin nicht schuld daran, dass dieser Mann sterben musste, sondern er.« Sie deutete mit der Klinge auf den blonden Jungen. »Hätte er sich ihnen nicht gezeigt, wäre diese Sache anders ausgegangen. Wenn du also jemandem die Schuld zuschieben musst, dann ihm.«

Mit einem Ruck schlitzte sie den Stoff der Länge nach auf und aus einem eingenähten Versteck fielen einige Münzen.

»Sie hat recht«, murmelte Espen und sah betreten zu Boden. »Ich schätze, ich sollte mich bedanken. Keine Ahnung, was der mit mir angestellt hätte, wenn ihr nicht gewesen wärt. Das … war ziemlich blöd von mir.«

Der Schwarzhaarige brummte zustimmend. »Stimmt, aber trotzdem war es richtig.« Bei diesen Worten nickte er Rhenawen unmerklich zu. »Zumindest hoffe ich das, wenn dir deine Haut lieb ist. Wenn ihr uns hier in irgendwas reingezogen habt, dann schwöre ich, du wirst deines Lebens nicht mehr froh werden.« Er fuhr sich nervös mit der Hand durchs Haar.

Das Mädchen sammelte die Münzen ein und erhob sich wieder, das Schwert des Mannes in der Hand. Sie drückte es dem Schwarzhaarigen wortlos in die Arme.

Unschlüssig standen sie da, ohne dass jemand es gewagt hätte, wieder zu sprechen. Das Mädchen sah kurz zu dem Bestattungsfeuer hin und ihr Magen verknotete sich. Wofür hatte diese Frau sterben müssen? Wie in stiller Andacht standen sie neben dem brennenden Leichnam, die Köpfe gesenkt wie zum Gebet.

Schließlich brach Espen das Schweigen. »Was machen wir jetzt?« Seine Augen glänzten feucht, aber dennoch war seine Stimme fest.

»Es hat keinen Zweck, hier noch länger zu verweilen«, antwortete der Schwarzhaarige. »Also machen wir, was dein Bruder gesagt hat: Ich bringe dich fort von hier und danach war es das. Dann habe ich mit dieser Sache nichts mehr zu tun.« Er sah zu ihr hinüber. »Kommst du auch mit?«

Rhenawen sah hinab auf ihre linke Hand, mit der sie den Beutel noch immer fest umschlossen hielt. »Ich schätze, mir bleibt nichts anderes übrig.«

Espen atmete sichtlich auf. »Gut. Das klingt doch nach einem Plan.«

»Also schön«, meinte das Mädchen und drehte sich zu dem verwaisten Wallach um, der gerade an einem verdorrten Grasbüschel schnupperte. »Ich würde sagen, wir schnappen uns dieses Pferd und machen uns dann auf den Weg. Vorher sollte einer von euch nachsehen, ob er«, sie deutete auf den toten Mann, »noch irgendetwas trägt, das brauchbar sein könnte. Er wird seine Stiefel gewiss nicht vermissen.«

Der schwarzhaarige Junge verzog angeekelt das Gesicht bei der Vorstellung, zu fleddern, setzte sich jedoch in Bewegung, als Espens Stimme ihn zurückhielt.

»Wartet.« Fragend sahen ihn zwei Augenpaare an. »Ich kenne nicht einmal eure Namen. Ich bin Espen.«

»Man nennt mich Rhenawen«, antwortete diese schlicht.

»Und du?«

Die untergehende Sonne verwandelte ihr Haar in glühende Kohle, sodass es aussah, als würde ein Nimbus um ihre Köpfe schweben.

»Jared.«

Die Flucht aus der Entführung

SAM

Der Wallach, auf dem er saß, riss immer wieder den Kopf hoch, wenn ein unbekanntes Geräusch an seine Ohren drang, und blähte aufgeregt die Nüstern. Sam konnte ihn nur für seine Aufgewecktheit bewundern. Ihm steckte die Müdigkeit tief in den Gliedern. Inzwischen saß er vornübergebeugt im Sattel und dämmerte vor sich hin. Sam umklammerte die Mähne fester, Zügel hatte er keine. Vom Halfter seines Pferdes führte ein Strick zu dem Sattelhorn des kupfernen Streitrosses, welches Delias Entführer ritt.

Der Müllerbursche sah sich um und erblickte in einiger Entfernung den Heiler, der auf eine Bahre gebettet worden war. Die Hände hatte man mit Lederriemen an den Seiten fixiert, damit er nicht länger im Fieberwahn um sich schlug. Sein Blick war ins Leere gerichtet. Dem Mann fielen die Augen zu und der Kopf sackte ihm zur Seite. Seine Haut glänzte vor Schweiß und das feine, helle Haar klebte ihm in feuchten Strähnen an der Stirn. Sein linkes Bein war unter der mit Erde und Blut verkrusteten Hose bandagiert. Hestia ritt teilnahmslos neben ihm und hielt seine Hand. Ihre Augen waren verquollen und die Wangen gerötet.

Er wird es schaffen. Das hatte der alte Magier ihm mitgeteilt. Er müsse nur ruhen.

Das müsste ich auch.

Sie waren die Nacht über durchgeritten und hatten auch am Morgen keine Rast eingelegt. Mittlerweile hatte die Sonne den Zenit überschritten. Es fehlte nicht viel und er wäre mit dem Kopf auf den Hals seines Pferdes gesunken. Die vielen Nächte, in denen er aus der Gesellenstube vertrieben worden oder zu den Leuchtfeuern der Bauern geeilt war, machten sich endgültig bemerkbar.

Bisher hatte er Delia nicht erspähen können. Weder sie noch seine übrigen Freunde. Vermutlich hielt man sie bewusst von ihm fern, damit er nicht auf dumme Gedanken kam. Sam schnaubte bitter. So hilflos hatte er sich schon lange nicht mehr gefühlt, aber noch hatten die Magier ihnen kein Haar gekrümmt. Trotzdem hatte er sich im Stillen geschworen, Delia vor ihnen zu beschützen.

Ich bringe dich wieder nach Hause, Dee. Ich verspreche es.

In der Ferne stiegen dünne Rauchsäulen gen Himmel auf. Hinter sich hörte er Gareth aufgeregt rufen, um Henrik auf diese Entdeckung aufmerksam zu machen.

Der Wald begann sich zu lichten und endlich erreichten sie die Quelle des Rauchs. Ein Lager erhob sich auf der weiten Graslandschaft. Die äußere Zeltreihe bildete mit ihrer rechteckigen Formation einen dichten Schutzwall um den inneren Bereich, in dessen Mitte ein großes Feuer prasselte. Dort drängten sich kleinere Zelte dicht an dicht, kaum groß genug, um mehr als zwei Leute zu beherbergen.

Als sie hineinritten, entdeckte Sam auch Planwagen mit Vorräten, Fässer mit Quellwasser und angepflockte Pferde. Eine Gruppe Kinder rannte lachend zwischen den Zelten hindurch.

»Da staunst du, was?« Der alte Magier tauchte neben ihm auf und lächelte. »Kein Grund, so feindselig dreinzusehen. Du siehst, wir tun euch nichts. Schau dich um. Keine Pranger oder Pferche.« In den trüben Augen blitzte der Schalk auf.

»Nein«, stimmte Sam widerwillig zu. »Wozu habt Ihr uns dann mitgenommen, Magier?«

Der Alte kicherte vergnügt. »Magier? So hat mich schon lange keiner mehr angesprochen.«

»Macht Ihr Euch über mich lustig?«

»Verzeih, es ist nur erfrischend, die Klagen der Jugend bestätigt zu sehen. Du musst wissen, es ist höchst irritierend, immer wieder auf seine Andersartigkeit hingewiesen zu werden. Dir würde es auch seltsam vorkommen, wenn ich dich die ganze Zeit über mit *Mensch* anreden würde, oder? Wo wir doch alle Menschen sind.«

Der Müllerbursche schwieg. Er fühlte sich ertappt. Es war ihm nie in den Sinn gekommen, dass er die Magier kränken könnte, indem er ihnen auf diese Weise so unmissverständlich kundtat, dass er sie nicht als seinesgleichen betrachtete.

Was sie streng genommen auch nicht sind, oder doch?

»Nun, vielleicht hilft es dir, meinen Namen zu erfahren, hm? Dann hätten wir es mit der Anrede bedeutend einfacher. Ich bin Argus Marent. Ich wurde im Schatten des Grenzgebirges geboren, von dem du vermutlich noch nie etwas gehört hast. So.« Er zwinkerte verschmitzt. »Hoffentlich konnte ich das Eis auf diese Weise brechen.«

Sam musste wider Willen lächeln und sich eingestehen, dass er den alten Mann mochte. Mit seinem umfangreichen Bauch und den hängenden Wangen erinnerte er ihn an eine in die Jahre gekommene Bulldogge.

»Mein Name ist Sam, aber das wusstet Ihr vermutlich schon.«

Argus nickte. »Ja, mein Junge, aber nicht etwa, weil ich mich in deinen Kopf eingeschlichen hätte, sondern weil ich Agata nach dir gefragt habe.«

»Agata?«, platzte es aus Sam heraus. »Ist sie auch hier?«

»Selbstverständlich.«

»Weshalb?«, wollte der Junge wissen und sah ihn verwirrt an. »Was hat sie denn getan?«

Der Alte seufzte und rieb sich die spärliche Bartbehaarung an seinem Kinn. »Sie hat nichts getan. Es wäre einfacher, wenn du dich von der Vorstellung verabschieden würdest, ihr wäret von uns mutwillig verschleppt worden.«

»Ach ja? Danach sieht es aber aus.«

»Der Schein kann trügen.«

Ein kleines Mädchen huschte zwischen den Pferden hindurch und brachte Argus' Stute zum Scheuen. Er klopfte ihr beruhigend den Hals.

»Vorsicht!«, rief er der Kleinen nach. »Kinder«, brummte er und schüttelte den Kopf. »Man weiß nie, was sie als nächstes anstellen.«

»Ich verstehe nicht«, murmelte der Müllerbursche. Er hatte die Wunden des Heilers gesehen und die Tränen von Lune, als man sie zurück nach Eschenbach gebracht hatte. Hestia hatte die Soldaten lauthals verflucht, bevor sie in diese eigenartige Stille versunken war. Und dann waren da noch die Übergriffe in den Siedlungen gewesen.

»Jeder fürchtet sich vor den Dingen, die er nicht versteht«, sagte Argus ruhig. »Es gibt viel, was deine Freunde noch lernen müssen, ebenso wie du. Darunter auch die Wahrheit über euch selbst.«

»Was meint Ihr damit?«, wollte Sam wissen. Er warf dem alten Mann einen raschen Seitenblick zu. »Wenn wir bloß gewöhnliche Menschen wären, hättet Ihr uns nicht verfolgen lassen«, begriff er.

Ein harscher Befehl ertönte von der Spitze des Zuges. »Absteigen!«

Sam folgte der Anweisung nur zu gern und schwang sich auf festen Grund. Er verzog das Gesicht. Sein Hinterteil schmerzte höllisch. Seit Ewigkeiten hatte er auf keinem Pferd mehr gesessen. Auch Argus hievte sich schwerfällig aus dem Sattel.

Ein hochgewachsener Magier in dunkler Robe kam auf sie zu. Er war Sam gänzlich unbekannt. Der Junge hatte ihn in der Stadt nicht gesehen, da war er sich sicher. Argus neigte den Kopf vor dem Mann.

»Atorius, ich nehme an, Ihr wurdet bereits über die Geschehnisse in Eschenbach informiert. Ihr werdet zufrieden sein. Nur selten finden wir so viele Kinder in einer einzigen Stadt.«

Dann ist er also der Anführer der Magier, dachte sich Sam. *Die Drecksarbeit hat er seinen Handlangern überlassen und gemütlich im Lager darauf gewartet, dass wir eintrudeln.*

Atorius lächelte, aber das Lächeln erreichte seine Augen nicht. »Eine Seltenheit, ja. Auch wenn ich es eher beunruhigend nennen würde, dass wir in den nördlichen Grenzgebieten noch immer auf derart viele Ausgesonderte stoßen.«

Sein Gesicht hatte einen harten Ausdruck, der sich auch in den blaugrauen Augen widerspiegelte, die den Jungen fixierten. Sein stahlgraues Haar war kurz und das Gesicht glattrasiert.

An Sam gewandt sagte er: »Komm.«

Zögerlich folgte ihm der Junge durch das Lager. Wäre er nicht so abgekämpft und müde gewesen, hätte sein Hirn sich spätestens jetzt hoffnungslos verknotet bei den ganzen Fragen, die auf ihn einstürmten. Was wollte Atorius von ihm? Warum waren sie überhaupt hier?

Die Soldaten bewohnten anscheinend die äußerste Zeltreihe, während die inneren Unterkünfte den Magiern und ihren Entführten vorbehalten waren. Die Kinder, die er erblickte, wirkten weder eingeschüchtert noch ängstlich. Einige sahen sogar glücklich aus, als wäre die Tatsache, dass man sie fortbrachte, ein Grund zur Freude und nicht zur Furcht.

Atorius setzte sich ans Feuer. Sam ließ sich in angemessener Entfernung ins Gras sinken. Er verschränkte die Hände im Schoß und schaute unschlüssig in die Flammen. Der Magier musterte ihn.

»Was wollt Ihr von mir?«, fragte der Junge, als er das Schweigen nicht mehr aushielt. »Ich wurde nie so geprüft wie die anderen.«

»Das war auch nicht nötig.«

»Das verstehe ich nicht.«

Atorius überging seine Aussage. »Erinnerst du dich noch an deine Übereinkunft mit Nero Dawson?«

Sam rieb die Hände aneinander, um sie zu wärmen. »Dass Ihr meinen Freunden nichts tut, wenn ich mich ergebe? Ja, das weiß ich noch.«

Die Robe des Magiers raschelte, als er sein Gewicht verlagerte. »Und wirst du dich auch weiterhin daran halten?«

»Was erwartet Ihr von mir?« Er verschränkte trotzig die Arme vor der Brust.

»Das hängt ganz von dir ab. Liegt dir das Wohlergehen deiner Freunde am Herzen?«

»Natürlich!«, entrüstete sich Sam.

»Dann tätest du gut daran, nicht aufzubegehren. Du solltest als Zeichen deines guten Willens Abstand zu ihnen halten und meine Anweisungen nicht in Frage stellen. Bekommst du das hin?«

Der Junge zögerte. »Habe ich denn eine Wahl?«

»Man hat immer eine Wahl.«

Sam riss erschrocken den Kopf herum. Der Magier mit den ungewöhnlichen Augen war neben ihn getreten. Atorius hatte ihn Nero genannt. Verblüfft musterte der Junge ihn. Die Antwort überraschte ihn.

Wenn es nur so einfach gewesen wäre. Seine Freunde brauchten ihn jetzt mehr denn je. Sie hatten zusehen müssen, wie der Heiler verwundet wurde. Er hatte selbst schon mit angesehen, wie Menschen vor seinen Augen verletzt wurden oder starben, und wusste, dass es eine lange Zeit brauchte, um darüber hinwegzukommen. Und gerade jetzt sollte er sich von ihnen fernhalten?

Sie würden es nicht verstehen und er wollte ihnen nicht noch größeren Kummer bereiten. Und dennoch … Es war an der Zeit, ihnen etwas zurückzugeben. Seine Zuneigung zu Delia war zu neu, um sie leichtfertig aufs Spiel zu setzen, und er wollte Lune und Neirin die Unterstützung zurückgeben, die sie ihm immer hatten zukommen lassen. Wenn er sie mit diesem Handel vor Schaden bewahren konnte, würde er mitspielen.

»Ich tue es«, willigte er schließlich ein.

Aber wenn doch, Magier. Wenn Ihr Euer Wort brecht …

Nero nickte ihm zu und Sam meinte, in seinen Augen eine gewisse Hochachtung zu erkennen.

»Wohin bringt Ihr uns?«, entfuhr es ihm. Diese Frage beschäftigte ihn, seitdem sie aufgebrochen waren.

»Der Name der Stadt würde dir vermutlich nichts sagen«, stellte sein Gegenüber schlicht fest.

»Ich möchte ihn trotzdem wissen.«

»Vorerst wird es dir genügen zu erfahren, dass ihr dort Schutz finden werdet«, erwiderte Nero schlicht.

»Schutz wovor?«, bohrte der Junge nach. »Vor wem?«

»Vor den gewöhnlichen Menschen«, antwortete Atorius. Seine Stimme war seltsam tonlos. »… und vor euch selbst.«

Ein Schauer überlief Sams Rücken. Er sah hinab auf seine Hände. »Was meint Ihr damit? Weshalb sind wir hier?«

Atorius musterte ihn kalt, dann antwortete er. »Das braucht dich vorerst nicht zu kümmern. Ich habe dich nicht hergebeten, damit du meine Zeit verschwendest.«

Sam wollte schon aufgebracht fragen, wozu er ihn sonst herbestellt hätte, aber ein kaum merkliches Kopfschütteln von Nero hinderte ihn daran. Vielleicht war es klüger, vor diesem Magier den Mund zu halten. Er würde ihm ohnehin nicht mehr erzählen.

»Kann ich gehen?« Er fühlte sich unwohl in der Nähe dieses Mannes. Atorius entließ ihn mit einer Geste und erleichtert stemmte der Müllerbursche sich hoch und schritt eilig davon.

In seinem Kopf kreiste eine Frage. *Warum fordert man gerade mich auf, folgsam zu sein?*

Er hatte versucht, davonzulaufen, ja, aber die anderen doch auch. Hatte der Magier auch mit ihnen geredet? Erzählte er jedem das Gleiche, um zu verhindern, dass sie es erneut versuchten? Oder lag es daran, dass sie einen aus ihrer Gemeinschaft im Auge behalten wollten, damit seine Freunde nicht auf den Gedanken kamen, heimlich zu verschwinden?

Sam bog schwungvoll um eine Ecke und prallte mit etwas Hartem zusammen. Er strauchelte und der Soldat, in den er hineingelaufen war, fiel ins Gras. Der Sattel, den er getragen hatte, landete auf seinem Bauch.

»Uff«, machte der Soldat.

»Du!«, rief Sam überrascht aus. Er erkannte ihn sofort, auch ohne den Helm und trotz der Entfernung, aus der er ihn in Eschenbach beobachtet hatte. Es war das Milchgesicht, das er mit dem Magier gesehen hatte, als man die Kinder geprüft hatte.

Der junge Mann zog eine Augenbraue hoch. Er hatte braune, wirre Locken, die ihm in die Stirn fielen. »Ich?«, hakte er nach.

»Ich habe dich gesehen, als du auf dem Marktplatz warst«, stieß Sam aus und spürte, wie Wut sich in ihm regte. »Du warst das doch, oder? Du hast den Magiern gesagt, wen von uns sie mitnehmen sollen!«

Er sprang auf die Füße. Am liebsten hätte er sich auf den Soldaten gestürzt und ihm einen kräftigen Tritt gegen seinen hübschen Schädel verpasst. Er war schuld, dass sie entführt worden waren.

»Warte«, sagte der Soldat und hob eine Hand, während er sich mühsam erhob. »Das war jetzt ein wenig zu schnell für mich.« Er klopfte sich Erde von der wollenen Hose, die er unter den Beinschienen trug. »Normalerweise stelle ich mich vor, ehe ich mich anschreien lasse.«

Er klang unbekümmert, doch in seinen Augen sah Sam die Unsicherheit sitzen.

»Ich weiß, dass du dahintersteckst!« Sein ganzer Körper bebte, so aufgebracht war er.

Der junge Mann seufzte schwer. »Du hältst dich anscheinend nicht mit zwischenmenschlichen Gepflogenheiten auf. Komm, hilf mir mal mit den Pferden, dann erkläre ich es dir.« Er hievte den Sattel auf seine Schulter.

Sam betrachtete ihn währenddessen misstrauisch, folgte ihm aber, die Hände tief in den Hosentaschen vergraben.

Schließlich ergriff der junge Mann wieder das Wort. »Ich weiß auch, wer du bist«, verkündete er unerwartet. »Nero hat dich in der Menge ausfindig gemacht, nicht ich. Immerhin ist er ein Gedankenleser und ein ziemlich mächtiger noch dazu. Meine Fähigkeiten dagegen funktionieren nur, wenn ich mich stark auf eine bestimmte Person konzentriere.« Er sah Sam neugierig an. »Wie hast du herausgefunden, dass ich es war? Eigentlich versuchen wir, meine Beteiligung bei der Säuberung verdeckt zu halten.«

Sam zuckte mit den Schultern, den Blick stur auf den Boden vor ihm gerichtet. »Ich war auf den Dächern und habe das Spektakel von oben beobachtet. Mir ist aufgefallen, dass dieser Kerl in Blau offenbar auf deine Anweisungen gehört hat und genau diejenigen ausgesucht wurden, auf die du ihn aufmerksam gemacht hast.«

»Der Kerl in Blau?« Der Soldat lachte, als er verstand. »Ach so, du meinst Nathaniel.«

Er machte einen freundlichen Eindruck auf Sam, was dessen feindselige Haltung ins Wanken brachte.

»Du hast gut beobachtet. So verhält es sich«, fuhr er fort. Der junge Mann hievte den Sattel auf ein gespanntes Seil und wies Sam dann die Richtung. »Dort drüben haben wir die Pferde untergebracht.«

»Und wofür waren diese Geräte, die ihr benutzt habt?«

»Ach die«, meinte sein Gegenüber abfällig. »Diese Dinger sollen mir die Arbeit erleichtern, damit die Sucher auch ohne jemanden wie mich agieren können, aber sie sind mehr als unzuverlässig.«

»Und wie findest du heraus, wen ihr mitnehmen müsst?«, wollte Sam wissen. »Bist du auch ein Magier?«

»Nein, sehe ich so aus? Ich bin ein Augur. Ich erspüre die verborgenen Fähigkeiten in den Menschen. Auf diese Weise kann ich die Entscheidung der Sucher beeinflussen. Ich kann ihnen sagen, ob es notwendig ist, denjenigen oder diejenige mitzunehmen.« Er warf Sam einen eindringlichen Blick zu und grinste dann. »Aber bei dir bin ich ziemlich ratlos. Auch ich nehme zum ersten Mal an einer Säuberung teil und so jemandem wie dir bin ich noch nicht oft begegnet.«

Das nahm dem Müllerburschen vollends den Wind aus den Segeln. »I-ich …« Er kam ins Stottern. »Ich habe keine Ahnung, wovon du redest.«

»Na schön. Behalte deine Geheimnisse für dich. Irgendwann finde ich es vielleicht doch noch heraus.« Er zwinkerte verschwörerisch.

Sie waren an dem eingezäunten Areal angekommen, wo die Reittiere friedlich nebeneinander grasten. Sam kletterte über die Absperrung und näherte sich einer Schimmelstute, die noch immer Sattel und Zaumzeug trug. Bei seinem Näherkommen hob sie den Kopf und sah ihn aus dunklen Augen an. Behutsam streckte er seine Hand nach ihr aus, die Handfläche nach oben, damit sie seinen Geruch aufnehmen konnte. Sie kam zutraulich näher und schnupperte an seiner Haut und seinen Kleidern. Erst dann tätschelte er ihr die Schnauze.

»Eins verstehe ich nicht«, bekannte er. »Warum muss deine Beteiligung an dieser Auswahl geheim gehalten werden?«

Der junge Mann, der sich daran gemacht hatte, einen Rappen abzusatteln, hielt dabei inne. »Weil die Familien der Kinder ansonsten versuchen könnten, mich zu beseitigen«, antwortete er dann leise. »Es wäre nicht das erste Mal, dass die Leute einen Anschlag auf jemanden wie mich verüben.«

»Das wusste ich nicht. Es tut mir leid.« Sam wandte das Gesicht ab, nicht willens, den bekümmerten Ausdruck im Gesicht des Soldaten zu sehen, und konzentrierte sich ganz auf die Stute. Er wagte es nicht, weitere Fragen zu stellen.

»Außerdem«, fügte der junge Mann noch hinzu, »soll der Schein gewahrt werden. Den Magiern bereitet es mehr Schwierigkeiten, die betroffenen Personen zu finden, wenn sie keinen bei sich haben, der das *Zweite Gesicht* hat. Ohne mich würden sie Tage brauchen, um die richtigen Kinder zu finden, wenn nicht noch länger.«

»Kannst du sonst noch irgendetwas?« Der Müllerbursche machte sich an den Schnallen zu schaffen, während die Stute an seinen Taschen knabberte.

»Nein. Das einzig Besondere an mir ist, dass ich die Dinge so sehe, wie sie sind.«

»Das ist doch schon eine ganze Menge.« Als Sam wieder auftauchte, schob er die Stute von sich. »Für dich habe ich nichts!«

Der Soldat lachte. »Du hast offensichtlich ein Händchen für Pferde. Dieses zickige Biest lässt sich von mir nichts gefallen und schnappt schon mal gern nach Unbekannten.«

»Und das sagst du mir jetzt?« Der Junge beäugte die Stute misstrauisch, doch die stupste ihn bloß freundschaftlich an. Er strich ihr über die weiche Mähne, was ihr sichtlich gefiel.

»Sicher, dass du sie nicht verwechselst?«

»Ganz sicher. Ich glaube, von meiner ersten Begegnung mit ihr habe ich noch immer einen Bluterguss. Und rate mal, welche Form der hat.« Er schnitt eine Grimasse.

Sam lachte. »Ich kann es mir vorstellen.«

Der Soldat legte seine Fracht auf den Boden und wischte sich über die Stirn. »Wenn du mich jetzt nicht mehr anschaust, als wolltest du mich erwürgen …« Er hielt ihm die Hand hin. »Ich bin Erik.«

Der Müllerbursche zögerte kurz, dann schlug er ein. »Sam.« Er räusperte sich verlegen. »Erik, könntest du mir ein Zelt zeigen, in dem ich mich hinlegen kann? Ich schlafe gleich im Stehen ein.«

LUNE

Lune rieb sich die Nase. In dem Zelt war es schummrig, da durch die geschlossene Plane kaum Licht drang. Sie hatte sich in eine Ecke gehockt, die Arme um die Beine geschlungen. Noch immer spukten schreckliche Bilder durch ihren Kopf. Ein ums andere Mal sah sie, wie die Bolzen sich aus ihren Halterungen lösten, hörte den Aufschrei des Heilers und das Ächzen der Bäume, spürte den aufkommenden Wind in den Kleidern und roch das Feuer.

Die Stimme des Magiers klang ihr noch immer in den Ohren. *Du stellst dich gegen uns, obwohl du nicht das Geringste über uns weißt. Dabei bist du genau wie ich.*

Das ist nicht wahr! Ich bin keine von denen! Er hat gelogen. Sie atmete tief durch. Wie sollte sie magische Kräfte entwickeln? Sie war ein gewöhnlicher Mensch.

Woher willst du das wissen?, flüsterte eine ungebetene Stimme in ihrem Kopf. *Du kannst dich nicht an deine Vergangenheit erinnern. Du hast erst einen Frühling erlebt.*

Sei still. Ich will das nicht hören!

Sie kniff die Augen zusammen und versuchte, ihre Umgebung auszublenden.

»Da bist du ja.«

Lune sah erschrocken auf. Agata schob die Plane beiseite und betrat das Zelt. Hastig wischte das Mädchen sich die Tränen von der Wange. »Aggi. Was willst du?«

Die Hexe runzelte die Stirn. »Ich mache mir Sorgen um Hestia«, gestand sie. »Du solltest mit ihr reden.«

»Ich glaube nicht, dass sie sonderlich erpicht auf Gesellschaft ist.«

Agata schürzte die Lippen. »Dann komm wenigstens mit. Als seelischer Beistand oder wie auch immer man das nennt.«

Lune seufzte, stand aber auf und folgte der Alten aus dem Zelt. Draußen hatte man Fackeln in den Boden gerammt, um den Weg zu erleuchten.

»Wusstest du es?«, wollte sie wissen. »Wozu sie imstande ist?«

»Ob ich es gewusst habe? Natürlich habe ich es gewusst!«, sagte Agata bitter. »Und ich habe sie gewarnt, aber sie wollte ja nicht hören. *Halt dich von den Menschen fern!*, habe ich zu ihr gesagt. Aber das Mädchen hatte nichts Besseres zu tun, als sich in unseren Heiler zu verlieben.«

»Sie hat sich in ihn verliebt?«

Agata warf ihr einen missbilligenden Blick zu. »Wer hat denn bei ihr gelebt, ich oder du? Hattest du den Sommer über Tomaten auf den Augen? Sag bloß nicht, dir wäre nie aufgefallen, wie oft sie mit ihm in den Wald verschwunden ist. Das geht jetzt schon beinahe sieben Jahre so, aber bei diesen langlebigen Geschöpfen dauert es wohl länger, bis man von ernsthaften Gefühlen sprechen kann.«

»Ach so«, murmelte das Mädchen. Sie hatte zwar mitbekommen, dass sich die beiden nahestanden, aber sie hatte nie viel Zeit in der Hütte verbracht. Um bei der Wahrheit zu bleiben, hatte es sie auch nicht sonderlich interessiert, in welchem Verhältnis sie zueinanderstanden.

»Sie ist seinetwegen nach Eschenbach gekommen, hast du das gewusst?«, berichtete Agata. »Und er musste ihr natürlich den hübschen Kopf verdrehen. Vermutlich konnte er nicht anders. So ist das eben mit Wesen wie ihm.«

»Dann ist er also kein Mensch?«

»Bei allen Würgedisteln in meinem Beet, natürlich nicht! Warum, meinst du wohl, herrscht in meinem Tal ewiger Frühling?«

Die Hexe blieb abrupt stehen, sodass das Mädchen beinahe gegen sie geprallt wäre. Sie folgte dem Blick der alten Kräutermischerin. Eine Gruppe von Ausgesonderten hatte sich um ein kleines Lagerfeuer versammelt. Ein Junge grinste übermütig und bedeutete den anderen, leise zu sein und ihm zuzuschauen. Dann warf er eine Münze in die Luft und hob herrisch die Hand. Das Kupferstück erstarrte im Flug. Lune blieb vor Erstaunen der Mund offen stehen. Sie beobachtete, wie das Geldstück nach kurzer Zeit zu zittern begann und in die ausgestreckte Hand des Jungen fiel. Einige pfiffen bewundernd, andere johlten beifällig und schlugen ihm auf die Schultern.

Haben sie uns mitgenommen, weil jeder von uns über magische Fähigkeiten verfügt?

Bei dem Gedanken erschrak sie und doch regte sich auch Neid in ihr, obwohl sie das niemals zugegeben hätte.

Sie zog Agata hastig weiter, in deren Gesicht seltener Ernst getreten war. Schon bald hatten sie ein kleines Zelt erreicht, vor dem die Hexe unschlüssig stehen blieb.

»Da wären wir«, murmelte sie überflüssigerweise.

Behutsam schob sie die Plane beiseite und trat ins Innere. Lune folgte ihr.

Hestia war über den Heiler gebeugt und tupfte ihm die Stirn ab. Neben ihr stand ein Tischchen mit einer Wasserschüssel und frischen, sorgsam zusammengelegten Tüchern darauf. Als sie eintraten, sah die Kräutersammlerin sich nicht einmal nach ihnen um. Ihr sonst so glänzendes Haar war ungepflegt und wirr. Es sah ihr gar nicht ähnlich, sich so gehen zu lassen. Lune musste unwillkürlich schlucken und blieb nervös am Eingang stehen.

Agata ging zu Hestia und legte eine Hand an die Wange des Verwundeten.

»Das Fieber ist abgeklungen«, sagte Hestia mehr zu sich selbst als zu der Hexe. »Er wird es überleben, aber es ist fraglich, ob er je wieder ungehindert laufen kann.«

Beim Klang ihrer Stimme regte der Heiler sich unruhig unter den Decken und murmelte etwas Unverständliches.

»Pscht, mein Liebster«, flüsterte sie und strich ihm das Haar aus der Stirn. »Schlaf.«

Und er wurde wieder in die Ohnmacht hinabgezogen.

Erst jetzt wandte sich Hestia ihren Besuchern zu. Sie wusch sich die Hände in der Schüssel und griff nach einem der Tücher. Lune bemerkte, dass schwer aussehende Ringe aus Eisen die Handschellen um ihre Arme ersetzten. Dunkle Schatten hatten sich unter Hestias Augen gebildet und die kränkliche Blässe ihrer Haut brachte ihre veilchenblauen Augen nur noch stärker zur Geltung.

»Was wollt ihr hier?«, fragte sie mit ausdrucksloser Stimme.

Lune biss sich auf die Innenseite ihrer Wange. Sie wusste nicht, was sie sagen sollte. »Wozu sind die?«, fragte sie schließlich vorsichtig und deutete auf den Armschmuck.

Hestia betrachtete die Armreifen, als wären sie ihr soeben erst aufgefallen. »Eisen«, antwortete sie beinahe nachdenklich. »Es unterdrückt meine Fähigkeiten.«

»Oh.« Mehr fiel dem Mädchen dazu nicht ein. Agata schüttelte tadelnd den Kopf und wandte sich wieder zu Hestia.

»Wir wollten wissen, wie es dir geht«, sagte sie sanft. Sie nahm die jüngere Frau beim Arm und führte sie zu einer Pritsche, die eigens für sie im Zelt untergebracht worden zu sein schien. Gemeinsam setzten sie sich.

»Wie soll es mir schon gehen?«, gab Hestia brüsk zurück. »Wir sind Gefangene. Distel ist verletzt. Was erwartest du von mir zu hören?«

Lune blinzelte überrascht. Bisher hatte sie den Namen des Heilers noch nie gehört. Es war ihr so vorgekommen, als hätte er keinen. Er war für sie immer nur *der Heiler* gewesen.

»Ich bin eine alte Frau. Vergib, dass ich mich um dein Wohlergehen sorge«, gab Agata ein wenig verschnupft zurück.

»Um mich solltest du dich nicht sorgen.« Hestia sah zu Lune hin. »Sorge dich um sie, um deinen kleinen Schützling. Um sie ging es dir doch die ganze Zeit«, fügte sie bitter hinzu.

Diese abweisende Art ihrer Freundin schürte die Sorge in Lune. Sonst war die Kräutersammlerin stets unbeschwert und fröhlich. Sie hatte immer gern gelacht und gesungen. So hatte sie Hestia noch nie gesehen.

»Sei still, Kind«, schalt die Hexe ungehalten.

»Warum? Wie lange willst du es ihr noch vorenthalten? Und dasselbe gilt für Delia. Sie gehören nicht zu uns. Sie haben nie zu uns gehört, auch wenn du das nicht wahrhaben wolltest. Sie beide gehören doch genau hierher.«

»Wie kannst du so etwas sagen!«, rief Lune aufgebracht. »Ich habe nicht darum gebeten, verschleppt zu werden.«

»Nein, natürlich nicht«, entgegnete Hestia. »Aber dich wollten sie. Dich und Delia, ansonsten hätten sie uns doch niemals gefunden! Und du …« Sie starrte die Hexe unverwandt an. »Du hast nichts getan. Gar nichts!«

»Ich hätte nichts tun können. Mir waren die Hände gebunden, das weißt du so gut wie ich.«

»Aber *sie* hätte es gekonnt.« In ihren Augen flackerte etwas auf, das Lune nicht einordnen konnte. War es Enttäuschung? »Lune, du hättest es gekonnt, hast aber nur dagestanden und zugesehen. Wieso?«

»W-was?«, stotterte Lune. »Ich? Wie kommst du darauf? Was hätte ich denn tun können?«

Agata tätschelte unbeholfen den Rücken der rothaarigen Frau. »Du irrst dich, Hestia. Lune wäre nicht imstande gewesen …«

»Du weißt, dass sie es gekonnt hätte«, unterbrach Hestia sie scharf. »Sie hat es doch schon einmal getan! Du wusstest immer, wer sie war. Wozu schützt du sie? Sie sollte uns vor Schaden bewahren und nicht umgekehrt!«

Lune wich vor diesen hässlichen Worten zurück, konnte sich aber nicht dagegen verteidigen. Sie verstand nicht, wovon die beiden da redeten.

»Du redest Unsinn, Kind«, brauste Agata auf.

Hestia schüttelte ihre Hand ab und sprang auf. »Als ob das eine Rolle spielen würde!«, fauchte sie. »Sie verdient deinen Schutz nicht!«

Lune biss sich auf die Unterlippe. »Hestia, ich weiß nicht, womit ich dich verärgert habe …«

»Du hast nichts falsch gemacht«, beschwichtigte die Hexe sie und baute sich vor Hestia auf. »Du weißt, worum es geht. Es ist nicht Lunes Schuld!«

Hestias Schultern sackten herab und sie ließ den Kopf sinken. Ihre ganze Streitsucht schien dahinzuschmelzen. »Ich hasse sie!« Tränen standen in ihren Augen.

»So darfst du nicht einmal denken«, ermahnte Agata sie. »Jeder, der bei klarem Verstand ist, würde in der Gegenwart eines Magiers behutsam auftreten. Achte genau auf deine Worte. Du darfst dich nicht so gehen lassen.«

Anstatt zu antworten, sank Hestia an ihrer Schulter zusammen und begann stumm zu schluchzen.

Lune hatte sie noch nie zuvor weinen gesehen. Sie schluckte trocken und wandte das Gesicht ab.

Du bist schuld an ihrem Leid, flüsterte ein Stimmchen in ihrem Kopf. *Du allein.*

Aber warum? Was habe ich denn getan?

Das Mädchen floh aus dem Zelt. Blindlings irrte sie durch das Lager, während Hestias Anschuldigungen in ihren Ohren nachklangen. Wäre sie tatsächlich in der Lage gewesen, das Geschehene zu verhindern? Nein, dieser Gedanke war unsinnig. Hestia konnte aus Sorge um den Heiler nicht mehr klar denken, das war alles. Dennoch fragte sie sich … Wenn sie nie nach Eschenbach gekommen wäre, hätte es dann ebenso geendet? Wären sie ohne sie besser dran gewesen? Und was war mit Ty?

Sie schreckte auf und wurde langsamer. Suchend sah sie sich um. Wie hatte sie Ty vergessen können? Lune durchkämmte das Lager, bis sie ihn schließlich an einem der Feuer sitzend fand. Der Wechselbalg kam auf sie zu gerannt, als er sie entdeckte, und warf sich ihr um den Hals. Mit seinen dünnen Armen schnürte er ihr beinahe die Luft ab.

»Wo warst du?«

»Es tut mir leid, dass ich nicht schon eher gekommen bin.« Sie strich ihm über die noch immer gerötete Wange.

»Diese Männer haben mir Angst gemacht«, vertraute er ihr an und wippte nervös auf seinen Zehen.

Lune musste lächeln. Er war so unschuldig und unbeholfen wie ein Rehkitz. Was bedeutete es für ihn, unter so vielen Menschen zu sein, wo er doch bloß seinen abgeschiedenen Hof gewohnt war?

Ty zog sie mit sich zum Feuer und sie setzten sich. Er zupfte an dem Gras zu seinen Füßen.

»Ich habe Angst«, flüsterte er.

Lune rückte näher zu ihm und legte ihm den Arm um die Schultern. »Ich auch«, gestand sie. »Aber wir sind immerhin zusammen.«

Eine Weile saßen sie so da und spendeten sich gegenseitig Trost, bis ein Junge ans Feuer trat. Unschlüssig blieb er neben ihnen stehen.

»Darf ich mich dazu setzen?«

»Bitte.« Lune rückte ein Stück zur Seite und der Junge ließ sich ungelenk ins Gras sinken.

Er war dünn, ganz abgemagert, und seine nussbraunen Augen huschten nervös umher. Er murmelte einen Dank und schlang fröstelnd die Arme um sich. Seine Kleidung war grob geschneidert und Lederflicken zierten seine Hose.

»Ich bin Ivan«, stellte er sich vor, wobei er verlegen auf seine Unterlippe biss.

»Lune«, entgegnete diese. »Und das hier ist Tameran.«

Ty musterte Ivan aufmerksam. »Bist du auch ein Magier?«, fragte er unvermittelt. Lune war überrascht. Ty sprach nur sehr selten mit Fremden.

»N-nein«, stammelte Ivan. »Wie kommst du darauf?«

»Du riechst wie einer«, erklärte Ty unverblümt.

»Was?«, fragte Ivan verdattert.

»Du riechst wie einer«, wiederholte Ty ernsthaft.

Lune räusperte sich. »Könntest du uns das erklären, Ty?«

Der Balg legte den Kopf schief. »Du riechst nach Gewitter«, sagte er dann. »Wie wenn man auf unserem Hof steht und in der Ferne schon die dunklen Wolken sehen kann. Dann kommt ein Wind auf, der das Gras plattdrückt, und es riecht nach Regen. So riechst du.«

Ivan warf Lune einen fragenden Blick zu. »Und so riechen die Magier auch?«

Ty schüttelte den Kopf. »Nein, aber auch sie riechen nach den Elementen, nur nicht so stark wie du.«

Lune runzelte die Stirn. Sie hatte keine Ahnung, wovon Ty da redete, aber das Gespräch schien dem Jungen nicht zu behagen, weshalb sie das Thema wechselte. »Wo kommst du her?«

»Ich komme aus der Stadt Rosshafen in Eisert«, antwortete er. »Ihr kennt sie vermutlich nicht, aber sie ist bekannt für ihre Gestüte. Reiche Bürger kommen von weit her, um dort zu kaufen.« Der Stolz in seiner Stimme war unüberhörbar. »Die Pferde werden bei uns auf Schnelligkeit und festen Tritt gezüchtet. Das macht sie in ganz Astor begehrt.«

»Die Menschen kommen übers Meer, um bei euch zu kaufen?«, fragte Lune ungläubig.

»Die meisten kommen über die Gebirgspässe, aber ja, manchmal kommen Schiffe, in denen man gut hundert Pferde verladen könnte! Sie sind riesig.«

»Hast du in einem solchen Gestüt gearbeitet?«, wollte Lune wissen.

Ivan nickte eifrig. »Ja. Meine Mutter hatte nie genug Geld für eine Lehrstelle, aber ich hatte schon immer ein Händchen für Pferde. Schon als ich noch klein war, habe ich mich nachts zu den Fohlen ins Stroh gewühlt und bin bis zum nächsten Morgen geblieben. Irgendwann dann hat mich der Stallmeister erwischt und mir mit Prügeln gedroht, sollte ich mich jemals wieder blicken lassen. Aber am nächsten Morgen ließ er mich zu sich rufen und befahl mir, die Ställe auszumisten. Am nächsten Tag sollte ich sein Pferd putzen. Er sagte nichts zu meiner Arbeit, sondern schickte mich abends wortlos wieder fort. Nach ein paar Tagen bot er meiner Mutter eine Stelle für mich an. Sie war so stolz.« Er wischte sich über die Augen und lächelte entschuldigend. »Ich weiß, dass es jedem hier so geht«, murmelte er beschämt, »aber ich sorge mich um sie, weißt du? Mein Vater ist schon lange tot und seitdem leben wir bei meinen Großeltern. Ich weiß nicht, wie sie sich ihren Lebensunterhalt verdienen sollen.« Er rang in einem Anflug von Verzweiflung die Hände. »Bisher habe ich die Familie versorgt. Ich und mein Bruder Igor. Aber den haben sie auch mitgenommen. Was soll jetzt aus ihnen werden?«

Die Sorge in seiner Stimme rührte Lune. Sie sah ihn ratlos an. »Vielleicht wird dein Stallmeister sich um sie kümmern. Ist er dir das nicht schuldig?«

»Vielleicht.« Ivan ließ den Kopf hängen. »Vielleicht.«

Am nächsten Morgen brachen sie schon früh wieder auf. Lune ritt zusammen mit Ty und Delia. Der Wechselbalg saß hinter ihr im Sattel und hatte die dünnen Arme fest um ihren Bauch geschlungen. Er fürchtete sich vor den Pferden. Sam unterhielt sich weiter vorn mit Gareth und dem jungen Soldaten, dem sie im Waisenhaus begegnet war. Lune hätte ihren Freund gern vor ihm gewarnt, da sie sich noch gut an sein befehlsgewohntes Verhalten erinnerte, aber Sam wich ihr aus, sobald sie ihn in ein Gespräch zu verwickeln suchte. Warum nur benahm er sich so merkwürdig?

»Weißt du, weshalb Sam so abweisend ist?«, fragte sie die Metzgerstochter.

Delia zuckte mit den Achseln. »Er ist vermutlich mit dem falschen Fuß zuerst aufgestanden«, bemerkte sie spitz. »Oder es ist ihm peinlich, zusammen mit Mädchen zu reiten.«

Lune kicherte, wurde aber gleich darauf wieder ernst. »Hast du Neirin gesehen?«

»Vorhin war er bei dem Heiler. Ich glaube, dessen Verletzungen nehmen ihn ziemlich mit.«

Lune nickte. Sie hatte am vorigen Abend versucht, mit Neirin zu reden, doch er hatte bloß den Kopf geschüttelt und darum gebeten, allein sein zu dürfen. Sein Knöchel war noch immer geschwollen und schmerzte ihn. Er hatte ihn sich verstaucht, als die Druckwelle sie erfasst hatte.

»Hast du Ivan schon kennengelernt?«, fragte sie, um sich auf andere Gedanken zu bringen.

Delia schüttelte den Kopf. Lune deutete unauffällig hinter sich, wo der Junge für sich allein auf einem Pony ritt. Er wirkte seltsam verloren. Sie erzählte Delia seine Geschichte.

»Das klingt wirklich traurig«, stellte diese fest und sah sich erneut zu ihm um. Delia machte einen niedergeschlagenen Eindruck. »Es braucht die Magier gar nicht zu kümmern, wie es uns damit geht. Niemand wagt es, sich ihnen entgegenzustellen.«

»Dann sollten wir das ändern.« Lune konnte sich ein hinterhältiges Lächeln nicht verkneifen.

»Wie das?«

»Wir gehen«, eröffnete ihr das Mädchen. »Wir alle zusammen.«

»Was?« Delia zügelte ihre Stute und sah sie ungläubig an. »Und wie willst du das anstellen?«

Lune schnaubte. »Glaubst du, sie trauen uns zu, es zu versuchen?«

»Selbst wenn wir es schaffen, nach Eschenbach zurückzukehren, was sollte sie davon abhalten, wiederzukommen?«

Lune überlegte kurz, dann kam ihr eine Idee. »Neirin hat erzählt, dass ihm eine Lehrstelle angeboten wurde, ich glaube in Grauehr. Dorthin können wir gehen und uns verstecken, bis wir sicher sein können, dass die Magier uns nicht mehr suchen. Wir können behaupten, dass wir ihn auf seiner Reise begleitet haben. Vielleicht erlaubt man uns dann, eine Weile im Sanatorium zu bleiben.«

Delia rieb sich die Nase. »Das könnte funktionieren. Mit seinem Lohn könnten wir uns für eine Weile durchschlagen, denke ich.« Ihre Augen leuchteten. »Wann hast du geplant, fortzugehen?«

»Heute Nacht.«

»Was ist mit Agata und Hestia? Und wie sollen wir den Heiler transportieren?«

Lune kaute auf der Innenseite ihrer Wange. »Ich glaube nicht, dass wir sie mitnehmen können«, gestand sie leise. »Agata könnte eine Reise zu Fuß unmöglich durchstehen und der Heiler kann nicht einmal mehr laufen. Und Hestia meinte, sie seien sowieso nur hinter uns her gewesen. Hinter den Kindern. Vielleicht lassen sie sie laufen, wenn wir erst verschwunden sind.«

»Wen sollen wir noch fragen?«

»Zu viele sollten wir nicht mitnehmen, schätze ich. Eine große Gruppe zieht zu viel Aufmerksamkeit auf sich. Aber sieh es mal so: Wenn wir es schaffen, dann werden andere es auch versuchen.«

Delia nickte zögernd. »Also gut. Vor Gareth sollten wir aber den Mund halten. Er ist ein furchtbares Plappermaul und platzt beinahe vor Stolz, dass sie gerade ihn erwählt haben.«

Lune nickte. Ty lehnte den Kopf gegen ihren Rücken.

»Bringst du mich nach Hause?«, fragte er hoffnungsvoll.

»Ja, Ty. Bald.«

Gegen Nachmittag schlugen sie die Zelte auf. Erleichtert ließ Lune sich aus dem Sattel gleiten. Sie konnte sich nicht daran erinnern, jemals solche Schmerzen in ihrem Gesäß verspürt zu haben. Als das Pferd ihr den Kopf zuwandte, tätschelte sie ihm unbeholfen die weichen Nüstern. Sie musste lächeln, als es sie auffordernd anstupste.

»Sein Name ist Baldur.« Ivan tauchte neben ihr auf und hielt dem Pferd seine geöffnete Handfläche hin. »Die Magier haben ihn bei uns gekauft, bevor sie aufgebrochen sind.«

Er trat neben Baldur und knetete seinen Mähnenansatz. Vor Wohlgefallen ließ der Wallach die Unterlippe hängen.

»Das machen die Stuten mit ihren Fohlen«, erklärte ihr Ivan und klopfte dem Braunen den Hals.

»Verbreitest du wieder deine Weisheiten, Iv?« Eine gedehnte Stimme ertönte hinter ihnen. Ein Junge, der älter sein musste als sie selbst, war zu ihnen getreten. Er überragte Ivan um gut einen Kopf, aber er hatte dieselbe gerade Nase und auch sein Haar war braun, jedoch um einiges dunkler und kürzer geschnitten. Dafür waren seine Augen heller und erinnerten sie ein wenig an die von Sam.

»Igor«, grüßte Ivan fröhlich. »Lune, darf ich dir meinen Bruder vorstellen?«

»Es freut mich, dich kennenzulernen.«

»Wirklich?«, höhnte Igor. »Wärst du nicht lieber zu Hause bei deiner Ma?«

»Lass es gut sein«, beschwichtigte sein Bruder ihn.

Igor zuckte mit den Achseln. »Da.« Er drückte ihm die Zügel seiner Stute in die Hand. »Du kannst mal wieder deiner liebsten Beschäftigung nachgehen.« Mit diesen Worten ließ er sie stehen.

Lune zog die Augenbrauen hoch. »*Das* ist dein Bruder?«

Ivan seufzte. »Nimm es ihm nicht übel, er meint es nicht so. Es hat ihn schwer mitgenommen, dass wir unserem alten Leben den Rücken kehren mussten.«

»Hatte er auch eine Lehrstelle in deinem Gestüt?«

Ivan schüttelte bedauernd den Kopf. »Nein. Die Pferde haben Angst vor ihm. Er hat auch sonst nichts gefunden, wo man ihn haben wollte.«

Lune verkniff sich die Frage, woran das wohl liegen mochte.

Der Trupp hatte das Nachtlager am Ufer eines Flusses aufgeschlagen. Die beiden setzten sich zu Ty und Delia, die den Soldaten dabei zusahen, wie sie Fische fürs Abendessen fingen. Die Männer nahmen den Fang aus und überließen es ihrem Grüppchen dann selbst, ihn auf Stöcke zu spießen und zu braten. Sam stieß zu ihrem Lagerfeuer und schwenkte triumphierend ein Büschel Rosmarin. Als der Lachs geröstet war und verteilt wurde, setzte sich auch Igor zu ihnen, sehr zu Lunes Missfallen. Er wollte nicht zu dem schüchternen Ivan passen, der seinem Bruder zuvorkommend sein größeres Stück überließ.

Die Kräuter verliehen dem Fisch eine angenehme Würze. Lune schluckte den letzten Bissen hinunter und senkte die Stimme. »Sam.«

»Hm?« Er sah zu ihr auf. Der Feuerschein spiegelte sich in seinen bernsteinfarbenen Augen.

»Delia und ich, wir …« Sie zögerte.

»Was ist?«, fragte er besorgt, doch als er ihren Gesichtsausdruck sah, wurde er ernst. »Ihr wollt abhauen«, stellte er fest.

»Du denn nicht?«, fragte Delia leise.

»Nein!«, fuhr er sie an.

Lune sah ihn ungläubig an. »Was? Du willst bleiben?«

»Ja, warum nicht?«, hielt Sam dagegen.

»Sie haben den Heiler angegriffen«, zischte Lune wütend.

Der Müllerbursche kniff die Augen zusammen. »*Ein* Magier hat ihn angegriffen, oder etwa nicht?«, widersprach er. »*Ein* Mann. Was haben die anderen dir getan?«

»Nichts«, mischte sich jetzt Ivan ein. »Aber wir wissen nicht einmal, was sie von uns wollen. Ich werde mit dir gehen, Lune.«

»Ich auch«, knurrte Igor, aber es hörte sich bei ihm mehr nach einer Drohung an.

»Seid ihr verrückt geworden?«, flüsterte Sam und warf einen kurzen Blick über seine Schulter. »Sie haben uns nicht ohne Grund mitgenommen. Habt ihr schon einmal darüber nachgedacht?«

Delia schüttelte den Kopf. »Sam«, setzte sie an. »Wenn es einen guten Grund gäbe, dann könnten sie ihn uns auch nennen. Wozu die ganze Geheimniskrämerei?«

»Weil es zu gefährlich wäre, damit herauszuplatzen?«

»Blödsinn«, entfuhr es Lune. »Was haben sie dir bloß erzählt?«

»Und Neirin? Was ist mit ihm? Wollt ihr ihn hierlassen?«

»Natürlich nicht! Wir werden ihn mitnehmen.«

»Mitnehmen?«, wiederholte Sam. »Vielleicht siehst du nicht, was ich sehe, aber er humpelt mit einer Krücke durchs Lager. Er fühlt sich nicht einmal gut genug, um hier bei uns zu sitzen.« Er sprang auf. »Macht doch, was ihr wollt. Ich gehe nicht mit euch. Ich sehe keinen Grund dazu! Und irgendwer muss sich schließlich um die

Kleine aus dem Waisenhaus kümmern, die du offensichtlich vergessen hast.«

Mit diesen Worten wirbelte er herum und stapfte davon. Lune sah ihm sprachlos hinterher. Sie wollte ihm nachlaufen, ihn anschreien, blieb aber sitzen.

»Wird er es den Magiern verraten?«, fragte Ivan beunruhigt.

»Er ist ein Hitzkopf«, erwiderte Delia, »aber verraten wird er uns nicht.«

»Er ist euer Freund. Ihr wollt ihn nicht zurücklassen.«

»Nein«, stimmte Delia Ivan niedergeschlagen zu und sah dem Müllerburschen nach. Eine Gestalt schloss zu ihm auf. Es war der junge Soldat, dem sie und Neirin im Waisenhaus begegnet waren. »Aber ich glaube, er fühlt sich bei ihnen wohl.«

»Dann lasst ihn doch bleiben«, schnarrte Igor.

»Gory«, schalt Ivan ihn. »Versuch doch wenigstens, sie zu verstehen.«

»Wozu?«, erwiderte sein Bruder grob. »Hier herumzusitzen und ihm nachzutrauern, bringt ihn auch nicht zurück. Und ich dachte, wir wollten vor Sonnenaufgang verschwinden.«

Lune ignorierte ihn und berührte mitfühlend den Arm des rothaarigen Mädchens.

Beide sahen sie zum fernen Waldrand. Die Sonne stand bereits tief am Himmel und vergoldete die Baumkronen.

»Er hat recht«, sagte Delia bestimmt. »Es wird dunkel, das ist die beste Zeit. Wir sollten aber zusehen, dass wir Proviant auftreiben.«

Ivan nickte eifrig. »Ich weiß, wo sie ihre Vorräte lagern. Igor und ich können genügend besorgen.«

»Gut«, meinte Lune. »Seht ihr die Baumgruppe da hinten? Wir treffen uns dort. Ich habe noch etwas zu erledigen.«

Delia warf ihr einen wissenden Blick zu, bevor sie den anderen hinterhereilte. Selbst Ty folgte ihnen, wobei er sich an Ivans Hemd festhielt.

Es freute sie zu sehen, dass Ty sich gut mit dem sanftmütigen Stallburschen verstand.

Was hat Hestia und mich verbunden? Bei dem Gedanken an die Kräutersammlerin zog sich ihr die Kehle zusammen. Sie rieb sich übers Gesicht, um die Erinnerung an ihr letztes Gespräch zu vertreiben, und stand auf.

Es begann zu nieseln, als Lune durch die Zelte streifte. Zufrieden betrachtete sie einen Tropfen auf ihrer Haut. Der Regen würde ihre Spuren verwischen.

Ivan hatte recht, sie wollte Sam nicht zurücklassen, aber er hatte seine Wahl getroffen. Neirin würde sich für sie entscheiden, oder?

Lune schlängelte sich an den Menschen vorbei auf der Suche nach dem Lazarett. Mit Sicherheit war er bei seinem kranken Lehrmeister. Der Regen wurde stärker und die Lagerfeuer lagen verlassen da. Zwei Kinder rannten lachend an ihr vorbei, während sie kreischend versuchten, der Nässe zu entkommen. Wieder überraschte Lune die Größe dieser kleinen Zeltstadt. Vermutlich war sie erbaut worden, um als Treffpunkt zu dienen. Von hier aus konnten Stoßtrupps in die Dörfer und Städte geschickt werden und die bereits entführten Kinder konnten in dem Gedränge einer fremden Stadt nicht abhandenkommen. Lune bezweifelte, dass sie bei ihrer Weiterreise immer so feudal schlafen würden. Nun, wenn es nach ihr ging, würde sie das ohnehin nicht mehr mitbekommen. Dann wäre sie schon auf halbem Weg nach Grauehr.

Als sie das Zelt mit dem weißen Wimpel endlich fand, seufzte Lune erleichtert und wollte schon die Plane zurückschlagen, als eine fremde Stimme aus dem Innern drang. Angespannt schlich sie um das Zelt herum und legte ein Ohr an den rauen Stoff.

»Was soll diese Befragung?« Das war Neirin. Er klang aufgebracht. »Was wollt Ihr von mir?«

»Ich will wissen, weshalb diese Missgeburt euch beschützt hat.« Brodelnder Zorn ballte sich in Lunes Magen zusammen, als sie die

Stimme des Magiers in der blauen Robe, der sie gefangen hatte, vernahm.

»Mäßige dich, Nathaniel«, wurde der Sprecher zurechtgewiesen. Die Stimme klang vertraut, doch sie konnte sie nicht einordnen.

»Woher soll ich das wissen? Ihr hättet ihn fragen sollen, bevor ihr ihn niedergeschossen habt.« Die Abscheu in den Worten ihres Freundes war beinahe greifbar.

»Du bist sein Lehrling. Hat er jemals Interesse an deinen Freunden bekundet?«

Es dauerte eine Weile, bis Neirin antwortete. »Nein.«

»Das wäre dann alles«, sagte die fremde Stimme. »Danke für deine Zusammenarbeit.«

Der Junge stieß ein zorniges Schnauben aus. Lune ging in Deckung, als die zwei Magier heraustraten. Der in der blauen Robe wurde von einem weiteren Magier begleitet. Als dieser leicht den Kopf drehte, erkannte sie ihn. Er hatte Delias Gedanken gelesen und Sam aufgefordert, hervorzukommen.

»Hast du etwas herausgefunden?«, wollte Nathaniel wissen.

Sein Gegenüber nickte. »Atorius' Vermutung scheint sich zu bewahrheiten, aber wir sollten keine voreiligen Schlüsse ziehen.«

»Warum nimmst du dir das Mädchen nicht einfach persönlich vor? Dann hätten wir den Beweis, den wir suchen.«

»Wir sollten keine Aufmerksamkeit darauf lenken. Das Mädchen weiß vermutlich nicht einmal, was sie ist und so sollte es vorerst auch bleiben. Wir müssen zuerst ihr Vertrauen gewinnen, damit sie begreift, dass wir nicht ihre Feinde sind.«

Lune wartete mit angehaltenem Atem, bis die beiden zwischen den Zelten verschwunden waren. Von wem hatten sie gesprochen?

Nachdem sie sich vergewissert hatte, dass niemand sie beobachtete, schlich sie in das Zelt.

Neirin sah auf, als sie eintrat, und lächelte. »Lu. Was machst du bei diesem Wetter draußen?«

»Ich komme, um dich zu holen. Die anderen warten sicher schon. Du musst …«

»Halt, halt. Ich komme nicht ganz mit.« Er hob eine Hand. »Noch mal von vorn.«

Lune gestikulierte aufgeregt nach draußen. »Wir wollen von hier verschwinden. Jetzt gleich. Fühlst du dich erholt genug für eine Reise?«

»Und wohin soll die bitte gehen?«, fragte er und runzelte die Stirn. Sein Blick wanderte zu dem schlafenden Heiler. Das Wundsekret hatte seine Verbände gelblich verfärbt.

»Ist jetzt nicht wichtig. Schaffst du es? Ohne dich gehe ich hier nicht weg.« Ihr Herz klopfte aufgeregt. Er musste einfach *Ja* sagen, er musste.

»Nein«, seufzte er. »Aber ich begleite dich trotzdem.«

Vor Freude wäre sie ihm beinahe um den Hals gefallen. Sie reichte ihm seinen Stock und er schlug die Decke zurück, die er um sich geschlungen hatte. Mühsam erhob er sich.

»Dann los.«

Sie kamen nur sehr langsam voran. Wann immer sie im Regen den Schatten eines Soldaten erblickten, quetschten sie sich in eine Lücke zwischen den Zelten und harrten ängstlich aus, aber keiner entdeckte sie. Zuerst dachte Lune, dass sie wohl zu unauffällig waren, um interessant zu sein. Dann aber erspähte sie am Rand des Lagers ein großes offenes Zelt, in dem sich mehr als ein halbes Dutzend Soldaten herumdrückte. In dem Licht der Öllampen konnte sie erkennen, dass die Männer an Tischen saßen und würfelten. Aber sie meinte auch zu sehen, wie unauffällig ein Weinschlauch herumgereicht wurde. Gerade hastete ein weiterer Soldat auf das Zelt zu, um Schutz vor dem Regen zu suchen. Anscheinend erwarteten sie nicht, dass irgendjemand bei diesem Wetter freiwillig draußen herumlief. Auch keine Magier, die dieses muntere Beisammensein bestimmt aufgelöst hätten.

Lune musste grinsen. Diese Soldaten verhielten sich nicht anders als die Nachtwächter in Eschenbach.

Sie schlichen weiter. Schon bald klebte ihnen die Kleidung nass am Körper. Sie passierten die letzten Zeltreihen und überquerten so schnell es ging die Grasfläche. Dank des Regens waren sie vermutlich schon nach wenigen Schritten nicht mehr als zwei graue Schemen, die sich kaum von den weiter entfernten Bäumen abhoben. Trotzdem seufzte Lune erleichtert, als sie die dunklen Stämme endlich erreichten, die sie umringten wie Schutzgeister und vor neugierigen Blicken verbargen.

»Da seid ihr ja endlich«, raunzte Igor. »Ich war dafür, ohne euch aufzubrechen.«

Delia warf ihm einen zutiefst angewiderten Blick zu. »Wir wären nicht ohne sie gegangen«, fuhr sie ihn gereizt an.

»Wer ist denn dieser charmante Kerl?«, wollte Neirin wissen und beäugte Igor, als sei er eine Wasserratte, die gerade aus einem Kanal gekrochen war.

»Nicht so wichtig, Nye«, erwiderte Delia. »Ignorier ihn.«

»Ich hatte schon Angst, ihr würdet es nicht schaffen«, sagte Ivan und lächelte erleichtert. Er zeigte Lune den Beutel mit Proviant, der über seiner Schulter hing.

Die nickte anerkennend. »Gut, dann sollten wir aufbrechen.«

Ty lief voraus, während die anderen ihm langsamer folgten. Igor murrte etwas über verdammte Krüppel, die man zurücklassen sollte, wobei er Neirin einen boshaften Blick zuwarf. Ivan zog ihn mit sich und begann, beruhigend auf ihn einzureden. Delia ließ sich zu Lune und dem Dieb zurückfallen.

»Wo steckt eigentlich Sam?«, wollte Neirin wissen.

»Er wollte nicht mitkommen«, berichtete Lune leise.

Delias Züge jedoch hatten sich entspannt. »Er wird uns suchen, wenn er sich abgeregt hat«, sagte sie zuversichtlich. »Ganz bestimmt.«

»Vielleicht«, murmelte der Dieb. »Aber ich verstehe nicht, weshalb er freiwillig bleiben wollte. Das ergibt doch keinen Sinn.«

Auch Lune geriet ins Grübeln. Hatte mehr hinter der Weigerung gesteckt? Hatte man ihn verhext, damit er sie davon abzubringen versuchte? Hatten sie ihn bedroht, weil er sie in die Irre geführt hatte? Ein ungutes Gefühl beschlich sie. Wie passte das zusammen? Er hatte seine Freiheit für sie riskiert, aber war es ein Zufall, dass die Magier sie so schnell aufgespürt hatten? Wie hatten sie von Agatas Tal wissen können, wenn nicht … wenn es ihnen nicht vorher jemand verraten hatte?

Entschlossen verbannte Lune diese Gedanken aus ihrem Kopf. Diese Spekulationen führten zu nichts. Jeder in Eschenbach hatte von Agata gewusst und außerdem war Sam ihr Freund. Er würde sich nicht gegen sie wenden.

Unter den nassen Baumkronen tropfte das Wasser unablässig auf die Gruppe hinab und der morastige Untergrund machte ihnen das Leben schwer. Ständig schlitterten sie im Dunkeln mehr schlecht als recht kleinere Abhänge hinunter oder glitten aus und landeten in einer Pfütze. Schon bald waren sie alle schlammbeschmiert.

Lune wusste nicht, wie lange sie schon gelaufen waren, als ein Wiehern durch den Regen an ihre Ohren drang. Sie erstarrten entsetzt, als der heisere Laut aufgegriffen wurde.

Igor fluchte derb. »Wie haben die uns nur gefunden? Hat euer Freund vielleicht doch sein Maul nicht halten können?«

»Sei still«, fuhr Delia ihn an. »Sie sind Magier! Es muss nur irgendeinem aufgefallen sein, dass wir nicht in unseren Zelten sind.«

»Wahrscheinlich gibt es Zauber, mit denen man Leute aufspüren kann«, schimpfte Neirin.

»Sie hätten es gar nicht wissen dürfen!«, brüllte Igor. »Niemand hat uns bemerkt! Wer schaut bei diesem Wetter nach, ob alle Kinderchen friedlich schlafen?«

Delias verkniffener Mund zeigte, dass in ihr widersprüchliche Gefühle tobten. Igor hieb mit der Faust gegen einen Baum.

»Wir teilen uns auf!«, rief Lune. »So haben wir bessere Chancen, nicht entdeckt zu werden. Ty und Neirin kommen mit mir. Wir versuchen, uns am Fluss wiederzufinden!«

Sie nahm Ty bei der Hand und gemeinsam rannten sie die Senke entlang. Ein kurzer Blick zurück sagte ihr, dass Neirin sichtlich Mühe hatte, ihnen zu folgen. Ivan und Igor hatten sich entschieden, bergab zu laufen, während Delia sich stolpernd die Anhöhe hochkämpfte. Schon jetzt waren sie nicht mehr als verschwommene Flecken im Regen.

Die feuchten Blätter dämpften ihre Schritte. Lune hörte Neirins keuchenden Atem in ihrem Rücken, aber sie wurde nicht langsamer und unterdrückte einen Fluch. Es schien, als würde Neirin absichtlich jeden Zweig zertreten, der auf seinem Weg lag.

Lune zuckte bei dem klagenden Schrei einer Schleiereule zusammen. Hinter ihr tauchten Lichtpunkte auf. Schaurig pulsierende Lichtkugeln, die heller leuchteten als jede Laterne.

Der Wechselbalg stürzte und schluchzte. Eilig half sie ihm hoch und ließ ihn auf ihren Rücken klettern.

Zuerst gelang es ihnen, den Abstand zu halten. Die Pferde stolperten und wieherten schrill, wann immer sie sich einen besonders glitschigen Abhang hinabquälten. Dann hörte das Gelände auf, abzufallen.

Lune versuchte, schneller zu laufen, aber Ty klammerte sich so fest an ihren Hals, dass es ihr fast die Luft abschnürte. Neirin fiel zurück und die Lichter kamen immer näher. Ihre Waden schrien, erinnerten sie an die langen Stunden im Sattel und versagten ihr den Dienst.

Lune taumelte zur Seite und stolperte auf eine Lichtung. Vor ihr erschien ein Felsbrocken. Sie fiel darüber und landete ungelenk im Gras. Neirin stürzte hinterher. Er blieb zusammengekrümmt liegen und hielt sich den Knöchel. Ein dumpfer Schmerzenslaut drang durch seine zusammengebissenen Zähne.

Ty rutschte von ihrem Rücken und begann, leise zu schluchzen. Schnell presste Lune dem Wechselbalg eine Hand auf den Mund und verschanzte sich mit ihm hinter dem Stein. Im vollen Galopp preschten acht Pferde an ihnen vorbei. Nathaniel führte den Trupp. Ty presste sich dichter an sie und Lune legte ihm beschützend eine Hand auf den Kopf. Ihre Verfolger ritten an ihnen vorbei, ohne sie zu bemerken.

Lune stieß die angehaltene Luft aus. »Das war knapp«, raunte sie und ließ Ty los. Der rieb sich über die Augen, hatte aber aufgehört, zu weinen.

Erst jetzt nahm sie die Lichtung in Augenschein. Sie war nicht besonders groß und Steine bildeten einen vollkommenen Kreis darum. Auf einem der Steine ragte eine Gestalt empor, die vom Mondlicht erhellt wurde.

Lune krabbelte darauf zu und stutzte, als ihr auffiel, dass es nicht länger regnete und das Gras unter ihren Händen sich trocken anfühlte. Sie blinzelte mehrfach, um sich davon zu überzeugen, und strich mit der Hand durch die feinen Halme, ehe sie wieder aufsah und den Augen eines steinernen Fuchses begegnete. Er war, soweit sie es erkennen konnte, völlig detailgetreu aus dem Felsen gehauen.

»Er sieht aus wie echt«, stellte Ty andächtig fest.

Lune betrachtete die Steine genauer und schnappte nach Luft, als ihre tastenden Finger auf eingravierte Runen stießen. Feingliedrige Buchstaben zogen sich kreisförmig über die Oberfläche und bildeten Beschwörungen.

»Das ist es«, flüsterte sie. »Deshalb haben sie uns nicht entdeckt. Neirin! Ty! Seht euch das an!«

Neirin grunzte und winkte ab, doch Ty hockte sich neben sie und fuhr mit dem Finger die Runenkreise nach. »Was ist das für ein Ort?«

»Ein Elfenhain.« Lune war sich sicher. Sie erkannte die Zeichen. Sie hatte eine Abschrift darüber in die Finger bekommen, die noch immer unter ihrem Heidekrautbett in Hestias Hütte lag. Dort hatte gestanden, dass ein Wächter über den ihm zugewiesenen Hain wachte. Ihr Blick huschte zu dem Steinfuchs. Nur Feen konnten diese Orte finden.

Sie hatten nur hierher gefunden, weil sie Ty bei sich hatten. Er hatte für ihren Einlass gesorgt. Außenstehende konnten nur zu Vollmondnächten herfinden, angelockt von den Gesängen der Feiernden. Sie wusste, was es bedeutete, hier gelandet zu sein. Funkelten die Augen des Fuchses etwa schelmisch auf? Lune blinzelte und drehte sich dann demonstrativ wieder Ty zu, der sie anstrahlte.

»Das ist großartig! Ich werde meine Eltern wiedersehen!«

Ihr Herz wog schwer. »Ja, das wirst du, aber allein, Ty.«

»Warum?« Er sah sie verletzt an.

»Ich bin keine Fee. Ebenso wenig wie Nye. Für einen Sterblichen ist es ein Todesurteil, hier zu verweilen. Wenn sie uns finden, würden sie uns vergessen machen, wer wir sind. Erinnere dich an die Geschichten von Aggi. Wir wären Gefangene, nichts weiter.«

»Aber …« Ty sah sie erschrocken an. »Aber dann …«

»Ich muss gehen.« Lunes Stimme brach fast. »Ich bin nicht wie du.«

Eine Träne kullerte ihm über die Wange. Er war der Erste, der es geschafft hatte, sich in ihr Herz zu stehlen.

»Sie können dich hier nicht finden. Du bist hier in Sicherheit. Versprich mir, hierzubleiben. Du musst auf deinesgleichen warten. Sie werden kommen und dich nach Hause bringen.« Sie lächelte matt. »Du wirst ihre Tunnel also doch noch sehen. Erkunde sie für mich mit, ja?«

Lune stand auf, aber Ty hielt sie am Ärmel zurück. Sie kniete sich vor ihm ins Gras. Er war noch immer so klein.

»Weißt du es? Was ich bin?«

Der Wechselbalg nickte ruckartig mit dem Kopf. »Ich habe gesehen, wie der Magier mit den seltsamen Augen dich angestarrt hat. Der, der nach Feuer riecht. Du dagegen riechst wie ein Gebirgssee. Aggi meinte, ihr seid besonders, du und Delia.«

»Dann bin ich wirklich eine Magierin?«, fragte sie leise.

»Du bist besonders«, wiederholte Ty, dann begann er, an seiner Unterlippe zu knabbern. »Der Soldat mit dem Gemüse im Gesicht sagte, Hestia sei gefährlich. Ist sie das denn, Lu? Ich weiß doch, dass sie mir nie etwas tun würde. Ich hatte keine Angst.«

Lune musste ein Seufzen unterrücken. Ty konnte sich nie lange auf etwas konzentrieren. Seine Gedanken waren so wankelmütig wie Schmetterlinge.

»Nein«, sagte sie mit einem schwachen Lächeln. »Natürlich nicht. Sie würde dir nie wehtun, Ty, das weißt du.« Sie legte ihm eine Hand an die Wange. »Ich werde nicht wiederkommen.«

Er nickte stumm.

»Leb wohl.« Sie umarmte ihn fest und er drückte sein Gesicht gegen ihre Schulter. Entschlossen löste Lune sich wieder von ihm. »Grüß deine Eltern von mir und bitte bleib hier. Geh nicht weg, was auch geschieht.«

Ty kniete wie ein Häufchen Elend da. Ihm liefen Tränen über das schmale Gesicht. Seine Haare überschatteten fast seine Augen. »Wir sehen uns wieder.« Seine Stimme war fest, fast schon trotzig.

Lune nickte hilflos und drehte sich von dem traurigen Wechselbalg weg. Neirin sah aus, als würde er nicht verstehen, was vor sich ging, ließ sich aber von ihr aufhelfen. Gemeinsam verließen sie den geheimnisvollen Ort. Als sie eine Baumreihe hinter sich gebracht hatten, sah Lune sich um und erblickte nur dunkle Baumstämme. Es war, als hätte es die Lichtung nie gegeben. Der Elfenhain war von der Finsternis verschluckt worden und Ty mit ihm.

Lune hatte keine Zeit zum Bereuen. Die Morgenröte überzog bereits den Horizont und inzwischen waren ihre Verfolger bestimmt über den gesamten Wald ausgeschwärmt. Neirin und sie hasteten weiter, bis sie auf einmal Stimmengewirr vernahmen. Rufe wurden laut.

»Wir haben sie!«

Erschrocken zuckte Lune zusammen. Vor ihnen fiel das Gelände steil ab und unten vor den schroffen Felswänden hatten die Soldaten ihre Beute eingekreist.

Neirin packte sie an den Schultern und zog sie mit sich in den Schutz eines Gebüschs, das sich an einen Felsen krallte. Sie kauerten sich dicht an den Rand und spähten hinab.

Ivan und Igor standen Rücken an Rücken. Der ältere Junge spie wüste Schimpfwörter aus, was die Männer ungemein belustigte. Ivan hielt sein Handgelenk umklammert, wie um ihn zurückzuhalten.

Nathaniel trat vor. Er ließ Seile aus dem Nichts erscheinen, die den jungen Stallburschen von den Füßen aufwärts verschnürten, worauf er der Länge nach hinschlug. Igor brüllte vor Wut und stürzte sich auf den nächstbesten Soldaten. Mit seinen Fingern gelangte er unter den Helm und riss ihn dem Mann vom Kopf. Seine Fingernägel gruben tiefe Streifen in die stoppelige Wange. Überrumpelt versuchte der Mann, den Jungen von sich wegzustoßen, als Igor nach seinem Auge hieb. Das Lid bewahrte es vor größerem Schaden, wurde dabei aber zerrissen. Der Soldat heulte auf vor Schmerz.

Igor stand schwer atmend da. Die Finger hielt er eigenartig gekrümmt, als wären sie Klauen. Gleich drei Männer warfen sich auf ihn und rangen ihn zu Boden. Er wand und trat um sich, aber sie rissen ihm brutal die Hände auf den Rücken und fesselten ihn. Er knurrte und tobte, während er sich zu befreien suchte. Einer der Soldaten riss ihm am Schopf den Kopf in den Nacken und stopfte ihm einen Lumpen in den Mund. Igor gingen fast die Augen über. Die Umstehenden lachten.

»Du bist ein tollwütiger Köter, was?«, zischte der Soldat und stieß ihn zurück auf die schlammige Erde, wo der Junge an dem Knebel würgte.

Lune konnte es nicht länger mit ansehen und musste sich abwenden. Auch Neirin hatte das Schauspiel angewidert verfolgt. Ein entschlossener Ausdruck machte sich auf seinem Gesicht breit. Er tastete neben sich am Boden und sah sich suchend um.

»Nye!«, flüsterte sie ängstlich. »Was hast du vor?«

Triumphierend schloss er die Finger um einen faustgroßen Stein und hielt ihn ihr vors Gesicht. »Ein wenig Verwirrung stiften«, schlug er mit einem bösartigen Lächeln vor. »Komm.«

In Windeseile hatten sie einen kleinen Haufen Steine zusammengesucht. Der Dieb packte einen und schleuderte ihn auf den Soldaten, der Igor beleidigt hatte. Das Geschoss prallte gegen seinen Kiefer. Mit einem unterdrückten Aufschrei schlug er die Hände vors Gesicht. Lune konnte sich ein kleines Lächeln nicht verkneifen und warf ihrerseits einen Stein. Sie traf Nathaniel hart am Kopf. Der ging in die Knie und hielt sich den blutenden Schopf.

Die Freunde zogen sich gerade noch rechtzeitig zurück, als sich die Köpfe der Soldaten nach oben richteten.

Neirin kicherte verhalten. »Hast du sein Gesicht gesehen?« Er ahmte den fassungslosen Ausdruck auf dem Gesicht des Magiers nach.

Lune schubste ihn, schüttelte aber belustigt den Kopf. »Wir müssen sie weglocken«, flüsterte sie.

Ihr Freund nickte grimmig. »Geh du. Ich warte, bis sie fort sind, und befreie die beiden. Wir stoßen später zu dir.«

»Willst du Igor nicht lieber lassen, wie er ist?«, fragte sie nur halb im Scherz.

»Lass das meine Sorge sein. Lauf jetzt!«

Lune gefiel dieser Plan nicht, aber hatte sie eine Wahl? »Pass auf dich auf.«

»Du auch.«

Das Mädchen warf ihren letzten Stein und rannte davon. Sie sprang die Böschung hinab und zertrat absichtlich einen Zweig, um die Männer auf ihre Fährte zu locken. Und sie kamen.

Das erste Tageslicht erhellte ihren Weg, der zusehends felsiger wurde. Riesige Steinbrocken türmten sich neben ihr auf. Fast wäre sie auf dem glitschigen Moos ausgerutscht, konnte sich aber gerade noch an einem krummen Ast abfangen, der aus einer Felsöffnung ragte.

Weiter, weiter, weiter.

Lune rannte zwischen niedrigen Gesteinswänden hindurch, an denen sich struppige Büsche und Pflanzen festkrallten, als ein Ast ihr ins Gesicht schlug. Sie fiel auf den Rücken und hielt sich die pochende Nase.

Für einen Moment war es still. Dann vernahm sie dumpfen Hufschlag. Laute Rufe, die die Reittiere anspornten. Eine unterdrückte Verwünschung.

Lune rappelte sich auf und sah sich um. Die Reiter jagten in die Schlucht, vielleicht noch hundert Schritt entfernt. Nathaniel, dem das Blut übers wutverzerrte Gesicht lief, ritt an der Spitze. Und sein Blick war direkt auf sie gerichtet.

Sie rannte. In Schlangenlinien wand sich der Pfad zwischen den Felsen hindurch. Das Trommeln der Hufe hallte unerträglich laut wider. Ihre Lungen brannten bei jedem Schritt. Sie hatten sie beinahe eingeholt. Wann endete diese verdammte Schlucht? Lune warf einen schnellen Blick zurück. Der Magier lehnte sich zur Seite, die Hand ausgestreckt, wie um sie von hinten zu packen.

Lune duckte sich, als ihr etwas ins Auge sprang. Ein Felsspalt! Sie wich der zupackenden Hand aus und warf sich zur Seite. Sie schlitterte über den schlammigen Boden und kroch auf dem Bauch hinein. Dann war der feste Grund unter ihr urplötzlich verschwunden. Lune fiel und schlug hart auf. Ihre Handflächen schrammten über Felsen und ein stechender Schmerz jagte durch ihre Ellenbogen. Sie verdrehte sich fast den Hals, als hinter ihr eine gepanzerte Hand durch die Öffnung langte, aber sie war außer Reichweite. Sie musste um die fünf Fuß tief gefallen sein.

»Komm raus, Mädchen!«

Der Boden war glitschig von Tauwasser, das sich in den Mulden angesammelt hatte, und sie schüttelte bibbernd ihren nassen Ärmel aus, während sie sich mühsam wieder hochstemmte. Der Soldat versuchte, ihr zu folgen. Seine Rüstung verursachte ein schrilles Quietschen, als sie über den Stein schrammte. Zu ihrer Erleichterung war die Öffnung nicht groß genug, dass ein ausgewachsener Mann hindurchgepasst hätte.

»Kommt ihr doch lieber rein!«, schrie sie herausfordernd.

Die unterirdische Höhle mündete in einen Pfad. Entschlossen hechtete sie hinein und tastete sich an den Wänden entlang. Als sie um eine Biegung schlitterte, sah sie, dass der weitere Weg zu schmal für sie wurde.

Lune saß in der Falle.

Der Beherrscher der Flammen

SAM

Sam trieb sein Pferd unermüdlich voran und preschte an Neros Seite dahin. Erik hielt sich dicht hinter ihnen. Ein Trupp Soldaten bot ihnen Geleitschutz. Unermüdlich suchte der Junge das Unterholz mit den Augen ab. Er konnte nicht fassen, dass Lune und die anderen tatsächlich töricht genug gewesen waren zu glauben, sie könnten vor Magiern davonlaufen. Die Ortungszauber von Nero würden sie aufspüren.

Und trotzdem ließ ihn die Sorge nicht los. Die Magier würden seinen Freunden nichts antun, aber die Banditen in diesen Wäldern sehr wohl. Er wollte sich gar nicht vorstellen, was sie mit zwei jungen Frauen anstellen würden, wenn sie sie in die Finger bekamen.

Du musst sie finden, Sam! Du musst!

Der Wald um sie herum erschien ihm zu still nach dem Regen. Kein Vogelruf war zu hören und die Luft schmeckte feucht und unbewegt.

Wildes Kampfgeheul ertönte und vermummte Gestalten sprangen aus dem Unterholz hervor. Die Pferde wieherten erschrocken und gingen durch. Sam fluchte, als sein Wallach sich aufbäumte.

Er verlor einen Steigbügel und landete mit dem Rücken im Dreck. Nach Luft schnappend rollte er sich zur Seite und blickte auf. Ein Mann kam auf ihn zu gerannt, in den Händen eine Keule. Sam konnte sich vor Entsetzen nicht rühren.

Ein Feuerball flog über seinen Kopf hinweg und traf seinen Angreifer in die Brust. Der kreischte entsetzlich und schlug um sich. Er rutschte aus und fiel kopfüber in eine Pfütze, in der die gierigen Flammen zischend erloschen.

Sam rappelte sich auf und sah sich um. Hinter ihm stand Nero, der ihm kurz zunickte. Dann warf er einen weiteren Feuerball nach einem Wegelagerer, der mit einer Forke auf ihn losgehen wollte.

Sam sah sich hektisch um. Drei Soldaten lagen bereits reglos im Schlamm. Pfeile ragten aus den Öffnungen ihrer Rüstungen. Die anderen waren in ein verbissenes Gefecht verwickelt und wurden von allen Seiten bedrängt. Nur zweien war es gelungen, sich auf ihren Pferden zu halten, darunter Erik, der ein Kurzschwert gezogen hatte und es auf die Banditen niedersausen ließ. Mit einem Streich enthauptete er einen Mann und bohrte dem nächsten die Klinge in die ungeschützte Achselhöhle. Sam schrie eine Warnung, als ein Pfeil auf Erik zuschoss, jedoch an einer unsichtbaren Barriere zerschellte, ehe er sich in seinen ungeschützten Rücken bohren konnte. Offensichtlich ließen die Magier kein Unheil an ihren wertvollsten Soldaten herankommen.

Das gilt aber nicht für mich!

Im Gegensatz zu Erik war er unbewaffnet und vollkommen schutzlos.

Auch Nero schien in Schwierigkeiten zu sein. Der Magier wehrte mit seinem Schwert drei Gegner gleichzeitig ab und nur die zuckenden Flammenzungen um ihn herum verhinderten, dass sie ihn überwältigten.

Ein Wegelagerer zielte mit seinem Langbogen auf Sam, der dem Pfeil nur knapp entging. Mit einem Aufschrei rannte er auf den Kerl zu, ehe der einen weiteren Pfeil anlegen konnte, und warf sich gegen ihn. Sie fielen übereinander und Sam gelang es, sein Knie gegen den Kehlkopf seines Gegners zu rammen. Ein gurgelnder Schrei und der Mann begann, sich würgendend im Schlamm zu krümmen. Hektisch entwand Sam den zuckenden Fingern den glitschigen Pfeil. Dann kam er taumelnd wieder hoch und sah sich dem nächsten Gegner gegenüber.

»Jakswell?«, rief er fassungslos.

»Überrascht, Bursche?«

Der Wegelagerer verzog die Lippen zu einer verächtlichen Grimasse. In der Rechten hielt er sein schartiges Schwert, und einen hölzernen Rundschild in der Linken. Neben ihm kauerte sein Scheckenhund und knurrte.

»Was tust du?«, keuchte Sam fassungslos. Er begriff nicht – wie kam Jakswell hierher?

»Wonach sieht es aus?«, höhnte Jakswell. »Wir zahlen es diesen verdammten Mistkerlen heim!«

»Und warum zielt ihr dann auf mich?«, schrie Sam ihn an.

Jakswell spuckte aus. »Was treibst du dich auch mit denen rum? Du kannst weglaufen. Nur zu!«

Sam umklammerte den Pfeilschaft fester, als er sah, wie einem Soldaten der Schädel eingeschlagen wurde.

»Trauerst du deinen Helden nach?«, griente der Wegelagerer. Sein widerwärtiges Lachen klang in den Ohren des Jungen nach.

»Du Feigling!«, schrie er Jakswell an. »Du hast es nicht gewagt, ihnen in Eschenbach die Stirn zu bieten, und jetzt stürzt zu dich auf Unschuldige, nur weil dir danach ist?«

»Vorsicht«, warnte ihn Jakswell. »Was denkst du, wie wir Sterblichen sonst mit Menschen wie ihm«, er deutete auf Nero, »fertig werden wollen? Das ist deine letzte Gelegenheit. Verschwinde und rette deinen wertlosen Arsch, es sei denn, du willst meine Klinge schmecken.«

Dumpfe Wut pochte hinter Sams Schläfen. Wenn er jetzt wegrannte und Delia nicht vor den Wegelagerern fand, dann … Nein, er wollte sich nicht ausmalen, was diese wütende Meute ihr antun würde. Er bezweifelte, dass sie gnädiger sein würden als die Söldner es waren. Und um Delia aufzuspüren, brauchte er Nero.

Sam hob herausfordernd seinen Pfeil. »Das kann ich nicht zulassen.«

Er stürzte auf Jakswell zu, der ihn mit wutverzerrtem Gesicht erwartete. Es war irrsinnig, nur mit einem Pfeil bewaffnet anzugreifen, aber er durfte jetzt nicht kneifen. Er durfte nicht!

Sam entging der scharfen Schneide nur um Haaresbreite. Der Schild schlug hart gegen seinen Kopf, aber der Junge bekam den Schwertarm des Banditen zu fassen und konnte so verhindern, aufgespießt zu werden. Er hieb mit der Pfeilspitze nach Jakswell, doch der lenkte sie mit seinem Schild ab. Sie rangen miteinander. Dann trat Sam ihm mit einer Drehung der Hüfte die Beine weg und sie gingen gemeinsam zu Boden. Der Scheckenhund sprang auf sie und schnappte nach Sams Gesicht, erwischte dabei aber fast Jakswell.

»Runter, du dumme Töle!«

Sam nutzte die kurze Ablenkung, um nach dem Handgelenk seines Gegners zu treten. Er erwischte den Knauf und das Schwert schlitterte über den aufgeweichten Waldboden davon. Der Hund winselte und zog sich zurück. Während Jakswell noch fluchte, hob Sam den Arm und stach ihm die Pfeilspitze in die Schulter. Der Wegelagerer brüllte wie ein Stier.

Es gelang Jakswell, sich herumzuwälzen und die schwieligen Hände um Sams Hals zu legen. Der Junge röchelte und zog an den Händen, die ihm die Luft abschnürten. Jakswells bösartiges Lächeln glich mehr einem Zähnefletschen. Schwarze Punkte tanzten vor Sams Augen.

Dann wurde Jakswell urplötzlich von ihm weggerissen und der Druck auf seine Kehle verschwand. Hustend und würgend rang Sam nach Atem und sah zu seinem Retter auf. Eine behandschuhte Faust trat in sein Blickfeld, welche ihm grob hoch half. Der Junge blinzelte. Es dauerte kurz, bis er erkannte, wer da vor ihm stand.

»Law…son?«, würgte Sam.

Der Söldner schob ihn von sich und musterte ihn kritisch. »Da bin ich gerade noch rechtzeitig gekommen. Der Kerl hätte dich umgebracht. Ich wusste, man kann ihnen nicht trauen.«

Bei seinen letzten Worten trat er nach dem Scheckenhund, der sich zähnefletschend über Jakswell gestellt hatte. Der lag zusammengekrümmt im Schlamm. Über seiner Schläfe war sein schütteres Haar von Blut verklebt.

»Wie …?«

»Keine Zeit für ein Schwätzchen, Junge. Zuerst müssen wir diese Dreckskerle loswerden.«

Lawson schlug ihm aufmunternd auf die Schulter und eilte dann auf Erik zu. Der hieb noch immer um sich wie ein Berserker, blutete jedoch aus einer oberflächlichen Wunde am Bein.

Sam hätte dem Söldner gern hinterhergerufen, dass es Nero sei, um den er sich sorgen sollte, als er aus dem Augenwinkel eine Bewegung wahrnahm.

Ein weiteres vertrautes Gesicht im Kampfgetümmel. Er sah, wie Hagen einen Pfeil in die Sehne legte und den Söldner ins Visier nahm. Sam sprang auf und spurtete los. Mit einem Hechtsprung riss er den Bogenschützen beiseite und der Pfeil verlor sich zwischen den Ästen der Bäume. Er hieb ihm die Stirn gegen die Nase, die mit einem vernehmlichen Knacken brach. Hagen heulte auf vor Schmerz. Sam packte einen seiner Pfeile und stieß ihn Hagen unters Kinn. Das Entsetzen in den Augen des Mannes, der ihn noch vor zwei Tagen für einen Auftrag bezahlt hatte, erschütterte den Jungen bis ins Mark.

Schwer atmend sah Sam sich um. Auf dem schlammigen Weg lagen überall Leichen und zwischen ihnen half ein Wegelagerer Jakswell gerade wieder auf die Beine. Der presste sich eine Hand auf die blutende Wunde an seiner Schulter. Zwischen seinen Fingern ragte der abgebrochene Pfeilschaft hervor. Jakswell nickte hinüber zu

Sam und die beiden kamen auf ihn zu. Der Scheckenhund neben ihnen bleckte drohend die Zähne.

»Armenhäusler«, höhnte Jakswell. »Was ist das für ein Gefühl, die eigenen Leute zu verraten? Glaubst du, du gehörst zu denen? Nein, Kleiner. Du wirst nie mehr sein als ein winselnder Köter, der zu seinem Herrn gekrochen kommt. Ein erbärmlicher, kleiner Streuner.«

Sam atmete heftig, als wäre er gerannt. Ein unbändiger Zorn wuchs in ihm heran, wie er ihn erst ein einziges Mal verspürt hatte. Seine Sicht zersplitterte.

»Ich bin kein Streuner!«, brüllte Sam und wurde aus seinem Körper gerissen.

Er hob den Kopf und seine Augen fanden den Mann, den er töten musste. Ein grollendes Knurren setzte ein. Die Angst auf ihren Gesichtern löste ein tiefes Gefühl der Befriedigung in ihm aus. Es war der gleiche Ausdruck, der auch das Gesicht seines ersten Opfers vor vier Jahren entstellt hatte.

Mit einem heiseren Bellen stürzte er sich auf sie. Ihre weiche Haut zerriss unter seinen scharfen Reißzähnen. Der fremde Wegelagerer starb als Erster, die Überraschung noch auf dem Gesicht, als er seine Eingeweide aus dem Bauch hängen sah. Bei Jakswell dauerte es länger. Er hatte ihn zu Boden gerissen und seinen Schädel mit den Zähnen gepackt. Ein scharfes Splittern war zu hören, welches beinahe in den Schreien des Mannes unterging. Er ließ den Toten achtlos fallen und warf sich dann auf die, die seine Verbündeten bedrängten. Wann immer einer von ihnen dumm genug war, in seine Nähe zu kommen, zerfetzte er seine Kehle. Blut troff ihm von der Schnauze. Der metallische Geruch klebte an ihm.

Drei von ihnen formierten sich neu und umzingelten ihn. Drohend schnappte er nach den Feiglingen. Die Stöcke, die sie führten, bohrten sich in seine Haut. Ein blendender Schmerz explodierte in seiner Seite und wogende Finsternis schob sich vor seine Augen.

Sam taumelte mit einem entsetzten Keuchen zurück und fiel auf die Knie. Zitternd wiegte er sich vor und zurück und versuchte zu begreifen, was geschehen war. Durch den Tränenschleier sah er das gescheckte Fell des Hundes, das sich rot verfärbte. Einer hatte dem Tier seinen Speer zwischen die Rippen gerammt.

Das … kann nicht sein! Nie wieder!

Sam versuchte, wieder auf die Beine zu kommen, doch sie knickten unter ihm weg und er sank auf alle viere. Ein krampfhaftes Schluchzen schüttelte ihn. Ein Mann kam frontal auf ihn zu gerannt und riss die Keule hoch. Sam konnte ihm nur entgegensehen und wünschte sich einen raschen Tod. Kurz vor seinem Opfer sank der Wegelagerer auf ein Knie. Neros Klinge ragte ihm aus dem Hals. Sam sah zu, wie die übrigen Wegelagerer die Waffen von sich warfen und zwischen die Bäume flohen.

Erik taumelte an Sams Seite. Er ging neben dem Müllerburschen in die Knie und legte ihm eine Hand auf den Rücken.

»Es ist alles in Ordnung, Sam. Atme tief durch.«

Doch seinen Körper schüttelte es weiterhin, auch wenn der Weinkrampf nachgelassen hatte. Er war gerade in einem anderen Körper gestorben. Bebend kroch er durch den Staub zu dem Scheckenhund und berührte seine Flanke.

In seinem Kopf hörte er erneut die kehlige Stimme von Gerald und meinte, die steinernen Wände der Höhle vor dem inneren Auge zu sehen, zu der der Söldner ihn verschleppt hatte und von denen das Tauwasser tropfte. Der Geruch der modrigen Luft und der von nassem Wolfsfell stieg ihm erneut in die Nase.

Nur wir können den Tod wahrhaftig begreifen. Wir sehen das Jenseitige, wenn unser Gefäß stirbt. Es hat schon viele von uns in den Wahnsinn getrieben. Versuche, niemals in einem sterbenden Wirt zu verweilen, Junge. Es würde dich töten.

Er hatte recht, dachte Sam dumpf. *Es tötet dich. Stück für Stück, bis nichts mehr übrig ist.*

Nero war von seinem Ross abgestiegen und kam auf sie zu. Besorgnis lag in seinem Blick, als er sich neben Sam hockte. Er berührte seine Stirn und die Empfindung dieser unendlichen Leere begann zu verblassen. Das Atmen fiel dem Jungen wieder leichter und er schaffte es, sich aufzusetzen.

»Danke«, murmelte er und fasste sich an den Kopf. Ihm war schwindelig. Aber es war mehr als Dankbarkeit, was er empfand. Es war bodenlose Erleichterung.

Lawson suchte unterdessen die Taschen der toten Banditen nach Geldstücken ab, ohne sich weiter um die traute Versammlung zu scheren. Nero stand auf. Er schritt zu einem der Gefallen und sah hinab in das stille Gesicht. Sam ließ sich von Erik auf die Beine ziehen, der ihm auf den Rücken klopfte. Der Junge trat neben den Magier und betrachtete den Leichnam. Er erkannte den Toten. Es war Bain Geisterseher. Ihm ragte ein Pfeil aus der Brust und Blut klebte in seinem Mundwinkel. Sam spürte, wie ihm die Galle hochkam.

»Ich frage mich, wie er wohl hieß«, murmelte Nero.

Sam sah zu dem Magier auf und bemerkte den Kummer in dessen Augen. Ein merkwürdiges Gefühl beschlich ihn. Vielleicht war das der Fehler, den die meisten Menschen begingen. Sie sahen nur die absonderlichen Kräfte der Magier, die sie in Schrecken versetzten, und vergaßen darüber, dass sie auch bloß Menschen waren. Nicht anders als sie selbst.

Ein Zweig knackte hinter ihnen. Sam fuhr herum und blickte in unverkennbar blassgrüne, weit aufgerissene Augen. Auch Lawson hatte den Kopf gehoben.

»Sam«, sagte er mahnend, aber der Junge hörte nicht auf ihn. Ohne zu zögern hetzte er los. Delia stürzte aus ihrem Versteck hervor und ergriff die Flucht. Ihr kupferfarbenes Haar leuchtete zwischen den Bäumen. Erik heftete sich ebenfalls an ihre Fersen.

»Delia!«, rief Sam ihr nach. »Warte! Lauf nicht vor mir weg!«

Gemeinsam stürmten sie die Anhöhe hinauf und folgten ihr zwischen die Bäume. Das Mädchen kam nicht weit. Sam schnitt ihr den Weg ab, sodass sie sich gezwungen sah, sich Erik und ihm zu stellen.

»Was soll das?«, rief Delia erbost. »Warum mischst du dich ein, Sam? Reicht es nicht schon, dass du ihnen erzählt hast, was wir vorhatten?«

»Ich habe gar nichts erzählt!«, verteidigte sich Sam genauso wütend. »Ich hätte nämlich nicht gedacht, dass ihr so blöd seid, es wirklich zu tun!«

Erik legte ihm beruhigend eine Hand auf die Schulter. »Delia«, setzte er behutsam an. »Es gibt keinen Grund, vor uns wegzulaufen. Komm mit uns zurück zum Lager. Dort können wir dieses Missverständnis aufklären.«

In Sams Ohren klang das vernünftig, aber Delia schnaubte nur angewidert. »Waren die Morddrohungen an den Heiler also nichts weiter?«, rief sie. »Ein *Missverständnis*?«

Sie warf das rostrote Haar in den Nacken. Das Laub zu ihren Füßen schwelte. Sam wich irritiert zurück und auch auf dem Gesicht des Soldaten machte sich Beklommenheit breit. Er hob beschwichtigend die Hände.

»Delia, bitte«, setzte er erneut an. »Du musst dich beruhigen. Du bringst uns alle in Gefahr …«

»Tue ich das?« Ihre Stimme wurde schrill, beinahe hysterisch. Funken stoben um ihre Beine auf, aber sie bemerkte es gar nicht.

Sam zuckte zusammen, als ein glühendes Blatt auf seinem Arm landete. »Dee, bitte!« Er machte einen Schritt auf sie zu. »Hör auf ihn!«

»Du sagst mir nicht, was ich zu tun habe, Sam!«, schrie sie ihn an. »Du warst nicht dabei! Du warst nicht da!«

Die Wipfel der Bäume zerbarsten in einem Flammenmeer. Delias Augen weiteten sich vor Entsetzten. Sie machte auf dem Absatz kehrt und rannte davon.

»Delia!«

Erik packte ihn am Ärmel, aber Sam riss sich los und folgte ihr. »Sam, nicht!«, rief der Soldat ihm nach. »Komm zurück!«

Der Müllerbursche blendete die Rufe jedoch aus und konzentrierte sich ganz darauf, sie einzuholen. Die Flammen setzten von Baumkrone zu Baumkrone über und bildeten einen Kreis um sie. Delias Furcht war es, welche die Flammen nährte. Sie wich den gierigen Feuerzungen aus, die aus den Rinden der Bäume leckten und nach ihr zu greifen schienen. Das nasse Holz krachte und ächzte, was sich anhörte wie das Wehklagen eines Geistes.

Sam wich einem Funkenregen aus. Die Flammen tobten und rasten wie eine Meute tollwütiger Hunde. Das Laub fing bei der kleinsten Berührung Feuer. Er warf sich zur Seite, um einem umfallenden Baumstamm zu entgehen. In seinem Nacken saß der Tod und der Rauch ließ ihn husten. Er zog sich das Hemd über die Nase. Es fühlte sich an, als hätte er Glut eingeatmet, die seine Kehle verätzte. Das Tosen des Feuers dröhnte in seinen Ohren und die Hitze schien ihm die Haut von den Knochen zu schmelzen. Die Glut brannte sich durch seine dünnen Kleider und biss ihn in die nackte Haut. Sengend heiße Kiefernnadeln stoben auf, als seine Füße unermüdlich über den Boden trommelten. Alles in ihm schrie danach, Delia zurückzulassen und sein eigenes Leben zu retten.

Sie war zusammengebrochen und würgte. Ihr Atem war nicht mehr als ein angestrengtes Röcheln. Er stolperte an ihre Seite und schob ihr eine Strähne aus der Stirn. Verzweifelt sah er sich um. Die Flammen erhoben sich brüllend und forderten die feuchte Schwere der Luft heraus, die sie zum Knistern brachte.

Er wusste, dass es kein Entrinnen mehr gab. Nicht für Delia. Er selbst könnte es schaffen, wenn er das Mädchen den Flammen überließ. Alles in ihm schrie danach, diesem Instinkt nachzugeben.

Was nützt es, wenn du mit ihr in den Tod gehst? Rette dich selbst!

Aber das konnte er nicht. Wie würde er sich das jemals verzeihen können? Es gab kein Entkommen.

Sam sah auf Delia hinab, die scheinbar alle Kraft verlassen hatte. Er zog sie in seine Arme. Heiße Tränen brannten in seinen Augen.

Sie hatte das Feuer gerufen, müsste sie dann nicht auch in der Lage sein, es wieder verschwinden zu lassen? Wenn sie es nicht in den Griff bekam …

»Dee! Mach, dass es aufhört. *Mach, dass es aufhört!*« Die Angst in seiner Stimme drohte übermächtig zu werden. »Dee, *bitte!*«

Er schüttelte sie grob und gab ihr sogar eine Ohrfeige, aber sie rührte sich nicht. War sie bereits an dem dichten Rauch erstickt? Er lauschte nach ihrem Atem, aber das Brüllen des Feuers übertönte alles. Sam meinte zu sehen, wie ihre Brust sich kaum merklich hob und senkte. Oder war es Einbildung?

Klauenartige Hände lösten sich aus den Flammen, die nach Delias Gesicht griffen. Schützend zog er sie enger an sich. Feuer leckte gierig neben ihr aus dem Boden. Sam trat es panisch aus und krümmte sich dann unter einem rasselnden Husten zusammen. Blut tropfte auf die Blätter vor seiner Nase.

Nicht so, bitte! Ihr Rachegeister, lasst mich gut sterben.

Eine Flamme leckte an seinem ungeschützten Hals und er wich wimmernd davor zurück.

»Halt!«

Eine Gestalt trat zwischen ihn und das Feuer und breitete herrisch die Arme aus. Die Flammen duckten sich vor der dunklen Silhouette weg, die sich vor ihnen abzeichnete. Rot, orange, gelb und weiß flackernde Flammenzungen umringten sie, aber ihr Biss war nicht länger tödlich. Sie liebkosten seine Haut und sein Haar, strichen ihm sachte über die Wangen wie die Hand einer Geliebten, merkwürdig kühl und flüchtig auf seiner brennenden Haut.

Mit einer fließenden Bewegung schuf ihr Retter einen schützenden Kreis um sie. Der Qualm wurde davongeweht und eine frische Brise füllte seine schmerzenden Lungen. Eine brennende Kuppel schloss sich um sie, in der sie unberührt blieben von dem Wahnsinn um sie herum. Die Gestalt drehte sich zu ihnen um und Sam sah in Neros angespanntes Gesicht. Kurz bewunderte der Müllerbursche, wie sich in diesen irritierenden Augen die Flammen spiegelten. Dann ging Sams Blick ins Leere und der Erdboden kam ihm entgegen.

»*Solange es nötig ist …*«

JARED

Jared rollte sich auf den Rücken und verfluchte im Stillen den harten kalten Steinboden, auf dem er lag. Sein Atem bildete weiße Wolken in der kühlen Morgenluft.

Noch immer sah er den Leichnam der jungen Frau vor sich, die ausgestreckt auf dem Schlachtfeld lag. Ruckartig setzte er sich auf und rieb sich die müden Augen. In den letzten Nächten suchten ihn die jüngsten Geschehnisse in seinen Träumen heim.

Die Decke war auf seinen Schoß gerutscht und er zog frierend die Schultern hoch.

Um ihn herum herrschte drückende Düsternis, obwohl die Morgenröte bereits den Himmel überzog. An den zerschlagenen Fensterscheiben funkelten Eiskristalle. Eine hohe steinerne Kuppel wölbte sich über seinem Kopf und gab ihm das Gefühl, winzig klein zu sein. Fahle Sonnenstrahlen warfen Lichtfinger durch das zersprungene Glas auf die Steinfliesen und wurden von gefrorenen Wasserlachen reflektiert.

Jared schlug die Decke beiseite und stand auf. Espen murmelte protestierend und vergrub sich tiefer in dem langen Mantel, den er über sich ausgebreitet hatte, sodass nur seine zerzausten Haare noch hervorlugten. Das getrocknete Blut hatten sie so gut wie möglich herausgewaschen, doch Jareds Blick blieb immer wieder an dem ausgefransten Loch am Rücken hängen.

Er klaubte sein zusammengerolltes Bündel vom Steinboden und knotete die Decke daran fest. Der Junge hatte sich angewöhnt, seine wenigen Habseligkeiten stets bei sich zu tragen. Sein Blick fiel auf die Stelle, an der Rhenawen gelegen hatte. Sie hatte ihre Decke fein säuberlich zusammengerollt und neben ihren Satteltaschen liegen lassen.

Jared duckte sich unter dem eingestürzten Dachbalken hinweg, der ihr Nachtlager vor neugierigen Blicken schützte. Sie hatten sich im linken Seitenschiff einquartiert, dasjenige, welches nicht beinahe vollständig unter freiem Himmel lag. Das Sanktuarium war der einzige Teil der alten Kapelle, der unbeschädigt die Zeit überdauert hatte. Der Altar zeichnete sich als bloße Silhouette vor dem düsteren Hintergrund ab. Die Treppe, die hinunter zur Krypta führte, gähnte ihm wie ein schwarzer Schlund entgegen. Über dem steinernen Durchgang konnte man noch den aus dem Stein geschlagenen Totenkopf erkennen.

Das Lagerfeuer, welches hinter einem Felsbrocken verborgen lag, war über Nacht erloschen. Er warf trockene Äste nach, die er am Tag zuvor mit Espen gesammelt hatte, und entfachte es wieder. Der Feuerschein verlieh dem trostlosen Gemäuer ein wenig Farbe.

»Das solltest du lassen.« Er hob ruckartig den Kopf. Rhenawen trat aus den Schatten der Trümmer auf ihn zu und blinzelte ins flackernde Licht.

»Bist du wirklich in der Lage, dich über ein wärmendes Feuer zu beschweren?«, schnaubte er und warf einen weiteren Ast in die Glut. Funken stoben auf.

»Ein Feuer kann uns verraten«, rief sie ihm in Erinnerung und ließ sich ihm gegenüber nieder. Trotz ihres Unmutes sah er, wie sie sich ein wenig entspannte, als die Flammen ihr das Gesicht wärmten.

»Komm schon. Ich verstehe, wenn wir ein Feuer in der Nacht vermeiden, aber die Sonne ist bereits aufgegangen. Außerdem hat uns bisher noch niemand verfolgt und diese Ruine ist ein gutes Versteck.«

Rhenawen seufzte schicksalsergeben. »Fragt sich, wie lange noch, aber wie du meinst. Ich reiße mich nicht darum, dir zu widersprechen.«

Sie kramte in dem Lederbeutel, den sie neben sich hatte fallen lassen, und warf ihm ein flaches, handtellergroßes Brot zu, in das Lorbeerblätter eingebacken waren. Er fing es auf und biss herzhaft hinein. Während seiner Zeit im Wald hatte er von nichts als vertrockneten Beeren und einem Kaninchen gelebt, das er gefangen hatte. Rhenawen beförderte auch noch ein Stück scharfen, würzigen Käses zutage, das sie durchbrach und von dem sie ihm die eine Hälfte reichte.

»Hier. Es ist nicht viel, aber es muss genügen, bis wir die nächste Stadt erreicht haben.«

»Danke«, brachte er zwischen zwei Bissen hervor. »Isst du nichts?«

»Ich habe schon gegessen«, erwiderte sie schulterzuckend.

Er betrachtete sie unverhohlen. Noch nie war er jemandem wie ihr begegnet. Die Mädchen, die in seinem Dorf gelebt hatten, wären schreiend davongerannt, wenn sie Zeuge dessen geworden wären, was man Lucile angetan hatte. Sie waren so zerbrechlich gewesen, dagegen war Rhenawen hart wie Stein. Ihr schien das Gesehene keine schlaflosen Nächte zu bereiten.

Die blutigen Fingerabdrücke an ihrem Kragen waren inzwischen zu rotbraunen Flecken getrocknet, die sich deutlich von dem blütenweißen Stoff abhoben.

»Du solltest deine Kleidung wechseln, wenn du vorhast, unter Menschen zu gehen«, bemerkte er. Rhenawen runzelte die Stirn, doch als er mit der Hand in Richtung ihres Halses wedelte, erhellte Verständnis ihre Züge.

»Das sollte ich wohl.« Sie betrachtete die unansehnlichen Spuren und kratzte probehalber mit dem Fingernagel darüber. »Schade. Ich glaube nicht, dass sich das wieder herauswaschen lässt.«

Er verdrehte die Augen. So eine Antwort konnte auch nur ein Mädchen geben.

Jared rieb sich mit der Hand übers Gesicht und stöhnte innerlich auf. Er verfluchte seine schmerzenden Gliedmaßen, die ihn an die Strapazen der letzten Tage erinnerten.

Seit sie aufgebrochen waren, hatten sie nur angehalten, um die Pferde zu tränken oder den Weg, der vor ihnen lag, auszukundschaften. Gegenseitig hatten sie sich angetrieben aus Furcht vor möglichen Verfolgern. Ihre Unruhe hatte sich auf die Pferde übertragen, die bei jedem fremden Geräusch nervös zur Seite getänzelt waren oder zur Salzsäule erstarrten, wenn etwas vor ihnen über den Weg huschte. Sie waren ständig in Bewegung geblieben, doch als sie nacheinander im Sattel einzunicken drohten, hatte Jared sie überredet, einen Unterschlupf zu suchen.

Es war ein Glücksfall gewesen, diese verlassene Kapelle zu entdecken. Vor Müdigkeit waren sie einfach unter ihre Decken gekrochen und hatten sich darauf verlassen, dass die Steinquader genügend Schutz boten. Es war die erste Nacht seit Wochen, die er durchgeschlafen hatte. Zwar fühlte der Junge sich ausgeruht, doch seine Muskeln protestierten, als er die Beine ausstreckte. Die gestohlenen Stiefel waren aus weicherem Leder, als er es gewohnt war, und er fühlte sich noch immer nicht wohl dabei, sie zu tragen.

»Wenn wir uns schon eine Verschnaufpause gönnen, sollten wir uns unterhalten«, nahm er das Gespräch wieder auf.

Sie hatten seit dem überstürzten Aufbruch kaum eine passende Gelegenheit gefunden, sich über das Gesehene auszutauschen, und wenn doch, hatte sich ein unbehagliches Schweigen ausgebreitet. Alle hatten sie das Thema gemieden und lieber stumm vor sich hingebrütet. Aber irgendwann mussten sie darüber reden, auch wenn es ihnen widerstrebte.

Rhenawen drehte mit dem Daumen an dem schlichten Eisenring an ihrer rechten Hand und mied seinen Blick. Sie war ihre gesamte gemeinsame Zeit verschlossen gewesen. Schweigend hatte sie ihn und Espen auf einem unsichtbaren Pfad durch die Wildnis geführt.

Schließlich seufzte das Mädchen und lehnte sich an einen Steinquader. »Schön.« Sie sah ihn auffordernd an. »Reden wir.«

»Dann«, Jared steckte sich genüsslich ein Stück Käse in den Mund, »wüsste ich gern zuerst einmal, wohin genau du uns eigentlich führst.«

Sie zuckte mit den Schultern. »Ich wollte uns nur möglichst weit fortbringen. Wenn wir uns weiter nach Westen bewegen, werden wir schon bald die Küste erreichen und die Grenzkonflikte endgültig hinter uns lassen. Ich wusste nicht, wohin ich euch sonst bringen sollte. Schließlich hat mir bisher keiner gesagt, was eigentlich vor sich geht, geschweige denn, wohin Espen und seine Gefährten unterwegs waren.«

»Da wären wir schon einmal zu zweit«, stellte Jared fest und sah hinüber zu der Stelle, wo Espen noch immer leise schnarchte.

»Gerade steuern wir einen Knotenpunkt an, der uns so ziemlich überallhin führen könnte«, erklärte Rhenawen, während sie in die zuckenden Flammen sah, die ihre nachdenkliche Miene erhellten. »Ich schätze, dort werden sich unsere Wege trennen.«

Der Feuerschein verlieh ihren Haaren einen goldenen Schimmer, während sie im Sonnenlicht einen dunkelbraunen Farbton annahmen. »Ich habe darüber nachgedacht, was Damien gesagt hat. Er bezeichnete Espens Bruder als Rebellen. Meinst du, dahinter steckt mehr als eine harmlose Floskel?«

Der Junge nagte an der Brotkruste und überlegte kurz. »Ich würde sagen, sie hätten nicht *irgendjemanden* abgefangen. Also ist die Annahme nicht allzu weit hergeholt, würde ich meinen. Aber … was hat es mit diesen Rebellen überhaupt auf sich?«

»Die Bezeichnung ist eigentlich irreführend. Der Ausdruck *Rebell* würde implizieren, dass es sich dabei um eine organisierte Gruppe handelt, aber sie sind nur eine Meute von Aufwieglern.« Das Mädchen verzog verächtlich die Lippen. »Zuerst waren sie nicht mehr als verstreute Einheiten der Armeen, die von Astor geschlagen wurden. Ihnen haben sich unzufriedene Adelige angeschlossen, deren Rechte vom Rat beschnitten worden waren, und inzwischen haben sie sich zusammengerottet und ziehen Bettler und Strauchdiebe an, die mutig oder verrückt genug sind, sich den Ratsherren entgegenzustellen. Es wundert mich, dass du noch nie von ihnen gehört hast.«

»Ich bin in einer entlegenen Gegend aufgewachsen.« Er brachte ein vages Lächeln zustande. »Du allerdings scheinst nicht viel von ihnen zu halten.«

»Das kann ich nicht gerade behaupten«, stimmte sie ihm zu. »Du hast es doch gesehen. Die jungen Leute, die vom Unglück der Einberufung in das Heer verschont wurden, können es kaum erwarten, sich ihnen anzuschließen. Dabei verschwenden sie keine Gedanken an jene, die sie zurücklassen. Aber wer wird nach ihrem Fortgang die harte Feldarbeit erledigen? Wer wird das Lehrgeld nach Hause bringen, von dem die Mütter das Brot kaufen? Und wofür geben sie ihr Leben auf und verurteilen ihre Geschwister zu elender Armut? Für die *gerechte* Sache, vollkommen planlos. Was ist das überhaupt?«

»Vielleicht tust du ihnen unrecht«, widersprach Jared leise. »Wie sonst könnten sie ihre Heimat jemals zurückerobern?«

Rhenawen lachte freudlos auf. »Zurückerobern? Glaubst du ernsthaft, eine Handvoll Straßenkämpfer könnte eines der größten Reiche dieses Kontinents stürzen?«

»Jede Tyrannei muss irgendwann weichen«, widersprach er.

»Ach ja? Es gibt viele Faktoren, die das jetzige System unterstützen, darunter Söldnereinheiten, die sich immer dem Reich verpflichten werden, das ihnen den meisten Lohn verspricht. Solange sie existieren, bleibt die Macht des Rats in diesen Landen unangefochten.«

Jared erschauderte. »Du redest von den Söldnern von Schwarzborn und den Frostfängen.«

»Unter anderem. Ich habe sie erst kürzlich wieder auftauchen sehen.« Ihre Stimme wurde leiser, als spräche sie eher zu sich selbst als zu ihm. »Selbst bei harmlosen Grenzkonflikten werden sie inzwischen gerufen, um die Leute daran zu erinnern, wem ihre Treue gelten sollte.«

»Die Söldner verpflichten sich niemandem«, knurrte Jared zorniger, als er geplant hatte. »Sie sind nicht besser als Gesetzlose und so vertrauenswürdig wie bissige Hunde.«

Sie schenkte ihm ein müdes Lächeln. »Du wiederum scheinst nicht viel von den Söldnern zu halten«, stellte sie fest.

»Nein«, schnaubte er. »Und glaub mir, ich habe allen Grund dazu.«

Das Mädchen nickte, ging aber nicht weiter auf das Thema ein, wofür er ihr dankbar war.

»Aber die Rebellen«, setzte er wieder an. »Vielleicht wird es ihnen gelingen, wenn sich ihnen nur genügend willige junge Menschen anschließen. Wenn die Leute beginnen, aufzustehen und *Nein* zu sagen, anstatt sich vor der Idee eines übermächtigen Reiches zu ducken, ganz gleich, von wem es unterstützt wird.«

»Eine hübsche Vorstellung«, sagte Rhenawen und dabei klang sie nicht einmal gönnerhaft. »Aber mehr wird es niemals sein. Es mangelt ihnen nicht an Zuspruch, das kann ich dir versichern, doch man kann nicht einfach aus seiner Haustür spazieren und eine Revolution anzetteln. Und jene, die es versuchen, werden auf der Straße gemeuchelt für die paar Münzen in ihren Taschen, oder von den Soldaten als Hochverräter aufgeknüpft. Und wenn es ihnen doch gelingt, führen sie ein Leben als Gesetzlose. Mit ihren Vorstößen sind sie nicht besser als die umherziehenden Deserteure. Die Geschichten, die Mütter ihren Kindern vorm Einschlafen erzählen, von tapferen Räubern, die von den Reichen nehmen, um den Armen zu geben, sind eben nur das. Geschichten. Die Wahrheit sieht ganz anders aus.« Ihr Blick driftete ab in weite Ferne. »Ich habe schon Partisanen gesehen, die Bauersfamilien überfielen und sie ausnahmen bis aufs letzte Hemd; die greise Ehepaare umbrachten, die ihnen die letzte Kuh vorenthielten; die einem Wirt das Dach über dem Kopf in Brand setzten, weil er sie nicht in seiner Schenke bewirten wollte. Ich sage nicht, dass jeder Rebell ein herzloser Bastard ist, der alles seinem Vorhaben opfert. Aber die Welt ist nicht nur in Schwarz und Weiß geteilt. Ich habe gelernt, dass viele von ihnen gar nicht so selbstlos handeln, wenn niemand zuschaut. Viele Bürgerliche wünschen sich nicht mehr, als dass das Schlachten endlich aufhört und sie wieder in Frieden leben können. Am Ende ist es doch einerlei, wer regiert, solange das Leben wieder geregelt verläuft und man nicht länger fürchten muss, auf der Straße zum nächsten Fischmarkt überfallen zu werden. Und was haben wir zu erwarten, sollten sie tatsächlich auf die Weise erstarken, wie du es dir vorstellst? Es würde enden in einem ewigen Kreislauf des Tötens, bis nichts mehr übrig ist. Warum sollte ich das gutheißen? Warum sollte irgendjemand das gutheißen?«

Jared konnte nicht leugnen, dass ihre Worte einleuchtend waren. Dennoch widerstrebte ihm der Gedanke, einfach stillzuhalten, wenn es doch offensichtlich war, dass es Leute gab, denen es schon so schlecht ging, dass sie begannen, lauthals dagegen zu protestieren.

»Ist dir jemals der Gedanke gekommen, dass es Vorstellungen geben kann, für die es sich zu sterben lohnt?«, wollte er wissen.

»Ist dir je in den Sinn gekommen, dass wir uns vielleicht gar nicht in einer Situation befinden, in der man für eine Vorstellung sein Leben geben muss?«, konterte sie und sah ihm dabei fest in die Augen.

»Wenn du so denkst, warum hast du dich dann dazu bereit erklärt, ihnen zu helfen?«

»Warum hast du es getan, wenn du noch nicht einmal wusstest, für wen du deinen Hals riskierst?«

Die Gegenfrage erwischte ihn kalt. »Weil das der letzte Wunsch eines sterbenden Mannes war«, antwortete er schließlich. »Und weil er überzeugt von dem war, was er tat.«

»Ein schwaches Argument, aber immerhin eines. Aber was wäre gewesen, wenn er dich überzeugt darum gebeten hätte, jemanden umzubringen? Hättest du es dann auch getan?«

»Natürlich nicht.«

»Ah, und woher weißt du, ob die Verwahrung dieses Artefakts nicht dazu führt, dass andere zu Schaden kommen?« Ein halbes Lächeln erschien auf ihrem Gesicht, als er sich sichtlich wand.

»Das ist ziemlich unwahrscheinlich, findest du nicht?«, entgegnete er schließlich.

»Schon möglich, aber hast du mal darüber nachgedacht?«

Jared warf ihr einen finsteren Blick zu. »Nein«, gab er zu. »Aber sag, was ist mit dir? Warum hast du ihnen geholfen?«

»Zunächst wusste ich nicht, wer sie waren, und es könnte sich noch immer als falsch herausstellen«, erwiderte Rhenawen. »Und später … war da nur ein trauernder Junge.«

Sie lehnte sich zurück und stützte einen Arm aufs Knie. »Ich würde dich bitten, meine persönliche Meinung für dich zu behalten, da wir ganz offensichtlich mit jemandem reisen, dem meine Ansichten missfallen könnten.«

Jared nickte. »Mach dir darüber keine Sorgen, ich hatte nicht vor, es ihm zu erzählen. Ich posaune die privaten Ansichten eines anderen nicht hinaus, solange er mir das gleiche Recht einräumt.«

Das Mädchen schenkte ihm ein selbstironisches Lächeln. »Ich habe viele Schwächen, aber Indiskretion gehört nicht dazu.«

Sie versanken wieder in Schweigen. Jared schob sich den Rest Käse in den Mund und dachte nach. Wenn sich ihre Wege bald trennen würden, wäre er wieder ungebunden unterwegs. Er spürte bei diesem Gedanken fast so etwas wie Bedauern. Es war angenehm gewesen, mit ein wenig Gesellschaft zu reisen, und war sie auch noch so schweigsam. Auch die Aussicht, dass er schon bald seinen Kopf aus einer Schlinge ziehen würde, von der er nicht einmal wusste, wer sie gelegt hatte, vermochte nicht, seine getrübte Stimmung aufzuhellen.

Wohin sollte er sich wenden? Bisher war er bloß von dem Gedanken besessen gewesen, voranzukommen und nicht stehen zu bleiben. Dabei war es ihm gleichgültig gewesen, wohin es ihn verschlug, solange er unentdeckt blieb.

Und wohin zog es dieses Mädchen? Er hob erneut den Blick. Sie war nicht gekleidet wie ein gewöhnliches Bauernkind, sondern trug gut gearbeitete Stiefel, eine eng anliegende Lederhose und ein Leinenhemd, über dem sie einen Gürtel angelegt hatte, in dem zwei Dolche steckten. Er fragte sich unwillkürlich, wo sie wohl herkam. Sie beherrschte die gemeine Zunge fließend, doch manchmal betonte sie Wörter merkwürdig und ein fremder Akzent schlich sich ein. Doch war ihm das erst nach einigen Tagen aufgefallen, so unmerklich war ihre sprachliche Färbung.

»Glaubst du, es waren tatsächlich Schergen des Rats, die sie gejagt haben?«, fragte Jared unvermittelt.

»Ich weiß es nicht«, antwortete Rhenawen. »Sie trugen kein Abzeichen oder Wappen, soweit ich erkennen konnte, aber das muss nichts heißen.«

Er konnte ihr ansehen, dass es sie frustrierte, die lauernde Gefahr nicht einschätzen zu können.

Jared fuhr sich durchs Haar und zerzauste es noch mehr. »Meinst du, wir sollten Espen noch länger begleiten?«

»Bleibt uns denn eine andere Wahl? Wenn wir ihn jetzt zurücklassen, hätten wir ihn vorher schon für die Krähen liegen lassen können. Aber eines ist sicher. Diese Reiter werden uns jagen, schließlich haben wir etwas, das sie unbedingt wollen.«

»Sie wissen noch nicht, dass wir es besitzen«, erwiderte Jared pragmatisch.

»Aber sie werden es herausfinden«, entgegnete das Mädchen. »Glaubst du, Joel wird ihnen lange verschweigen können, was sie wissen wollen?«

Jared biss sich auf die Unterlippe. Nein, er konnte sich nicht vorstellen, dass man einem Mann wie dem Narbengesicht lange etwas verschweigen konnte. Vielleicht wäre es tatsächlich besser gewesen, Joel wäre auf diesem Schlachtfeld gestorben so wie Lucile. Dann wären sie in Sicherheit und der junge Mann wäre nicht der Gnade seiner Peiniger ausgeliefert.

Er räusperte sich, um die düsteren Vorstellungen zu vertreiben. »Was war es, das er dir gegeben hat?«

»Ich weiß es nicht.«

»Warum dir?«, wollte er leise wissen. Sie antwortete ihm nicht, sondern starrte wortlos vor sich hin. Eine Strähne hatte sich aus ihrem Zopf gelöst und leuchtete rötlich im Feuerschein. Die gleiche Frage stand ihr ins Gesicht geschrieben.

»Dann zeig doch mal, was in diesem Beutel ist. Wenn wir schon unseren Hals riskieren, lass uns nachsehen, wofür.«

Das Mädchen griff in den Beutel an ihrem Gürtel und zog das wollene Säckchen hervor. Sie betrachtete es eingehend. Es war aus einem indigoblauen Stoff, zu fein, um von den plumpen Händen eines gewöhnlichen Webers gefertigt worden zu sein.

»Ich weiß nicht. Vielleicht sollten wir es nicht wissen.«

Trotzdem schnürte sie den Beutel behutsam auf. Sie stülpte ihn um und ein bläuliches Artefakt fiel ihr in die offene Handfläche. Jared rückte näher heran und beugte sich vor. Es sah aus wie ein polierter, verformter Stein aus dunklem Glas. Feine, weiße Linien maserten die Oberfläche. Bei genauerem Hinsehen stellte er fest, dass der Stein die Form eines Vogelschädels hatte. Vielleicht die eines Raben oder Greifvogels. Ratlos sahen sie einander an. Dafür hatte Joel sich abstechen lassen? Für einen deformierten Kiesel?

Rhenawen drehte das Ding zwischen Daumen und Zeigefinger. Jared konnte seine Enttäuschung kaum verbergen. Er hatte auf irgendeinen Hinweis gehofft, eine geheimnisvolle Pergamentrolle oder einen Anhänger mit unbekannten Runen, irgendetwas, das den Wert dieses Gegenstandes begreiflich machen würde.

Er stieß einen Laut aus, der halb Schnauben, halb Knurren war. »Pack das lieber wieder weg, bevor es davonschwebt.«

»Was ist das?« Die beiden zuckten beim Klang der schleppenden Stimme zusammen. Espen ließ sich neben sie fallen und gähnte ausgiebig. Sein Haar stand in alle Himmelsrichtungen ab, sodass er aussah wie ein Schmutzgeier.

»Das Ding, das Joel ihr gegeben hat«, erklärte Jared und zuckte mit den Achseln. »Kannst du damit was anfangen?«

»Was?« Espen blinzelte verschlafen und setzte sich aufrechter hin. »Zeigst du es mir?«

Das Mädchen reichte ihm den Stein und er hob ihn vor sein Auge.

»Sag schon«, drängte ihn Jared.

»Keine Ahnung«, seufzte Espen und ließ die Schultern hängen. »Ohnehin darf ich euch nichts sagen, wenn es nicht unbedingt sein muss.«

»Dann sag uns wenigstens, ob du etwas über diese Männer weißt.« Jared sah den blonden Jungen erwartungsvoll an. »Nicht, was sie mit euch zu tun hatten, weil du das ohnehin nicht sagen wirst, aber du musst doch wissen, wer sie waren.«

»Ich habe es doch schon gesagt …«

»Ach, halt die Klappe!«, fuhr der Junge ihn gereizt an. »Es geht hier nicht nur um dich, kapierst du das eigentlich? Wenn sie rausfinden, dass wir dir geholfen haben, sitzen wir tief in der Scheiße. Rhenawen und ich haben ein Recht darauf, zu wissen, womit wir es zu tun haben.«

»Wie sollen sie das rausfinden? Und überhaupt …« Espen räusperte sich und wich seinem Blick aus, als er kleinlaut fortfuhr. »… kann ich euch zu ihnen auch nicht viel erzählen. Alles, was ich weiß, ist, dass sie wohl aus Astor stammen, aber sicher bin ich mir nicht. Ich … also, man hat mir nicht viel anvertraut. Vielleicht wusste Joel mehr, aber so hat es sich nicht angehört, oder?«

»Nicht wirklich«, stimmte Jared ihm zu.

»Ich glaube nicht einmal, dass er wusste, worum es sich dabei …«, er deutete auf den Stein, »… wirklich handelte. Er war bloß ein Bote.«

Espen fuhr sich mit der Hand durchs Haar und sah zu Boden. »Ich verstehe das doch selbst alles nicht«, platzte es dann aus ihm heraus. »Joel hat schon vor einigen Jahren eine Lehrstelle in der Stadt angenommen und ist nur hin und wieder zu Besuch gekommen, wenn es Arbeit auf unserem Hof gab. Diesmal hat er mich auf dem Ochsenkarren mitgenommen, weil wir altes Werkzeug bei einem fachkundigen Schmied ausbessern lassen mussten und weil er wusste, dass ich unbedingt mitwollte. Er hat sich bei Luciles Eltern untergemietet, also konnten wir, solange das Werkzeug in Arbeit war, uns seine Kammer teilen. Es sollte nur ein harmloser Ausflug werden.« Er biss sich auf die Lippe. »Ich war gerade erst die zweite Nacht da, da kam er ins Haus gestürmt, das Hemd voller Blut, und begann unsere Sachen zusammenzupacken. Dabei hat er vor sich hingemurmelt, dass sie ihn gefunden hätten und alles seine Schuld sei. Als ich ihn fragte, was los sei, meinte er nur, wir müssten fliehen. Er hat versucht, es Lucile auszureden, aber sie wollte ihn unbedingt begleiten …« Ein trockenes Schluchzen löste sich aus seiner Kehle, doch er fing sich schnell wieder. »Wir sind nicht weit gekommen, da hatte uns schon jemand in einer Gasse aufgelauert und Joel niedergestochen. Die Stadtwache hat uns gerettet und uns auf einem Weinkarren aus der Stadt geschmuggelt. Wenn ich jetzt darüber nachdenke, kommt mir das seltsam vor, aber es ging alles so schnell.« Jared und das Mädchen warfen sich einen wissenden Blick zu. »Joels Verletzung hat sich die folgenden Tage gebessert, aber dann wurden wir von einem Späher aufgespürt und sind nur mit knapper Not entkommen. Dabei ist die Wunde wieder aufgebrochen. Tja, und dann habt ihr uns gefunden.«

»Na, das ist mal eine Geschichte«, seufzte Jared.

»Weißt du wenigstens, was ich mit diesem *Ding* anfangen soll?«, fragte Rhenawen. »Hat Joel es dir gegenüber irgendwann einmal erwähnt?«

»Ich habe nicht die leiseste Ahnung«, murmelte Espen und sie konnten sehen, dass es ihn verletzte, dass sein Bruder es ihm nicht anvertraut hatte. »Joel hat mir gar nichts erzählt. Ich habe nur so viel mitbekommen, dass er irgendjemandem etwas überbringen sollte. Zumindest hat er das Lucile gesagt, als sie dachten, ich würde schlafen. Es muss wichtig sein, was auch immer es ist.«

»Ein Stein ist wichtig – willst du mich auf den Arm nehmen?«, spottete Jared. »Es liegen hier doch genügend Kiesel herum, da kann sich jeder einen aussuchen …«

»Sei still!«, fauchte Espen. »Mein Bruder hätte sich nicht in Lebensgefahr begeben, wenn nicht …« Er verstummte jäh.

»Wenn es den Rebellen keinen Nutzen eingebracht hätte, meinst du?«, fragte Jared herausfordernd.

Espen sah erschrocken auf, begegnete seinem Blick jedoch selbstbewusst und reckte das Kinn. »Ja.«

»Dann gehörst du also zu ihnen?« Jared konnte die Neugierde in seiner Stimme nicht zügeln. Er wollte mehr über diese Organisation wissen, die es sich auf die Fahne geschrieben hatte, den Rat von Astor zu stürzen.

»Unsinn«, mischte sich Rhenawen ein. »Natürlich ist er noch kein Rebell. Er hat doch nichts von alldem gewusst.«

»Aber so gut wie!«, entrüstete Espen sich. »Nach allem, was ich erlebt habe!«

»Sei froh, dass es nicht so ist«, gab sie zurück.

»Was soll das denn heißen?«

Aber sie ließ sich nicht zu einer Antwort herab, sondern kramte in ihren Taschen nach einem weiteren handtellergroßen Brot, das sie ihm zuwarf.

»Nun ja«, meinte Jared und grinste neckisch. »Ziemlich mutig für einen Burschen, der gerade mal so groß ist wie eine Milchkanne. Wie alt bist du? Zwölf? Dreizehn?«

»Ach, sei still!«, murrte der blonde Junge und stopfte sich das Brot in den Mund, doch dann fügte er hinzu: »Ich bin vierzehn, wenn du es unbedingt wissen musst.«

»Aber du hattest schon Kontakt zu den Rebellen?«, wollte das Mädchen forsch wissen.

Espen nickte. »Zumindest glaube ich das. Joel hat, wenn er heimkam, immer wieder Besucher mitgebracht, die für einige Nächte blieben und dann wieder spurlos verschwanden. Unsere Mutter hat so was vermutet und ihn zur Rede gestellt, aber er hat behauptet, sie wären nur neue Bekannte. Ich glaube, er hat sich ihnen erst während seiner Lehrzeit angeschlossen.«

»So wie Damien?«, wollte Jared wissen.

»Von dem will ich nichts hören!«, rief Espen aufgebracht. »Nie wieder!«

»Schon gut, ich wollte dir nicht zu nahetreten«, entschuldigte sich Jared zerknirscht. Es war offensichtlich, dass Damien dem Jungen nahegestanden hatte.

»Zuerst dachte ich, die wären nur hinter uns her, weil mein Bruder zu den Rebellen gehört«, gestand Espen. »Die versuchen andauernd, welche von ihnen zu fassen zu kriegen, um sie dann zu verhören. Erst jetzt weiß ich, dass mehr dahintersteckte.« Seine Augenbrauen zogen sich zusammen. »Aber von Joel werden sie nichts zu hören kriegen. Niemals.«

Darauf sagten sie nichts, doch Jared bemerkte, dass Rhenawen den Kopf abwandte, wie um den blonden Jungen nicht länger ansehen zu müssen. Aus irgendeinem Grund machte Jared das betroffen, weil es die erste wirkliche Gefühlsregung war, die sie ihm gegenüber zeigte.

»Wie soll es jetzt weitergehen?«, fragte er in die Runde. »Wohin bist du unterwegs, Espen?«

Der blonde Junge zog die Knie an die Brust und kaute auf seiner Unterlippe. »Ich weiß nicht, wohin wir unterwegs waren«, gestand er leise. »Vermutlich einfach nur fort. Es gibt überall kleinere Stützpunkte der Rebellen, wo sie neue Mitglieder anheuern. In allen größeren Städten und auch in einigen Dörfern, wenn sie günstig liegen. Vermutlich hätten wir uns dorthin aufgemacht, sobald es ihm besser ging.«

»Wunderbar.« Rhenawen betrachtete ihre Fingernägel. »Ich werde dir also einfach nur zeigen müssen, wohin du dich wenden musst, und alles Weitere ergibt sich dann, ja?«

»Und was ist mit diesem *Ding*?«, wollte Jared stirnrunzelnd wissen. »Wir wissen noch immer nicht, was es ist.«

»Was soll damit sein? Ich habe es Espen gegeben und er kann damit tun und lassen, was ihm gefällt.«

»Joel hat es dir gegeben«, widersprach Jared.

»Und?«, fragte sie. »Glaubst du, ich will mein Leben dafür riskieren? Nein, danke.«

»Aber du musst es nehmen«, protestierte Espen und hielt ihr den Stein auffordernd wieder hin.

»Muss ich das?« Ihre Augenbrauen wanderten in die Höhe. »Jetzt spitz mal die Ohren, mein Freund. Wenn du es mir überlässt, gebe ich es diesen Mistkerlen einfach, verstanden?«

»Bist du irre? Die würden dich umbringen!«

»Würden sie nicht.« Sie lächelte süffisant. »Ich kann sehr überzeugend sein, wisst ihr?«

»Auf gar keinen Fall«, rief Espen aufgebracht. »Ich lasse nicht zu, dass Lucile umsonst gestorben ist!«

»Dann sind wir uns doch einig.« Rhenawen erhob sich und sah auf sie herab. »Ich halte mich aus Scherereien raus, wenn es mir möglich ist. Was mache ich überhaupt noch hier?«, fügte sie wie an sich selbst gerichtet hinzu. »Ich sollte gehen.« Rhenawen wollte sich schon abwenden, als sie innehielt. »Warum willst du unbedingt zu ihnen gehören, Espen?«, fragte sie. »Du bist um Haaresbreite davongekommen. Warum nimmst du das nicht zum Anlass, auszusteigen, solange du noch kannst? Was hält dich bei ihnen?«

Espen antwortete nicht und starrte nur stur geradeaus.

Als sie Anstalten machte, ihre Habseligkeiten zusammenzupacken, meldete sich Jared zu Wort. »Er hat gesagt, wir müssten zusammenbleiben.«

»Und deswegen muss ich das auch, ja?« Sie rollte ihre Decke frisch zusammen und klemmte sie sich unter den Arm.

»Du hast es versprochen.«

Mit funkelnden Augen drehte sie sich zu ihm um. »Ich habe versprochen, Espen in Sicherheit zu bringen und diesen Stein fortzuschaffen. Bitte sehr, das ist geschehen. Wie weit er noch wandert, das hängt jetzt von unserem Rebellen hier ab. Ich habe mit alledem nichts zu tun.«

»Aber du musst es tun.« Der flehentliche Unterton in Espens Stimme veranlasste Jared, ihn verblüfft anzustarren.

»Ihr versteht das nicht. Joel hätte sie nicht einfach so ausgewählt.« Er rang unsicher die Hände. »Mein Bruder, er … weiß manchmal Dinge. Nur aus diesem Grund hat man ihm dieses Artefakt überhaupt anvertraut, da bin ich mir sicher.« Espen sah das Mädchen flehend an. »Er hätte dich niemals darum gebeten, wenn er nicht davon überzeugt gewesen wäre, du könntest es schaffen.«

»Unsinn«, fuhr sie ihn an. »Er konnte nur wissen, dass der Stein vorrübergehend bei mir sicherer sein würde als bei ihm, was wahrlich nicht schwer zu erraten war, oder?«

Espen zuckte vor ihren harschen Worten zurück.

»Und du«, wandte sie sich jetzt wieder an Jared, »wie kommt es, dass du dich plötzlich so sehr für ihn einsetzt, als würde es dich etwas angehen? Hast du mich nicht eben noch gefragt, wann du verschwinden kannst?«

»Zuerst einmal«, knurrte Jared, »nein, das habe ich nicht. Und, verdammt, es könnte wirklich wichtig sein. Und selbst wenn es das nicht wäre, hast du ein Versprechen gegeben. Bedeutet dir das denn gar nichts?«

Der Ausdruck in ihren Augen besagte mehr als tausend Worte. Es war ihr vollkommen gleichgültig, was für ein Versprechen sie gegeben hatte, aber das sagte sie nicht. Vielmehr überraschte ihn ihre Antwort.

»Das ist vollkommener Irrsinn.« Sie rieb sich die Stirn. »Das alles hier.« Doch dann seufzte sie. »In Anbetracht der Tatsache, dass ihr beide weder wisst, wie ihr den Widerstand finden sollt, noch, worum es sich bei diesem mysteriösen Artefakt handelt, schlage ich vor, dass wir dieses Thema auf sich beruhen lassen. Solange …«, sie hob eine Hand, als Espen ihr widersprechen wollte, »… bis wir Kontakt mit jemandem hergestellt haben, der uns mehr über diesen Stein berichten kann und was es mit allem anderen auf sich hat.«

»Und wo sollen wir diesen Jemand finden?«, fragte Jared.

»Ich habe Freunde, die uns vielleicht weiterhelfen können.« Sie legte den Kopf in den Nacken und schloss für einen Moment die Augen. »Solange es nötig ist, werde ich euch helfen, diese idiotische Reise zu beenden. Wenn ich Glück habe, stoßen wir schon in Möwenstadt auf diese Rebellen, dann bin ich euch endlich los.«

»Treffen wir dort deine sogenannten Freunde?«

»Ja«, antwortete Rhenawen. »Sie können sich um Espen kümmern oder ihn zumindest in das Untergrundnetzwerk einschleusen.«

»Sprich nicht von mir, als wäre ich ein Kind!«

»Oh, Verzeihung, ich hatte angenommen, dass du ohne mich völlig aufgeschmissen wärst, aber da habe ich mich wohl getäuscht.«

Der blonde Junge presste die Lippen zu einem Strich zusammen.

»Hör auf damit, Rhenawen«, mischte sich Jared ein. »Du hängst da mit drin, so oder so. Also mach es für alle Beteiligten nicht noch unangenehmer.«

»Ich dachte, du ziehst endlich deiner Wege.«

Ihre ablehnende Haltung kränkte ihn, doch er ließ sich nichts anmerken. Jedes Anzeichen von Emotionen schien sie einem als Schwäche auszulegen.

»Noch nicht. Auch ich habe ein Versprechen gegeben«, erwiderte er schlicht.

»Ihr messt Worten zu viel Bedeutung bei.« Sie bückte sich und hob die Satteltaschen auf, ehe sie sich wieder zu ihnen umdrehte.

»Also schön«, verkündete sie. »Es bleibt dabei, dass wir nach Möwenstadt gehen. Wie gesagt, vielleicht werden wir dort mehr erfahren. Was danach kommt … wir werden sehen.«

»Aber …«, hob Espen an, doch sie schnitt ihm das Wort ab.

»Wir werden sehen.« Sie schnappte ihm den Stein aus den Fingern und steckte ihn wieder in ihren Beutel. »Aber jetzt haben wir genügend Zeit vertan. Wir sollten aufbrechen.«

Die Jungen warfen sich einen leidenden Blick zu. Jared stemmte sich auf die Beine und klopfte sich die Krümel von der Kleidung. Dann schulterte er seinen Beutel und las das gestohlene Schwert auf. Espen trat das Feuer aus und holte seine Sachen. Gemeinsam gingen sie zur Eingangspforte.

In der Ecke der Tür schoben sich bereits die zarten Triebe von Waldmeister durch die Erde.

Wenigstens hat das Essen die Güte, zu uns zu kommen, dachte der Junge zynisch. *Nur leider eine Jahreszeit zu früh.*

Von außen machte die Kapelle keinen besseren Eindruck als von innen. Sie war nicht mehr als eine zerfallene Ruine, deren Fassade beinahe gänzlich eingebrochen und von Zerfall gezeichnet war. Sie war ein Relikt eines anderen Glaubens aus der Zeit, in der die Menschen noch nicht den zwölf Göttern gehuldigt hatten. Die alten Kulte waren nahezu alle verkümmert. Bloß in abgelegenen Gegenden des Nordens wurden sie noch geduldet. Seitdem die Sakralbauten verlassen worden waren, fielen sie der Zerstörungswut der Massen und den Elementen zum Opfer.

Eine kühle Brise empfing sie. Sie stapften um die Kapelle herum in einen angrenzenden Wald. Als sie die abgelegene Lichtung erreichten, begrüßten die Pferde sie mit einem Wiehern. Der Wallach blinzelte Jared gutmütig an, ehe er sich wieder einem Grasbüschel widmete. Espen und er hatten sich am vorigen Abend nicht mehr damit aufgehalten, ihn abzusatteln.

Der graue Hengst trabte herbei, als seine Reiterin ihn rief. Schon aus der Entfernung konnte man die wulstigen Narben erkennen, die unter seiner dichten Mähne verschwanden. Jared fragte sich nicht zum ersten Mal, woher sie wohl stammten. Rhenawen warf die Satteltaschen auf seinen breiten Rücken und befestigte ihre Decke. Dann strich sie ihm über die weichen Nüstern und flüsterte ihm etwas in einer Sprache zu, die er nicht verstand.

Als die Jungen sich näherten, legte der Hengst abweisend die Ohren an und sie blieben verunsichert stehen.

Espen hob abwehrend die Hände. »Warum habe ich nur den Eindruck, dass er mich nicht sonderlich mag?«

»Er mag niemanden besonders«, teilte Rhenawen ihm mit, während sie den Hengst aufzäumte. »Nimm es nicht persönlich. Er wird sich schon an euch gewöhnen. Schließlich hat er das auch mit mir geschafft.«

Was bestimmt eine Herausforderung war, dachte Jared grimmig.

Verflossene Persönlichkeit

DELIA

Delia fuhr aus dem Schlaf. Der Atem kam ihr stockend über die aufgesprungenen Lippen. Sie hustete und rieb sich die wunde Kehle. Es dauerte, bis sich das Brennen in ihrem Rachen gelegt hatte. Blinzelnd hob sie eine Hand zum Schutz gegen das Licht der Öllampe, die von der Decke hing und leise quietschend hin und her schaukelte. Verwirrt sah sie sich um und versuchte, aus ihrer Umgebung schlau zu werden.

Sie lag zwischen Kisten und Säcken auf einem rauen Holzboden, der sich ruckend bewegte. Matt glänzende Ölhäute umspannten ein Gestell aus Holz und Eisen, das sich bogenförmig über ihrem Kopf krümmte. Durch einen Spalt an ihrem Fußende erblickte sie ein Stück des Nachthimmels. Ein Planwagen.

Wie bin ich hierhergekommen?

Eine Wolldecke war über ihr ausgebreitet worden. Delia schob sie von ihren Beinen und erhob sich bedächtig. Neben ihr lag ein Bündel Kleider. Sie sah an sich hinab. Ihr Kleid war mit Ruß verschmiert und der Saum mit Schlamm verkrustet. Sie schob einen Finger durch ein Brandloch an ihrem Ärmel und seufzte. Delia zog das Kleid über den Kopf und schlüpfte in eine grüne Tunika, deren Ärmel mit Stickereien verziert waren. Die neue Hose schmiegte sich warm an ihre Beine und die robusten braunen Stiefel stützten ihre müden Knöchel. Der Umhang aus dicker Wolle schützte sie zuverlässig gegen den kühlen Luftzug, der von draußen hereinwehte. Sie schlang ihn sich eng um den Leib.

Das Mädchen rieb den rauen Stoff ihres Kleides zwischen den Fingern und wischte sich eine verirrte Träne von der Wange. Ihre Mutter hatte es ihr zu ihrem letzten Namenstag genäht. Sie lehnte sich an einen Stapel Kisten und zog die Knie an. Es dauerte eine Weile, bis die Erinnerungen zurückkamen. Die überstürzte Flucht und dann unerträgliche Hitze zu allen Seiten. Das Mädchen erschauderte, hob die Hände und musterte sie. Nichts deutete darauf hin, dass sie jemals ungewöhnliche Taten vollbracht hatten. Sie hatte das Feuer auf *magische* Weise entfacht.

Delia schreckte vor dem Gedanken zurück und meinte, die knisternde Energie noch immer in den Knochen und Muskeln zu spüren – ein dumpfer Nachhall des merkwürdigen Gefühls, Magie heraufbeschworen zu haben. Es hatte sich richtig angefühlt, als hätte sie geahnt, welches Erbe in ihr schlummerte. Zumindest so lange, bis ihre Kräfte außer Kontrolle geraten waren.

Außer Kontrolle.

Etwas zupfte an ihrem Gedächtnis und dann sah sie es wieder vor sich. Zornig rote Flammen, die sie umzingelten und die Luft mit ihrem Tosen erfüllten. Aber da waren auch Arme gewesen, die sie gehalten hatten, und eine Stimme, die sie anflehte, diesen Wahnsinn zu beenden. Sams Stimme.

»Sam!«, rief Delia entsetzt und schrak zusammen. Er war bei ihr gewesen, aber sie wusste nicht, wie sie dem Feuer entkommen war, und auch nicht, ob … er es geschafft hatte.

Die Metzgerstochter krabbelte eilends zur Plane und schlug sie zurück. Sie streckte den Kopf hinaus und sah sich zunehmend panisch um. Wo war Sam? Er würde nicht weit weg sein, wusste er doch, dass sie sich um ihn sorgen würde, wenn er bei ihrem Erwachen nicht da war. »Sam?«

»Geh wieder rein, Mädchen«, raunzte sie jemand an und sie wandte erschrocken den Kopf. Einer der Soldaten hatte sein Pferd in ihre Richtung gelenkt und drohte ihr mit seiner Pike. »Du willst doch nicht schon wieder Ärger machen, oder?«

Trotz der unversöhnlichen Miene, die er aufgesetzt hatte, sah sie das Unbehagen dahinter.

Fürchtet er sich etwa vor mir?

»Ich wollte Euch keine Schwierigkeiten machen«, versicherte sie ihm eilig. »Aber bitte, könnt Ihr mir sagen, wo der Junge ist, der bei mir war? Er …«

»Es geht ihm gut«, schnitt der Soldat ihr das Wort ab. »Nun geh wieder rein und warte, bis man dich holt.«

Ehe sie noch weitere Fragen stellen konnte, hatte er sich auch schon von ihr abgewandt. Delia zog den Kopf wieder ein und kauerte sich zusammen. Erleichterung durchflutete sie.

Es geht ihm gut, dachte sie. *Eovaine sei Dank, er ist am Leben.*

Sie schloss die Augen und schlang die Arme um ihren Körper. *Was habe ich nur angerichtet?*

Hatte ihre Mutter davon gewusst? Sie hatte ihr nie das Gefühl gegeben, nicht normal zu sein. Ebenso wie Henrik war sie ihrer Tochter stets mit Fürsorge und Zuneigung begegnet. So verhielten sich Mütter nun einmal, oder nicht? Doch da war noch etwas …

Es war nur einmal geschehen, vor vielen Jahren, dass ihre Mutter ein merkwürdiges Verhalten an den Tag legte. Delia hatte dem damals keine besondere Bedeutung beigemessen, was ihr jetzt wie ein Versäumnis erschien.

An jenem Tag hatte Delia sich in einen heftigen Disput mit einigen Kaufmannstöchtern verstrickt, die über die Waisenhäuser der Siedlungen lästerten. Ihre Freunde waren verspottet worden, weil sie stahlen, obwohl sie es nur taten, um den Winter zu überstehen. Ihre Mutter war dazwischengegangen, als der Streit zu eskalieren drohte. Delia hatte protestiert, als sie fortgeführt wurde, das selbstgerechte Getue und Kichern noch im Ohr. Es hatte sie vor Zorn geschüttelt. Die Worte ihrer Mutter hatten besänftigend wirken sollen.

Sie wissen nicht, wovon sie reden, mein Schatz. Diese Gören können nicht über ihre eigene Nasenspitze hinaussehen. Du darfst dich davon nicht zur Wut hinreißen lassen, versprichst du mir das?

Die Metzgersfrau hatte nichts von Streit gehalten. Hatte mehr dahintergesteckt als der Wunsch nach einem friedlichen Miteinander? Hatte sie verhindern wollen, dass ihre Tochter versehentlich die Beherrschung verlor und ihr wahres Ich entblößte?

Delia ließ entmutigt den Kopf hängen. Was auch immer sie gewusst haben mochte, es war mit ihr gestorben. Sie wischte sich energisch eine Träne aus dem Augenwinkel.

Die Magier hatten es gewusst. Deshalb war sie ausgewählt worden. Aus diesem Grund hatten sie sie mitgenommen. Was war mit Henrik? Hatte er die gleiche Gabe wie sie?

Bei dem Gedanken an ihrem Bruder krampfte sich ihr Magen zusammen. Er musste sich furchtbar verraten vorkommen, weil sie ihn im Stich gelassen hatte. Dabei hätte sie doch gerade jetzt für ihn da sein müssen. Sie war schließlich nicht die Einzige, die einen geliebten Menschen verloren hatte, geschweige denn ein Zuhause. Stattdessen war sie vor ihrer Verantwortung davongelaufen wie ein jämmerlicher Feigling. Sie hatte doch gewusst, dass es einen guten Grund dafür geben musste, dass man die Kinder ihrem gewohnten Umfeld entriss. Und jetzt hatte sie, eine einfache Metzgerstochter, ein Inferno ausgelöst, das sowohl sie als auch ihre Freunde beinahe umgebracht hatte. Das Wort Scham reichte nicht mehr aus, um zu beschreiben, was sie empfand.

Wie kann es sein, dass ich es nicht gewusst habe? Ich bin von Menschen umgeben, die Kräfte besitzen, die ich mir nicht einmal vorstellen kann.

Mit einem leisen Seufzen lehnte sie den Kopf an einen der Säcke. Sie konnte sich nicht mehr daran erinnern, dem Feuer entkommen zu sein. Da war eine vertraute Stimme gewesen, die ihren Namen gerufen hatte, als sie von ihrer Erschöpfung verzehrt worden war. Die Stimme eines Freundes. Seine Stimme. Wie war es ihm nur gelungen, sie da rauszuholen?

Je länger sie versuchte, die verschwommenen Bilder zusammenzufügen, desto hoffnungsloser erschien es ihr. Das Schaukeln des Wagens lullte sie ein und der Kopf sackte ihr wieder und wieder auf die Brust.

Sie musste zwischendurch eingedöst sein, denn sie schrak aus wirren Fantasien auf, als die Plane mit einem Ruck beiseitegezogen wurde. Eine wilde Haarmähne schob sich herein. Agata hob eine Augenbraue, als sie Delia erblickte.

»Ah, gut. Du bist aufgewacht.«

Das Mädchen blinzelte ins fahle Morgenlicht. Der Wagen war stehen geblieben. Offenbar hatten sie im Laufe der Nacht ein Lager aufgeschlagen.

»Sieht so aus«, murmelte sie noch benommen.

Agata zog nur die Stirn kraus und brummte: »Raus mit dir. Du hast lange genug geschlafen.«

Dann drehte die Hexe sich auch schon um und wackelte davon. Das Mädchen sah ihr betroffen nach. Nachdem sie nur knapp dem Tode entronnen war, hätte sie sich das Wiedertreffen mit Agata anders vorgestellt.

Delia kam auf die Füße und kletterte aus dem Wagen. Ihre Beine waren steif und schmerzten. Ihr fielen die Wachposten auf, die durch die Zeltreihen patrouillierten. Sie würden wohl nicht mehr dazu kommen, sich ein weiteres Mal unbemerkt davonzustehlen. Noch während sie sich umsah, entdeckte sie Sam, der auf sie zu gehastet kam, ein breites Grinsen im Gesicht.

»Dee! Bist du von den Toten auferstanden? He!«

Sie fiel ihm um den Hals und er lachte verlegen, erwiderte die Umarmung jedoch.

»Du bist hier«, flüsterte sie erstickt. »Ich dachte schon …« Delia drückte ihn noch fester an sich.

… ich hätte dich verloren.

»Ich bin zäh, das weißt du doch.«

Sie lösten sich wieder voneinander und die Röte kroch ihr in die Wangen. Das zauberte ihm ein Lächeln ins Gesicht. »Ich bin froh, dass es dir gut geht.«

Verlegen zupfte sie an einer Haarsträhne. »Was meintest du damit? Von den Toten auferstanden?«

Es blitzte schelmisch in seinen bernsteinfarbenen Augen. »Wenn du das nächste Mal in Ohnmacht fallen musst, dann versuche, nicht erst vier Tage später aufzuwachen, ja?«

»Vier Tage?«, rief sie ungläubig aus.

Sam kratzte sich am Kinn. »Ich wusste ja, dass du nicht besonders ausdauernd bist …«

Sie versetzte ihm einen Schlag gegen den Oberarm. Er lachte und schubste sie von sich weg.

»Es tut gut, dich wiederzusehen.« Ein Anflug von Unsicherheit huschte über sein Gesicht, verblasste dann aber wieder. »Komm.« Er griff nach ihrer Hand und zog sie mit sich. »Du musst einen Bärenhunger haben.«

Jetzt, wo er es sagte, bemerkte sie das hohle Gefühl in ihrer Magengegend, in der es auffordernd rumorte. Der Müllerbursche führte sie zu einem Lagerfeuer, um das sich bereits eine kleine Gruppe versammelt hatte. Ein wenig nervös ließ sie sich neben Gareth nieder.

»Setzt du dich nicht zu uns, Sam?«, fragte dieser.

Der schüttelte den Kopf. »Ich bin gleich wieder zurück«, sagte er und drückte Delias Schulter. »Warte hier auf mich.« Eilig schritt er davon.

Der Tischlersohn stupste sie an, als sie ihm nachblickte. »Kennst du die Leute hier schon?«

Das Mädchen schüttelte den Kopf. Die neugierigen Blicke waren ihr unangenehm. Gareth nickte zu den beiden Mädchen hin, die zu seiner Linken saßen. Die eine lächelte ihr schüchtern zu. Sie hatte ein herzförmiges Gesicht, das von hellbrauen Haaren eingerahmt wurde, und trug ein hübsches hellblaues Kleid.

Gareth deutete auf sie. »Das ist Sylvia und das hier …«, sein Finger wanderte zu dem anderen Mädchen, »… ist Cassandra.«

Diese rümpfte verächtlich die Nase und warf das kastanienbraune Haar zurück. Sie besaß ein auffallend hübsches Gesicht. Ihre veilchenblauen Augen wurden von dunklen Wimpern umkränzt und ihre Lippen waren voll und rot. Delia spürte einen neidischen Stich in der Magengegend. Neben diesem Mädchen kam sie sich schäbig vor. Cassandra trug ein reich besticktes Kleid aus rauchblauem Stoff, welches so manche Edeldame beschämt hätte, und trug ihre Schönheit mit einer solchen Selbstverständlichkeit zur Schau, dass es Delia nicht gewundert hätte, wenn man sie ihr als Herzogstochter vorgestellt hätte.

Auch Neirin schien sich in ihrer Gegenwart nicht wohlzufühlen, denn er hielt größtmöglichen Abstand zu ihr. Er wirkte abgekämpft und massierte sich geistesabwesend den Knöchel. Ivan dagegen sah nicht einmal auf, als sie ihn begrüßte. Er stierte nur auf seine Hände, die er im Schoß gefaltet hatte.

»Und hier haben wir noch Raymond.« Gareth zeigte auf einen hellhaarigen Jungen mit blasser Haut, der ihr höflich zunickte. Delia rang sich ein freundliches Lächeln ab.

»Ich bin Delia«, stellte sie sich vor.

»Das weiß inzwischen das ganze Lager«, näselte Cassandra.

»Cassandra!«, rief Sylvia erschrocken und warf der Metzgerstochter einen schnellen Seitenblick zu.

»Was? Es ist nicht gerade ein Geheimnis.«

»Beachte sie einfach nicht«, riet ihr Gareth im Flüsterton. »Sie kann es sich nicht verkneifen.«

Cassandra aber verschränkte die Arme vor der Brust. Mit ihren Veilchenaugen musterte sie die Metzgerstochter wie einen höchst interessanten Käfer.

»Wie kommst du dazu, einfach wegzulaufen?«, wollte sie wissen. »Bist du selten dämlich oder nur verrückt?«

Delia presste die Lippen aufeinander und wünschte sich, im Erdboden zu versinken.

»Warum ich wegwollte?«, wiederholte sie leise. Sie meinte zu spüren, wie die Versammelten allesamt aufhorchten. Anscheinend hatte es ihnen in den vergangenen Tagen viel Kopfzerbrechen bereitet, hinter diese Antwort zu kommen.

Die Magier haben einen Unschuldigen mutwillig verletzt, direkt vor meinen Augen. Der Satz lag ihr auf der Zunge, aber sie zögerte, ihn auszusprechen. Eigentlich wusste sie nichts über den Heiler. Wenn sie nähere Fragen stellten, wie sollte sie sich dann rechtfertigen? Was wusste sie über seine Vergangenheit? Außerdem, wer war sie, dass sie Furcht in ihre Herzen säen dürfte, obwohl sie möglicherweise nichts zu befürchten brauchten?

Sie rettete sich aus ihrer Zwangslage, indem sie mit einer Frage herausplatzte. »Was wollen die Magier eigentlich von uns?«

»Ist das alles?« Cassandra hörte sich enttäuscht an. Sie hatte sich offenbar eine bessere Geschichte erhofft. »Du bist geflohen, weil sie dir nicht erzählt haben, wohin sie dich bringen?«

»Ich war nicht die Einzige, die sich aus dem Staub gemacht hat«, fauchte Delia sie an.

»Ist doch eine gute Frage«, verteidigte Raymond sie. »Die Sucher haben uns nichts erzählt.«

»Nicht so laut!«, zischte Gareth und sah sich besorgt um.

»Die Magier haben davon geredet, dass wir gefährlich sind«, beharrte Raymond. »Was haben sie damit gemeint?«

»Schaut sie euch doch an«, stichelte Cassandra, »dann haben wir die Antwort.«

»Wir hatten nichts damit zu tun!«, widersprach Neirin.

»Dann war dieser Waldbrand lediglich ein unglücklicher Zufall?«, spöttelte das Mädchen. »Fragen wir sie doch einfach.« Sie funkelte Delia an. »Warst du es?«

»Nein, ich hatte nichts damit zu tun.«

Lügnerin!, schrien diese blauvioletten Augen, aber Cassandra hob nur skeptisch eine Augenbraue. »Ach wirklich?«

»Jetzt hör schon auf«, bremste Raymond sie. »Wenn sie es sagt. Und selbst wenn, wäre es noch lange keine zufriedenstellende Antwort, die uns alle miteinschließt.«

Delia begriff, dass dieses Thema ihnen allen auf dem Herzen lag. Gareth kaute auf seiner Unterlippe. »Ich kann mir auf das Ganze einfach keinen Reim machen. Ich weiß, dass meine Eltern vollkommen gewöhnlich sind.«

Cassandra räusperte sich, wie um sich Gehör zu verschaffen. »Mir wurde erklärt, dass die Gesuchten eine Gefahr für sich selbst darstellen. In welcher Hinsicht auch immer«, fügte sie mit einem Blick auf Raymond hinzu. »Außerdem gibt es viele unter uns, die froh darüber sind, dass die Sucher sie mitgenommen haben.«

»Weißt du noch, was Gavin gesagt hat?«, fragte Gareth an Delia gewandt. »Er wollte wissen, ob sie auch zukünftige Magier suchen würden.«

»Das ist doch klar«, warf Sylvia mit schüchterner Stimme ein. »Jeder weiß es.«

»Blödsinn«, schnaubte Gareth. »Wie sollten Kinder in solcher Abgeschiedenheit so mir nichts dir nichts magische Kräfte entwickeln?«

Doch Delia erinnerte sich mit einem Mal zurück an die Nacht, in der sie in der Hexenhütte gekauert und das Gespräch draußen belauscht hatte. Der Magier in der blauen Robe hatte gesagt, dass die Abtrünnigen dem Heiler ihre Kinder gebracht hätten, um sie in Sicherheit zu bringen. Hatte er damit Menschen gemeint, die magisch veranlagt waren, sich aber der Kontrolle der Magier entzogen? *War mein Vater ein abtrünniger Magier?*

»Vielleicht muss man nicht mit der Fähigkeit geboren sein«, äußerte sich Sylvia und unterbrach damit Delias Gedanken.

Cassandra schien darauf antworten zu wollen, als Sam zurückkehrte und sich neben die Metzgerstochter fallen ließ. Er reichte ihr eine Schale mit einer Scheibe lockeren Weißbrotes, Räucherschinken, einem Stück Käse und einem gepellten Ei. Sie nahm die Kost entgegen, erleichtert, sich nicht länger an der Unterhaltung beteiligen zu müssen. Das flaue Gefühl in ihrem Bauch legte sich allmählich, als sie zu essen begann.

»Worum geht es?«, erkundigte sich Sam.

»Warum wir überhaupt hier sind«, erklärte Gareth und legte sich ins Gras, den Kopf auf eine Hand gestützt. »Wir können unmöglich alle Magier sein.«

Der Blick des Müllerburschen huschte kurz zu Delia. Sie wusste, woran er dachte. Erst jetzt fiel ihr ein langer, rötlich schimmernder Striemen auf, der an seinem Hals entlanglief und unter dem Kragen verschwand. Schnell sah sie weg und widmete sich wieder ihrem Frühstück.

»Wenn wir die Magie ausschließen können, bleibt doch nur die Gestaltwandlung übrig, oder?«, überlegte Raymond. »Keiner von uns kann von Feen abstammen.«

Außer Ty, überlegte Delia, *aber wo ist er? Vielleicht hat er Angst, sich zu zeigen? Und Hestia ist so anders als diese Kinder. Ich bezweifle, dass es viele Waldgeister gibt, die Nachwuchs mit einem Menschen haben.*

Cassandra schürzte die Lippen. »Gestaltwandler? Meinst du Werwölfe oder Harpyien? Wäre so jemand unter uns, hätte man ihn schon längst getötet.«

Bildete Delia es sich ein oder zuckte Ivan unmerklich zusammen? Cassandra fuhr ungerührt fort. »In Frage kommen bloß die Leibwechsler, wenn man es genau nehmen will.«

Raymond stöhnte entnervt. »Die meinte ich.«

Sie zuckte mit den Schultern. »Der Unterschied ist wichtig. Sag einem Leibwechsler niemals, er wäre ein Gestaltwandler oder er lässt dich von seinem Gefäß zerfleischen.«

»Nehmen wir mal an, dieses Gefäß wäre ein Kaninchen«, philosophierte Gareth und handelte sich dafür einen Rippenstoß von Delia ein.

Cassandra zischte beleidigt. »Bei solchen Themen sollte man ernst bleiben.«

»Ich bin doch ernst«, protestierte der Junge und rieb sich die Rippen.

»Was ist eigentlich ein Leibwechsler?«, fragte Sylvia vorsichtig.

»Das weißt du nicht? Das ist ein guter Witz«, höhnte Cassandra. »Ich dachte, meine Zofen hätten wenigstens ein bisschen Verstand, aber da habe ich mich wohl getäuscht.«

Sylvia errötete beschämt und schlug die Augen nieder. Delia runzelte verärgert die Stirn.

Habe ich es mir doch gedacht. Sie ist bloß ein verwöhntes Fräulein, das mit einer ganzen Dienerschaft um sich herum aufgewachsen ist.

»Lass sie in Ruhe«, mischte sich Raymond ein und richtete sich freundlich an Sylvia. »Es muss dir nicht peinlich sein. Die meisten Menschen wissen nichts von ihnen, da sie in Cantos selten sind. Ein Leibwechsler ist ein Mensch, der sich mit dem Bewusstsein von Tieren verbinden kann. Auf diese Weise unterwirft er sie seinem Willen. Sie nehmen eine hohe Stellung innerhalb des Adels der Nördlichen Reiche ein.«

»Du sagst es«, konterte Cassandra. »Sie sind stolz auf ihre Abstammung. Ich kann mir nicht vorstellen, dass ihre Bastarde unbemerkt in der Gegend herumstreifen.«

»Ich bin kein Bastard«, fuhr Sam sie an. Seine Augen verengten sich zu Schlitzen. »Nicht jeder von uns entstammt diesen Familien.«

»Und woher weißt du das so genau?«, schnappte das Mädchen zurück. »Hast du nicht behauptet, du hättest nichts von deinen Fähigkeiten gewusst, bis die Sucher es dir erklärt haben?«

»Moment mal«, unterbrach Delia sie und sah Sam mit großen Augen an. »Was soll das heißen? Bist du … ein Leibwechsler, Sam?«

Diese Frage brachte die anderen zum Verstummen.

Sam schluckte nervös. »Äh … ja, ich …«

»Weißt du denn wirklich, wer deine echten Eltern sind?«, fragte Gareth bedächtig.

»J-ja«, stotterte der Müllerbursche. »Zumindest denke ich, dass …« Er verstummte und ließ den Kopf hängen. Delia hatte ihn noch nie so niedergeschmettert erlebt.

Cassandra lächelte triumphierend. »Du weißt es also doch nicht«, stellte sie genüsslich fest.

»Ich habe mir noch nie Gedanken darüber gemacht«, murmelte Sam eher zu sich selbst als zu den anderen. »Ich dachte, sie hätten mich nur davongejagt, weil …«

Mitfühlend legte Delia ihm eine Hand auf den Arm. Sam sprach nie viel über sein früheres Leben und sie hatte etwas Derartiges vermutet, aber es dann auch bestätigt zu wissen, machte es nicht leichter.

»Wann hast du es herausgefunden?«, fragte sie. »Was du bist.«

Er zuckte mit den Schultern. »Als wir gegen die Wegelagerer gekämpft haben und ich diesen Hund auf sie gehetzt habe. Nero hat mich darauf angesprochen und es mir erklärt.« Als er das sagte, sah er Delia nicht in die Augen.

Gareth pfiff bewundernd und Delia konnte es ihm nicht verdenken.

»Soll ich dich jetzt mit *Hochwohlgeboren* anreden?«, scherzte Neirin.

»Hör bloß auf.« Das Blut schoss dem Müllerburschen in die Ohren und er warf ihm einen bösen Blick zu.

Er wird immer Sam bleiben, dachte Delia. *Egal, woher er stammen mag, bleibt er immer der liebenswerte, bescheidene Junge, der mir Brot geschenkt hat.*

»Sind wir anderen denn auch Leibwechsler?«, fragte Sylvia mit weit aufgerissenen Augen.

»Könnte sein«, meinte Gareth und fläzte sich wohlig im Gras. »Sam hat es vorher auch nicht gewusst. Ist doch ziemlich aufregend. Die Vorstellung, in einen Vogel zu schlüpfen oder so.«

Cassandra räusperte sich und strafte den Tischlersohn mit einem herablassenden Zungenschnalzen. »Ihr wisst schon, dass ihr Unsinn redet? Möglicherweise haben wir unter uns *einen* Leibwechsler, aber ich habe auch schon Kinder mit magischen Fähigkeiten gesehen. Abgesehen von *ihr.*« Sie schenkte Delia ein zynisches Lächeln.

»Das führt doch alles zu nichts«, warf Raymond ein. »Wir können uns alle möglichen Kräfte zuschreiben, können aber noch lange nichts beweisen. Die eigentliche Frage ist doch, wozu gibt es die Säuberungen?«

»Vielleicht muss man die Leute vor uns schützen«, überlegte Gareth.

»Weil du so gefährlich bist«, schnaubte Sam und trat einen Kieselstein nach dem Jungen.

Gareth richtete sich empört auf. »Ich kann durchaus bedrohlich sein«, ereiferte er sich.

»Du bist zu dumm, um gefährlich zu sein«, stichelte der Müllerbursche.

»Ich bin nicht zu dumm, um …« Da begriff er, was er gerade sagte, und er sprang wütend auf. »Mistkerl!«

Neirin lachte lauthals, als Gareth dem Müllerburschen hinterherrannte, und auch die anderen fielen in sein Gelächter mit ein. Sie beobachteten, wie sich die beiden quer durch das ganze Lager nachjagten und die Soldaten aufmischten.

Eine angenehme Leichtigkeit herrschte auf einmal zwischen ihnen, die Delia aus vollen Zügen genoss. Selbst Cassandra wirkte vergnügt, was an ein kleines Wunder heranreichte. Obwohl sie diese Menschen kaum kannte, verband sie doch alle die Neugier auf diese ungewisse Reise.

Ihr Blick fiel auf Ivan, der sich noch immer nicht gerührt hatte. Er lachte nicht. Sie setzte sich zu ihm. Der Junge sah kurz zu ihr auf, ehe er sich wieder der Betrachtung seiner Fingernägel widmete.

»Was ist passiert, nachdem wir getrennt wurden?«, fragte sie leise.

Ivan kaute auf seinem Fingernagel herum. »Wir haben versucht, eine möglichst große Strecke zurückzulegen, aber als der Morgen kam, haben die Magier uns gefunden und eingekreist. Dann prasselten plötzlich Steine auf uns herab und die Soldaten schwärmten nach den Übeltätern aus.« Ein flüchtiges Grinsen huschte über sein Gesicht. »Nathaniel hat eine ziemlich große Platzwunde am Kopf. Wie auch immer. Neirin tauchte auf und versuchte, die Fesseln zu lösen, aber seine Verletzung machte ihm zu schaffen. Vermutlich sollten wir dafür dankbar sein. Sie fanden uns, bevor das Feuer uns erreichte.«

»Wo ist dein Bruder?«, fragte sie, um sich abzulenken. »Hat er sich verletzt?«

Ivan schüttelte den Kopf. »Nein, aber er ist nicht gerade glücklich darüber, geschnappt worden zu sein. Sie halten ihn in einem der Zelte gefangen. Wann immer er versucht, es zu verlassen, sehen sie sich gezwungen, ihn niederzuringen.«

»Das tut mir leid«, murmelte sie. »Kannst du nicht mit ihm reden?«

»Ich verstehe ihn«, stieß der Junge verbittert hervor. »An seiner Stelle würde es mir genauso ergehen.« Trotzig erwiderte er ihren Blick.

»Bist du denn nicht an seiner Stelle?«, fragte Delia leise.

Eine Stimme hinter ihnen ließ sie zusammenzucken. »Ihr beide. Steht auf.«

Sie sahen sich erschrocken um. Vor ihnen stand ein hochgewachsener Soldat. Sein Haar war kurz geschoren und in seinem von Narben verunstalteten Gesicht saßen mitleidlose, graue Augen. Harte Muskeln zeichneten sich unter seinem grauen Leinenhemd ab, über welchem er ein mit Nieten beschlagenes Lederwams trug. Seine

Hand ruhte auf dem Knauf eines Breitschwertes, das um seine Hüften hing. Als Delia ihn erblickte, schrie alles in ihr *Gefahr!*

Die anderen hatten ihn nun ebenfalls bemerkt und verstummten jäh. Langsam erhoben sich die Angesprochenen. Sam tauchte neben ihr auf und griff nach Delias Arm.

»Wo wollt Ihr mit ihr hin?«, wollte er herausfordernd wissen.

Der Soldat beachtete ihn kaum. »Kein Grund, sich aufzuregen, Junge«, knurrte er. »Kommt mit mir«, befahl er an Delia und Ivan gewandt.

Sie warf Sam einen ängstlichen Blick zu und er drückte beruhigend ihr Handgelenk.

»Schon gut«, flüsterte er ihr ins Ohr. »Geh.«

Trotzdem meinte sie, seinen besorgten Blick zwischen ihren Schulterblättern zu spüren, als sie dem Soldaten folgten. Sie schlurfte mit hängendem Kopf dicht neben Ivan hinter dem Mann her. Die Wachposten, an denen sie vorbeikamen, beobachteten sie misstrauisch, als würde sie jeden Moment schreiend durchdrehen.

Vielleicht tue ich das noch.

Schon aus der Entfernung hörten sie die wütenden Stimmen. Der Ort, zu dem sie gebracht wurden, lag ein wenig abseits vom Lager. Dort hatte sich ein kleiner Menschenauflauf gebildet. Ivan wurde unwillkürlich schneller, als er Igor entdeckte, der einen Soldaten von sich wegstieß, der ihm zu nahegekommen war. Er wirkte zwischen den Männern wie ein eingesperrtes Tier. Unruhig lief er auf und ab, den Körper wie zum Sprung angespannt. Die Soldaten bildeten mit ihren Schilden eine undurchdringliche Mauer um ihn. Er rief ihnen Beleidigungen zu, aber Delia sah hinter seiner aufgesetzten Fassade, dass er kurz davor war, einen nervlichen Zusammenbruch zu erleiden. Das dunkle, kurze Haar glänzte vor Schweiß und seine Hände öffneten und schlossen sich unaufhörlich. Sein Hemd war mit Dreck verschmiert und an seinen Handgelenken zeigten sich tiefe Einschnitte, als hätte er sie sich an seinen Fesseln wie im Wahn wundgescheuert.

»Gory!«, rief Ivan und wollte zu ihm rennen, aber der Arm des Soldaten hielt ihn zurück.

»Lasst mich!«, protestierte er und versuchte, sich loszureißen. »Ich muss zu ihm!«

»Lasst ihn gehen, Trond«, ertönte eine Stimme zu ihrer Seite.

Ein Magier kam auf sie zugeschritten. Delia kannte ihn nicht und dennoch wusste sie, wer er war. Atorius, der Anführer der Sucher, dessen Namen die Soldaten voller Ehrfurcht aussprachen.

Ivan fuhr fuchsteufelswild zu ihm herum.

»Warum macht Ihr das?« Seine Stimme überschlug sich beinahe. »Lasst ihn in Ruhe!«

Der Magier gab dem Soldaten ein Zeichen, der den Jungen packte und ihn zwang, das Geschehen mit anzusehen.

»Sieh hin«, sagte Trond drohend. »Sieh dir deinen *Bruder* …«, er spuckte das Wort aus, als würde es ihm Übelkeit bereiten, »… einmal mit unseren Augen an.«

Atorius kam auf Delia zu, die unwillkürlich einen Schritt zurückwich. Seine Stimme wurde sanfter, als er sich an sie wandte.

»Du bist Delia? Weißt du, weshalb wir so mit ihm umgehen?«, fragte er. Sie schüttelte stumm den Kopf. »Hat Ivan dir von seiner Flucht erzählt?« Das Mädchen nickte. »Dann wird er einige Teile ausgespart haben. Siehst du den Soldaten dort drüben, der die Standarte trägt?«

Delia sah in die gewiesene Richtung und erkannte, dass der Mann sich schützend eine Hand vor das Gesicht hielt. Sie schreckte zurück, als sie sah, dass ein Lid zerrissen und seine gesamte Gesichtshälfte von bläulichen Blutergüssen bedeckt war.

»Euer Freund hat das getan. Sieh dich weiter um. Nicht viele sind in den letzten Tagen von ihm verschont geblieben.«

Delia musste einen Brechreiz unterdrücken, als sie ihren Blick weiterschweifen ließ. Einem Mann war ein Verband um den Kopf angelegt worden. Dort, wo das Ohr hätte sein müssen, war der weiße Stoff mit Blut getränkt. Ein anderer hatte fast abgeheilte

Bissspuren am Hals. Wieder einem anderen fehlte der Ringfinger, der nun in einem entzündeten Stumpf endete. Das Mädchen konnte ihr Entsetzen kaum verbergen. Sie hatte eine Hand vor den Mund geschlagen.

»Ich hoffe, du kannst unsere Beweggründe nun besser nachvollziehen.« Atorius wandte sich an Ivan. »Dein Bruder ist zum Problem geworden.«

Der Junge verschränkte die Arme vor der Brust. »Wenn Ihr wollt, dass er aufhört, seine Wärter zu verletzen, dann lasst ihn gehen. Hört auf, uns gefangen zu halten.«

»Gefangen?«, fragte der Magier mit einem amüsierten Unterton. »Wenn ihr meine Gefangenen wäret, wäre es niemandem von euch gelungen, fortzulaufen. Wovor eigentlich? Wir sind nicht eure Feinde.«

»Ihr habt Lune zurückgelassen!«, brüllte Ivan. »Das zeigt mir doch, dass die Kinder Euch einen feuchten Dreck scheren!«

»Ihr selbst habt den Wechselbalg im Stich gelassen, hungrig und allein in einem Wald, den er nicht kennt. Damit habt ihr ihn dem Tod überlassen, also komm mir nicht mit Moralpredigten und Gewissen.«

Delia hatte das Gefühl, als würde ihr Inneres zu Eis gefrieren. Lune! Sie hatte nicht einen Gedanken an sie verschwendet, seit sie aufgewacht war. Aus irgendeinem Grund war sie davon ausgegangen, dass sie irgendwo im Lager war, den Morgen verschlief oder Ty beruhigte. Ihr war gar nicht in den Sinn gekommen, dass sie verschwunden sein könnte, oder war sie …? Nein, an diese Möglichkeit wollte sie nicht denken. Lune war entkommen, gemeinsam mit Ty, so musste es sein.

Und wenn nicht?, meldete sich eine leise Stimme in ihrem Kopf. *Dann ist es deine Schuld. Wenn sie in dem Feuer gestorben sind, bist du allein dafür verantwortlich.*

»Wie auch immer, ich bin nicht hier, um mit dir zu diskutieren«, fuhr der Magier fort. »Es liegt jetzt an dir, Ivan, deinen Bruder zu überzeugen, sich nicht länger zu sträuben.« Er beugte sich zu ihr hinunter. »Lass dir gesagt sein, das ist seine letzte Chance.«

Ein Zittern durchlief den Körper des Jungen. »Was soll ich tun?«

»Sprich mit ihm. Sage ihm, dass er sich keinen Fehltritt mehr leisten kann, wenn er nicht mein Missfallen zu spüren bekommen will.«

Der Junge konnte dem scharfen Blick des Magiers nicht standhalten. Er drehte sich um und lief auf die Stelle zu, an der sein Bruder wild umherblickte. Das Mädchen folgte ihm mit einigem Abstand.

»Verstehst du, warum es so wichtig für die Sucher ist, Ordnung in ihren Reihen zu halten?« Atorius ging neben ihr her.

»Ja«, antwortete sie leise.

»Menschen wie Igor bilden einen Störfaktor, der das gesamte System gefährden kann. Er könnte die anderen Ausgesonderten gegen uns aufhetzen und das Ergebnis könnte unschön enden, wenn auch nur für nichtmagische Personen. Und dazu tut er es grundlos. Sam hat das verstanden.« Er warf ihr einen Seitenblick zu. »Ich habe nicht vor, dem Jungen ein Leid anzutun, aber sollte er nicht auf der Stelle aufhören, die Menschen um ihn herum zu gefährden, sehe ich mich zum Handeln gezwungen.«

»Das kann ich nachvollziehen.« Und es stimmte. Was Igor da tat, ekelte sie an.

Sie blieben stehen und beobachteten, wie Ivan mit festen, entschlossenen Schritten auf seinen älteren Bruder zuging. Igors Pupillen waren geweitet und geplatzte Äderchen durchzogen das Weiße seiner Augen. Die Soldaten ließen den Jungen passieren, der sich seinem Bruder behutsam näherte.

»Gory.« Igor schien ihn einen Moment lang nicht zu erkennen, doch dann entspannten sich seine Züge merklich. Ivan trat auf ihn zu. »Es ist genug«, sagte er. In seiner Stimme schwang eine eigenartige Traurigkeit mit.

»Wo warst du?«, fragte Igor. »Sie haben dich von mir ferngehalten, nicht wahr? Diese verfluchten Bastarde!«

Er atmete schwer und bleckte bei jedem Wort, das er sprach, die Zähne.

»Du musst dich beruhigen«, wies der kleinere Junge ihn zurecht. »Sie werden uns nichts tun. Ihre einzige Bedingung ist, dass wir uns nicht länger wehren.«

»Glaub ihnen nicht«, knurrte Igor. »Glaub ihnen kein Wort. Du weißt, wie es enden wird. Sie wollen dich gefügig machen. Lass es nicht zu, dass sie dich einsperren.« Sein Blick wurde flehend und seine Worte klangen beinahe wieder normal verständlich. »Du musst mir vertrauen, Iv, ich bringe uns raus. Ich weiß, ich kann es. Ich beweise es dir.«

Von ihrem Aussichtspunkt aus konnte Delia bloß Ivans Rücken sehen. Er hatte die Schultern hochgezogen. Seine ganze Haltung drückte seine missliche Lage aus. Dabei verstand sie nichts von dem, was Igor da von sich gab. Es war, als spräche er im Fieberwahn.

»Tu es nicht«, flüsterte Ivan. »Du wolltest dich nicht verändern, erinnerst du dich? Du wolltest niemals nachgeben, es besser machen. Also bitte, triff jetzt die richtige Entscheidung. Gib auf und versuche, auf dieses Versprechen zu vertrauen. Dir wird nichts geschehen.«

Igor trat einen Schritt zurück, als hätte man ihn geohrfeigt. Dann trat ein merkwürdiger Glanz in seine Augen.

»Verschwinde, Iv«, grollte er.

»Igor«, wisperte Ivan und seine Stimme brach. »Nicht.«

»Das genügt.« Atorius trat in den Kreis. Seine Miene hatte sich verhärtet. Igor stieß einen kehligen Laut aus, halb unterdrücktes Knurren, halb Fluch. Er schob seinen Bruder hinter sich, als wollte er ihn vor dem Magier beschützen. Oder als wollte er nur den Weg zum Angriff freiräumen.

»Nein«, bat Ivan erstickt. »Er kann nichts dafür. Bitte.« Ein Soldat ergriff ihn am Kragen und zog ihn aus der Gefahrenzone. Sein Bruder stieß einen Wutschrei aus.

Bevor Igor weiter reagieren konnte, wurde er hinterrücks von zwei Soldaten gepackt, die ihm die Arme auf den Rücken drehten. Er wand sich, konnte sich aber nicht befreien. Die Sehnen an seinem Hals traten deutlich hervor, als er sich keuchend zur Wehr setzte. Der Magier kam näher. Er war ein gutes Stück größer als der dunkelhaarige Junge. Er hob eine Hand, die bläulich glühte.

»Ich werde dir ein Geschenk machen«, verkündete er seinem Gegenüber so leise, dass Delia ihn nur noch mit Mühe verstehen konnte. »Es wird eine Gnade sein, auch wenn du das nicht so sehen wirst.«

Dann berührte er die Stirn des Jungen. Igor riss die Augen auf. Die Soldaten ließen ihn los und er taumelte zurück. Verwirrt blinzelnd griff er sich an die Schläfe. Allmählich wurde die Verwirrung zu blankem Entsetzen.

»Was habt ihr getan?« Seine Stimme überschlug sich. Der Junge zitterte am ganzen Körper. Mit wild rollenden Augen stürzte er auf den Magier zu und klammerte sich an ihm fest. »Hört auf damit!« Ein Wimmern kam über seine Lippen. »Bitte, *bitte*, macht, dass es aufhört!«

Trond riss ihn von dem Magier weg und stieß ihn ins Gras, wo er zusammengerollt liegen blieb. Er wiegte sich hin und her. »Ich bin Igor«, wisperte er. »Ich bin Igor. Ich bin Igor. Ich bin Igor.«

»Was ist los mit ihm?«, rief Ivan entsetzt und stürzte neben seinem Bruder auf die Knie. »Sieh mich an«, bat er. »Igor, sieh mich an!«

Seine Verzweiflung durchdrang Delia wie ein Stachel. Sie verstand nicht, was vor sich ging.

Igor schluchzte auf und griff nach dem Arm seines Bruders. »Iv, es verschwimmt alles, alles verblasst.« Er zog ihn näher zu sich heran. Seine Lippen bewegten sich, als er seinem Bruder etwas ins Ohr raunte, das das Mädchen nicht verstehen konnte. Seine verkrampften Finger entließen Ivan und er sank zuckend zurück. Delia sah die Tränen auf dem Gesicht des kleineren Jungen.

Zum ersten Mal erschien ein echtes Lächeln auf Igors Gesicht, auch wenn es unglaublich traurig war. »Du wirst … immer … mein Bruder bleiben.«

Dann wurde sein Blick eigentümlich leer. Ivan stolperte zurück, als Igor sich auf die Knie kämpfte. Dann entrang sich ein fürchterlicher Schrei seiner Kehle und er presste die Stirn ins Gras. Die Hände hatte er im Nacken gefaltet und ein Schluchzen schüttelte ihn. Es dauerte eine Weile, bis er sich beruhigt hatte. Dann wurde es still. Igor hob den Kopf.

Alle Aggressivität war aus seinen Augen verschwunden, aller Schmerz. Er sah sich um, schien nicht erfassen zu können, was er sah. Er fuhr sich mit der Hand über die Augen, als wäre die Umgebung vor ihm ein Trugbild, welches ihm sein Gehirn vorgaukelte.

»Gory?« Ivan trat zögerlich vor. Seine Unterlippe bebte. »Erkennst du mich? Weißt du, wer ich bin?«

Igor starrte ihn an. Langsam kam er auf die Beine. Er runzelte die Stirn, als versuchte er, die Worte zu verstehen. Dann schüttelte er sichtlich verwirrt den Kopf.

»Nein, es tut mir leid«, antwortete er unsicher.

Delia schnappte nach Luft. Selbst seine Stimme hatte sich verändert. Ohne die Bitterkeit und den beißenden Spott hatte er eine angenehme Art, zu sprechen. Aber wer war er? Sie war sich vollkommen sicher, dass Igors Persönlichkeit nicht mehr existierte. Das Mädchen hatte begriffen, was Atorius getan hatte: Der Magier hatte ihm sein Gedächtnis genommen. Indem er seine Erinnerungen gelöscht hatte, hatte er ihm auch seinen Hass gegen die Magier genommen. Der Junge war ein unbeschriebenes Blatt.

Als sie in Ivans gequältes Gesicht blickte, musste sie sich abwenden. Trotzdem konnte sie sich nicht gegen das Gefühl wehren, dass sie an Atorius' Stelle die gleiche Entscheidung getroffen hätte.

Delia folgte Atorius zurück ins Lager. Erst jetzt bemerkte sie die Fackeln, die um die Zelte herum in den Boden gerammt worden waren. Sie war sich ziemlich sicher, dass man sie von nun an bei Dunkelheit entzünden würde. Offenbar waren die Wachposten aufgefordert worden, auch in den Nächten zu patrouillieren. Sie fühlte sich unbehaglich. Was wollte Atorius von ihr? Sie wusste nicht so recht, was sie zu erwarten hatte. Waren ihre Freunde auch von ihm aufgefordert worden, sich einem persönlichen Gespräch zu unterziehen, während sie ohnmächtig gewesen war? Würde er sie bestrafen dafür, dass sie das Lager gefährdet hatte?

Delia sah sich nach einem bekannten Gesicht um. Ihr Herz machte einen aufgeregten Satz, als sie Henrik erblickte. Sie wollte ihm zurufen, als auch er sie bemerkte. Ihr Bruder aber wandte sich brüsk ab und verschwand eilig zwischen den Zelten. Es versetzte ihr einen Stich.

Der Magier führte sie zu einem ausladenden Pavillon. Vor dem Eingang wartete ein Mann. Sein schwarzer Mantel war abgetragen und das Kettenhemd darunter wies rostige Flecken auf.

»Ah, Lawson«, begrüßte ihn Atorius.

Der Mann neigte knapp den Kopf, zu kurz, als dass es höflich gewesen wäre. »Ihr wolltet mich sprechen.« Seine Stimme war harsch. »Womit kann ich Euch dienen?«

»Mit einer kurzen Auskunft über Eure Absichten. Ich kann mir kaum vorstellen, dass ein Söldner meinen Suchern bloß aus Güte zu Hilfe geeilt ist, auch wenn Euch eine Freundschaft mit Sam zu verbinden scheint.«

»Ihr kennt Sam?«, platzte es aus Delia heraus. Woher kannte der Müllerbursche einen solchen Gesellen?

Der Söldner schien sie erst jetzt zu bemerken. Er sah nachdenklich drein, nickte dann aber. »Du bist Delia? Sam hat mir schon so einiges über dich erzählt.« Sie errötete. »Um auf deine Frage zu antworten, ja, ich kenne ihn. Recht gut sogar.«

Ein belustigtes Funkeln stahl sich in seine Augen und nahm ihm etwas von seiner rüden Ausstrahlung. Mit einem letzten Blick auf sie widmete er seine Aufmerksamkeit wieder dem Magier.

»Ich werde mich kurzfassen, da Ihr anscheinend beschäftigt seid. Nur so viel: Ich habe es für den Jungen getan und ich bezweifle, dass ich Euch noch von großem Nutzen sein werde. Deshalb werde ich noch heute aufbrechen.«

»Man wird Euch für Euren Großmut entlohnen, bevor Ihr abreist.«

Der Söldner nickte und schritt dann davon. Der Magier sah ihm nach. Delia meinte, in seinen Augen so etwas wie Abscheu zu erkennen, aber vielleicht war es auch nur Einbildung gewesen.

Er bedeutete ihr, einzutreten. Eine bläuliche Feuerkugel schwebte an der Zeltdecke und tauchte den Raum in ein kühles Licht. In der Mitte standen mit rotem Samt bezogene Schemel. Am anderen Ende war ein Schreibtisch aufgebaut, auf dem Pergamente und Schriftrollen verstreut lagen. Das Mädchen erkannte eine Landkarte, auf der hölzerne Figuren verteilt waren. Sie fragte sich, wo sie sich zurzeit befinden mochten.

In Eschenbach erhielten die Stadtkinder eine recht dürftige Bildung. Der alte Wanderpriester hatte sich während der kalten Wintermonate mit ihnen in der heruntergekommenen Bibliothek getroffen. Er hatte seine Schützlinge Lesen und Schreiben gelehrt, hatte ihnen veraltete Landkarten gezeigt und ihnen von der Geschichte ihres Reiches erzählt. Er hatte ihnen aus Büchern vorgelesen, die er für sie ausgewählt hatte, aber nichts war ihr jemals brauchbar vorgekommen. Plötzlich fühlte sie sich in der Gegenwart des Magiers sehr jung und unwissend.

»Setz dich, Delia«, wies Atorius sie an, als er hinter ihr den Pavillon betrat.

Gehorsam ließ sie sich nieder und verschränkte die Hände im Schoß. Sie wagte es nicht, den Blick zu heben. Er setzte sich ihr gegenüber. Sie wusste, dass er sie eingehend betrachtete. Delia biss sich auf die Innenseite ihrer Wange. Was hatte der Magier mit ihnen vor, nachdem sie seine Männer lächerlich gemacht hatten? Für ihn waren sie nur dumme Kinder. Ihre Eingeweide verknoteten sich unter seinem Blick.

»Es ist wirklich beeindruckend, wozu du schon in so jungen Jahren imstande bist«, brach er schließlich das Schweigen.

»Was?« Delia sah verwirrt auf. Sie hatte mit vielem gerechnet, aber nicht damit.

»Nicht viele unserer Novizen hätten eine solche Demonstration ihrer Macht überlebt, auch wenn du großes Glück hattest, dass wir rechtzeitig eingegriffen haben.«

»Das weiß ich«, murmelte sie verschämt. »Ich wusste nicht, dass so etwas passieren könnte.«

»Ich mache dir aus dem Geschehen keinen Vorwurf«, versicherte er ihr. »Aber eine derartige Eskalation deinerseits darf sich nicht wiederholen.«

»Ich verspreche es.« Delia sah ihn flehend an. »Es wird nie wieder vorkommen.«

Er neigte zustimmend den Kopf, scheinbar befriedigt durch ihr einsichtigen Verhalten. »Es freut mich, das zu hören.« Atorius legte die Fingerkuppen aneinander. »An was erinnerst du dich noch?«

Delia räusperte sich verlegen. »Ich habe beobachtet, wie die Soldaten und ein Magier die Banditen auf der Straße in die Flucht schlugen. Sam war auch dabei. Er war es, der mich entdeckt hat. Als sie mich einholten, ist es einfach … passiert.«

»Kannst du es näher beschreiben?«

»Es war ein Gefühl, als staute sich ein Druck in mir auf. Als es beinahe unerträglich wurde, dem standzuhalten, ist es aus mir … herausgebrochen.« Sie wusste nicht, wie sie das Erlebte in Worte fassen sollte. »An mehr kann ich mich nicht erinnern, nur dass es sich *gut* angefühlt hat.«

Seine Lippen verzogen sich zu einem wissenden Lächeln. »Ich verstehe.«

Delia überlegte kurz und schluckte, bevor sie die Frage stellte. »Was ist mit meinem Bruder? Kann er … ich meine, ist er so wie ich?«

»Du willst wissen, ob auch er ein Magier ist.«

Sie nickte. Beinahe fürchtete sie, zu viel gesagt zu haben. Er war bisher freundlich zu ihr gewesen, jedoch wagte sie es nicht, ihm wie einem gewöhnlichen Erwachsenen zu begegnen. Selbst die anderen Magier verhielten sich ihm gegenüber stets respektvoll, geradezu ehrerbietig, obwohl er einer der ihren war.

»Es ist eher selten, dass Geschwister ihre magischen Begabungen teilen«, fuhr er fort. »Allerdings wurde auch er ausgesondert, also ja. Er hat magisches Potential.«

Sie wollte nach den anderen Kindern fragen, aber irgendetwas hielt sie davon ab. Stattdessen wollte sie wissen: »Was wird nun mit Igor geschehen?«

»Eine gute Frage«, lobte er sie. »Man wird ihn resozialisieren. Das bedeutet, man wird ihn in ein Umfeld bringen, in dem er sich einleben kann und wo er lernen wird, wie er sich in die Gesellschaft zu integrieren hat. Es ist ein Neuanfang, eine andere Perspektive.«

»Und Ivan? Wird er nicht versuchen, seinen Bruder zurückzubekommen?«

»Ivan wird zweifellos versuchen, seinem Bruder zu erklären, was mit ihm geschehen ist. Seine Bemühungen jedoch, ihm sein Gedächtnis zurückzugeben, werden scheitern.« Seine Stimme war gleichgültig. »Ich werde dafür Sorge tragen, dass der Junge von Igor ferngehalten wird. Es wird für alle beide von Vorteil sein. Ivan war ohnehin zu abhängig von seinem Bruder und hat sein ganzes Dasein nach ihm ausgerichtet.«

Delia nickte. Sie musste ihm Recht geben. Ivan würde möglicherweise sogar glücklicher werden, wenn er mehr Zeit für sich selbst fand und seine eigenen Interessen zählten, nicht Igors. Ohne Igor wäre er niemals weggerannt, hätte sich nie in dieser misslichen Lage befunden.

Das Mädchen befeuchtete ihre Lippen. »Wenn Ihr erlaubt, würde ich gern noch eine letzte Frage stellen.«

»Nur eine?« Er zog die Augenbrauen hoch. Sein leichter Spott ermutigte sie.

»Was ist mit Lune geschehen? Habt Ihr sie wirklich zurückgelassen? Ist sie in Sicherheit?«

In seinen Zügen blitzte eine Härte auf, die ihr einen Schauder über den Rücken jagte. »Eure Freundin haben wir nie aus den Augen verloren. Ich weiß, wo sie sich aufhält.«

Bodenlose Erleichterung durchströmte Delia. »Danke.«

Mehr würde sie nicht zu hören bekommen, aber es hatte genügt. Er hatte keinen Grund, sie zu belügen.

Atorius stand auf und sie folgte seinem Wink. Er schritt durch den Pavillon und sah auf seine Unterlagen hinab. Der Magier strich über eines der Pergamente und las einen Gegenstand auf. Dann trat er auf sie zu. »Streck deinen Arm aus.«

Zögerlich tat sie, wie geheißen. Der Steinarmreif lag kühl auf ihrer Haut, als er ihn um ihr Handgelenk schloss. Er war aus einem roten Onyx gefertigt, in den Symbole eingraviert waren.

»Es wird dir helfen, deine Kräfte einzudämmen«, erklärte er. »Keine Sorge, ich werde ihn wieder entfernen, sobald wir unser Ziel erreicht haben. Du kannst jetzt gehen.«

»Ich danke Euch«, flüsterte sie und wandte sich dann hastig ab. Eilig verließ sie das Zelt, sah sich aber verstohlen noch einmal zu ihm um. Da war keine Freundlichkeit in Atorius' Augen, nur kühle Berechnung.

Zu neuen Ufern

JARED

Eure Geschichte ist kaum zu glauben«, stellte Loni fest und schüttelte betreten den Kopf.

»Wohl war«, pflichtete ihm Graham bei und schlug mit der flachen Hand auf den Tresen. »Verdammte Hurensöhne sind das, dieser Söldnerabschaum aus den Frostfängen.«

»Recht hast du«, donnerte Jari und prostete dem schmierigen Hafenarbeiter neben sich zu, ehe er einen weiteren tiefen Zug Met nahm. Das widerliche Gesöff verrann in seinem geflochtenen schwarzen Bart, der wie ein ranzig gewordenes Stück Butter roch. An seiner knolligen Nasenspitze klebte der Schaum und tropfte ihm auf die ohnehin schon fleckige Kleidung.

Jared zog die Nase kraus und verschränkte die Arme vor der Brust. Gelangweilt stützte er die Ellenbogen auf das polierte Holz der Theke. Espen, der neben ihm saß, döste immer wieder ein und schreckte auf, wenn sein Kopf zu tief nach unten sank. Allmählich begann er zu bezweifeln, dass dieser Abstecher in irgendeiner Weise nützlich sein würde. Der Zwerg war inzwischen bei seinem achten Krug angelangt und das würde mit Sicherheit nicht sein letzter sein. Die Zunge war ihm inzwischen so schwer geworden, dass er kaum noch zu verstehen war. Dieser Umstand wurde noch verschärft durch seine eigentümliche Aussprache. Zwerge hatten einen grollenden Akzent, als würden sie Kiesel zwischen den Zähnen zermalmen.

Es war das erste Mal, dass Jared einem leibhaftigen Zwerg begegnete, und er war mehr als enttäuscht. Er hatte sich dieses Volk so anders vorgestellt, mehr wie in den Geschichten, die seine Mutter ihm vor dem Schlafengehen erzählt hatte. Dort waren sie große Schmiedemeister gewesen, die mit bloßen Händen glühendes Eisen formen konnten und prächtige Dinge erschufen. Jari dagegen war lediglich ein gewöhnlicher Trunkenbold und auch sein Bruder Loni reichte nicht an seine Vorstellungen heran, obwohl er gepflegter war, sowohl im Aussehen als auch im Benehmen. Jared hatte erfahren, dass sie nicht einmal in einer Schmiede arbeiteten, sondern einfache Holzschnitzer waren.

Die beiden Brüder waren die einzigen Zwerge in der Schenke, doch keiner schien sich über ihren Anblick zu wundern. Selbst zu dieser späten Stunde war die schmuddelige Kneipe noch immer gut besucht. Dockarbeiter und Seeleute hoben gemeinsam einen und tauschten grölend Geschichten über Piraten, Schmuggelwaren und berühmte Schiffe aus, die in ihren Hafen eingelaufen waren.

Jared klangen die Ohren. Am liebsten hätte er sich irgendeinen verlassenen Anleger gesucht und wäre mit dem Geräusch der glucksenden Wellen eingeschlafen. Stattdessen hockte er hier und musste sich die schwachsinnigen Erzählungen über Heringe und Meerjungfrauen anhören, die Jari lallte. Es hatte mehrere Stunden gedauert, bis Rhenawen endlich die Gelegenheit fand, ihre eigenen Erlebnisse zu schildern, auch wenn sie einige Punkte abänderte. Sie verschwieg das Versprechen, das ihr der Verwundete abgerungen hatte, und verlor auch kein Wort über das merkwürdige Artefakt in ihrem Beutel.

Den Blicken nach zu urteilen, die sie Graham zuwarf, war er der Grund für ihr Schweigen. Anscheinend gehörte er nicht zu ihrem Bekanntenkreis oder sie vertraute ihm nicht genügend. Jared konnte ihr im Stillen nur beipflichten. Der Hafenarbeiter war ein kräftiger Mann, auf dessen muskelbepackten, nackten Oberarm ein Anker tätowiert war. Sein kahler Kopf glänzte in dem schwachen Licht und sein Mundwerk war entschieden zu lose, als dass er ein Geheimnis bewahren könnte.

Jared sah sich missbilligend in der schwach beleuchteten Hafenkneipe um. Ein penetranter Geruch nach Fisch und Moder erfüllte den Schankraum. Alles schien von Feuchtigkeit befallen zu sein. Die Bänke, die Tische, der Hocker, auf dem er saß. Das Holz war aufgequollen und knarrte bei jeder seiner Bewegungen. Das Licht der Talklampen war spärlich, sodass auf den Tischen zusätzlich dickbäuchige Kerzen standen, deren Wachs in Bahnen über das Holz lief.

Fröstelnd zog der Junge die Schultern hoch, als einer der Arbeiter aus der Tür torkelte und einen eisigen Windstoß hereinließ. Espen zuckte zusammen und wachte erneut auf. Verwirrt sah er sich um, bis ihm wieder dämmerte, wo er sich befand.

Ein Lächeln stahl sich auf Jareds Lippen und er stieß den blonden Jungen mit der Fußspitze an. Espen grinste zurück und verdrehte dann demonstrativ die Augen. Seit er den Schock der Ereignisse verwunden hatte, war er wie ausgewechselt und lachte und scherzte mit ihnen.

Auf ihrer Reise hatte er sich als angenehme Gesellschaft erwiesen, nicht so wie Rhenawen, die seit ihrem Aufbruch von der Kapelle bloß mit ihnen gesprochen hatte, wenn sie eine Rast einlegen sollten oder es Holz zu sammeln gab.

»Ich hoffe, es ist bald vorbei«, flüsterte Espen ihm zu.

»Ich auch«, murmelte Jared zurück.

Der verstauchte Knöchel von Espen hatte sie aufgehalten, doch nach sechs Tagen hatten sie Möwenstadt endlich erreicht.

Und wofür?, fragte sich der Junge entnervt. *Um dieser besoffenen Amphore jeden Satz mehrfach vorzukauen?*

Soweit Jared es beurteilen konnte, wirkte selbst Rhenawen allmählich ungehalten, nachdem sie die halbe Nacht lang belanglose

Konversation geführt hatte. Er bewunderte jedoch die stoische Geduld, mit der sie den beiden Betrunkenen begegnete. Jared hatte irgendwann aufgehört zuzuhören, hatte am Rande jedoch mitbekommen, dass sie auf ihre Mitmenschen einging und sich deren Leidensgeschichten anhörte, ehe sie auf ihre eigene Misere zu sprechen kam. Dabei gelang es ihr, den Vorfall beiläufig zu erwähnen und dabei den Anschein zu erwecken, als wäre nun die Jagd auf Rebellen eröffnet worden, die sich noch in den Grenzgebieten aufhielten, anstatt zuzugeben, dass diese Verfolgung gezielt verlaufen war. Graham und Jari nutzten die Gelegenheit, sich über die feindliche Übernahme auszulassen und auf die Besatzer mit ihren bezahlten Söldnerheeren zu schimpfen.

Loni jedoch hatte die Stirn in Falten gelegt und wirkte ernstlich besorgt.

»Jari«, unterbrach er den Zwerg mitten in einer Schimpftirade. »Erinnerst du dich noch an unseren Besuch in Schwarzheim? Vielleicht solltest du Rhenawen davon erzählen, wo sie doch in eine solch unglückliche Geschichte hineingeraten ist. Ich bin sicher, es würde sie interessieren.«

»Was?« Jari kratzte sich am Kinn. »Ach das. Moment, lass mich erst meine Stimmbänder ölen.«

Er kippte die Reste seines Kruges in den Schlund und wischte sich dann ungeniert mit dem Ärmel über den Mund. »Ah, das tut gut. Es gibt nichts Besseres als kühlen Met bei einer guten Erzählung.« Jari hickste. »'tschuldigung. Ich weiß nich viel, habe aber was aufgeschnappt, als wir zuletzt die bucklige Verwandtschaft besucht haben. Das war ein munteres Zusammentreffen …«

Sein Bruder räusperte sich. »Komm auf den Punkt, Jari.«

»Gut, gut«, brummte der Zwerg, »drängle doch nich so. Mache ich doch auch nich. Also hört zu. Hatte mich mit ein paar Kumpels aus der Mine getroffen. Loni hier ist bei Mutter geblieben, die ihn unbedingt aufpäppeln wollte. Meinte, er hätte zu wenig Speck auf den Rippen. Jedenfalls bin ich mit den Jungs einen heben gegangen, in irgendeiner verlotterten Kneipe, und der Wirt war verdammt gesprächig.« Er lehnte sich zu Graham rüber. »War wohl froh, dass er mal wieder Kundschaft hatte. Seitdem die Silberadern in seinem Viertel erschöpft sind, hat der nur noch Höhlenklopfer als Gesellschaft, der arme Tropf, und die vertragen nun wirklich nichts. Liegen schon nach ein paar Schlucken wie ertrunkene Ratten auf dem Boden.« Er lachte, doch als er Rhenawens Blick bemerkte, fuhr er eilig fort. »Wie dem auch sei, er war froh, uns zu sehn, und begann zu tratschen über dies und das.«

Jared und Espen beugten sich vor. Endlich schien es interessant zu werden. »Meinte, er hätte in letzter Zeit häufiger Leute vom großen Volk bei sich gehabt. Haben wohl kaum was getrunken und immer nur die Köpfe zusammengesteckt. Klar hat er da besonders genau hingehört. Redeten wohl viel über die Klopperei an der Grenze und irgendwelche Stützpunkte.« Wieder hickste er. »Einmal ist einer der Kerle allein gekommen, ohne seine Kumpane, und hat sich kräftig einen angesoffen und plauderte danach aus dem Nähkästchen.« Der Zwerg tippte sich an die Nase. »Behauptete wohl, er sei ein Rebell und allein zurückgeblieben und alle anderen seien fort. Als der Wirt nachfragte, wohin sie denn alle gegangen wären, begann er sich darüber zu beklagen, dass sie viele ihrer Stützpunkte wegen der heranmarschierenden Soldaten verloren hätten. Seien abgefackelt oder geplündert worden. In diesen Zeiten gebe es nirgends ein sicheres Versteck. Angeblich hat man alle zurückgerufen und nur vereinzelte Rebellen wurden angewiesen, als Augen und Ohren in den Städten zu bleiben. Alle übrigen versammelten sich also in einer sogenannten Zuflucht, die nicht lange eine Zuflucht bleiben sollte.« Er kicherte über seine Wortwahl, als wäre dieser Satz besonders findig gewesen. »Irgendeiner hat sie verraten und sie wurden ausgeräuchert. Als der Wirt nachfragte, ob sie denn nun besiegt seien, vertraute dieser Kerl ihm an, dass einige entkommen konnten und sich über das Meer zurückgezogen haben. Um sich neu zu formieren oder so ein Gefasel. Haben wohl Patrone dort drüben, die sie unterschütz… ne unterstüz… unterstützen.« Er knallte den Krug auf den Tresen, um die richtige Aussprache des Wortes gebührend zu unterstreichen. »Jawohl, unterstützen.« Er schniefte. »Und hier sind sie, puff, verschwunden.«

»Nein«, polterte Graham. »Du Fischhirn, überleg doch mal. Wahrscheinlicher ist, dass sie sich irgendwo versteckt halten und mit anderen Reichen paktieren. Hab gehört, viele hätten sich der loranischen Armee angeschlossen …«

Jared hörte schon nicht mehr zu. Er spürte nervöse Aufregung in sich aufsteigen. Cantos. Warum hatte er nicht eher daran gedacht? Das südliche Reich jenseits des Grenzgebirges war der ideale Zufluchtsort für sie. Wenn der Widerstand tatsächlich dort zu finden war, würde es einfacher werden als gedacht. Ihre Verfolger würden es nicht wagen, sie dort zu suchen. Das einzige Problem bestand darin, die südlichen Lande überhaupt zu erreichen.

Er sah zu Rhenawen hinüber, deren Miene nur allzu deutlich zeigte, was sie von dieser neuen Information hielt. Sie sah aus, als müsste sie die Kaskade von Flüchen, die ihr auf der Zunge lag, mühsam hinunterschlucken. Er hatte sich geirrt. Das Problem bestand vielmehr darin, sie davon zu überzeugen, ihr Versprechen einzulösen und nach Cantos aufzubrechen. Denn das wollte er. Dort wäre er endlich frei. Niemand würde ihm dorthin folgen, nicht einmal die Söldner. Und wenn er Espen damit helfen konnte, umso besser.

Loni hatte Rhenawen eine schwielige Hand auf die Finger gelegt und redete leise auf sie ein. Jared musste die Ohren spitzen, um ihn zu verstehen.

»… nicht tun. Eine solche Reise wäre zu riskant. Weiß Griffin davon?«

»Nein, weiß er nicht, und ich habe nicht vor, es ihm zu erzählen. Ich habe euch nicht alles gesagt«, teilte sie ihm leise mit. »Jari hat entschieden zu viel getrunken und dieser Plaudertasche von Hafenarbeiter traue ich nicht weiter, als ich spucken kann.« Sie senkte die Stimme. »Es gibt etwas, das wir diesen Rebellen überbringen müssen, und es scheint, als würden unsere besten Chancen in Cantos liegen. Sie sind im Norden zu weit zerstreut, um einfach die Gegend zu durchkämmen und auf das Beste zu hoffen.«

»Was dir überhaupt nicht gefällt«, bemerkte der Zwerg.

»Das kann ich nicht behaupten, nein. Ich kenne mich dort nicht aus. Alles, was ich von diesem Reich gesehen habe, sind Karten und alte Verzeichnisse der Handelsrouten. Wir wären vollkommen auf uns allein gestellt. Ich habe dort keine Kontakte, geschweige denn eine vernünftige Erklärung für unsere Suche vor Außenstehenden. Ich glaube nicht, dass viele Cantosi interessiert wären, sich mit den Rebellen zu unterhalten.«

Rhenawen rieb sich die Stirn und seufzte schwer. Sie sah unglaublich müde aus.

»Denkst du, dieser Rebell, von dem Jari erzählt hat, ist noch immer in Schwarzheim?«

Jared spannte sich unmerklich an, doch die nächsten Worte des Zwerges zerschlugen seine Befürchtungen. »Nein, darauf würde ich an deiner Stelle nicht hoffen. Sie hätten keinen schlechteren Mann für diesen Posten finden können. Er wird längst wieder aufgebrochen sein, um seine Kameraden zu suchen.«

»Verdammt.« Sie knirschte mit den Zähnen. »Fein, dann bleiben nicht mehr viele Möglichkeiten.«

»Das eigentliche Problem ist doch«, warf Espen ein, der nicht einmal versuchte, zu verhehlen, dass er offen lauschte, »wie sollen wir nach Cantos gelangen?«

»Wir befinden uns in einer Hafenstadt«, sagte Rhenawen unwirsch. »Denk mal scharf nach und zieh dann deine Schlüsse.«

Espen starrte sie aufgebracht an und machte bereits den Mund zu einer Erwiderung auf, als Jared ihn unterbrach. »Und womit, bitte, sollen wir die Überfahrt bezahlen?«

Rhenawen lächelte ihn hochmütig an. »Lass das meine Sorge sein. Und außerdem«, fügte sie hinzu, »wer hat hier von *wir* geredet?«

»Ich hatte dir bereits erklärt, dass ich ebenfalls verpflichtet bin …«, setzte Jared an, doch sie schnitt ihm das Wort ab.

»Davon rede ich nicht. Du kannst tun, was auch immer du willst. Ich jedoch sehe hiermit meinen Anteil als erfüllt an. Und versuch nicht, mir irgendetwas anderes zu erzählen, verstanden?«

Sie funkelten sich aufgebracht über den Tresen hinweg an.

»Immer mit der Ruhe, Kinder«, warf der Zwerg ein. »Worum geht es hier eigentlich wirklich?«

Wortlos warf Rhenawen ihm das Säckchen hin und verschränkte die Arme vor der Brust. Loni musterte es, ehe er es aufschnürte und den Inhalt betrachtete.

Er schürzte die Lippen und schien kurz vor sich hin zu grübeln, als ein erschrockener Ausdruck über sein Gesicht huschte. Doch diese Gefühlsregung verschwand so schnell wieder, dass Jared schon glaubte, sie sich eingebildet zu haben.

»Was sollt ihr damit tun?«, fragte er mit ruhiger Stimme und sah das Mädchen an. »Es zu den Rebellen bringen?«

»Nein, nur weit fort«, korrigierte Rhenawen ihn. »Keine sonderlich genaue Anweisung, nicht wahr?«

»Spotte nicht«, schalt er sie. »Das ziemt sich nicht.« Espen sah aus, als müsste er sich das Lachen verbeißen, weil jemand sie belehrte, der ihr gerade einmal knapp über die Hüfte reichte. »Ich weiß nicht, in was ihr da verwickelt seid, und ich erwarte auch nicht, Näheres darüber zu erfahren. Dennoch«, seine Stimme wurde eindringlich, »frage ich mich, ob euch irgendetwas an euren Verfolgern oder wie auch immer man sie nennen mag, aufgefallen ist.«

»Nein«, erwiderte Espen prompt. »Ich habe keinen von ihnen erkannt, keiner von uns hat das.«

Jared nickte. »Sie trugen gewöhnliche Reisekleidung, keine Rüstungen oder ähnliches.«

»Doch«, widersprach das Mädchen und begann in dem Beutel an ihrem Gürtel zu wühlen, aus dem sie eine Handvoll Münzen herauszog. »Die hier hatte einer von ihnen bei sich. Schau dir die Prägungen an.«

Sie nahm eines der Geldstücke auf und hielt es ins Licht der flackernden Talklampe. Die Münze zeigte eine gewundene Linie, die an ein S erinnerte und Jared nicht bekannt vorkam. Sie war abgegriffen, sodass man die kleinen Schriftzeichen am Rand unmöglich entziffern konnte.

»Die Seeschlange von Orestis«, bemerkte Loni. »Keine ungebräuchliche Währung. Sie ist inzwischen in ganz Astor verbreitet.«

Astor, dachte Jared. *Also haben wir richtig vermutet.*

»Diese Münze ist es auch nicht, die mir Kopfzerbrechen bereitet. Schau dir diese hier an.«

Das Mädchen klaubte ein weiteres Geldstück aus dem Haufen und schob es über den Tresen, damit sie alle es begutachten konnten. Jared wurde es eiskalt, als er das Wagenrad erkannte, das in das matte Silber geprägt war.

Bei allen Rachegeistern, das darf nicht wahr sein!

Der Zwerg rieb sich das bärtige Kinn. »Ich habe diese Prägung schon gesehen, aber einordnen könnte ich sie nicht. An der südlichen Küste und auf den Inseln benutzt man eher rechteckige Münzen und sie sieht zu grob aus, um in Astor gefertigt worden zu sein …«

»Rund um die Frostfänge benutzt man diese Währung«, schaltete sich Jared ein und brachte den Zwerg damit zum Verstummen. Er nahm das runde Metallstück in die Hand und drehte es, damit alle die Rückseite sehen konnten. »Auf der anderen Seite ist eine zweiköpfige Wildkatze geprägt, das Zeichen eines der Söldnerheere des Nordens.« Er spie die Worte förmlich aus. »Sie sind bekannt für ihre Grausamkeit und ihre mangelnde Disziplin. Wenn diese Leute mit ihnen paktieren …« Ihm fehlten die Worte und er schüttelte fassungslos den Kopf.

Die Söldner der Frostfänge verließen die Gebirge nur sehr selten, da es kaum jemanden gab, der es wagte, sie anzuheuern. Und über die Jahrzehnte waren sie mehr und mehr zu Plünderern und Vagabunden verkommen. Dass sie sich nun dazu herabließen, konnte nur eines bedeuten: Sie hatten ein sehr viel größeres Anliegen als bloß das Gold der Adeligen. Und er hatte auch schon eine Ahnung, was sie wirklich wollten.

Mich.

»Glaubst du, sie sind hinter uns her?«, fragte Espen.

»Die Söldner selbst, meinst du?«, erwiderte Loni sichtlich beunruhigt. »Nein, ich denke nicht. Sie hätten ihr Wappen offen getragen, schließlich haben sie keinen Grund, sich zu verstecken. Trotzdem sind das beunruhigende Neuigkeiten, denn wer immer diesen Stein sucht, besitzt genügend Autorität und Geld, sie unter seinen Befehl zu stellen.«

Espen runzelte die Stirn. »Nur weil jemand diese Münze besitzt, bedeutet das nicht, dass er mit den Söldnern in Verbindung steht. Er könnte sie überall herhaben.«

»Eben nicht«, brummte Loni.

»Dann weißt du, was es damit auf sich hat?«, hakte Rhenawen nach.

Der Zwerg räusperte sich. Tiefe Sorgenfalten hatten sich in seine Stirn gegraben. »Ich wünschte, ich wüsste es nicht. Das sind wirklich schlechte Neuigkeiten. Wenn ich mich nicht irre und die alten Sitten noch immer gebräuchlich sind, dann ist das hier eine Art Erkennungszeichen. In den Anfangszeiten der Söldnerheere übergaben die neuen Rekruten ihren Familien solche Münzen, um sie vor der Willkür ihrer Kameraden zu schützen. Wer eine solche Münze bei sich trug, dem durfte nicht geschadet werden. Heutzutage jedoch demonstriert man damit seine Zugehörigkeit in einem Vertrag, der mit den Söldnern geschlossen wurde.«

»Verstehe.« Espen kaute nervös auf seiner Unterlippe herum und hatte eine Hand in seinem ausgeblichenen Schopf vergraben. »Scheiße«, hörte Jared ihn murmeln. »Joel, warum hast du mir das nicht gesagt?« Die nächsten Sätze waren zu leise, als dass er mehr hätte verstehen können.

»Ich schätze mal, diesmal kann ich diese Angelegenheit nicht mir selbst überlassen«, murmelte Rhenawen. Sie drehte den Ring an ihrem Finger und fuhr mit dem Nagel die feinen Rillen und Vertiefungen nach.

Jared runzelte verwirrt die Stirn, doch Espen zuckte nur mit den Achseln. »Lass ihr doch ihre Geheimniskrämerei. Ohne kann sie vermutlich nicht leben.«

Rhenawen warf ihm einen gereizten Blick zu, doch ihre nächste Frage galt Loni. »Hältst du es für möglich, dass die Söldner tatsächlich in diese Angelegenheit involviert sind?«

»Das halte ich für denkbar, ja.«

»Also schön«, brach Rhenawen schließlich das Schweigen. »Dann wäre es entschieden.« Sie warf die Hände in die Luft. »Ich bin hier fertig. Seht zu, wie ihr das hinbekommt, aber auf mich könnt ihr nicht mehr zählen. Wäre es anders, vielleicht hätte ich … aber nein. Weiter gehe ich nicht. Das ist Selbstmord.« Sie schob den Schemel zurück und erhob sich. »Ich würde euch Glück wünschen, aber unter diesen Umständen …«

Das Mädchen schüttelte den Kopf und wollte sich abwenden, als eine schwielige Hand sie am Ärmel zurückhielt.

»Ich muss mich doch sehr wundern«, sagte Loni. Seine Augenbrauen waren zu einem Strich zusammengezogen und er starrte sie an, als versuchte er, in ihr zu lesen. »Seit wann überlässt du Gefährten einfach ihrem Schicksal, Rhenawen?«

In ihren grünen Augen flackerte Zorn auf und … waren es Schuldgefühle?

»Ich hätte nicht herkommen sollen«, stellte sie unterkühlt fest. »Ich hätte sie gar nicht erst herbringen dürfen. Es war Zeitverschwendung, euch um Rat zu fragen.«

»Das Mädchen, das ich kannte, war nicht fähig, Jari und mich im Stich zu lassen. Was ist geschehen, dass du es nun könntest?«

Ihre Miene verfinsterte sich und für einen Moment rechnete Jared damit, sie würde den Zwerg schlagen oder ihn anschreien, doch nichts davon geschah. Stattdessen sagte sie leise: »Es ist viel geschehen.«

Sie entwand sich seinem Griff, doch ehe sie mehr tun konnte, ließ Jareds Stimme sie innehalten.

»Ist das alles? Du lässt uns hier sitzen und wir sehen zu, dass wir irgendwie überleben?« Er trommelte aufgebracht mit den Fingern auf dem Tresen. »Du bist ein Feigling.«

»Was weißt denn du schon?«, fuhr sie ihn gereizt an. »Du hast doch keine Ahnung, wovon du redest!«

Jared versuchte, sich einen Reim auf ihre Worte zu machen, als es ihm dämmerte. Sein Blick blieb an den Zwillingsdolchen an ihrem Gürtel hängen. Wie blöd war er eigentlich?

»Und ob!«, brauste er auf. »Aber wenigstens verstecke ich mich nicht, wenn es unangenehm wird! Du bist nicht besser als die Söldner. Oder wer weiß, vielleicht bist du ja genau wie sie. Ohne entsprechende Bezahlung machst du vermutlich auch keinen Finger krumm.«

»Vergleiche mich nie wieder mit diesen geldgierigen Blutsaugern!«

Sie drehte sich ruckartig weg, wobei sie den Schemel streifte, der krachend umfiel, und verließ die Kneipe mit schnellen Schritten.

Jared sah ihr bestürzt nach. »Ich … also …«

Espen klopfte ihm auf die Schulter. »Mann, das war nicht gerade geschickt.«

»Du hast einen empfindlichen Punkt bei ihr getroffen«, bemerkte Loni mitfühlend. »Nimm dir ihre Reaktion nicht so zu Herzen, du konntest es nicht wissen. Rhenawen lebt schon lange auf den Straßen und musste für ihre Prinzipien einen hohen Preis zahlen. Es ist nicht leicht, überleben zu wollen und dennoch an so etwas wie Idealen festzuhalten.«

Jared senkte den Kopf. »Ich wusste nicht, dass sie allein ist. Ich dachte, sie hätte irgendwo Familie.«

Loni schüttelte bedauernd den Kopf. »Nein, nicht dass ich wüsste. Ein alter Freund von mir hat sich ihrer angenommen, als er sie fand, aber sie schweigt über die Zeit davor.« Der Zwerg lächelte ihm zu. »Ich werde nachher mit ihr reden, aber nun sollten wir besprechen, wie wir euch alle übers Meer bringen.«

»Was schlägst du vor?«

Espen atmete auf und entspannte sich sichtlich, doch Jared blieb skeptisch. Wenn das Mädchen der Reise derart ablehnend gegenüberstand, wollte er sie dann überhaupt dabeihaben? Sie war nicht von der Idee der Rebellen überzeugt, weshalb sie keine Motivation hatte, ihr Vorhaben umzusetzen. War es überhaupt ratsam, das Artefakt in ihrer Nähe zu belassen?

Weshalb hat Joel sein Vertrauen ausgerechnet in sie gesetzt? War er naiv genug zu glauben, Fremde würden ihm helfen? Für seine Sache sterben? Warum also sie?

»Ihr könnt nicht einfach auf einem beliebigen Schiff anheuern. Verzeiht mir, aber ihr Jungs seht nicht sonderlich gut betucht aus und nur reiche Kaufleute oder vertriebene Adelige könnten sich die Überfahrt leisten.«

»Wir können Arbeit gegen eine Überfahrt anbieten«, schlug Espen eifrig vor und Jared nickte bekräftigend. Er wollte nicht völlig nutzlos tagelang in einer Schiffskabine herumhocken.

»Flüchtlinge werden bei den Kapitänen nicht mehr gern gesehen, seitdem die Soldaten ihre Frachträume überprüfen. Für gesunde junge Männer wie dich werden saftige Geldbußen verhängt und du würdest schon vor Tagesanbruch verpflichtet werden. Schlag dir das aus dem Kopf.« Loni sah düster drein. »Vor einigen Tagen haben sie einen dreizehnjährigen Burschen in den Dienst gezwungen, weil er sich mit seiner vierjährigen Schwester auf ein Boot stehlen wollte. Es gab Zeiten, da wurde man für eine solche Maßnahme vor ein Kriegsgericht gezerrt, aber heutzutage kümmert niemanden mehr der Anstand. Wer bloß ein lästiges Maul ist, muss dafür bezahlen, ob minderjährig oder nicht, erst recht, wenn man sein Reich im Stich lassen will. Du siehst also«, der Zwerge rieb sich über die Stirn, »so werdet ihr nicht weit kommen. Vielleicht ist der Seeweg zu riskant …«

»Was ist mit eurem Freund dort«, unterbrach ihn Espen und deutete auf Graham. »Vielleicht kann er doch noch nützlich sein. Könnte er uns nicht auf ein Schiff schmuggeln?«

»Hm, wäre möglich.« Der Zwerg nickte nachdenklich. »Man könnte euch als Schiffsjungen ausgeben, die zum ersten Mal ihren Dienst auf See antreten wollen.«

»Lass mich raten«, murrte Jared. »Während der Überfahrt werden wir die Drecksarbeit verrichten und vermutlich auch Prügel einstecken, weil wir uns seekrank geben sollen, damit sie mich und Es im nächsten Hafen zurücklassen.«

»Genau«, stimmte ihm der Zwerg zu und zwirbelte amüsiert seinen Schnurrbart. »Es ist die beste Lösung, glaub mir. Unauffällig. Praktisch.«

»Demütigend«, fügte der Junge verärgert hinzu.

»Ich gebe zu, das auch«, räumte der Zwerg ein.

»Und wie willst du *ihre* Anwesenheit auf einem Schiff erklären?«, fragte Jared. »Meines Wissens haben Frauen auf einem Handelsschiff nichts verloren.«

»Lass das meine Sorge sein.« Dann klatschte der Zwerg in die Hände. »Also schön, wo das nun geklärt wäre …« Er schob Espen einen kleinen Beutel zu, der prall mit Münzen gefüllt war. »Los! Geht in die Stadt und deckt euch so gut es geht mit Proviant ein.«

»Das können wir nicht annehmen«, sagte Jared, gerade als Espen rief: »Na endlich bekomme ich auch mal ein Säckchen.« Sie starrten einander an.

»Das können wir nicht annehmen«, wiederholte Jared mit Nachdruck und hob abwehrend die Hände. »Außerdem ist es nach Mitternacht.«

»Die Zeit drängt, Junge. Es ist zwar nicht viel, was ich euch geben kann, aber ich gebe es gern. Zerr die Händler wenn nötig aus ihren

Betten. Und die Fischer sind ohnehin vor Morgengrauen auf den Beinen. Schau zu, dass du sie erwischst, ehe sie rausfahren.«

Espen steckte den Beutel ein und nickte. »Vielen Dank. Kommst du, Jared?«

»Geh schon mal vor.« Er hob seinen erst halb geleerten Krug. Espen nickte und verschwand. Auch Loni machte Anstalten, aufzustehen.

»Warte«, sagte Jared schnell. »Bevor du gehst … Du scheinst Rhenawen gut zu kennen, wohingegen ich so gut wie nichts über sie weiß. Ich wüsste gern, mit wem ich eine Überfahrt wage, die mich Kopf und Kragen kosten kann. Vorausgesetzt natürlich, sie lässt sich davon überzeugen, mitzukommen.«

Loni wandte sich ihm wieder zu und bedachte ihn mit scharfem Blick, dann seufzte er. »Ich kenne sie weniger gut, als du vielleicht denkst. Außerdem möchte ich nicht über Dinge sprechen, die sie vielleicht nicht bereit ist, zu teilen. Also sage ich dir nur so viel: Es gibt wenige ehrliche Menschen. Und noch weniger, die so viel für jemanden wie meinesgleichen riskiert haben wie dieses Mädchen. Sie wird dir nicht sofort vertrauen. Rhenawen vertraut niemals leichtfertig. Sei dir aber bewusst, dass sie zuverlässig ist, und was auch immer euch zurzeit verbinden mag, sie wird dich nicht allein damit zurücklassen.«

»Genau das hatte sie vor«, erinnerte er den Zwerg.

»Es wird nicht wieder geschehen, das kann ich dir garantieren.« Loni klang aufrichtig. Das ließ den Jungen daran zweifeln, ob er Rhenawen nicht vollkommen falsch einschätzte.

Loni lächelte wissend. »Ich weiß, was du jetzt denkst. Deine Zweifel kann ich nicht zerstreuen, aber ich bin davon überzeugt, sie werden sich schon bald auflösen.«

Falls sie überhaupt wieder auftaucht, dachte Jared bei sich, zuckte aber unbestimmt mit den Achseln. »Vielleicht.«

»Erwarte nicht, dass sie es dir leichter macht, aber sie wird mit der Zeit umgänglicher. Ich weiß noch, wie sehr ich mich beherrschen musste, ihr nicht meinen Hammer überzuziehen, als ich das erste Mal mit ihr zu tun hatte.« Er seufzte schwer. »Unter uns, Junge, dieses Mädchen leidet. Ich weiß nicht, was geschehen ist, aber es hat sie verändert. Sie war niemals glücklich, ständig getrieben und ruhelos, aber sie besaß vorher etwas, das ihr Halt gegeben hat. Und was immer es war, sie hat es verloren.«

Der Junge war erschüttert von der tiefen Traurigkeit in den Worten des Zwerges. Es schien ihm wirklich etwas an ihr zu liegen.

»Woher kennst du sie?«, wollte er wissen, gespannt darauf, Näheres zu erfahren.

»Das sollte sie dir selbst erzählen. Sieh es als ersten Schritt zu einem näheren Kennenlernen.«

Es war ein merkwürdiges Verhältnis, das diesen Haufen verband, aber Jared war zu müde, um sich weiterhin den Kopf darüber zu zerbrechen. Stattdessen lächelte er schief und stand auf. »Danke für das Geld und für deine Bemühungen, mir zu helfen, dieses komplizierte Mädchen zu verstehen.«

Loni lächelte ihn gutmütig an. »Keine Ursache. Ich habe noch eine alte Schuld zu begleichen. Versprich mir nur, dass du auf Rhenawen aufpasst. Und jetzt fort mit dir. Die Schiffe laufen in aller Frühe aus.«

RHENAWEN

Das Mädchen hockte sich auf das quietschende Bett in der kleinen Kaschemme, in der sie sich für die restliche Nacht ein Zimmer genommen hatte. Sie schlief nun schon so lange unter freiem Himmel, dass sie beinahe vergessen hatte, wie moderig und abgestanden die Luft schmecken konnte. Doch an diesem Ort hingen viele Erinnerungen. Sie wurden von den Bienenwachskerzen verströmt und lauerten in der schimmeligen Wandvertäfelung.

»Ich dachte mir schon, dass ich dich hier finden würde.«

»Und ich dachte, ich hätte meinen Standpunkt deutlich gemacht«, seufzte sie und hob den Blick, als der Zwerg gerade die Tür hinter sich schloss. »Was willst du?«, fragte sie abweisend.

Loni zog sich einen Hocker ans Bett und setzte sich mit einem Ächzen darauf. Seine Füße baumelten einen Fingerbreit über dem Boden.

»Hier haben wir uns damals fast den gesamten Winter hindurch versteckt.« Gedankenverloren ließ er den Blick schweifen. »Manchmal komme ich noch immer zurück, um mich daran zu erinnern, wenn ich mal wieder das Gefühl habe, in dieser Stadt nicht länger atmen zu können.«

»Was willst du hier?«, fragte Rhenawen erneut, auch wenn ihre Worte dieses Mal weniger scharf waren.

»Ich dachte mir, du willst das vielleicht zurückhaben.« Loni zog etwas aus seiner Hosentasche und hielt es hoch, sodass es den schwachen Kerzenschein einfing. Erneut fragte das Mädchen sich, weshalb man einen Rabenschädel aus dem Stein geformt hatte. Von dem Artefakt ging eine eigenartige Faszination aus, doch sie unterdrückte den Impuls, danach zu greifen.

»Ich brauche es nicht mehr«, meinte sie bloß schulterzuckend. »Gib es den Jungen zurück.«

»Hör mir kurz zu, ohne mich zu unterbrechen«, bat der Zwerg und rückte näher heran, ehe er mit gedämpfter Stimme weitersprach. »Ich habe dich nie zuvor um etwas gebeten, aber ich kann nicht zulassen, dass du diese Jungen allein ziehen lässt. Sie brauchen dich. Denn wenn ich mit meiner Vermutung richtig liege, ist das hier eines der ältesten und gefährlichsten Relikte dieses Kontinents.«

Das Mädchen zog eine Augenbraue hoch. »Das ist wohl kaum möglich.«

»Und dennoch bin ich davon überzeugt und deshalb bitte ich dich, an dieser Unternehmung teilzunehmen«, entgegnete Loni mit Nachdruck.

»Nein«, sagte sie entschieden und ließ ihren Blick aus dem Fenster wandern, hinaus auf eine verdreckte Gasse, hinter der das tintenschwarze Wasser eines Kanals lag. »Ich habe nichts davon, das Meer zu überqueren. Es ist eine Verschwendung meiner Zeit und meines Geldes. Diese Jungen verfügen über gar nichts, weder Vermögen noch Informationen. Ohne sie wäre ich weitaus besser dran und ohnehin habe ich nicht vor, Astor so schnell zu verlassen.«

Nun war es an dem Zwerg, die Stirn zu runzeln. »Du wirst für deine Kunst üblicherweise sehr gut entlohnt. Setze deine Gaben dieses eine Mal für eine gute Sache ein.«

In ihren Augen flammte grüne Glut auf und ihr Kopf schnellte wieder zu ihm herum. »Was fällt dir eigentlich ein?«, schnarrte sie. »Wir hatten eine Abmachung, Loni. Du wirst dich nicht in meine Angelegenheiten einmischen und dafür verzichte ich darauf, das Kopfgeld zu kassieren, das auf dich ausgesetzt ist. Wenn dir wichtig ist, was du dir hier aufgebaut hast, dann sprich nie wieder so mit mir.« Ihre Stimme senkte sich zu einem Flüstern. »Weißt du überhaupt, was du da von mir verlangst?«

Rhenawen erhob sich, doch er versperrte ihr den Weg.

»Du schuldest es uns.«

Sie senkte den Kopf zu ihm hinunter, wobei ihr Gesicht im Schatten lag. »Dann löst du deinen Gefallen also jetzt ein?«, wollte sie schneidend wissen. »Was ist damit, dass du in deine Heimat zurückkehren wolltest? Verabschiedest du dich nun endgültig von diesem Vorhaben?«

»Ja.«

Die Antwort überraschte sie und sie zog verärgert die Augenbrauen zusammen. »Wozu habe ich dann über die letzten zwei Jahre Erkundigungen in den unterirdischen Städten eingezogen?«, wollte sie barsch wissen. »Dieses Vorhaben hat mich viel Geld gekostet.«

»Ich werde dich für deine bisherigen Mühen entschädigen und alle anfallenden Kosten fortan selbst übernehmen«, versicherte ihr der Zwerg. »Denn auch ich bleibe anderen ungern etwas schuldig.

Aber dafür wirst du das Artefakt außer Reichweite seiner Häscher bringen und es den angestammten Besitzern übergeben.«

Das Mädchen verharrte still und dachte darüber nach. Ihre Pläne, die beiden Brüder zu rehabilitieren, würden sie vermutlich noch einige weitere Jahre vereinnahmen und sie würde weitaus weniger riskieren, wenn sie auf seine Bitte einging. Es gefiel ihr nicht, dass er sie dazu nötigte, aber wann war es jemals darum gegangen, es ihr einfach zu machen?

»Ich tue es«, sagte sie schließlich, »aber nur unter einer Bedingung. Damit bin ich aus meiner Schuld euch gegenüber befreit, und zwar endgültig. Ihr werdet mich nie wieder um etwas bitten oder auch nur versuchen, mich zu kontaktieren.«

Der Zwerg schwieg betroffen, doch dann nickte er ruckartig. »Gut, abgemacht. Gibt es noch etwas, das ich für dich tun kann, ehe du abreist?«

Sie konnte ihm ansehen, dass ihre Worte ihn verletzt hatten, aber das musste sie beiseiteschieben. Es war zu seinem eigenen Besten, wenn sie die alten Verbindungen kappte.

»Ja, es gäbe da etwas«, sagte Rhenawen, obwohl sich dabei ihr Magen bedauernd zusammenzog. »Vergiss, dass du mich je gekannt hast.«

Rhenawen nutzte die verbleibenden Stunden, um den Fischern ihre kläglichen Erträge abzukaufen und über den Markt zu schlendern, um mit den Händlern um Salz, Gewürze, Getreide und weitere Utensilien zu feilschen, die sie dringend brauchen würden. Loni hatte sie abgefangen, als sie gerade dabei gewesen war, ein wenig Schlaf nachzuholen.

Sei es drum.

Er hatte lange auf sie einreden müssen, ehe sie ihm überhaupt weiterhin zuhörte, nachdem er ihr ein Zugeständnis abgerungen hatte. Aber schließlich hatte er sie weichgeklopft und sie hatten noch lange über die bevorstehende Reise geredet.

»Weißt du, wohin wir uns wenden müssen?«, hatte sie ihn gefragt. »Du bestehst auf diesem Irrsinn, also sag mir wenigstens, wohin er uns führt.«

Der Zwerg hatte sich über den langen Bart gestrichen und kurz gezögert. »Geht nach Grauehr, dort werdet ihr mit Sicherheit einige Antworten finden. Ich werde mit Graham reden, damit er euch ein geeignetes Schiff auswählt.«

Kurz vor Sonnenaufgang hatte sie die Nachricht erreicht, dass es Graham tatsächlich noch geschafft hatte, einen betagten Kapitän aufzustöbern, der bereit war, die Jungen an Bord zu nehmen. Der Knabe, der die Botschaft überbrachte, versicherte ihr, sie werde an Deck erwartet und man habe ihre Reittiere bereits verladen. Er beobachtete sie unentwegt aus dem Augenwinkel, wenn er meinte, dass sie nicht hinsah. Sie wusste genau, was er dachte: Wie kam ein Zwerg dazu, ihr, einem Menschen, eine Überfahrt zu bezahlen? Niemals wäre ihm in den Sinn gekommen, dass das Geld nicht aus dessen Börse gewandert war. Wenigstens würde sie niemand für die Geliebte des Zwerges halten, denn im Volksmund hieß es, diese würden zwar mit Reichtümern überschüttet, jedoch niemals wieder das Tageslicht erblicken.

Sie hoffte inständig, dass Loni noch einen Gefallen bei diesem Kapitän einzulösen gehabt und kein kleines Vermögen für eine sichere Passage ausgegeben hatte. Sie hatte dem Zwerg genügend Geld überlassen, um die Besatzung des Schiffes für das restliche Jahr zu kaufen, aber er war schon immer zu übereifrig und verschwenderisch gewesen, wenn es um Sicherheit ging.

Noch immer ärgerte es sie, dass Loni ihr nicht zuzutrauen schien, diese ganze Angelegenheit selbst friedlich zu regeln, und darauf bestanden hatte, allein zu gehen. Andererseits hatte sie ihm auch nie den Eindruck vermittelt, besonders zuvorkommend zu sein, und die verbliebenen Münzen waren ein Abschiedsgeschenk, das der Zwerg niemals angenommen hätte. Ein Glück, dass er sich noch immer nicht mit den hiesigen Wechselkursen auskannte.

Jared fand sie an einem der Kais, den sie ausgewählt hatte, um die Küste zu betrachten.

Sie stand mit dem Gesicht zur aufgehenden Sonne und sog den Anblick in sich auf wie eine Verdurstende. Wer wusste schon, wann sie in den Osten zurückkehren würde? Ihre Heimat, die ihr fremd und vertraut zugleich war.

Sie haderte noch immer mit ihrer Entscheidung, die Jungen zu begleiten, doch in dem Gesicht des Zwerges hatte sie echte Besorgnis gesehen. Er wusste oder vermutete etwas, sonst hätte er sie nicht dazu gedrängt, diese Reise anzutreten. Sie wünschte nur, er hätte es ihr erklärt.

Rhenawen sah Jared entgegen, als dieser auf sie zukam. Offensichtlich war auch er nicht untätig gewesen, denn über seiner Schulter hing ein abgewetzter Seesack, der prall gefüllt war. Auch hatte er sich umgezogen und trug nun ein zu großes, verblichenes Leinenhemd aus Segeltuch und eine einfache wollene Hose. Zusätzlich hatte er sich ein weißes Stirnband um den Kopf geknotet. Sein Messer, die Armschienen und seine alte Kleidung waren nirgends zu sehen. Das Schwert hatten sie bereits vor einigen Tagen verkauft. Die fahrenden Händler, denen sie es für einen kläglichen Münzertrag überlassen hatten, waren auf dem Weg gen Norden gewesen. Sie wussten nicht, ob es mögliche Verfolger täuschen würde, doch es wäre zu auffällig gewesen, wenn sie es behalten hätten.

Gut, dachte sie. *In dieser Aufmachung geht er beinahe als Einheimischer durch.*

Sie würden voraussichtlich zwölf Tage brauchen, um in Cantos an Land zu gehen. Wie es von dort aus weitergehen würde, stand noch in den Sternen. Der Gedanke, allem Vertrauten den Rücken zu kehren, beunruhigte Rhenawen ebenso sehr, wie er sie beflügelte.

»Eins verstehe ich nicht«, unterbrach Jared ihre Tagträume und stellte sich neben sie. »Ich werde aus diesen beiden Zwergen nicht schlau. Wie kommt es, dass Brüder sich derart voneinander unterscheiden?«

Offensichtlich versuchte er nach ihrer Auseinandersetzung, ihre Stimmung einzuschätzen. Der Versuch brachte sie beinahe zum Schmunzeln.

»Sie sind nicht wirklich miteinander verwandt«, erklärte das Mädchen. »Zwerge gehen Blutsbruderschaften ein, wenn sie einander das Leben verdanken oder sich auf andere Weise verbunden fühlen. Aber was ihr Verhalten angeht …« Sie machte eine unbestimmte Handbewegung. »Das war nicht immer so. Sie sind Ausgestoßene. Vor etwa drei Jahren wurden sie aus ihrer Heimat vertrieben. Jari hat es nie verkraftet, unter Menschen leben zu müssen, und sich in den Alkohol geflüchtet. Loni mag man es zwar nicht anmerken, aber auch ihn hat es mitgenommen. Die meisten Zwerge fühlen sich außerhalb des Gebirges nicht wohl, erst recht nicht in unserer Gesellschaft.«

»Du meinst, man hat sie verbannt? Weshalb?«, wollte der Junge wissen. Er hockte sich auf eine der Kisten, die am Hafen überall aufgestapelt waren, und wartete auf ihre Antwort.

»Ich kenne die Einzelheiten nicht und ich hielt es für taktlos, sie danach zu fragen«, erwiderte sie mit einem Schulterzucken. »Ich weiß nur, dass ihnen Kollaboration mit dem Feind vorgeworfen wurde. Sie können froh sein, das Gebirge mit ihren Köpfen verlassen zu haben. Es ist ein schwacher Trost, aber die Brüder pflegen noch immer Kontakt mit außenstehenden Städten. Unterirdische Minendörfer wie Schwarzheim, wovon uns Jari erzählt hat. Sie können sich dort alle paar Mondwechsel für einige Tage aufhalten, wenn die Bergarbeiter sie decken, doch weitere Besuche wären zu riskant.«

Sie sah aus dem Augenwinkel, wie Jared nach einem Kiesel trat, der über den Steg hüpfte, ehe er ins Wasser platschte, doch sie hielt ihren Blick aufs Meer und die Küste gerichtet.

»Das finde ich nicht richtig«, murmelte er. »Ich kann nicht glauben, dass sie das getan haben sollen.«

»Ich habe es auch nicht geglaubt und glaube es bis heute nicht«, pflichtete Rhenawen ihm bei.

»Und deshalb hast du ihnen geholfen.« Es war eine Feststellung, keine Frage, weshalb sie nichts darauf erwiderte.

Ein drückendes Schweigen entstand zwischen ihnen, das nur vom Plätschern der Wellen unterbrochen wurde, die an den Steinen leckten.

Als Rhenawen sich umsah, bemerkte sie, dass Jared sie beobachtete. In seinem Gesicht spiegelte sich eine Mischung aus Neugierde und Misstrauen.

»Was genau hat Loni dir über mich erzählt, nachdem ich gegangen bin?«, wollte sie wissen und drehte sich endlich zu ihm um. Fragend hob sie eine Augenbraue.

Er sah ertappt weg, als sie ihn so unvermittelt ansprach. Dann zuckte er betont lässig mit den Schultern. »Nicht viel. Bloß, dass ich meine Nase nicht in fremde Angelegenheiten stecken soll und … wenig mehr als du selbst berichtet hast.«

Rhenawen lachte auf. »Demnach kann es nicht viel gewesen sein.« Sie schüttelte den Kopf, halb belustigt, halb wütend.

Sie setzte sich neben ihn auf eine der Kisten und überkreuzte die Beine. »Und? Hat dir seine Geschichte gefallen?«

Er wich ihrem Blick aus. »Wenn ich ehrlich bin, fand ich sie nicht sonderlich aufschlussreich. Der Inhalt war gelinde gesagt dürftig und hat mehr Fragen aufgeworfen als beantwortet.«

Es ärgerte sie, dass man hinter ihrem Rücken über sie sprach, aber sie konnte es nachvollziehen. Wahrscheinlich war Jared einfach neugierig gewesen, mit wem er es zu tun hatte.

»Und welche wären das?«, fragte sie nicht unhöflich. »Du kannst mich danach fragen, wenn du etwas wissen möchtest. Ich werde nicht beißen.«

»Und du wirst mir auch antworten?«, hakte er stirnrunzelnd nach.

»Das habe ich nicht gesagt«, sagte sie mit einem halben Lächeln. »Du kannst es versuchen, aber erwarte nicht, dass ich jedem Dahergelaufenen meine Lebensgeschichte erzähle.«

»Na schön, versuchen wir es. Wenn Loni nicht angeboten hätte, dir eine Überfahrt zu besorgen, wie hättest du den Kapitän davon überzeugt, dich mitsegeln zu lassen?«

»Darüber muss ich mir keine Gedanken mehr machen. Es ist bereits alles geregelt.«

»Aber was hättest du getan?« Er sah sie aus ernsten Augen an.

Sie musste ein amüsiertes Lachen unterdrücken. »Ich gebe zu, ich bin nicht gerade das, was man eine freundliche Person nennt, aber dein Vorstellungsvermögen mich betreffend scheint äußerst weit zu reichen.« Rhenawen stellte einen Fuß auf die Kiste und legte das Kinn auf dem Knie ab. »Für gewöhnlich neige ich nicht zu drastischen Maßnahmen, wenn ich etwas von den Menschen will. Dementsprechend wäre ich ihm einfach entgegengekommen. Bei dem Wort *Gold* werden die meisten geschäftstüchtigen Männer hörig.«

»Du hättest ihn bestochen?«, fragte der Junge ungläubig.

Wenn man es genau nimmt, habe ich das getan.

Sie hob den Kopf wieder, um ihn anzusehen. »Warum denn nicht? Ein fragwürdiger Bekannter von mir meinte einmal, dass Frauen nur drei Möglichkeiten besäßen, einen Mann von etwas zu überzeugen: Verführung, Bestechung oder Erpressung. Du siehst, ich reihe mich in eine lange Tradition mit ein. Kein Grund zur Besorgnis also.«

»Diesen Bekannten würde ich gern einmal kennenlernen«, bemerkte Jared und schüttelte belustigt den Kopf. »Er scheint mir ein interessanter Mensch zu sein, auch wenn ich ihn nicht gerade als Frauenkenner bezeichnen würde.«

»Er ist definitiv ein Fatalist, was das weibliche Geschlecht angeht«, stimmte Rhenawen ihm zu und sie lachten.

Jared legte den Kopf schief. »Ich wusste gar nicht, dass du lachen kannst.«

»Es soll vorkommen, habe ich mir sagen lassen«, stellte sie fest und grinste. Die Meerbrise blies ihr die Haare aus dem Gesicht und brachte den Geruch nach Salz und Tang mit sich.

»Trotzdem«, setzte Jared erneut an. »Sag mir, woher hast du das Geld, um eine Überfahrt zu bezahlen?«

»Das«, sie hob einen Finger, »werde ich dir nicht verraten. Ein paar Geheimnisse muss ich auch für mich behalten. Das verstehst du sicher.«

Er verdrehte daraufhin nur die Augen.

»Nun würde ich dir gern eine Frage stellen.«

Jared sah unbehaglich drein, nickte aber. »Nur zu.«

»Warum willst du uns begleiten? Und komm mir nicht noch einmal mit deinem Versprechen. Dahinter steckt mehr.«

Er kratzte sich unbehaglich an der Schläfe. »Ich bin ungebunden, könnte man sagen. Mich hält hier zurzeit nichts und dort drüben herrscht kein solches Chaos.« Es schien, als wollte er noch etwas hinzufügen, doch dann fragte er bloß: »Was ist mit dir? Was lässt du zurück?«

»Nichts. Nur Asche und Staub.« Sie benutzte die rituellen Worte, ohne es zu wollen.

»Das tut mir leid«, sagte Jared sichtlich betreten. Er sah zu den Schiffen hinaus, angestrengt darum bemüht, sie nicht das Mitleid in seinen Augen sehen zu lassen.

Rhenawen schätzte diese Geste. »Es muss dir nicht leidtun«, beschwichtigte sie ihn. »Was geschehen ist, ist geschehen. Es bringt nichts, weiter in der Vergangenheit zu leben.«

Ruckartig drehte er ihr den Kopf zu. Ein beinahe verletzlicher Ausdruck trat in seine blauen Augen. Sie hatten die Farbe des Meeres, bemerkte sie, und waren auch beinahe so traurig. »Glaubst du das wirklich? Dass man sich von seiner Vergangenheit lösen kann, meine ich.«

»Ja«, erwiderte sie schlicht. »An diese Hoffnung klammere ich mich.«

Jared räusperte sich unbehaglich. »Weshalb hat es dich so sehr verletzt, als ich dich mit den Söldnern verglichen habe?«

Sie versteifte sich und wählte ihre nächsten Worte mit Bedacht. »Sagen wir, was dieses Thema angeht, reagiere ich empfindlich. Vor allem, wenn du sie im Atemzug davor noch als grausam beschimpfst. Eine solche Bezeichnung beziehe ich nicht gern auf mich.«

»Das hatte ich nicht bedacht, entschuldige.« Er blickte reumütig zu Boden.

»Schon in Ordnung, ich war bisher auch nicht gerade freundlich zu dir oder Espen.«

Sie schwiegen gemeinsam und sahen den Dockarbeitern zu, wie sie die Schiffe beluden. Rhenawen fühlte sich nach der Offenheit, die sie dem Jungen entgegengebracht hatte, entblößt. Dennoch wusste sie, dass es wichtig war, ihm gegenüber vertrauensvoll zu wirken. Er würde nicht vergessen, dass sie ihm entgegengekommen war, und würde es ihr im Gegenzug eines Tages zurückzahlen. Er wirkte auf sie wie jemand, der anderen ungern etwas schuldig blieb. Das konnte sich als nützlich erweisen.

Es dauerte nicht lange, bis Graham zu ihnen stieß. Er war verschwitzt und roch widerlich. Offenbar hatte er bereits den ganzen Morgen über Kisten geschleppt.

»Die *Pfaffe* dürfte in den nächsten zwei Stundengläsern bereit zum Ablegen sein«, teilte er ihnen mit. »Du, Junge, solltest dich schleunigst an Bord melden und helfen, das Schiff klarzumachen. Halte dich an die Matrosen, die werden dir sagen, was du zu tun hast.«

»Das mache ich«, versicherte ihm Jared und stand auf. Sie schüttelten einander die Hände und der Hafenarbeiter klopfte ihm auf die Schulter.

»Behalte immer den Horizont im Auge«, schärfte er ihm ein. »Die erste Fahrt auf See ist meistens die Schlimmste. Richte dem alten Haudegen meine Grüße aus, ja? Und blamier mich nicht. Ich habe geschworen, du und dein Kamerad seien seefest und die Ration Rum am Tag wert!«

Jared lachte, sah aber unbehaglich drein. »Keine Sorge, ich werde mich bemühen.«

»Gut, gut«, polterte Graham. »Du wirst die See schon noch lieben lernen und wenn nicht, finden wir eine Stelle hier im Hafen für dich.«

Er hob zum Abschied die Hand, ehe er wieder in dem aufkommenden Gedrängel verschwand.

»Danke für deine Hilfe!«, rief Jared ihm nach, doch der Hafenarbeiter hörte ihn schon nicht mehr.

Rhenawen verdrehte die Augen. Graham hatte schon am Abend zuvor vermieden, sie persönlich anzusprechen, als könnte es ihm ansonsten die Zunge verbrennen. Loni hatte ihm wiederholt mahnende Blicke zugeworfen, als er es dennoch versucht hatte. Der Zwerg hatte offenbar klare Worte gefunden, um seinen Kameraden daran zu hindern, sich ihr ungebührlich zu nähern.

Als ob ich seine Hilfe nötig hätte, dachte sie gekränkt.

Jared hob seinen Seesack wieder auf die Schulter und nickte in die Richtung, in der ihr Schiff vertäut lag. »Also dann. Wollen wir?«

Sie schüttelte den Kopf. »Geh ruhig schon vor. Ich würde ohnehin nur nutzlos an Deck herumstehen, und Seemannsgarn habe ich in dieser Nacht schon mehr als genug zu hören bekommen. Jari ist ein fürchterliches Klatschweib geworden. Ich komme nach.«

Der Junge zuckte mit den Schultern. »Na gut. Wir sehen uns.«

Im Davongehen hob er die Hand. Dann war er in der Menge untergetaucht.

Als Jared fort war, vergrub Rhenawen das Gesicht in den Händen und atmete tief durch. Sie wollte nicht nach Cantos reisen. Sie wollte nicht einmal daran denken. Alle ihre Pläne hatten sich in Luft aufgelöst, als dieser verdammte Rebell ihr dieses dreimal verfluchte Säckchen zwischen die Finger geschoben hatte. Es war immer nur ein Traum gewesen, diesen Kontinent zu verlassen, nichts weiter als eine Spinnerei, die sie bei Laune gehalten hatte in den Stunden der Einsamkeit. Und nun, da sie so kurz davor war, dieses Vorhaben in die Tat umzusetzen, widerstrebte es ihr.

Sie hatte Jared eben belogen. Sie wusste genau, weshalb die Zwerge hatten fliehen müssen, schließlich hatte sie selbst die Voraussetzungen dafür geschaffen. Dennoch wäre sie nicht verpflichtet gewesen, den beiden dafür eine Gefälligkeit anzubieten. Sie hatte es nur getan, weil diese ihr verziehen hatten. Weil sie wohl die ersten Freunde gewesen waren, die sie je gehabt hatte. Und weil es wohl letztlich ihre Schuld war, dass Jari sich langsam zu Tode soff.

Rhenawen seufzte. Ihre Finger griffen wie von selbst nach dem Stein und holten ihn hervor. Sie betrachtete ihn und fuhr die Mulden nach, die die Augenhöhlen bildeten. Dass Loni sie darum bitten würde … Sie bezweifelte, dass er wusste, worum es sich bei dem Stein handelte. Für gewöhnlich interessierten die Zwerge sich nicht für das, was außerhalb ihrer Gebirge vor sich ging. Die Artefakte, die sie schufen, waren praktischer Natur und so gefertigt, dass man ihren Nutzen auf den ersten Blick erkannte. Der Rabenstein war also nicht von einem Zwerg gefertigt worden. Dass Loni trotzdem von ihm gehört hatte, sprach dafür, dass dieses Artefakt gefährlich war. Oder zumindest konnte es in den Händen der falschen Person gefährlich werden.

Wenn Loni die Gefälligkeit, die sie ihm schuldete, dafür einlöste, war es wichtig, dass sie dieses Schiff bestieg, so wenig sie es auch wollte. Es gab noch immer Menschen, die sie an die Nördlichen Reiche banden. Vertraute Silhouetten und geliebte Gesichter. Es war lächerlich, ihretwegen so zu empfinden, wo sie doch ohnehin außerstande zu sein schien, sich ihnen zu nähern aus Angst, sie zu verlieren. Erneut zu verlieren.

Schluss damit!, rief sie sich zur Ordnung und erhob sich. *Hör auf, dich damit zu quälen. Du kannst es sowieso nicht ändern! Akzeptiere es einfach!*

Sie musste sich bewegen, sich ablenken. Dieses tatenlose Herumsitzen und vor sich hin Brüten hatte sie noch nie leiden können. Es lenkte ihre Gedanken bloß in die falsche Richtung.

Sie steckte den Rabenstein wieder weg und machte sich auf den Weg zur *Pfaffe*.

JARED

»Hier werde ich mich bestimmt wohlfühlen«, brummte Jared missmutig und lehnte sich an die landabgewandte Seite der Reling. Der Kapitän hatte ihm bereits bei seiner Ankunft schroff die Regeln aufgezählt, die an Bord seines Schiffes galten und an die er sich strikt zu halten hatte. Den gesamten Morgen über hatte man ihn herumgescheucht und Befehle gebrüllt, um den angestauten Frust loszuwerden. Er hatte sogar bereits eine Kopfnuss einstecken müssen, als er über ein aufgerolltes Tau gestolpert war. Espen dagegen schien ganz in seinem Element zu sein und schwang sich schon bald die Masten empor, wobei er aussah wie eine blonde Meerkatze.

Doch endlich war ein wenig Ruhe eingekehrt und er sah gemeinsam mit Rhenawen aufs weite Meer hinaus. Über ihnen kreisten träge die Möwen. Die Sonnenstrahlen brachen sich auf den Wellen und brachten sie zum Glitzern.

»Du willst gar nicht hier sein«, bemerkte er und betrachtete die verschlossene Miene, hinter der sie ihre Gefühle weggesperrt hatte.

»Es spielt keine Rolle, was ich will«, gab sie zurück, ohne ihn anzusehen. »Du bist erstaunlich gefasst dafür, dass du gerade erfahren hast, mit wem wir es zu tun bekommen werden, wenn das hier schiefläuft.«

Jared warf unwillkürlich einen Blick über die Schulter, als könnte ein Trupp Söldner auf einmal hinter ihnen auftauchen. Und so abwegig war die Vorstellung schließlich gar nicht nach dem, was er gehört hatte.

»Ich bin nicht gefasst, bloß realistisch«, korrigierte er sie. »Wir werden jeden Moment ablegen. Was nützt es, jetzt in Panik zu verfallen?«

»Gar nichts, natürlich«, gab Rhenawen zurück, »aber ich würde zu gern wissen, ob sie schon eins und eins zusammengezählt haben.«

»Was meinst du?«

»Sie wissen, dass Espen entkommen ist, und werden nach ihm Ausschau halten lassen, aber werden sie auch begreifen, wer ihm geholfen hat?«

»Das hatten wir doch längst«, sagte Jared geduldig. »Sogar Espen ist nicht übermäßig beunruhigt. Niemand kennt unsere Gesichter, und selbst wenn man uns mit ihm sieht, könnten wir jeder sein. Zufällige Bekannte, vor denen man keinen Verdacht erregen will. Ansonsten wären wir schon jetzt vermutlich nicht mehr als drei weitere Leichen, die bäuchlings im Wasser treiben. Wir können wieder beginnen, uns zu sorgen, wenn wir festen Boden unter den Füßen haben.«

Er fand seine Argumentation ziemlich überzeugend, doch Rhenawen runzelte bloß die Stirn.

»Wir werden sehen.«

»Sag mal …« Jared stierte in das unübersichtliche Gedrängel am Hafen. »Glaubst du, sie werden uns übers Meer verfolgen?«

»Das werden wir wohl bald herausfinden.«

Er knetete seine verspannte Nackenmuskulatur. »Wie kannst du bei dieser Aussicht nur so ruhig bleiben?«

Sie zuckte mit den Schultern. »Was sind die Konsequenzen unseres Scheiterns? Der Stein ist verloren. Na und? Es ist nur ein Stein. Wir wissen nicht einmal, was es damit auf sich hat. Sein Verlust würde mir keine schlaflosen Nächte bereiten, ganz gleich, was Loni auch behauptet.«

»Er könnte ein mächtiges, magisches Artefakt sein«, widersprach er. »Ich bin mir sicher, er ist wertvoll.«

Sie seufzte. »Das denke ich auch, aber ist er auch wertvoll für mich? Sollte das nicht die Frage dahinter sein, Jared? Was bist du breit zu geben, wenn du nicht einmal weißt, wofür du es gibst?«

»Ich werde dich wohl nie verstehen.« Der Junge seufzte schicksalsergeben und lehnte sich mit dem Rücken gegen die Reling. »Meinst du«, fragte er und ein schwerer Klumpen bildete sich in seinem Magen, »dass sie den Zwergen etwas antun werden, falls sie es herausfinden, versteht sich?«

Rhenawen schwieg kurz, doch dann schüttelte sie den Kopf. »Nein, das glaube ich nicht. So gut wie niemand hat uns mit ihnen gesehen und wenn sie die entsprechende Person, die ihnen von uns berichten könnte, schon in den Fingern haben, werden sie von ihr auch erfahren, wohin wir aufgebrochen sind. Es würde ihnen keinen Vorteil einbringen, die Zwerge noch zusätzlich aufzusuchen. Das brauchen sie nicht, um die nötigen Informationen zu erhalten. Ich zweifle nicht daran, dass sie sehr überzeugend sein können.«

Ein kalter Schauder kroch Jared über den Rücken und er pflichtete ihr insgeheim bei.

»Und selbst wenn doch, unterschätze sie nicht. Diese Zwerge können es mit einer Handvoll Söldner aufnehmen.«

Auf einmal ging ein Ruck durch das Schiff und Jared schwankte kurz, als es sich in Bewegung setzte.

»Setzt die Segel!«, brüllte der Steuermann über das Deck und es kam wieder Leben in die Matrosen. »Überprüft, ob jede Leine gelöst wurde!«

Es traf Jared wie ein Schlag in die Magengrube, als er sich bewusst machte, dass er im Begriff war, diesen Kontinent zu verlassen wegen der Bitte eines sterbenden Mannes, der ihnen ein Artefakt hinterlassen hatte, das er nicht verstand.

Dann überkam ihn ein neuer, tröstlicher Gedanke. Er würde endlich seiner Vergangenheit den Rücken kehren und mit ihr dem Ort, an dem er mehr als sein halbes Leben verbracht hatte. Dem Ort, an dem er gelitten und geblutet hatte, an dem seine Freunde gestorben waren. Es war, als würde etwas in seiner Brust aufbrechen, und freudige Erwartung durchflutete ihn.

»Willst du das wirklich?«, fragte Rhenawen, die ihn von der Seite beobachtete. Er meinte, einen Anflug von Unsicherheit in ihrer Stimme herauszuhören, doch er konnte sich auch täuschen. Sie wirkte auf ihn stets unnahbar und ungerührt. »Ein Grenzgänger sein?«

»Ich werde diese Grenze bloß ein einziges Mal überqueren. Damit ist es getan«, verkündete der Junge und reckte das Kinn.

»Und dann?«

»Wer kann das schon sagen?«

Gerüchteküche

SAM

Ein feiner Nieselregen ging auf die Reisenden nieder, von deren Kapuzen das Wasser in Rinnsalen herunterlief. Die Pferde schleppten sich mit hängenden Ohren mühsam durch den Morast und die Wagen drohten nach jeder weiteren Meile steckenzubleiben. Der Himmel war wolkenverhangen. Die Landschaft um sie herum bestand aus verschiedenen Schattierungen von Grautönen und drückte die ohnehin bereits triste Stimmung.

Sam schlang sich frierend den Schal fester um Hals und Mund. Die Kleidung hing ihm durchweicht am Leib und er schlotterte erbärmlich. Allmählich war er davon überzeugt, nie wieder trocken zu werden. Schon seit mehr als einem halben Monat hielt das schlechte Wetter an und er wünschte sich nichts sehnlicher, als dass sie endlich eine Rast einlegten, damit er wenigstens in eines der Zelte schlüpfen konnte, in denen eine warme Wolldecke auf ihn wartete.

Wir entfernen uns immer weiter von Eschenbach, dachte er dumpf, *und von …*

Nein, daran wollte er jetzt nicht denken. Doch die Scham, die er empfand, konnte er nicht unterdrücken. Sie hatten sie im Stich gelassen. Sie zurückgelassen, ohne ihren Leichnam zu bergen oder nach Zeichen für ihr Überleben zu suchen. Lune war wie vom Erdboden verschluckt.

Dabei war er sich in den Tagen, in denen Delia sich erholt hatte, nicht sicher gewesen, ob er seiner Freundin wünschen sollte, gefunden zu werden. Immerhin war Ty laut Neirin entkommen. War es ihr gelungen, ihn wiederzufinden? Oder war der Elfenhain gemeinsam mit dem Wald in Flammen aufgegangen? Die Ungewissheit wog schwer auf seinen Schultern.

Sam musste an seine eigene Verfolgungsjagd zurückdenken und schauderte. Noch immer sah er Ausschnitte des Geschehens vor seinem inneren Auge aufblitzen. Die Flammen, die sich zu Klauen verformt und nach ihnen gegriffen hatten, als wollten sie sie in ihre tödliche Umarmung ziehen. Der Biss des Feuers in seine weiche, schutzlose Haut. Die überwältigende Gewissheit, dass sie sterben würden, während er Delias zusammengekrümmte Gestalt in den Armen gehalten hatte. Und dieser entsetzliche Wunsch, sie für ihr Fortlaufen zu bestrafen, der in ihm aufgewallt und für einen Moment so übermächtig gewesen war, dass es ihm die Luft abgeschnürt hatte.

Ein Zittern ergriff seine Hände und er verdrängte den Gedanken daran. Diese Erfahrung hatte ihn tief erschüttert. Er hatte immer geglaubt, er wäre den Einflüsterungen seiner Ausbilder nie erlegen, aber anscheinend war es ihnen doch gelungen, einen finsteren Teil in ihm zu erschaffen, der genau ihren Vorstellungen entsprach. Dem war er ebenso wenig entkommen wie seinen abscheulichen Fähigkeiten.

Er hatte versucht, Geralds Lehren und alles, was ihn mit diesem Mann verband, in den hintersten Winkel seines Kopfes zu verbannen. Nur wegen dieser sogenannten *Gabe* war er verschleppt worden. Nur wegen dieser Gabe hatten seine Eltern ihn verstoßen.

Der Junge schloss für einen Augenblick die Lider und ließ die Schultern hängen. Zwar wollte er es sich nicht eingestehen, doch er hatte gehofft, sie würden ihn wieder akzeptieren, wenn er diesen

Teil seiner selbst abtötete. Seine Mutter würde ihn wieder in den Arm schließen und sagen, dass sie ihr Schweigen bereute und ihn nie hatte weggeben wollen. Dass sie ihn trotz allem immer noch liebte. An diese Hoffnung hatte er sich so lange geklammert und nun war es zu spät.

Die Magier würden von ihm verlangen, dass er lernte, seine Kräfte zu beherrschen, um den gewöhnlichen Menschen nicht zu schaden. Und das konnte er ihnen nicht verweigern.

Er schrak zusammen, als eines der Zugpferde mit einem lauten Platschen direkt neben ihm in eine Pfütze trat.

»Ho da vorn, nicht so hastig!«, bellte Gareth, der versuchte, die schweren Kaltblüter dazu zu bewegen, langsamer zu laufen. »,tschuldige, Sam!«

»Kein Problem«, rief der Junge zurück und zügelte seinen Wallach, sodass dieser mit dem Gefährt Schritt hielt. Neben dem Tischlerburschen saß Neirins zusammengekauerte Gestalt auf dem Kutschbock. Der junge Dieb war seit Lunes Verschwinden schweigsam geworden und mied die Gesellschaft seiner Freunde. Die letzten Wochen hatte er meistens still vor sich hingebrütet und kaum ein Wort gesprochen. Die einzige Gesellschaft, die er längere Zeit duldete, war die des Heilers, der sich zusehends erholte und auf einen Stock gestützt schon wieder durch das Lager humpeln konnte.

Auch jetzt grüßte er Sam nur knapp und wandte seine Aufmerksamkeit dann wieder der schlammigen Straße zu.

Gareth schnalzte gereizt mit den Zügeln und trieb die Pferde wieder an, die drohten, stehen zu bleiben. Sie schienen den mageren Jungen nicht für voll zu nehmen, und taten alles, um ihm das Leben schwer zu machen. Unter der Kapuze lugten Strähnen seines dunkelblonden Haares hervor, die an den Spitzen eine braune Tönung aufwiesen. Die graublauen Augen hatte er wegen des Regens zusammengekniffen.

Eine Zeit lang hatte Sam befürchtet, der Junge würde ebenfalls Zuneigung zu Delia hegen, doch ihre Rivalität war schließlich zu

Kameradschaft umgeschlagen, als Gareth sich anderen Mädchen zuwandte. Er war ein außergewöhnlich hübscher Junge, nach dem sich viele von Eschenbachs Töchtern die Finger geleckt hatten.

Aber Delia schenkt trotzdem mir ihre Aufmerksamkeit, bemerkte Sam verblüfft. Auch wenn er sich zur Zeit von ihr fernzuhalten versuchte aus Angst, der unterschwellige Zorn könnte wieder aus ihm hervorbrechen.

»Wie geht es deinem Hals?«, erkundigte sich Gareth.

Unwillkürlich tastete Sam nach der wulstigen Narbe in seinem Nacken, die bei der kalten Berührung schmerzte. Sie wand sich als leuchtend roter Striemen um seinen unteren Hals und weiter über das obere Schulterblatt.

»Gut«, antwortete er. »Auch wenn mich die Verbrennung nicht gerade hübscher macht.«

»Ach was.« Der blonde Junge winkte ab. »Frauen stehen auf Männer mit Narben. Sie zeigen, dass man in der Lage ist, Heim und Herd zu verteidigen.«

»Wenn du das sagst«, brummte Sam. Er hoffte zutiefst, Delia würde sich nicht daran stören, denn er konnte ja schlecht zu warmen Jahreszeiten mit einem Schal herumlaufen. »Wie ist es mit dir?« Er zog sich einen Finger über die Wange.

Gareth hatte in der vergangenen Woche einen kleinen Unfall gehabt, als er im Schlamm ausgerutscht und mit dem Gesicht gegen die eisenbeschlagene Kante eines Wagens getaumelt war. Dabei hatte er sich einen blutigen Riss in der Wange zugezogen.

Gareth zuckte mit den Schultern. »Ich bin zu der Kräuterhexe gegangen und sie meinte, es würde keine Narbe zurückbleiben. Dafür reibt sie mir den Schnitt jeden Abend mit einer ekelhaft stinkenden Salbe ein.« Er zog die Nase kraus.

»Wenn es hilft«, tröstete Sam ihn. »Wie heißt es: Wer schön sein will, muss leiden.«

Gareth machte eine rüde Geste in seine Richtung. »Halt die Klappe, Eure Durchlaucht.«

Sam grinste bloß unverschämt und steckte den Seitenhieb kommentarlos weg. So langsam dämmerte ihm, weshalb viele Leibwechsler in den Adelsstand aufgestiegen waren. Auch wenn er nicht mit den Ohren von Tieren lauschte, waren seine Sinne geschärft und seine Muskeln gestählt. Er war schon als kleiner Junge schneller gewesen als seine Altersgenossen, hatte die Schritte der Stadtwache als Erster vernommen, wenn sie wieder auf einem ihrer Raubzüge unterwegs gewesen waren, und konnte noch in den Siedlungen riechen, wenn der Bäcker sein frischgebackenes Brot zum Abkühlen nach draußen stellte. Es war ihm nie bewusst gewesen, dass es für einen Menschen ungewöhnlich war. Bis jetzt.

»Neirin«, begann er vorsichtig.

»Was gibt es?«, blaffte dieser und strich sich eine rotblonde Strähne aus den Augen.

Sam biss sich auf die Unterlippe. »Meinst du …« Er zögerte. »Meinst du, Lune ist noch am Leben? Glaubst du, es geht ihr gut?«

»Was weiß denn ich?«, fragte Neirin bitter. »Ich bin kein Magier, der über alles in dieser Welt Bescheid weiß. Frag sie doch. Du scheinst ihnen doch ohnehin mehr zu vertrauen als deinen eigenen Freunden.«

Sam zuckte vor diesen harschen Worten zurück. Er hatte damit gerechnet, dass seine Freunde ihm nicht so schnell verzeihen würden, dass er nicht mit ihnen gekommen war.

»Es ist nicht meine Schuld, dass sie verloren gegangen ist«, flüsterte Sam leise. »Ich habe euch nicht verraten, Nye, das schwöre ich.«

Die Schultern des Diebes sackten nach vorn und er vergrub das Gesicht in den Händen. »Ich weiß«, erwiderte er erstickt. »Das hatte ich auch nie angenommen.«

Sam wusste nicht, was er sagen sollte, ahnte aber, dass Neirin alleingelassen werden wollte. Also trieb er sein Pferd an und trabte davon.

Weiter vorn im Zug entdeckte er Erik. Zwischen ihnen hatte sich eine lockere Bekanntschaft gebildet und Nero schien es gern zu sehen, wenn er sich unter das Gefolge mischte.

Der Soldat grüßte ihn erfreut, als er zu ihm aufschloss.

»Weißt du, wann wir aus diesem Regen wieder herauskommen?«, fragte Sam. »Ich glaube, selbst meine Zehen sind durchweicht.«

Erik kratzte sich am Kinn. »Nero meinte, wir müssten bald zu einem Dorf kommen, aber bei diesem Wetter bin ich mir nicht sicher, ob wir es heute noch erreichen.«

Aber sie schafften es. Als die ersten Häuser in der Ferne auftauchten, kam wieder Leben in alle Mitreisenden, die sich vermutlich ähnlich wie Sam eine gemütliche Bettstatt und die erste warme Mahlzeit seit Tagen ausmalten. Nathaniel wurde vorausgeschickt, um den Gastwirt von ihrer Ankunft zu unterrichten.

Das Dorf war kaum mehr als eine Ansammlung von Holzhäusern. Auf der Straße war ein Karren mit den Vorderrädern im Schlamm versunken. Ein Bauer versuchte schimpfend, gemeinsam mit seinem Ochsen das Gefährt aus dem Morast zu ziehen, als er sie bemerkte. Staunend sah er dem Tross entgegen. Auch die übrigen Einwohner musterten die Neuankömmlinge mit scheelen Blicken. Fremde schienen sich nicht oft in diese Gegend zu verirren. Nicht zum ersten Mal fragte sich Sam, ob sie von der gewohnten Route abgewichen waren, doch er konnte sich nicht erklären, weshalb.

Der Junge zog den Kopf ein und versuchte, möglichst wenig Aufmerksamkeit auf sich zu ziehen.

Sie ritten auf ein ausladendes Gebäude zu, neben dem Stallungen angebracht waren. *Zum Wasserhengst* stand auf dem Schild über der Tür. Als Türklopfer diente ein umgekehrtes Hufeisen.

Sam murmelte den Namen leise vor sich hin.

»Das ist eine Anspielung auf die Kelpies.«

Der Müllerbursche wandte sich im Sattel um und erblickte Ivan. Der Junge sah blass aus und der Umhang hing ihm durchweicht um die zu schmalen Schultern.

»Wie bitte?«, fragte Gareth, der gerade von seinem Wagen sprang und fluchend bis zu den Knöcheln im Matsch versank.

»Der Name auf dem Schild«, erklärte Ivan. »In Cantos gibt es eine Sage über die Wassergeister in Pferdegestalt, die jeden Reiter in den Fluten ertränken. In Eisert hält man sich deshalb nach stürmischen Tagen vom Gewässer fern, wenn die Wellen sie am Ufer ausspucken.«

Gareths Gesicht nach zu urteilen, interessierte ihn dieser Exkurs nicht sonderlich, aber Sam empfand Mitgefühl für Ivan. Seitdem man Igors Gedächtnis gelöscht hatte, hatte sich sein kleiner Bruder fast ebenso zurückgezogen wie Neirin.

»Du vermisst deine Anstellung, nicht wahr?«

Ivan zuckte nur stumm mit den Achseln und wandte sich wieder ab.

Anfangs hatte er noch versucht, Igor von seiner Vergangenheit zu erzählen, doch dies hatte seinen Bruder derart verwirrt, dass er Ivan irgendwann gebeten hatte, damit aufzuhören. Wie musste es sein, von seiner eigenen Vergangenheit zu hören, wenn man sich überhaupt nicht mehr daran erinnern konnte?

Sam fand es schrecklich, was man den beiden angetan hatte. Sie hatten nur noch einander gehabt und nun hatten sie nichts mehr, nicht einmal eine gemeinsame Erinnerung an ihre Heimat.

Sam ließ sich aus dem Sattel gleiten. Pflichtschuldig ging er den Stallburschen zur Hand, die auf sie zu gehastet kamen. Der gescheckte Wallach schnaubte und schüttelte sich, als sie dem Regen endlich entkamen. Sam gab ihm einen Klaps, damit er in die ihm zugewiesene Nische trottete. Das Absatteln bereitete ihm inzwischen keine Mühe mehr. Mit beiden Händen griff er ins Stroh und rieb den Wallach kräftig ab. Nach getaner Arbeit kraulte er ihm die weiche Nase. Als einer der Burschen frisches Heu brachte, verriegelte Sam die Stalltür hinter sich und streifte die Kapuze ab. Er schüttelte den Kopf wie ein nasser Hund und Wassertropfen flogen in alle Richtungen.

Plötzlich wurde er am Kragen gepackt und gegen eine Wand gedrängt. Blind wehrte er sich gegen den Angriff, der ihm die Luft aus den Lungen presste. Der Stoff schnitt ihm schmerzhaft in den Nacken und ein hervorstehender Nagel bohrte sich durch die Kleidung in seinen Rücken. Er blinzelte und sah in das wutverzerrte Gesicht von Henrik.

»Was …?«

»Halt bloß die Schnauze, du kleiner Mistkerl«, zischte der Metzgersohn und stieß ihn so hart gegen die Wand, dass sein Hinterkopf gegen festen Widerstand prallte und ihm dunkle Punkte vor den Augen tanzten.

Er zerrte an den Händen, die ihn gepackt hielten, doch es war zwecklos. Nicht zum ersten Mal verfluchte er seine schlaksige Gestalt und wünschte sich die starken Schultern und das breite Kreuz seiner Mitgesellen aus der Mühle. Zu seinem Pech war Henrik gut einen Kopf größer als er selbst, obwohl sie ungefähr gleich alt waren.

»Was willst du?«, stieß Sam zwischen zusammengebissenen Zähnen hervor. In den grünen Augen seines Gegenübers glitzerte es zornig.

»Was ich will? Das ist eigentlich ganz einfach, du halbe Portion«, grollte Henrik. »Halte dich von meiner Schwester fern, wenn dir deine Haut lieb ist.«

»Ich werde sie in Ruhe lassen, sollte sie mich darum bitten. Dazu braucht sie dich nicht!«, zischte Sam aufgebracht zurück, bereute seine Worte jedoch sofort, da der Griff des anderen Jungen ihm allmählich die Luft abschnürte.

»Ich werde das nicht noch einmal wiederholen«, knurrte Henrik. »Du warst es doch, der ihr eingeredet hat, dass sie fliehen müsse. Du hast dafür gesorgt, dass sie die Kontrolle verloren hat und beinahe in dem Feuer erstickt ist.«

»Ich …«, setzte Sam an, doch Henrik fuhr unbeirrt fort.

»Seit unsere Mutter gestorben ist, bin ich für sie verantwortlich. Ich weiß, was das Beste für sie ist, und du bist es nicht. Sollte ich also noch einmal sehen, wie du um sie herumscharwenzelst wie ein dreckiger kleiner Köter, dann sprich vorher dein Gebet.«

Ruckartig ließ er von ihm ab und Sam taumelte zur Seite außer Reichweite des Metzgersohns.

Henrik verschränkte die Arme vor der Brust. Erst jetzt fiel Sam auf, dass sich dunkle Ringe unter den Augen seines Kontrahenten abzeichneten. Sein roter Schopf war viel dunkler als der seiner Schwester und ging mehr ins Kastanienbraune. Die nassen Strähnen klebten an seiner Stirn.

»Hast du mich verstanden?«, wollte Henrik wissen. Er hatte die Augen drohend zusammengekniffen und seine rechte Faust zuckte, als wollte er sie am liebsten in Sams Magen versenken.

»Ich habe … dich verstanden«, keuchte Sam und richtete sich auf. »Du warst deutlich genug.«

»Gut«, erwiderte Henrik und kehrte ihm nach einem letzten warnenden Blick den Rücken zu. Dann verließ er die Stallungen.

Sam sah ihm fassungslos hinterher und ließ sich mit einem Stöhnen gegen die Wand sinken. Er hatte schon immer den Eindruck gehabt, Henrik würde ihn nicht sonderlich mögen, weil er arm war und Delia kaum Zukunftsaussichten bieten konnte. Er hatte sich geirrt. Es war nicht so, dass ihr Bruder ihn nicht mochte. Er *hasste* ihn. Wie viel schlimmer hätte es noch kommen können?

»Uff, das war knapp. Ich dachte schon, er würde den Fußboden mit dir aufwischen!«

Sam sah auf und unterdrückte den Fluch, der ihm auf den Lippen lag. Natürlich konnte es schlimmer kommen. Gareth kam durch die Stallgasse auf ihn zugelaufen. Reichte es nicht, dass die Stallburschen diese Auseinandersetzung miterlebt hatten?

Der Tischlerbursche hatte ein neckisches Grinsen im Gesicht. »Hat er noch alles heilgelassen?«

»Fast alles«, murrte Sam und rieb sich den schmerzenden Rücken.

Er war verlegen, als in ihm die Vorstellung von äußerst peinlichen Gerüchten aufkam, doch Gareth zwinkerte ihm zu, als wüsste er genau, woran Sam dachte. »Keine Sorge, dein Geheimnis ist bei mir sicher.«

»Danke«, seufzte der Müllerbursche. In dem schummrigen Licht der Öllampen leuchteten die Haarspitzen von Gareth in einem reinen Goldton, was Sams Stimmung noch mehr trübte. Er wusste wirklich nicht, was Delia im Vergleich dazu in ihm sah.

»Wir haben heute Abend Freigang«, teilte ihm Gareth gut gelaunt mit. »Eine Magd hat uns erzählt, es gäbe ganz in der Nähe eine Schenke. Komm, wir sollten die Gelegenheit nutzen, um uns zu betrinken.«

Zunächst sträubte sich Sam, der wusste, dass Gareth, wenn er betrunken war, nur allzu gern Streit vom Zaun brach. Andererseits könnte er bei einer ordentlichen Prügelei vielleicht vergessen, wie die letzten Wochen sein Leben versaut hatten. Und nebenbei könnte er sich vorstellen, dass jeder Bauerntrampel, dem er seine Faust in die Magengegend rammte, das Gesicht des Metzgersohnes hatte. Diese Aussicht munterte ihn ein wenig auf, weshalb er schließlich einwilligte.

Schon rannten sie durch den heftiger werdenden Regen den schlammigen Weg entlang, den die Magd Gareth beschrieben hatte.

Durch die Bindfäden aus Wasser entdeckte Sam eine Traube von Menschen, die sich um einen stämmigen Kerl versammelt hatte, der wild gestikulierte. Das Rebhuhn in seiner Hand pendelte dabei traurig mit dem Kopf. Die Dorfbewohner schienen angeregt miteinander zu flüstern. Einige von ihnen sahen zutiefst beunruhigt aus. Der Müllerbursche wurde langsamer und spitzte die Ohren, konnte aus der Entfernung aber nicht mehr als ein undeutliches Raunen über das Prasseln des Regens hören.

»Beeil dich, Sam!«, rief Gareth ihm über die Schulter zu. »Ich will noch einigermaßen trocken ankommen!«

Er sah auf, als die Zwingertür mit einem Quietschen aufschwang, und duckte sich tiefer in das schimmelige Stroh. Eine Hand packte ihn grob im Genick und stieß ihn auf den steinernen Gang hinaus. Sam winselte, folgte dem Aufseher aber gehorsam. Dunkle Leiber sprangen um ihn herum, berührten seine Schenkel, und er spürte die Vorfreude der Hunde, als wäre es seine eigene.

Sie traten auf den weiten Innenhof von Schwarzborn hinaus und feuchte Erde grub sich zwischen seine nackten Zehen. Die Rekruten hatten sich in einem lockeren Kreis versammelt und warteten ungeduldig. Zwei Söldner schleiften einen Jungen in ihre Mitte.

Sein hellbraunes Haar war von Blut verklebt und als sie ihn achtlos fallen ließen, blieb er zusammengekauert liegen.

Die zur Witterung erhobenen Schnauzen schickten ihm den salzigen Geruch nach Angst und Schweiß. Seine Fingerspitzen streiften den Kopf eines der Hunde. Sie waren sein Rudel. Er sah durch ihre Augen, hörte das unterdrückte Schluchzen durch ihre Ohren.

Dieser Junge hatte versucht, zu fliehen, und musste den Preis dafür zahlen.

»Wo wolltest du hin, Pete?«, säuselte Salem, wie immer an den Fersen von Derek klebend, der sich vor dem Flüchtigen aufgebaut hatte.

Der kauernde Junge blickte zu ihnen auf. Seine Wangen waren tränenverschmiert, die graugrünen Augen verquollen und weit aufgerissen.

»Du wolltest uns also verlassen?«, fragte Salem sanft.

Sam stellten sich beim Klang seiner Stimme die Nackenhaare auf. Er sah nicht zu Salem auf, sondern stierte schweigend auf Pete hinab. Ein kühler Luftzug ließ ihn schaudern und er wünschte sich das dichte Fell der Hunde anstatt seiner dünnen Menschenhaut. So anfällig für Verletzungen. So weich.

»Bitte«, wimmerte Pete. Er stemmte sich auf die Knie, die Fingernägel in seine Oberschenkel gekrallt. »Ich werde es nie wieder versuchen, ich schwöre es.«

»Aber, aber«, seufzte Salem. »Verhandelt wird jetzt nicht mehr, nicht wahr, Streuner?«

»Nein«, stieß Sam hervor und senkte den Kopf, den der Söldner tätschelte.

Derek klatschte in die Hände. »Ihr alle wisst, was mit Deserteuren geschieht! Aber du solltest dich freuen«, eröffnete er Pete. »Ich erlaube dir, uns zu verlassen.«

Dann machte Derek einen Schritt vor und in seinen dunklen Augen funkelte es hungrig. »Streuner, ich habe dir eine Belohnung versprochen.«

Sams Muskeln spannten sich an und am liebsten hätte er sich die Ohren zugehalten. Er wusste bereits, was kommen würde. »Greif ihn dir!«

Nein, bitte nicht! *Aber er spürte bereits, wie er sich in Bewegung setzte. Die Bluthunde folgten ihm, heulten und kauerten sich sprungbereit nieder. Seine Brüder und Schwestern.*

Sein Blick schweifte über die Umstehenden, suchte nach Jared, aber er war nicht da. Er konnte seinen schwarzen Haarschopf nirgends entdecken. Sam versuchte, sich an den Geschmack von Äpfeln zu erinnern, um seinen Verstand von dem der Hunde zu lösen, aber es gelang ihm nicht. Der schwere Geruch von Blut in der Luft war zu stark, zu verheißungsvoll.

Wie lange war es her, seit er etwas gegessen hatte?

»Sam, halt die Hunde zurück«, flehte Pete unter krampfhaften Schluchzern. »Bitte, sie werden mich töten.«

Sam antwortete nicht, sondern zog stattdessen die Lippen zurück und knurrte.

Dann überließ er sich dem wilden Begehren der Hunde und ließ los. Die Meute preschte vor und riss einen Teil von ihm mit sich.

Er konnte nur innerlich bebend dastehen, unfähig, den Blick von dem Rekruten zu wenden, den die Bluthunde in Stücke rissen, während er Petes Blut auf der Zunge schmeckte.

Sam fuhr keuchend aus dem Schlaf. Er fiel zu Boden, wo er zitternd nach Atem rang. Seine Hand fuhr zu seinen Augen und ein heftiger Weinkrampf schüttelte seinen Körper. Jemand rüttelte an seiner Schulter und sprach beruhigend auf ihn ein, aber er schlug die Hand beiseite. Er verhedderte sich hoffnungslos in seine Decke, als er versuchte, aufzustehen. Sein ganzer Körper bebte vor Grauen.

Schritte näherten sich und dann schlangen sich Arme um seinen Körper. Ein vertrauter Duft umhüllte ihn. Die Spitzen ihrer Haare kitzelten seine Wange und Finger strichen ihm beruhigend übers Haar.

»Es ist alles gut, Sam«, flüsterte Delia ihm ins Ohr. »Es ist alles gut.«

Aber nichts war gut und sie wusste es. Er vergrub das Gesicht an ihrer Schulter und überließ sich ganz seinem Schmerz. Seine Vergangenheit rollte über ihn hinweg und riss ihn in eine tiefe Grube der Hoffnungslosigkeit und Verzweiflung. Es war eine ölige Finsternis, die seine Seele befleckte und es ihm unmöglich machte, zu vergessen.

Nach einer Weile beruhigte er sich und sie bettete seinen Kopf in ihren Schoß. Er konzentrierte sich darauf, langsam zu atmen, und bewunderte all die kleinen Wunder an ihr. Die kleine Stupsnase, die von Sommersprossen gesprenkelt war. Das kupferfarbene Haar, das ihr über die Schultern fiel und ihre blassgrünen Augen zum Leuchten brachte, die denen von Pete so ähnlich sahen. Er musste schlucken. *Denk nicht daran!*

Er betrachtete stattdessen ihre geschwungenen Lippen und die drei kleinen Muttermale an ihrer Schläfe, die angeordnet waren wie ein Dreieck. Die Zärtlichkeit in ihrem Blick erfüllte ihn mit tiefer Zufriedenheit. Sie streichelte versonnen mit den Fingerspitzen über seine Stirn.

»Geht es dir jetzt besser?«, fragte sie besorgt.

»Ja«, murmelte er und berührte ihre Wange. »Danke.«

Ihre Anwesenheit vertrieb die Schatten von seiner Seele wie der erste Sonnenstrahl, der durch die Gewitterwolken eines stürmischen Herbsttages brach. Die Scham überkam ihn jäh. Er war schon immer der Gequälte gewesen, der Gebrochene. Sie hatte etwas Besseres verdient. Er wäre so gern normal. Ein gewöhnlicher Kerl, mit dem sie glücklich werden und der ihr ein erfülltes Leben bieten konnte.

»Was ist?«

»Du solltest mich nicht so sehen.« Er setzte sich ruckartig auf.

Verletzt zog sie die Hände zurück. Dann wurde sie ernst. »Du kannst nicht alles von mir fernhalten, Sam.«

»Das sollte ich aber können!« Er konnte ihr nicht länger in die Augen sehen.

»Sam. Du solltest endlich dein Ehrgefühl beiseiteschieben und mir mehr Vertrauen schenken. Du bedeutest mir unglaublich viel und ich möchte an deinem Leben teilhaben. Und das schließt auch die finsteren Zeiten mit ein. Wie soll ich dich wirklich kennenlernen, wenn du diesen Teil vor mir verbirgst?«

»I-ich …«, stammelte er. »Ich will dich nicht belasten.«

»Aber ich sehe doch, wie sehr es *dich* belastet. Wie du bei jedem unerwarteten Geräusch zusammenzuckst und unfähig bist, auch nur daran zurückzudenken, ohne dass deine Hände anfangen zu zittern. Wie willst du das jemals überwinden, wenn du nicht darüber redest?«

»Lass uns doch einfach neu anfangen«, bat er sie leise. »Lass uns die Vergangenheit vergessen.«

Delia entzog sich ihm und stand auf. »Nein, Sam. Wann wirst du endlich begreifen, dass es so nicht weitergehen kann? Du leidest! Lass mich dir helfen.«

Sie warf die Haare in einer schwungvollen Bewegung zurück. Ihr Stolz gefiel ihm. Er hatte ihm schon immer gefallen.

»Keiner kann mir helfen«, erklärte er leise. Er rappelte sich auf. »Du verstehst das nicht.«

»Du hast recht.« Sie stemmte die Hände in die Hüften. »Ich kann es gar nicht verstehen, weil du mir nichts erzählst!«

Er verschloss sich und sie sah es in seinem Blick. Die Kränkung in ihrem Gesicht ertrug er nicht länger, also wandte er sich ab und ging. Gareth stand vor der Tür, als Sam hinaustrat.

»Alles in Ordnung?«, fragte er ihn besorgt. »Ich wusste nicht, was ich tun soll, da habe ich sie geholt.«

Mehrere Gäste hatten die Köpfe aus ihren Zimmern geschoben, um zu sehen, was den Lärm verursacht hatte. Er sah unter ihnen Neirin und Cassandra, doch er ignorierte ihre fragenden Gesten.

»Ja«, war alles, was er erwiderte, ehe er eiligen Schrittes davonging, ohne sich noch einmal umzusehen. Er spürte ihre Blicke im Nacken und hörte, dass ihm jemand folgte.

Ich will mich nicht erinnern. Warum versteht sie das denn nicht?

Er wusste, dass sie recht hatte, konnte sich aber nicht dazu durchringen, sich das einzugestehen.

Sam wusste nicht, wohin er gehen sollte. Seine Füße trugen ihn fort von diesem düsteren Zimmer, in dem seine Vergangenheit in jeder dunklen Ecke zu lauern schien wie ein wildes Tier. Er polterte die Stufen hinunter und hielt erst an, als er den Schanksaal erreichte. Dort lehnte er sich an die Wand und atmete tief durch.

Gareth hielt Abstand, doch die Sorge in seinen Augen war nicht geheuchelt.

»Hattest du einen Albtraum?«, hakte er nach.

»Ja … nein. Es war … einfach nur ein altes Leiden, das sich manchmal meldet.« Sam versuchte zu lächeln, doch es fühlte sich eher an wie eine Grimasse.

»Du musst nicht darüber reden«, versicherte ihm Gareth. »Ich wollte nur sichergehen, dass du klarkommst.«

»Wird schon«, seufzte Sam. »Es ist einfach ein bisschen viel, was in letzter Zeit alles passiert ist.«

Der Tischlerbursche lächelte kläglich. »Das geht uns doch allen so, aber man gewöhnt sich daran.«

Wirklich?, fragte sich Sam. *Werde ich mir dann nicht mehr wünschen, dass die Dorfbewohner dort draußen über die Magier herziehen, damit ich als einer der ihren über sie schimpfen kann, um meinen Gefühlen Luft zu machen?*

Denn wenn er es sich eingestand, hatte er den Verlust seiner neuen Heimat noch immer nicht verkraftet, geschweige denn verstanden. Jeden Morgen erwachte er und wunderte sich, weshalb er nicht in der staubigen Dachkammer der Mühle lag, die Wimpern vom Mehlstaub verklebt, sondern an eine Zeltdecke starrte. Im Innern zürnte er den Suchern genauso wie alle anderen Ausgesonderten.

Die beiden Jungen zuckten zusammen, als plötzlich laute Stimmen erklangen. Erschrocken pressten sie sich in die nächste dunkle Nische und verharrten dort reglos. Einen Moment später hätte er sich über ihre Feigheit auf die Zunge beißen können.

Die Kneipentür schwang auf und drei Leute traten ein, dem Anschein nach einer der Pferdeknechte und eine Magd. Sie begleitete ein gedrungener Kerl mit Vollbart, an dessen Gürtel Seile und Haken befestigt waren.

Im Näherkommen wehten die Worte des bärtigen Mannes zu ihnen herüber. »… groß wie eine Scheune, so wahr ich hier stehe. Ich habe es mit eigenen Augen gesehen. Ein Ungeheuer, farblos wie ein Glas Milch und mit rotglühenden Augen, sage ich euch!«

»Wie kommt es, dass diese Biester noch immer in unseren Wäldern herumschleichen?«, klagte die rundliche Frau mit der fleckigen Schürze. »Warum haben die Stahlröcke noch nichts dagegen unternommen?«

»Ganz einfach«, verkündete der Bärtige. »Diese Bestien kommen von jenseits des Gebirges herüber. Wir können von Glück sagen, dass es bisher nicht noch mehr sind. Dort drüben sind sie erfahrener im Umgang mit diesen finsteren Kreaturen, anders als unsere Soldaten. Die müssen darauf warten, dass es die ersten Opfer gibt, um auszuschwärmen. Ich habe gehört, eine ganze Patrouille der Stahlröcke ist in den Grauwald aufgebrochen und nicht zurückgekehrt. Nach ein paar Tagen hat man ihre Leichen gefunden oder das, was noch davon übrig war. Anscheinend konnte man sie bloß noch an den Rüstungen erkennen.«

»Wie schrecklich!« Die Magd griff sich ans Herz.

Die beiden Männer ließen sich am Tresen nieder, während die Frau ihnen zwei Humpen hinstellte und großzügig einschenkte, ehe sie sich selbst bediente. Sam vermutete, dass dies wohl hinter dem

Rücken des Hausherrn geschah, denn sie sah sich immer wieder verstohlen um, als befürchtete sie, entdeckt zu werden. Die beiden Jungen drängten sich näher heran und lauschten neugierig.

»Und es geht noch weiter!«, raunte der Mann, nachdem er einen kräftigen Schluck genommen hatte. »Man munkelt, der Rat von Astor selbst habe angeordnet, man solle die Monster in den Süden treiben!«

»Es würde diesen Intriganten ähnlichsehen!«, rief der verhärmte Stallknecht und schüttelte die Faust.

Der Sprecher nickte zustimmend. »Wahr gesprochen! Diese ehrenwerten Hundesöhne sollen inzwischen sogar Werwölfe in ihre Dienste stellen. Es heißt, der Statthalter von Ternos soll angefallen worden sein, als er die Astori zurückschlug, und sich noch auf dem Krankenlager in ein reißendes Biest verwandelt haben. Angeblich hat er seinen ganzen Haushalt abgeschlachtet, mitsamt seinen drei Söhnen und seiner Tochter und soll nun das Blut seiner ehemaligen Verbündeten trinken.«

Sam erschauderte bei der Vorstellung eines Mannes mit wölfischen Zügen auf einem Thron aus Knochen, einen Weinkelch in der Hand, umringt von Leichen.

In den Nördlichen Reichen würde niemand es wagen mit derartiger Respektlosigkeit über die Ratsmitglieder zu sprechen, doch Sam wusste, dass man sie in Cantos verächtlich *Ehrlose* schimpfte. Zu oft kam es vor, dass die rechtmäßigen Erben der Ländereien und Titel von ihren Geschwistern kaltblütig ermordet wurden, damit diese selbst Anspruch auf einen Sitz im Rat erheben konnten. Selbst auf dieser Seite des Meeres hatte man schon von dem ehrgeizigen Ratsherrn gehört, der seinen jüngeren Bruder erstochen hatte, noch ehe die Leiche seines Vaters erkaltet war. Dennoch gab es nicht wenige Adelshäuser innerhalb von Astor, die ihm diese Tat nachsahen aufgrund der erhöhten Abgaben und Soldaten, die er seither dem Rat stellte.

»Genug von den Aschegeborenen«, krähte der Stallbursche. Sam konnte seinen penetranten Geruch nach Mist und nassem Pferd noch bis in seinem Versteck riechen. »Was interessiert es uns, was hinter dem Gebirge geschieht? Erzähl mehr von den Schrecken in unseren Wäldern! Wo hast du dieses Ungeheuer gesehen?«

»Ja, das wüsste ich auch gern«, warf die Magd eifrig ein.

»Dann hört gut zu«, grollte der Mann und verschränkte die dicken Arme. »Es war keinen halben Tagesritt von hier entfernt«, berichtete er. »Wie jeden Morgen bin ich früh aufgestanden und ging meine Fallen ab, denn um diese Zeit landen oft die Truthähne in den Netzen, da hörte ich ein Geräusch. Es klang wie ein Bär, der in die Falle geraten war. Ich dachte mir, die Götter würden gnädig auf mich herablächeln und ein dummer Honigfresser wäre mir in die Eisen getappt. Ich sagte mir *Obacht!* und habe mich herangeschlichen, um zu sehen, wie groß der Bursche wohl sein mochte. Und was sehe ich unter meinem Wacholderstrauch? Eine monströse Gestalt mit riesigen Flügeln und Fangzähnen, so lang wie mein Unterarm! Natürlich habe ich bei dem Anblick Reißaus genommen! Wem wäre es da anders ergangen? Aber das ist noch nicht das Schlimmste!« Der Fallensteller senkte die Stimme und raunte: »Ich habe von der Kräuterfrau am Wegesrand gehört, ein Mädchen sei im Wald gefunden worden, das angegriffen wurde. Die Arme kommt wohl nicht aus der Gegend, muss aus den Dörfern auf der anderen Seite des Bachlaufs stammen. Sie wurde übel zugerichtet. Heidrun kümmert sich um sie.«

Geraunte Beileidsbekundungen wurden gemurmelt. Die Magd schlug schockiert die Hand vor den Mund. »Die armen Eltern! Was sie sich für Sorgen machen werden, wenn ihr Töchterchen nicht mehr nach Hause kommt!«

»Ich weiß nicht«, warf der Stallbursche ein. »Ich habe der Kräuterfrau gestern noch einen Korb mit Eiern vorbeigebracht für das Geschwür, von dem sie meinen Vetter geheilt hat. Die Frau hat magische Hände, da war dieser Besuch angebracht. Auf jeden Fall habe ich dort das Mädel gesehen. Sah nicht so aus, als würde sie von hier stammen. Solche dunklen Augen habe ich mein Lebtag noch nicht gesehen. Sah mir eher aus wie eine Adelige mit den zierlichen Händchen. Schätze, das ist eine dieser Flüchtlinge aus dem Norden, die sich ihrer Haut nicht mehr sicher fühlen …«

Sam schnappte unwillkürlich nach Luft und trat einen Schritt zurück. Er packte Gareth und zog ihn mit sich zurück die Treppen hinauf. Als er stehen blieb, sah Gareth ihn fragend an.

»Was ist?«, wollte er wissen. »Willst du nicht hören, wie es weitergeht?«

Der Müllerbursche schüttelte den Kopf. In seinem Schädel wirbelte das Gehörte durcheinander, bis sich die Bruchstücke wieder neu zusammenzusetzen begannen. Ein fremdes Mädchen im Wald. Verletzt. Ein Mädchen, das für diese Menschen wie eine Adelige aussah. Ein Mädchen mit dunklen Augen.

Eine Mischung aus Entsetzen, Erregung und Angst stieg in ihm auf. Er packte den Ärmel des anderen Jungen. »Wir müssen sofort zu einem Magier!«

»Weshalb?«, wollte Gareth stirnrunzelnd wissen.

»Ich weiß, wer dieses Mädchen ist!«

Ohne zu klopfen, stürzte Sam durch die Tür, Gareth im Schlepptau. Nero blickte von dem Brief auf, den er gerade geschrieben hatte. Die zusammengezogenen Augenbrauen verrieten seine Verärgerung, als er die beiden aufgeregten Jungen erblickte.

»Sam«, begann er, »ich würde es vorziehen, wenn du klopfen …«

»Dafür ist keine Zeit!«, platzte es aus Sam heraus. »Es ist wichtig! Ich weiß, wo Lune ist!«

Der Magier legte seine Feder beiseite und lehnte sich zurück. Er musterte ihn aufmerksam. »Woher willst du das wissen?«

»Die Dorfbewohner dort unten«, sprudelte es aus dem Müllerburschen hervor, während seine Arme wie aufgeregte Vögel durch die Luft schwirrten, »haben davon geredet. Also ein Fallensteller und irgendein Stallbursche, dessen Vetter eine Warze oder so was hat. Er hat gesagt, dass ein Mädchen gefunden wurde und der Pferdeknecht hat seine Geschichte bestätigt! Die Beschreibung passt exakt auf Lune. Irgendjemand muss rausfinden, wo diese Kräuterfrau, Heidrun oder so, wohnt. An einem Wegesrand glaube ich. Weißt du es noch, Gareth? Egal, auf jeden Fall …«

Der Magier hob eine Hand und stoppte damit den Wortschwall des Jungen. Er rieb sich die Stirn und sagte langsam: »Du kommst hierher, weil irgendein Schafskopf dir die Flausen in den Kopf gesetzt hat, dass deine Freundin sich hier aufhält? Die Stelle, an der wir sie das letzte Mal gesehen haben, liegt gut achtzig Meilen von hier entfernt, bist du dir dessen überhaupt bewusst?«

»Ja, ich weiß, es klingt völlig verrückt, aber trotzdem, ich bin mir absolut sicher. Ich habe nicht den leisesten Schimmer, wie sie diese Strecke zurückgelegt hat, aber sie ist hier, direkt vor unserer Nase. Wenn Ihr mir nicht glaubt, dann lest meine Gedanken! Das sollte überzeugend genug sein, oder nicht?«

Der Magier warf ihm einen mahnenden Blick zu. »Ich wäre dir verbunden, wenn du dich vor deinen Kameraden mit solchen Äußerungen zurückhalten würdest, aber«, er bedeutete Sam, zu schweigen, als dieser wieder den Mund öffnen wollte, »um auf deine Bemerkung zu antworten: Nein, es würde nicht ausreichen, weil ich bloß bestätigen könnte, dass *du* davon überzeugt bist, und nicht den Wahrheitsgehalt hinter der Überzeugung prüfen kann.«

»Das war mir ein wenig zu verschwurbelt ausgedrückt, aber ich denke, ich habe es verstanden, *trotzdem*«, er betonte das Wort ausdrücklich, »würde ich meinen, die Chance, eine potenzielle Magierin in den Schoß der Sucher zurückzuholen, dürfte auch dann verlockend sein, wenn die Wahrscheinlichkeit eher gering ist, oder?«

Er biss sich auf die Lippe, hob aber in herausfordernder Manier eine Augenbraue und wartete gespannt auf die Antwort. Sam wusste nicht, wie klug es war, einem Magier zu widersprechen, aber wenn es auch nur einen winzigen Hoffnungsschimmer gab, dass seine Freundin noch am Leben war, würde er sich daran klammern. Erst recht, wenn sie verletzt war. Wenn er den Mund hielte und sie damit zum Tode verurteilte … damit könnte er nicht leben.

Nero seufzte. »Ich sehe schon, so einfach lässt du dich davon nicht abbringen.« Er schob den Stuhl zurück und erhob sich. »Also gut. Wir werden schleunigst aufbrechen. Falls deine Vermutung zutrifft, sollten wir eher zu früh eintreffen als zu spät.«

In Windeseile hatten sie die Pferde gesattelt, die ihnen der Stallknecht zur Verfügung stellte. Er und seine Mitgesellen hatten einen ordentlichen Schrecken bekommen, als sie die Treppen hinuntergekommen waren, und hastig die Krüge hinter ihren Rücken verborgen. Sie waren ihnen gegenüber äußerst hilfsbereit gewesen.

Die Pferde waren sichtlich unwillig, ihre trockenen Unterstände zu verlassen. Gareth hatte sie zusätzlich aufgehalten, da er mit seiner Trense zu kämpfen gehabt hatte. Seine Stute hatte sich standhaft geweigert, das Maul zu öffnen. Nero hatte sich unterdessen nach der Unterkunft der Kräuterfrau erkundigt.

Sobald sie das Dorf verlassen hatten, folgten sie einem Trampelpfad, der offenbar häufig benutzt wurde, denn die Erde war von den vielen Füßen, die darauf gewandelt waren, gänzlich von Pflanzen befreit und lag als brauner Lehmfluss vor ihnen. Sam hatte Mühe, seinen Fuchsschimmel davon abzuhalten, wieder kehrtzumachen.

Als sich der Pfad an einem Felsbrocken gabelte, fluchte Gareth hinter ihm unterdrückt, aber der Magier schien genau zu wissen, wohin sie sich wenden mussten.

Die einfache Hütte mit dem angrenzenden Kräutergarten war schon von weitem zu erspähen. Die Fenster verströmten ein einladendes, warmes Licht. Inzwischen war der Regen abgeklungen. Alles, was er zurückgelassen hatte, waren große Pfützen, um die die Stute von Gareth herumtänzelte, wann immer er nicht aufpasste.

Im Näherkommen entdeckte Sam zwei Reiter, die neben der Hütte zum Stehen gekommen waren und abstiegen. Der Junge kniff die

Augen zusammen, um mehr zu erkennen. Sie standen von ihm abgewandt da, sodass er keine Einzelheiten ausmachen konnte. Ihre Reisekleidung war dunkel von der Nässe und schlammbespritzt.

Einer der Reisenden streifte die Kapuze ab und fuhr sich mit einer Hand durch das feuchte, rabenschwarze Haar. Er war offensichtlich in eine Auseinandersetzung mit seinem Gefährten verwickelt. Aufgebrachte Stimmen wehten zu ihnen herüber. Der Müllerbursche spitzte die Ohren.

»... schon oft genug erklärt!« Sein Begleiter war offensichtlich eine Frau. »Hörst du eigentlich jemals auf, dich zu beklagen? Vor zwei Tagen haben wir euretwegen in diesem rückständigen *Dorf* angehalten, weil ich euer Genörgel über Stockfisch nicht mehr ertragen konnte!«

»Sag mir nicht, nach über einem halben Monat würde er dir nicht auch zu den Ohren rausquellen«, antworte der Schwarzhaarige sichtlich gereizt.

Es war Sam, als hätte man ihm einen Tritt in den Magen versetzt. Er kannte diese Stimme! Auch wenn sie ein wenig anders klang als in seiner Erinnerung. Tiefer und rau, mehr die Stimme eines Erwachsenen denn die des halbwüchsigen Jungen, den er gekannt hatte. Aber nein, er musste sich irren. Wie kam er hierher?

Sam zügelte sein Pferd und ließ sich aus dem Sattel gleiten. Noch hatten die Streitenden sie nicht bemerkt. Mit fahrigen Fingern schob er den Kopf des Rotschimmels beiseite, der anscheinend eine Belohnung für seine Mühen erwartete.

»Ich habe nie behauptet, dass er mir schmeckt, aber er füllt einem den Magen und damit hat er seinen Zweck erfüllt. Entweder du schaffst es, dich für diesen Abend zusammenzureißen, oder du kannst bei den Pferden warten!«, zischte die Fremde sichtlich erregt.

Er musste ein gutes Stück gewachsen sein. Wahrscheinlich überragte er Sam inzwischen um gut einen halben Kopf. Sein Herz pochte erwartungsvoll.

Dreh dich um, bat er im Stillen. *Zeig mir dein Gesicht, damit ich mir sicher sein kann.*

Der junge Mann schien etwas erwidern zu wollen, als der Kopf der Frau zu ihnen herumfuhr. Nero war neben Sam getreten und betrachtete das ungleiche Paar. Von ihrer Wachsamkeit angesteckt, drehte sich auch ihr Begleiter um und Sam stockte der Atem.

Er war es. Unverkennbar. Noch immer hatte er diese angespannte Haltung, als müsste er sich im nächsten Augenblick verteidigen. Die gleichen blauen Augen musterten die beiden Jungen und den Magier von Kopf bis Fuß. Die gleiche, verblasste Narbe zog sich durch seine Augenbraue.

»Jared?«, fragte Sam ungläubig. »Bist du das?«

Der schwarzhaarige Junge wirkte irritiert, dass er angesprochen wurde, und seine Hand wanderte zu dem Messer an seinem Oberschenkel, doch dann hielt er inne. Die Verwirrung, welche sich in seinen Zügen spiegelte, wurde zu Verblüffung. Er kniff die Augen zusammen, als versuchte er, das Gesicht unter der Kapuze zu erkennen. Sam streifte sie ab und verharrte dann abwartend. Die Zeit verging quälend langsam, bis der Junge sich schließlich regte.

»Sam?«, fragte er mit unsicherer Stimme.

Und dann, Sam wusste nicht ganz, wie es passierte, schlang er auch schon die Arme um seinen alten Freund. Er hörte Jared ungläubig lachen, dann schob sein Freund ihn eine Armlänge von sich und betrachtete ihn eingehend. Ein Grinsen breitete sich auf seinen Lippen aus, genauso ungestüm wie früher.

»Verdammt nochmal, Sam! Was tust du hier? Ich dachte, du wärst tot! Sie sagten, du wärst von einer Klippe gestürzt!«

Sam konnte nicht anders, er lachte. »Ich weiß, und das mussten sie glauben. Es tut mir so leid, dass ich es dir nicht erzählen konnte.«

Jared schüttelte den Kopf und zog ihn in eine weitere Umarmung. »Ich verstehe schon.«

Es war ihm tatsächlich gelungen, zu entkommen! Und auch er hatte seinen Weg nach Cantos gefunden. Sam konnte es nicht fassen. Zwar hatte Lawson ihm davon berichtet, aber ihm waren noch immer Zweifel geblieben, stellte er nun fest. Niemand entkam den Söldnern. Und nun hatten sie es alle beide geschafft. Sie hatten ihre Freiheit wiedererlangt.

Sie lösten sich voneinander und das schiefe Lächeln von Jared besagte mehr als tausend Worte. Er verzieh ihm.

»Jared, wer ist das?«, unterbrach die Fremde sie, doch ihre Augen ruhten dabei weiterhin auf Nero. Die kalte Ablehnung in ihrem Gesicht verwirrte Sam. Kannte sie den Magier?

Jared sah sich zu ihr um und winkte sie näher. »Darf ich dir einen lang verschollenen Kameraden von mir vorstellen? Man trifft schließlich nicht alle Tage einen Toten. Das ist Sam, *mein* Blutsbruder, könnte man sagen.«

Das Mädchen machte keine Anstalten näher zu kommen. Sie war jünger, als es zunächst den Anschein gehabt hatte, überlegte er. Vielleicht war sie im selben Alter wie Lune, aber nein …

Lune! Siedend heiß fiel ihm wieder ein, weshalb er überhaupt im Halbdunkel vor einer Hütte stand, begleitet von einem Magier und einem Tischlerburschen.

Gareth zupfte an seinem Ärmel und raunte ihm ins Ohr. »Hinter dem Fenster steht eine Frau, die uns beobachtet. Wir sollten reingehen, sonst denkt sie noch, wir würden sie ausrauben wollen. Dein Freund sieht nicht gerade wie ein Chorknabe aus.«

Der Müllerbursche nickte. Er wollte gerade vorschlagen, dass die beiden Gefährten mit ihnen in die Hütte kommen sollten, als das Mädchen ihm zuvorkam.

»Ich unterbreche dieses traute Wiedersehen nur ungern, aber wir sollten aufbrechen.«

»Was?« Jared runzelte verärgert die Stirn. »Hast du mir nicht gerade eine Predigt darüber gehalten, wie wichtig es ist, sich mit den Heilkräutern in dieser Gegend vertraut zu machen?«

»Ich sehe ein, dass deine Bedenken berechtigt waren«, räumte sie ein und lenkte ihre Schritte auch schon zu dem großen grauen Hengst zurück, von dem sie abgestiegen war.

»Warte«, sagte Jared und folgte ihr. Er ergriff ihren Arm, um sie am Weitergehen zu hindern. Sie fuhr merklich unter seiner Berührung zusammen und entwand sich seinem Griff.

»Was?«, fuhr sie ihn an. »Du meintest doch, ich solle hin und wieder nachgeben. Bitte sehr, das tue ich. Wir gehen.«

»Dann kannst du allein gehen«, entgegnete er ebenso wütend. »Ich bringe dir dann irgendwelche Kräuter mit, aber sei nicht enttäuscht, wenn sie dich vergiften!«

Sie funkelten einander an, dann drehte er ihr demonstrativ den Rücken zu und deutete auf die Hütte. »Müsst ihr da auch rein oder …?«

»Ja«, sagte Sam schnell und zog Jared mit sich auf die Tür zu, wobei er dem Blick des Mädchens auswich, der ihn in die tiefste aller Höllen wünschte. Gareth beeilte sich, ihnen zu folgen.

Die Tür schwang auf, noch bevor sie klopfen konnten, und eine stämmige Frau baute sich im Eingang auf. Heidrun hatte ein rundes, offenes Gesicht und das dunkle Haar zu einem lockeren Knoten zurückgebunden. Die Hände hatte sie in die Hüften gestemmt. Der scharfe Geruch nach Kräutern hing an ihrem Wollkleid.

»Was wollt ihr?«, verlangte sie zu wissen. Trotz der zweifellos einschüchternd wirkenden Pose klang sie nicht unfreundlich. »Wenn es nicht um Leben und Tod geht, dann geduldet euch bis morgen. Patienten empfange ich gewöhnlich bei Tageslicht.«

Jared wollte genervt abdrehen, doch Sam zischte »Warte!«, ehe er sich wieder an die Kräuterfrau richtete. »Wir kommen wegen des Mädchens, das angegriffen wurde.«

»Wie kommst du darauf, dass du sie kennst?«

»Ich habe Beschreibungen gehört, die zutreffend sind«, erklärte er wahrheitsgemäß und reckte den Hals. Er erhaschte einen Blick auf

Regale, die mit Phiolen und losen Pergamenten vollgestopft waren. »Wenn ich sie nur sehen könnte …«

Ein verärgerter Ausdruck trat in ihr Gesicht. »Ihr seid nicht die ersten Schaulustigen, die herkommen, aber meine Patientin hat ein wenig Ruhe verdient. Also macht, dass ihr wegkommt!«

»Erlaubt, dass ich mich einmische«, sagte Nero und trat hinter die Jungen. »Dieser junge Mann hier glaubt das Mädchen tatsächlich zu kennen. Also bitte, verscheucht ihn nicht.«

Die aufgesetzte Strenge verblasste und Heidrun seufzte schwer, während sie zurücktrat, um sie einzulassen. »Nun gut, seht selbst. Auch wenn ich dir nicht wünsche, sie zu kennen. Wenn doch, wirst du dich verabschieden müssen.«

Sam trat ein und eilte sofort zum Krankenlager in der Ecke des Raumes, neben dem er in die Knie ging.

»Lune«, flüsterte er erstickt. Sie war es wirklich, doch die Freude sie wiederzusehen, wurde getilgt durch den Anblick, der sich ihm bot.

Strähnen ihres schokoladenbraunen Haares klebten an ihren Schläfen. Die Augen hatte sie geschlossen, doch man konnte sehen, dass sie unruhig umher huschten. Schweißperlen glänzten auf ihrer Stirn. Eine Decke war über ihr ausgebreitet, die auf Höhe ihres Bauches blutgetränkt war.

»Ich war gerade dabei, sie neu zu verbinden, als ich euch gehört habe.« Die Kräuterfrau war neben ihn getreten und befühlte ihre Stirn. »Das Fieber will einfach nicht sinken. Berberitze, gelber Enzian, Blutwurz, Eisenhut … ich habe schon alles versucht.«

»Ich dachte, Eisenhut sei giftig«, warf Sam beunruhigt ein.

»Nur in konzentrierter Form«, erklärte sie ihm. »Verdünnt wirkt er schmerzlindernd und bereitet schöne Träume.«

»Sonderlich schön zu träumen scheint sie nicht«, murmelte Jared kaum hörbar.

»Darf ich mir die Verletzung ansehen?« Nero beugte sich über Lunes schlaffe Gestalt.

Die Kräuterfrau zögerte, doch dann nickte sie.

Der Magier schlug die Bettdecke zurück und Sam musste den Kopf wegdrehen. Hinter sich hörte er, wie jemand scharf die Luft einsog. Es war kein schöner Anblick. Ihm war nicht klar, wie Lune es geschafft hatte, bisher am Leben zu bleiben.

Drei lange Schnitte reichten von ihrer Hüfte bis zum untersten Rippenbogen. Die Klauen waren nicht tief eingedrungen, hatten aber breite Kerben in ihre blasse Haut geschlagen. Die Organe schienen unverletzt, doch die offene Wunde eiterte. Das milchige Sekret quoll über die entzündlichen, roten Ränder. Aber das war nicht das Schlimmste. Schwarzblaue Linien krochen unter der Haut entlang und verästelten sich über ihren gesamten Bauch.

Nero ließ sich keinen Ekel anmerken. Stattdessen berührte er das Adergeflecht und schloss konzentriert die Augen. Währenddessen schritt Heidrun zu einer kleinen Anrichte, auf der eine Waschschüssel und Leinentücher bereitstanden. Sie stellte beides aufs Bett und begann, die Schnitte behutsam zu säubern. Das Mädchen regte sich und ein Stöhnen entwich ihren aufgesprungenen Lippen, doch sie erwachte nicht.

Heidrun ließ sich davon nicht beirren. Mit schnellen und geschickten Fingern wusch sie den Eiter ab und legte dann frische Verbände bereit. Als sie ihre Arbeit beendet hatte, warteten sie schweigend, bis Nero sich wieder aufrichtete und den Hautkontakt unterbrach.

»Ihr seid ein Magier, nicht wahr?«, fragte Heidrun leise. Er nickte zustimmend. »Könnt Ihr dem Mädchen helfen?«

Er sah auf Lune hinab, als er antwortete. »Ich habe getan, was ich konnte, aber es wird nicht ausreichen. Das«, er deutete auf das dunkle Adergeflecht, »ist keine gewöhnliche Blutvergiftung. Was auch immer sie angegriffen hat, es war giftig. Dafür reichen meine Heilkünste nicht aus.«

Sam wagte kaum, die Frage zu stellen. »Wird sie sterben?«

Der Magier seufzte und nickte. »Ja, sie wird sterben. Selbst wenn es mir gelänge, sie zu einem entsprechend ausgebildeten Heiler zu bringen, wäre es fraglich, ob man rechtzeitig ein Gegenmittel finden könnte. Ich fürchte, wir können hier nur wenig tun.«

Sam erbleichte und sah sich hilfesuchend nach allen Seiten um. Gareth sah schockiert aus und die Kräuterfrau wirkte resigniert, wenn auch nicht überrascht.

Jared drückte ihm mitfühlend die Schulter. »Es tut mir leid, mein Freund.«

»Es muss doch irgendeine Möglichkeit geben«, stammelte Sam. »Irgendeine.«

Der Müllerbursche ließ den Kopf hängen und nahm ihre Hand in seine. Sie fühlte sich unnatürlich heiß an. Dafür war er nicht gekommen. Er hatte sich so sehr darauf verlassen, dass die Magier sie heilen könnten, dass es ihm gar nicht in den Sinn gekommen war, er könnte sie verlieren. Heiße Tränen brannten in seinen Augen.

»Ich kann sie retten.«

Alle Köpfe wandten sich um. Dort lehnte das fremde Mädchen mit verschränkten Armen im Türrahmen. Ungerührt erwiderte sie die fassungslosen Blicke, die auf sie gerichtet waren.

»Wie bitte?«, durchbrach Nero die anhaltende Stille.

Sie erwiderte seinen Blick stoisch. »Das Mädchen. Ich kann sie retten.«

Der Biss des Mantikors

JARED

Rhenawen löste sich vom Türrahmen und schritt auf das verletzte Mädchen zu. Ihre Augen wanderten über die entsetzlichen Wunden, ohne dass sie eine Regung zeigte.

Jared konnte nicht anders, als sie verblüfft anzustarren. Er hatte gesehen, wie fachkundig sie Espens Knöchel versorgt hatte, aber wenn selbst magische Fähigkeiten versagten, wie sollte dann sie dieses Mädchen wieder zusammenflicken? Und was versprach sie sich davon? Warum erklärte sie sich bereit, einer völlig Fremden zu helfen, die sie noch nicht einmal kannte?

Weil sie ein guter Mensch ist, schoss es ihm durch den Kopf. *Weil sie auch Espen geholfen hat.*

»Gibt es noch weitere Verletzungen?«

»Ja.« Die Kräuterfrau beugte sich über Lune und schob ihr Hosenbein zurück, sodass ein blutiger Verband zum Vorschein kam, der sich um ihre untere Wade schlang. »Ich habe dieser Wunde keine besondere Bedeutung beigemessen. Sie wird gut verheilen, wenn der Wundbrand ausbleibt.«

»Nein, das glaube ich eher nicht«, murmelte Rhenawen so leise, dass Jared sie kaum verstand.

Sie legte zwei Finger auf den Bauch der Kranken und fuhr eine der schwarzen Linien entlang. Nachdenklich legte sie den Kopf schief und strich dann über die Stirn des Mädchens, ehe ihre Finger zum Hals hinunterglitten und den Puls fühlten.

»Weniger als vier Tage, vielleicht fünf«, sagte sie eher zu sich selbst. Rhenawen wandte sich zu den Versammelten um. »Wo und wann wurde sie gefunden? Wie lange ist sie schon in diesem Zustand?«

»Man hat sie gestern früh zu mir gebracht«, antwortete die Kräuterfrau. »Es geschah nicht weit entfernt von hier, wurde mir erzählt. Wir vermuten, dass sie am Tag zuvor angegriffen wurde. Wovon allerdings konnte mir niemand sagen.«

»Wie komme ich zu dem Ort des Angriffs?«

»Wozu soll das gut sein?«, setzte die Frau stirnrunzelnd an. »Es …«

Rhenawen schnalzte ungeduldig mit der Zunge. »Wenn dieses Mädchen überleben soll, beantwortet meine Frage.«

Sie maßen einander kurz mit Blicken, ehe die Kräuterfrau ergeben seufzte. Anscheinend war Lune angegriffen worden, als sie einem Pfad folgte, der aus dem Wald herausführte. Als sie ausführlich beschrieben hatte, wohin man sich zu wenden hätte, nickte das Mädchen nur.

»Gut«, war alles, was sie entgegnete.

»Es soll ein Ungeheuer gewesen sein«, warf Sam ein. »Ein riesiges Biest mit …«

»Ich weiß, was sie angegriffen hat«, unterbrach sie seine Ausführungen. »Erspar mir das Geschwätz der Fischweiber.«

Sam tauschte einen Blick mit dem blonden Jungen neben ihm und Jared konnte ihm nicht verdenken, dass er sprachlos war. Vermutlich war ihm noch nie ein Mädchen derart über den Mund gefahren. Er selbst hatte sich inzwischen an Rhenawens charmante Art gewöhnt.

»Und was war es, das sie angegriffen hat?«, fragte der Magier und musterte sie eingehend.

Rhenawen begegnete seinem Blick mit einer Gefühlsregung, die Jared nicht erwartet hätte. Ihre ganze Haltung sprach von blanker Abscheu. Es hätte ihn nicht gewundert, wenn sie ihm im nächsten Moment vor die Füße gespuckt hätte. Doch dann erschien ein spöttisches Lächeln auf ihrem Gesicht.

»Ich hätte mir denken können, dass ihr sie bereits vergessen habt. Aber jenseits des Gebirges lauern sie noch immer, die alten Kreaturen, und manchmal verirren sie sich herüber.« Sie straffte die Schultern. »Diese Art der Vergiftung ist eindeutig. Ein Mantikor.«

»Unmöglich«, entfuhr es der Kräuterfrau. »Seit Jahrhunderten hat es in Cantos keine mehr von ihnen gegeben.«

Rhenawen zuckte mit den Achseln. »Nun gibt es einen. Seht sie euch doch an. Sie ist kurzatmig, lethargisch, kaltschweißig. Und dann die schwarzen Adern. Habt ihr jemals eine derartige Reaktion auf eine Fleischwunde gesehen?«

»Nein«, gestand die Frau und schaute besorgt über die Schulter zu ihrer Patientin. »Was wirst du unternehmen, um ihr zu helfen?«

»Gebt mir drei Tage«, antwortete Rhenawen, wobei sie die Augen noch immer auf den Magier geheftet hatte. »Haltet sie so lange am Leben. Dazu solltet Ihr wohl imstande sein.« Gerade als sie sich abwenden wollte, hielt sie noch einmal inne. »Ihr müsst das Mädchen im Auge behalten. Sie muss ständig überwacht werden. Das Gift greift in die Sinneswahrnehmung ein und verwirrt den Verstand. Bevor es seine tödliche Wirkung gänzlich entfaltet, wird eine Besserung eintreten, doch die Betroffenen sind meist nicht länger zurechnungsfähig. Manche verlieren darüber den Verstand und hören Stimmen oder sehen Phantome. Fesselt sie ans Bett, falls nötig.«

Sie wandte sich wieder Sam zu und musterte ihn eingehend. »Du«, sagte sie dann und zeigte auf ihn. »Du meintest, du weißt mehr über das Biest?«

»Nun ja, also, ich …«

»Ich möchte, dass du mit mir kommst.«

Mit diesen Worten ließ sie die Versammelten stehen und trat nach draußen. Jared drückte kurz Sams Arm, der ein wenig verstört dreinsah, und beeilte sich dann, sie einzuholen.

»Moment mal«, rief er und griff ihr in die Zügel, als sie den Hengst erreichte. Sein eigener, schon ein wenig altersschwacher Schimmel graste nicht weit entfernt. Sie hatten ihn und Espens bissige Stute mit den letzten Münzen erstanden, die ihnen noch von dem Verkauf des Wallachs übriggeblieben waren.

Der Hengst legte die Ohren an und ruckte unwillig mit dem Kopf, doch der Junge beachtete ihn gar nicht.

»Warum tust du das?«, wollte er leise wissen. »Ich dachte, wir wollten eine möglichst große Strecke zwischen uns und das Meer bringen. Was denkst du dir, ihnen einfach deine Hilfe anzubieten?«

»Irgendwie müssen wir uns finanzieren«, erwiderte sie schneidend. »Die Münzen aus dem Norden sind hier nichts wert, wie dir bestimmt aufgefallen ist.«

Er erinnerte sich zurück an die kleine Siedlung, in der sie Brot und Hartkäse erstanden hatten. Dort hatten sie feststellen müssen, dass die Währung entscheidend sein konnte, wenn man nicht mit einigem Verlust blechen wollte. Sie hatten zwei silberne astorische Münzen als Bezahlung erübrigen müssen, obwohl die kärgliche Ausbeute auf der anderen Seite des Meeres keine vier Kupferstücke wert gewesen wäre.

»Und du denkst, sie würden dich bezahlen?«, hakte er nach.

Sie stand mit dem Rücken zu ihm gewandt und machte sich an dem Sattel zu schaffen. »Was soll ich sagen, ich kann mir eine Menge Gold vorstellen, wenn ich einen Auftrag für einen Magier erledige.«

Sie winkte Sam ungeduldig herbei, der im Türrahmen stehengeblieben war. Er sah aus, als würde er hoffen, dort einfach übersehen zu werden, schlurfte dann jedoch herbei.

»Ich weiß wirklich nicht, wie ich helfen sollte«, murmelte er vor sich hin. »Ich sollte hier bei ihr bleiben.«

»Ich bin zuversichtlich, dass du es kannst«, entgegnete Rhenawen und klopfte den Hals ihres Hengstes. Als sie Sams Blick bemerkte, lächelte sie verhalten. »Er ist ein prachtvoller Bursche, nicht wahr? Nur zu, er wird nicht beißen.«

Unsicher hob der Junge die Hand und tätschelte die lange Schnauze. Argento blähte die Nüstern, doch ansonsten hielt er still.

»Hol dein Pferd, dann können wir aufbrechen.«

Als Sam außer Hörweite war, nahm sie ihr Gespräch wieder auf. »Meinst du nicht auch, dass sie uns großzügig entschädigen werden, wenn wir einer der ihren helfen?«

Jared trat unwillkürlich einen Schritt zurück. »Geht es dir denn überhaupt nicht um das Menschenleben dahinter?«, stieß er gepresst hervor. »So wie du redest …«

Er verstummte, doch sie hatte längst begriffen, was er hatte andeuten wollen.

In ihren Augen flammte grüne Glut, aber sie verzog nur die Lippen zu einem verächtlichen Lächeln. »Glaub, was du glauben willst, Jared. Das tust du doch ohnehin. Entscheide selbst, als was für einen Menschen du mich sehen willst, und vertraue ausnahmsweise einmal auf dein eigenes Urteil, nicht auf das von Loni.«

Sie schwang sich behände in den Sattel und sah kühl auf ihn herab, während sie die Zügel aufnahm. »Wir werden sehen, wie viel sie ihnen wert ist.«

Ihre Worte widerten ihn an und er meinte, sie zum ersten Mal wirklich zu sehen. Aber konnte das sein? War *das* wirklich sie?

»In der Zwischenzeit«, fuhr sie fort, »solltest du Espen kontaktieren und ihm berichten, weshalb sich unsere Reise verzögert.«

Ohne seine Antwort abzuwarten, gab sie ihrem Pferd die Sporen und preschte davon. Sam trieb ebenfalls seinen Rotschimmel an und folgte ihr. Jared sah ihnen noch lange nach, bevor er in die Hütte zurückkehrte.

SAM

Sie fanden die gesuchte Stelle ohne Schwierigkeiten. Noch immer war der Boden vom Regen aufgeweicht, doch die tiefen Furchen in der Erde und die herausgerissenen Baumstämme hatte er nicht fortgewaschen. Sam beobachtete, wie Rhenawen absaß und den Ort des Geschehens eingehender betrachtete.

Auch Sam ließ sich aus dem Sattel gleiten und sah sich unbehaglich um. Jede Einzelheit nahm er im schwachen Mondlicht überdeutlich wahr, das durch die Wolkendecke brach. Tiefe Kerben hatten sich ins Holz gegraben, um die sich Harz angesammelt hatte, sodass es aussah, als würde der Baum um sein eigenes Schicksal weinen. Der Boden war von gewaltigen Pranken aufgewühlt worden.

Das Mädchen ging in die Hocke und untersuchte einen der gefallenen Bäume, dessen Äste wie abgerissene Gliedmaßen verstreut lagen. Die Wucht des Aufschlags musste enorm gewesen sein.

Sam versuchte die Szene vor seinem inneren Auge zu rekonstruieren.

Lune musste davongerannt sein, während das Biest hinter ihr durch die Bäume brach und die schmächtigeren Stämme einfach mit seinem Leib zerschmetterte. Es hatte sie gestellt und sie auf dem Boden festgenagelt, dort, wo fünf nebeneinanderliegende Einkerbungen zu sehen waren, die durch den Schatteneinfall wie bodenlose Löcher wirkten. Aber weshalb hatte es seine Beute zurückgelassen?

»Was meinst du, was ist hier passiert?«, fragte er seine Begleiterin, die noch immer neben dem Baumstamm hockte.

Sie strich über einen abgeknickten Ast, ehe sie aufstand. Ihr Blick wanderte aufmerksam über das Gelände.

»Siehst du die Stacheln dort drüben, die in der Rinde steckengeblieben sind?« Sie deutete darauf und Sam nickte zustimmend. Sie waren etwa so lang wie sein Unterarm, jedoch nicht sonderlich dick.

»Es war tatsächlich ein Mantikor.« Sie klang beinahe überrascht, als hätte sie ihren eigenen Worten nicht recht glauben können. »Wirklich ungewöhnlich, dass er sich ausgerechnet hier niedergelassen hat.«

»Warum hätte er das nicht tun sollen?«, wollte Sam wissen.

»Normalerweise bevorzugen sie abgelegene Täler oder Berghänge, auch wenn ich schon von einem gehört habe, der es sich an einer Handelsstraße bequem gemacht hat. Es hat ewig gedauert, bis er vertrieben werden konnte, weil er immer davonflog, wenn sich bewaffnete Männer näherten.« Sie schmunzelte. »War ein zähes Biest, habe ich mir sagen lassen. Vermutlich hat er sich verzogen, nachdem sie ihm monatelang nachgestellt haben.«

»Dann sind sie intelligent?«

»Oh ja, das sind sie. Sie sind sehr alt, älter als wir Menschen, und sie ziehen es vor, uns zu meiden, aber das macht sie nicht weniger gefährlich. Aber genug davon. Du wolltest wissen, was vorgefallen ist. Ich vermute, dass deine Freundin von ihm verfolgt wurde, aber einer der Bäume hat sie eingeklemmt, sodass er sie einholen und verletzen konnte. Die Brandspuren an dem Geäst legen nahe, dass sie begleitet wurde von einigen weiteren Magiern. Es sieht so aus, als hätten sie Feuerbälle oder ähnliches geworfen, um ihn zu vertreiben. Wohin sie dann aber verschwunden sind, weiß ich nicht.« Ihre Brauen zogen sich zusammen und zwischen ihnen bildete sich eine steile Falte.

»Vielleicht wurden sie verletzt«, mutmaßte Sam.

»Ja, vielleicht.«

»Meinst du, er ist noch in der Nähe?«

Er wurde unruhig bei dem Gedanken und strengte sein Gehör an, doch sie schüttelte bloß den Kopf.

»Das glaube ich nicht, aber wir machen uns besser wieder auf den Weg.«

Sie wollte sich abwenden, doch Sam hielt sie am Arm fest. Er spürte, wie sich ihre Muskeln unter seiner Berührung anspannten, und ließ sie hastig wieder los.

»Ja?« Ihre Stimme war schneidend und ihre Augen schienen sich in Eiskristalle verwandelt zu haben.

»Wieso hast du mich mitgeschleppt? Du scheinst meine Hilfe nicht zu brauchen«, stellte er fest und verschränkte die Arme vor der Brust.

»Du irrst, ich brauche dich.«

»Als Köder?«

Sie lachte auf. »Eine reizvolle Idee, aber nein. Du wirst mir helfen, an das Heilmittel zu gelangen.«

Nun war es an Sam, die Stirn zu runzeln. »Du brauchst mich, um eine Blume zu pflücken?«

Sie seufzte. »Nein. Es gibt kein Heilkraut oder sonst eine pflanzliche Substanz, die helfen könnte. Deshalb habe ich dich mitgenommen. Denn wir beide, Leibwechsler, werden jetzt einen Mantikor jagen.«

RHENAWEN

Das Morgenlicht erhellte die Umgebung des seichten Flusses, neben dem Rhenawen kniete. Sam hockte an ihrer Seite und trank gierig. Sie schöpfte mit beiden Händen Wasser und spritzte es sich ins Gesicht. Dann schüttelte sie die Arme aus und stand auf. Müde fuhr sie sich über die Augen.

Argento sah sich zu ihr um, ehe er die Schnauze wieder in das kühle Nass steckte. Er stand mit den Fesseln im Wasser, doch das schien ihn nicht weiter zu stören. Der Rotschimmel neben ihm schnupperte an ihren Satteltaschen.

Die ganze Nacht waren sie durch die Gegend gestreift und hatten nach dem Rückzugsort der Bestie gesucht. Gemeinsam waren sie verschlungenen Wildwechseln gefolgt, hatten Talsenken abgesucht und waren in einer Bärenhöhle gelandet, die schon lange verlassen war.

Rund um das Dorf hatten sie die ganze Gegend abgesucht, waren aber nicht fündig geworden. Vielleicht hatte sie sich getäuscht und der Mantikor war längst weitergezogen. Dann wäre das Mädchen verloren.

Rhenawen versuchte, sich an den Ort des Angriffs zurückzuerinnern. Sie hatten Stacheln gefunden, die in der Rinde einer jungen Birke steckten. Damit hatte sich ihre Annahme bestätigt und sie konnte nicht glauben, dass die Bestie sich einfach davongemacht hatte, wenn ihre Beute entkommen war.

Ihre Beute.

Lune. Ein ungewöhnlicher Name für ein einfaches Bauernmädchen.

Wie sie dagelegen hatte. Die Augen geschlossen, vollkommen reglos, wäre da nicht das leichte Heben und Senken ihres Brustkorbes gewesen. Und das Blut auf der Decke und dem Laken, von dem sie sich leichenblass abhob.

Sie schüttelte diesen Gedanken ab. Er führte zu nichts, war unbedeutend. Und doch der Grund, weshalb sie sich dazu bereiterklärt hatte, ihr zu helfen. Es ging ihr nicht um die Bezahlung. Darum war es ihr nie gegangen. *Lune.* An ihren Anblick war eine Erinnerung geknüpft, auch wenn sie schon zu verblassen begann.

Ich kann sie nicht sterben lassen. Auch wenn sie es nicht ist.

Noch immer sah sie Jareds schockierte Miene vor sich und biss sich auf die Unterlippe. Sie hätte es nicht sagen sollen, aber sie hatte sehen wollen, was für einen Eindruck ihre Worte auf ihn machten, wie er reagieren würde. Es hatte Anklage in seinen Augen gelegen, aber auch … Verwirrung? Hatte er etwas anderes von ihr erwartet?

Schluss damit! Es sah ihr nicht ähnlich, sich derart ablenken zu lassen, wenn sie auf der Jagd war. Nun galt es, das Biest aufzuspüren und mit ihm das Heilmittel.

Rhenawen legte den Kopf in den Nacken und lauschte auf die Geräusche um sich herum. Es war still bis auf das leise Tropftropf des Wassers, das von den Blättern auf den Waldboden fiel.

Ihre Gedanken kreisten um eine Frage. Warum sah die Stätte des Überfalls so aus, wie sie es tat? Es gab Mantikore, die eine beeindruckende Größe erreichten, aber keiner von ihnen würde in einer derart mutwilligen Zerstörungswut ganze Bäume herausreißen. Sie waren schlanke, schattenhafte Wesen, die sich durchs Unterholz pirschten ungeachtet ihrer fledermausartigen Flügel.

Ohnehin hatten sie es nicht nötig, Menschen auf diese Art und Weise zu verfolgen. Ihre bevorzugte Art der Jagd war es, ihre Beute durch Gesang anzulocken, sie zu betören, bis sie willenlos in ihr Verderben gingen. Manchmal lösten sie den Bann, um sich an dem Flehen ihrer Opfer zu ergötzen.

Trotzdem widerstrebte ihr der Gedanke, einen von ihnen zu töten. Mantikore waren den Menschen nicht unähnlich. Wie sie wurden sie nicht bloß von ihren Instinkten angetrieben, sondern waren zu vielfältigen Gefühlen fähig. Einen von ihnen wie ein wildes Biest abzuschlachten, war nicht besser, als einen Menschen niederzustechen, weil er ein Reh geschossen hatte, das nun verblutete. Dennoch würde sie ihn aufspüren müssen, wenn sie wollte, dass Lune überlebte.

Sie strich über die aufgenähten Metallplatten ihrer Armschienen, die sie auf dem Weg angelegt hatte, und überprüfte, ob der Gürtel, in dem ihre Dolche steckten, richtig saß. Wenn es zu einem Kampf kam, wäre weitere Schutzkleidung hinderlich. Um gegen ein Monster zu bestehen, musste man auf Schnelligkeit setzen und nicht auf schiere Stärke.

»Woher wusstest du, was ich bin?«

Sie drehte sich zu Sam um, der sich gerade wieder aufrichtete und sie misstrauisch musterte, die bernsteinfarbenen Augen zusammengekniffen.

Das Mädchen zuckte bloß mit den Schultern. »Deine Augen verraten dich.«

Er rümpfte die Nase. »Ziemlich dürftig. Klingt, als hättest du einfach glücklich geraten.«

Selbst wenn er verärgert war, hatte er eine sanfte Art, zu sprechen.

»Ganz so dürftig ist es gar nicht. Stimmt, ich konnte mir nicht völlig sicher sein, aber als du Argento gestreichelt hast, hatte ich keine Zweifel mehr. Jeden anderen hätte er angegiftet, aber bei dir war er zahm wie ein Fohlen.«

»Kein besonders netter Trick«, murrte er, aber diesmal lag weniger Feuer in seinen Worten.

»Aber du verstehst inzwischen, warum ich dich brauche.«

»Ja, schon.« Er wand sich unbehaglich. »Aber wenn ich ihn spüren soll, muss ich in seiner Nähe sein.«

»Ja, das haben wir bereits festgestellt.«

Es war enttäuschend gewesen, zu erfahren, dass Sam seine Fähigkeiten bisher weitestgehend ignoriert hatte. Mit seiner Gabe hätten sie den Mantikor schon vor Sonnenaufgang finden können, aber er war nicht gewillt, sich gänzlich darauf einzulassen.

Wenn die altmodische Variante des Suchens fehlschlug, musste sie wohl oder übel die Leute befragen.

Rhenawen pfiff und ihr Hengst kam gehorsam zu ihr getrottet. Sie strich ihm durch die dichte Mähne und ertastete dabei das aufgeworfene Fleisch an seinem Hals.

»Was meinst du, mein Freund? Womit haben wir es hier zu tun?«

Er drehte ihr ein Ohr zu und wieherte.

»Ja, das dachte ich auch gerade«, sagte sie so leise, dass der Junge sie nicht hören konnte. »Da ist wohl jemand sehr widerstrebend, sich selbst zu akzeptieren.«

Aus dem Augenwinkel sah sie, wie Sam zusammenzuckte und über den Fluss hinweg starrte.

»Was ist?«, wollte sie wissen. »Was siehst du da?«

Auch die Pferde wandten nun ihre Aufmerksamkeit der anderen Flussseite zu, die Ohren wachsam aufgestellt.

Rhenawen kniff die Augen zusammen, um etwas zu erkennen. Im ersten Moment konnte sie nichts erspähen, dann aber sah sie es. Zwei glühende Augenpaare, die sie vom anderen Ufer aus beobachteten. Etwas Weißes blitzte zwischen den Blättern auf.

Ein Lächeln schlich sich auf ihre Lippen. »Ah, da bist du ja«, flüsterte sie.

Der Hengst scharrte unruhig mit dem Vorderhuf und sie legte ihm beruhigend die Hand aufs Bein.

»Du bleibst hier«, befahl sie ihm leise und watete ins Wasser, wobei sie Sam den Wink gab, ihr zu folgen. Den Blick hielt sie fest auf das Wesen gerichtet, das sich vor ihnen verbarg. Sie spürte Sams Nähe im Rücken und hörte seine abgehackten Atemzüge. Als sie das andere Ufer erreichten, zog sie langsam die Zwillingsdolche.

Die Augen blinzelten und verschwanden. Aber sie würde ihn nicht entkommen lassen. Sie hatte einen Leibwechsler an ihrer Seite, der nun entschlossener aussah und ihr mit einem Handzeichen zu verstehen gab, wohin sie sich wenden mussten. Er bewegte sich leise wie ein Schatten, das musste sie ihm lassen.

Zweige schlugen ihnen ins Gesicht, als sie sich einen Weg durch das dichte Gestrüpp bahnten, doch sie ließen sich nicht beirren. Im Schlamm waren die Abdrücke von riesenhaften Pfoten mühelos zu verfolgen und wann immer das Untier umgefallene Baumstämme entlanggeklettert war, konnten sie es an der abgeschälten Rinde und dem zerdrückten Moos erkennen. Sollte es nötig sein, könnten sie das Monster tagelang auf diese Weise verfolgen, bis es hungrig wurde und sich ihnen stellte, doch der Mantikor schien des Weglaufens schon bald müde zu sein.

Sie gelangten auf eine Lichtung. Rhenawen sah sich suchend um, als sich zu ihrer Linken etwas regte und ihr Blick auf das Monster fiel, das aus dem Unterholz hervortrat. Es hatte den stromlinienförmigen Körper einer riesigen Wildkatze und reichte ihr im Stehen bis zur Schulter. Auf seinem Rückgrat hatte es einen schwarzen Aalstrich und eine Art kümmerliche Mähne umrahmte strähnig das Gesicht, sparte jedoch die großen, pelzigen Luchsohren aus. Die Vorderpfoten waren eigentümlich langgliedrig und bestückt mit Krallen. Die Hinterpfoten waren die einer Raubkatze. Der Schwanz endete in etlichen langen Stacheln, die wie das Fell angedeutete Querstreifen aufwiesen. Große, ledrige Flügel wuchsen aus seinen Seiten, die er drohend aufgespannt hatte. Das Gesicht war zwar entfernt das eines Löwen, aber die Nasenflügel waren seltsam flach und geschwungen. Trotz allem hatte der Mantikor menschliche Züge und Augen, die rot schillerten. Das Außergewöhnliche an ihm war jedoch seine Fellfarbe. Sie war von einem strahlenden Weiß, wenn man von der silbrigen Musterung absah. Ein Albino. Kein Wunder, dass man ihn entdeckt hatte.

Angesichts ihrer gezogenen Waffen bleckte er die Zähne, die in zwei Reihen hintereinanderstanden. Seine Reißzähne glänzten gefährlich in der Morgensonne.

Rhenawen hielt die Dolche gesenkt, blieb aber wachsam. Auch Sam spannte sich an und kniff konzentriert die Augen zusammen. Das Mädchen nahm wahr, dass der Mantikor den rechten Hinterlauf leicht anwinkelte, und als er sich zur Seite drehte, entblößte er eine lange Verbrennung an seinem Bauch, die sich bis über seine Rippen zog. An ihren Rändern war das Fell schwarz verkohlt und das rohe Fleisch warf Blasen auf. Er machte einen verwahrlosten Eindruck. Sein Pelz war stumpf und verfilzt, seine Flügelmembran war an einigen Stellen zerrissen und die Venen schimmerten violett durch.

Der Mantikor fixierte sie argwöhnisch, verzog die Schnauze aber zu einer Art Lächeln. »Ihr seht mir nicht nach einer lohnenden

Beute aus.« Seine Stimme war samtig und melodiös, was nicht recht zu seinem verwahrlosten Erscheinungsbild passen wollte. »Ich gestehe, ich hatte mir Besseres erhofft, als ich heute Morgen meine Höhle verließ.« Er leckte sich genüsslich über die Lefzen. »Ihr seid nur Haut und Knochen. Dennoch folgt ihr mir. Wisst ihr denn nicht, was ich bin?«

»O doch, das wissen wir«, erwiderte Rhenawen gelassen.

»Dann weißt du auch, dass dich nur einer meiner Stacheln streifen muss, um dich zu töten?« Er zischte drohend und sein Schwanz fuhr einer Peitsche gleich durch die Luft.

»Dein Gift kann mir Schmerzen zufügen, das ist wahr, aber es würde mich nicht umbringen«, entgegnete sie und schenkte ihm ihrerseits ein Lächeln. »Schließlich hast du mich nicht gebissen.«

Der Mantikor fauchte überrascht und legte den Kopf zur Seite. »Du weißt viel über meinesgleichen.«

»Ich weiß, was ich wissen muss.«

»Wenn du nicht bloß die Ammenmärchen deiner Ältesten glaubst, weshalb bist du dann hier? Seid ihr beide hier?«, forderte er zu wissen. »Wer seid ihr, dass ihr es wagt, mich zu jagen?«

»Kannst du dir das nicht denken?«, gab Sam scharf zurück.

Der Mantikor legte die Ohren an und grollte: »Das tue ich, doch ihr hättet nicht zu kommen brauchen. Ich bin keine Bedrohung mehr für die Dorfbewohner. Ich verhungere wegen der Verletzung durch das Eisen.« Er besah sich seinen Hinterlauf und Rhenawen konnte erkennen, dass die Wunde sich infiziert hatte und eiterte. »Die Verletzung lähmt und vergiftet mich.« Seine roten Augen schauten sie direkt an und sie meinte, ein stummes Flehen darin zu lesen. »Ich habe nicht länger die Kraft, Menschen zu jagen.«

»Du hast das Mädchen gejagt«, erinnerte sie ihn.

»Nein«, widersprach er. »Ich hätte sie nie angerührt. Vor einigen Tagen fand ich sie, dem Tode nahe. Was sie angefallen hatte, war bereits wieder verschwunden. Ich wollte ihr ein schnelles Ende bereiten.«

»Du wolltest sie fressen.«

»Das stimmt, aber inwiefern unterscheidet mich das von dir und deinesgleichen? Auch du tötest und isst, um zu überleben.« Sam sah aus, als wäre ihm übel. Der Mantikor fauchte. »Ihr gehört also zu denen. Bevor ich ihr an die Kehle gehen konnte, wurde ich unterbrochen. Ein Feuermagier brach mit lautem Geschrei durch das Unterholz und im nächsten Moment war da nur noch Schmerz.« Er schüttelte den Kopf und stieß ein heiseres Geräusch aus, das einem Wimmern glich. »Es brannte, als würden mich tausend Vipern beißen, und dann schmolz es mir das Fleisch von den Knochen. Ich tobte und wütete, sodass er vertrieben wurde. Seine Schreie hallten durch den ganzen Wald, als meine Stacheln ihn trafen. Vermutlich ist er irgendwann zusammengebrochen. Ich dachte, ich würde sterben, aber ich entkam und kehrte nicht wieder zurück.« Er stieß ein bellendes Lachen aus. »Ein Fehler. Ihr habt sie also gefunden?«

»Ja.«

Er duckte sich und schob sich vor, die Augen fest auf ihre Dolche gerichtet. Sam bückte sich rasch und las einen scharfkantigen Stein vom Boden auf, den er in der Hand wog.

»Und nun?« Die Rippen stachen unter seinem Pelz hervor. »Gibt es keinen anderen Weg?«

Rhenawen betrachtete das Geschöpf und eine Woge des Mitgefühls überrollte sie. Der Mantikor wusste, dass er sterben würde. Die Blutvergiftung war nicht mehr aufzuhalten, aber er klammerte sich noch immer ans Leben. Nach kurzem Zögern steckte sie die Zwillingsdolche zurück in ihre Scheiden. Sam sog scharf die Luft ein und warf ihr einen Blick zu, der so viel zu sagen schien wie *Bist du verrückt?*

»Es gibt einen.«

In seinen roten Augen blitzte es triumphierend auf, doch er legte nur den Kopf schief. »Wenn ich fragen darf, warum riskierst du es? Ich hätte euch verkrüppeln, vielleicht sogar töten können. Selbst in meinem jetzigen Zustand.«

»Das glaube ich nicht.« Sie richtete sich hoch auf und erwiderte furchtlos seinen Blick, obwohl sich eine schleichende Müdigkeit auf ihre Lider senkte.

Sein Schwanz zuckte amüsiert. »Wohl nicht«, gab er zu. »Ich war schon in besserer Verfassung.«

Sam trat unruhig von einem Bein auf das andere. Auch er musste die betörende Aura fühlen, die von dem Ungeheuer ausging und versuchte, sie einzulullen. Beinahe war es, als würde etwas ihr zuflüstern, zu vertrauen, zu vergessen. Und sie wollte dieser Stimme so gern glauben … Sie betrachtete ihn mit wachsender Faszination und er schenkte ihr ein träges Lächeln, als wüsste er, wie sie sich fühlte.

»Was war es?« Rhenawen deutete auf sein Hinterbein.

»Die Falle eines Jägers«, knurrte er ungehalten und der Zauber schien kurzzeitig ins Wanken zu geraten, denn es war, als würde eine frische Brise durch ihre Gedanken wehen. »Ich hätte es riechen müssen, aber … ich war unvorsichtig geworden.« Seine Stimme wurde wieder samtig. »Ich bin noch keinem Menschen wie dir begegnet. Jene, mit denen ich üblicherweise zu tun habe, verströmen Angst. Aber dir scheint dieser Begriff fremd zu sein.«

»Sagen wir, du bist nicht das erste Monster, das mir begegnet ist.«

»Und unterhältst du dich mit allen so vergnüglich wie mit mir?«, fragte er mit einem Schnurren.

»Nein, das kann ich nicht gerade sagen, aber es ist mir eine Freude«, entgegnete sie und neigte in einer angedeuteten Verbeugung den Kopf. Aus dem Augenwinkel sah sie, wie Sam die Augen verdrehte, und musste ein Schmunzeln unterdrücken.

»Wenn du diese Dolche auch nur halb so gut führst wie deine Zunge, wärst du mir vielleicht sogar ebenbürtig gewesen«, stellte er mit einem leisen Zischen fest. »Aber ihr Menschen seid Worten schon immer allzu leicht erlegen.« Sein ganzer Körper spannte sich an und sein Schwanz peitschte durch die Luft. »Also dann, Menschenkind, sterbe wohl.«

Mit diesen Worten preschte er vor, schneller als eine zustoßende Natter. Mit einem Hechtsprung entging Rhenawen den scharfen Klauen und zuschnappenden Zähnen, während Sam sich geschickt wegdrehte. Der Mantikor fauchte überrascht und sein Kopf pendelte zwischen ihnen hin und her.

Sie war in der Hocke gelandet und grinste provozierend. »Du hättest wissen müssen, dass dein Einsingen bei uns nicht funktioniert.«

Er spreizte gereizt die Flügel und zischte mordlüstern. »Es wäre ein gnädigerer Tod gewesen, törichtes Kind, aber ich kann euch auch so noch in Fetzen reißen.«

»Eher nicht«, entgegnete sie und spürte, wie sich ihre Muskeln strafften. »Jetzt Sam!«

Sie rannte los, gerade als das Ungeheuer den Kopf zurückriss und einen zornigen Schrei ausstieß, bei dem sich ihr die Nackenhaare aufstellten. Anscheinend gefiel es ihm gar nicht, von einem Leibwechsler geistig überwältigt zu werden. Sam schwankte, als er mit dem Geist seines Kontrahenten rang, doch sie sah die eiserne Entschlossenheit in seinem Gesicht.

Sie attackierte das Ungeheuer und schlug mit dem Dolch nach seiner Brust und der Kehle. Sie schaffte es, drei Hiebe zu landen, bevor sie sich wegducken musste, um nicht unter ihm zermalmt zu werden.

Der Mantikor schrie, als sein weißes Fell sich rot färbte, und trampelte in heilloser Verwirrung um sich.

»Feiglinge«, heulte er, erhob sich auf die Hinterläufe und schlug gleichzeitig mit den Flügeln. Der plötzliche Luftwirbel brachte sie beide zum Straucheln und die Bäume hinter ihnen ächzten unheilvoll. »Ihr werdet dafür bezahlen!«

Dann erhob er sich über die Wipfel, während dicke Blutstropfen auf sie herabregneten, und entschwand aus ihrem Sichtfeld.

JARED

Jared rang die Hände und wippte unruhig mit seinem Schemel auf und ab. Er ließ seinen Blick durch die kleine Hütte schweifen. Sie war vollgestopft mit Regalen, in denen sich Bücher, Schriftrollen und Arzneimittel drängten. Auf einem kleinen Tisch in der Ecke lagen Mörser, Stößel, Schalen, Töpfe und Kerzenstummel herum. Unter dem Fenster stand das grob gezimmerte Bett, in dem Lune lag, so bleich wie der Tod selbst.

Neben dem Bett saß ein rotblonder Junge, der am Morgen eingetroffen war. Er war aufgebracht in die Hütte gestürzt und neben Lune auf die Knie gefallen. Mit bebender Stimme hatte er ihren Namen geflüstert und ihr übers Haar gestrichen. Seitdem war er nicht mehr von ihrer Seite gewichen. Jared hatte später erfahren, dass er den Namen Neirin trug. Er fragte sich, was die beiden wohl miteinander verband. Es war lange her, dass er selbst so tiefe Gefühle für eine andere Person gehegt hatte.

»Schau doch nicht so finster drein«, unterbrach Espen seine Gedanken und stupste ihn in die Seite. »Du machst dir doch nicht ernsthaft Sorgen um Rhenawen, oder?«

Jared brummte etwas Unverständliches und fuhr fort, nervös auf und ab zu schaukeln.

Espen war am Mittag zu ihnen gestoßen. Die Kräuterfrau hatte einige Zutaten in dem Dorf kaufen müssen, in dem Jared und seine Reisegefährten abgestiegen waren, und er hatte ihr erklärt, wie sie Espen finden konnte. Dieser war schimpfend zu Jared in die Hütte gestürmt, hatte jedoch den Mund wieder geschlossen, nachdem er einen Blick auf Lune erhascht hatte.

»Verdammt«, hatte er nur gemurmelt, »Ich dachte, Heidrun würde übertreiben.« Und dann hatte er sich die ganze Geschichte erzählen lassen.

Jetzt setzte er ein freches Grinsen auf und klopfte Jared auf den Rücken. »Unkraut vergeht nicht, mein Bester. Du wirst sehen, spätestens morgen taucht sie wieder auf und verblüfft uns alle, indem sie eine Wunderpflanze aus dem Mantel zaubert.«

»Es würde ihr ähnlichsehen. Weißt du noch, wie sie beim Würfelspiel die Matrosen um ihre gesamten Rumrationen gebracht hat?«

Espen schnaubte. »Ich war unter den Spielern. Und meinst du, sie hätte mir was davon abgegeben? Ich wüsste zu gern, was sie mit dem ganzen Rum gemacht hat.«

»Irgendwelche merkwürdig blauen Pflanzen eingelegt«, seufzte Jared. »Wirklich schade um den guten Tropfen.«

»Banausin«, stimmte ihm Espen zu und Jared musste ein Lachen unterdrücken.

Die Schiffsreise hatte sie einander nähergebracht und inzwischen betrachtete er Espen als echten Gefährten. Gemeinsam hatten sie die Decks geschrubbt, bis sie feuerrote Quaddeln an den Fingern gehabt hatten, und nachts in den Kojen geflucht, wenn die Schmerzen im Rücken sie nicht einschlafen ließen.

Espen, so hatte sich herausgestellt, war der geborene Seemann. Er hatte sich schnell an das ewige Schaukeln gewöhnt und kletterte schon am zweiten Tag auf den Masten herum. Hätte er nicht eine hochansteckende Krankheit vorgetäuscht, hätten die Matrosen ihn vermutlich gar nicht mehr vom Schiff gelassen. Er selbst dagegen hatte gar nicht vorspielen müssen, dass ihm übel wurde. Während er sich übergeben hatte, hatte Rhenawen lässig an der Reling gelehnt und ihm gute Ratschläge erteilt. *Immer den Horizont im Auge behalten.* Es war ihm wie ein Witz vorgekommen, als er die schwarzen Wolken als Erster entdeckte. Vier geschlagene Tage hatte der Sturm gewütet und ihr Schiff eisern im Griff gehabt, bis er sie endlich wieder ausspuckte. Das einzig Gute daran war gewesen, dass die Überfahrt sich verkürzt hatte. Als er endlich wieder festen Boden unter den Füßen gehabt hatte, war er kurz davor gewesen, das staubige Straßenpflaster zu küssen.

Jared sah auf, als Heidrun zur Tür hereinkam. Ihr folgten ein rothaariges Mädchen namens Delia und der blonde Junge, der sich als Gareth vorgestellt hatte. Sie waren beladen mit trockenen Ästen und Holzscheiten, die sie gesammelt hatten. Irgendwann hatten die beiden es nicht mehr ausgehalten, tatenlos herumzusitzen, und gefragt, ob sie helfen könnten. Er selbst war zum Umfallen müde, nachdem er die ganze Nacht durchwacht hatte, damit Delia, die sich fast größere Sorgen um Sam zu machen schien als um Lune, jemanden zum Reden hatte.

Noch immer fragte er sich, wie sein Freund entkommen war und wie er es bis nach Cantos geschafft hatte. Er hatte beschlossen, Sam beiseitezunehmen, sobald er zurückkam. Er brauchte Antworten.

Gareth ließ seine Last fallen und wischte sich den Schweiß von der Stirn. Er setzte sich auf den Boden und lehnte sich mit geschlossenen Augen gegen eines der Regale. Delia wechselt einige Worte mit Neirin und vergewisserte sich, dass sich Lunes Zustand nicht verschlechtert hatte, ehe sie sich zu Gareth gesellte. Die Besorgnis stand ihr deutlich ins Gesicht geschrieben.

»Kopf hoch«, meinte Espen und lächelte mitfühlend. »Noch lebt sie.«

»Aber wie lange noch?«, bemerkte Gareth düster. »Das Fieber ist in der Nacht hochgegangen und die schwarzen Adern haben sich weiter ausgebreitet. Vielleicht schafft sie es keine zwei Tage mehr und eure Freundin kommt zu spät.«

»Zu spät?« Espen verlieh seinem Gesicht einen Ausdruck äußerster Empörung. »Rhenawen ist eine Teufelsreiterin und gerissen wie ein Schakal. Sie weiß, was sie tut.«

»Hast du ihr gerade ein Lob ausgesprochen?«, fragte Jared mit einem verschmitzten Lächeln.

»Das würde mir natürlich nicht im Traum einfallen, wenn sie anwesend ist«, versicherte ihm Espen. »Aber was mich interessieren würde«, er deutete mit dem Kopf auf Lune, »wer ist sie überhaupt?«

»Lune hat in der gleichen Stadt gelebt wie Gareth und ich«, antwortete Delia und setzte sich ein wenig auf. »Soweit ich weiß, hat sie keine Eltern, so wie viele von uns.« Sie nickte hinüber zu dem rotblonden Jungen. »Neirin, Lune und Sam haben sich alle in einem Waisenhaus kennengelernt und seitdem halten sie zusammen. Sie sind füreinander wie Geschwister.«

»Und weshalb seid ihr nicht länger dort?«, wollte Jared wissen. »Du hast in der Vergangenheit geredet.«

Delia sah ihn aus müden Augen an. »Wegen der Säuberung.«

»Der was?«, fragten Espen und Jared wie aus einem Munde.

»Bei der Säuberung werden Kinder mit ungewöhnlichen Fähigkeiten ausfindig gemacht«, erklärte Gareth. »Wir reisen mit den Magiern, die uns geprüft haben. Aber Lune hat versucht zu fliehen, zusammen mit anderen, und galt seither als vermisst. Nur wegen Sam wurde sie wiedergefunden.«

»So viel hatte ich mitbekommen«, sagte Jared und nickte. »Es war bestimmt nicht leicht, alles aufzugeben, was man gekannt hat.«

»Wie immer stellst du nicht die richtigen Fragen«, mischte sich Espen ein und musterte Gareth skeptisch. »Habt ihr alle besondere Fähigkeiten?«

Jareds Blick schnellte zu Delia hoch. Sie schien Sam sehr nahezustehen. Wusste sie von der Gabe seines Freundes, die dieser aus tiefster Seele verabscheute? Er konnte es Sam nicht verübeln, dass er so dachte. Nur wegen seiner Fähigkeiten waren die Söldner auf ihn aufmerksam geworden. Nur deswegen lief er dort draußen im Wald herum und wurde von seinen Freunden als Waise bezeichnet. Aber was war mit ihr? Verstand Delia ihn? Hatte Sam ihr von seiner Vergangenheit erzählt?

»Wir wissen es nicht«, sprang Gareth ein, als Delia nicht antwortete. »Sie erzählen uns nichts, aber einige scheinen mit Magie begabt zu sein.«

Espen pfiff anerkennend. »Nicht schlecht. Es ist bestimmt aufregend, solch einer ungewissen Zukunft entgegenzutreten.«

»Vielleicht stellt sich dieses Gefühl noch ein«, ließ Neirin bitter verlauten. »Aber was interessiert es die Magier schon, ob man sich bereits ein Leben aufgebaut hat?«

Darauf wusste niemand etwas zu sagen oder vielleicht waren sie auch einfach alle zu erschöpft, um zu streiten. Heidrun mischte mit routinierten Bewegungen Kräuter und zerstieß Beeren. Das monotone Schaben und Klappern wirkte einschläfernd. Jared döste vor sich hin, bis Espens Stimme ihn aus seinem Schlummer riss.

»Meine Güte, diese Stille macht mich noch wahnsinnig.« Er klatschte in die Hände. »Was haltet ihr von einer Geschichte, um die trüben Gedanken zu vertreiben?«

»Ach, lass mal …«, setzte Jared an, doch er wurde von Heidrun unterbrochen, die sagte: »Ich würde gern eine Geschichte hören.«

»Ich auch«, meldete sich Gareth zu Wort und Delia nickte bekräftigend. Neirin sagte gar nichts.

»Also schön, lasst mal sehen«, murmelte Espen nachdenklich. »Ach, ich weiß eine. Die sollte euch gefallen.«

Er räusperte sich und begann: »Weit entfernt von hier gibt es ein Fischerdorf, dessen Namen heute niemand mehr kennt. Es liegt in einer geschützten Bucht, die man nur über geheime Pfade erreichen kann, denn die Leute dort mögen keine Fremden und bleiben lieber unter sich. In diesem Dorf lebte einst eine junge Frau, die so schön war, dass selbst die Seeanemonen vor Neid erblassten. Sie hatte goldenes Haar und Augen, die so blau schimmerten wie das Meer. Jedermann, der sie ansah, musste sie einfach lieben und so überhäuften die Männer sie mit Perlen und Mänteln aus Seehundsfell. Doch keinem wollte sie je ihre Gunst schenken, denn geblendet von ihrem Anblick sahen sie alle nicht, wie kaltherzig und missgünstig sie in Wahrheit war. Denn wer konnte sich schon mit ihrer Schönheit messen? Oft wanderte sie am Strand entlang und bewunderte ihr eigenes Spiegelbild in den Steinbecken, die sich nach einem Sturm mit Wasser füllten. Sie schmückte ihr Haar mit Korallen und Muscheln und saß lange auf den Klippen, um von anderen Orten zu träumen. Und so kam es, dass das Meer selbst sich in sie verliebte. Der Gott der Ozeane wurde auf sie aufmerksam, als er sie so dasitzen sah, und fortan beobachtete er sie in der Gestalt eines Delphins, der zu ihrer Belustigung durch das Wasser flitzte und sprang. Durch ihren Frohsinn und ihr Lachen ermutigt, zeigte er sich ihr eines Tages in seiner menschlichen Gestalt und gestand ihr die Tiefe seiner Zuneigung. Er sagte ihr, er wolle ihr einen Wunsch erfüllen, doch sie solle ihn weise wählen. Die junge Frau war höchst erfreut über dieses Angebot, denn schon lange wollte sie sich endlich über die Leute ihres Dorfes erheben. Also forderte sie, er solle ihr die Unsterblichkeit der Götter schenken. Der Gott war bestürzt über diese dreiste Forderung und warnte sie vor dieser Bitte. Doch er konnte sein Versprechen nicht zurücknehmen. Doch ihr müsst wissen, dass Götter reine Wesen sind, gemacht aus dem Element, über welches sie herrschen. Als Meeresgott konnte er nicht anders, als wankelmütig zu sein, denn manchmal peitscht ein Sturm die Wellen auf und manchmal ist das Wasser sanft und friedlich. Er beschloss also, sie auf die Probe zu stellen und zu sehen, wie es in ihrem Inneren aussah. Um ihre Forderung zu erfüllen, schenkte er ihr den Segen der Götter, um sie zu einer niederen Gottheit seines Reiches zu machen. Sogleich schrie sie auf und fasste sich an die Kehle, aus der Kiemen sprossen. Eilig rannte sie ins Wasser und wartete ihre Verwandlung ab. Sie wurde zu einer riesigen, schillernden Seeschlange, die so schön wie schrecklich war. Ihre neue Erscheinung verkörperte all ihre Eitelkeit und Habgier. Voller Kummer vernahm sie, was aus ihr geworden war, und jammerte um ihre verlorene Schönheit. Der Meeresgott war tief betrübt und verbannte sie auf den Grund seines Reiches, wo sie schlummern sollte, um ihr Schicksal erträglicher zu machen. Noch heute haust sie in den Tiefen des Meeres als Ungeheuer, und wenn sie aus dem Schlaf gerissen wird, taucht sie auf und sucht nach Schiffen, die sie umschlingen kann, wie um sich festzuhalten an ihrer verlorenen Menschlichkeit und in der Hoffnung, irgendwann doch wieder zu ihnen zu gehören.«

Espen verstummte. Seine Zuhörer sahen ihn erwartungsvoll an und warteten darauf, dass er weitersprach. Als er es nicht tat, schüttelte Delia ungläubig den Kopf.

»Das ist das Ende? Wirklich?«

»Ja«, bestätigte Espen grinsend. »Und? Was meint ihr?«

»Deine Geschichte ist deprimierend«, murrte Neirin und wandte sich ab.

»Ich finde sie überaus faszinierend«, widersprach die Kräuterfrau und wiegte sinnend den Kopf. »Traurig, aber dennoch schön auf ihre Weise.«

Gareth sah nachdenklich auf seine Hände hinab, während Jared nur mit den Schultern zuckte.

»Ich mag lieber fröhliche Geschichten«, sagte er nur.

»Ihr habt eben keine poetische Ader«, schnaubte Espen.

Aus dem Augenwinkel sah Jared, wie die Kräuterfrau ein Lächeln verbarg. Neirin öffnete schon den Mund zu einer giftigen Erwiderung, klappte ihn aber schnell wieder zu, als der schwarzgewandete Magier eintrat. Er hatte etwas an sich, das einen zweimal überlegen ließ, ob man tatsächlich seine Aufmerksamkeit auf sich ziehen wollte.

Jared war zuvor noch nicht vielen Zauberkundigen begegnet, aber keiner von ihnen hatte ihn je so eingeschüchtert wie dieser Mann. Sie waren ihm vorgekommen wie gewöhnliche Menschen, nur dass sie mit mysteriösen Formeln und Gesten Flammen heraufbeschwören konnten. Aber bei diesem Mann meinte er manchmal zu sehen, wie die Luft um ihn herum verschwamm wie über einem Feuer.

»Wie geht es ihr?«

»Unverändert, aber sie wird schwächer.« Heidrun seufzte. »Ich bete zu der Hüterin, dass die beiden schnell zurückkehren.«

Jared sah, dass Neirin merklich schluckte und nach Lunes schlaffer Hand griff.

»Sie werden rechtzeitig zurückkommen«, verkündete Espen und nickte dem unglücklichen Jungen ermutigend zu.

»Zumindest schien sie zu wissen, wovon sie redet«, meinte der Magier und seine blaugoldenen Augen richteten sich auf ihn und Jared.

Der musste kurz überlegen, bis ihm der Name des Mannes wieder einfiel. Gareth hatte ihn ihm zugeraunt, als Jared danach gefragt hatte. Nero. In Cantos waren manche Namen ungewohnt klangvoll.

»Ich bin gestern nicht mehr dazugekommen zu fragen … Woher kommt ihr, du und deine Freunde?«

Jared war ungemein erleichtert, dass sie sich bereits eine Geschichte zurechtgelegt hatten, sollte sie jemand danach fragen.

»Wir stammen aus einer kleinen Stadt weiter oben im Norden an den Fjorden«, erwiderte Espen.

»Wie heißt diese Stadt?«

»Schattenhafen.«

»Tatsächlich. Und was führt euch her?« Jared meinte, ein belustigtes Funkeln in den irritierenden Augen aufblitzen zu sehen.

»Der Winter war hart dort oben, also haben unsere Eltern uns fortgeschickt zu Verwandten in Grauehr, die uns unter ihre Fittiche nehmen sollen.« Espen schnaubte abfällig. »Anscheinend hatten sie mit unseren Geschwistern schon genügend Mäuler, die gefüttert werden wollten.«

Jared bewunderte ihn dafür, wie leichtfertig ihm diese Lüge über die Lippen kam. Ihm selbst fiel es schwer, sich auf solche Spielchen einzulassen.

»Interessant. Wir haben Schattenhafen vor Kurzem aufgesucht und wie du schon sagtest, ist es ein beschauliches Städtchen. Euch habe ich dort nicht gesehen.«

»Vielleicht seid Ihr erst nach unserem Aufbruch angekommen«, mutmaßte Jared und betete im Stillen, der Magier möge aufhören, sie weiter auszufragen. Tatsächlich hatten sie in Schattenhafen angelegt, aber er hatte von der Stadt nicht mehr zu sehen bekommen als das schäbige Hafenviertel, wo sie ihre Vorräte aufgestockt hatten.

»Das ist natürlich möglich«, räumte Nero ein. »Da fällt mir ein, dass ich noch nicht nach euren Namen gefragt habe.«

»Jared«, erwiderte dieser. »Und das hier ist Espen.«

Der Magier nickte langsam. Unter seinem forschenden Blick begann Jared, unbehaglich auf seinem Schemel herumzurutschen.

»Ihr seid herzlich dazu eingeladen, uns nach Grauehr zu begleiten«, setzte Nero wieder zu sprechen an. »Wir werden dort ohnehin vorbeikommen, also sehe ich keinen Grund, der dagegenspricht. Die Straßen sind in den Grenzlanden nicht ungefährlich. Einige von uns wurden vor nicht allzu langer Zeit von Wegelagerern überfallen.«

Jared runzelte skeptisch die Stirn. Bisher waren sie völlig unbehelligt vorangekommen.

»Hör auf ihn«, riet ihm Delia. »Ich war dabei und kann dir sagen, es war äußerst unschön mitanzusehen. Ich würde mich freuen, wenn ihr uns begleitet.« Sie schenkte ihm ein warmes Lächeln.

Jared merkte, wie er das Lächeln erwiderte. »Vielleicht ist die Idee gar nicht so schlecht. Was meinst du, Espen?«

Der schüttelte unschlüssig den Kopf. »Ich persönlich hätte nichts dagegen, aber ich bin mir nicht sicher, dass du deinen Kopf noch lange auf den Schultern trägst, wenn du es Rhenawen vorschlägst.«

Unergründliche Seen

LUNE

Lune war gefangen in einem Gewirr aus Stimmen, die sie nicht lokalisieren konnte. Der Geruch von verschmortem Fleisch stach ihr in die Nase. Jemand hatte ihr etwas Eintopf eingeflößt, von dem ihr übel geworden war. Seit Tagen hatte sie kaum etwas gegessen, aber was lohnte es sich, gehorsam zu schlucken, wenn das Essen kaum mehr Geschmack hatte als eine gekochte Schuhsohle? Sie lag in dem Bett, den Kopf kraftlos zur Seite gedreht. Ihre zitternden Hände hatte sie an die Brust gepresst, wo ihr Herz flatterte wie ein kleiner, eingesperrter Vogel. Die Schatten kamen manchmal näher und entfernten sich dann wieder. Immer, wenn sie versuchte, Gesichter in ihnen auszumachen, verschwammen die Züge wieder und bescherten ihr bohrende Kopfschmerzen.

In ihrem Augenwinkel regte sich etwas. Sie blinzelte verwirrt, als das Etwas schärfere Konturen annahm. Ein kleiner Junge hockte dort in der Ecke, mit wirrem dunkelbraunem Haar und feinen Gesichtszügen. Die großen, blauen Augen hatte er vor Furcht geweitet. Sie krallte eine Hand in das Bettlaken, als sie ihn erkannte. Es war der Junge, den sie in Agatas Garten schon gesehen hatte. Seine Umrisse verzerrten sich geisterhaft und sein Haar kräuselte sich, als würde es von einer unsichtbaren Brise erfasst. Dann sprang er auf und streckte die Hand nach ihr aus, den Mund zu einem stummen Schrei geöffnet.

Lune presste die Augen zusammen und schlug um sich. Sie war sich nicht sicher, aber sie glaubte, zu schreien und zu schluchzen. Wie kam er hierher? Weshalb verfolgte er sie noch immer?

Sie ertrug diesen Zustand nicht mehr. Sie tastete nach der Bettkante und rutschte näher zur Wand, um sich in eine aufrechte Position zu ziehen. Die Anstrengung trieb ihr den Schweiß auf die Stirn. Schwankend kam sie auf die Beine, wobei sie sich am Bettpfosten abstützen musste. Ihre Finger tasteten umher, bis sie auf ein Regal stießen, an dem sie sich weiterzog. Ihr knickten die Beine weg und sie fing sich an einem Tisch ab, wobei sie etliche Schalen und Töpfe hinunterfegte, die mit einem dumpfen Geräusch zersprangen. Lune strauchelte und stürzte zu Boden. Ihre Finger griffen in die Scherben und ein leichtes Brennen ging durch ihre Handflächen. Fasziniert betrachtete sie die tiefroten Tropfen, die aus den kleinen Schnitten quollen und die vor ihren Augen zu tanzen schienen.

Lune fuhr suchend mit der freien Hand über den Boden, bis sie auf eine lange Scherbe stieß, die sie fester packte. Unsicher verharrte sie, wusste nicht, was zu tun war.

Tue es, flüsterte eine Stimme in ihrem Kopf. *Es ist nicht schwer.*

Sie hob die Scherbe über ihren Arm. Der Ärmel zerriss und ihre Haut platzte auf wie eine zu reife Frucht. Bewundernd betrachtete sie die roten Schlieren in dem ansonsten so grau wirkenden Zimmer, die auf dem groben Stoff zu Rosen erblühten. Die Scherbe glitt ihr aus den glitschigen Fingern, doch sie hob sie wieder auf und krempelte den Ärmel bis zum Ellenbogen hoch. Beinahe andächtig zog sie rote Linien auf ihre Haut. Das Blut rann ihr warm über die Finger. Es war das erste Mal seit Tagen, dass sie etwas *spürte*. Wirklich spürte.

Ein Arm schlang sich um ihre Taille und riss sie zurück. Hände entwanden ihr die lange Tonscherbe. Es klirrte, als sie über den Boden schlitterte. Lune wehrte sich gegen den Angreifer, der ihr die Nägel tief in die Haut grub, während er sie festzuhalten versuchte. Er atmete keuchend, als wäre er gerannt. Hilflos wand sie sich und versuchte, freizukommen, aber er umklammerte sie wie ein Ertrinkender.

»Nein!«, brüllte er in ihr Ohr. »Hör auf! Hör auf damit!«

Sie erkannte die Stimme nicht, auch wenn sie ihr vertraut vorkam.

»Bitte! Du darfst das nicht tun.« Er wiegte sie sachte. »Du musst leben, Lu. Um meinetwillen, bitte.«

Wie kann er meinen Namen so voller Gefühle aussprechen? Voller Zuneigung und Liebe?

»Wer bist du?« Ihre Stimme war heiser, nicht mehr als ein Flüstern. Seine Konturen verzerrten sich immer wieder. Sie wurde panisch. »Wer?«

»Ich bin' s. Nye.«

Neirin. Aber wie kam er hierher? Was machte er hier? Sein trockenes Schluchzen klang in ihren Ohren nach und verwirrte sie.

»Du … hast gesagt …« Ihre Gedanken griffen nach einer Information, die so verschwommen war wie das Spiegelbild eines aufgewühlten Sees.

»Lu, du bist nicht bei Sinnen. Bleib ruhig, ich bitte dich. Ich kümmere mich um dich.«

Er roch nach Moschus und Sandelholz. Für einen Augenblick hatte sie das Bedürfnis, sich fallen zu lassen.

»Nye«, murmelte sie, kostete den Geschmack seines Namens auf ihrer Zunge. Dann gingen ihre Gedanken wieder durcheinander und sie versuchte, sich aus dem festen Griff zu entwinden. Sie strampelte und trat um sich, bis er aufschrie und sie nach vorn stürzte.

Sie kroch von ihm weg durch die Scherben, die ihr die Knie zerschnitten. Ihr schwindelte vor Blutverlust, alles drehte sich vor ihren Augen, aber die Leere war mit dem Schmerz verblasst wie ein böser Traum. Sie konnte wieder sehen. Dann sackte sie in sich zusammen.

Die Tür flog auf und ein fremdes Mädchen in einem blütenweißen Hemd stürmte herein. Hinter ihr folgten Nero, Sam und eine sehr blasse Agata. Die Hexe hielt den Atem an und schlug die Hände vor den Mund. »Lune, oh gütige Götter. Lune!«

Ein schlechtes Gewissen befiel sie, aber weshalb eigentlich? Eine rote Lache breitete sich auf dem Boden aus, die das Licht der Öllampe spiegelte. Es schüttelte sie unkontrolliert. Neirins Hände klebten von ihrem Blut, als er sie sanft auf den Rücken drehte.

Das fremde Mädchen verschwendete keine Zeit, sondern wühlte bereits in den Regalen und kramte Leinentücher heraus. Dann ließ sie sich neben Lune auf die Knie sinken und presste den rauen Stoff auf die Schnittwunden. Barsch wies sie Neirin an, die Tücher fest auf die Wunden zu drücken, und herrschte über die Schulter einen schwarzhaarigen Jungen an. »Besorgt mir frisches Wasser und lass Espen Binden auskochen!«

Ohne darauf zu warten, ob er ihren Anweisungen Folge leistete, schlang sie ihr eines der Tücher knapp unterhalb des Ellenbogens um den Arm und zog es fest zusammen. Agata bückte sich neben sie und tat das gleiche mit ihrem anderen Arm, während Nero sie am Kragen packte und ihren erschlafften Körper stützte.

»Was hast du dir dabei gedacht?« Lune hatte die Hexe noch nie so außer sich erlebt. Agata musste sich die Tränen aus den Augenwinkeln blinzeln. Der Schwarzhaarige kam mit einer Schüssel Quellwasser zurück. Er tunkte ein sauberes Stück Leinen hinein. Neirin rückte von Lune ab, um ihm Platz zu machen. Es brannte, als er die Schnitte auswusch, und noch mehr, als er eine bernsteinfarbene Flüssigkeit darüber schüttete. Sie wollte sich entziehen, war aber zu kraftlos. Ihre Lider flatterten und ihr Kopf sackte gegen Neros Schulter.

»Wir verlieren dich. Lune! Bleib wach! Wag es nicht, mir wegzusterben.«

Agatas Stimme war für Lune nicht mehr als ein Flüstern. Sie war so müde. Die Verletzungen schmerzten nicht länger. Auch alles andere entglitt ihr allmählich und wurde ersetzt durch das Gefühl eines tiefen Falls.

Eine Ohrfeige brachte sie wieder zu sich und sie kämpfte darum, wach zu bleiben. Das fremde Mädchen hatte ihr ein Hosenbein hochgezogen und schüttete diese bernsteinfarbene Flüssigkeit auch über ihre Wade. Ein Wimmern kam über Lunes Lippen, so sehr brannte es. Dann hielt die Fremde auf einmal ein Töpfchen in der Hand und steckte zwei Finger hinein. Als sie die Finger wieder herauszog, klebte daran ein schwärzliches Sekret. Lune erschauderte vor Ekel, als das Mädchen ihr das Sekret in die tiefen Wunden schmierte, die an ihrem Unterschenkel klafften. Sie wollte nach ihr treten, doch die Fremde fing ihren Fuß ab und drückte ihn mit einer Hand fest zu Boden, um mit ihrer Arbeit fortzufahren.

»Löst die Druckverbände noch nicht. Ich weiß nicht, wie schnell sich die Wirkung entfaltet. Könnt Ihr die tieferen Schnitte heilen, Magier?«

Lune bekam die Antwort nicht mit, aber ihre Unterarme begannen, fürchterlich zu jucken. Sie wand sich, bis es aufhörte, und als sie hinabsah, war die Blutung versiegt und nur oberflächliche Verletzungen waren geblieben, die sich langsam zusammenzogen. Agata seufzte erleichtert, wenn auch erstickt.

Man trug sie zu dem Bett zurück und breitete mehrere Decken über ihrem eisigen Körper aus. Jemand träufelte ihr eine Flüssigkeit in den Mund und sie schluckte unwillkürlich. Das Gebräu war bitter und brannte in der Kehle. Sie hustete. Dann wurde ihr Körper von einer wohligen Schwere erfasst.

»Ich bleibe bei ihr«, sagte eine vertraute Stimme.

Nye, schoss es ihr durch den Kopf.

»Du? Ganz bestimmt nicht«, fauchte die unvertraute Stimme der Fremden. »Ich habe euch geraten, sie nicht allein zu lassen, und nicht einmal diese einfache Aufgabe habt ihr fertiggebracht! Geht mir aus den Augen, alle! Und schickt mir die Kräuterfrau herein, wenn sie zurückkommt.«

Irgendjemand widersprach, aber die Stimme schnitt ihm das Wort ab. »Es interessiert mich nicht, was du willst, *Junge*. Sie braucht jemanden, der sie im Auge behält, und dazu seid ihr offensichtlich nicht fähig.«

Das Scharren eines Stuhles ertönte und kurz darauf fiel die Tür dumpf ins Schloss. Jemand seufzte tief und fluchte leise in einer ihr unbekannten Sprache.

Lune dämmerte vor sich hin. Es musste eine lange Zeit vergangen sein, ehe sie aus ihren Wachträumen hochschreckte. Ihre Wade und der Bauch pochten schmerzhaft und sie stöhnte leise. Ihre Lider flatterten und sie blinzelte ins Licht einer einzelnen Kerze. Draußen war es dunkel und durch die Äste der Bäume konnte sie nur vereinzelte Sterne erblicken.

Neben ihr saß das fremde Mädchen auf einem Schemel. Ihr Gesicht lag im Schatten verborgen, aber ihr weißes Leinenhemd strahlte ungewöhnlich hell, wo es von der schmächtigen Flamme beschienen wurde.

»Wer bist du?«, fragte Lune. Ihre Stimme war rau und angestrengt.

»Sprich nicht, wenn es sich vermeiden lässt«, wies das Mädchen sie streng an. »Du hast viel Blut verloren.«

»Wer bist du?«, beharrte Lune. »Du hast mir geholfen … warum?«

»Brauche ich dafür einen Grund?«, erwiderte das Mädchen. »Nein, sag nichts. Du bist nicht in der Verfassung für eine langatmige Diskussion. Genügt es dir, wenn ich dir meinen Namen nenne?«

»Vorerst«, keuchte Lune und schloss kurz die Augen. Doch die Erschöpfung übermannte sie schon wieder und zog sie hinab, ehe das Wort sie erreichte.

Das Gezwitscher der Vögel weckte sie. Lune blinzelte ins Licht des neuen Morgens und wünschte sich zurück ins Reich der Träume. Ihre Bauchmuskeln waren verkrampft und pochten schmerzhaft.

Sie drehte den Kopf und erblickte eine vertraute Gestalt neben sich.

»Nye«, murmelte sie träge.

Er lächelte müde und nahm sanft ihre Hand in seine. »Lu. Wie geht es dir?«

»Ich denke, besser, auch wenn mir alles wehtut. Wo bin ich hier?«

»In der Hütte einer Kräuterfrau, die dich gepflegt hat, bis die Sucher dich gefunden haben.«

»Verdammt«, stöhnte sie. »Und ich habe schon gehofft, wir wären ihnen entkommen.«

»Ohne sie würdest du vermutlich nicht mehr leben, Lu«, sagte der Dieb leise. »Ohne Nero wärst du gestern in meinen Armen verblutet.«

Er drehte den Kopf zur Seite, doch sie hatte die Tränen in seinen Augen bereits gesehen.

»Es tut mir so leid, Nye«, flüsterte sie und berührte seinen Arm. »Ich wusste nicht, was ich tue.«

»Ich weiß. Es war unsere Schuld, meine und Delias. Wir haben für einen Moment nicht aufgepasst. Als die beiden zurückkamen, sind wir gleich rausgerannt, um zu sehen, ob sie das Heilmittel haben, und währenddessen hast du …«

Er verzog das Gesicht zu einer Grimasse.

»Nye«, setzte sie sanft an. »Hör auf, dich zu grämen. Es geht mir gut. Und ich mache dir keinen Vorwurf, nur weil du dich um mich gesorgt hast.«

Der Dieb nickte beklommen. »Wie hast du uns gefunden?«, wollte er wissen und sah sie fragend an. »Bist du uns die ganze Zeit über gefolgt?«

Sie seufzte. »Nein. Nach dem Waldbrand bin ich zusammengebrochen und dort haben die Sucher mich dann gefunden. Aber sie haben mich nicht zu euch zurückgebracht, sondern einen anderen Weg eingeschlagen, der uns immer in eurer Nähe gehalten hat. Täglich ist ein Bote gekommen, der uns Verpflegung brachte und sagte, wo wir hinzureiten hatten. Ich bin ihnen nie entkommen.«

»Warum haben sie das getan?«, fragte er schockiert. »Ich dachte, du wärst im Feuer umgekommen!«

»Vermutlich genau deshalb. Damit eure Schuldgefühle euch auseinandertreiben und ihr nicht noch einmal versucht, wegzulaufen.«

»Diese verdammten Mistkerle«, stieß er hervor. »Und jetzt kann ich sie nicht einmal mehr guten Gewissens hassen. Nicht, nachdem Nero dich gerettet hat.« Seine braunen Augen leuchteten warm und unglaublich zärtlich. »Wie bist du angegriffen worden?«, flüsterte er. »Was ist passiert?«

»Eine ausgezeichnete Frage«, ertönte eine Stimme von der Tür her. Erschrocken sahen die beiden Freunde auf. Im Türrahmen lehnte das fremde Mädchen. Es hatte die Arme vor der Brust verschränkt und musterte sie. Lune wusste nicht, wie lange sie schon dort stand und sie beobachtete.

»Ich erinnere mich nicht mehr genau«, murmelte Lune. »Alles passierte so schnell. Ich weiß nur noch, dass ich weggelaufen und gestürzt bin. Als ich wieder zu mir kam, beugte sich ein weißes Biest über mich, aber dann loderte Feuer auf und es floh. Es muss einer meiner Bewacher gewesen sein, doch als ich mich umsah, war er wieder verschwunden. Ich glaube, sie sind alle tot.«

Das Mädchen nickte langsam. »Nun gut.« Sie stieß sich vom Türrahmen ab und kam auf sie zu. Lune ließ den Blick über sie schweifen. Das Mädchen war schlank und schien kein bisschen unnötiges Fett an sich zu haben. Ihre Haare waren zusammengebunden und leuchteten in der Sonne wie poliertes Mahagoniholz. Lune zuckte unwillkürlich unter ihrem Blick zusammen. Diese Augen, jadegrün wie unergründliche Seen, musterten sie leidenschaftslos und ließen sie erschaudern.

Das Mädchen bückte sich und wollte die Decke zurückschlagen, als sich Lune ein atemloses »Nicht« entrang. Es hielt in der Bewegung inne.

»Bitte«, fügte Lune leise hinzu. »Ich fühle mich gut.« Unwillkürlich drückte sie Neirins Hand fester.

Das Mädchen zögerte kurz, doch dann nickte es knapp. »Also schön. Wenn die Schmerzen zu stark werden, nimm etwas von dem Mohnsaft auf dem Tischchen dort. Einen Löffel, nicht mehr. Verstanden?«

Lune nickte.

»Ich lasse dir etwas zu essen bringen, wenn der Eintopf fertig ist.«

Sie atmete erleichtert auf, als das Mädchen die Hütte wieder verlassen hatte.

»Schon in Ordnung, Lu«, beruhigte Neirin sie. »So schlimm sieht die Verletzung nicht mehr aus.«

Sie hätte ihn gern in den Arm genommen für seine Unbedarftheit. Dennoch war sie erleichtert, dass er scheinbar nicht bemerkt hatte, was dieses Mädchen in ihr auslöste. Noch immer hatte sie diese unwirklichen Augen vor sich, die bis in ihre Seele hinabzublicken schienen.

RHENAWEN

Rhenawen genoss die Sonnenstrahlen, die ihr das Gesicht wärmten. Wenn sie die Augen schloss, konnte sie sich fast vorstellen, wieder auf See zu sein. Selbst das Rauschen der Blätter erinnerte sie an die Wellen. Nur das Kreischen der Möwen fehlte, um die Vorstellung zu vervollständigen.

Sie saß ein wenig abseits von den anderen auf einem umgefallenen Baumstamm. Sam hockte mit Espen und Jared im Gras und unterhielt sich angeregt mit ihnen, während Neirin sich immer wieder zur Hütte umdrehte. Die Hexe hatte ihn hinausgescheucht, weil er Lune vom Schlafen abhielt. Gareth und Delia dagegen waren zu den Ausgesonderten zurückgekehrt, die in dem nahe gelegenen Dorf untergebracht worden waren. Zu ihrer Erleichterung hatten sich keine weiteren Sucher zu der Hütte verirrt. Sams Gestik nach zu urteilen, erzählte er den anderen Jungen von ihrer Begegnung mit dem Mantikor.

Dessen ausgestoßene Drohung ging ihr nicht mehr aus dem Kopf. *Das werdet ihr mir bezahlen!* Rhenawen zweifelte nicht daran, dass er seine Worte wahrmachen würde.

Und da war noch etwas, das sie nur Sam erzählt hatte: Das Blut war nicht das Heilmittel gewesen. Es würde die Ausbreitung eindämmen, aber wenn sie nicht bald seinen Kopf bekamen, würde das Fleisch faulen und verwesen. Sie waren darin übereingekommen, Stillschweigen zu bewahren. Er, weil er Lune nicht beunruhigen wollte, sie, weil sie keine weiteren Sucher auf den Plan rufen wollte. Jede Nacht schlüpften sie gemeinsam ins Freie und durchkämmten den angrenzenden Wald, aber bisher war es ihnen nicht gelungen, auch nur einen Fußabdruck aufzuspüren.

»So nachdenklich heute?«

Sie schreckte auf und begegnete blaugoldenen Augen, die sie eingehend musterten. Ihre Muskeln spannten sich unwillkürlich an wie zur Flucht, doch sie zwang sich zu einem gleichmütigen Gesichtsausdruck. Aus dem Augenwinkel nahm sie wahr, dass Jared sie beobachtete.

»Komm bitte kurz mit mir«, bat Nero.

Rhenawen erhob sich und folgte ihm, wobei sie mit den Fingerknöcheln über einen der Dolche strich. Er führte sie ein Stück abseits von neugierigen Ohren am Waldrand entlang. Die Arme hielt er entspannt hinter dem Rücken verschränkt.

»Ich möchte dir danken«, begann er schließlich zu sprechen. »Und ich muss zugeben, dass ich neugierig bin. Deine Freunde haben mir erzählt, dass ihr aus Schattenhafen stammt. Woher weiß ein einfaches Stadtmädchen wie du so viel über Kreaturen, die in Cantos als ausgerottet gelten?«

Sie lachte humorlos auf. »Ich denke, dieses Vorgeplänkel können wir überspringen. Offensichtlich wussten meine Begleiter nicht, mit wem sie es zu tun haben. Ich nehme an, Ihr habt ihnen ohnehin kein Wort geglaubt und musstet nicht einmal auf Eure telepathischen Fähigkeiten zurückgreifen.«

Er zog überrascht eine Augenbraue hoch. »Ja, jemand aus Schattenhafen hätte protestiert, wenn ich davon geredet hätte, dort eine Säuberung durchzuführen.«

»Natürlich.« Sie unterdrückte ein entnervtes Seufzen. »Das konnten sie nicht wissen.«

»Woher wusstest du es? Oder bist du die Einzige von euch, die nicht gelogen hat?« Er blieb stehen und sah ihr offen ins Gesicht. »Aber weshalb solltet ihr überhaupt lügen müssen? Weil zwei von euch das Meer überquert haben?«

Dieser Magier war ihr entschieden zu neugierig, auch wenn er nicht den Eindruck machte, als würde er ihnen schaden wollen. Es überraschte sie, dass er so freimütig mit ihr sprach. Dennoch änderte es nichts daran, was und wer er war.

»Verzeiht mir, wenn ich unhöflich klinge, aber das geht Euch nichts an.«

Er schüttelte den Kopf, nahm es aber hin.

»Ich nehme an, deine Beweggründe, Lune zu helfen, waren nicht rein altruistischer Natur«, setzte er erneut an und ging weiter. »Ich habe mich mit den anderen Suchern in Verbindung gesetzt und wir sind darin übereingekommen, dich und deine Freunde großzügig zu entlohnen.«

Diesmal war sie es, die stehen blieb. Ihre eigenen Worte hallten in ihrem Kopf wider. *Wir werden sehen, was sie ihnen wert ist.* Anscheinend war dieses Mädchen den Magiern wichtiger, als sie vermutet hatte, oder sie ließen eine Schuld nicht gern unbeglichen. Wieder sah sie Lune vor sich, die in ihrem eigenen Blut lag, und den Ausdruck in Jareds Gesicht, als sie ihm ihre Worte entgegengeschleudert hatte.

»Ich habe das nicht für Geld getan«, sagte sie, wobei sie den Blick auf einen Brombeerstrauch gerichtet hielt. »Meine eigenen Interessen haben sich mit Euren gedeckt, das ist alles.«

»Ich werde dich nicht dazu zwingen, eine Bezahlung anzunehmen«, sagte er langsam, »aber vielleicht können wir uns auf andere Weise erkenntlich zeigen. Deine beiden Begleiter sollen sich morgen oder in den nächsten Tagen in der Taverne einfinden, in der die Sucher sich momentan aufhalten. Dort können sie sich aus den Ställen zwei Pferde aussuchen, die ihnen zusagen.«

Rhenawen zögerte, doch dann willigte sie ein.

»Ohnehin möchte ich das Angebot, das ich den Jungen während deiner Abwesenheit gemacht habe, auch vor dir wiederholen: Wenn ihr wollt, könnt ihr uns bis nach Grauehr begleiten.«

»Das wird nicht nötig sein.«

Sie hielt den Blick weiterhin starr auf die geriffelten Blätter gerichtet, zwischen denen sich eine Spinne ihr Netz gebaut hatte. Trotzdem gelang es ihr nicht ganz, die schwelende Wut aus ihrer Stimme zu verbannen.

»Sie schienen meinem Vorschlag nicht abgeneigt«, bemerkte er beiläufig.

»Das kann ich mir vorstellen«, zischte sie, »aber solange ich in dieser Angelegenheit ein Wörtchen mitzureden habe, wird es nicht dazu kommen.«

»Du scheinst uns recht feindselig gesinnt.«

Sie drehte sich Nero wieder zu und zwang sich zu einem heiteren Tonfall. »Unsinn, nicht mehr als andere Leute auch. Ich wollte Euch nicht beleidigen. Ich danke Euch für dieses Angebot, aber in einer kleinen Gruppe kommen wir schneller voran.«

Er nickte, anscheinend besänftigt, und einer seiner Mundwinkel zuckte, als wüsste er nicht, ob er lächeln sollte oder nicht. »Du bist eine sehr willensstarke junge Frau, aber vielleicht solltest du hin und wieder auf die Wünsche deiner Freunde eingehen. Sam und Jared scheint eine gemeinsame Vergangenheit zu verbinden und Espen ist ein geselliger Junge, der es genießen wird, mit einer größeren Truppe zu reisen. Denk darüber nach, ehe du vorschnell ablehnst. Vielleicht kannst auch du diesem Arrangement etwas abgewinnen.«

Die vertrauten Geräusche der Nacht und die Einsamkeit waren wie Balsam für ihre Seele. Rhenawen sog die kühle Luft tief ein und sah durch die Zweige hinauf zum Mond, der wie ein silbernes Auge auf sie herabsah.

Erst jetzt bemerkte sie, wie sehr sie sich nach einem Moment der Stille gesehnt hatte. Es war beinahe unmöglich, sich zurückzuziehen, wenn man mit anderen zusammen reiste. Dennoch war es verstörend, wie schnell sie sich daran gewöhnt hatte, nachts Espens Schnarchen zu lauschen und auf Jareds leises Murmeln zu warten, ehe sie einschlief.

Das Gespräch mit dem Magier steckte ihr noch immer in den Knochen. Die Sucher begleiten ... Allein der Gedanke war ihr zuwider. Am nächsten Morgen würde sie klare Worte finden müssen, um den Jungen diesen Irrsinn wieder auszutreiben.

Sie hatte sich dazu bereit erklärt, mit ihnen zu reisen, aber wenn sie darauf bestanden, sich den Suchern anzuschließen, und sei es auch nur vorübergehend, würde sie ernsthaft in Betracht ziehen, sie ihrem Schicksal zu überlassen. *Einen* Magier in ständiger Nähe zu haben, seit sie zu der Hütte gekommen waren, genügte ihr.

Ihre Finger glitten in den Beutel an ihrem Gürtel und zogen den merkwürdigen Stein heraus. Sie hielt ihn auf Augenhöhe und betrachtete ihn versonnen. Er war wunderschön auf seine unheimliche Weise. Wer hatte sich wohl die Mühe gemacht, ihn zu erschaffen, und weshalb?

»Worin liegt dein Geheimnis?«, flüsterte Rhenawen.

Und dann vernahm sie es. Ein leises Flüstern schien von ihm auszugehen. Es war kaum hörbar, sodass sie beinahe glaubte, es sich einzubilden. Angestrengt lauschend hielt sie ihn an ihr Ohr, als ein vernehmliches Knacken sie herumfahren ließ.

Ihr Instinkt reagierte schneller als ihr Verstand und im Nu war sie zum nächsten Baum gehechtet und zog sich geräuschlos die borkige Rinde empor. Angespannt presste sie sich an den Stamm und ließ ihren Blick über die Umgebung schweifen, wobei sie im schützenden Geäst verharrte und den Kopf kaum merklich drehte. Beinahe rechnete sie damit, die geflügelte Gestalt des Mantikors zwischen den Bäumen auftauchen zu sehen, aber alles schien ruhig zu sein. Der Wald lag völlig verlassen da, so unschuldig wie zuvor.

Närrin, schalt sie sich. *Wovor hast du denn Angst?*

Gerade als sie ihr Versteck wieder verlassen wollte, hörte sie es erneut. Und diesmal erkannte sie das Geräusch.

Der geflügelte Tod

JARED

Jared schlug einen Ast beiseite, der ihm den Weg versperrte, und stapfte weiter. Er hatte gewusst, dass Rhenawen die Idee einer gemeinsamen Weiterreise nicht gefallen würde. Als die Dunkelheit sich über die Hütte gesenkt hatte, waren Espen und er darin übereingekommen, dass einer von ihnen mit ihr reden sollte. Sie hatten die Angelegenheit mit einem Münzwurf geregelt und Espen hatte ihm noch schadenfroh viel Erfolg gewünscht. Üblicherweise entfernte sie sich nie so weit, dass man lange nach ihr suchen musste. Nun allerdings war sie anscheinend so aufgebracht, dass sie mit der Gewohnheit brach.

Und jetzt irre ich in diesem verdammten Wald herum, dachte er grimmig. *Wenn ich gewusst hätte, dass sie so kompliziert ist, hätte ich sie in Möwenstadt gelassen.*

Gerade als er die Zweige einer Kiefer mit dem Arm wegschob, wurde er von hinten gepackt und zurückgezogen. Eine Hand presste sich auf seinen Mund und erstickte seinen überraschten Aufschrei.

»Kein Wort«, zischte ihm eine vertraute Stimme ins Ohr und er wurde losgelassen. Er fuhr zu ihr herum und wollte schon zu einer Schimpftirade ansetzen, doch Rhenawen legte mahnend einen Finger an die Lippen und bedeutete ihm dann, ihr zu folgen.

Als irgendwo ein Zweig knackte, erstarrte sie. Dann zog sie ihn an seinem Hemd mit sich in den Schutz eines Brombeerbusches. Das Mädchen kauerte sich dahinter zusammen und sah gebannt in die Nacht hinaus.

»Was ist los?«, flüsterte er, angesteckt von ihrer Wachsamkeit.

Sie hob einen Finger und deutete in die Düsternis. Er sah sich dorthin um, konnte jedoch nicht gleich etwas erkennen. Angestrengt kniff er die Augen zusammen. In der Ferne zeichneten sich die Silhouetten von zwei Reitern gegen das fahle Mondlicht ab, die ihre Rösser gezügelt hatten und sich umsahen.

Jared wusste nicht, weshalb ihm der Atem stockte. Vielleicht wegen der Art, wie einer der Reiter den Kopf herumriss, als würde er sie wittern, oder wegen der Tatsache, dass er völlig vermummt zu sein schien.

Gebannt beobachteten sie, wie die Reiter sich suchend umsahen. Eines der Pferde scharrte unruhig mit den Hufen und riss an den Zügeln. Der Reiter stieß ein Zischen aus und für einen kurzen Augenblick wurden seine Gesichtszüge vom Mondlicht erhellt. Jared unterdrückte einen Fluch und zog eilends den Kopf zurück. Es war die glatte, gelangweilte Miene von Damien. Schließlich wendeten die beiden Reiter ihre Tiere und preschten davon.

Rhenawen berührte ihn an der Schulter. »Komm.«

Geduckt schlichen sie sich zur Hütte zurück. Keiner von ihnen sprach ein Wort. Jared entspannte sich erst wieder, als er die beschienenen Fenster sah, die ein warmes Licht auf den verwilderten Pfad warfen.

Ehe sie aus dem Schatten der Bäume traten, hielt Rhenawen ihn zurück.

»Was?«, fragte er und sah sie beunruhigt an. »Ist uns jemand gefolgt?«

»Nein, das ist es nicht.« Ihre Stimme klang gefasst, auch wenn sie immer wieder einen Blick zurückwarf. »Es ist nur … Erzähl niemandem davon. Auch Espen nicht, solange wir nicht unter uns sind. Oder besser, du erwähnst es ihm gegenüber überhaupt nicht.«

»Was? Warum nicht?«, wollte er wissen. »Falls es dir nicht aufgefallen ist, wir werden verfolgt. Du hast Damien doch auch erkannt. Und dieser Magier ist dir etwas schuldig. Vielleicht kann er uns helfen.«

»Nein«, fuhr sie ihn scharf an. »Das ist unsere Angelegenheit. Wenn du dem Magier davon erzählst, wirst du auch das Artefakt nicht unerwähnt lassen können, und das sollten wir nicht riskieren, solange wir nicht wissen, worum es sich dabei handelt.«

Sie maßen sich mit Blicken, doch schließlich knickte Jared ein.

»Na schön«, knurrte er. »Ich werde niemandem gegenüber etwas erwähnen, auch wenn ich das für eine Dummheit halte, die wir noch bitter bereuen werden.«

»Werden wir nicht, glaub mir. Und jetzt komm. Je eher wir in der Hütte sind, desto besser.«

SAM

Sam folgte tief in Gedanken versunken dem verschlungenen Pfad zurück zur Hütte. Fröstelnd schlang er einen Arm um den Leib, mit dem anderen hielt er die Laterne vor sich, die ihm den Weg beleuchtete. Noch immer stand ihm Delias besorgte Miene vor Augen, als er ihr von den Geschehnissen der letzten Tage berichtet hatte. Beinahe war er froh, dass die jüngsten Ereignisse ihren Streit in jener Nacht überschatteten. Sie hatte ihn nicht noch einmal auf seinen Albtraum angesprochen und dafür war er dankbar.

Ein Lächeln umspielte seine Lippen, als er daran zurückdachte, wie sie ihm vom Fenster aus zum Abschied gewunken hatte. Man hatte ihr nicht erlaubt, ihn zu begleiten. Ohnehin schliefen sie zurzeit im Gras unter den Sternen und das, obwohl die Nächte noch immer bitterkalt wurden. Vielleicht könnte er morgen früh wiederkommen und sie mitnehmen, damit sie Lune besuchen konnte.

Sam nahm die Abzweigung zum Wald hin und freute sich schon auf das Lagerfeuer, an dem seine Freunde auf ihn warten würden. Bei dem Gedanken an das Abendessen lief ihm das Wasser im Mund zusammen und sein Magen knurrte erwartungsvoll.

Der Müllerbursche unterdrückte ein Gähnen. Sie wechselten sich täglich mit der Nachtwache an Lunes Bett ab und er war ungemein froh, dem heute zu entkommen. Glücklicherweise war seine Wache bisher nicht mit der von Rhenawen zusammengefallen, wofür er den Göttern im Stillen dankte. Er wusste nicht, wie er dieses abweisende Mädchen einschätzen sollte. Zum wiederholten Mal fragte er sich, was sie und Jared wohl zusammengeführt hatte.

»Da bist du ja endlich«, zischte ihm eine Stimme aus der Dunkelheit zu und im nächsten Moment traf ihn ein heftiger Schlag gegen den Brustkorb. Sam strauchelte und fiel hin. Die Laterne wurde ihm dabei aus der Hand geschleudert und ihr Glas zersplitterte. Brackwasser spritzte auf und durchweichte seine Kleidung. Schlotternd blickte er auf. Er spürte, wie Schlamm von seinem Kinn tropfte. Das verschüttete Öl entflammte und erhellte das Gesicht seines Angreifers.

»Henrik«, stieß er zwischen zusammengebissenen Zähnen hervor.

Die breitschultrige Gestalt des Metzgerjungen ragte drohend über ihm auf. Sein rotes Haar war zerzaust, als wäre er gerade erst aus dem Bett gekrochen, und sein Mund war vor Wut zu einer hässlichen Grimasse verzerrt.

»Ich habe dir gesagt, du sollst dich von ihr fernhalten!«, knurrte er und machte einen Schritt auf den am Boden liegenden Jungen zu. »Habe ich mich da etwa undeutlich ausgedrückt?«

»Du hast mir gar nichts zu sagen!«, entfuhr es Sam, der sich aufrappelte und die Hände zu Fäusten ballte.

Henrik schubste ihn einige Schritte zurück. »Sie ist *meine* Schwester! Ich bin alles, was sie noch hat! Was könntest du ihr schon bieten?«

»Ich werde ihr alles geben, was ich habe. Und wenn ihr das genug ist, dann sollte es auch für dich ausreichend sein!«, schrie Sam.

»Meine Schwester hat mehr verdient als einen dahergelaufenen Bauerntölpel!«, brauste Henrik auf. »Sie hat mehr verdient als einen Jungen, der ihr so sehr den Kopf verdreht, dass sie davonläuft!«

»Das war ich nicht!«, konterte Sam. »Ich habe versucht, sie daran zu hindern, du Schwachkopf!«

»Erzähl mir keine Lügen!« Der Kiefer des Metzgerjungen zuckte und die Ader an seiner Stirn pochte heftig. »Du wirst sie mir nicht wegnehmen!«

Mit diesen Worten stürzte er sich auf den kleineren Jungen. Sam taumelte unter seinem Hieb hinweg und hob abwehrend die Hände.

»Hör auf damit!«, rief er. »Ich will mich nicht mit dir schlagen, Henrik.«

»Das hättest du dir vorher überlegen sollen«, grollte Henrik und kam erneut auf ihn zu.

Der Müllerbursche zögerte nicht länger und griff mit all seinem angestauten Zorn an. Sie fielen übereinander her wie zwei halb verhungerte Hunde, die um ein Stück Fleisch kämpften. Sam hieb auf alles ein, was er von Henrik zu fassen bekommen konnte, steckte jedoch ebenso viel ein, wie er austeilte. Henrik verpasste ihm ein blaues Auge, doch er rächte sich, indem er seine Haare zu fassen bekam und ein ganzes Büschel davon ausriss. Der rothaarige Junge brüllte vor Schmerz und versetzte ihm einen Stoß, bei dem Sam sich beinahe überschlug. Gerade wollte sein Kontrahent ihm nachsetzen, als ein schriller Schrei sie innehalten ließ.

»Schluss jetzt, alle beide!«

Sam sah sich um und erkannte Delia, die auf sie zu gehastet kam. Ihre Füße waren nackt, als ob sie das Gasthaus überstürzt verlassen hätte. Vereinzelte Strähnen hatten sich beim Rennen aus ihrem Zopf gelöst.

Die Jungen kamen hastig wieder auf die Füße und sahen sie ungläubig an.

»Dee? Was machst du hier?«, fragte Henrik verblüfft. Er verzog das Gesicht und spuckte einen Batzen Blut aus. Offenbar hatte er sich die Wange zerbissen. »Geh wieder zurück.«

»Nein, das werde ich nicht, Henrik!«, rief sie aufgebracht und stemmte die Hände in die Hüften. »Seht euch doch nur an!«

Sam sah an sich hinunter. Er war von oben bis unten mit Dreck beschmiert und seine Nase fühlte sich an, als wäre sie auf die Größe einer Kartoffel angeschwollen. Vorsichtig leckte er sich über die aufgeplatzte Unterlippe. Er wollte sich gar nicht vorstellen, wie sein Gesicht wohl aussehen mochte.

»Wie hast du uns gefunden?«, fragte Sam kleinlaut.

Sie verschränkte die Arme vor der Brust. »Ich habe gesehen, wie mein verehrter Bruder dir gefolgt ist, nachdem du gegangen bist. Ich wusste, das konnte nicht gut gehen mit euch beiden allein hier draußen. Henrik, was sollte das?«

Sam fühlte sich in die Zeiten zurückversetzt, in denen er von Margarete gescholten wurde. Henrik schien es ähnlich zu gehen, denn er zog fast unmerklich den Kopf ein. Dennoch antwortete er mit kaum verhohlener Ablehnung.

»Ich habe ihm gesagt, er soll wegbleiben. Wenn er es nicht tut, muss ich es ihm auf andere Weise klarmachen.«

Er warf Sam einen grimmigen Blick zu, den dieser ebenso finster erwiderte.

»Henrik, ich kann auf mich selbst aufpassen, dafür brauche ich dich nicht«, gab Delia scharf zurück.

»Nein, das kannst du nicht«, entfuhr es Henrik und er strich sich in einer resignierten Geste durchs feuchte Haar. »Und weißt du weshalb? Weil Liebe nämlich blind macht, Dee. Du weißt doch gar nichts über ihn, außer, dass er aus der Gosse kommt. Er könnte ein Dieb sein oder Schlimmeres.« Eindringlich sah er sie an.

Die Metzgerstochter kniff die Augen zusammen. »Wenn dir mein Wohlergehen wirklich am Herzen liegt, dann solltest du nicht den Jungen zusammenschlagen, der mir etwas bedeutet!«

»Er ist kein guter Umgang!« Die Stimme ihres Bruders wurde wieder laut.

»Woher willst du das wissen?«, mischte sich Sam ein und baute sich vor Henrik auf. »Wie gut kennst *du* mich überhaupt?«

Sie standen sich Nase an Nase gegenüber. Sam zitterte vor Wut. Am liebsten hätte er seinem Gegenüber die Nase zertrümmert, doch Delias Anwesenheit hielt ihn davon ab, Henrik erneut anzugreifen.

Er ist ihr Bruder. Du musst dich mit ihm versöhnen. Beherrsche dich. Für sie.

»Jungen wie dich kenne ich gut genug«, sagte Henrik verächtlich. »Ihr …«

Aber was auch immer er hatte sagen wollen, wurde von einem heiseren Kreischen unterbrochen, das die Nacht zerriss.

Die Versammelten fuhren herum und starrten angestrengt in die Finsternis. Sam gefror das Blut in den Adern, als er sah, was sich da an sie anschlich. Die katzenartigen Augen glühten fahl in der aufziehenden Dunkelheit, als sein schlanker, farbloser Leib sich aus dem Unterholz schälte. Die zwei riesigen Schwingen, die aus seinem Rücken wuchsen, hatte er drohend aufgestellt.

»Gütige Eovaine … Was ist das für eine Bestie?«, flüsterte Delia, die mit weit aufgerissenen Augen das Untier anstarrte. Sam schob sich schützend vor sie.

Henrik bückte sich und hob einen langen Ast auf, den er auf das Wesen richtete, um es auf Abstand zu halten.

Der Mantikor stieß einen markerschütternden Schrei aus, wobei seine scharfen Schneidezähne zum Vorschein kamen, von denen schwarzes Gift zischend ins Gras troff.

»Die Götter stehen uns bei«, stieß Henrik hervor. »Das überleben wir nicht.«

LUNE

Es klopfte zaghaft an der Tür.

»Herein?« Lune setzte sich aufrechter hin. Es war Neirin, der den Kopf durch den Türspalt steckte.

»Du bist allein«, stellte er erleichtert fest und trat ein. Der Dieb setzte sich auf den Stuhl neben ihrem Bett und fuhr sich in einem Anflug von Verlegenheit durchs Haar.

In den letzten Tagen war Lune so gut wie nie unbeobachtet geblieben. Heidrun hatte sie gepflegt und ein Auge auf sie gehabt, um auszuschließen, dass die Vergiftung noch in ihr schwärte. Die schwarzen Adern waren merklich zurückgegangen und dank der magischen Salben von Argus würden keine Narben zurückbleiben.

Auch Agata hatte sie hin und wieder besucht. Die verkohlten Kiefernkekse auf dem Tisch waren Beweis für ihre unaufhörlichen Bemühungen, sie wieder auf die Beine zu bringen. Sie musste Neirin später darum bitten, sie hinter der Hütte zu vergraben.

»Sam ist vorhin gegangen«, erklärte sie und strich ihre Decke glatt. »Er wollte Delia besuchen.«

»Er nutzt wirklich jede Gelegenheit. So langsam wird es ernst.« Neirin grinste verschmitzt, ehe er fortfuhr. »Jared ist auf der Suche nach Rhenawen und Espen versucht seit einer geschlagenen Ewigkeit, ein Feuer zu entfachen. Es wird Zeit, dass Nero zurückkommt und sich darum kümmert.«

Lune musste lächeln. »Sonderlich geschickt ist er nicht.«

»Dafür ist seine Klappe umso größer«, schnaubte der Dieb. »Ich bin froh, wenn die drei endlich wieder ihrer Wege ziehen.«

»Sei nicht ungerecht«, tadelte Lune ihn. »Trotzdem hoffe ich, ich komme bald raus aus dieser Hütte. Ich habe es satt, tatenlos hier herumzuliegen. Und auch, wenn es mir Bauchschmerzen bereitet, schätze ich, dass wir bei den Magiern erst mal am besten aufgehoben sind. Wer weiß schon, was in den Wäldern noch alles lauert? Vielleicht versucht als nächstes ein Troll, uns zu verspeisen.« Sie rümpfte die Nase. »Außerdem will ich endlich herausfinden, was die Magier von uns wollen.«

»Mir geht es genauso.« Neirin sah hinab auf seine Hände, die er fest im Schoß verschränkt hatte. »Vielleicht sind sie nicht so schlecht, wie wir dachten. Nathaniel ist ein unheimlicher Kerl, aber Nero scheint anständig zu sein.«

»Ja«, stimmte sie ihm zu. »Das habe ich auch schon gedacht. Ich will nicht mehr weglaufen. Wohin denn auch? Wenn es wahr ist, was sie gesagt haben, dann gehören wir nicht nach Eschenbach.«

Sie schwiegen eine Weile, ehe der Dieb wieder anfing zu sprechen. »Es ist trotzdem merkwürdig, oder? Eigentlich sollten wir jetzt bei Margarete am Tisch sitzen und Bertas Fleischeintopf essen, während Sedulos miesepetrig schimpft, wir wären schlimmer als jeder Heuschreckenschwarm. Ich beginne allmählich, sogar ihn zu vermissen.«

»Jetzt übertreibst du«, kicherte Lune.

»Stimmt«, grinste er. »Wenn er noch ein Wort über Sam gesagt hätte, hätte ich ihn in der Suppe ertränkt.«

»Schade um die gute Suppe. Keiner der Soldaten kann ordentlich kochen.«

Bei der plötzlichen Erkenntnis, dass sie vielleicht nie wieder dorthin zurückkehren würden, krampfte sich ihr der Magen zusammen.

»Ich vermisse unser Zuhause«, flüsterte sie leise.

Er zog sie in eine feste Umarmung. »Ich auch. Aber ein Stück von Eschenbach haben wir mitgenommen. Es ist hier, bei uns, bei Delia, Sam, dir und mir.«

Lune schloss die Augen. Ihre Wange war gegen die Kuhle seines Halses geschmiegt. Sie fühlte sich in seinen Armen geborgen. Seine Hände hielten sie sehr sanft, als wäre sie aus Porzellan.

Als die Tür unvermittelt aufschwang, schreckten sie auseinander.

Rhenawen rümpfte die Nase, als sie eintrat. »Was riecht hier so merkwürdig?«

»Kekse«, sagten Neirin und Lune wie aus einem Mund.

»Die, die diese verrückte Alte gebracht hat?«, fragte Jared, der hinter dem Mädchen eintrat.

»Sie ist nicht verrückt«, widersprach Lune. Es ärgerte sie, dass ihre Wangen noch immer vor Verlegenheit brannten.

»Wenn du meinst«, entgegnete Jared. »Aber iss lieber keinen von denen, sonst vergiften sie dich noch. Liegen die auf Schafgarbenblättern?«

»Ja«, seufzte Lune schicksalsergeben.

Jared lachte und das Licht der Öllampe fiel auf die Narbe über seinem Auge. »Will sie dich doch noch umbringen, nachdem der Mantikor es nicht geschafft hat?«

»Vermutlich«, gab Rhenawen zurück und lächelte verhalten. »Aber wundere dich nicht allzu sehr. Pflanzliche Gifte können einer Hexe nichts anhaben. Genauso wenig den Feenwesen.«

Sie schnappte sich das Buch, das sie am Morgen in einem der Regale aufgestöbert hatte, und setzte sich auf ihren gewohnten Platz unter dem Fenster. Jared gesellte sich zu ihr. Sie schlug das Bändchen auf und gemeinsam vertieften sie sich in den Inhalt.

»Ich halte diese Zeichnung noch immer für Unsinn«, raunte Jared ihr zu. »Dieses Katapult schleudert einen Stein vielleicht eine Elle weit.« Er tippte mit dem Finger auf eine Seite. »Sieh dir diese Halterung doch nur einmal an.«

Die beiden hatten sich angewöhnt, über den verschiedenen Konstruktionsplänen in Heidruns geschichtlichen Büchern zu brüten und zu fachsimpeln. Vermutlich, weil ihnen langweilig war. Dennoch war an diesem Abend irgendetwas anders. Ihr Gespräch geriet öfter ins Stocken und Jared schien immer wieder innezuhalten, um auf ein Geräusch von draußen zu lauschen.

Lune musterte das Mädchen, das sich tiefer über die Tuschemalerei gebeugt hatte. Dessen Anblick löste noch immer eine tiefsitzende Abneigung in ihr aus. Es war irrsinnig, sie zu verurteilen, wenn sie noch nicht einmal wusste, wofür. Nur wegen eines *Gefühls*. Rhenawen hatte ihr geholfen, ihr sogar das Leben gerettet und trotzdem …

»Ich hätte schwören können, es wären eben noch mehr gewesen«, unterbrach Neirin ihre Überlegungen.

»Wie?«

Er nickte zu den Keksen hin. »Es kommt mir vor, als wären es weniger als vorher, dir nicht?«

Lune besah sich das klägliche Häuflein und musste ihm zustimmen. »Es sieht fast so aus. Merkwürdig. Vielleicht hat Espen vorhin zugegriffen und welche fürs Abendessen beiseitegelegt?«

»Na, wir werden sehen, wie sie ihm bekommen.«

»Nye«, schalt sie ihn.

»Was? Wenn er denkt, er kann sich einfach welche klauen, muss er auch die Konsequenzen tragen, findest du nicht?«

»Du bist unmöglich.«

»Ich weiß.«

Sie lehnte sich zurück und seufzte. Das würde sie vermissen, wenn sie erst weiterzogen. Diese unbeschwerten Unterhaltungen. Unter den Soldaten und all den fremden Kindern würden sie nicht mehr so frei heraus sagen können, was ihnen gerade durch den Kopf ging.

Der Dieb räusperte sich. »Also gut, was sagst du, Lu? Soll ich dir was vorlesen?«

»Gern«, murmelte sie verlegen.

Er stand auf und stellte sich vor die Regalreihe, in der die Bücher dicht zusammengedrängt standen. »Welches sollen wir nehmen?«

»Wie heißt das Dünne dort, mit dem grünen Einband?«

Er ging näher heran, um die abgewetzten Buchstaben zu entziffern. »*Heilkunde im Wandel der Zeit.* Was haben wir hier? *Ein Leitfaden zur Versorgung von Wunden.* Nein, das hatten wir in den letzten Tagen schon zur Genüge. *Die Herstellung von Schlaftränken.*« Er ließ den Finger weiterwandern. »*Gnomisches Wörterbuch.* Wie soll man sich mit denen unterhalten? Wenn du sie anlocken willst, musst du erst einmal irgendwo Milch auftreiben, und ehe du auch nur den Mund aufmachst, beißen sie dir schon fast die Finger ab, weil sie mehr wollen. *Wasserpflanzen im Grenzland. Für fortgeschrittene Heiler.* Wir wäre es hiermit?« Er zog ein altes, zerfledertes Buch heraus. »*Die Legenden von Talmanach.* Das hört sich gut an.«

Er setzte sich zu ihr auf die Bettkante und schlug es auf. Es war in weiches, gräuliches Leder mit in Gold geprägten Lettern gebunden.

»Das muss einiges wert sein«, flüsterte Lune andächtig und strich über die leicht vergilbten Seiten.

»Bestimmt. Was, glaubst du, macht es hier in dieser Hütte? Meinst du, Heidrun hat …«

Er verstummte, als ein Schrei an ihre Ohren drang, weit entfernt zwar, aber dennoch zu durchdringend für eine gewöhnliche Eule.

»Was war das?«, wunderte sich auch Neirin. »So einen Vogel habe ich noch nie gehört.«

Unvermittelt kam Rhenawen auf die Füße. Im selben Augenblick riss Espen die Tür auf. In seiner Hand hielt er noch immer die Feuersteine. »War das ….?«, stieß er hervor.

»Ja«, gab Jared düster zurück und stützte sich an der Wand ab, um aufzustehen. Das Buch blieb vergessen auf der Decke zurück.

»Ich dachte, er würde den Wald in seinem Zustand nicht verlassen«, murmelte Rhenawen.

Wieder ertönte ein Schrei, noch lauter als der vorherige.

»Anscheinend hast du dich geirrt«, entgegnete Jared. »Espen, ihr solltet in der Hütte bleiben, während ich nachsehe, was los ist.«

Espen nickte, doch er sah zutiefst beunruhigt aus.

»Keine Sorge, ich werde nicht allein gehen.« Er nickte Rhenawen ernst zu.

»Espen«, wandte diese sich auch schon an ihn. »Du musst Heidrun finden, wenn sie nicht schon vom Kräutersammeln zurück ist. Dann verriegelt ihr Fenster und Türen.«

»Du kannst dich auf mich verlassen.«

»Gut.«

»Ich komme mit euch.« Vier Augenpaare blickten Lune skeptisch an.

»Es geht mir gut«, beteuerte sie und schwang die Beine aus dem Bett. »Und egal, was da draußen lauert, Sam könnte in Schwierigkeiten sein.«

Jared erblasste. »Verdammt, das hatte ich fast vergessen.«

Neirin fasste sie am Arm und sie lieferten sich ein stummes Wortgefecht, bis er schließlich nachgab und ihr aufhalf.

Zu viert spurteten sie aus der Hütte, auch wenn Lune ihre Sturheit schon nach den ersten Schritten bereute, ob des sengenden Schmerzes, der von der halb verheilten Wunde an ihrem Unterschenkel ausstrahlte. Sie stolperte, als sie aus der Türschwelle trat und mit dem Fuß in einer Pfütze landete. Der Dieb verhinderte, dass sie der Länge nach hinfiel, sagte aber nichts dazu. Er kannte sie gut genug, um zu wissen, dass sie nicht umkehren würde.

Rhenawen machte einen Umweg zu ihrem Pferd, schloss jedoch rasch wieder zu ihnen auf. Lune sah, dass sie mit der linken Hand einen langen Gegenstand umklammert hielt, der in lederne Häute eingewickelt war.

»Es kam von dort drüben«, rief Jared über die Schulter zurück und deutete weiter den Pfad entlang.

Es dauerte nicht lange, da drang Kampfeslärm an ihre Ohren. Unwillkürlich beschleunigten sie ihre Schritte. Sie bogen um eine Baumgruppe herum und dann sahen sie es.

Die Szenerie wurde bloß vom Mondlicht erleuchtet, doch das machte sie nicht weniger schrecklich. Ein Junge schlug mit einem langen Ast nach einem Ungetüm, das vor ihm aufragte. Gerade wurde er von einer langen Klaue erfasst, die ihn beiseite schleuderte wie eine Puppe.

»Henrik!«

Es war Delias Schrei, der durch die Nacht gellte. Sams schmächtige Gestalt hatte sich vor der Metzgerstochter aufgebaut, wie um sie mit seinem Leib abzuschirmen. Das Biest riss das Maul auf und zischte bösartig. Im Mondlicht leuchtete es in gespenstischem Weiß. Es schlug mit den Flügeln und die Druckwelle brachte die beiden ins Taumeln.

»Sam!«, rief Jared, doch er war zu weit entfernt. »Vorsicht!«

Das Wesen bäumte sich auf und endlich erkannte Lune, was es war.

Der Mantikor schlug mit seinem Schwanz aus und der Müllerbursche duckte sich gerade noch rechtzeitig, um den umherfliegenden Stacheln zu entgehen, und riss Delia mit sich um.

»Unten bleiben!«, hörte sie ihn rufen.

Seine Silhouette rappelte sich jedoch schon wieder auf und glitt seitlich davon. Der Kopf des Mantikors folgte ihm. Sam schrie ihm Beleidigungen entgegen, während er weiter in Bewegung blieb.

»Na komm schon, du Aasfresser! Fang mich doch!«

Das Geschrei schien das Biest zu verärgern, denn es schnappte gereizt nach dem Jungen.

»Nein, Sam, pass auf!«, brüllte Jared, doch seine Warnung kam zu spät.

Der Mantikor schnellte vor und seine Klauen erwischten Sam. Der schwankte kurz und brach dann zusammen. Sein Oberkörper sackte ins Gras.

Jared brüllte auf und es schüttelte ihn, ob vor Kummer oder Zorn, konnte Lune nicht sagen. Der Mantikor drehte sich zu ihnen um, verzog verächtlich die Schnauze und hob den Kopf des reglosen Jungen mit seiner Pranke an. Es war eine derart menschliche, lockende Geste, dass es Lune kalt überlief. Es war, als wollte der Mantikor sie neckisch herausfordern, ihn an dem zu hindern, was folgen würde. Dann riss er das Maul auf, um seine Beute zu durchbohren.

»Nein!«

Lune wusste nicht, wie es geschah, aber im nächsten Augenblick ging eine Druckwelle von ihren Händen aus, die den Mantikor ergriff und zurückschleuderte. Er landete mit einem dumpfen Krachen auf der Seite.

Lune blieb für einen Moment die Luft weg, als eine plötzliche Woge der Erschöpfung sie ergriff, und sie musste die Hände auf den Knien abstützen, doch alles, was sie vor Augen hatte, war die regungslose Gestalt des Müllerburschen.

Nein, das konnte nicht sein. Sam konnte nicht gestorben sein!

Unterdessen war Delia zu Sam hinübergekrochen und beugte sich weinend über ihn. Sie hielt das Ohr über seine Lippen und schniefte erleichtert auf. Anscheinend bestand noch Hoffnung.

Auch Henrik regte sich schwach. Neirin lief hinüber und kniete sich neben ihn.

Der Mantikor rollte sich auf die Seite und erhob sich wieder. Er schüttelte benommen den Kopf, ehe er sich der neuen Bedrohung zuwandte.

Jared zog ein langes Messer aus dem Futteral an seinem Bein und hielt es vor sich.

»Na dann komm schon, du Mistvieh!«, reizte er das Biest.

Der Mantikor zischte ihn an und wollte schon zum Sprung ansetzen, als ihn eine Feuerkugel in die Seite traf. Er stieß ein durchdringendes Kreischen aus und taumelte einige Schritte zur Seite. Seine Flügel schlugen heftig, als er um sein Gleichgewicht rang. Der beißende Gestank nach verbranntem Fell schlug ihnen entgegen.

Aus der Dunkelheit kam Nero auf sie zu gehastet. Über seiner Hand schwebte eine weitere Feuerkugel und er wirkte zu allem entschlossen.

»Nicht!«, rief Rhenawen ihm entgegen. »Ihr macht ihn nur wütend!«

Das Biest grub die Klauen in die Erde und sein mächtiger Schwanz peitschte durch die Luft. Krachend schlug er auf den Boden und Dreckklumpen flogen umher.

»Ist er schon längst«, knurrte Jared, wobei er das Ungetüm nicht aus den Augen ließ. »Was schlägst du vor?«

»Wir müssen ihn einkreisen.«

Ein schabendes Geräusch ertönte und Lune erkannte, was das Mädchen in Händen hielt. Ein langes, zweischneidiges Schwert, in welches Runen geprägt waren, die in der aufziehenden Finsternis glühten. Achtlos ließ sie die Scheide fallen.

Wer bist du nur?, ging es Lune durch den Kopf.

»Jared, du näherst dich ihm von rechts. Der Magier kann uns von der anderen Seite decken.«

»Und du?«

»Ich übernehme den schwierigsten Part.«

Lune meinte, bei diesen Worten ein übermütiges Grinsen über ihr Gesicht huschen zu sehen, aber bei den schlechten Lichtverhältnissen konnte sie es nicht beschwören.

Rhenawen näherte sich langsam dem Ungeheuer, das sie starr fixierte. Sein Schwanz zuckte hin und her. Sie hob eine Hand, als wollte sie es beschwichtigen.

»Womit auch immer wir dein Missfallen erregt haben, es tut mir aufrichtig leid.«

Lune stutzte. Das Mädchen redete zu dem Biest, als würde es sie verstehen.

Sie muss verrückt geworden sein.

»Ich wünschte, ich müsste das nicht tun«, sagte Rhenawen bedauernd.

Der Mantikor kniff die Augen zusammen und seine Hinterbeine spannten sich an. Dann, wie auf ein stummes Zeichen, griffen sie an. Jared sprang und landete auf einem der riesenhaften Flügel. Sein

Messer war kaum mehr als ein silbriger Schatten in der Nacht, als er es dem Biest in den Nacken trieb. Der Mantikor riss den Kopf hoch und schnappte nach dem Jungen, doch damit war es für einen Moment abgelenkt. Rhenawen wich den scharfen Klauen geschickt aus und nutzte ihren Schwung, um unter den Bauch des Ungeheuers zu schlittern. Ihr Schwert fuhr hoch und schlitzte die empfindliche Haut auf. Ein Sprühnebel aus Blut ging auf sie nieder, dem sie mit einer schnellen Drehung entkam.

Der Schmerzensschrei des Mantikors war entsetzlich. Er bäumte sich auf und da sah Lune, was für einen Schaden Rhenawen angerichtet hatte: Von der Brust bis zum unteren Bauch klaffte eine tiefe Wunde, deren fleischige Ränder im Mondlicht weiß glänzten.

Jared sprang noch rechtzeitig ab, ehe die Bestie sich flügelschlagend in die Luft erhob. Ein Flammenstoß jagte dem Monster nach, als es hinter den Baumkronen verschwand. Sein Flug war seltsam taumelnd, als würde es sich in der Luft winden.

Lune atmete zittrig die angehaltene Luft aus und stolperte dann auf Sams Gestalt zu. Jared erreichte ihn noch vor ihr.

»Wie geht es ihm?« Er drehte seinen Freund auf den Rücken und sog zischend die Luft ein. Sams Brust war unter dem Klauenhieb aufgerissen und Blut quoll aus den Schnitten, die sein zerfetztes Hemd kaum bedeckte. Es benetzte bereits silbrig das Gras.

»Oh, Sam«, wimmerte Delia.

In der Ferne näherten sich Fackeln und Reiter donnerten auf sie zu. Lune erkannte einige der Magier, die von Soldaten begleitet wurden. Erik saß eilends ab und sah sich um.

»Wir haben Lärm gehört«, rief er Nero zu, der ihm entgegenkam. »Was ist geschehen?«

Die Frage wurde aus mehreren Kehlen wiederholt, als auch die übrigen Männer abstiegen. Argus kniete sich besorgt neben Henrik, über dem noch immer Neirin hockte, als könnte er so ausblenden, dass sein Freund ebenfalls verwundet war.

»Wurdet ihr angegriffen?«, fragte Nathaniel mit zusammengekniffenen Augen. »Wer auch immer das getan hat, wird bezahlen.«

»Das hat er längst«, gab Nero müde zurück. »Bringt die Jungen zum Gasthof. Argus und Agata sollen sie versorgen, so gut sie können. Anschließend müssen wir sehen, wie es weitergeht.«

»Begleite ihn«, sagte eine leise Stimme. Rhenawen hatte sich hinter Jared gestellt und sah auf den bewusstlosen Jungen hinab. In der Hand hielt sie noch immer das glühende Schwert. Die Runen beleuchteten Sams aschfahles Gesicht, wo es noch frei von Blut war.

»Gut«, sagte Jared mit tonloser Stimme.

Rhenawen ging zurück zu der Stelle, an der sie die Scheide fallengelassen hatte, und schob das Schwert hinein, um es sich dann über den Rücken zu werfen und den Gurt festzuzurren.

Ihr Blick richtete sich in den Himmel. »Ich verfolge ihn.«

»Was?«, entfuhr es Lune. »Wozu?«

Rhenawen sah sich nicht zu ihr um, sondern senkte nur leicht den Kopf. »Ich will ihm unnötige Schmerzen ersparen.«

»Ich werde dich begleiten.«

Sie erstarrte kaum merklich, als Nero sich zu ihr gesellte, doch alles, was sie erwiderte, war: »Wie Ihr wünscht.«

RHENAWEN

Die Stute, die sie ritt, war ausdauernd, doch sie vermisste die geschmeidigen Bewegungen von Argento. Die Rösser scheuten jedes Mal zurück, wenn eines der Irrlichter, die der Magier beschworen hatte, ihnen zu nahekam.

Noch immer nagte der Unwille an ihr, dass er sie begleitete. Doch da war er, eine hochaufgerichtete Gestalt im Sattel neben ihr. Und gemeinsam preschten sie durch den Wald und folgten der fernen Silhouette des Mantikors, der weit über ihnen schwebte.

»Lange kann er das nicht mehr durchhalten.«

Rhenawen sah aus dem Augenwinkel, wie er nickte. Dieser halsbrecherische Ritt schien ihn keinerlei Anstrengung zu kosten, während ihre Oberschenkel bereits protestierend brannten.

Kurz bevor die Sonne aufging, verloren sie den Mantikor aus den Augen. Noch während sie die Hälse reckten, um ihn hinter den Baumkronen zu erspähen, ertönte vor ihnen Lärm.

Ein Entsetzensschrei zerriss die Luft und dann ertönte ein lautes Krachen. Ein unmenschliches Kreischen hob an und erstarb jäh, gefolgt von einem dumpfen Aufprall.

Sie trieben die Rösser zur Eile an und fegten durch das Laub. Auf einmal brach Rhenawens Stute seitlich aus und bäumte sich auf. Fluchend gelang es ihr, sich auf ihrem Rücken zu halten.

»Ruhig«, rief sie und klopfte ihrem Reittier den Hals. »Ganz ruhig.«

Erst als sie den Blick schweifen ließ, begriff sie, was die Stute so verschreckt hatte. Vor ihnen auf dem Weg lag ein Karren, dessen Räder sich traurig in der Luft drehten. Eine Achse war gesplittert und tiefe Krallenspuren zogen sich durch das Holz. Als eine der Lichtkugeln über sie hinwegflog, erkannte sie, dass vor den Hufen des Pferdes eine reglose Gestalt in ihrem Blut lag.

»Verdammt.« Sie schwang sich aus dem Sattel und beugte sich zu dem zerfetzten Leichnam hinunter. Auch Nero hatte sein Ross gezügelt und war abgesessen.

»Er ist tot«, ertönte eine kratzige Stimme und ein bärtiger Mann kroch unter dem Karren hervor. »Dieses Biest hat ihn aufgeschlitzt. Ich habe ihm gesagt, dass es eine Dummheit ist, vor dem Morgengrauen aufzubrechen, aber hat er auf mich gehört? Selbst das Pferd hat es nicht verschont.«

Und tatsächlich lugte der Körper eines toten Pferdes hinter dem Karren hervor. Wenn man es noch ein Pferd nennen konnte. Es war ausgeweidet worden und ein Bein hing in einiger Entfernung im Geäst eines Wacholderbusches.

»Gut«, sagte Rhenawen nachdenklich. »Er hat das Pferd nicht gefressen, kann also nicht weit sein. Vermutlich lauert er darauf, es mitzunehmen.«

»Er ist müde und verwundet«, warf Nero ein. Sein Gesicht war angewidert verzogen. »Wieso tut er das?«

»Ich vermute, er hatte Hunger«, antwortete das Mädchen trocken und richtete sich wieder auf.

»Seid leise. Er ist noch ganz in der Nähe«, flüsterte der Mann, der sich noch immer halb unter den Karren duckte.

»Ja.« Rhenawen sah sich wachsam um und legte die Hand an den Griff ihres Zweihänders. »Ich weiß.«

Ein Rauschen ertönte. Dann ein Grollen, als sich der Mantikor aus dem Wald in die Lüfte erhob. Seine stechenden Augen fixierten die Klinge und er fauchte erbost. Die Stute wieherte schrill und wich tänzelnd zurück, doch das Ungetüm beließ es dabei, dicht über ihre Köpfe hinwegzugleiten, ehe es davonflog.

»Rasch.« Mit einem Satz war das Mädchen wieder im Sattel. »Er darf nicht entkommen.«

»Wartet!«, rief der Mann. »Lasst mich nicht allein zurück!«

Furchtsam starrte er in den Himmel, der sich allmählich grau verfärbte.

»Er wird nicht zurückkehren«, beschwichtigte ihn Rhenawen, »dafür werde ich sorgen.«

Dann gab sie der Stute die Sporen und preschte davon, den Magier dicht auf den Fersen. Gemeinsam ließen sie das blutige Schauspiel weit hinter sich. Es wurde leichter, den Mantikor zu verfolgen, als sich der Wald lichtete. Dunkle Blutspritzer wiesen ihnen den Weg, bis sie an eine Anhöhe gelangten, an der sie die Pferde zurückließen.

Rhenawen empfand eine diebische Freude, dass sie die ansteigenden Felsvorsprünge mühelos erklimmen konnte, die dem Magier in seiner Robe einige Schwierigkeiten bereiteten.

Als sie das Nest des Mantikors erreichten, das auf einem Felsvorsprung errichtet worden war, ging die Sonne auf und berührte mit ihren Strahlen das komplizierte Konstrukt aus Ästen, Federn und Steinen, das golden aufzuleuchten schien. Ausgeblichene Knochen glänzten in der Sonne. Darunter mischten sich die zerbrochenen Schalen von getupften Eiern.

»Ich frage mich, was hier wohl passiert ist. Das ist das Nest eines Greifs. Oder besser gesagt, es war eines.«

Man konnte noch die verrenkten kleinen Leichname sehen, die zusammengekrümmt in der Eischale lagen. Das klebrige Sekret war um sie herum getrocknet und hatte sie konserviert.

»Warum hätte er uns hierherführen sollen?«

Der Magier hatte sich über ein Bündel neben dem Nest gebeugt. Rhenawen erkannte, dass es sich um einen halb verzehrten Leichnam handelte, der an einem Felsen lehnte.

»Verdammtes Biest. Es hat ihn beinahe in Stücke gerissen.«

Er rieb den blutbefleckten Stoff der Kleidung des Toten zwischen den Fingern und das Mädchen erkannte, dass es einmal eine Robe gewesen sein musste, der von Nero nicht unähnlich.

»Was habt Ihr denn erwartet?«, fragte sie schärfer als beabsichtigt. »Ein Mantikor schert sich nicht um die magischen Besonderheiten eines seiner Opfer, solange es ihn satt macht. Ich würde sagen, er ist vor etwa sieben, vielleicht acht Tagen gestorben. Vermutlich an dem Tag, an dem Lune angegriffen wurde.«

Nero sah sie an und ungezügelte Wut glomm in seinen Augen auf. Die Spannung zwischen ihnen war beinahe körperlich spürbar, doch Rhenawen wich nicht einen Schritt zurück.

Nie mehr.

Ihre Lippen verzogen sich zu einem spöttischen Lächeln. »Wisst Ihr, Magier, Ihr seid ganz schön sentimental.«

Ehe er darauf etwas erwidern konnte, zerzauste ein Luftzug ihre Haare und der Mantikor landete unbeholfen auf der Hügelkuppe. Nero richtete sich wieder auf und Flammen loderten warnend aus seiner rechten Handfläche empor. Der Mantikor zischte drohend, dennoch griff er nicht an. Stattdessen legte er die Flügel an und schleppte sich schwerfällig zu dem Nest. Das Geschöpf stupste eines der zerbrochenen Eier an und fiepte leise.

»Ich wollte sie beschützen, nachdem ich ihre Mutter vom Himmel stürzen sah, aber sie waren schneller. Die Menschen.« Er seufzte schwer und seine Flanken fielen dabei sichtlich ein. Sein ehemals schneeweißer Pelz am Bauch war blutdurchtränkt und über seine Rippen zogen sich Verbrennungen. Sie hoben sich von dem schwarz verkohlten Fellresten ab.

Schwarz, Rot, Weiß, dachte Rhenawen. Drei Farben, denen in Märchen immer viel Bedeutung beigemessen wurde.

»Ich komme hierher, wenn ich mich daran erinnern muss, dass alles endlich ist, selbst ein solch majestätisches Geschöpf wie ein Greif.« Er wandte ihnen den Kopf zu und sie konnte ein mitleidiges Seufzen nicht unterdrücken. Seine eine Gesichtshälfte war rußgeschwärzt und sein linkes Auge hatte eine milchige Trübung angenommen. »Meint Ihr nicht, dass meine Schuld am Tod Eurer Kameraden nun beglichen ist, Feuermagier?«

Nero sagte nichts, sondern stand nur mit unbewegter Miene da. Sie bezweifelte, dass er je mit einem Monster gesprochen hatte. Wahrscheinlich hatte er nicht einmal gewusst, wie sehr sie ihm selbst ähnelten.

»Ich kann mir denken, warum ihr gekommen seid.« Der Mantikor legte sich hin, wobei er schmerzerfüllt winselte. Seine Verletzungen mussten ihm schwer zu schaffen machen, wenn er bereit war, sich ihnen so wehrlos zu zeigen. »Du willst das Gegengift, Menschenmädchen. Halt, komm nicht näher. Meine letzte Mahlzeit liegt lange zurück und dein Blut riecht auch auf die Entfernung köstlich.«

Das Mädchen rümpfte die Nase. »Ich bin völlig verschwitzt und dreckverschmiert, aber vielen Dank für das Kompliment.«

Er zog die Lefzen zu einem Kichern zurück. »Nein, ich bin wirklich noch nicht vielen Menschen wie dir begegnet.« Der Mantikor hob seine Krallenhand und betrachtete sie kurz, ehe er sagte: »Wirf mir eine Phiole oder ein anderes Gefäß herüber, dann werde ich sehen, was ich tun kann.«

Rhenawen steckte die linke Hand in einen der Beutel an ihrem Gürtel und tastete blind darin herum, bis ihre Finger auf Ton stießen. Sie zog den kleinen Behälter heraus und entkorkte ihn, ohne das Monster aus den Augen zu lassen.

Der Mantikor fing es geschickt auf und beugte sich darüber. Ein feiner Speichelfaden löste sich aus seinem Maul und es dauerte eine Weile, bis es ihm gelang, das Gefäß ausreichend mit dem durchsichtigen Sekret zu füllen. Er stellte es gegen einen Kiesel gelehnt zu Boden und kroch dann rückwärts, damit sie es holen konnte.

»Das Gegengift ist in meinem Speichel enthalten«, erklärte er. »Normalerweise hätte ich eine vergiftete Wunde mit der Zunge gereinigt, aber so sollte es auch funktionieren.«

Rhenawen bückte sich und verkorkte das Tontöpfchen wieder. »Ich danke dir.«

Er schnaubte. »Danke mir nicht. Kein Mensch sollte einem Monster zu Dank verpflichtet sein.« Dann suchte er erneut Neros Blick. »Werdet ihr jetzt gehen, wo ihr habt, was ihr wolltet?«

Die Finger des Magiers zuckten und er wirkte unentschlossen, doch schließlich nickte er.

Der Mantikor blinzelte erleichtert. »Gut.«

Rhenawen trat einige Schritte zurück und wollte sich abwenden, hielt dann aber inne. Er bot einen jammervollen Anblick. Die Verbrennung glänzte matt im Sonnenlicht und sein verbliebenes Auge war glasig vor Schmerz.

»Ich kann dein Leiden beenden, wenn du es wünschst«, bot sie leise an.

Der Mantikor verharrte still, als würde er zögern, doch dann seufzte er tief. »Nein. Ich werde nicht hier sterben.« Er wandte den Kopf und blickte ins Grün der unter ihnen ausgebreiteten Wälder.

»In der Nähe gibt es einen Teich, wo ich warten werde. Ich will, dass es dort geschieht.«

Auch nachdem er davongeflogen war, schwiegen sie noch lange, beide in ihre eigenen Gedanken vertieft. Beinahe spürte Rhenawen so etwas wie Bedauern, dass der Mantikor diese Welt bald verlassen würde.

»Was war das denn gerade?«, unterbrach der Magier schließlich die Stille und sie drehte sich zu ihm um. »Warum wollte er uns das hier zeigen«, er wies in einer ausschweifenden Geste auf das Nest und den verwesenden Leichnam, »wenn wir bloß Beute für ihn sind?«

Die Frage hatte einen provozierenden Unterton. Er würde ihre Bemerkung bezüglich des Toten nicht so schnell vergessen, das wusste sie.

»Vielleicht wollte er Euch die Gelegenheit geben, Eure Toten zu ehren. Und vielleicht soll Euch dieser Schauplatz einen neuen Blickwinkel auf diese Welt geben.«

»Wie das?«, fragte er mit hochgezogenen Augenbrauen.

Rhenawen bückte sich neben das Nest und strich über die feine, kunstvoll verflochtene Konstruktion. »Wisst Ihr, was hier genistet hat? Ein Königsgreif. Ich dachte, sie wären in den besiedelten Gebieten inzwischen völlig ausgerottet worden. Wer immer dieses Nest zerstört hat, sie waren Narren. Sie hätten sie in Frieden lassen sollen.«

»Sie hatten wohl Angst vor Überfällen.«

Sie spürte Neros Blick im Nacken. »Unbegründet.«

»Ach wirklich?«, knurrte er.

Diesmal wandte sie sich zu ihm um. Blaue Funken tanzten um seine Fingerspitzen, doch er schien es gar nicht zu bemerken. Ihre Bemerkung fasste er anscheinend als die Provokation auf, die sie war. Ihre rechte Hand schloss sich um den Griff des Dolches.

»Was wollt Ihr von mir hören?«, fragte sie gehässig. »Wie leid es mir doch tut, dass es nun einige Magier weniger auf der Welt gibt?«

»Menschen«, korrigierte er sie eisig.

Ihre Mundwinkel zuckten. »Meinetwegen, wenn Ihr Euch dann besser fühlt. Worüber genau seid Ihr eigentlich so aufgebracht? Weil ich eine Meinung geäußert habe, die Euch missfällt?«

»Weil du keinen Respekt vor den Toten hast.«

Sie lachte. »Die Toten interessiert es nicht, ob ich respektvoll über sie spreche oder nicht.« Ihr lag noch mehr auf der Zunge, aber sie zwang sich dazu, es nicht auszusprechen.

Atme tief durch. Die Worte, die Griffin ihr immer wieder eingebläut hatte, hallten ihr erneut durch den Kopf. *Und behalte deine Gefühle für dich.*

Sie entkrampfte ihre Muskeln und ließ die Hand wieder sinken, ehe sie zu einem versöhnlichen Ton ansetzte. »Ich glaube, Ihr habt meine Aussage falsch aufgefasst. Ihr wisst zu wenig über die Greife, um zu verstehen, auf was ich anspielen wollte. Ihre Rasse wurde in Eurem Reich nicht ausgerottet, weil sie Vieh stahlen oder Wanderer angriffen. Habt Ihr Euch nie gefragt, weshalb sie Königsgreifen heißen? Nicht wegen ihres farbenprächtigen Gefieders. Nein, es sind ihre Eier. Unter der äußeren Kalkschicht verbirgt sich ihr wahrer Wert.«

Sie nahm einen Schalensplitter und kratzte mit dem Fingernagel die äußerste Kalkschicht ab, unter der eine goldene Färbung aufblitzte. »Sie sind so etwas wie der lebende Stein der Weisen. Keiner legt sich zum Spaß mit einem ausgewachsenen Greifen an, wenn er nicht einen Lohn dahinter wittert.« Sie ließ die Eierschale wieder zu Boden fallen. »Blutiges Gold«, zischte sie angewidert. »Ich werde also nicht jene in Schutz nehmen, die zuerst angreifen. Dieses Blutbad haben die Menschen selbst verschuldet. Und auch die Toten haben sie auf dem Gewissen.«

Neros Schultern schienen sich wieder zu entspannen. »Ich verstehe.«

Nein, das tut Ihr nicht, dachte sie, sagte aber nichts.

Aus dem Augenwinkel fiel ihr etwas auf und neugierig stieg sie in das Nest. Dort, halb verborgen von einem Knochenhaufen, lag ein unberührtes Ei.

Kein Wunder, dass sie es übersehen haben. Es ist winzig. Es sieht nicht so aus, als würde das Küken jemals schlüpfen.

Dennoch streckte sie die Hand danach aus und nahm es an sich. Sie bewunderte den perlmuttartigen Schimmer, der darüber lag.

»Du willst einen Greif aufziehen?« Der milde Spott in seinen Worten reizte sie bis aufs Blut.

»Wieso nicht?«, entgegnete sie. »*Mich* wird dieser Greif nicht fressen.«

»So.«

Das Mädchen kletterte aus dem Nest und ließ ihren Blick in die Ferne schweifen, über das weite Land, das sich unter ihnen ausbreitete und in goldenes Licht gebadet war.

»Wir haben genügend Zeit verschwendet. Die anderen werden sich schon fragen, ob wir als Frühstück geendet haben.«

Mit Blindheit geschlagen

SAM

Als Sam aus seiner Ohnmacht erwachte, war es um ihn herum noch dunkel. Es dauerte einen Augenblick, bis er begriff, dass der weiche Untergrund, auf dem er lag, eine Matratze war. Er tastete nach seinen Augen und fühlte den rauen Stoff eines Verbandes. Stöhnend versuchte er, sich aufzusetzen, zuckte jedoch zusammen, als ihm ein stechender Schmerz durch die Brust fuhr.

»Beweg dich nicht«, wies ihn eine sanfte Stimme an. Er erkannte sie als die von Heidrun. »Warte, lass mich dir aufhelfen.«

Er spürte ihre Hände im Rücken, wie sie ihn langsam aufrichteten. Ein leiser Schmerzenslaut entfuhr ihm, als er den Oberkörper hob. »Was … ist passiert?«, stieß er keuchend hervor. »Es tut weh …«

Er verkrampfte sich und presste die Augenlider unter der Binde fest zusammen, aber selbst das verursachte ihm Schmerzen.

Vor seinem inneren Auge blitzte eine Szene auf, in der eine Faust auf ihn zugeflogen kam und gegen seinen Kopf krachte. *Henrik*, dachte er.

»Versuch, dich zu erinnern, und erzähl mir, was du noch weißt.«

Die Hände ließen ihn wieder zurücksinken und er spürte weiche Kissen im Rücken, die ihn stützten. Der Schmerz ebbte langsam wieder ab.

»Ich war auf dem Weg zurück … und dort hat Henrik mir aufgelauert. Wir haben uns geprügelt, aber Delia hat uns gefunden. Wir stammen aus derselben Stadt«, fügte er erklärend hinzu. »Und dann …« Glänzendes Fell, gräulich gefärbt von der Nacht. Ein wildes Kreischen wie das eines Raubvogels. »Ein Ungeheuer. Es hat uns angegriffen … Wie bin ich hierhergekommen? Wo bin ich?«

»Du bist in dem Gasthaus, in dem die Sucher untergekommen sind. Der Mantikor hat dich übel zugerichtet. Du hast tiefe Schnitte in der Brust. Auf dem Weg hierher wärst du uns beinahe verblutet, aber du bist jung und zäh. Keine Sorge, du schwebst nicht länger in Lebensgefahr. Trotzdem solltest du dich schonen.«

»Mein Gesicht …« Wieder tastete er nach der Augenbinde. »Warum ist es verbunden?«

Ein kurzes Schweigen entstand, ehe die Kräuterfrau ihm antwortete, und es ängstigte ihn mehr, als er sich eingestehen wollte. »Die Verletzungen in deinem Gesicht haben wir mit Salben behandelt, denen das Sonnenlicht nicht guttut. Versuch nicht, den Verband abzunehmen, bevor wir es dir erlauben. Du musst deiner Haut die Zeit geben, zu heilen.«

»Wie schlimm ist es?«, hakte er nach.

»Das wird sich zeigen.«

Sam versuchte, mehr Informationen aus ihr herauszuholen, doch sie wich seinen Fragen immer wieder aus wie eine Forelle, die er mit bloßen Händen zu fangen versuchte. Schließlich gab er es auf und ließ sich in die Kissen zurücksinken. Er war zu müde, um sich weiterhin Sorgen zu machen.

Die nächsten Tage verschlief er größtenteils. Seine Freunde ließen sich hin und wieder in seinen wachen Stunden blicken und berichteten ihm, was außerhalb seines Zimmers vor sich ging.

Die Sucher waren inzwischen wieder aufgebrochen, nachdem die Ausgesonderten begonnen hatten, Fragen zu stellen. Nie zuvor hatten sie so lange an einem Ort verharrt. Sie würden vorausreiten und ihre kleine Gruppe sollte sie später einholen, wenn er und Henrik wieder im Stande wären zu reiten.

Der Metzgerjunge, so erzählten sie, war kurz vor ihm erwacht. Doch auch er musste weiterhin das Bett hüten und so pendelte Delia jeden Tag zwischen ihm und Sam hin und her.

»Er wird sich schnell wieder erholen«, versicherte sie Sam. »Ihn hat es längst nicht so schlimm erwischt wie dich. Auch wenn er einiges von seinem guten Aussehen eingebüßt hat.« Bei diesen Worten hatte ihre Stimme unmerklich gezittert.

Wie sehe ich wohl unter dieser Binde aus?, fragte er sich besorgt. Würde Delia sich an einem narbigen Gesicht stören?

Jared besuchte ihn jeden Morgen und blieb oft stundenlang an seinem Bett sitzen. Als er Sam bat, ihm seine Geschichte zu erzählen, tat der Junge es. »Wir waren auf Patrouille an der östlichen Seite der Schlucht. Wir hatten erfahren, dass Späher aus Jarnwid die Grenze überschritten hatten, und sollten sie aufspüren. Aber sie haben uns zuerst gefunden. Wir wurden überfallen, als der Morgennebel uns noch die Sicht trübte, und in ein heftiges Scharmützel verstrickt. Ich wurde zurückgedrängt und einer der Kerle gab mir einen kräftigen Stoß, der mich über die Klippe beförderte. Ich stürzte mehrere Fuß tief, landete jedoch zu meinem Glück auf einem Felsvorsprung. Es hätte nicht viel gefehlt und ich wäre in den Abgrund abgerutscht. Bei meinem Fall stieß ich mir den Kopf und erwachte erst, als es schon dunkel wurde. Sie waren alle schon fort und ich war allein.«

»Sie haben nicht versucht, dich zu finden?«, fragte Jared ungläubig.

»Doch, natürlich. Ich hörte sie rufen, nachdem ich wieder hinaufgeklettert war. Aber ich wusste, das war meine Chance. Niemals kämen sie auf den Gedanken, ich würde nicht zurückkehren, wenn ich es überlebt hätte. Dafür waren Salem und Derek viel zu überzeugt von ihrem Einfluss auf mich. Also machte ich mich auf den Weg nach Süden. Ich hatte mir in den Kopf gesetzt, das Grenzgebirge zu erreichen. Unterwegs schloss ich mich immer wieder den Banden der Straßenjungen an, um einen trockenen Unterschlupf für die Nacht und einen Brotkanten zum Essen zu finden. Irgendwann musste ich einsehen, dass ich so nicht weitermachen konnte, und blieb in einer der Städte. Vermutlich wäre ich noch immer dort, wenn nicht ein Söldner auf mich aufmerksam geworden wäre, als ich ihm die Taschen leeren wollte. Er bot mir an, mich fortzubringen, nachdem ich ihm gestanden hatte, woher ich kam. Lawson hat mich nach Eschenbach gebracht und dort bin ich geblieben, bis die Sucher kamen.«

Als Jared ihn weiter nach dem Ort ausfragte, in dem er Unterschlupf gefunden hatte, erzählte er ihm bereitwillig von seinem Leben dort. Sein Freund konnte kaum glauben, dass er eine Lehre als Müller angetreten hatte, und lachte, als Sam ihm von seiner Leidenschaft für das Backen erzählte.

»Das klingt so unwirklich in meinen Ohren«, gestand er. »Wie hast du bloß in diese Normalität zurückgefunden?«

»Sagen wir, ich habe mir Freunde gesucht, die mir dabei geholfen haben.«

»Anscheinend habe ich für diese Art von Freundschaft kein gutes Händchen«, bemerkte Jared. »Schon mit dir hatte ich das nicht, was? Du bedeutest nur Ärger, wenn du dich nun auch schon mit den Suchern abgibst.«

Es tat gut, sich wieder mit Jared zu unterhalten, und so merkte Sam kaum, wie die Tage vergingen. Heidrun kehrte schon bald in ihre Hütte zurück, um sich wieder ihren Verpflichtungen gegenüber dem Dorf zu widmen.

»Du hast hier genügend Heiler um dich herum, da bin ich überflüssig«, erklärte sie ihm. »Leb wohl, Sam. Ich hoffe, du bist bald wieder auf den Beinen.«

Er dankte ihr für alles, was sie getan hatte, und war beinahe traurig, dass sich ihre Wege nun trennten. Ihre fürsorgliche Art erinnerte ihn an Margarete.

Eines Tages, als gerade Delia und Jared bei ihm saßen, kam Argus herein und wechselte die Verbände. Jeden zweiten Tag erneuerte er die Stoffbahnen um seinen Brustkorb und seine Augen, doch immer ermahnte er ihn, die Lider geschlossen zu halten, damit er seine Tinkturen auftragen konnte.

Als er diesmal die Leinenstreifen abnahm, fühlte sich seine Haut noch immer seltsam empfindlich an. Ein kühler Luftzug vom Fenster her brachte seine Augenwinkel zum Jucken.

»Wie sieht es aus?«, wollte er angespannt wissen, während Argus ihm eine Salbe auf Stirn und Wangen auftrug, ehe er sich der unteren Augenpartie widmete.

»Die Narben sehen gut aus und werden verblassen, wenn du ihnen genug Zeit gibst. Ich denke, du brauchst die Verbände nicht mehr.«

»Seid Ihr sicher?« Jareds Stimme hörte sich angespannt an. »Mehr könnt Ihr nicht für ihn tun?«

Sam hörte ein Rascheln, als Argus sich seinem Freund zuwandte. »Wir haben alles getan, was in unserer Macht steht.«

Der Müllerbursche atmete zittrig aus und öffnete zum ersten Mal seit Tagen blinzend die Augen. Er runzelte die Stirn, denn er konnte nichts erkennen.

»Warum ist es so dunkel?«

Neben ihm sog jemand scharf die Luft ein. Vorsichtig tastete er nach seinen Lidern und fühlte die zwei langen, wulstigen Narben, die sich um sein rechtes Auge zogen wie dicke, schorfige Linien, die es umrahmten.

»Warum habt ihr keine Kerze mitgebracht?« Seine Stimme bebte leicht, als er das sagte. Nur langsam kam das Verstehen. Seine Augen waren weit geöffnet und dennoch sah er nichts.

Sam brüllte auf vor Qual. Er schleuderte die Decke beiseite und schlug die Hände zurück, die ihn aufhalten wollten. Seine Füße fanden unsicheren Halt und er ging stolpernd in die Knie, doch sofort rappelte er sich wieder auf und machte einige wackelige Schritte.

Völlig orientierungslos versuchte er, das Gleichgewicht zu halten. Panik drohte ihn zu überwältigen. Es konnte einfach nicht wahr sein!

Dann hörte er das Singen eines Rotkehlchens am Fenster und wankte auf das Geräusch zu. Irgendwie hing das alles zusammen. Wenn er nur das Fenster erreichen könnte, wäre er wieder imstande zu sehen. Dieser Gedanke kam ihm so einleuchtend vor, dass er seine Schritte beschleunigte.

Sein Fuß blieb irgendwo hängen und er schlug hin. Seine Finger strichen über die rauen Holzdielen auf der Suche nach Halt und er strengte die Augen an, um zu erkennen, was vor ihm lag. Doch so sehr er auch innerlich flehte, zu sehen, war da nichts. Nur die Dunkelheit umgab ihn von allen Seiten.

Die schreckliche Wahrheit schlug über ihm zusammen und begrub ihn unter sich. Er schrie verzweifelt auf und krümmte sich. Ein Schluchzen brach aus ihm hervor und es war ein schrecklicher, abgehackter Laut. Es hörte sich an, als würde er entzweigerissen, und genauso fühlte es sich auch an.

Ich bin blind, dachte er. *Ich bin blind.*

Wie aus weiter Ferne hörte er Delias Stimme, die erstickt war von ihren eigenen Tränen. »Es tut mir so leid, Sam, so unendlich leid.«

Finger berührten seine Schulter, doch er schlug nach ihnen. »Bleibt weg von mir! Wer auch immer du bist, bleib weg!«

Sam hörte, wie sich Schritte entfernten, und wusste instinktiv, dass es Jared sein musste. Er verübelte es ihm nicht. Er selbst könnte seinen Anblick vermutlich auch nicht länger ertragen.

Der Junge wiegte sich hin und her und ließ sich fallen, bis nichts mehr existierte als sein Kummer und die Finsternis, die ihn nie wieder loslassen würde.

JARED

Jared hockte vor der Tür zu Sams Kammer, den Kopf an den harten Pfosten gelehnt.

»Wieder hier, Jared?« Argus sah auf ihn herab und schenkte ihm ein gütiges Lächeln.

»Ich will ihn nicht allein lassen«, erwiderte er und seufzte schwer.

»Im Moment kannst du nichts für ihn tun. Komm, steh auf. Dort auf dem Fußboden nützt du niemandem etwas.«

Jared rappelte sich auf und folgte dem alten Magier nach unten in den Schanksaal. Unterwegs kamen sie an Agata vorbei, die einige Gäste zurechtstutzte, weil sie ihr zu viel Lärm beim Heruntergehen machten. Als sie sich wieder abwandte, hörte er sie leise schimpfen.

»Eine Hexe mit Hexenschuss. Das ist doch wirklich albern. Wo hat man denn schon von so etwas gehört?«

Der Junge war zu müde, um sich ein Lächeln abzuringen. Unten angekommen, blickte er sich um. Seitdem die Sucher wieder aufgebrochen waren, gab es nur noch wenige Gäste. Der Raum wirkte dadurch kleiner als zuvor, als er noch von Leben erfüllt gewesen war.

Jared entdeckte Espen und Rhenawen, die mit Nero beisammensaßen, und setzte sich zu ihnen. Auf dem Tisch zwischen ihnen lag eine Karte ausgebreitet, die ihre Krüge an den äußersten Rand verbannte.

Nero sah auf. »Du siehst furchtbar aus. Vielleicht solltest du dich eine Weile hinlegen, bevor du wieder eine Nachtwache vor Sams Tür hältst.«

Der Junge zuckte nur mit den Schultern. »Schlaflosigkeit macht mir nichts aus.«

»Unsinn«, sagte Espen und musterte ihn streng. »Du kommst nachher mit in unser Zimmer, und wenn ich dich dorthin prügeln muss. So nützt du niemandem etwas.«

»Das habe ich gerade eben schon einmal gehört.«

Argus ließ sich neben Nero auf der Bank nieder und faltete seine knotigen Hände.

»Also habt ihr euch inzwischen entschieden, ob ihr mit uns kommen wollt?«

Espen warf dem Mädchen neben ihm einen säuerlichen Blick zu. »Nein, noch nicht.«

»Das steht gar nicht zur Diskussion«, mischte sich Jared ein, noch ehe Rhenawen etwas sagen konnte. »Wir *werden* euch begleiten.«

Das Mädchen funkelte ihn böse an. »Wir waren uns noch nicht einig, Jared«, hob sie an, doch er unterbrach sie.

»Was würdest du tun, wenn dein Freund von einer Bestie angefallen wurde? Würdest du dann auch einfach wegreiten?«

Herausfordernd blickte er ihr in die Augen. Sie konnte nicht von ihm verlangen, Sam im Stich zu lassen. Nicht nach allem, was seinem Freund widerfahren war. Und selbst wenn sie es tat, er würde bleiben. Was scherte ihn dieser Stein, wenn Sam erblindet war?

Sie sah ihn lange stumm an, abschätzend, doch dann sagte sie schließlich: »Vermutlich nicht.«

Bildete er es sich ein oder hoben sich Neros Lippen zu einem triumphierenden Lächeln?

Rhenawen wandte sich wieder der Karte zu. »Ihr geht einen Umweg mit Eurem Trupp, wenn Ihr den Weg an der Küste entlang nehmt. Weshalb?«

»Weil es auch dort Dörfer gibt, denen wir einen Besuch abstatten müssen«, erklärte der Magier ungerührt. Jared fragte sich, woher sie das Selbstbewusstsein nahm, auf diese Art mit einem Mann zu reden, der sie mit einem Fingerschnippen in ein Häufchen Asche verwandeln könnte.

»Damit verlieren wir gut einen halben Monat«, stellte sie fest und warf Jared einen eindringlichen Blick zu. »Bist du sicher, dass du das willst?«

»Völlig sicher«, entgegnete er und hob das Kinn. »Das ändert gar nichts, nur dass wir jetzt einen Geleitschutz vor Diebesgesindel genießen.«

In ihren Augen glommen die unterschiedlichsten Gefühle auf, doch sie sagte nur: »Wie du meinst.«

»Du kennst dich mit Karten aus«, bemerkte Argus anerkennend. »Hast du schon viele gesehen?«

Das Mädchen fuhr mit dem Zeigefinger einen der Flüsse nach. »Gelegentlich, aber von diesem Reich längst nicht so detaillierte wie diese.«

»In Schattenhafen wirst du wohl kaum auch nur ein Buch finden, dass an die Qualität einer Karte der Gilde heranreicht«, sagte Nero und in seinen Augen blitzte es spöttisch. Natürlich hatte er ihnen ihre Geschichte nicht abgenommen.

Jared beschloss, das Thema zu wechseln. »Wird er jemals wieder sehen können?«

Er versuchte, Espens mitleidigen Blick zu ignorieren, und konzentrierte sich ganz auf Argus.

Dieser seufzte tief. »Ich fürchte, ich kann es dir nicht sagen. Sein rechtes Auge wurde von dem Gift schwer in Mitleidenschaft gezogen und wird sich vermutlich nicht wieder regenerieren können. Vielleicht könnten unsere erfahrensten Leute auf diesem Gebiet so etwas beheben, kurz nachdem der Schaden angerichtet wurde, aber selbst das ist unwahrscheinlich. Geschädigte Nerven zu heilen, ist auch unter weniger komplizierten Umständen nahezu unmöglich. Sein anderes Auge hingegen … Ich halte es für möglich, dass es sich erholen kann, aber es wird seine Zeit brauchen.«

»Verstehe«, murmelte Jared leise.

»Macht euch nicht allzu große Sorgen um ihn«, sagte Argus mitfühlend. »Er ist jung. Er wird lernen, damit zurechtzukommen.«

»Und wie?«, fragte Jared hilflos. »Er hat die letzten Tage kaum etwas gegessen und weigert sich, mit uns zu sprechen. Was ist, wenn Ihr Euch irrt? Ich glaube nicht, dass er das verkraftet.«

»Gib ihm Zeit«, riet Nero.

Die Tür zur Herberge schwang auf und ein junger Soldat trat ein. Er war ihnen als Erik vorgestellt worden und auch er hatte viele Stunden an Sams Bett verbracht.

»Unsere Vorräte sind verstaut. Wir können nun jederzeit aufbrechen«, verkündete er.

Der Magier nickte. »Gut. Der junge Henrik hat sich inzwischen wieder erholt. Es wird Zeit, dass wir weiterreisen.«

»Und was ist mit Sam?«, fragte Erik, bevor Jared es tun konnte. »Er ist noch nicht so weit, einfach weiterzumachen.«

»Er wird noch eine ganze Weile nicht so weit sein«, sagte Argus. »Aber diese Wunde wird auch nicht heilen, wenn er in einem stickigen Zimmer eingesperrt ist. Es wird ihm guttun, wieder unterwegs zu sein.«

DELIA

Sam nahm die Nachricht, dass sie am nächsten Morgen aufbrechen würden, mit einem bloßen Schulterzucken entgegen. Delia erkannte ihn kaum wieder. Er wirkte ausgezehrt. Das Frühstück lag noch immer unberührt auf einem Tablett neben ihm. Seine Miene spiegelte seine Verbitterung wider, doch was ihr am meisten Angst machte, war die Mutlosigkeit, die seine Schultern beugte.

»Du musst etwas essen, Sam«, versuchte sie es zum wiederholten Mal.

Er sah zu ihr auf, aber sein Blick war nicht fokussiert und schien durch sie hindurchzugehen.

Sein linkes Auge strahlte noch immer in dem sanften Bernsteinton, den sie kannte. Doch das andere war verblasst und hatte eine milchig blaue Färbung angenommen. Sie biss sich auf die Unterlippe und das Herz zog sich ihr zusammen.

»Warum?«, fragte er harsch. »Wozu soll ich essen?«

»Damit du morgen nicht aus dem Sattel fällst«, antwortete Jared, der hinter ihr eintrat, gefolgt von Rhenawen.

Sam brummte etwas Unverständliches und drehte den Kopf wieder zur Seite. Ansonsten machte er keine Anstalten, sich zu rühren.

»Bitte, Sam«, bat Delia. »Du musst …«

»Was?«, fuhr er sie an und sein Gesicht verzerrte sich zornig. »Ich muss lernen, damit klarzukommen? Wie soll das gehen? Keiner von euch weiß, wie das ist! Ihr seid ja nicht blind! Es ist einfach zu sagen, dass man sich daran gewöhnen soll, wenn man selbst noch sehen kann!«

Nach seinem Ausbruch trat ein angespanntes Schweigen ein. Was sollten sie schon darauf erwidern? Er hatte recht mit dem, was er sagte.

Delia musste die Tränen zurückhalten und setzte sich auf die Bettkante. Am liebsten hätte sie ihn umarmt, doch das wagte sie nicht.

Jared sah zu seinem Freund hinab und auch in seinem Gesicht sah sie die Verzweiflung.

»Es stimmt, was weiß ich schon davon? Ich kann deinen Verlust nicht nachempfinden. Aber vielleicht können wir dir trotzdem helfen, deinen Zustand zu akzeptieren. Wir können bei dir sein und vielleicht finden wir gemeinsam einen Weg, wie du lernen kannst, damit umzugehen. Außerdem kann es sein, dass der Schaden nicht von Dauer ist.«

»Dass der Schaden nicht von Dauer ist«, äffte Sam ihn nach. »Das ist doch bloß ein Hirngespinst! Worauf soll ich mir denn Hoffnung machen? Selbst wenn mein Auge sich erholt, was dann? Soll ich in Furcht davor leben, es auch noch zu verlieren, jetzt, wo ich weiß, was mich erwartet?« Sam wischte sich mit dem Ärmel über die Nase. »Nein, das könnt ihr nicht verstehen. Ich werde mich nie daran gewöhnen.« Dann fügte er leise hinzu: »Ich wäre lieber gestorben.«

»Sag so etwas nicht!«, rief Delia erschrocken. »Sag so etwas nie wieder!«

»Es ist die Wahrheit!«, rief er und raufte sich die Haare. »Das ist kein Leben mehr, sondern eine einzige Qual. Wie soll ich jemals wieder ohne fremde Hilfe zurechtkommen, wenn ihr falsch liegt? Ich bin ja nicht einmal fähig, selbstständig dieses Zimmer zu verlassen!«

»Doch, das kannst du lernen!«, entgegnete Jared und lief aufgebracht auf und ab. »Du *wirst* lernen, all das wieder zu tun, selbst wenn du nie mehr sehen kannst. Es ist nicht unmöglich, aber du musst dich darauf einlassen.«

Sam zog die Knie an die Brust und schüttelte den Kopf. »Nein. Lasst mich in Ruhe.«

Jared sah ihn einen Moment lang schweigend an, dann verließ er ohne ein weiteres Wort das Zimmer.

Rhenawen sah ihm nach, ehe sie neben den Müllerburschen trat und sich zu ihm hinunterbeugte. Delia sah, wie sich ihre Lippen bewegten, als sie ihm etwas ins Ohr flüsterte.

Sam wirkte irritiert, doch sie verabschiedete sich schon mit einem »Denk einmal darüber nach.«

Delia wartete, bis sich die Tür geschlossen hatte, ehe sie fragte: »Was hat sie zu dir gesagt?«

»Sie sagte: *Auch einem Beltrek ist es bestimmt zu sehen, auch wenn andere seinen Pfad nicht verstehen*«, antwortete er stirnrunzelnd.

»Was ist ein *Beltrek*?«

»Keine Ahnung«, entgegnete er desinteressiert.

Das Herz des Winters

SAM

Sam lehnte an dem rauen Holz und starrte ins Leere. In einiger Entfernung hörte er leise Stimmen und das Knistern eines Lagerfeuers. Der würzige Geruch nach Haferbrei wehte zu ihm herüber, doch er hatte keinen Hunger. Er genoss die letzten Momente der Ruhe, solange sie andauerte. Schon bald genug würde jede Erhebung in der Straße ihn wieder durchschütteln und er würde gezwungen sein, zuzuhören, wie die anderen sich munter unterhielten.

Nichts konnte ihn aus seiner Lethargie reißen. Sie alle hatten versucht, mit ihm zu reden. Sie hatten es mit mitfühlenden Worten versucht, mit aufmunternden und zornigen, aber irgendwann hatten sie endlich aufgegeben. Wenigstens für eine Weile. Verstanden sie denn nicht, dass ihre Worte nichts ändern konnten? Sie konnten die Finsternis nicht weichen lassen, und nichts Geringeres war nötig, um ihm den Lebenswillen zurückzugeben.

Er wurde ständig von dem Bild in seinem Kopf verfolgt, wie die Bestie geifernd über ihm stand. Die Zähne glänzten nass im Mondlicht und das Gift tropfte ihm ins Gesicht.

Jeden Tag redete er sich ein, es sei nur vorübergehend und er würde irgendwann wieder im Stande sein, zu sehen. Nur diese Hoffnung verhinderte, dass er sich völlig aufgab.

Er fragte sich, wann sie ihn wohl holen kommen würden. Die Vögel hatten vor einer Weile angefangen zu zwitschern. Es musste also ein neuer Tag angebrochen sein.

Ein neuer Tag, dachte er dumpf. *Genauso finster wie alle vorangegangenen.*

Der Junge vergrub das Gesicht in den Händen. Er bereute es, seine Freunde so abweisend zu behandeln, aber er konnte ihre Anwesenheit kaum ertragen. Ständig malte er sich aus, wie sie ihn wohl ansehen mochten, jetzt, da er in ihren Gesichtern nicht mehr lesen konnte.

Sam fürchtete, ihr Aussehen zu vergessen. Zu vergessen, wie das Sonnenlicht sich auf einer Wasseroberfläche brach oder wie das Grün der Blätter nach einem Regenguss aussah. Würde er irgendwann sogar die Farben vergessen, die ihn umgaben?

Es schmerzte jedes Mal, wenn ein Ausruf an seine Ohren drang, dass man etwas entdeckt habe, dem das Getrappel von Hufen folgte, die alle in dieselbe Richtung eilten.

Nur wenn er träumte, konnte er seine Umgebung noch vor sich sehen, wenn auch verschwommen, aber wer wusste schon, ob diese Träume für immer bleiben würden? Vielleicht würde er in ein paar Jahren selbst im Schlaf in der Dunkelheit umherirren. Diese Vorstellung bereitete ihm Übelkeit.

Was ihm jedoch Gesellschaft leistete, seit er von seiner Blindheit hatte erfahren müssen, war die Frage, ob es hätte verhindert werden können. War Henrik schuld daran, dass es so weit gekommen war, oder hätte der Mantikor ihm ohnehin aufgelauert? War er erst durch ihre lauthalse Auseinandersetzung angelockt worden? Was wäre geschehen, wenn Delia nie aufgetaucht wäre? Hätte er dann fliehen können oder wäre er im Kampf gestorben?

Ich wünschte, ich wäre tot.

Er presste die Lider fest zusammen und seine Schultern zuckten unkontrolliert unter seinen lautlosen Schluchzern.

Es wäre besser, wenn ich tot wäre. Für alle Beteiligten. Ich bin zu einer Last geworden.

Sam drehte den Kopf in die Richtung, in der er das Lagerfeuer vermutete. Die Vögel sangen noch immer. So unbeschwert, als würden sie kein Übel dieser Welt kennen. Ihr Gesang schien sich unerbittlich in ihn hineinzubohren, bis er es nicht länger ertrug.

Sie sollen aufhören. Sie sollen damit aufhören!

Plötzlich blitzte ein Bild vor seinen Augen auf. *Er sah hinauf in die Äste eines kahlen Baumes und erspähte darin die graubraunen Leiber einiger Spatzen. Er leckte sich über die feuchte Nase und huschte durch die Speichen eines Rades hindurch, um sie besser im Blick zu haben.*

Die Vögel verstummten für einen Augenblick, als würde ihnen die Luft wegbleiben. Dann stieß einer einen schrillen Warnruf aus.

Sam zuckte zusammen und fuhr auf. Schwer atmend versuchte er, wieder nach diesem Eindruck zu greifen, und streckte unwillkürlich eine Hand in die Leere vor ihm aus.

Er sah den Vögeln nach und keckerte verärgert. Flink schlängelte er sich durch das hohe Gras und kletterte an dem Rad empor, um dann auf die Wagenkante zu springen. Das Holz gab unter seinen scharfen Krallen nach, als er sich hochzog. Er trippelte näher. Es roch nach abgestandenem Fell und seine Schnauze zuckte beunruhigt, doch die Fährte war alt, ungefährlich. Die Farben um ihn herum waren seltsam gebrochen, doch er erkannte einen Jungen, der glasig in die Ferne starrte. Sein Gesicht war völlig regungslos und lag halb im Schatten. Neugierig legte er den Kopf schief, doch ein heftiges Zusammenzucken des Jungen ließ ihn die Flucht ergreifen.

Erregung durchfuhr ihn und Sam landete wieder in seinem eigenen Körper. Noch immer zuckten Bildfetzen vor seinem inneren Auge auf und er begriff, dass es der Marder dort draußen war, der das sah.

»Jared!«, rief er und drehte sich hektisch zu allen Seiten um. »Jared!«

Es dauert nicht lange, bis er sich nähernde Schritte und keuchenden Atem hörte.

»Was ist denn los?«, hörte er Neirins aufgeregte Stimme fragen. »Was ist passiert?«

»Jared?«, wiederholte Sam. »Bring ihn her, bitte!«

Die Dringlichkeit in seiner Stimme verhinderte, dass der Dieb ihn mit Fragen überschüttete. Stattdessen hörte er nur ein: »Er schläft noch. Bin gleich wieder da.« Dann entfernten sich seine Schritte auch schon wieder und das Gras raschelte trocken, wenn seine Füße es streiften.

Aufgeregt setzte Sam sich auf und versuchte, ruhig zu bleiben. Endlich hörte er das Fußgetrappel mehrerer Menschen und schon erfüllten Stimmen die Luft.

»Sam, alles in Ordnung?« Delia klang ängstlich, was sein Herz dazu brachte, einen kleinen Hüpfer zu vollführen.

»Tut mir leid«, sagte Neirin. »Sie wollten alle mitkommen …«

»Das ist jetzt egal«, schnitt Sam ihm das Wort ab. »Ist Jared hier?«

»Ja«, erklang dessen Stimme. »Was ist los?«

»Ich … ich kann *sehen*!«

»Was?«, fragte Jared ungläubig und weitere Stimmen schlossen sich ihm an.

»Ich weiß, was sie damit gemeint hat!«, entfuhr es ihm aufgeregt. »Dee, ich weiß es endlich! Ich kann sehen, wenn auch nicht mit meinen Augen, aber mit *ihren*!«

»Wovon genau redet ihr da?«, mischte sich Espen ein. »Wieso scheint hier allen ein Licht aufzugehen außer mir?«

»Sam ist ein Leibwechsler«, erklärte Jared. Er klang andächtig. »Seine Fähigkeit ist nicht verloren gegangen. Er kann noch immer in die Tiere um sich herum hineinschlüpfen.«

»Sie können für ihn sehen«, begriff Espen. Er hörte sich völlig verblüfft an.

»Das ist ja fantastisch, Sam!«, rief Delia aus und er spürte ihre Hand, die seinen Arm drückte.

Er senkte den Kopf. »Es wird trotzdem nicht dasselbe sein.«

»Es ist besser, als auf ewig blind zu sein«, erwiderte Espen pragmatisch, doch im nächsten Moment stieß er einen unterdrückten Schrei aus.

»Halt bloß die Klappe«, knurrte Jared.

»Espen, du schaffst es immer, meine Stimmung zu heben«, murrte Sam und verzog das Gesicht zu einer Grimasse. »Muss an deiner feinfühligen Art liegen.«

Er hörte, wie Delia leise lachte und auch er konnte ein Lächeln nicht unterdrücken.

»Ich wollte diese Gabe niemals besitzen«, murmelte er und Unsicherheit überkam ihn.

»Nein«, ertönte Rhenawens klare Stimme, »aber vielleicht wirst du jetzt lernen, sie als Geschenk zu betrachten. Du wirst besser werden, je länger du übst. Irgendwann werden die Bilder schärfer werden, voller Farben und Leben. Vielleicht wirst du auch lernen, deinen Körper nicht länger in Trance halten zu müssen, wenn du es tust.«

»Werdet ihr mir helfen?«, fragte Sam ein wenig verschüchtert, nachdem er ihre Bemühungen die ganze Zeit über abgewiesen hatte.

»Wenn du es möchtest«, sagte Jared und klang dabei ungemein erleichtert.

»Ja.«

LUNE

Der ewige Regen hatte endlich aufgehört und durch ihre neuesten Reisegefährten verlief die Weiterreise geselliger als zuvor. Espen und Jared erzählten wilde Geschichten von jenseits des Gebirges und in ihrer kleinen Gruppe trauten sie sich wieder, laut miteinander zu lachen und zu scherzen.

Lune begriff noch immer nicht, wie es dazu gekommen war, dass Jared nun Neros Kohlfuchs ritt. Espen und er hatten den Magier am Tag vor dem Aufbruch der Sucher in die Stallungen begleitet. Delia und sie hatten dabei zugesehen, wie sie die verschiedensten Tiere begutachteten. Espen hatte offensichtlich keine Ahnung von Pferden, doch Jared hatte hin und wieder Fragen gestellt, die erkennen ließen, dass er zumindest wusste, worauf es beim Pferdekauf ankam.

Schließlich waren sie darin übereingekommen, dass Espen eine Stute mit goldgelbem Fell nehmen sollte, deren Mähne weiß war wie Sahne. Melisse war ein schönes, schlankes Tier mit langen Beinen und laut dem Magier eine ausdauernde Läuferin. Bei Jared war es schwieriger gewesen, ein passendes Reittier zu finden. Die meisten Pferde waren von geringer Wuchshöhe, wie sie bevorzugt in unwirtlichen Gegenden gezüchtet wurden. Lune vermutete, dass sie den Ausgesonderten entgegenkommen sollten, da die meisten von ihnen noch nie auf einem Pferd gesessen hatten, ehe sie fortgebracht wurden. Schließlich hatte der Junge mit einer gescheckten Stute geliebäugelt, doch Nero hatte nur den Kopf geschüttelt und ihn zu dem Kohlfuchs geführt.

»Drück die Fersen runter, Es!«, rief Jared dem Jungen im Vorbeireiten zu, der schon wieder aus einem Steigbügel gerutscht war und bedenklich im Sattel schwankte.

Espen brummte, dass er es verstanden habe, sah aber nicht sonderlich glücklich aus. Melisse war ein eigenwilliges Tier und nutzte jede Unachtsamkeit gnadenlos aus. Dennoch schien sie ihm ans Herz gewachsen zu sein. Lune hatte am Abend zuvor beobachtet, wie er ihr heimlich einen Apfel zugesteckt hatte.

Hinter ihnen folgte in einigem Abstand ein Karren, der von zwei Ochsen gezogen wurde. Argus saß gemeinsam mit Agata auf dem Kutschbock und immer, wenn man in ihre Nähe kam, konnte man hören, wie sie sich angeregt über die Kräuterkunde austauschten.

Während die übrigen Jungen herumalberten, gesellten sich Lune und Delia oft zu Sam auf den Karren. Gemeinsam unterhielten sie sich über Eschenbach und die Zeit, während der Lune verschwunden gewesen war. Häufig hielten sie auch an und Sam rief einen Vogel herbei, der sie dann von seinem Schoß aus neugierig beäugte. Einmal ließ er eine Schwalbe auf Delias Finger landen und sie lachte vergnügt. Doch er war immer schnell erschöpft und gönnte sich danach für den restlichen Tag ein wenig Ruhe.

Die Sucher bildeten nicht länger einen Kreis um sie, sondern ließen sich meist ein Stück zurückfallen. Auch sie wirkten entspannter und hin und wieder löste sich Erik von ihnen und schloss sich den Albernheiten der Jungen an. Erst da wurde Lune wirklich bewusst, wie jung er war.

Nur Rhenawen hielt sich auch weiterhin abseits von allen und vermied stoisch jeden Annäherungsversuch. Da war eine Kälte in ihren Augen, die Lune frösteln ließ. Ihr Unbehagen verstärkte sich noch, wenn ihr Blick auf das Schwert fiel, das nun sichtbar an Rhenawens Sattel befestigt war. Die Erinnerung, wie das Mädchen mit ihrer glühenden Klinge den Mantikor angegriffen hatte, stand ihr noch zu deutlich vor Augen, als dass sie sich in ihrer Gegenwart hätte wohlfühlen können.

Wenn sie sich abends zum Schlafen legten, zog sich Rhenawen stets mit ihren beiden ungleichen Gefährten an ein eigenes Lagerfeuer zurück.

»Worüber denkst du nach?«, unterbrach Neirin ihre Gedanken und lenkte seinen Falben neben Baldur, der sich mit dem anderen Pferd beschnupperte.

»Nichts«, antwortete sie ausweichend.

»Erik meinte, wir würden bald anhalten«, informierte er sie. »Es wird schon dunkel und die Pferde sind unruhig heute.«

»Es herrscht ja auch ein fürchterliches Wetter«, meinte sie und schaute zum Himmel auf, der von sturmgrauen Wolken bedeckt war. Schon den ganzen Tag über hatte es nicht aufgeklart und immer wieder zuckten bläuliche Blitze über den Himmel, die die Wolken in ein gespenstisches Licht tauchten. Über der Moorlandschaft, die sie durchquerten, wirkte dieses Schauspiel unheimlich und bedrohlich.

»Ich bin in einer Gegend wie dieser aufgewachsen«, sagte Neirin unvermittelt und sah sich wehmütig um.

»Wirklich?«, fragte sie neugierig. Sie hatte gewusst, dass er nicht in Eschenbach geboren war, aber bisher hatte er dieses Thema nie freiwillig angeschnitten. »Erzähl mir davon.«

Der Dieb besah sich den Untergrund, der nur kümmerlich bewachsen war. »Würdest du mir glauben, wenn ich dir sage, dass ich außerhalb unseres Dorfes immer Frösche mit meinen Freunden gefangen habe?«

Er grinste, als sie die Nase krauszog. »Echt? Glitschige Frösche?« Sie schüttelte sich.

»Klar doch. Von denen gab es viele in den Sümpfen rund um unser Dorf. Wir haben immer im Dickicht auf sie gelauert oder uns Methoden ausgedacht, wie wir sie in einen Kochtopf locken könnten.«

»Das ist … ekelhaft«, kicherte sie.

»Fanden die Mädchen bei uns nicht. Die wollten unbedingt mitmachen, auch wenn wir sie nie dabeihaben wollten.«

»Wieso …?« Auf einmal verstummte Lune. Sie wusste nicht genau, was sie innehalten ließ, bis sie der Stille um sich herum gewahr wurde. Jegliches Gespräch war verstummt. Selbst die Kröten hatten aufgehört zu quaken und kein Windhauch ging mehr durch das spärliche Gras. Erst jetzt spürte sie die Kälte, die in jeden ihrer Knochen einzudringen schien. Fröstelnd schlang sie die Arme um den Körper. Hinter ihr wieherte ein Pferd und das Geräusch schallte unnatürlich laut über das Moor.

Lune drehte sich nach den Erwachsenen um. Die Soldaten wirkten angespannt und selbst Nero sah sich wachsam um. Sie alle schraken zusammen, als sich ein Rabe krächzend aus einem kahlen Baum schwang und davonflog.

»Was ist denn?«, hörte sie Sam leise an Delia gewandt fragen, die ihm eine Hand auf den Arm legte, damit er wieder verstummte.

Sie ritten weiter, obwohl es zusehends dunkler wurde. Schon bald verließen sie die offene Ebene und ritten in einen kargen Wald hinein, dessen Bäume noch keine Blätter trugen.

Es knackte unter den Hufen ihres Wallachs und sie sah hinab. Der Boden war gefroren und das Laub zerfiel unter den schweren Leibern zu kristallenen Spänen. Ihr Atem bildete weiße Wolken in der Luft.

Von vorne her ertönte ein unterdrückter Fluch. »Bei allen Rachegeistern …!«

Jared hatte sein Ross gezügelt und starrte ungläubig nach vorn. Als sie aufschlossen, schlug sich Lune eine Hand vor den Mund und drehte sich weg, aber der Anblick schien sich in die Innenseite ihrer Lider eingebrannt zu haben.

Vor ihnen lag eine kleine Ansammlung von Häusern, ein winziges Dorf in dieser trostlosen Landschaft, das niedergebrannt worden war. Die eingestürzten Dächer waren vom Raureif bedeckt und Eiszapfen hingen von den geborstenen Balken herab, die wie Zähne aus den klaffenden Löchern ragten.

Kleine Schneeflocken tanzten durch die Luft und es fühlte sich an, als bissen sie Lune in die Haut, wenn sie auf ihrem Gesicht landeten. Die kleinen Schlüsselblumen am Wegesrand waren zu eisigen Figuren erstarrt und glitzerten im letzten Tageslicht. Noch immer hing der Geruch von Feuer in der Luft. Es sah aus, als wäre das Dorf im Herzen des Winters gefangen.

Das Schlimmste jedoch waren die reglosen Bündel, die seltsam verdreht vor den Hütten lagen.

Obwohl Lune noch nie einen Leichnam erblickt hatte, musste sie nicht genauer hinsehen, um zu wissen, was dort lag.

Zitternd wagte sie es, sich wieder nach vorn zu wenden. Neirin neben ihr war erstarrt und seine Augen waren weit aufgerissen. Unwillkürlich griff sie nach seiner Hand und drückte sie fest.

Ein Habicht flog dicht über ihre Köpfe hinweg und landete vor dem reglosen Körper einer Frau, in deren starres Gesicht das blanke Entsetzen geschrieben stand. Sam keuchte erschrocken und verlor die Kontrolle über den Raubvogel, der mit einem empörten Kreischen wieder in den Himmel aufstieg.

»Was ist hier bloß geschehen?«, stieß Espen gepresst hervor. Seine Hände hielten die Zügel so fest umklammert, dass die Knöchel weiß hervortraten.

»Das sieht man doch.« Jareds Stimme war düster. »Sie wurden abgeschlachtet, alle. Wer auch immer das getan hat, sie haben das ganze Dorf niedergemetzelt und dann in Brand gesteckt.«

»Warum?«, flüsterte Delia, die kreidebleich geworden war. »Wer tut so etwas?«

Darauf hatte niemand von ihnen eine Antwort. Selbst die Soldaten verharrten in bedrücktem Schweigen. Einer von ihnen presste die Lippen auf seine Fingerknöchel und hielt sie in die Höhe. Ein veralteter Abschiedsgruß an die Toten.

»Nein«, hörte Lune jemanden hinter sich flüstern. »Das kann nicht sein.«

Als sie sich nach der Stimme umsah, erkannte sie Rhenawen, die gerade erst zu ihnen aufgeschlossen hatte. Sie starrte zu den verkohlten Hütten hinüber, doch es wirkte so, als würde sie dort etwas völlig anderes sehen als Lune. In ihren jadegrünen Augen blitzte Schmerz auf und … war es Furcht?

»Weißt du, was hier passiert ist?«, fragte Lune sie.

Rhenawen zuckte zusammen, als wäre sie aus längst vergangenen Erinnerungen gerissen worden und bräuchte kurz, bis sie wieder in der Wirklichkeit angekommen war. Alle starrten sie an. Sie straffte die Schultern.

»Woher sollte ich das wissen?«, gab sie brüsk zurück, doch ihre Stimme zitterte leicht. »Banditen, Plünderer, es könnte jeder gewesen sein.«

Lune glaubte ihr nicht, doch sie ging nicht weiter darauf ein. Ohnehin wusste sie nicht, wie sie diesem Mädchen etwas entlocken sollte, das es nicht gewillt war, preiszugeben.

»Welcher Bandit wäre zu so etwas fähig?«, fragte Neirin leise, doch seine Stimme hallte ungewohnt laut in der Stille dieses Ortes.

»Ihr seid nicht mehr in eurer kleinen Stadt, abgeschottet von der Welt«, sagte Jared. »Die echte Welt dort draußen sieht ganz anders aus. Sie hat ein hässliches Gesicht und ist grausam und brutal. Das solltet ihr besser schnell lernen, wenn ihr hier draußen überleben wollt.«

Lune starrte ihn an, konnte kaum glauben, was sie da hörte. Sollte das, was er da beschrieb, die Welt sein, in der sie lebte? Wie konnte er glauben, was er da sagte? Doch in seinem Gesicht sah sie nicht den Schock der anderen, sondern bloß tiefsitzende Traurigkeit, als würde er diesen Anblick viel zu gut kennen.

Unwillkürlich fragte sie sich, was ihn so weit getrieben hatte und wie lange es gedauert haben mochte, ehe er seine Kindheit hatte abwerfen müssen. Sie konnte nicht glauben, dass er schon immer so gewesen sein sollte. So abgeklärt, so ernst, so … unglücklich.

Ich sollte Sam nach ihm fragen, dachte sie. *Vielleicht verstehe ich ihn dann besser.*

In diesem Moment wirkte er unglaublich alt und gebrochen. Es überraschte sie, als ihr klar wurde, dass sie tiefes Mitleid für diesen Jungen empfand.

So will ich die Welt niemals sehen.

Lune schrak zusammen, als hinter ihr dumpf etwas auf die gefrorene Erde aufschlug. Rhenawen war abgesessen und beugte sich bereits zu einem der Bündel hinunter.

»Was machst du da?«, fragte Espen. Seine Stimme klang seltsam dünn in der kalten Luft.

»Vielleicht gibt es Überlebende«, antwortete sie, ohne sich umzusehen. Sanft drehte sie den erschlafften Körper auf den Rücken und legte das Ohr an seinen Mund, um auf den Atem zu lauschen. Dann schloss sie dem Toten die Augen und erhob sich wieder, um zum nächsten zu gehen. Ihr Gesicht zeigte dabei keine Regung. Es war wie aus Stein gemeißelt.

Jared schloss sich ihr wortlos an und Nero und die Soldaten taten es ihm gleich.

Irgendwann stieg auch Lune ab und irrte gemeinsam mit ihren Freunden umher. Sie konnte den Anblick beinahe nicht ertragen und musste sich nach dem dritten Leichnam an einem Türpfosten abstützen. Als sie aufsah, fiel ihr Blick ins Innere der Hütte. Dort lag eine junge Frau auf dem Fußboden, erstarrt von der Kälte. Braune Strähnen fielen ihr in das bleiche Gesicht, während ihre leuchtend blauen Augen leer an die Decke starrten. Mit den Armen hielt sie einen Säugling umklammert, aus dessen Rücken ein Pfeil ragte.

Bei diesem Anblick musste Lune sich übergeben. Sie erbrach sich auf die Türschwelle und fiel schluchzend auf die Knie, die Hände vors Gesicht geschlagen, um nicht länger sehen zu müssen.

Welcher Gott ließ so etwas geschehen? Woher kam nur all diese Ungerechtigkeit, die es zuließ, dass ein neugeborenes Kind sterben musste, noch ehe es sein erstes Wort gesprochen hatte?

Sie spürte eine warme Hand im Rücken. Starke Arme halfen ihr auf und führten sie ein Stück abseits, wo sie sich gegen eine eingefallene Hüttenwand sinken ließ, ohne die Toten sehen zu müssen.

»Bleib hier, bis wir damit fertig sind«, sagte Nero ruhig und legte ihr eine Hand auf die Schulter. Von seinen Fingerspitzen sickerte Wärme durch den Stoff ihres Hemdes in die Haut ein und breitete sich in ihrem gesamten Körper aus. Das schreckliche Bild vor ihren Augen verblasste allmählich, bis es kaum mehr war als eine flüchtige Erinnerung. »Wir werden bald aufbrechen.« Mit diesen Worten kehrte er wieder zu seinen Männern zurück.

Nach einer Weile setzte sich Sam zu ihr und schlang ihr einen Arm um die Schulter, wobei er zuerst vorsichtig nach ihr tastete.

»Woher wusstest du, wo ich bin?«, fragte sie heiser und musste sich räuspern, um ihre Kehle freizukriegen.

»Ein Vögelchen hat es mir gezwitschert«, antwortete er und drückte sie an sich. »Ich weiß, es ist nicht leicht, so etwas zum ersten Mal zu sehen. Und es wird auch in Zukunft kaum leichter werden.«

Sie wischte sich mit dem Ärmel die Nase ab. »Dann hast du so etwas schon einmal gesehen?«

Das Mädchen spürte, wie er sich anspannte. »Ja.« Seine Stimme klang gepresst. »Öfter, als ich zugeben will.«

Lune lehnte den Kopf an seine Schulter und drückte seine Hand. Es beruhigte sie, seinem regelmäßigen Atem zu lauschen.

Sie hatte gewusst, dass Sam eine blutige Vergangenheit hatte, aber dieses Szenario überstieg ihr bisheriges Vorstellungsvermögen.

»Wie bist du damit zurechtgekommen? Wie hast du … weitermachen können?«, wollte sie schließlich von ihm wissen. »Ich werde davon träumen.« Wieder traten ihr die Tränen in die Augen.

»Das geht irgendwann vorbei«, beruhigte er sie. »Irgendwann ist es nicht mehr als eine böse Erinnerung. Und wie ich es geschafft habe?« Sein Blick wanderte in die Ferne. »Sagen wir, ich hatte damals einen guten Freund an meiner Seite, der mir genau das gesagt hat.«

»Jared«, erriet sie.

Er nickte. »Genau. Er ist nicht so abgebrüht, wie er die Leute gern glauben macht. Er kann seine Gefühle einfach besser verbergen als die meisten anderen. Du musst hinter seine Fassade schauen.«

»Er sieht einfach nur traurig aus.«

Sam seufzte schwer. »Er hatte es nie leicht und er hat … gelitten. Sowohl körperlich als auch seelisch. Es grenzt an ein Wunder, dass er noch immer zu menschlichen Regungen fähig ist, und dafür bewundere ich ihn.«

Fragend sah sie ihn an, bis ihr einfiel, dass er das ja nicht sehen konnte. Trotzdem schien er zu erahnen, welche Frage sie als Nächstes stellen würde.

Ein wissendes Lächeln umspielte seine Lippen. »Vielleicht erzähle ich dir unsere Geschichte irgendwann. Aber nicht an einem solchen Ort.«

»Einverstanden«, flüsterte sie.

JARED

Jared stand mit gesenktem Kopf da und starrte auf das Gesicht einer alten Frau hinab, die beinahe so aussah, als würde sie schlafen, wäre da nicht das Loch in ihrer Brust gewesen.

»Verdammte Bastarde«, knurrte er leise vor sich hin. »Sie haben sie einfach abgestochen.«

Frustriert kniete er sich neben ihren Leichnam und schloss ihr behutsam die Augen. Die Erde um sie herum schimmerte, als läge sie auf einem glitzernden Tuch. Er fragte sich, woher dieser plötzliche Kälteeinbruch kam.

Er erhob sich und sah sich in dem zerstörten Dorf um. Sie hatten niemanden gefunden, dessen Herz noch schlug. Es waren zu viele Menschen, um sie in der gefrorenen Erde zu begraben. Er wollte sich gar nicht vorstellen, wie die Krähen erneut über die Leichen herfallen würden, sobald die Menschen mit ihren Fackeln verschwunden waren.

Die eisige Kälte, die in diesem Dorf herrschte, hatte sich in den letzten Stunden auch um sein Herz gelegt. Wenn er jemals erfahren würde, wer das getan hatte, würde er ihnen bei lebendigem Leibe die Haut abziehen.

Ziellos ging er weiter, als er mit dem Fuß gegen etwas Weiches stieß. Er sah hinab. Vor ihm lag verlassen ein kleiner Stoffhund.

Stiefel hatten ihn in den Boden getreten, sodass nur sein Hinterteil noch in die Luft ragte. Der Junge musste schlucken, als er das Kuscheltier aufhob und den Dreck abwischte. Die aufgenähten Knopfaugen schienen ihn traurig anzusehen.

Seine Gefühle überwältigten ihn für einen Moment und er musste die Augen schließen. Er presste den Stoffhund fest gegen die Brust und versuchte, sich wieder zu beruhigen.

Der Klang herannahender Schritte ließ ihn aufblicken. Rhenawen kam von außerhalb des Dorfes heran. In einer Hand hielt sie einen kleinen Strauß Primeln, die sie in der Nähe gefunden haben musste. Er beobachtete, wie sie vor dem Brunnen in der Dorfmitte in die Knie ging und die Wildblumen davor ablegte.

Diese schlichte Geste berührte ihn. Jared wusste nicht, wie lange er dastand und sie betrachtete, bis er sich ihr schließlich näherte. Er hatte Angst, in etwas zutiefst Privates einzudringen. Noch nie hatte er eine solche Verletzlichkeit in ihrem Gesicht gesehen. Es machte sie jünger und diesen Augenblick umso kostbarer. Vermutlich würde er sie nie mehr so schutzlos sehen wie jetzt, wo die Mauern, die sie um sich erbaut hatte, gefallen waren.

Er hörte, wie sie leise etwas vor sich hin flüsterte. Zuerst dachte er, es wäre ein Gebet, doch als er sie schon fast erreicht hatte, verstand er die Worte.

»Es ist meine Schuld«, wisperte sie. »Es ist alles meine Schuld.« Sie senkte den Kopf, sodass ihr Gesicht von dunklen Strähnen verborgen wurde, doch auch so hatte er den Schmerz gesehen, der in ihren Augen brannte.

Jared hockte sich neben sie und lehnte den Stoffhund an die verfallene Mauer des Brunnens, sodass die Blumen zu seinen Füßen lagen. Vorsichtig legte er ihr eine Hand auf die Schulter und als sie nicht vor ihm zurückwich, strich er ihr behutsam über den Rücken.

»Es ist nicht deine Schuld, was hier passiert ist«, sagte er leise. »Niemand von uns hätte etwas daran ändern können.«

Sie hob den Kopf und rang sich ein schwaches Lächeln ab. »Ich habe nicht von diesen Leuten gesprochen. Sie haben mich nur an etwas erinnert. Man sollte meinen, man könnte sich an all das hier«, sie machte eine vage Handbewegung, die das Dorf umfasste, »gewöhnen.«

»Man gewöhnt sich nie daran und das ist gut so«, sagte Jared. »Es beweist, dass wir noch immer Menschen sind.«

Einige Augenblicke verharrten sie noch gemeinsam so. Nie zuvor war er ihr so nahe gewesen, ohne dass sie zurückgezuckt wäre. Der Duft nach Jasmin und Asche umgab sie. Er war ihm bisher nie aufgefallen.

Als seine Beine zu schmerzen begannen, erhob er sich wieder und reichte ihr eine Hand. Er zog sie auf die Füße und gemeinsam kehrten sie zu den anderen zurück.

Als sie auf einmal innehielt, wandte er sich fragend zu ihr um. Rhenawen starrte mit versteinerter Miene an ihm vorbei. Er folgte ihrem Blick und ein Keuchen entrang sich seiner Kehle.

»Das kann nicht sein«, wisperte er. Neben einer der Hütten, über deren Tür ein Hirschgeweih angebracht war, hatte man einen toten Raben mit einem Speer aufgespießt. Das stumpfe Ende war in die Erde gerammt und die leeren Augen des Vogels schienen sie stumm anzuklagen. In seinem Schnabel steckte ein münzgroßer Stein, an dem Blut klebte. Und da begriff er, dass dieses Massaker für sie inszeniert worden war. Es war eine Botschaft an sie, die sie den Rabenstein versteckt hielten.

Jared konnte die Schuldgefühle, die jäh in ihm aufwallten, kaum ertragen. Es schüttelte ihn und als er seine Wange berührte, spürte er, dass sie feucht war.

»Lass uns von hier verschwinden«, stieß er mit brüchiger Stimme hervor, doch Rhenawen reagierte nicht. Sie schien zu einer Eisstatue erstarrt, die Augen weit aufgerissen vor Unglauben.

»Komm schon.«

Er packte sie am Arm und sie ließ sich widerstandslos von ihm mitziehen. Auch in ihren Augen meinte er, ein verräterisches Schimmern zu sehen.

Ein leises Rascheln ließ ihn mitten in der Bewegung innehalten. Auch Rhenawen hatte es gehört, denn im nächsten Herzschlag lag schon ein Dolch in ihrer Hand und ein entsetzlicher Zorn loderte in ihren Augen auf.

Das Geräusch war aus einer Hütte gedrungen, deren Tür nur noch an einer Angel hing und leise quietschend im Wind schaukelte. Mit einem Wink machte er einen Soldaten in der Nähe auf sie aufmerksam, der daraufhin zu ihnen kam. Wie auf ein stummes Zeichen näherten sie sich dem Eingang, der ihnen wie ein dunkles Maul entgegen gähnte. Jared übernahm die Führung und schlich sich näher heran. Er streckte den Arm nach der Fackel aus, die der Soldat ihm sofort übergab, und schob vorsichtig die Tür auf, um ins Innere der Hütte zu spähen.

Der Fackelschein schaffte es kaum, die darin herrschende Dunkelheit zu durchdringen. Wieder ertönte ein Rascheln und sein Kopf fuhr herum. In einer dunklen Ecke kauerte ein kleiner Junge, der ihn mit vor Schreck geweiteten Augen anstarrte, die Hände fest gegen die Brust gedrückt.

Jared hob beruhigend einen Arm, doch der Junge zuckte zurück, als hätte er ihn geschlagen und presste seinen schmalen Rücken fest gegen die Wand.

Wie vor den Kopf gestoßen, trat Jared einen Schritt nach hinten. Eine Hand legte sich auf seinen Arm und als er den Kopf drehte, sah er in grüne Augen, in denen sich das Feuer der Fackel spiegelte. Der Dolch war aus ihren Händen verschwunden.

»Lass mich es versuchen, Jared«, flüsterte Rhenawen ihm leise zu und zog ihn ein Stück zurück. Sie ging in die Hocke und wandte sich an den kleinen Jungen, der sie furchtsam anstarrte.

»Es ist vorbei.« Ihre Stimme hatte einen ungewohnt sanften Ton angenommen. »Vor uns musst du dich nicht fürchten. Wir sind nicht hier, um dir wehzutun.«

Die Unterlippe des Jungen zitterte. Langsam kam er auf die Beine und dann, Jared wusste nicht genau, wie es passierte, hatte er auch schon die Arme um Rhenawen geschlungen und begann zu weinen.

Das Mädchen sah für einen Moment völlig verblüfft aus und schien nicht zu wissen, was zu tun war. Dann legte sie ihm unsicher eine Hand auf den Kopf und streichelte tröstend sein zerzaustes, blondes Haar.

»Es ist alles gut«, hörte er sie flüstern. »Wir lassen dich nicht allein. Du bist bei uns in Sicherheit.«

Jared sah auf, als Nero sich ihnen gegenüber ans Lagerfeuer setzte. Der kleine Junge rückte näher an Rhenawen, die ihm in einer beschützenden Geste den Arm um die Schultern legte.

Sie hatten in der Hütte gewartet, bis er vor Erschöpfung eingeschlafen war, damit er die Leichen nicht sehen musste, und ihn dann zu dem Lager getragen, das die Soldaten bereits aufgebaut hatten. Er war auf halbem Weg aufgeschreckt und hatte sich fest an Jareds Hals geklammert, den Kopf in seinem Hemd vergraben, als wollte er sich darin verkriechen. Es hatte lange gedauert, bis er aufgehört hatte, zu schluchzen, und sich beruhigte.

Erst im Schein des Feuers hatten sie den langen Schnitt auf seiner linken Wange bemerkt. Rhenawen hatte ihm das Blut von der Haut getupft und Agata hatte ihnen eine Salbe gebracht, die sie vorsichtig auftrug.

Bisher hatten ihre Mitreisenden Abstand gehalten und nur neugierig zu ihnen herübergelinst, um den Jungen nicht noch mehr zu verschrecken. Doch es war abzusehen gewesen, dass schon bald jemand kommen würde.

Der Magier lächelte ihm freundlich zu. »Kein Grund, so beunruhigt dreinzusehen. Ich möchte mich nur kurz mit dir unterhalten.«

Der Junge musterte ihn mit derart kritischer Miene, dass Jared ein Lächeln nicht unterdrücken konnte. Er beugte sich zu ihm hinab und flüsterte ihm ins Ohr. »Er ist ein Magier, deshalb trägt er so merkwürdige Kleidung.«

Der Junge bekam kugelrunde Augen. »Wirklich?«

»Ja«, bestätigte Jared und nickte bekräftigend. »Ich wollte es zuerst auch nicht glauben.«

Nero warf ihm einen leicht irritierten Blick zu, der Jareds Grinsen nur noch breiter werden ließ. Er schüttelte leicht den Kopf und fuhr dann fort. »Wie ist dein Name?«

Der kleine Junge sah Rhenawen fragend an, doch sie nickte ermutigend.

»Schon gut. Er gehört zu uns.«

Bei diesen Worten warf sie dem Magier einen vernichtenden Blick zu, der ihm unmissverständlich zu verstehen gab, dass diese Worte nur dem Zweck dienten, den Jungen zu besänftigen.

»Lucien«, sagte der Junge leise. »Und … und du?«

Die Züge des Magiers wurden weicher. »Mein Name ist Nero«, stellte er sich vor. »Lucien, ich muss dich fragen, was in deinem Dorf geschehen ist, und ich bitte dich, es uns zu sagen, auch wenn das nicht leicht für dich ist.«

Lucien schlang die Arme um seine Knie und biss sich auf die Unterlippe. Bisher hatten sie dieses Thema noch nicht angeschnitten und Jared war der Meinung, dazu wäre es ohnehin noch viel zu früh.

»Ist es wirklich nötig …«, hob er an, doch Nero unterbrach ihn.

»Es wird dem Jungen leichter fallen, es jetzt zu erzählen, solange es ihm noch klar vor Augen steht. Es wird ihm helfen, glaub mir. Ich war schon öfter in solchen Situationen als du, Jared.«

Jared klappte den Mund wieder zu und nickte widerwillig.

Als Lucien zu erzählen begann, war sein Blick zu Boden gerichtet und seine Stimme war kaum mehr als ein Flüstern.

»Sie haben sie alle mitgenommen. Alle. Mira, Hendrik, …«

»Wer hat sie mitgenommen?«, fragte Nero.

Jared legte dem kleinen Jungen eine Hand auf den Rücken. »Weiter«, ermutigte er ihn.

»Ich … ich weiß nicht. Ma hat mich in den Vorratskeller runtergeschickt, als sie gekommen sind. Sie sagte, ich dürfte nicht rauskommen. Ich habe Schreie gehört. Ich hatte solche Angst.« Eine Träne kullerte ihm über die Wange. Er sah auf. »Wo ist meine Ma? Sie war nicht mehr da, als ich hochkam. Ist sie …?«

Jared senkte den Kopf. »Sie ist auch fort«, sagte er leise.

Er hatte sich in der Hütte noch einmal umgesehen und in der kleinen Küche eine tote Frau gefunden, die dasselbe blonde Haar gehabt hatte wie der kleine Junge. Der Vorratskeller lag ein wenig versteckt in einer Nische, was vermutlich der einzige Grund war, weshalb Lucien nicht gefunden worden war.

Der kleine Junge vergrub das Gesicht zwischen den Knien und begann wieder leise zu schluchzen.

»Lucien …«, setzte Nero erneut an, doch diesmal war es an Rhenawen, sich einzumischen.

»Das genügt«, sagte sie scharf. »Er ist noch nicht bereit, darüber zu sprechen, und ohnehin könnte er Euch nichts über die Angreifer sagen.« In ihren Augen blitzte es zornig auf. »Ihr müsst ihn nicht zwingen, darüber zu *reden* oder etwa doch?«

Jared hatte das Gefühl, dass in ihren Worten mehr steckte, als er darin zu erkennen vermochte. Das Mädchen und der Magier starrten sich über das Feuer hinweg an, bis Nero unvermittelt aufstand.

»Es gibt nichts mehr zu sagen«, entgegnete er und warf ihr ein kühles Lächeln zu. »Danke, dass du mich daran erinnert hast.«

»Ihr solltet es niemals vergessen«, erwiderte sie bissig. »Nicht, solange ich hier bin.«

Am Tisch der Berserker

JARED

Die Landschaft um sie her begann sich zu verändern. Die vorherrschenden Laubbäume wurden von Kiefern ersetzt, die wie spitze Felsnadeln in den Himmel ragten. Sie ritten durch fantastische Täler, in denen sich Wolkenfetzen an den aufragenden Felswänden verfingen. Leuchtend grünes Moos überzog die Gesteinsbrocken und die Rinden umgefallener Bäume. Die Farben schienen bisweilen zu intensiv, um echt zu sein.

Jared sah sich staunend um. Es kam ihm vor, als wäre er in eine fremde Welt geraten, in der das Licht abends unnatürlich warme Strahlen warf. Er entdeckte merkwürdige Wesen auf ihrem Ritt. Trolle, die ihm kaum bis ans Knie reichten, mit grauer Haut und moosbewachsenem Rücken. Sie trampelten unbeholfen durchs Unterholz und brachten Lucien mit ihrer Tölpelhaftigkeit zum Kichern.

Kleine menschenähnliche Wesen mit durchscheinenden Libellenflügeln flitzten geschäftig zwischen den Stämmen umher. Ein besonders kleines Exemplar, kaum größer als Jareds Daumen, versuchte, ihn in den Finger zu beißen, weil er versehentlich den Ast gestreift hatte, auf dem es saß. Dabei fiel dem kleinen Ding fast die Blüte vom Kopf, die es wie einen Hut über den spitzen Ohren trug. Einmal meinte er, ein geschnitztes Gesicht in einem der Bäume zu erkennen, das ihn anlächelte. Jared verdrehte sich beinahe den Hals, um einen weiteren Blick darauf zu erhaschen, aber die Erscheinung war von den Tiefen der Wälder schon wieder verschluckt worden.

»Beeindruckend, nicht wahr?«, fragte Erik, der neben ihm ritt. Über die Reise hatte Jared den jungen Soldaten näher kennengelernt. Er verstand inzwischen, weshalb er und Sam so gut miteinander auskamen.

»Es ist atemberaubend«, stimmte Jared ihm begeistert zu. »Ich wusste nicht, dass es so etwas gibt!«

»Lass dich durch den Zauber dieses Ortes nicht täuschen«, warnte Erik. »Diese Wälder sind ebenso gefährlich wie geheimnisvoll.«

»Wie heißen diese Täler?«

»Als die Feen noch hier lebten, nannten sie diese Wälder *Tarmunra Nauriel*, die Scheinwelt von Nauriel. Seitdem sie verlassen wurden, nennen meine Leute sie nur *Ing Ansigtdal*, die Gesichtslosen Täler. Denn niemand, nicht einmal die Kräutersammler, wagen es, sich hier niederzulassen.«

»Die Gesichtslosen Täler«, wiederholte Jared andächtig.

»Jenseits des Gebirges gibt es noch mehr dieser Wälder«, sagte Rhenawen, die unvermittelt neben ihnen auftauchte. »Aber dieser ist einer der wenigen, in dem die Magie noch so lebendig ist.«

»Meinst du damit … dieser Ort ist verwunschen?«

»Ja und nein«, gab sie geheimnisvoll zurück. »Vermutlich könnte dir nicht einmal der weiseste Gelehrte diese Frage beantworten. Dafür ranken sich zu viele Legenden um diese Täler und welche davon wahr sind, ist schon lange vergessen.«

In dieser Nacht lag Jared noch lange wach und lauschte den Geräuschen des magischen Waldes. Er meinte, in der Nähe das Grunzen eines Trolls zu hören, und musste lächeln, als er daran dachte, wie schnell er sich an ihre klobigen Gestalten auf dem Pfad gewöhnt hatte.

Es war eine enorme Erleichterung gewesen, die Moorebene hinter sich zu lassen. In den letzten Nächten waren sie kaum zum Schlafen gekommen und hatten ständig über die Schulter geblickt. Was sie in diesem Dorf gesehen hatten, hatte ihre Stimmung gedrückt und sie alleingelassen mit ihren düsteren Gedanken. Immer wenn Jareds Blick auf Luciens traurige Gestalt gefallen war, hatte ihn der Zorn von neuem gepackt und sich tiefer in ihn hineingefressen. Die Ungerechtigkeit hatte den Wunsch in ihm entfacht, laut zu schreien und auf irgendjemanden einzuschlagen, dem er die Schuld für das Unglück des kleinen Jungen geben konnte.

Aber seitdem sie in diese Täler eingetaucht waren, fühlte er sich, als wäre er in einen Jungbrunnen gestiegen. Es war beinahe unmöglich, dort seinen Groll weiter zu hegen. Selbst Rhenawen lachte öfter, seitdem sie in den Schatten der Bäume getreten waren. Bei Lucien war der Wandel am stärksten zu beobachten. Er tollte mit den kleinen Fabelwesen um sich herum durch den Wald und fütterte gemeinsam mit Delia die Rehe, die sie mit getrockneten Brotkrusten anlockten. Auch weinte er nicht mehr jede Nacht und seine Albträume waren von einem auf den anderen Tag verschwunden.

Jared setzte sich auf und betrachtete den kleinen Körper im Moos neben sich. Glühwürmchen schwebten träge durch die Luft und erhellten sein schlafendes Gesicht. Die Decke war ihm von den Schultern gerutscht und Jared zog sie sachte wieder hoch.

Er wollte sich gerade wieder hinlegen, als er es hörte. Ein leises Rascheln und dann traten hell schimmernde Wesen aus dem Unterholz auf ihre Lichtung. Er konnte kaum den Blick von ihnen wenden, wie sie grazil über das Gras schritten und die Köpfe zurückwarfen. Erschrocken rappelte Jared sich auf und stellte sich schützend vor den schlafenden Lucien, doch im nächsten Moment schalt er sich einen Dummkopf. Irgendwie wusste er, sie würden ihnen nichts tun.

Nie hatte er schönere Geschöpfe erblickt als diese. Sie hatten die Gestalt von langbeinigen Pferden, doch schillerten sie wie Seifenblasen und besaßen gerippte Körper, die in der Dunkelheit ein angenehmes Glühen verströmten. Eines der Geschöpfe kam mit fliegender Mähne auf ihn zu, die in der Luft flatterte wie aus Bändern gemacht.

»Was sind sie?«, flüsterte eine Stimme und er sah hinab auf Lucien, der sich auf einen Ellenbogen gestützt hatte, das Haar noch vom Schlaf zerzaust. Moosfetzen hatten sich in den wirren Strähnen verfangen, die in dem Licht grünlich schimmerten.

»Ich weiß es nicht«, antwortete Jared und sah wieder zu dem Geschöpf hin, das vor ihnen stand.

Vorsichtig hob er eine Hand und streckte sie nach dem Wesen aus. Es schnupperte an seinen Fingern und schnaubte. Sein Atem strich sachte über seine Haut, warm wie eine Brise im Frühling.

Wie von selbst schob sich sein Arm nach vorn und er berührte die schmale Schnauze. Im ersten Moment fühlte sie sich kühl und glatt an. Dann schoss ihm ein warmes Kribbeln in die Fingerspitzen. Er sah in diese großen, leuchtenden Augen, die in tausend unterschiedlichen Farben schillerten, und ein Lächeln breitete sich auf seinem Gesicht aus, als ihn pure Glückseligkeit durchströmte.

Aus dem Augenwinkel sah er, dass weitere seiner Reisegefährten erwacht waren und die Geschöpfe entzückt betrachteten. Delia hatte sich an Sams Schulter gelehnt und strahlte förmlich vor Freude, als sie seine Hand zum Hals der Kreatur vor ihnen führte, damit er sie berühren konnte.

Jared strich dem Geschöpf sachte über die Schnauze und vergrub dann die Finger in der leuchtenden Mähne. Das Wesen ließ einen flatternden Laut ertönen und schmiegte sich an seine Brust. Der Junge lachte ungläubig und dann kamen die Erinnerungen zu ihm zurück. Selbst jene, die er vergessen zu haben glaubte, und er keuchte auf.

Alles war wieder da. Die kleine Hütte, in der er aufgewachsen war, mit dem Kräutergarten, in dem seine Mutter kniete. Ein Pony streckte den Kopf über den niedrigen Zaun und versuchte, die Blätter von den Walderdbeeren zu zupfen, die er selbst angepflanzt hatte, doch sein Hals war nicht lang genug. Alles stand ihm so detailgetreu vor den Augen, als stünde er wirklich dort und nicht hier auf dieser Lichtung. Jeden Moment, den er dort erlebt hatte, jedes Gefühl kam zu ihm zurück und füllte ihn aus. Er schloss die Augen und genoss jede noch so unbedeutende Kleinigkeit, die sich vor ihm auftat.

Ihre Bande aus Tunichtguten, die sich mit Stöcken durch den Wald jagten und versuchten, ihr Dorf zu überschwemmen, indem sie den Bach stauten.

Die Stimme seiner Mutter, die ihnen vor dem Einschlafen vorsang und mit ihren Liedern Bilder von albernen Spechten und gewieften Füchsen in die Luft malte.

Die Erntefeste in der Halle des Ältesten, in denen er seine kleine Schwester durch die Versammelten jagte und sich dabei ein Hirschgeweih an die Schläfen hielt.

Jared riss die Augen auf und zuckte zurück. *Das Erntefest.* Ein dumpfer Schmerz meldete sich in seinen Eingeweiden und er riss die Hände zurück, als hätte er sich verbrannt.

Das Geschöpf schüttelte den Kopf und blickte ihn dann aus seinen großen Mandelaugen an. Es zwitscherte sachte und stupste ihn an, als wollte es ihn dazu auffordern, weiterzumachen, doch der Zauber war gebrochen.

Jared atmete tief durch und sah sich nach seinen Gefährten um. Espen saß im Schneidersitz vor einer der Kreaturen, die sich vertrauensvoll hingelegt hatte und ihren Kopf in seinen Schoß bettete. Völlig versunken strich er ihr über die Mähne zwischen den Ohren. Lune hatte die Arme um den Hals ihres Geschöpfes geschlungen und das Gesicht in der Mähne vergraben.

Er ließ seinen Blick weiterwandern und erspähte die Erwachsenen, die mehr Zurückhaltung bewiesen. Nero stand steif da und schien sich ohne Worte mit dem Wesen vor ihm auszutauschen, da seine Lippen sich kaum merklich bewegten und sein Gegenüber hin und wieder mit den Ohren zuckte. Erik stierte nur mit glasigem Blick vor sich hin und kaute abwesend auf seiner Unterlippe. Es hätte beinahe komisch sein können.

Dann sah er Rhenawen, die ein Stück abseitsstand. Das Mädchen hatte die Hand erhoben, als wollte sie das Wesen vor sich berühren, wagte es jedoch nicht. Es kam zutraulich näher und machte einen langen Hals, wie um sie aus der Nähe zu betrachten. Ihre Finger zuckten leicht zurück, als seine Schnauze sie streifte.

In dem Licht schimmerten ihre Augen silbrig. Doch anders als bei ihren Begleitern schien sie nicht entrückt zu sein, sondern unsicher. Ihre Miene spiegelte Verwirrung und Zweifel wider. Auf einmal wich das Geschöpf vor ihr zurück und tänzelte unruhig auf der Stelle. Es stieß einen leisen Klagelaut aus, der dem Jungen durch Mark und Bein ging, so tief war die Trauer und Verzweiflung dahinter. Es wandte sich ab und trabte davon. Am anderen Ende der Lichtung hielt es an und sah noch einmal zu Rhenawen zurück, die ihm bloß stumm nachsah. Dann verschwand es zwischen den Bäumen.

Jared war wie vor den Kopf gestoßen. Was war da gerade geschehen? Er wollte schon auf sie zugehen, als er aus dem Augenwinkel eine helle Gestalt wahrnahm. Da lief ein kleines Mädchen, jünger noch als Lucien, mit fröhlichen, blauen Augen und gelocktem, braunem Haar, das im Rhythmus ihrer Schritte schwang.

»Isolde«, flüsterte er ungläubig. Das musste ein Traum sein. Er blinzelte, doch sie war tatsächlich hier. Das Mädchen lächelte ihm zu und lief dann zwischen den Bäumen davon, tiefer in den verwunschenen Wald. »Warte auf mich!« Er rannte ihr nach, folgte dem Weg, den ihre nackten, kleinen Füße ihm wiesen. »Izzy, lauf nicht weg!«

Er wusste nicht, wie lange er hinter ihr her stolperte, doch irgendwann war sie verschwunden und er verlangsamte schwer atmend seine Schritte. Seine Seite stach und er musste sich mit der Hand an einem Ast abstützen, um wieder Luft in seine Lungen zu saugen.

Wo war er? Rings um ihn her ragten Bäume auf, zwischen denen die Dunkelheit saß wie ein lauerndes Tier.

Dummkopf, dachte er erbost. *Sie war nur eine Illusion. Inzwischen müsste sie viel größer sein.*

Dennoch konnte er nicht umhin, sich erneut nach ihr umzuschauen und zu hoffen, ihr zartes Gesicht hinter den Blättern hervorlugen zu sehen. Er hatte sie so lange nicht mehr gesehen, seine süße, kleine Schwester. Sie war immer so niedlich gewesen mit ihren frechen Locken und der kleinen Stupsnase. Jared seufzte schwer und ließ die Schultern hängen.

Du wirst sie wiedersehen, dachte er. *Eines Tages wirst du sie wiedersehen.*

Er drehte sich um, doch er konnte die Lichtung nicht mehr erspähen. Dennoch schien ein leiser Ruf von ihr auszugehen, als würde ihn eine unsichtbare Kraft zurück dorthin locken. Seine Füße trugen ihn wie von selbst durch das dichte Unterholz.

Es war alles so real gewesen, so wirklich, als wäre er in seine Erinnerungen hineingetreten. Jared war beinahe erschrocken darüber, wie sehr er sich danach sehnte, diesen Zustand erneut herbeizuführen. Niemals war er so glücklich gewesen.

Beinahe hätte er Rhenawen übersehen, die auf einem Felsen hockte und ihn beobachtete. Eine Seite ihres Gesichts wurde von einem vorbeischwirrenden Glühwürmchen beschienen.

»Du hast also wieder hergefunden«, sagte sie und wandte den Blick ab. Ihre Stimme war tonlos.

Er sah auf und erkannte in der Ferne das sanfte Glühen, das von der Lichtung ausging, wo die anderen noch immer zwischen den Geschöpfen standen.

»Ja«, antwortete er und näherte sich ihr. Jared ging vor ihr auf die Knie und nahm ihre Hände, auf die sie hinab starrte. »Was ist dort passiert?«, fragte er mit gesenkter Stimme, als fürchtete er, jemand könnte sie belauschen.

»Etwas ganz Ähnliches wie bei dir, vermute ich, wenn du den Bann so früh brechen konntest.« Sie schloss für einen Moment die Augen und als sie sie wieder öffnete, lag ein unendlich erschöpfter Ausdruck darin. »Ich weiß nicht, was dort passiert ist, Jared, und ich weiß nicht warum. Nur dass es nicht gut sein kann.«

Ehe er sie fragen konnte, was sie damit meinte, zerriss ein schmerzerfülltes Heulen die Nacht. Die beiden fuhren in die Höhe und sahen sich wachsam um. Auf der Lichtung rührte sich niemand. Offenbar war der Laut nicht bis dorthin vorgedrungen oder die übrigen Reisenden waren zu abgelenkt.

Jared machte einen Schritt in die Richtung, aus der der Laut gekommen war, doch Rhenawens Hand hielt ihn zurück. Sie schüttelte warnend den Kopf. Behutsam löste er ihre Finger von seinem Arm und lächelte beruhigend.

»Keine Sorge, ich weiß, was ich tue.«

Als er weiterging, folgte sie ihm wie ein Schatten. Ihre Anwesenheit ließ ihn sich entspannen und er schob sich flink durchs Unterholz. Wieder ertönte der Laut, diesmal jedoch leiser und begleitet von einem Wimmern. Jared runzelte die Stirn und kniff die Augen zusammen, um mehr zu erkennen. Die Glühwürmchen um sie her spendeten genügend Licht, damit sie nicht über Wurzeln stolperten.

Jared erstarrte, als direkt vor seinen Füßen ein Jaulen ertönte. Das Mädchen lief beinahe in ihn hinein, so abrupt blieb er stehen. Vor ihm kauerte ein Wolfsjunges im Moos, das ihn mit angelegten Ohren anknurrte. Es reichte dem Jungen vielleicht bis ans Knie und würde wohl noch ein gutes Stück wachsen. Der Welpe hielt eine Hinterpfote merkwürdig abgespreizt, als würde es ihn schmerzen, sie zu belasten. Das Fell war an diesem Bein verklebt von geronnenem Blut.

»Was ist denn da?«, zischte Rhenawen ihm ungeduldig ins Ohr, verstummte jedoch, als sie den jungen Wolf erblickte. Der versuchte zurückzuweichen, winselte dabei jedoch erbärmlich und drückte sich noch tiefer ins Moos.

»Was machen wir denn jetzt mit ihm?«, fragte Jared verunsichert.

Rhenawen tippte sich mit dem Finger nachdenklich gegen die Unterlippe. »Meinst du, du schaffst es, ihn einzufangen, ohne dass er dich beißt?«

Überrascht sah er sie an. Er hätte erwartet, dass sie ihm widersprechen und darauf bestehen würde, den Wolf dort zurückzulassen, wo sie ihn gefunden hatten. Sie erwiderte seinen ungläubigen Blick.

»Was?«, fuhr sie ihn an und bei ihrer scharfen Stimme, zuckte der Wolf zurück. »Kannst du es oder nicht?«

»Ich denke schon«, murmelte Jared und bückte sich. Der Wolf schnappte nach seinen Fingern, als er sie nach ihm ausstreckte.

»Ganz ruhig, Kleiner«, sagte der Junge. »Ich tue dir nichts. Schnupper mal.«

Er kam sich vor wie ein Idiot, als er so zu dem Welpen sprach, doch er zwang sich, weiterzumachen, während er näherkam.

»Du musst einfach stillhalten. Ganz brav.« Der Wolf wich weiter zurück, bis er mit dem Hinterteil gegen einen Felsen stieß.

»Ich will dir helfen«, versicherte ihm Jared. »Friss nicht die Finger deines Helfers.«

Dann packte er unvermittelt zu. Der Wolf strampelte und jaulte, doch Jared ließ nicht los und klemmte ihn sich unter den Arm. Pfoten trommelten gegen seinen Rücken und stumpfe Krallen verhedderten sich in seinem Hemd.

Als der Wolf versuchte, ihn zu beißen, hielt Rhenawen ihm die Schnauze zu. »Still jetzt!«

Der Welpe fiepte unglücklich und ruckte mit dem Kopf. Sein Widerstand erlahmte allmählich.

»Na komm«, sagte Jared und sah hinab auf den flauschigen Körper. »Bringen wir dich zum Lager.«

Am nächsten Morgen brachen sie schon früh wieder auf. Die Geschöpfe waren mit den ersten Sonnenstrahlen verschwunden und hatten sich im Morgendunst aufgelöst, als wären sie tatsächlich bloß einem Traum entsprungen. An Schlaf war nicht mehr zu denken gewesen.

Sie alle waren noch viel zu aufgewühlt von den verwirrenden Ereignissen der vergangenen Nacht. Noch immer verspürte Jared einen Nachhall des Glücks, das er empfunden hatte, und er sah in den Gesichtern seiner Gefährten, dass es ihnen ähnlich erging.

Er hatte Rhenawen nach ihnen gefragt, doch sie hatte nur mit den Achseln gezuckt.

»Wenn sie einen Namen haben, ist er schon lange vergessen. Ich wusste seit gestern Nacht nicht einmal, dass sie noch existieren.«

Das Mädchen sah hinab auf den Wolfswelpen, der schlafend über ihrem Sattel hing. Sie hatten ihm einen Trank eingeflößt, damit er stillhielt, während Nero sich um seine Verletzung gekümmert hatte. Er hatte Jared in die Hand gebissen, ehe er auf die Seite geplumpst und eingeschlafen war. Es hatte den Magier belustigt, wie Jared daraufhin aufgesprungen war und eine Kaskade von Flüchen ausgestoßen hatte, bei denen Delia Lucien rasch die Ohren zugehalten hatte. Aber jetzt hing der kleine Wolf friedlich wie ein Bettvorleger über dem Hals von Argento und nichts verriet mehr, dass er verletzt gewesen war.

»Wie willst du ihn nennen?«, fragte Espen, der Melisse neben ihn lenkte.

»Ich weiß es nicht«, gestand Jared. »Und ohnehin glaube ich nicht, dass wir ihn behalten werden.« Er rieb sich die Handinnenfläche, in der noch immer zwei tiefe Löcher prangten. Er hatte sich geweigert, sich mit Magie behandeln zu lassen. Die Vorstellung war ihm unangenehm gewesen und ohnehin war die Verletzung kaum der Rede wert.

»Natürlich behalten wir ihn«, sagte Espen und grinste frech. »Lucien kann die Augen nicht von ihm lassen und versucht ständig, ihn zu streicheln. Er wäre untröstlich, wenn du ihm das kleine Ungeheuer wegnehmen würdest.«

Jared seufzte. Genau das hatte er befürchtet und er wusste nicht, ob er dem kleinen Jungen das abschlagen konnte. »Also schön. Wie würdest du ihn nennen?«

»Reißzahn«, sagte Espen prompt. »Oder Beißer.«

Jared zog eine Augenbraue hoch. »Du scheinst dir ja schon eine ganze Weile Gedanken zu dem Thema gemacht zu haben.«

»Natürlich. Es ist unsagbar langweilig, tagein tagaus durch die Gegend zu reiten. Seit heute Morgen hatte ich also genügend Zeit, mir ein paar Namen auszudenken. Also, was sagst du?«

»Auf gar keinen Fall«, brummte Jared. »Du musst das kleine Biest nicht auch noch ermutigen.«

Espen kicherte vergnügt. »Und dabei habe ich seinen Charakter doch so zutreffend beschrieben. Ich dachte, du wärst begeistert.« Er zerrte an den Zügeln, als Melisse den Kopf zu einem Kleebüschel herabsenkte. »Du bist dran. Schlag was vor.«

»Graumähne«, meinte Jared und dachte zurück an die Legenden, die seine Mutter ihm erzählt hatte. Sie hatten von einem Werwolf gehandelt, Geris Graumähne, der in einer Nacht ein ganzes Dorf verschlingen konnte.

»Also bitte«, spöttelte Espen. »Jeder, der jemals einen Wolf gezähmt hat, nennt ihn Graumähne. Sei mal ein wenig kreativer.«

»Na schön, dann Heuler.«

»Und du findest Beißer nicht passend?«, schnaubte Espen. »Versuchen wir es mit einem Namen, bei dem nicht jeder gleich das kalte Grausen kriegt. Wie … Farin.«

»Wie dieser verrückte Seefahrer, von dem du mir erzählt hast? Da können wir ihn auch gleich Augustus nennen«, murrte Jared. »Was hältst du von Ketzer?«

»Ketzer?« Espen dachte kurz nach, dann grinste er. »Gefällt mir. Wenn das nicht mal ein würdiger Name ist, dann weiß ich es auch nicht.«

»Untersteht euch, ihn so zu nennen«, ließ Rhenawen hinter ihnen verlauten.

»Dann nenn mir einen besseren Namen«, forderte Jared.

»Ich habe keinen, aber alles ist besser als Ketzer.«

Doch es blieb dabei. Die Jungen ließen sich nicht mehr umstimmen und schließlich knurrte sie, dass es sie nicht schere, wie sie diesen zeckenverseuchten Halunken nennen wollten. Aber trotz ihrer gehässigen Worte beobachtete Jared, wie sie Ketzer immer wieder durch das Fell strich und ihm gedankenverloren die Ohren kraulte. Lucien war anscheinend nicht der Einzige, der sich in den kleinen Wolf verliebt hatte.

Nach Tagen ließen sie den Zauberwald hinter sich und folgten steinigen Pfaden durch eine karge Landschaft. Ein kühler Wind zerzauste Jareds Haar und brachte den Geruch nach Salz mit sich.

Als sie schließlich über eine Hügelkuppe ritten, tat sich vor ihren Augen ein unglaublicher Anblick auf. Eine riesige Wasserfläche lag vor ihnen, die sich bis zum Horizont erstreckte. Wellen brandeten gegen die Klippen weit unter ihnen.

»Das Meer«, hörte er Lune hinter sich andächtig flüstern.

Jared war unfähig, den Blick von diesen blauen Weiten abzuwenden. Zwar hatte er das Meer schon einmal gesehen, aber in der Ferne hatte er immer Landmasse ausmachen können, anders als hier. Hier schien es sich bis ins Unendliche zu erstrecken. Erik lachte über sein maßloses Staunen und trieb sein Fjordpferd zu dem steinigen Pfad, der über die Klippen führte.

»Was sagst du dazu?«, richtete er seine Worte an Rhenawen. »Ist es nicht wunderschön?«

Die beobachtete gerade besorgt, wie der kleine Wolf neugierig zur Kante kroch und mit der Pfote an einem losen Stein kratzte. Der Welpe hatte nichts als Unfug im Kopf.

So hätten wir ihn auch nennen könne, dachte Jared belustigt.

»Ketzer, komm da weg!«

Der Wolf drehte sich bei ihrem Ruf kurz zu ihnen um, nur um sich gleich wieder dem Stein zu widmen. Rhenawen zog einen Tannenzapfen aus ihrer Manteltasche, den sie unterwegs gesammelt hatte, und warf ihn nach dem Wolf. Er erschrak und rannte geduckt von der Klippe weg. Sichtlich besänftigt drehte sich Rhenawen nun Jared zu.

»Entschuldige, was hast du gesagt?«

»Das Meer«, wiederholte er. »Es ist unglaublich, oder?«

Ihr kritischer Blick überraschte ihn nicht sonderlich. Es gab nicht viel, das sie beeindrucken konnte. »Das ist nichts. Das Meer von Miran Dar schimmert in Türkis, Kobaltblau und Azur. Dagegen wirkt dieses beinahe farblos.«

Er hörte leises Bedauern in ihrer Stimme mitschwingen.

»Wo liegt das?«, wollte er neugierig wissen, doch sie zuckte nur mit den Achseln. »Du bist schon viel herumgekommen, nicht wahr?«

Sie nickte. »So könnte man sagen. Aber so weit im Süden bin ich bisher noch nie gewesen. Was ist mit dir? Woher kommst du?«

Jared lachte unbehaglich. »Ich? Aus dem höheren Norden, wo es selbst im Sommer zu Schneefällen kommt.«

Rhenawen lächelte verhalten. »Ich spreche auch nicht gern über meine eigene Heimat.«

Gegen Abend kam eine Ansammlung von Holzhäusern in Sicht, die sich über den Hang verteilten, der bis hinunter zu den Stegen ans Wasser reichte, an denen schlanke Langboote vertäut lagen. Die Schiffe zeichneten sich bloß als dunkle Silhouetten vor dem Meer ab, das die untergehende Sonne in flüssiges Gold verwandelte.

Das stete Rauschen der Wellen entfachte Aufregung in Jareds Bauch und er konnte sich kaum davon abhalten, mit Mogareno zum Wasser zu galoppieren.

Die Reisenden erreichten schließlich das Dorf. Erik ritt voraus, um sich nach den bereits eingetroffenen Suchern zu erkundigen. Als er zurückkehrte, berichtete er, dass die Soldaten in die Schenke *Zur Meerjungfrau* eingekehrt waren, während die Magier und die Kinder im Gasthaus *Zur Tanzenden Gischt* residierten, das in Hafennähe lag.

»Wegen des Festes zu Ehren der großen Mutter sind die Gasthäuser brechend voll. Die Soldaten und vielleicht drei bis vier von uns kriegen wir noch unter, aber die übrigen …«

Erik zuckte hilflos mit den Schultern.

»Das ist kein Problem«, warf Jared ein und grinste Espen zu, der ebenso gute Laune zu haben schien wie er selbst. »Ein paar von uns können an irgendeinem abgelegenen Strand schlafen …«

»Das ist nicht nötig«, unterbrach ihn Erik mit einem Seufzen. »Ich kenne eine Bleibe, wo wir die Nacht verbringen können, vielleicht auch zwei.«

»Schade«, murmelte Lucien enttäuscht und sah sehnsüchtig zu den Booten hinüber.

Die Vorstellung, sie zu einer Unterkunft zu führen, schien Erik nicht zu behagen, aber Nero nahm das Angebot an. Es wurde entschieden, dass Henrik, Neirin, Agata und Delia zu den Ausgesonderten stoßen sollten. Die Verbliebenen wurden von Erik durchs Dorf geführt. Wie sich herausstellte, entstammte er dieser rauen Gegend und hatte Familie hier.

»Meinem Vater gehört eines der Häuser dort oben auf dem Hügelkamm. Er kann uns sicher einige Nächte unterbringen, auch wenn wir die Zimmer vermutlich mit meinen Geschwistern teilen müssen.«

Am Ende machten sie sich zu neunt an den Aufstieg. Die Pferde hatte sie in den Ställen zurückgelassen. Da viele Angereiste mit dem

Boot eingetroffen waren, fanden sie dort schnell einen geeigneten Unterstand.

Die Häuser sahen für Jared merkwürdig aus. Sie waren in die Länge gezogen und eigenartige Figuren waren in die Dachbalken geschnitzt, die er nicht identifizieren konnte. Manche erinnerten ihn an sich windende Leiber von Seeschlangen und er musste an die Geschichte zurückdenken, die Espen ihnen erzählt hatte. Die Fenster wurden von den Herdfeuern im Inneren erleuchtet und beschienen die gewundenen Pfade.

Sam und Jared schlossen eilig zu Erik auf, wobei sein Freund sich an seiner Schulter festklammerte, um die Orientierung zu behalten.

»Du wohnst hier?«, fragte Sam neugierig.

Erik lächelte gequält. »Ich bin hier aufgewachsen, ja. Aber ich würde dieses Dorf nicht länger mein Zuhause nennen.«

»Warum nicht?«, fragte Jared überrascht.

»Die Gilde ist meine Heimat, seit ich sechs bin, und ich habe dieser Gegend nicht besonders häufig einen Besuch abgestattet«, erklärte der Soldat. Er rieb sich verlegen den Nacken. »Ich wollte dieses Leben hinter mir lassen. Das erschien mir einfacher, als mit einem Fuß hier und dem anderen Fuß bei den Suchern zu stehen.«

»Warst du wütend, als man dich fortbrachte?«

»Wütend?« Erik lachte auf und zog Sam am Arm an einem Hinkelstein vorbei, der an einer Weggabelung stand. In ihn waren altertümliche Zeichen geritzt. Jared meinte, einen Hammer zu erkennen. »Nein, ganz im Gegenteil. Ich war erleichtert. Die meisten Menschen hier verdingen sich als Fischer und Steinschneider, aber andere verlegen sich eben auf die Fahrt zur See. Meine Familie, sie …«

»Ja?«, hakte Jared neugierig nach.

Erik warf ihm einen unsicheren Blick zu. »Die Leute hier hätten nie vom bloßen Fischfang leben können. Das Land ist unfruchtbar und selbst den Schafen reicht es nicht immer. Meine Familie gehört zu … der plündernden Sorte von Eingeborenen.«

»Du meinst, sie rauben Handelsflotten aus?«, wollte Jared interessiert wissen.

Der Adamsapfel an Eriks Hals hüpfte, als er schluckte. »Ja«, gestand er dann und zog eine Grimasse. »Meistens aber überfallen sich die verschiedenen Clans gegenseitig. Sie würden es nie wagen, die Gebiete weiter im Süden anzugreifen, die im direkten Einflussgebiet des Königs liegen.«

»Dann seid ihr Piraten?«, fragte Sam und grinste schelmisch. Jared hatte sich immer noch nicht daran gewöhnt, dass sein Blick nicht länger fokussiert war, wenn er mit einem sprach.

Erik schüttelte den Kopf. »Nein, wir bezeichnen uns selbst als Berserker. Meine Vorfahren sind aus Skaribor hierhergekommen und wir haben viele ihrer Traditionen beibehalten. Aber unsere Kultur umfasst mehr als nur das Plündern und Brandschatzen. Wir besitzen eine eigene Art von Ehre, die für euch vielleicht nicht verständlich ist.«

Jared lachte. »Du kannst nicht ganz aus deiner Haut, was?«

Erik sah weg, doch ihm stieg die Röte in die Wangen, auch wenn es im Mondlicht schwer zu erkennen war. »Ich heiße die Lebensweise meiner Angehörigen nicht gut, aber ich mache sie ihnen auch nicht zum Vorwurf.«

»Also«, nahm Sam den Gesprächsfaden wieder auf, »dein Vater ist ein Berserker. Erzähl uns etwas von dir und deiner Familie.«

»Na schön.« Erik überlegte kurz. »Ich bin sein ältester noch lebender Sohn. Meine Brüder Ulrik und Randolf sind bei einem Raubüberfall ums Leben gekommen, als ich noch zu klein war, um mich daran zu erinnern. Mein Vater wollte, dass ich an ihrer Stelle in seine Fußstapfen trete, aber dann kamen die Sucher und nahmen mich mit. Ich glaube, er hat immer noch das Gefühl, ich hätte etwas verpasst. Dabei wollte ich nie sein Leben führen.« Er seufzte. »Ich hoffe, sie gebärden sich weniger rau als gewöhnlich«, sagte er mehr zu sich selbst als zu ihnen.

Jared klopfte ihm auf die Schulter. »Ich freue mich, sie alle kennenzulernen.«

Das Haus von Eriks Vater war das größte im gesamten Umkreis und thronte auf der Anhöhe, als würde das Dorf ihm gehören.

Ketzer drückte sich an Jareds Beine und hob witternd die Schnauze. Seitdem Sam ihm vermittelt hatte, dass sie ihn nicht über ihrem Lagerfeuer rösten würden, war der Wolf zutraulicher geworden. Hören tat er trotzdem auf niemanden und wenn jemand anderes als Rhenawen, Lucien oder Jared versuchte, ihn anzufassen, schnappte er nach den fremden Fingern. Sam dagegen schien ihm nicht geheuer zu sein und er kniff jedes Mal den Schwanz ein, wenn der Leibwechsler ihm zu nahekam.

»Ruhig, mein Junge.« Jared beugte sich hinab und strich dem Wolf, der ihn zärtlich in die Hand zwickte, übers Ohr. Das war eine Art Ritual zwischen ihnen geworden, wenn der kleine Wolf sich vor etwas fürchtete und Jared ihn beruhigte.

Als sie an die Schwelle des Hauses gelangten, holte Erik tief Luft, ehe er die Faust hob, um anzuklopfen. Seine Fingerknöchel hatten das Holz noch nicht berührt, da flog auch schon die Tür auf. Der Mann, der sich vor ihnen aufbaute, war ein wahrer Hüne. Selbst Henrik, dem Jared seine kräftige Figur neidete, wirkte ihm gegenüber eher schmächtig veranlagt. Eriks Vater hatte schmutzig blondes Haar und einen gewaltigen Bart wie ein Walross. Dicke Haarbüschel wuchsen ihm aus der Nase. Ein ausladender Bauch spannte unter dem Gürtel, aber seine Arme waren muskelbepackt, was ihm das Aussehen eines blonden Grizzlybären verlieh. Seine Stimme dröhnte wie ein Jagdhorn, als er zum Sprechen ansetzte.

»Erik, mein Junge!« Sein Schulterklopfen hätte den jungen Mann fast in die Knie gezwungen. »Was treibt dich hierher? Du hast dich eine Ewigkeit nicht mehr blicken lassen. Ich konnte meinen Augen kaum trauen, als ich euch heraufkommen sah. Kommt rein, alle miteinander.«

Er zog seinen Sohn mit sich, der einen kläglichen Blick über die Schulter warf. Sie folgten ihm gemessenen Schrittes ins Haus.

Jared fing augenblicklich an, zu husten, als er den großen Raum betrat, und er war nicht der Einzige. Allesamt röchelten und räusperten sie sich. Ein riesiges Feuer brannte in einem noch größeren Kamin und der Rauch hing schon an der Decke und waberte über sie hinweg in die Nacht hinaus.

Jared schwitzte bereits und schob sich die Ärmel hoch. Ketzer hechelte.

»Meine Güte«, hörte er Argus pfeifen. »Hier drinnen ist es ja schlimmer als in den Essen der Zwerge.«

Der Hüne lachte dröhnend. »Ah, die Südländer sind nichts gewöhnt.«

»Die *Südländer*?«, wiederholte Espen stirnrunzelnd, doch ein Rippenstoß von Rhenawen ließ ihn verstummen. Für sie drei war jeder jenseits des Grenzgebirges Südländer, aber diese Diskussion sollten sie nicht hier führen. Niemand schien den Einwurf des blonden Jungen gehört zu haben und Jared dankte im Stillen den Göttern. Er wollte Nero nicht dazu verleiten, sie wieder über ihre Herkunft auszufragen.

»Weib, komm her!«

Eine rundliche Frau kam angewackelt. Sie hatte braunes Haar und machte den Eindruck, als würde sie einem, ohne zu zögern, ein Nudelholz über den Schädel ziehen. Jared duckte sich unmerklich. Sie war umringt von drei kleinen Kindern, die sich an ihren Rock gehängt hatten. Zwei weitere saßen an dem gewaltigen Tisch und würfelten mit Knochen. Eine Frau, nur wenig jünger als Erik, umarmte diesen überschwänglich, während ein Junge in Jareds Alter ihm auf den Rücken klopfte. Seine Mutter drückte ihn kurz an sich, ehe sie aus dem Raum eilte, um den Neuankömmlingen etwas zu trinken zu bringen.

»Erik, wen hast du mir da ins Haus gebracht?«, fragte sein Vater und verschränkte die Arme vor der Brust. »Habt ihr schon wieder neue Sprösslinge aufgesammelt?«

»Ja, Vater«, antwortete dieser höchst verlegen. »Wenn ich dir unsere Gäste vorstellen darf? Das hier«, er deutete auf Nero, »ist Nero Dawson, einer der höchstrangigen Magier unter den Suchern. Ihn begleiten Argus, unser Ältester, und der Wölfling Sam. Und schließlich unsere Ausgesonderten.«

Er wies auf die jeweiligen Personen. Rhenawen warf ihm einen scharfen Blick zu, offenbar nicht einverstanden damit, als Ausgesonderte bezeichnet zu werden, aber Jared nahm es dem Soldaten nicht übel. Es hätte zu lange gedauert, die Umstände zu schildern, unter denen sie auf die Sucher getroffen waren.

»Das ist mein Vater Olaf, der Schädelsammler, und das meine Mutter Solveig. Dies sind mein jüngerer Bruder Arnulf und meine älteste Schwester Svea, die Walküre.«

Svea lächelte sie strahlend an.

»Wie schön, dass du uns wieder mal besuchst, Erik. Selbstverständlich könnt ihr für einige Tage bleiben.«

»Warum stellst du uns nicht vor?«, rief das Mädchen vom Tisch her und sah von seinem Würfelspiel auf. »Ich bin Sigrun«, verkündete es stolz.

Ihre Mutter gab ihr einen Klaps auf den Hinterkopf. »Sei nicht so unhöflich. Du weißt genau, dass nur die Ältesten vorgestellt werden, wie es der Brauch verlangt. Hilf mir lieber, das Essen vorzubereiten.« Ihre Tochter folgte ihr maulend in die Kochstube und ihr Bruder, der noch immer bei den Knochenwürfeln saß, schnitt hinter ihrem Rücken Grimassen.

Jared beugte sich zu Erik herüber. »Wie hast du Sam vorhin genannt?«, fragte er leise.

»Wölfling«, antwortete der Soldat gedämpft. »Es ist bei uns ein Ehrentitel für einen Leibwechsler.«

»Aha.« Sam schluckte merklich. Dann bot er höflich an, er und seine Freunde könnten der Hausherrin in der Kochstube zur Hand gehen. Jared vermutete, sein Freund würde zu gern wieder Mehl zwischen den Fingern spüren, aber Olaf winkte entschieden ab.

»Ein Wölfling bedient unter diesem Dach keinen Tisch.«

Schon in kürzester Zeit war die Tafel mit Essen überladen und sie setzen sich alle. Der kleine Wolf hatte sich unter den Tisch gelegt und döste vor sich hin, den Kopf auf Rhenawens Füße gebettet. Sam wurde ein Horn mit Met in die Hand gedrückt. Beim ersten Schluck überkam ihn ein derart heftiger Hustenreiz, dass Arnulf ihm auf den Rücken klopfte. Die Berserker lachten bei seinem Anblick.

»Der Wölfling ist nichts gewöhnt!«, brüllte Olaf und schlug mit der Faust auf den Tisch.

»Was ist das?«, würgte Sam hervor und fuhr sich mit dem Ärmel über die tränenden Augen.

Der Hüne grinste breit. »Das Beste, was die große Mutter uns jemals geschenkt hat. Dieser Met könnte Tote auferwecken!«

Das glaube ich gern, dachte Jared und schob sein eigenes Horn so weit von sich, wie er konnte, ohne einen Schluck davon genommen zu haben. Er hatte Sam immer beneidet, weil dieser selbst eine Schüssel Termiten ohne Probleme hätte verspeisen können. Wenn der Met ihm so zusetzte, wollte Jared gar nicht wissen, wie er selbst darauf reagieren würde.

Solveig setzte eine entschuldigende Miene auf und reichte Sam einen Krug mit frischem Quellwasser, den er mit fahrigen Fingern entgegennahm. Jared runzelte die Stirn, lächelte jedoch wissend, als er Ketzer bemerkte, der konzentriert zu ihnen hinaufstarrte. Gern hätte er widersprochen, den Welpen dafür auszunutzen, aber er verstand Sams missliche Lage. Zwar konnte er inzwischen Helligkeitsunterschiede wahrnehmen, doch er befand sich noch am Anfang eines langen Weges.

»Den Spaß erlauben sie sich mit jedem jungen Burschen, der ihr Haus betritt«, erklärte Solveig. »Iss etwas, dann hört das Brennen auf.«

Sam riss augenblicklich ein Stück aus einem der Brotlaibe und stopfte es sich in den Mund. Er stieß ein erleichtertes Stöhnen aus und kaute genießerisch. Er schluckte, fuhr sich dann verlegen mit der Hand durchs Haar und räusperte sich mehrmals. Svea klopfte ihm auf die Schulter.

»Mach dir nichts draus«, meinte sie nur. »Als Erik zu Besuch nach Hause kam, hat er sich übergeben müssen.«

»Svea!«, stöhnte Erik und vergrub das Gesicht in den Händen. »Könntest du diese Geschichte endlich ruhen lassen?«

Jared ließ anerkennend den Blick über die reich gedeckte Tafel wandern. Vor seiner Nase stapelten sich mehrere Lachse aufeinander, die in einer deftigen Sahnesoße schwammen. Das schiere Aufgebot an Essen war überwältigend. Da gab es ganze Brotlaibe und Käseräder. Eine Schüssel war gefüllt mit einer gräulich weißen Pampe, die sich auf Nachfrage als Heringspüree entpuppte. Tintenfische steckten an Spießen und körbeweise Miesmuscheln standen zwischen den Sitzplätzen, sodass sich jeder bedienen konnte. Garnelen lagen in einer dicken, gelben Soße und Austern, auf denen zur Krönung drei Hummer drapiert waren, türmten sich in der Mitte des Tisches.

Solveig seufzte vernehmlich. »Erik, du hättest früher Bescheid geben sollen. Es ist nicht viel, was ich noch auf Vorrat hatte …«

»Nicht viel?«, riefen Espen und Lune wie aus einem Munde aus und Lucien begann hinter vorgehaltener Hand zu kichern. Er konnte kaum über die eingelegten Seezungen vor seiner Nase hinweggucken.

»Damit könnte man ein ganzes Söldnerheer sattbekommen!«, stieß Espen aus und schüttelte fassungslos den Kopf.

Die Hausherrin wirkte skeptisch und ihr Gesichtsausdruck entlockte sogar Rhenawen ein vergnügtes Lachen.

»Wenn du meinst«, sagte Solveig bloß und zuckte mit den Achseln. »Aber beschwer dich nachher nicht, wenn du hungrig bleibst.«

Alles in allem war es ein angenehmes Schlemmen und Jared stopfte so viel in sich hinein, dass er irgendwann das Gefühl hatte, jeden Moment vom Bauchnabel aufwärts aufzuplatzen. Trotzdem stahl sich noch ein weiterer Hering auf seinen Teller. Noch nie hatte er so gut und so reichhaltig gegessen. Nur vom Bier ließ er nach dem ersten Schluck die Finger. Der schwere Malzgeschmack war überwältigend und er wollte sein Hirn nicht vernebeln.

Ketzer knabberte zufrieden an einem Lachs, der fast so groß war wie er selbst, und schmatzte dabei hörbar.

»Eure kleine Bestie scheint sich hervorragend eingewöhnt zu haben.« Jared wandte den Kopf, um Argus ins Gesicht zu sehen. Der alte Mann musterte den Welpen neugierig. »Wie ich höre, hat sie inzwischen sogar einen Namen.«

»Ja.« Der Junge lächelte. »Aber wenn ich es richtig einschätze, ist keiner der Erwachsenen bisher mit der Namensgebung zufrieden gewesen.«

»Wohl nicht«, sagte Argus und hüstelte trocken. »Wenn ich mich recht entsinne, hat Nero nur die Augen verdreht und gemeint, das würde sich noch auswachsen. Ich hingegen denke, dass das abzuwarten bleibt.«

Jared lachte. »Schon möglich. Aber ich muss meine Reisegefährten in Schutz nehmen. Der Name ist auf meinem Mist gewachsen und bei dem weiblichen Anteil auf erhebliches Missfallen stoßen.«

Der alte Magier schmunzelte. »Das kann ich mir lebhaft vorstellen. Aber was mich interessieren würde, wo habt ihr ihn gefunden und wann?« Er lächelte entschuldigend. »Meine Aufmerksamkeit lässt in letzter Zeit ein wenig zu wünschen übrig.«

Jared zögerte, doch dann antwortete er. »Es war in der Nacht auf der Lichtung, als diese Wesen aufgetaucht sind.«

»Ach, ich verstehe. Ja, das war ein besonderer Augenblick.« Ein verträumter Glanz trat in die müden Augen, die von Myriaden von Falten umgeben zu sein schienen.

»Sagt mir, was waren diese Erscheinungen?«, wollte Jared wissen.

Der Alte setzte sich zurecht und nippte an seinem Trinkhorn, ehe er langsam wieder zu sprechen anfing. »Wenn sie einen Namen haben, dann ist er lange vergessen. Es ist äußerst selten, dass sie sich den Menschen zeigen, denn dafür sind sie zu scheu und feinfühlig. Doch wenn sie Zutrauen gefasst haben und dich berühren, projizieren sie deine glücklichsten Erinnerungen in dir, jedes gute Gefühl, das du durchlebt hast. Freude, Liebe, Rührung. Sie saugen das Glück nicht aus dir heraus, sondern teilen es mit dir und dadurch können auch sie weiterexistieren. Ein Teil von dir wird immer in dem Geschöpf weiterleben, das du berührt hast.«

»Das klingt wie Zauberei«, stellte der Junge fest.

»Vielleicht ist es das, aber dann wäre es ein Zauber, von dem ich noch nie gehört habe.«

Jareds Blick wanderte zu Rhenawen. Sie stocherte sichtlich missmutig in ihrem Krabbeneintopf. In ihm regten sich Zweifel, ob er Argus die nächste Frage stellen sollte, doch dann tat er es trotzdem.

»Ich glaube, ich habe jemanden gesehen, vor dem sie zurückgewichen sind. Wie ist so etwas möglich?«

»Wie?« Argus sah besorgt auf. »Konntest du das Gesicht desjenigen erkennen?«

»Nein, dafür war es zu dunkel.«

Der Alte seufzte tief und seine Augenbrauen schienen sich weiter herabzusenken. »Nun gut. Du musst wissen, es gibt auch Erinnerungen, die Gift für diese Wesen sind. Solche, die überschattet werden von deinen schlimmsten Ängsten und Albträume, von Hass und Zorn, von dem Leid, das du erfahren hast. Auch sie werden hervorgerufen, wenn sie an ehemals fröhliche Erinnerungen geknüpft sind. Die Verbindung reißt ab oder kommt erst gar nicht zustande, wenn nicht mehr genügend Glück da ist, um es hervorzurufen.«

Eine Gänsehaut breitete sich bei seinen Worten auf Jareds Rücken aus. »Ist es deshalb zurückgewichen?« Seine Stimme klang heiser vor Unglauben.

»Ja, das vermute ich. Es muss ein sehr unglücklicher Mensch sein, dem das widerfahren ist.«

»Ja.« Jared sah unwillkürlich erneut zu Rhenawen hinüber und seine Stimme wurde leiser, kaum hörbar. »Ja, das ist sie.«

Mitleid regte sich in ihm und für einen Augenblick wollte er sie in seine Arme schließen und ihr sagen, dass es ihm leidtat, doch er hielt sich zurück. Er wusste, sie würde es ihm nicht danken.

Rhenawen beugte sich gerade hinunter, um Ketzer zu streicheln, und es sah so aus, als würde sie ihm mit der anderen Hand etwas füttern. Er musste lächeln, als der kleine Wolf sich schüttelte und sie vorwurfsvoll ansah. Anscheinend waren Krabben nicht nach seinem Geschmack.

Er wollte schon aufstehen und sich zu ihr setzen, als Svea ihn in ein Gespräch verwickelte.

Sie ließ sich schwungvoll zwischen ihn und Espen fallen und schenkte ihm ein bezauberndes Lächeln. »Na, bist du satt geworden?«

»Mehr als das«, stöhnte Jared. »Ich glaube, ich kann nicht mehr gehen, so vollgefressen bin ich. Vielleicht könnte ich versuchen, zu meiner Schlafstatt zu kugeln.«

Sie kicherte fröhlich. »Ja, Mutter denkt immer, sie müsste uns alle mästen, damit wir zu stattlichen Kriegern heranwachsen.«

Svea hatte ein hübsches Gesicht mit hellen Augen. Das braune Haar von Solveig fiel ihr in die Stirn. Es reichte ihr nur bis auf die Schultern. Auch ihre Kleidung entsprach nicht der einer Frau. Braune Wollhosen schmiegten sich an ihre Beine und ein Leinenhemd, das am Kragen bestickt war, betonte ihre wohlgeformte Figur. Um ihren Kopf war ein Stirnband geschlungen, das sie so stolz trug, als wäre es eine Krone. Er bemerkte, dass an ihrem Gürtel ein Dolch hing, dessen Knauf geformt war wie der Rumpf eines steigenden Pferdes.

»Wohl eher zu stattlichen Walrössern«, brummte Espen und rieb sich den Bauch, der sich unter seinem Hemd merklich wölbte.

»Ihr seid also Ausgesonderte?«, fragte sie interessiert. »Habt ihr denn schon herausgefunden, worin eure besondere Begabung liegt?«

Jared schüttelte unbehaglich den Kopf. Er wollte sie nicht anlügen, doch wenn er jetzt mit der Wahrheit herausplatzte, würde er Erik in ein schlechtes Licht rücken. »Noch nicht.«

»Lune hier allerdings«, berichtete Espen geheimnistuerisch, »scheint magisch begabt zu sein, so wie Nero und die meisten Sucher. Was Sam ist, weißt du bereits, und wenn Rhenawen eine besondere Fähigkeit hat, dann die, ein ewiger Quell der schlechten Laune zu sein.«

Jared versuchte, ihm unter dem Tisch einen Fußtritt zu verpassen. »Hör doch auf.«

Espen grinste nur frech. »Du kannst es ruhig zugeben, Jared. Sie hört dich von hier aus nicht.«

»Rhenawen? Ist das die neben dem kleinen Jungen dort drüben?«

»Genau«, bestätigte Jared. Ihm entging die Eifersucht im Gesicht der jungen Frau nicht, als sie das Erscheinungsbild des anderen Mädchens begutachtete.

»Sie ist recht hübsch, aber das sagt über einen Charakter nicht sonderlich viel aus. Schließlich hat selbst eine Rose Dornen.«

Espen schnaubte. »Sie hat nichts von einer Rose an sich, glaub mir. Ihr Charme ist eher der einer nassen Katze.«

Svea kicherte vergnügt. »Du scheinst nicht sonderlich viel für sie übrig zu haben.«

Espen zuckte mit den Achseln. »Wir reisen gemeinsam, aber das heißt nicht, dass ich sie mögen muss.«

Jared kniff die Augen zusammen. Er ahnte, dass Espen das nur sagte, um Svea zu gefallen. Der Junge fühlte sich sichtlich von ihren Reizen angezogen. Dennoch wusste Jared, dass Espen durchaus große Stücke auf ihre Begleiterin hielt, auch wenn er lieber einen ganzen Krug dieses abscheulichen Mets schlürfen würde, als das zuzugeben.

Schließlich lenkte Jared das Gespräch auf sie, indem er Svea nach ihrem Beinamen fragte.

»Ach das.« Sie zwinkerte verschmitzt. »Ich habe mich schon früh im Kampf bewährt, weiter nichts.«

»Hör nicht auf sie«, mischte sich Arnulf ein. Er legte seiner Schwester von hinten den Arm um die Schultern. »Sie ist zu bescheiden.«

Svea schüttelte den Kopf. »Du weißt doch, dass Festlandburschen solche Geschichten nicht gern hören.«

»Unsinn. Sie sind mit einem Wölfling unterwegs, da sind sie an so etwas gewöhnt.«

»Ja, natürlich«, stammelte Espen sichtlich verwirrt. »Erzähl es uns ruhig.«

»Siehst du? Du kannst ihnen mehr zutrauen. Also, hört zu.« Arnulf beugte sich verschwörerisch zu ihnen herüber. »Sie ist mit ihrem ersten Schiff im Spätwinter die Salzküste entlang gesegelt. Die Stürme hätten sie beinahe kentern lassen und trotzdem hat sie den Kurs auf Donnerklipp gehalten, das Dorf eines unserer ärgsten Widersacher, der im Herbst eine unserer Flotten gekapert hatte. Ihre Mannschaft zählte bloß achtzig Mann, aber trotzdem überfielen sie Donnerklipp in der Nacht und brannten die Häuser zu Asche nieder. Ihr Anführer kam im Schlafgewand aus seinem Haus gestürzt und konnte es gar nicht fassen. Natürlich konnte ihre Mannschaft nicht alle Gegner besiegen, nachdem sie sich erst formiert hatten. Ungefähr zwanzig gute Berserker starben ehrenvoll im Kampf und speisen jetzt an der Tafel der großen Mutter. Trotzdem konnten sie einen Haufen Silber erbeuten sowie Unmengen Pelze. Der Feigling hat uns seitdem nie wieder belästigt. Ich kann es ihm nicht verübeln. Die Hälfte seines Dorfes leistet unseren Gefallenen Gesellschaft.«

Espen starrte Svea mit offenem Mund an. »Beeindruckend«, brachte er schließlich hervor. »Wirklich beeindruckend.«

»Das war es«, polterte Olaf. »Der Ursprung meines Namens ist dagegen leicht zu erraten. Aber sag, Junge«, er deutete auf Jared, »wie viele hast du bereits erschlagen?«

Jared verschluckte sich an seinem Quellwasser und prustete in den Becher. Als er wieder daraus hervortauchte, stammelte er: »Äh, wie bitte?«

»Mach mir nichts vor.« Der Berserker grinste scheel. »Du bist mit heißem Blut geboren, das sehe ich an der Narbe in deinem Gesicht. Also, wie viele?«

»I-ich … Unsinn«, stotterte Jared. Er war sich der Blicke seiner Kameraden nur allzu bewusst. »Ich weiß nicht, wovon Ihr sprecht.«

»Auf unserer Reise sind wir in einen Hinterhalt geraten«, meldete sich Erik zu Wort. »Wir hatten dabei Sam hier an unserer Seite. Wie viele hast du dabei getötet, Wölfling? Zwei?«

Jared sendete gedanklich ein Dankesgebet an Erik.

»Drei«, antwortete Sam knapp. »An die ich mich erinnere.«

Sein Mund verzog sich angeekelt. Wahrscheinlich sah er ihre Gesichter wieder vor sich.

Svea wandte sich wieder an Jared. »Du weichst der Frage aus«, schalt sie ihn. »Du musst dich nicht dafür schämen, weißt du? Wir sind hier unter uns. Niemand wird deswegen eine Blutfehde heraufbeschwören.«

Sie meinte ernst, was sie da sagte. Er sah es in ihren Augen. Was waren das nur für Menschen, mit denen er da am Tisch saß?

Jared warf ihr einen durchdringenden Blick zu, entschlossen, zu beteuern, er sei noch nie in einen Kampf verwickelt worden, aber die Worte blieben ihm im Halse stecken. Er sah die Menschen vor sich, die er bereits hatte sterben sehen. Er erinnerte sich an die brutalen Hände, die ihn zwangen, den Opfern in die Augen zu sehen, während sie unter Folterqualen verendeten.

Der Junge senkte den Blick auf seinen Teller, auf dem Fischgräten aufgehäuft lagen. Die Augen eines Herings, dessen Kopf er nicht angerührt hatte, schienen ihn anzustieren. Er schluckte schwer.

»Ich habe schon Menschen getötet«, gestand er leise. »Aber ich wollte es nicht.«

Nero hob den Kopf. Seine blaugoldenen Augen fixierten ihn. Der Junge erwiderte seinen Blick. Wie er ihn ansah.

»Wie alt warst du da?«, fragte Svea.

Jared schüttelte den Kopf. Er konnte sie alle vor sich sehen. So viele Menschen waren bereits von seiner Hand gestorben, weil es ihm befohlen worden war.

Du warst schwach, dachte er. *Du hast aufgehört, dich zu wehren. Wenn deine Mutter es wüsste, was würde sie sagen? Wie sollst du ihr jemals wieder in die Augen schauen?*

Erneut durchlebte er das Dahinscheiden seines letzten Opfers. Er hatte dagelegen, reglos, bis auf das stete rote Rinnsal, das aus dem tiefen, handbreiten Loch an seiner Kehle floss, im Rhythmus seiner ersterbenden Herzschläge. Sein ledernes, eisenbeschlagenes Wams glänzte vor Blut.

Wer war der Erste gewesen? Wann hatten sie ihn zum ersten Mal dazu gezwungen?

»Zwölf.« Warum erzählte er ihnen das? Aber es war wie ein Drang, diese Wahrheit endlich auszusprechen, nachdem sie seit so vielen Jahren sein Gewissen vergiftete. »Es ist noch gar nicht lange her, seit ich den Letzten getötet habe. Ich habe meinen Bruder ermordet.«

Seine Augen brannten. Vor seine Sicht schob sich das Bild eines jungen Mannes mit dem gleichen schwarzen Haar wie seinem, nur dass es ihm in Locken in die Stirn fiel. Sein Gesicht war unrasiert, sodass ein kurzer Bart auf Wangen und Kinn spross. Er grinste Jared breit zu und seine dunklen Augen funkelten. Die Erinnerung löste Angst und Hass in dem Jungen aus und er ballte unwillkürlich die Fäuste.

»Wie war sein Name?«, fragte Nero ruhig in die angespannte Stille.

»Derek.« Seine Stimme klang anders, seltsam gepresst. Er sah Sam in die Augen, was dieser natürlich nicht sehen konnte, doch seine nächsten Worte waren an ihn gerichtet.

»Ich habe Derek getötet.« *Für alles, was er uns angetan hat.*

Sam sah fassungslos aus und er konnte ihm die Frage am Gesicht ablesen. *Wie?*

Jared vergrub das Gesicht in den Händen, überwältigt von seinen Gefühlen. Eine Hand berührte seine Schulter.

»Du musst dich dafür nicht schämen«, sagte Svea leise. »Du kannst nichts dafür. Die Wildheit ist manchen angeboren und man kann sich nicht dagegen wehren.«

Das war es nicht, was ihn so tief traf. Nein, er hatte keine Schuldgefühle. Wenn er an den Tod seines Bruders dachte, erfüllte ihn Befriedigung. Das war es, was er sich nicht verzeihen konnte.

Soweit er es erkennen konnte, gefiel seine Geschichte den Berserkern, die anerkennendes Gemurmel austauschten.

»Also dann! Dass ihr mir den Knaben hier nicht aufschreckt!«, rief Olaf seinen Kindern zu und stieß dann mit Arnulf auf Jareds Gesundheit an.

Der Junge sah auf und begegnete Rhenawens grünen Augen, in denen etwas lag, das er dort nicht erwartet hatte: Verständnis. Das beunruhigte und erleichterte ihn zugleich.

Er sah, dass Lucien bereits an ihrer Schulter eingedöst war, und atmete auf, als er begriff, dass der kleine Junge dieses Gespräch nicht mit angehört hatte. In seiner Anwesenheit musste er lernen, seine Zunge im Zaum zu halten.

Espen und Svea hatten sich inzwischen in ein Gespräch vertieft und unterhielten sich eifrig über die Schiffe, die am Hafen vertäut lagen. Sie war sichtlich erfreut, dass er ihre Begeisterung für die Seefahrt teilte, und schon bald versuchten sie, sich gegenseitig zu übertrumpfen, als sie die Härte der Stürme schilderten, die sie schon auf dem Meer erlebt hatten. Jared wurde bei der lebhaften Beschreibung beinahe übel.

Svea staunte nicht schlecht, als sie hörte, dass Lune und Sam noch nie auf See gewesen waren, geschweige denn ein echtes Schiff auch nur bei Tageslicht gesehen hatten. Sie erzählte ihnen von ihren Reisen auf See und den Überfällen, an denen sie schon teilgenommen hatte. Sie hatte ein unbeschwertes Gemüt, aber ihm schwante, dass er sie in einem Kampf nicht gegen sich haben wollte.

Der Rest des Abends gestaltete sich als unkomplizierte Zusammenkunft. Niemand sprach die Gäste mehr auf die Anzahl ihrer bisherigen Todesopfer an und dafür war Jared dankbar. Erik erzählte von ihrer Reise hierher und gestand, dass sie vor der Abreise auch hier eine Säuberung vornehmen würden.

»Dass Ihr mir nur nicht auch noch meinen anderen Erben wegnehmt.« Olaf wedelte mahnend mit dem Zeigefinger in Neros Richtung. »Zum Glück ist Egil derzeit auf den Inseln.«

Der Magier lächelte kühl. »Wir werden sehen.«

Jared bewunderte seine Gelassenheit gegenüber dem Berserker.

Solveig ließ sich von Argus gerade ein Rezept für eine Wundsalbe aus Fischgräten geben, von der ihm Agata erzählt hatte, als Erik meinte, es wäre Zeit, zu Bett zu gehen.

»Das geht sonst noch die ganze Nacht so weiter«, raunte er Jared zu, der schmunzeln musste.

»Bist du sicher?«

Olaf hatte eine Menge getrunken und war bereits unbemerkt nach hinten gekippt. Sein leises Schnarchen erfüllte schon eine ganze Weile den Raum.

Die Hausherrin führte sie zu ihren Schlafgemächern. Jared, Lucien und Sam würden mit Erik bei Arnulf unterkommen. Argus erklärte sich bereit, gemeinsam mit Espen zu nächtigen, während Nero eine freie Kammer bezog. Rhenawen sollte sich mit Svea arrangieren, die ihr einen berechnenden Blick zuwarf, dem das dunkelhaarige Mädchen mit einem spöttischen Lächeln begegnete. Diese Kombination hielt Jared für keine gute Idee, doch er verzichtete darauf, Einwände zu erheben, als auch Lune bei ihnen einquartiert wurde.

Jared warf sich auf die ihm zugewiesene Strohmatte und kuschelte sich an Ketzer. Er breitete ein Bärenfell über ihnen aus und glitt rasch in einen traumlosen Schlaf hinüber.

»Steh auf!«

RHENAWEN

Es war noch dunkel, als sie aus unruhigen Träumen hochschreckte. Rhenawen rieb sich über das Gesicht und setzte sich auf.

Das kleine Zimmer hatte einen Ausblick auf das noch tintenschwarze Meer. Durch das Fenster fiel fahles Mondlicht auf die zusammengerollte Gestalt von Lune unter ihrem Bärenpelz. Ihr Gesicht war ein heller Fleck in der schäbigen Schlafkammer.

Langsam erhob Rhenawen sich und schob die Decke beiseite. Das Mädchen schlüpfte in ihre Stiefel neben der Schlafstatt und schlich dann durch den Raum. Auf dem Weg zur Tür stieß ihr Fuß gegen etwas Hartes und ihre Hand schnellte noch rechtzeitig vor, um zu verhindern, dass die Axt klirrend zu Boden fiel, die an einer Truhe gelehnt hatte. Das Mädchen unterdrückte den Drang, einen Fluch auszustoßen, und versicherte sich mit einem Seitenblick, dass Svea nicht aufgewacht war. Die junge Frau drehte sich murmelnd auf die andere Seite, zeigte ansonsten jedoch keine Reaktion.

Gut, dachte Rhenawen. Es wäre kompliziert geworden, wenn sie ausgerechnet von ihr mit einer Waffe in der Hand erwischt worden wäre. Ihr war nicht entgangen, wie eifrig Svea versucht hatte, Espen und Jared in ein Gespräch zu verwickeln, und auch nicht, wie sie immer wieder zu ihr herübergeschielt hatte.

Du kannst sie gern beide haben, dachte sie zynisch. *Aber erst, nachdem ich noch eine vergnügliche Zeit mit ihnen verlebt habe.* Beinahe hätte sie bei diesem Gedanken laut aufgelacht, so absurd schien er ihr.

Die Tür knarrte leise, als das Mädchen sich hindurchschob. Sie eilte durch die beheizte Halle und trat hinaus in die kühle Nachtluft. Eine laue Brise spielte mit ihrem Haar und sie atmete tief ein. Endlich entkam sie diesen rauchgeschwängerten Räumen und der erdrückenden Anwesenheit von Menschen um sich herum. Sie kramte in einem Beutel an ihrem Gürtel und zog ein zerbröseltes Blättchen Blauschatten heraus, das sie sich auf die Zunge legte. Es schmeckte bitter, als sie darauf biss, und sie verzog das Gesicht. Dann lief sie los.

In einer Felskuhle in der Nähe hatte sie ihre Zwillingsdolche und das in Lumpen eingewickelte Schwert zurückgelassen, nachdem der Magier angemerkt hatte, dass ihre Gastgeber es vermutlich nicht gut aufnehmen würden, wenn sie damit in ihr Haus käme.

Das gewohnte Gewicht auf ihrem Rücken hatte eine beruhigende Wirkung auf ihre strapazierten Nerven, auch wenn es lange her war, seit sie es das letzte Mal so offen bei sich getragen hatte. Dennoch war es ihr schwergefallen, sich auch nur kurz von *seinem* Schwert zu trennen.

Ihre Füße trugen sie nicht hinunter an den Strand, sondern die Klippen entlang, von denen aus sie einen guten Ausblick auf die Küste hatte, die wie ein heller Schatten über dem Meer hing.

Als das Dorf schließlich nicht mehr zu sehen war, fiel ein Teil ihrer Anspannung ab. Ein leichter Wind wehte und blies ihr die losen Strähnen aus dem Gesicht, als sie stehenblieb und sich dem dunklen Wasser zuwandte, auf dem silbrige Flecken tanzten. Beinahe bildete sie sich ein, in weiter Ferne den Lichtschein eines Leuchtturmes zu erspähen, fast so, als würde ihre Heimat grüßend die Hand heben, um sie daran zu erinnern, in welche Richtung sie sich wenden musste. Bei der Vorstellung wog ihr Herz schwerer und längst vergessene Wünsche kehrten zurück.

Du sehnst dich ja noch immer danach, zurückzukehren, stellte sie fest. Schon lange hatte sie nicht mehr so empfunden und dieser seltene Anflug von Heimweh hatte eine verstörende Wirkung auf sie. Sie hasste es, sich so angreifbar zu fühlen, und verdrängte die aufsteigenden Erinnerungen. Doch es blieb ein schaler Geschmack auf ihrer Zunge zurück.

Ich muss sie endlich dazu bringen, sich von den Ausgesonderten zu trennen.

Rhenawen trat nach einem Kiesel, der über die Kante hüpfte und verschwand. Sie hörte, wie er von den Felsen abprallte, ehe er von den gierigen Wellen verschluckt wurde, die unter ihr tosten.

Sie rieb sich über die Stirn. Nur wegen Jared hatte sie sich bereiterklärt, sich der kleinen Gemeinschaft von Magiern und Ausgesonderten anzuschließen. Damit er die Gelegenheit erhielt, seinen erblindeten Freund zu unterstützen. Aber wofür brauchte der ihn noch, nun, nachdem seine anfängliche Verzweiflung Beharrlichkeit gewichen war? Sie hatte keine Bedenken, dass er mit seiner wiederentdeckten Gabe lernen würde, sich mit diesem Schicksalsschlag abzufinden, auch wenn er dafür Zeit brauchen würde. Zeit, die sie nicht hatten.

Wir haben uns lange genug davon aufhalten lassen.

Doch so recht konnte sie ihren eigenen Worten nicht glauben. Wären sie Sam unter anderen Umständen begegnet, hätte sie Jared die Zeit gegeben, die er brauchte. Aber nicht, wenn sie dafür mit *ihnen* reisen musste. Seit Tagen schlief sie nun schon schlecht und starrte in den Nachthimmel hinauf, bis ihre aufgewühlten Gedanken endlich verstummten. Sie war bislang entgegenkommend gewesen, aber das würde sich nun ändern, wo sie die übrigen Sucher eingeholt hatten.

Es war nicht so, dass sie die Jungen nicht verstehen wollte. Auch sie sah die Vorzüge, die es mit sich brachte, in einer großen Gruppe zu reisen, aber sie ertrug es einfach nicht mehr … Allein die Anwesenheit der Magier brachte die Bilder von Asche und Blut zurück … Und dieser brennende Hass … Sie erschauderte und schlang die Arme um ihren Körper. Nein, sie mussten endlich gehen.

Rhenawen wusste nicht, wie lange sie so dastand und was sie letztendlich dazu brachte, sich aus ihrer Starre zu lösen. Vielleicht waren es die kaum hörbaren Schritte auf Stein oder vielleicht war es auch eine Veränderung der Luft, die er verursachte. Doch als sie aufsah, stand er da und zeichnete sich als dunkle Silhouette vorm Mondlicht ab.

Ihr Herzschlag beschleunigte sich, dennoch ließ sie sich zu keiner hektischen Bewegung verleiten, die verraten hätte, dass er sie überrascht hatte.

Er war hochgewachsen und ganz in Schwarz gekleidet, doch als er den Körper ein wenig bewegte, sah sie, dass sein Gesicht von einem Tuch verhüllt wurde, das er sich über Mund und Nase gezogen hatte, und sein Haar von einer Kapuze verborgen wurde. Nicht einmal seine Augen konnte sie in dem schwachen Licht ausmachen.

Ein bitteres Lächeln schlich sich auf ihr Gesicht, denn nun wusste sie, wer da vor ihr stand. Sie hatte ihn nicht vergessen. Den Vermummten vom verbrannten Schlachtfeld, der Lucile getötet hatte. Einige Herzschläge lang sahen sie einander bloß schweigend an. Sie hatte ihn schon an jenem Abend in der Nähe der Kräuterhütte wiedererkannt, als sie und Jared ihn zusammen mit Damien gesehen hatten.

Hatte der Vermummte nur darauf gewartet, dass einer von ihnen unvorsichtig wurde und sich weit genug von ihrer Gruppe entfernte, oder hätten ihn auch die Sucher nicht aufgehalten, wenn ihre Wege sie nicht in dieser Nacht zusammengeführt hätten? Vermutlich wusste er inzwischen, dass sie zu Espen gehörte, sie würde also handeln müssen. Sie konnte nicht zulassen, dass er diesen Ort lebend wieder verließ.

Rhenawen zog ihr Schwert. Die Runen, die in die Klinge eingraviert waren, verströmten ein sanftes Glühen. Sie meinte, das Gewicht des Steines an ihrem Gürtel zu spüren, als wäre er angesichts der drohenden Gefahr schwerer geworden.

Der Fremde zog seinerseits ein Schwert, das in den Falten seines Umhangs beinahe verborgen geblieben war. Die lange Klinge blitzte im Mondlicht auf.

»Noch kannst du dein Leben retten.« Der Klang seiner Stimme ließ sie aufhorchen. Sie war dunkel und so samtig wie ein Mottenflügel. »Übergib mir das Artefakt, dann lasse ich dich und deine Freunde laufen.«

»Ich weiß nicht, wovon du sprichst«, behauptete Rhenawen und stellte befriedigt fest, dass ihre Stimme nichts von ihrem inneren Aufruhr verriet.

»Halte mich nicht zum Narren.« Er trat einen Schritt vor und hob in einem Anflug von Ärger die linke Hand. »Ich weiß, dass dieser Junge mit den Suchern reist, ebenso wie du, dafür verfolge ich euch schon lange genug. Das Artefakt wurde euch übergeben, um mich in die Irre zu leiten, aber nein. Dieser Rebell, der euch in diese Angelegenheit mit hineingezogen hat, ist ein Tor. Niemand ist mir bisher entkommen.«

»Dann ist es vielleicht an der Zeit, daran etwas zu ändern«, gab sie zurück und ließ das Schwert kreisen.

Er schwieg kurz und musterte sie eindringlich, als würde er sie erst jetzt wirklich wahrnehmen. »Weshalb willst du sterben, wenn du nicht einmal weißt, wofür du kämpfst?«

Rhenawen zögerte. Etwas ganz Ähnliches hatte sie zu Jared gesagt, damals in der Kapelle, und erneut beschlichen sie Zweifel. Sie wusste nicht, was es mit dem Stein auf sich hatte, und bestimmt war sie nicht bereit, für ihn zu sterben. Es könnte enden, jetzt, bevor es wirklich begonnen hatte. Espen und Jared würden sie dafür hassen, aber sie könnte verschwunden sein, noch ehe die Morgendämmerung aufzog. Aber da war noch mehr … Sie wusste vielleicht nicht, was es mit diesem Stein auf sich hatte, aber dafür kannte sie Loni. Dieses Artefakt hatte ihn ernsthaft beunruhigt. Wie hatte er es genannt? Eines der ältesten und gefährlichsten Relikte ihres Kontinents. Wollte sie wirklich, dass es diesem Mann in die Hände fiel?

Sie erinnerte sich noch an das verbrannte Schlachtfeld und an ihn, wie er kaltblütig eine junge Frau ermordete, nur weil sie zu viel gewusst hatte. Und auch das zerstörte Dorf und seine Bewohner standen ihr noch klar vor Augen. Niedergemetzelt, abgeschlachtet. Und wozu? Die Wut, die sie nun schon seit Tagen mit sich herumtrug, pochte durch ihre Venen.

»Ich muss es nicht wissen«, stieß sie zwischen zusammengebissenen Zähnen hervor.

Der Vermummte stieß einen Laut aus, der einem unterdrückten Lachen glich. »Du bist ein seltsames Mädchen, aber wie du willst.« Er hob das Schwert und kam auf sie zu.-Die Klingen trafen sich laut klirrend in der Luft und das Mädchen ging in einer fließenden Bewegung zum Gegenangriff über. Sie zielte auf seine Rippen, doch er parierte den Streich scheinbar mühelos. Rhenawen duckte sich unter seinem beidhändig geführten Schlag hinweg und schnellte vor, um seine Kniesehnen zu durchtrennen, doch er wich im letzten Moment aus.Er war ihr mehr als ebenbürtig. Seine Bewegungen waren kraftvoll und geschmeidig und er glitt von einer Stellung in die nächste, als wäre ihr Schlagabtausch ein Tanz. Mit einer flinken Bewegung schlitzte er ihr die Wange auf, doch sie rächte sich, indem sie ihm einen Schnitt unterhalb des Knies beibrachte. Der Fremde täuschte einen Schlag gegen ihren Kopf an, ließ das Schwert dann jedoch auf ihre Knöchel herabschnellen. Sie sprang mit angewinkelten Knien in die Luft und entging so der scharfen Schneide, die wie ein silbriger Blitz durch die Luft schnitt. Ungelenk landete sie auf den unebenen Felsen und wich zurück, um ihr Gleichgewicht wiederzufinden. Der Vermummte setzte sofort nach und ließ eine schnelle Abfolge von Schlägen auf sie herabregnen, die sie mit Mühe abwehrte. Das Aufeinandertreffen der Schwerter hallte laut übers

Wasser. In ihrer Konzentration hatte Rhenawen nicht bemerkt, wie nahe sie dem Abgrund bereits gekommen waren. Unter sich sah sie aus dem Augenwinkel weißen Sand aufblitzen. Sie musste diesen Kampf beenden, ehe sie zu erschöpft war, um sich weiterhin ausreichend zu decken.Die Schwertschneide ihres Gegners pfiff auf sie zu und sie blockte die Attacke nur wenige Zoll vor ihrer Brust. Funken stoben von dem Metall auf, als es kreischend übereinander schabte. Dann schnellte ihre freie Hand vor und packte ihn an der Schließe seines Mantels. Er taumelte und einen Moment lang hingen sie in der Schwebe. Dann drückte sie sich mit ihren Beinen ab und beförderte sie beide über die Kante. Der Wind heulte in ihren Ohren, als die Welt aus den Fugen geriet. Ihr Herzschlag dröhnte ihr in den Schläfen und sie musste den Impuls unterdrücken, zu schreien. Ihre Gedanken rasten, aber irgendwie gelang es ihr, die Beine mit denen des Fremden zu verschränken und sich im Sturz zu drehen. Im nächsten Augenblick schlugen sie mit einem dumpfen Aufprall und einem mächtigen Ruck auf. Sand spritzte umher und ein Knacken ertönte. Sie rollte von ihm herunter und stöhnte. Ein brennender Schmerz fuhr ihr durch den Brustkorb, doch sie wusste, dass das Geräusch von den Knochen des Vermummten gestammt hatte, der sich nur schwach neben ihr regte. Sein Körper hatte sie vor Schlimmerem bewahrt und sie kroch von ihm weg. Das Schwert war ihr aus der Hand gerissen worden und ihre Finger tasteten suchend im weichen Sand danach. Ihr Atem ging keuchend. Wellen brandeten an ihren kleinen Strand, völlig ungerührt von den beiden Menschen, die sich im Sand krümmten. Rhenawen fluchte unterdrückt und richtete sich auf, hoffte, dass sie das Glühen ihres Zweihänders dadurch erspähen könnte. Der Fremde machte bereits Anstalten, sich zu erheben, hatte sich auf einem Ellenbogen abgestützt … Sie reagierte instinktiv. Das Mädchen sprang vor, riss ihn um und hielt ihn mit ihren Knien am Boden. Sie zog ein Stilett aus dem Wehrgehänge, das er unter dem Mantel über seiner Brust trug, und hielt es ihm an die Kehle. Bei dieser abrupten Bewegung stachen ihre

Rippen vorwurfsvoll und sie biss die Zähne zusammen, um nicht aufzuschreien. Dennoch begegnete sie furchtlos seinem stechenden Blick.Die Kapuze war ihm bei ihrem Sturz heruntergerutscht. Er griff nach dem Tuch, um es wegzuziehen, und offenbarte damit sein Gesicht. Ihr stockte der Atem. Seine Züge waren ebenmäßig, beinahe aristokratisch, und sein Haar schimmerte sternenhell im Mondlicht. Blut klebte in seinem Mundwinkel und er hustete rau. Rasch nahm sie das Stilett ein Stück zurück, damit er sich nicht versehentlich selbst die Kehle aufschlitzte. In dem weißen Licht hatten seine Augen einen silbrigen Schimmer, aber sie ahnte, wie sie bei Tage aussehen würden: pechschwarz und undurchdringlich. Sie hatte nicht erwartet, in Cantos einem Dariya zu begegnen. Seine Lippen verzogen sich zu einem humorlosen Lächeln. »Kein besonders netter Trick, aber zweifellos wirkungsvoll.« Er atmete rasselnd ein. »Du bist verrückt, so etwas zu versuchen.«»Verrückt oder nicht, ich bin nicht diejenige mit dem Messer an der Kehle«, entgegnete sie und kämpfte dabei gegen das Schwindelgefühl an, das sie überkam. »Ja.« Seine Stimme war angestrengt, als würde sich jedes Wort aus seinem Mund herausquälen. Er sah aus, als wäre er vielleicht Mitte zwanzig, aber sein Aussehen konnte trügen. »Tu es.«Seine Worte bescherten ihr eine Gänsehaut. Er klang nicht so, als hätte er Angst, vielmehr wirkte er resigniert und … müde. Rhenawen zögerte, dabei sollte sie es tun. Er war ihr Verfolger und sie zweifelte nicht daran, dass er in der Lage war, sie alle umzubringen, wenn sie ihm die Gelegenheit dazu gaben. Aber nun wirkte er so wehrlos, als er gequält die Augen schloss und gepresst Atem holte. Es machte ihn so überaus menschlich. Und … *er ist wie ich.*

»Noch nicht.«

»Tu es.«

»Nein«, wiederholte sie, zog das Stilett jedoch nicht zurück. »Ich habe Fragen.«

»Fragen?« Sein Lachen endete in einem rasselnden Keuchen. »Denkst du, ich würde … dir irgendetwas … mitteilen?«

»Nicht freiwillig«, räumte sie ein und ließ die Klinge an seinem Hals hinabwandern. »Aber vielleicht mit ein wenig Motivation?« Sie verstärkte den Druck und schnitt eine feine Linie in sein Fleisch bis zum Schlüsselbein.

Er biss die Zähne zusammen und stöhnte unterdrückt. »Du wirst dich etwas mehr anstrengen müssen.«

»Was bringt dich dazu, zu glauben, ich hätte schon angefangen?«, fragte sie und zwang sich zu einem beinahe zärtlichen Ton. Sie hasste jedes einzelne Wort, das aus ihrem Mund kam. »Aber vielleicht willst du dem ja vorbeugen. Ich wäre schon mit einer Kleinigkeit zufrieden.«

»Und von welcher Art soll diese sein?«

Seine hellen Augen bohrten sich in die ihren. »Ich will wissen, wer dich geschickt hat. Wie habt ihr uns so schnell gefunden? Und weshalb will ein Dariya dieses Artefakt? Ich hatte angenommen, dies wäre eine Angelegenheit zwischen dem Rat und den Rebellen.«

Er lachte auf und verzog dabei vor Schmerzen das Gesicht. Sein Brustkorb vibrierte unter ihren Knien. »So viele Fragen und ich bin nicht gewillt, auch nur eine zu beantworten. Ich werde dir nichts sagen, du brauchst dich nicht weiter zu bemühen. Du solltest besser zusehen, dass nicht noch mehr Leute in diese Angelegenheit verwickelt werden. Um diesen kleinen Jungen wäre es doch wirklich schade, findest du nicht?«

Bei seinen Worten stieg heißer Zorn in ihr auf. »Wenn ihr ihn auch nur anrührt«, fauchte sie, »werde ich dafür sorgen, dass für jede Schandtat, die ihr an ihm begeht, einer von euch stirbt.«

»Dann liegt dir also etwas an ihm«, sinnierte er, doch seine Augen blieben berechnend, als er das sagte. »Die anderen Kinder aus seinem Dorf müssen schon auf halbem Weg zu den Frostfängen sein. Die Söldner dort haben ein Händchen für Jungen wie ihn …«

Doch sie hörte nicht länger zu. Sie wusste, er wollte sie reizen, damit sie ihn aus einer Laune heraus tötete, aber sie würde sich nicht so leicht manipulieren lassen.

»Es genügt«, sagte sie und schenkte ihm ein bezauberndes Lächeln. »Ich werde dich auch ohne weiteren Anreiz töten, darum musst du dich nicht sorgen.« Sie näherte ihre Lippen seinem Ohr. »Das verspreche ich.«

Ein Beben ging durch seinen Körper. »Du fürchtest den Tod«, stellte sie fest.

Sie musste nachdenken und das rasch. Sie waren an diesem Strand viel zu einsehbar und wenn man sie entdeckte, würden auch die Sucher von dieser Angelegenheit erfahren, und das durfte nicht passieren.

Es ergab keinen Sinn, dass ein Dariya sich mit astorischen Söldnern einließ. Zwar konnte jeder die Dienste eines darischen Attentäters oder Kundschafters kaufen, aber für einen solchen Auftrag? Hatte der Rat denn nach all den Jahrhunderten der Rivalitäten nichts dazugelernt? Für viele in den Elf Reichen waren die Dariya nichts weiter als erbarmungslose Giftmischer und käufliche Handlanger. Ein Volk, das sich auch untereinander in seinen politischen Intrigen tötete, als wäre dies nicht schwerer oder bedeutender als atmen. Auch töteten sie willig in den Diensten fremdländischer Auftraggeber, selbst in ihren eigenen Reihen, aber nur, wenn es ihnen einen Vorteil brachte. Und nur, wenn es ihrem Reich nützte oder zumindest nicht schadete. Denn die Dariya waren ihrer Göttin treu ergeben und damit auch ihrem Reich. Ein mächtiges Artefakt in die Hände eines konkurrierenden Reiches zu geben, wäre für die meisten Dariya völlig undenkbar. Es würde bedeuten, dass, wenn dieses Artefakt war, was Loni vermutete, noch eine dritte Partei dahinter her war.

»Ich schätze, es ist gleich, was du weißt oder nicht«, sagte sie schließlich. Mit diesen Worten stieß sie ihm das Stilett in die Seite. Sie drehte die Klinge, ehe sie es wieder herausriss. »Das sollte mir dein Schweigen sichern. Du dürftest nicht mehr als einige weitere Stunden zu leben haben.«

Er hustete und frisches Blut lief ihm übers Kinn. »Bist du zu feige, es endgültig zu erledigen?«

»Nicht doch, aber du hast versucht, mir zu drohen. Ich werde das nicht mit einem schnellen Tod belohnen. Aber«, sie hob einen Finger, »solltest du dennoch durch einen glücklichen Zufall überleben, möchte ich, dass du deinem Aufraggeber eine Botschaft von mir übermittelst.« In ihre Augen trat ein manisches Funkeln. »Sag ihm, dass ich das Artefakt in meinen Besitz gebracht habe und dass ich alles tun werde, um zu verhindern, dass es von einem Astori missbraucht wird.«

Er blinzelte überrascht, doch dann kniff er die Augen zusammen. »Du machst dich damit nur interessanter für mich. Willst du das?« Der Fremde hustete und drehte den Kopf weg. Der Sand verfärbte sich dabei rot.

Sie lächelte und Bitterkeit schwang darin mit. »Es wäre nicht das erste Mal, dass mich jemand jagt, und ohnehin wird dein Interesse nichts ändern. Schließlich besitze ich noch immer etwas, das du unbedingt haben willst.«

»Vielleicht ändert es nichts. Aber lass mich dir eines verraten. Du weißt nicht, wen du dir zum Feind gemacht hast. Sobald ihr entbehrlich geworden seid, werde ich euch töten. Und ich werde mit Vergnügen dabei zusehen, wie ihr euch windet.«

»Oh, doch, das weiß ich. Ich kenne dein Volk recht gut.« Rhenawen lächelte spöttisch und stand auf. »Versuch ruhig, mich zu töten, wenn wir uns wiedersehen. Aber erwarte nicht, dass du Erfolg haben wirst.«

Ehe sie sich abwenden konnte, holte seine Stimme sie erneut ein. »Was macht dich da so sicher?«

Das Mädchen drehte sich ein letztes Mal zu ihm um. »Auch du weißt nicht, mit wem du dich angelegt hast«, sagte sie, »und solange du mit gebrochenen Knochen und Blut in der Lunge im Sand liegst, sehe ich keinen Grund zur Furcht. Ohnehin«, sie lachte leise auf, »habe ich es nicht nötig, mich mit Möwenfutter zu unterhalten, mein lieber *Balrik.*« Er zuckte kaum merklich zusammen, als sie diese darische Anrede benutzte.

Rhenawen sah hinab auf die dünne Klinge in ihrer Hand. »Die werde ich behalten, als Andenken.« Zum Abschied hob sie eine Hand. »Bis zum nächsten Mal. Vielleicht.«

Sie ging davon und hielt nur inne, um ihr Schwert aufzulesen. Schon bald hatte sie den kleinen Strand hinter sich gelassen und sobald sie außer Sichtweite war, begann sie zu rennen.

»Steh auf.«

Jared schreckte augenblicklich hoch, als sie ihn an der Schulter rüttelte. Er blickte gehetzt umher, bis er sie schließlich erkannte. Sichtlich beruhigt stützte er sich auf den Ellenbogen und rieb sich mit der anderen Hand den Schlaf aus den Augen.

»Rhenawen, was …?«

»Still«, zischte sie und legte mahnend einen Finger an die Lippen. Sie packte ihn am Ärmel und zog ihn hoch. Der Junge verhedderte sich fast in seiner Decke, kam dann jedoch stolpernd auf die Beine. Ketzer murrte verschlafen und blinzelte sie träge an. Dennoch folgte er ihnen gehorsam.

Das Mädchen schloss hinter dem jungen Wolf eilends die Tür und zog Jared in eine dunkle Ecke des großen Speisezimmers. Sie rang den Schmerz nieder, der von ihren Rippen bis in den Brustkorb ausstrahlte und ihr das Atmen erschwerte. Der Weg zurück war ihr unendlich lang vorgekommen und sie hatte immer wieder anhalten müssen, um nach Luft zu japsen.

Das Schwert hielt sie noch immer mit der rechten Hand umklammert, unfähig, es weiterhin auf ihrem Rücken zu tragen, ohne dass es sie in die Knie zwang.

»Was ist los?«, fragte Jared und musterte sie besorgt.

»Wir müssen weg von hier, sofort!«, stieß sie hervor. Ihre Stimme klang angestrengter, als ihr lieb war.

»Was? Wie kommst du darauf?«, fragte er sichtlich verwirrt. Er trat einen Schritt zur Seite und das schwache Glimmen des Kamins beleuchtete ihr Gesicht. Er sog scharf die Luft ein. »Was ist mit dir passiert?«

Rhenawen winkte ab. »Nicht wichtig. Hol Lucien, während ich Espen wecke, und dann nichts wie los. Pack nur das Nötigste zusammen.«

»Ich rühre keinen Finger, ehe du mir gesagt hast, was hier los ist.« Er berührte das verkrustete Blut unter der Schramme in ihrem Gesicht. Seine Finger waren warm auf ihrer unterkühlten Haut. »Dieser Schnitt sollte behandelt werden …«

»Dazu haben wir keine Zeit«, würgte sie ihn ab. »Er hat uns gefunden, Jared. Und seine Männer sind sicherlich auch nicht weit.« Eindringlich sah sie ihn an. »Ich habe uns etwas Zeit erkauft, aber bitte, *bitte* vertrau mir jetzt. Wir müssen sofort fliehen.«

Jared verharrte einige quälende Sekunden, dann nickte er. »Also gut. Ich hole Lucien.«

Rhenawen durchströmte bodenlose Erleichterung und rasch machte sie sich daran, Espen zu wecken. Er begriff in seinem schlaftrunkenen Zustand zuerst nicht, was sie ihm da schilderte, doch schließlich setzte auch er sich in Bewegung und sammelte seine wenigen Habseligkeiten auf.

Er folgte ihr in den Hauptraum, beide bepackt mit ihren Bündeln, als auch Jared mit dem kleinen Jungen aus seiner Schlafkammer trat. Lucien gähnte herzhaft und stolperte mehr hinter Jared her, als dass er lief.

»Was ist denn los?«, murmelte er verschlafen und rieb sich die Augen. »Warum müssen wir so früh aufstehen?«

»Das erkläre ich dir später«, sagte Jared und trieb ihn mit einer Hand im Rücken zur Eile an. »Du kannst auf dem Pferd weiterschlafen.«

»Na schön.«

Der kleine Wolf torkelte hinter ihnen her und schmiegte sich im Vorgehen an Luciens Bein. Der schreckte unvermittelt zusammen und stieß mit dem Ellenbogen gegen einen Krug, der noch vom Abendgelage auf dem Tisch stand. Mit einem lauten Krachen zerschellte er auf den Holzbohlen.

Espen stöhnte und schon im nächsten Moment wurde eine angrenzende Tür aufgerissen. Arnulf stürmte herein, mit nacktem Oberkörper und in den Händen einen mächtigen Streitkolben schwingend.

Lucien schrie entsetzt auf und versteckte sich unter dem Tisch. Ehe sich sonst jemand rühren konnte, schnellte Rhenawen vor, duckte sich und trat dem Berserker die Beine weg. Er wurde über sie hinweg katapultiert und landete mit einem unschönen Rumsen am Boden. Der Streitkolben schlitterte davon.

»Was ist hier los?« Der Lärm hatte alle aus ihren Betten gerissen. Die kleineren Kinder lugten durch den Vorhang, der ihre Schlafkammer vom Hauptraum trennte. Svea war aus ihrem Zimmer gestürmt und hatte sich breitbeinig vor ihnen aufgebaut, eine Hand in die Hüfte gestemmt, in der anderen eine Axt haltend. Ihr misstrauischer Blick lag auf Rhenawen, die innerlich stöhnte. Wie viel schlimmer konnte es noch kommen?

»Das würde ich auch gern wissen.«

Nero trat aus den Schatten auf der anderen Seite des Raumes, begleitet von Argus. Beide Magier trugen noch immer ihre Roben, als wären sie gerade erst von der Tafel aufgestanden.

»Fragt mich das heute Nacht eigentlich jeder?«, gab Rhenawen unwirsch zurück. »Nichts. Lucien hat bloß etwas umgeworfen und Arnulf überreagiert.«

»Dein Gesicht sieht nicht so aus, als wäre nichts«, fauchte Svea sie an. »Wir sind eure Gastgeber, also werdet ihr uns gefälligst sagen, was vorgefallen ist.«

»Es besteht kein Grund für diese Feindseligkeit«, setzte Jared beschwichtigend an. »Wir brechen bloß früher auf als erwartet, das ist alles.«

»Ihr geht?« Das war Sams Stimme. Der blinde Junge wurde von Lune gestützt, die das Geschehen mit großen Augen verfolgte. »Weshalb?«

Jared senkte den Blick, offenbar voller Scham, seinen Freund zu enttäuschen. Inzwischen waren auch Olaf und Solveig in ihren Schlafgewändern aufgetaucht, die sichtlich verdutzt wirkten. Erik hatte mit einer Hand die Augen bedeckt, als könnte sein Tag nicht noch schlimmer verlaufen.

»Wir haben unsere Gründe«, erklärte Rhenawen und bemühte sich, einen versöhnlichen Tonfall anzuschlagen.

»Deine Rippen sind gebrochen, mindestens zwei«, mischte sich nun Argus in das Streitgespräch mit ein. »Also noch einmal, was ist geschehen?«

»*Merdan!* Nichts, verdammt«, herrschte sie ihn an. Es war ihr alles zu viel. Noch immer sah sie den verdrehten Körper ihres Verfolgers vor sich und sein schönes, schmerzverzerrtes Gesicht. Sie zwang sich zur Ruhe. »Verzeiht meinen Ausbruch. Natürlich sollt ihr eine Antwort bekommen. Ich konnte nicht schlafen und bin am Hafen spazieren gegangen. Ich bin auf den schmierigen Planken ausgerutscht. Es war einfach ein unglückliches Missgeschick, aber nichts, womit ich nicht umgehen könnte.«

Jared warf ihr einen scheelen Blick zu. »Wenn du nicht reiten kannst, kommen wir nicht weit.«

»Ich kann reiten«, entgegnete sie unwirsch und trat einen Schritt zurück, als ein derart heftiger Schmerz durch ihre Wirbelsäule schoss, dass sie sich an einer Stuhllehne festhalten musste, um nicht in die Knie zu gehen.

»In diesem Zustand gehst du nirgendwohin«, sagte Nero bestimmt und machte Anstalten, auf sie zuzugehen.

Sie warf ihm einen aufsässigen Blick zu. »Glaubt Ihr, Ihr könntet mich aufhalten?«

Er musterte sie kurz, dann schüttelte er gedankenverlorenen den Kopf. »Ich würde gern allein mit dir reden. Jared, Espen, Lucien, geht wieder zu Bett. Heute Nacht werdet ihr nicht mehr aufbrechen.«

Zögerlich gehorchten die Jungen und auch alle anderen zogen sich allmählich wieder in ihre Schlafräume zurück. Nero und Rhenawen warteten unterdessen schweigend. Svea warf ihr einen letzten, giftigen Blick zu, ehe auch sie verschwand und das Mädchen mit dem Magier allein war.

»Setz dich, bitte.«

Kurz erwog sie, sich zu weigern, verwarf diese Absicht jedoch angesichts ihrer geschundenen Rippen wieder und tat wie geheißen. Dabei verzog sie das Gesicht und presste die freie Hand in die Seite. Das Schwert lehnte sie vorsichtig an die Tischkante. Sein sanftes Glühen war nach dem Kampf erloschen, wie immer, wenn es nicht gebraucht wurde.

Der Magier setzte sich ihr gegenüber und musterte sie eingehend. Sie spürte, wie ein fremder Gedanke ihr Bewusstsein streifte, und versteifte sich. Seine Mundwinkel zuckten.

»Die meisten Menschen hätten das nicht gespürt«, bemerkte er.

»Ich bin nicht die meisten Menschen«, schoss sie feindselig zurück.

»Nein«, stimmte er ihr zu und legte die Fingerspitzen aneinander. »Was ist hier los?«

»Das habe ich Euch doch bereits gesagt. Ich bin ausgerutscht und gestürzt, nachdem ich mich dazu entschlossen hatte, einen kurzen Spaziergang zu machen. Als Jared mich so vorfand, war er gewillt, meiner Bitte nachzukommen, und sofort aufzubrechen.«

»Ist das alles, womit du aufwarten kannst?«, fragte der Magier sie mit einer hochgezogenen Augenbraue. »Ich hatte mir eine originellere Ausrede erhofft.«

»Ich hatte nicht vor, Euch zu unterhalten«, gab Rhenawen aufgebracht zurück. »Und außerdem könnt Ihr nicht wissen, ob ich gelogen habe.«

Er deutete ein Lächeln an. »Ich weiß es.«

»Ihr könnt meine Gedanken nicht lesen«, stieß sie zwischen zusammengebissenen Zähnen hervor.

»Nein«, bestätigte er. »Eine Angelegenheit, die wir später noch einmal zur Sprache bringen sollten. Aber trotz deiner bemerkenswerten Abschirmung bin ich noch immer fähig, zu spüren, ob du lügst.«

Darauf erwiderte sie nichts. Was hätte sie auch sagen sollen, was sich nicht so anhörte, als wäre sie eine beleidigte Rotznase, die man zurechtgewiesen hatte?

Nach einem kurzen Schweigen hob Nero die Hand und deutete auf ihren Brustkorb. »Ich könnte das heilen.« Seine Hand begann, leicht zu glühen.

»Rührt mich nicht an«, stieß Rhenawen hervor und schob instinktiv ihren Stuhl zurück, was ihr erneut ein Stechen durch die Wirbelsäule sandte.

Sie maßen sich mit Blicken. Das Mädchen konnte die Abscheu nicht länger verbergen, die ihr nun offen ins Gesicht geschrieben stand.

»Es würde dir unnötige Schmerzen ersparen«, setzte er erneut an, ließ die Hand jedoch wieder sinken.

»Ich brauche die Hilfe eines Magiers nicht.« Sie spuckte die Worte förmlich aus.

Sein Blick verdüsterte sich und es trat eine ungewohnte Härte in seine Züge.

»Wie du wünschst.« Er lehnte sich zurück. »Ich bin schon vielen Menschen wie dir begegnet, die meinesgleichen verabscheuen. Aber anders als sie kannst du mangelnde Bildung nicht als Entschuldigung vorbringen. Schon zu Anfang habe ich euch eure hübsch auswendig gelernte Geschichte über eure angebliche Herkunft nicht abgenommen. Dafür brauchte ich meine Fähigkeiten nicht einmal zur Bestätigung und weißt du, weshalb? Du hältst dich aufrecht wie eine Adelige und deine Arroganz könnte nur von wenigen meines Ordens übertroffen werden. Ich erwarte nicht, dass du mir erzählst, wer du bist, aber weitere Lügen aus deinem Mund werde ich nicht dulden.«

»Ich fürchte, dann haben wir einander nichts mehr zu sagen«, erwiderte das Mädchen und stand auf. »Ein Lügengerüst ist das Einzige, was ich mit einem wie Euch aufbauen könnte.«

Sie legte schon die Hand auf die Türklinke zu ihrem Zimmer, als sie doch noch einmal das Wort ergriff. »Wir werden Eure Gastfreundschaft nicht mehr lange strapazieren. Bis dahin haltet Euch von mir und meinen Begleitern fern, Magier.«

Ankunft in Grauehr

DELIA

Delia hielt auf der Treppe inne, als sie ihren Bruder im Schankraum sitzen sah. Er hatte ihr den Rücken zugewandt und starrte auf seinen Teller hinab. Schuldgefühle überkamen sie, als sie seine gebeugten Schultern sah. Sie fasste sich ein Herz und ging zu ihm hinüber.

Er sah nicht einmal von seinem Essen auf, als sie sich zu ihm setzte.

»Henrik«, flüsterte sie.

Die Wunden in seinem Gesicht waren gut verheilt, dank der Unterstützung von Agata und Argus. Rötliche Narben zogen sich über seine linke Schläfe und zwei verliefen über seinen Nasenrücken. Es war nicht so schlimm, wie sie alle befürchtet hatten, und die Male würden bis zum nächsten Wintereinbruch weiter verblassen. Vielleicht würden sie irgendwann nicht mehr sein als feine Linien, anders als bei Sam, der auf viel schrecklichere Weise gezeichnet worden war.

»Dee«, antwortete ihr Bruder tonlos und stocherte in seinem Rührei. Den Speck hatte er schon herausgepickt und am Tellerrand aufgestapelt.

Eine Magd kam an ihren Tisch und Delia bestellte bei ihr eines der süßen Küchlein, die sie hier servierten. Gestern hatte sie kaum etwas zu sich genommen, weil sie sich Sorgen um Sam gemacht hatte. Er wirkte in letzter Zeit immer so verloren. Nur in den verwunschenen Wäldern war er wieder aufgeblüht und es war ihm dort sogar gelungen, für längere Zeit in den Vögeln um ihn her zu verweilen.

Auch als die Magd ihr das Gewünschte gebracht hatte, sprachen sie noch immer nicht miteinander. Delia wusste nicht, wo sie anfangen sollte. Es tat ihr leid, Henrik im Stich gelassen zu haben. Denn das hatte sie, als sie fortgelaufen war. Egal, was sie gedacht oder behauptet hatte, sie wusste, er wäre ihr niemals gefolgt. Und das konnte sie ihm nicht einmal verübeln. In Märchen fanden verlorene Geschwister wieder zueinander, aber die Realität sah anders aus.

Während sie noch krampfhaft versuchte, die richtigen Worte zu finden, brach ihr Bruder endlich das unangenehme Schweigen zwischen ihnen.

»Du wärst also einfach ohne mich gegangen?« Er klang müde und als er aufblickte, sah sie die dunklen Ringe unter seinen Augen.

Und endlich sprudelten die Worte aus ihr heraus. »Es tut mir leid. Es war so unglaublich egoistisch von mir. Seit Mutters Tod kann ich keinen klaren Gedanken mehr fassen. Es war mir alles zu viel. Erst sie, dann unser Zuhause. Ich wollte einfach vor allem davonlaufen. Auch vor einem Gespräch mit dir.«

»Weshalb?«, fragte er in gequältem Ton. »Warum wolltest du nicht mit mir reden?«

Sie wischte sich über die Augen und hielt mit Mühe die Tränen zurück. »Du hast ein Recht darauf, zu erfahren, wie sie gestorben ist, das weiß ich, aber ich wollte nicht daran zurückdenken. Es war zu … einfach zu viel.«

»Warte. Du warst bei ihr?« Ein Hauch von Anklage schwang in seiner Stimme mit. »Obwohl ich dir gesagt habe, dass sie … Sie hatte mich darum gebeten, dich aufzuhalten, solltest du es versuchen.« Er ließ den Kopf hängen.

Delia griff nach seiner Hand und drückte sie fest. »Ich weiß«, sagte sie sanft, »aber du kennst mich. Ich musste mich verabschieden.«

»Wie ist es passiert?« Seine blassgrünen Augen glänzten feucht. »Hat sie …«

»Sie hat nicht mehr lange gelitten. Als sie mich sah, schien sie endlich loslassen zu können, und ist friedlich eingeschlafen. Mutter war sehr krank, Henrik. Wir hätten nichts mehr tun können.«

Sie verschwieg ihm, dass Nero kurz darauf eingetroffen war und die Kinder geheilt hatte, damit sie an der Säuberung teilnehmen konnten. Diese verpasste Möglichkeit, so kurz nach ihrem Dahinscheiden, saß noch immer wie ein Splitter in ihrem Herzen.

»Sie hat mir den Namen unseres Vaters genannt«, eröffnete sie ihm. Henriks Augen weiteten sich verblüfft.

»Wirklich?« Er hörte sich fast schon atemlos an. Delia wusste, dass er sich seit Langem danach sehnte, mehr über sein Erbe herauszufinden.

»Ja. Er hieß Mordecai.«

»Hat sie sonst noch etwas gesagt?«, hakte er nach, doch zu seiner Enttäuschung schüttelte sie den Kopf.

»Nein, aber ich glaube, er ist schon lange tot.«

»Bestimmt. Ansonsten wäre er gekommen, um sich um uns zu kümmern. Mutter hätte nie diesen Metzger geheiratet, wenn sie die Hoffnung gehabt hätte, er sei bloß verschollen.«

Es war das Einzige, was ihre Mutter ihnen verraten hatte. Ihr Vater war als Soldat ausgezogen und nie zurückgekehrt. Die beiden Geschwister hatten vor vielen Jahren beobachtet, wie sie weinend am Küchentisch gesessen und über einem Brief bittere Tränen vergossen hatte. Damals hatte sie dem Werben des Metzgers noch nicht nachgegeben und sie waren sich sicher gewesen, dass dieses Schreiben von ihrem Vater handeln musste.

»Vielleicht finde ich an dem Ort, wo die Magier uns hinbringen, Listen von den Todesopfern der letzten bewaffneten Auseinandersetzungen an den Grenzen«, überlegte Henrik.

Delia nickte stumm. Es war ihrem Bruder immer schwergefallen, der Sohn von Niemand zu sein, wie Micah es genannt hatte. Der Hohn und Spott, den er geerntet hatte, reichte für sein restliches Leben, um sich minderwertig und beschmutzt zu fühlen.

Noch einmal besah sie sich Henriks Verletzungen. »Ich hatte solche Angst um dich«, flüsterte sie und berührte seine versehrte Gesichtshälfte. »Ich wäre schon eher zu dir gekommen, aber ich musste mich um Sam kümmern.«

Peinlich berührt sah sie weg, erschrocken von ihrer eigenen Offenheit, doch Henrik lächelte.

»Er ist vielleicht gar kein so schlechter Kerl, wie ich dachte. Schließlich hat er meine Schwester gerettet, als ich es nicht konnte.«

»Du hast mich besser beschützt, als die meisten es gekonnt hätten. Sam … Er hat eben mehr Erfahrung in solchen Dingen, glaube ich.«

»Dann hatte ich recht«, seufzte Henrik. »Er ist kein einfacher Bauernjunge, dessen Eltern verschieden sind.«

»Nein, das ist er nicht«, gestand sie leise. »Aber er spielt mir nichts vor. Er ist ein guter, netter Junge, auch wenn ihm Böses widerfahren ist.«

»Ich glaube dir, Dee.«

Henrik stand auf und setzte sich neben sie auf die Bank. Fürsorglich legte er ihr einen Arm um die Schulter und sie lehnte den Kopf an seine Brust. Es fühlte sich an wie damals, wenn sie nachts in sein Bett gekrochen war, weil Albträume sie heimgesucht hatten.

»In was sind wir da nur hineingeraten, Dee«, murmelte er nach einer Weile. Die Spitzen seiner Haare wirkten in dem hellen Morgenlicht beinahe orangefarben.

»Ich weiß es nicht«, seufzte sie. »So etwas hätte ich mir nicht einmal in meinen kühnsten Träumen ausmalen können.«

Er schmunzelte, dann wurde sein Gesicht wieder besorgt. »Ich weiß nicht, ob ich ein Magier sein kann«, gestand er leise. »Ich fühle mich nicht anders als vorher.«

»Ich weiß, was du meinst«, sagte Delia und kuschelte sich fester an ihn, lauschte dem gleichmäßigen Pochen seines Herzens. »Aber wir werden das gemeinsam überstehen.«

JARED

Am frühen Vormittag machten sie sich zum Aufbruch bereit. Es hatten sich bereits alle am Hafen eingefunden. Eine Traube schaulustiger Kinder umringte sie, die aus sicherer Entfernung dabei zusahen, wie die Sucher letzte Vorbereitungen trafen.

Die Säuberung war in den frühen Morgenstunden abgehalten worden, als die Fischer bereits aufs Meer hinausgefahren waren. Sie war überaus gesittet verlaufen, hatte Sam ihm gegenüber betont. Nur zwei Ausgesonderte hatten sich herauskristallisiert. Jared hatte damit gerechnet, dass die Berserker protestieren oder sogar zu den Waffen greifen würden, aber sie nahmen es hin wie selbstverständlich. Die beiden verabschiedeten sich von ihren Angehörigen und schwangen sich, ohne sich noch einmal umzusehen, auf ihre Fjordpferde. Augenblicklich verwickelte Sven Erik in ein Gespräch.

Sam und Jared hatten den Soldaten gefragt, wie es sein konnte, dass nur einzelne Kinder magische Fähigkeiten besaßen, wohingegen ihre Geschwister gewöhnlich waren.

Erik hatte nur mit den Achseln gezuckt. »Meine Mutter würde sagen, die große Mutter habe ihre Gründe für diese Entscheidung, aber es kommt häufig vor, dass Nichtmagier nur ein Kind mit besonderen Fähigkeiten auf die Welt bringen. Diese zwei Ausgesonderten sind also keine Ausnahme. Ich hatte sie schon seit Jahren im

Auge.« Er reckte stolz das Kinn. »Kaum ein Augur erkennt magisches Potenzial so früh wie ich.«

Zum Abschied umarmte seine Mutter ihn und Erik brauchte eine Weile, bis er sich mit hochrotem Kopf aus ihrem Griff befreit hatte. Auch Svea kam, um ihnen viel Glück auf dem Weg zu wünschen, und umarmte Sam herzlich, was Delia sicher nicht gefallen hätte.

Kurz bevor sie aufbrachen, entschuldigte Jared sich noch in aller Form bei Olaf. Rhenawen würde es gewiss nicht tun. Aber der Hüne winkte ab.

»Unsinn, Bursche. Manche Mädchen sind schlimmer als Seeschlangen, wenn es um die Verteidigung ihres Geliebten geht.« Er klopfte Jared auf die Schulter, der am liebsten im Erdboden versunken wäre.

»Äh, ja, scheint so«, stammelte er und verabschiedete sich hastig. Bei der Vorstellung, die Leute könnten glauben, er und Rhenawen wären ein Liebespaar, drehte sich ihm der Magen um. Wenn sie Wind davon bekam, würde sie ihn vermutlich von einer sehr hohen Klippe schubsen.

Jared gesellte sich zu Espen, der gerade Rhenawen dabei beobachtete, wie sie Lucien half, sein Pony zu besteigen. Ihre Miene war finster und sie verzog bei jeder unbedachten Bewegung vor Schmerz das Gesicht. Er fragte sich, warum sie keinen der Magier darum bat, sie zu heilen. Vermutlich war sie dafür zu stolz.

»Bereit für die Weiterreise?«, fragte er Espen.

»Nach diesem Festmahl könnte ich über das Grenzgebirge marschieren, ohne auch nur eine Rast einzulegen.«

»Ich werde dich bei Gelegenheit daran erinnern.«

Die Vorboten des Frühlings erwarteten sie, als der Tross die Küste hinter sich ließ. Der Name eines Gasthauses, an dem sie vorüber ritten, beschrieb die Veränderungen mit sehr treffenden Worten, *Zur Begrünung*.

Dennoch war diese Gegend ein ungastlicher Ort für Reisende. Sie erinnerte Jared an die unwegsame Wildnis weit im Norden, in der er selbst aufgewachsen war. Trostlos, verwittert und nebelverhangen. Er hatte sich das südliche Reich freundlicher vorgestellt … und wärmer.

Nach Westen hin wurde das Land flacher und der dichte Wald wich zusehends einer hügeligen Landschaft, so weit das Auge reichte. Schneeglöckchen säumten die Pfade. Sie kamen an steinernen Brücken vorbei, die schmale, rasch fließende Bäche überspannten, und mit jeder Meile wurden die Hügel steiniger. Am fünften Tag dann erblickten sie die Schemen von Bergen in weiter Ferne. Die Ausläufer des Grenzgebirges erinnerten an gedrungene Riesen, deren ausladende Schultern mit Schnee bedeckt waren. Sie kamen ihm vor wie eine grimmige Botschaft, die jeden vertreiben sollte, der es wagte, ihre Pfade nach Norden hin zu beschreiten.

Doch auch auf der offenen Ebene lauerten noch immer unsichtbare Schatten um sie herum. Ein Rudel Wölfe wurde gesichtet, wie es sich an die Schar anschlich. Nathaniel vertrieb sie mit einer lässigen Handbewegung, bei der Flammen aus seinen Fingern schossen. Doch des Nachts, wenn sie um die Lagerfeuer herumsaßen, hörte sie noch ihr Heulen. Ketzer schloss sich ihrem traurigen Lied an, doch er blieb bei ihnen, obwohl ihn niemand zurückhielt.

Jared streckte sich auf dem Felsbrocken aus, auf dem er es sich gemütlich gemacht hatte, und beobachtete Rhenawen, die sich im Schneidersitz ins Heidekraut gesetzt hatte und irgendein Buch las. Agata hatte es ihr überlassen und ihrer Miene nach zu urteilen, war es keine Lektüre, die sie für sich selbst gewählt hätte. Noch immer verlagerte sie sehr behutsam ihr Gewicht, wenn sie für längere Zeit saß.

Am Abend zuvor hatte er gesehen, wie sie eine Salbe auf ihre Rippen auftrug. Die Haut hatte eine purpurne Färbung angenommen und die Schwellung war kaum zurückgegangen. Als er sie gefragt hatte, wann sie endlich einen Magier aufsuchen würde, hatte sie ihn bloß angefahren, er solle sich um seine eigenen Angelegenheiten kümmern. Ohnehin war sie noch reizbarer als üblich, seit sie das Berserkerdorf verlassen hatten.

Sam stupste ihn an. »Bist du ansprechbar?«

Jared zuckte zusammen und sofort kroch ihm die Röte in die Ohren. »Natürlich.«

»Du machst das oft, weißt du?«, bemerkte sein Freund.

»Was denn?«

»Sie anstarren.« Sam grinste schelmisch.

»Was? Unsinn«, schnaubte Jared. »Ich werde einfach nicht schlau aus ihr, das ist alles.«

»Es braucht dir nicht peinlich zu sein«, beteuerte Sam. »Sie ist wirklich hübsch, das kann ich auch durch die Augen anderer erkennen.«

»Ach, jetzt hör schon auf.« Jared schubste ihn von sich weg und Sam lachte. »Wenn ich dir sage, dass da nichts ist, kannst du mir glauben.«

»Aber woher willst du das denn wissen?«, zog der blinde Junge ihn weiter auf. »So viele Erfahrungen dürftest du noch nicht gemacht haben, oder?«

Jared stöhnte und vergrub den Kopf in den Händen. »Wenn du nicht sofort den Mund hältst, nehme ich keine Rücksicht mehr darauf, dass du dich nicht wehren kannst, und tunke deinen Kopf in den Teich dort hinten.«

»Schon gut.« Sam hob abwehrend die Hände. »Ich habe nichts gesagt. Allerdings würden dir sämtliche Fische, Frösche und Lurche ins Gesicht springen, solltest du es versuchen.«

»Dann machst du Fortschritte?«

»Langsame, aber ich werde täglich besser. Rhenawen hat sich ein paar mentale Übungen ausgedacht, mit denen ich die Kontrolle behalten kann und mich disziplinieren und konzentrieren lerne.«

»Gut.«

Sam wirkte auf einmal nervös. »Jared, was war da eigentlich los? Ich weiß, dass es da etwas gibt, das du uns nicht erzählst. Du bist nicht nur nach Cantos gekommen, um neu anzufangen. Weshalb wolltet ihr so überstürzt aufbrechen, ohne ein Wort des Abschieds?«

Jared scharrte unbehaglich mit den Füßen. »Ich wollte es ja nicht, aber … Wir sind da in etwas hineingeraten. Ich darf dir nichts davon erzählen, aber Rhenawen hatte überzeugende Argumente. Trotzdem glaube ich, dass wir bei den Suchern weiterhin sicher sind.«

»Das dachte ich mir«, murmelte Sam traurig. »Es lässt dich nie los, oder?«

Jared senkte den Kopf. »Nein, nie.«

»Wo hast du eigentlich Ketzer gelassen?«, wechselte Sam das Thema. »Ich kann seine Anwesenheit nicht spüren.«

»Ich dachte, er wäre bei dir«, erwiderte Jared stirnrunzelnd.

»Nein, ich weiß doch, dass es euch nicht gefällt, wenn ich mit ihm übe.«

»Ich habe ihn seit heute Morgen nicht mehr gesehen.« Jared zuckte mit den Achseln. »Vielleicht pirscht er sich gerade an eines der kleineren Kinder heran«, witzelte er. »Irgendwann muss er das Jagen schließlich lernen.«

»Wie war das eigentlich?«, fragte Sam unvermittelt. »Ihn zu töten, meine ich.«

»Du meinst Derek?« Jared musste wegsehen. »Ich dachte immer, ich würde nie Genugtuung beim Töten empfinden. Aber als ich ihm mein Messer in die Kehle rammte … Noch nie habe ich etwas so sehr genossen, wie ihm beim Sterben zuzusehen.«

»Gut«, stieß Sam hervor. »Er hat es verdient. Mehr als jeder andere, den ich kenne.«

»Dann … verurteilst du mich nicht dafür, dass ich so empfinde?«, fragte Jared langsam.

Sein Freund lachte trocken. »Nein, natürlich nicht. Ich bin froh, dass er tot ist. Wenn ich es gekonnt hätte, dann hätte ich es mit meinen eigenen Händen getan. Verurteilst *du* mich denn?«

Jared runzelte die Stirn. »Warum sollte ich das tun?«

»Weil ich dich im Stich gelassen habe« antwortete Sam unumwunden. »Und weil ich nie den Mut hatte, es selbst zu tun.«

»Das werfe ich dir nicht vor. Du bist mein bester Freund und das heißt, ich kenne dich ein wenig. Du bist kein Mörder, Sam, bist es nie gewesen. Das ist der einzige Grund, weshalb wir uns überhaupt jemals angefreundet haben. Wärst du so gewesen wie die übrigen Rekruten, hätte ich nichts als Verachtung für dich empfunden.«

Sam schwieg kurz, ehe er die Frage stellte, auf die Jared nun schon eine ganze Weile wartete. »Wirst du es mir erzählen?«, fragte der Leibwechsler. »Was geschehen ist, während ich fort war, und wie du entkommen bist?«

Jared seufzte schwer. »Natürlich werde ich das. Aber es ist eine längere Geschichte …«

»Hör endlich auf, so zu tun, als wäre nichts!«

Sam zuckte zusammen und sah sich um. »Ivan?«

Hinter ihnen war ein Junge zwischen den Zeltreihen aufgetaucht, der aufgebracht mit den Händen gestikulierte. Er war schmächtig gebaut, mit eingefallenen Wangen und sah aus wie jemand, der in kurzer Zeit stark abgenommen hatte. Ihm folgte ein junger Mann, der sichtlich unbehaglich dreinsah. Sie hatten das gleiche braune Haar, auch wenn es dem kleineren Jungen in widerspenstigen Locken in die Stirn fiel.

»Ist das Igor neben ihm?«, wollte Sam wissen und ein Rotkehlchen flatterte aus dem Gebüsch neben ihnen auf. Jared nickte. Er hatte die beiden Brüder bereits kennengelernt, verstand jedoch nicht, in welchem Verhältnis sie zueinander standen. Man sah sie zumeist gemeinsam an einem Lagerfeuer hocken, während Ivan mit gedämpfter Stimme auf seinen Bruder einredete.

»Ich habe es mir doch nicht ausgesucht!«, rief Igor und zog hilflos die Schultern hoch. »Ich weiß es einfach nicht mehr! Und das ist keine Lüge, nur weil du es nicht glauben willst.«

Ivan blieb stehen, die Fäuste geballt. Tränen liefen dem Jungen über die Wangen. »Du versuchst es nicht einmal! Jedes Mal redest du dich damit heraus, aber ich kann nicht fassen, dass du dich an *gar nichts* mehr erinnerst! Sagen dir diese Namen denn wirklich nichts? Meister Henk.« Er wischte sich die Nase an seinem Ärmel ab. »oder …«

»… oder unsere Mutter, ich weiß! Du hast mir von ihnen erzählt. Aber das bringt die Bilder nicht zurück. Akzeptiere das doch endlich!«

Der Duft von Heidekraut wurde von dem beißenden Geruch von Ozon überlagert. Die Härchen an Jareds Armen stellten sich auf. Es herrschte eine geladene Atmosphäre wie kurz vor einem Gewitter. Er sah, wie weiß-violette Funken über Ivans Kleidung knisterten.

»Ivan …«, setzte sein Bruder an, doch der schien ihn nicht länger zu hören. Er schlotterte am ganzen Körper und seine Iris begann zu flackern, als würden dahinter Blitze zucken.

Ivan stieß seinen Bruder so heftig vor die Brust, dass Igor zurück stolperte. Kleine Lichtblitze sprangen über und der ältere Junge fiel zuckend auf die Knie. Dort, wo Ivan seine bloße Haut berührt hatte, zeigten sich feurig rote Male, die sich über sein Schlüsselbein zogen.

Ivan taumelte erschrocken zurück. »Igor, ich … es tut mir leid. Das wollte ich nicht!«

Er sah sich Hilfe suchend um, doch die Leute, die das Geschehen inzwischen verfolgten, waren vor ihm zurückgewichen. Dann rannte er blindlings davon.

Jared und Sam eilten an Igors Seite, der mit schmerzverzerrtem Gesicht im Gras hockte, sichtlich unfähig, auch nur einen Ton über die Lippen zu bringen.

»Ich sollte ihn zu Argus bringen«, seufzte Sam. »Aus unserem Gespräch wird wohl heute nichts mehr, Jared. Ich habe Delia versprochen, ihr und Gareth am Lagerfeuer Gesellschaft zu leisten.«

»Soll ich dir nicht helfen?«

Der Leibwechsler winkte ab und zog Igor mit sich auf die Beine. Jared beobachtete, wie sie davongingen, ein wenig ungelenk zwar, aber das Rotkehlchen behielt für sie den Untergrund im Blick.

Er gesellte sich zu Rhenawen, die alles stillschweigend verfolgt hatte.

»Weißt du, was das gerade war?«, wollte er wissen und half ihr auf.

Sie klopfte sich den Staub von der Hose, während sie antwortete. »Die Fähigkeiten eines Magiers werden rein vom Instinkt gesteuert. Also kannst du einen solchen Vorfall wohl als kleine Unannehmlichkeit unter den Ausgesonderten betrachten.« Sie rümpfte abfällig die Nase und er meinte zu hören, wie sie leise *Dämonenbrut* murmelte.

Sie klappte das Buch zu und schob es sich in den Gürtel. »Ich wollte ohnehin allein mit dir reden, Jared.«

»Worum geht es?«

Sie biss sich auf die Unterlippe. Ihm fiel auf, dass sie mit dem Ring an ihrer rechten Hand herumspielte, was sie immer zu tun schien, wenn es um unangenehme Themen ging.

»Ich habe nachgedacht«, begann sie dann. »Es ist an der Zeit, dass wir wieder eigene Wege gehen.«

»Weshalb?«, fragte Jared überrascht. Er hatte damit gerechnet, dass sie entgegenkommender sein würde nach allem, was inzwischen passiert war. »Was spricht dagegen, die Sucher noch eine Weile zu begleiten? Wir haben Grauehr schon fast erreicht.«

»Trotzdem sollten wir gehen«, widersprach das Mädchen. Ihre Augen huschten unruhig über das Lager, als fühlte sie sich in die Ecke gedrängt. »Ich will nicht als eine ihres Gefolges in die Stadt reiten.«

»Was hast du nur gegen sie?«, wollte Jared wissen. »Sie geben uns Nahrung, Kleidung und ein bequemes Bett. Sie verschaffen uns Annehmlichkeiten, die wir auf uns allein gestellt nie bekommen würden.«

Sie versteifte sich. »Ich weiß, was es heißt, auf der Straße zu leben, Jared. Ich weiß, dass man sich an jedes freundliche Wort klammert. Glaubst du denn ernsthaft, sie hätten dabei keinerlei Hintergedanken?«

»Nein, das glaube ich nicht«, entgegnete er bissig, »aber der Hintergedanke ist vermutlich, dass sie uns entschädigen wollen. Dafür, dass du Lune gerettet hast, mehr nicht. Und trotzdem behandelst du die Magier, als hätten sie eine ansteckende Krankheit. Was weißt du denn schon über sie?«

»Du kennst mich nicht«, erwiderte Rhenawen kalt. »Ich weiß sehr genau, wovon ich rede.«

Als ob sie ihn daran erinnern müsste. Er wusste rein gar nichts über sie außer ihren Namen und dass sie die Anschmiegsamkeit eines Igels hatte.

»Und wie lange soll das so weitergehen? Was ist mit Lucien?«

Sie sah ihn verwirrt an. »Was soll mit ihm sein?«

Genervt rollte er mit den Augen. »Er hängt an deinem Rockzipfel wie eine Klette. Wer soll sich denn um ihn kümmern, wenn nicht wir? Die Magier wollen nichts von ihm, schließlich ist er keiner von ihnen.«

»Genauso wenig wie du.« In ihrer Stimme schwang zunehmende Verzweiflung mit. »Was hält dich nur bei ihnen?«

»Sie sind nicht so schlecht, wie du denkst.«

Wenn er geglaubt hatte, sie damit zu besänftigen, hatte er sich gründlich getäuscht. Ein stählerner Ausdruck trat in ihre Augen und sie machte einen Schritt zurück.

»Ich werde nicht bleiben«, verkündete sie. »Geh mit ihnen, wenn du willst, aber ich ertrage ihre Anwesenheit nicht länger.«

»Hörst du dich eigentlich selbst reden? Einige dieser Magier sind unsere Freunde«, fuhr er sie an.

»Es sind deine Freunde«, zischte sie, »aber was scheren sie mich? Ich habe Lune nicht aus Herzensgüte gerettet und die Magier, von denen du redest, kennst du kaum. Ich bin ihnen nichts schuldig und auch dir gegenüber muss ich keine Rechenschaft ablegen! Wir brauchen sie nicht, um nach Grauehr zu gelangen. Sie halten uns bloß auf! Und die Söldner werden auch nicht ewig auf sich warten lassen!« Ihre Stimme war immer lauter geworden, sodass sich bereits einige Köpfe nach ihnen umdrehten. Etwas leiser fuhr sie fort. »Sie werden uns töten, geht das überhaupt in deinen Dickschädel?«

»Wir sind hier sicher vor ihnen!«, rief Jared hitzig aus.

»Glaubst du ernsthaft, sie würden uns verteidigen, wenn es nötig wäre?«

Er warf frustriert die Arme in die Luft. »Warum bist du so? Ist es wegen Nero? Hat er irgendetwas gesagt? Oder ist es …? Bist du neidisch?«

»Neidisch?«, spie sie aus. »Bist du noch bei Trost oder hat die Meeresbrise dir gänzlich den Verstand genommen?«

»Beleidige mich nicht«, brauste Jared auf.

Sie beugte sich näher zu ihm hin, bis ihre Nasenspitze fast die seine berührte. »Ich würde nicht für alle Reichtümer der Welt länger bei diesem Abschaum bleiben wollen als nötig.«

Er starrte sie fassungslos an. Noch nie hatte eine solche Ablehnung aus ihren Worten gesprochen. So emotional kannte er sie gar nicht.

»Du musst sie wirklich hassen.«

»Du weißt gar nicht, wie sehr.« Sie trat einige Schritte zurück. »Schön, wir werden gemeinsam mit ihnen nach Grauehr reiten, auch wenn ich das für eine Dummheit halte. Die Leute dort verabscheuen die Magier fast ebenso sehr wie ich.« Mit diesen Worten ging sie davon.

»Warte! Erklär mir das!«, rief er ihr nach.

»Vergiss es!«, fauchte sie ihn über ihre Schulter hinweg an, ehe sie zwischen den Zelten verschwand. Schwer atmend sah Jared ihr nach und fühlte sich wie damals, als sie aufgebrochen war, um das Heilmittel zu finden. Würde es ihn jedes Mal so mitnehmen, wenn er eine neue Seite an ihr kennenlernte?

LUNE

Lune bekam mit, wie Rhenawen davonstürmte und einen sichtlich mitgenommen Jared zurückließ. Sie ging zu ihm hinüber.

»Alles in Ordnung?«, wollte sie wissen.

»Ja«, stöhnte er. »Es ist bloß …« Er machte eine hilflose Geste in die Richtung, in die sie verschwunden war, und lächelte kläglich.

Kurz standen sie einfach schweigend da, dann stieß sie ihn an. »Komm. Der Eintopf ist bald fertig und Sam freut sich sicherlich, wenn du und Lucien heute mit uns esst.«

Jared nickte dankbar. »Das ist ein Angebot, das man gar nicht ausschlagen kann.« Dann verdrehte er gespielt genervt die Augen. »Espen wird wohl nicht bei uns sitzen. Seit er Cassandra kennengelernt hat, hört er gar nicht mehr auf zu sabbern, wenn sie an ihm vorbeigeht.«

Lune lachte. Sie bemerkte, dass sie Jared mochte. Gemeinsam wanderten sie durchs Lager zu den Kochfeuern hin, von denen der angenehme Duft nach Fleischeintopf ausging.

Ein ersticktes Schluchzen ließ sie innehalten und wissende Blicke wechseln. Viele der jüngeren Ausgesonderten litten zusehends an Heimweh. Sie entdeckten ein kleines Mädchen, das sich zwischen zwei Fässer mit Quellwasser gekauert hatte und leise weinte. Jared kniete sich neben sie.

»Pscht, was hast du denn?« An Jared gewandt flüsterte Lune: »Sie kommt aus Eschenbach, so wie ich.«

Die Kleine rieb sich die Augen. »Ich will nicht mehr reiten«, schniefte sie.

»Das wollen wir alle nicht«, tröstete Jared sie. »Aber sieh es doch einmal so: Wer kann schon von sich behaupten, die ganzen großen Grenzlande durchquert zu haben?«

Sie kaute auf einer Haarsträhne. »Nicht viele?«

»Überhaupt nicht viele«, versicherte er ihr.

Die Kleine sah ihn mit großen Augen an, die sich schon wieder mit Tränen füllten. »Ich will zurück zu Bertha.« Und schon begann sie, wieder zu weinen.

Jared tätschelte ihr unbeholfen den Rücken, sah aber ratlos zu Lune hoch. Mit einem tiefen Seufzer hockte das Mädchen sich neben ihn. Sie berührte die Kleine an der Schulter, die mit verquollenen Augen aufblickte.

»Schau her«, flüsterte sie und pflückte eine Münze hinter ihrem Ohr hervor. Erstaunen machte sich auf dem Gesicht der Kleinen breit und wischte die Tränen fort. Beinahe ängstlich griff sie nach der kleinen Silbermünze und strich über das geprägte Metall.

»Du kannst sie behalten«, flüsterte Lune und legte sie ihr in den Schoß. »Irgendwann wirst du das auch können.«

»Wem hast du die denn gestohlen?«, wollte Jared wissen.

Nicht ich, dachte sie, *sondern Neirin.* Sie musste sich ein Lachen verbeißen, als er ihr erzählt hatte, wie er Nathaniel um seinen Geldbeutel erleichtert hatte. Der Magier war den ganzen Tag über wutentbrannt durchs Lager gelaufen, bis Argus angedeutet hatte, er hätte sein Geld vermutlich auf der Straße verloren.

»Jemandem, der es mehr als verdient hat.« Sie funkelte ihn an. »Wenn du mich verrätst, lasse ich deine Hosen auch noch verschwinden, sobald du die Augen zumachst.«

Der Junge schmunzelte. »Keine Sorge. Von mir erfährt es niemand.«

Gemeinsam schlenderten sie zu den Lagerfeuern hinüber, wo Jared Ketzer entdeckte, der eines der Zelte anknurrte.

Lune und er wechselten ratlose Blicke. Jared hockte sich neben den Wolf, der sich jedoch wegduckte, als er ihn streicheln wollte. »Was ist denn da drin, mein Junge?«

»Ivan.«

Gareth winkte ihnen zu und sie gesellten sich zu ihm und den anderen Ausgesonderten, die sich dort versammelt hatten. Es dämmerte noch nicht und dennoch herrschte eine gedrückte Stimmung.

»Er hat sich geweigert, mit uns zu reden, und brütet dort drinnen vor sich hin«, erklärte Delia. Sie hatte die Hände ineinander verknotet und wiegte sich nervös vor und zurück.

Sam strich ihr beruhigend über den Rücken, aber er wirkte ebenso ruhelos wie sie. »Argus ist gerade bei ihm«, erklärte er ihnen, als sie sich zu ihm setzten.

Gerade als er es aussprach, schlug der alte Magier die Plane beiseite und schob sich mit einigen gebrummelten Flüchen aus dem Zelt hinaus. Gareth und Cassandra rückten eilfertig beiseite, damit er sich ächzend neben sie setzen konnte. Argus nahm dankend die Schüssel mit Eintopf an, die Sam ihm reichte. Langsam tunkte er einen Kanten Brot hinein und kaute ihn gemächlich, ehe er zu sprechen begann.

»Ich wünschte, ich könnte euch eine erfreulichere Botschaft überbringen«, gestand er und tippte mit dem Brot gegen den Schüsselrand. »Aber ich fürchte, der psychische Stress ist zu viel für Ivan. Er verliert nach und nach die Kontrolle über seine Magie und es sieht so aus, als würde es ihm allmählich an die Substanz gehen.«

»Was passiert, wenn er die Kontrolle ganz verliert?«, wollte Jared wissen und sah sich beunruhigt nach dem Zelt um. Ketzer hatte sich fest an sein Bein geschmiegt und den Schwanz eingekniffen.

Argus stellte die Schale mit Eintopf ins Gras und sah sie reihum an. »Wenn er sie verliert, kann es passieren, dass wir erneut eine Katastrophe erleben wie den Waldbrand vor einiger Zeit. Und vielleicht hat Ivan dann nicht so viel Glück wie Delia.«

Cassandra warf der Metzgerstochter einen hochmütigen Blick zu, die errötete und sich rasch abwandte.

»Ihr müsst wissen, dass wir euch gerade aus diesem Grund im Unklaren gelassen haben: Damit ihr nicht alle mit euren neuentdeckten Fähigkeiten herumexperimentiert. Wenn Ivan nicht bald lernt, sich zu beherrschen, wird es seinen Körper verzehren und er wird sterben.«

»Kann uns das auch passieren?«, fragte Cassandra besorgt und Sylvia neben ihr erschauderte bei der Vorstellung. Sie schlang die Arme um ihre Knie, als könnte sie ihren Körper auf diese Weise zusammenhalten.

»Das halte ich für sehr unwahrscheinlich. Solche Zwischenfälle sind äußerst selten, aber dafür nicht weniger schmerzlich mitzuerleben.«

»Was können wir tun?«, fragte Lune und setzte sich entschlossen auf.

»Leider nur sehr wenig.« Argus seufzte.

Sie alle rückten näher, gespannt darauf, mehr zu erfahren. Es dauerte eine Weile, ehe er wieder zu sprechen ansetzte.

»Was ich euch jetzt erzähle, hättet ihr eigentlich erst bei unserer Ankunft erfahren sollen, aber unter diesen Umständen … Ihr werdet euch bereits Gedanken darüber gemacht haben, weshalb wir die Säuberungen durchführen, und tatsächlich besitzen einige von euch eine gewisse magische Begabung.«

Lunes Herz begann, aufgeregt zu klopfen.

»Dann ist Ivan ein … ein Magier?«, flüsterte Sylvia.

Argus nickte ernst. »Ja, meine Liebe, das ist er. Und anscheinend hat sich seine Begabung bereits vollständig entfaltet. Ich will versuchen, es euch zu erklären. Ihr dürft euch die Magie in seinem Körper nicht als Blase vorstellen, die er nach Belieben anzapfen kann. Sie fließt durch seine Venen, erfüllt jede Faser seiner Muskeln und Nerven. Sie ist eins mit ihm, wie er eins mit ihr ist. So fest miteinander verbunden, greift er instinktiv auf sie zurück, wenn er in

Wut gerät oder sich fürchtet. Ihr seht also, dass Emotionen einen direkten Einfluss auf diese Verknüpfung ausüben, so wie es heute geschehen ist.«

»Dann ist Magie gesteuerte Emotion?«, wollte Raymond wissen.

»Nein.« Rhenawen setzte sich hinter Jared ins Gras und der Welpe vergrub die Schnauze in ihrer Ellenbeuge. »Eure Art der Magie, die Magie der Magier, wird im Anfangsstadium rein instinktiv gewirkt und daher von euren Gefühlen beeinflusst. Ein Beispiel. Du begegnest im Wald einer Bache mit ihren Frischlingen. Was würde es in deinem Körper auslösen? Die Herzfrequenz würde sich erhöhen, du würdest anfangen zu schwitzen und der Muskeltonus würde gesteigert werden. Und all das würde geschehen, ohne dass du es beeinflussen könntest, nicht wahr? Es ist eine typisch instinktive Handlung, die durch Angst hervorgerufen wird. Genauso verhält es sich mit der Magie. Diese Magie ist Energie, wenn du so willst, *Essenz*, die erst durch bestimmte Geistestechniken kanalisiert und beherrscht werden kann.«

»Sehr gut«, lobte Argus. »Das hätte ich nicht besser ausdrücken können.«

»Und was genau ist nun mit Ivan geschehen?«, wollte Igor wissen und tastete nach den Striemen an seinem Hals.

»In seinem Innern herrscht zurzeit ein Wirrwarr von Empfindungen. Dadurch, dass er in seiner Begabung noch nicht gefestigt ist, zirkuliert die Magie nun vollkommen chaotisch in seinem Körper. Sie staut sich an und fließt wieder ab, weil er noch nicht gelernt hat, sie bewusst einzusetzen und bei einem Gefühlsausbruch kann es geschehen, dass sie sich schlagartig entlädt.«

Nach dieser Erklärung trat betretenes Schweigen ein.

»Was hat diesen Zustand ausgelöst?«, fragte Rhenawen und legte entspannt den Ellbogen auf ihrem Knie ab. Ketzer stupste auffordernd ihre Hand an. Sie klang so gelassen, als diskutierten sie über ein rein hypothetisches Problem und nicht über einen Jungen, der an seiner eigenen Magie sterben könnte.

Argus zauderte. »Ich fürchte, ich bin nicht befugt, Außenstehende einzuweihen.«

Das Mädchen lächelte spöttisch. »Schön, dennoch möchte ich Euch einen Rat geben. Was auch immer es gewesen ist, konfrontiert ihn damit. Sorgt dafür, dass er es zu akzeptieren lernt, und zwar möglichst schnell. Wenn Ihr es nicht tut, könntet Ihr schon sehr bald in einem ausgewachsenen Orkan aufwachen.«

Mit diesen Worten stand sie auf und verließ die Runde wieder, den jungen Wolf im Schlepptau. Lune sah ihr nach, die Stirn nachdenklich in Falten gelegt.

»Wenn das wahr ist«, meldete sich Igor zu Wort, »sollte ich zu ihm gehen.«

»Das wäre wohl das Dümmste, was du tun könntest«, mischte sich Cassandra ein. »Wegen dir ist er erst so merkwürdig geworden. Dein Anblick macht es bloß noch schlimmer.«

»Ich würde sagen, einen Versuch ist es wert«, fuhr Lune ihr über den Mund. »Ich komme mit dir, Igor.«

Argus runzelte die Stirn und schien protestieren zu wollen, doch dann meinte er nur: »Gut, aber regt ihn nicht auf. In seinem jetzigen Zustand wäre das fatal.«

Lune nickte und stand auf. Sie reichte Igor eine Hand, um ihm aufzuhelfen, und er ergriff sie dankbar. Neirin schloss sich ihnen an und gemeinsam betraten sie das Zelt.

Es wurde nur von einer Kerze erleuchtet, die auf einem kleinen Tischchen brannte.

Ivan sah nicht einmal auf, als sie eintraten. Sein Bruder zog sich einen Schemel heran und setzte sich neben die Pritsche, sorgsam darauf bedacht, die unberührte Schale mit Eintopf zu seinen Füßen nicht umzustoßen.

»Ivan«, begann er vorsichtig. »Es tut mir leid, was ich gesagt habe.«

Ivan wandte ihm das ausgezehrte Gesicht zu. »Wieso? Du weißt doch tatsächlich nicht mehr, wer ich bin.«

Er klang bedauernd und wütend, aber zugleich schwang noch immer ein leiser Vorwurf in seinen Worten mit. Es war ungerecht, schließlich hatte Igor nicht darum gebeten, dass man ihm das Gedächtnis auspustete wie eine Kerze.

»Du bist mein Bruder, oder nicht?«, stammelte Igor. »Und ich will nicht, dass dir etwas geschieht. Damit«, er tippte sich mit der Zungenspitze gegen die Lippen, »verliere ich auch noch den Rest meines alten Ichs … und das will ich nicht. Kannst du mir nicht davon erzählen? Von früher? Vielleicht verstehe ich dann besser, was es heißt, ein Bruder zu sein.«

Ivan sah ihn nur schweigend an und in seiner Miene spiegelten sich die unterschiedlichsten Gefühle. Er verzog das Gesicht, als weiße Funken um seine Hand knisterten. Rasch packte Igor sie und drückte sie fest.

»Ich mag mich nicht mehr an Bilder erinnern, aber ich fühle es noch immer. Wenn du wegen mir stirbst, könnte ich mir das niemals verzeihen.«

Ivan nickte unsicher. Er dachte kurz nach, ehe er wieder zu Sprechen ansetzte. »Du … warst nicht besonders freundlich.«

»Er war eine Nervensäge.«

»Halt die Klappe, Nye«, schalt ihn Lune verärgert, aber Ivan musste lächeln.

»Ja, so könnte man es auch nennen. Zumindest gelegentlich.«

»Oh, ach so.« Igor sah leicht betreten drein. »Will ich denn überhaupt mehr wissen?«

»Willst du«, versicherte ihm Lune. »Frag schon, nur zu.«

RHENAWEN

Sie hatten die Wildnis hinter sich gelassen und folgten einer Handelsroute, die sie immer näher zur Metropole der Grenzlande brachte, wo die Tharlins mit harter Hand regierten. Viele Verfolgte flüchteten hierher, um sich ihrer Strafe zu entziehen, nur um festzustellen, dass die cantosischen Gesetze hier härter vertreten wurden als irgendwo sonst.

Rhenawen zog die Kapuze tief ins Gesicht, als die Sucher an den ersten Ortschaften vorbeikamen. Sie würde es ihren Verfolgern nicht noch leichter machen, sie aufzuspüren, als ohnehin schon. Auch ihre Gefährten hatte sie angewiesen, die Gesichter zu bedecken.

Sie hatte den beiden verschwiegen, dass sie mit dem Vermummten gesprochen hatte, und es stattdessen so aussehen lassen, als wäre er in eine Felsspalte gestürzt, die für sie unzugänglich war. Während ihrer schlaflosen Stunden malte sie sich oft aus, was wohl geschehen war, nachdem sie den Strand verlassen hatte.

Sie stellte ihn sich in einem Krankenbett liegend vor, in irgendeiner Fischerhütte. Die hellen Haare klebten an seiner Stirn und seine Augen huschten unter den Lidern umher, gefangen in einem Fiebertraum. Manchmal sah sie sein schönes Gesicht so nah vor sich, dass sie meinte, es berühren zu können. Wenn sie missgelaunt war, stellte sie sich dagegen vor, wie er ihnen bereits wieder auf den Fersen war, ungeachtet der Bandagen, die unter seinem schwarzen Mantel hervorblitzten. Vielleicht war er auch einfach elendig verendet. Diese Vorstellung behagte ihr am wenigsten. Nicht einmal er hatte es verdient, unter Schmerzen dahinzusiechen, bis die Möwen an seinen Augen pickten. Und dennoch hoffte ein kleiner, finsterer Teil von ihr, der sich eisern ans Leben klammerte, genau darauf.

Ich hätte ihn einfach eliminieren sollen.

Ein Bauer mit seinem Ochsenkarren kam ihnen entgegen. Bald darauf sahen sie einen Jungen mit einer Gänseschar am Wegesrand. *Wir nähern uns der Sittlichkeit.* Sie wusste nicht, ob sie erleichtert sein sollte, den Schutz der hügeligen Heidelandschaft verlassen zu haben.

Am nächsten Morgen erreichten sie Grauehr. Die Fledermaus des Hauses Tharlin wehte zu beiden Seiten der Stadttore. Die Wachen kreuzten vor ihnen die Piken.

»Halt! Stehen bleiben!«

Als sie Nathaniel erblickte, der zu ihnen ritt, verstärkte Rhenawen unwillkürlich den Griff um ihre Zügel. Argento wieherte und warf den Kopf zurück.

»Schon gut, mein Junge«, beruhigte sie ihn. »Alles ist gut.« Doch ihre Augen waren weiterhin auf den Magier gerichtet.

Zunächst weigerte man sich, sie passieren zu lassen, doch schließlich gaben die Soldaten widerwillig den Weg frei. Anscheinend hatten sie gegen die Sucher nichts in der Hand, um ihnen den Aufenthalt zu verweigern.

»Aber vergesst nicht«, rief einer der Männer dem Tross hinterher. »Das Gesetz gilt hier für jeden! Ihr seid nicht willkommen!«

»Das ist deine Stadt«, raunte Espen ihr im Vorbeireiten zu. »Du solltest hier ein kleines Häuschen beziehen.«

»Halt den Mund«, fuhr sie ihn ungehalten an. »Wenn ich deine Meinung hören will, lasse ich es dich wissen.« Doch sie sah, dass selbst Jared sich ein Lächeln nicht verkneifen konnte.

Sie mussten sich auf drei Gastschenken aufteilen. Die Magier hatten zuvorkommend angeboten, sie mit ihren übrigen Schützlingen unterzubringen und die anfallenden Kosten zu übernehmen.

Wie überaus reizend, war alles gewesen, was sie daraufhin erwidert hatte, aber angenommen hatte sie trotzdem.

Rhenawen teilte sich das Zimmer im *Grauen Kläffer* mit Delia. Bisher hatten sie nur flüchtig miteinander zu tun gehabt, doch das rothaarige Mädchen erwies sich als unkomplizierte Gesellschaft.

Im Hausflur begegneten sie Sam und Lune, die sie nach unten begleiteten. Man hatte ihnen Ausgang zugestanden, solange sie innerhalb der Stadtmauern blieben, und keiner von ihnen hatte vor, den ganzen Abend in einer muffigen Herberge eingesperrt zu sein.

Eine Magd stiefelte hinauf, die Arme voller Decken, und sie drückten sich an die Wand, um ihr Platz zu machen. Rhenawen hielt Sam mit einem Arm zurück, damit auch er stehenblieb.

»Es ist doch immer dasselbe«, schimpfte die Magd vor sich hin. »Immer, wenn die hohen Herren sich dazu herablassen, uns einen Besuch abzustatten, müssen wir zusehen, wie wir sie alle unterkriegen. Wenigstens lassen sie die Soldaten draußen. Aber all diese Kinder«, stöhnte sie. »Wo soll ich mit denen bloß hin, ohne dass sie uns die anderen Gäste scheu machen?«

»Hohe Herren?«, erscholl eine Stimme aus dem oberen Stockwerk. »Von wegen! Hast du denn keine Augen im Kopf? Hast du noch nicht gesehen, was sie uns da in die Stube gebracht haben?«

Lune presste die Lippen aufeinander, doch sie sagte nichts zu dem eben Gehörten.

Als sie in den Schankraum hinuntergingen, bemerkte Rhenawen, wie Delia an einem Armband an ihrem Handgelenk herumspielte.

»Was ist das?«, fragte sie beiläufig.

Delia blieb stehen und hob die Hand ins Licht einer Öllampe. Sie musterte den Armreif kritisch. »Ich weiß es nicht genau. Atorius hat es mir umgelegt, nachdem ich weggelaufen bin. Er meinte, es würde mir helfen.«

Rhenawen betrachtete das Schmuckstück eingehend. Der Reif bestand aus poliertem, rotem Onyx, in den Runen eingraviert waren. Sie erkannte den simplen Ortungszauber, den sie darstellten, und rümpfte die Nase. Anscheinend waren die Magier sehr darauf bedacht, dass Delia ihnen nicht abhandenkam.

JARED

Jared öffnete seine Zimmertür, als jemand anklopfte, und sah sich Espen gegenüber.

»Jared!«, rief der grinsend. »Eine Magd hat uns erzählt, es gäbe ganz in der Nähe eine Taverne. Kommst du mit?«

Jared stimmte begeistert zu. Die dünne Suppe, die die Mägde im *Grauen Kläffer* austeilten, war wenig geeignet, seinen stets knurrenden Magen zufriedenzustellen. Und schon kämpften sie sich durch die Menschenmenge auf den Straßen, auf die ein leichter Nieselregen herabfiel. Die Schenke *Zur fetten Gans* war leicht zu erspähen. Espen stieß die Tür auf und die Jungen traten ein. Jared schüttelte den Kopf wie ein nasser Hund. Die Schankstube war überfüllt und es ging geräuschvoll zu. Eine muntere Schar von Stadtbewohnern hatte sich am Tresen versammelt. Sie lachten und schwenkten ihre Bierkrüge in Richtung zweier junger Burschen, die unter Beifall auf den Tischen tanzten. Es herrschte eine vergnügte Atmosphäre.

Ich hätte nicht übel Lust, mitzutanzen, bemerkte Jared amüsiert.

»Holst du was zu trinken?«, rief Espen. »Wir sitzen dort drüben. Bring einfach so viel mit, wie du tragen kannst!«

Er kämpfte sich zu dem Wirt durch, einem rundlichen Mann mit Halbglatze und freundlichem Gesicht. Seine Locken wippten zum Takt des Liedes, das die Männer angestimmt hatten. Es handelte von einem Narren, der eine holde Maid umgarnte.

»Witze reißen tat er und verbeug'n, sehr zu ihrer Freud!«, grölte ein Kerl zu seiner Seite und kippte seinem Sitznachbarn beinahe seinen Met über.

»Entschuldigt!« Jared musste brüllen, um sich Gehör zu verschaffen. Der Wirt beugte sich zu ihm hin. »Sechs Krüge Met, bitte, und falls möglich, ein Abendmahl.«

Während er wartete, nahm er die Menschen genauer in Augenschein. Ein hagerer Mann mit ergrautem Haar fütterte ein Frettchen, das auf seiner Schulter kauerte. Die Frau neben ihm lachte überschwänglich, als einem der Männer Bierschaum aus der Nase sprudelte und in seinen Bart sickerte. Eine graue Katze saß auf einem der Bierfässer und beobachtete das Treiben mit zuckender Schwanzspitze.

Der Junge warf dem Wirt als Bezahlung ein Silberstück zu und lächelte flüchtig. Er kämpfte sich einen Weg durch das Gedränge zurück zu seinen Kameraden, die einen Tisch nahe dem Kaminfeuer ergattert hatten. Jared ließ sich neben Neirin, der sich gerade aus seinem nassen Umhang schälte, auf der Bank nieder. Erfreut stellte er fest, dass sie eine reine Männerrunde waren. Jared schob jedem einen Humpen zu. Raymond schnupperte an der honigfarbenen Flüssigkeit.

»Was ist das?«

»Gewürzmet«, antwortete ein Junge grinsend, der ihm als Gareth vorgestellt worden war. »Ein hausgemachtes Gebräu, ganz typisch für diese Gegend. Es gibt nichts Besseres, um sich aufzuwärmen.«

»Woher weißt du denn so gut Bescheid?«, stichelte Sam und nahm einen tiefen Schluck.

Der Met entfachte eine wohlige Wärme in Jareds Bauch. Er sah sich um und bemerkte den anzüglichen Blick einer jungen Frau, die an einem Tisch am anderen Ende der Stube saß. Verwegen grinste er ihr zu. Sie wandte sich ab und verwickelte ihre Begleitung neben sich, die zu ihm herüber linste und kicherte, in ein Gespräch. Er handelte sich einen Stoß in die Rippen ein. Espen zog fragend die Augenbrauen hoch, grinste aber verschmitzt.

»Was?«, verteidigte sich Jared verlegen und wehrte lachend einen Harztropfen ab, den Gareth von der Tischplatte abgekratzt und nach ihm geworfen hatte.

Eine Kellnerin kam zu ihnen herüber und stellte hölzerne Teller vor ihnen ab, auf denen großzügige Stücke Gänsefleisch lagen und zwei Kartoffeln dazu. Die Jungen machten sich über die trockene Mahlzeit her und spülten sie mit einem weiteren Krug Met hinunter.

Gareth kaute auf einem Brotkanten herum, als er unvermittelt fragte: »Woher kommt ihr eigentlich alle?«

Raymond sah auf und schluckte seinen Bissen hinunter. »Hast du schon einmal vom Grenzgebirge gehört?« Gareth schüttelte den Kopf. »Dann wird dir der Name der Stadt auch nichts sagen.«

»Versuch es doch«, widersprach Jared. Es interessierte ihn tatsächlich.

»Na schön.« Raymond nahm einen Schluck Met. »Das Grenzgebirge bildet ein natürliches Bollwerk, das Cantos von den Nördlichen Reichen trennt. Wir haben seine Ausläufer auf dem Weg hierher gesehen, erinnert ihr euch? Selbst im Hochsommer sind seine Gipfel von Eis und Schnee bedeckt und die oberirdischen Pässe sind nur von den späten Frühlings- bis zu den frühen Herbstmonaten passierbar. Die Gegend ist nur spärlich besiedelt, wenn man von den größeren Städten absieht. Es gibt dort viele Bergstämme, die vom Pelzhandel leben. Wenn die ersten Schneestürme kommen, ziehen sie ins Tal hinab und überwintern auf den angrenzenden Höfen. Dort habe ich gelebt. Meine Familie besitzt einen kleinen Hof mit einer ansehnlichen Ziegenherde, weshalb wir nie hungern mussten, und es gab immer genug willige Hände, die bei der Aussaat halfen.«

»Ihr esst Ziegen?«, unterbrach ihn Gareth stirnrunzelnd.

Raymond grinste schief. »Ja. Ich weiß, das Fleisch schmeckt nicht besonders gut, aber wusstest du, dass die adeligen Herrschaften dort Bärenfleisch bevorzugen? Ich habe gehört, wie Reisende davon erzählten. Anscheinend gibt es einige Stämme, die sich auf die Jagd von Eisbären spezialisiert haben, weil sie für jeden Kadaver reich entlohnt werden.«

»Und die Adeligen bezahlen für so etwas?«, fragte Neirin naserümpfend. »Gibt es bei denen an Festtagen Bäreneintopf, oder was?«

»Ich finde Bärenfleisch ja ziemlich zäh, aber wenn sie dafür bezahlen …« Jared zuckte lässig mit den Schultern. »Vielleicht verliert es ja in Ziegenmilch gekocht den strengen Geschmack, wer weiß? Ich finde, es schmeckt nach abgestandenem Talg.«

Gareth kicherte. »Wenn du meinst. Aber zurück zu dir, Raymond. Du meintest, du *hast* dort gelebt?«

»Genau. Meine Familie konnte es sich leisten, mich zu der Universität der Eisigen Stadt zu schicken, als ich ungefähr sechs Jahre alt war. Dort habe ich den größten Teil meines Lebens verbracht. Zuerst als Dienstbote, aber als ich mich geschickt in den Haushaltsrechnungen anstellte, wurde ich als Student angenommen.«

»Mein Beileid.« Espen hob seinen Krug. Er hatte dem Met schon ausgiebig zugesprochen und setzte nun eine komisch wirkende Trauermiene auf.

Jared beachtete ihn nicht weiter. »Die Eisige Stadt?«, echote er.

»Ja«, bekräftigte Raymond. »Die größte Stadt im Grenzgebirge und das, obwohl sie in einer Höhe von fast zwei Meilen auf dem Berg Jordon erbaut wurde. Sie gilt als bevorzugter Rückzugsort der Gelehrten und ist wohl die einzige Stadt im gesamten Reich, in der Zwerge und Menschen friedlich zusammenleben. Ihre Universität zählt zu den Besten der Elf Reiche und wird unter anderem von der Familie Marent verwaltet.« Er hob bedeutsam den Zeigefinger. »Argus ist übrigens der Großonkel des Strahlenflosslers, eines hochrangigen Mitglieds in der Versammlung.«

»Des … wie bitte?«, fragte Sam.

»Kenneth Marent wird der Strahlenflossler genannt«, erläuterte Raymond. »Das Wappentier der Marents ist ein Stör, daher der Name.«

»Ach so«, murmelte Sam. »Ein Stör ist ein Fisch, oder?«

Jared nickte zustimmend. »Schon, aber ein Stör sieht aus, als wäre er gepanzert, und erinnert ein wenig an die urtümlichen Seeschlangen, die sich an der Ostküste von Skaribor tummeln.«

»Wusstet ihr eigentlich, dass er ein Gestaltwandler ist?«, warf Raymond aufgeregt ein.

»Was, Argus? Du machst Witze!«

»Nein. Er ist einer der letzten echten Gestaltwandler, also kein Leibwechsler.«

»Ist er dann ein Werstör?«, wollte Espen hicksend wissen.

»Nein, du Idiot«, stöhnte Neirin. »Die Marents sind nicht magisch veranlagt, soweit ich das richtig verstanden habe. Ein Elternteil von außerhalb muss es ihm vererbt haben. Weißt du Genaueres darüber, Raymond?«

Der verneinte bedauernd.

»Weißt du, was für ein Gestaltwandler er ist?«, mischte sich Gareth ein.

»Nein, leider nicht.«

»Aber was ist er?« Gareth rieb sich die Stirn. »Denkt nach. Ist euch an ihm irgendetwas aufgefallen?«

»Bei seinen ganzen Falten könnte er eine Schildkröte sein«, witzelte Jared.

Sam legte nachdenklich den Kopf schief. »Er verbringt viel Zeit mit der Hexe«, überlegte er laut.

»So genau will ich das nicht wissen«, platzte Espen heraus. Jared versetzte ihm eine Kopfnuss.

»Aua«, jammerte der Junge.

Jared funkelte ihn an. »Keine dummen Sprüche mehr«, warnte er ihn.

Raymond wechselte blitzschnell das Thema. »Dann mal zu einer Frage, die mich wirklich interessiert.« Er musterte Jared eindringlich. »Wie passt ihr eigentlich alle zusammen? Ist Rhenawen deine Schwester?«

Jared verschluckte sich fast an seinem Met und Neirin schlug ihm auf dem Rücken.

»Was?«, würgte er hervor. »Nein, natürlich nicht. Da wäre sie eher Lunes Schwester, dem Aussehen nach. Braune Haare und so.«

»Aber ihr reist zusammen«, bohrte Gareth nach.

»Wir sind gemeinsam in Schattenhafen aufgewachsen«, erklärte Jared und stützte sich auf ihre alte Behauptung. »Und als wir alle beschlossen hatten, herzukommen, haben wir uns eben zusammengetan.«

»Und wie geht es jetzt weiter?«, wollte Raymond wissen. »Ich habe gehört, das ist der letzte größere Zwischenstopp.«

»Tja, das geht mich nichts mehr an«, ließ Espen verlauten und verschränkte genüsslich die Arme hinter dem Kopf.

»Was wollt ihr hier?«, fragte Neirin.

»Verwandtenbesuch, wenn du so willst, nur dass man sie nicht kennt und erst mal suchen muss.«

Wie schaffst du es, mit so schwerer Zunge noch immer besser zu lügen als ich?, dachte Jared missmutig.

»Aber zu einem anderen Thema«, fuhr Espen fort. »Meint ihr, die Mädchen da drüben würden sich zu uns setzen, wenn ich sie freundlich darum bitte? Oder sollte ich Jared hier vorschicken?«

»Jetzt hör schon auf, das ist ja unerträglich«, ächzte Jared.

»Hast du es schon bei Rhenawen versucht?«, erkundigte sich Gareth.

Espen kicherte. »Bist du irre? Ich hänge an meinen Gliedmaßen, weißt du?«

Die Jungen brachen in Gelächter aus.

Raymond erhob seinen Krug. »Kommt! Lasst uns miteinander anstoßen, wenn sich unsere Wege nun bald trennen!«

DELIA

Eine frische Brise zerzauste ihr Haar, als Delia auf die Straße trat. Hinter den hohen Stadtmauern war von der untergehenden Sonne nicht mehr als fahle, rosige Streifen geblieben. Sie genoss die Kühle auf ihrer bloßen Haut und wunderte sich, wie sehr sie sich an das Schlafen unter freiem Himmel gewöhnt hatte und an die Felle, die sie nachts am Ohr kitzelten.

Tatsächlich war es ungewohnt, wieder auf einer Strohmatratze zu schlafen, und fast störte sie die staubige, muffige Luft in ihrer kleinen Schlafkammer. Auch ihre Zimmergenossin hatte missmutig gewirkt und sich in die Schankstube zurückgezogen.

Delia schrak leicht zusammen, als hinter ihr dumpf eine Tür ins Schloss fiel, und sah sich um. An die Taverne war eine Scheune angebaut, in der man mehrere Gästezimmer eingerichtet hatte, wie sie von Henrik wusste. Er selbst, Gareth und ein weiterer Ausgesonderter verbrachten dort im Dachgeschoss die Nacht.

Neugierig geworden lief sie darauf zu und schob einen Flügel des angelehnten Tores auf. Vor ihr erstreckte sich ein dunkler Flur, der früher vielleicht einmal eine Stallgasse gewesen war. Nur vereinzelte Talklampen an den Stützbalken erhellten den mit Holzbohlen ausgelegten Fußboden.

Sie schob sich hinein und sah sich um. Gerade konnte sie noch erkennen, wie eine Tür weiter hinten zugezogen wurde, und meinte noch kurz, den blauen Stoff einer Robe zu erkennen.

Delia runzelte die Stirn. Die Magier waren alle in den besseren Zimmern im Haupthaus untergebracht, was taten sie dann hier?

Behutsam näherte sie sich der Tür, die schräg gegenüber von einem Treppenaufgang lang. Stimmen drangen gedämpft durch das Holz und von Neugier getrieben, legte sie ein Ohr gegen das Schlüsselloch.

»Ich bin nicht dieser Meinung.« Delia riss erschrocken den Kopf zurück, als sie Atorius' Stimme erkannte. Das Herz klopfte ihr bis zum Hals und einen Moment lang war sie drauf und dran, davonzulaufen, doch etwas hielt sie zurück. Sie wussten noch immer nichts über den Ort, an den sie gebracht werden sollten, und was man genau mit ihnen vorhatte. Vielleicht würde sie jetzt endlich Antworten auf ihre Fragen erhalten. Sie schluckte und rang ihre Angst nieder.

Du schaffst das, Delia, dachte sie und presste erneut das Ohr gegen die Tür.

»…, dass sie gehen«, sagte Atorius gerade. »Sie sollten nicht in dieser Stadt verweilen.«

Wen meint er? Etwa …

»Ich stimme Euch zu, es wäre zu gefährlich.« Das war Nero. »Wenn bekannt würde, dass sie sich mit unseresgleichen eingelassen haben … es könnte für sie unschöne Folgen haben. Außerdem ist ihre Begründung für einen längeren Aufenthalt mehr als fragwürdig. Davon sollten wir uns nicht abschrecken lassen.«

»Ich dachte, sie hätten Familie hier«, mischte sich die heisere Stimme von Argus ein. Der Alte klang verschnupft und die Metzgerstochter sah fast schon vor sich, wie er die Lippen schürzte. »Weshalb sollten wir annehmen, sie hätten nicht die Wahrheit gesagt? Oder habt Ihr intensivere Nachforschungen angestellt?«

Delia konnte sich nur zu genau denken, worauf er anspielte. Sam hatte ihre Vermutung bestätigt, dass Nero Gedanken lesen konnte, doch er war auch davon überzeugt gewesen, dass der Magier diese Fähigkeit nicht missbrauchte.

»Dergleichen war nicht nötig«, erwiderte Nero, in dessen Stimme sich ein verärgerter Unterton schlich. »Ich habe Eure Lehren keinesfalls vergessen. Das Mädchen hat offen zugegeben, dass sie nichts als Lügen von sich gegeben haben.«

»Dazu kommt noch, dass keiner von ihnen geprüft wurde«, fügte Atorius hinzu. »Mit diesem Argument wären sie womöglich zu überzeugen.«

»Ihr scheint mir äußerst interessiert an diesen jungen Leuten, Atorius«, stellte der alte Magier fest. »Euer Ehrgeiz sollte Euch nicht vergessen lassen, dass wir nicht befugt sind, sie zum Bleiben zu zwingen oder sie zu erpressen.«

»Oh, ich habe nicht vor, sie zu erpressen. Die Jungen sind uns bisher recht willig gefolgt, meint Ihr nicht? Ich denke, wenn man ihnen eine Lehrstelle oder dergleichen anbieten würde, wären sie nicht abgeneigt. Und das Mädchen könnte gar nicht anders, als sich ihnen anzuschließen. Irgendetwas verbindet sie und ich will herausfinden, was.«

»Ihr unterschätzt ihre Abscheu«, entgegnete Nero. »Es dürfte schwierig werden, sie zu überzeugen. Sie ist uns nicht gerade zugetan.«

»Sie scheint niemandem zugetan zu sein«, seufzte Argus. »Nicht einmal ihren Begleitern. Überall wurden Freundschaften geschlossen, aber sie lässt sich nicht darauf ein.«

»Ich fürchte, sie hat recht großen Einfluss auf Espen und Jared«, ergänzte Nero. »Sie wird sie früher oder später davon überzeugen, sich von uns fernzuhalten.«

»Was ist mit dem kleinen Jungen?«, wollte Atorius wissen. »Wenn man ihn dazu bewegen könnte, bleiben zu wollen, wird es sie umstimmen?«

Er will auch noch Lucien in diese Angelegenheit mit hineinziehen? Er würde es nicht ertragen, wenn er Jared oder Rhenawen verlieren würde!

Sie konnte kaum glauben, dass der hohe Sucher einen unschuldigen Jungen benutzen und ihm möglicherweise goldene Träume in den Kopf setzen wollte, die sich nie erfüllen würden.

Es dauerte eine Weile, ehe Nero antwortete. »Ich denke nicht. Sie kümmert sich um Lucien, mag ihn womöglich sogar, aber eher würde sie ihn bei uns zurücklassen, als seiner Bitte nachzugeben. So zumindest würde ich sie einschätzen. Wir müssen ihr Vertrauen gewinnen, wenn wir erfolgreich sein wollen.«

Atorius lachte auf. »Kein einfaches Unterfangen. Wie wollen wir einen derart glühenden Hass auf Magier auslöschen? Wie auch immer, dazu später. Vorher muss ich mit Erik über die Angelegenheit sprechen. Wir sollten uns beratschlagen, was mit unseren Gefangenen geschehen soll. Mit ihm dort drüben, der Hexe und unserer bezaubernden Dryade.«

»Noch ist sie keine Dryade«, sagte Argus sehr leise.

»Vielleicht ist es dann an der Zeit, sie zu einer zu machen«, erwiderte Atorius und ein bösartiger Unterton färbte seine Worte. Es klang beinahe so, als bereitete ihm dieser Gedanke ein finsteres Vergnügen. Delia erschauderte und schlang die Arme um ihren Körper.

Argus stieß einen protestierenden Laut aus. »Atorius, ich rate Euch dringend davon ab …«

»Hestia hat unsere Männer angegriffen, sie ist gefährlich. Ihr kennt das Gesetz, Argus!«, herrschte dieser ihn an.

»Ihr wisst, dass es getan werden muss«, bekräftigte Nero seine Worte, auch wenn seine Stimme gepresst klang. »Es ist unsere Pflicht, sie zu binden.«

Der alte Magier schwieg lange, ehe er sagte: »Ich verstehe. Aber ich bestehe darauf, dass Agata kein Leid zugefügt wird. Ich erwarte vielmehr, dass Ihr Euch für sie einsetzt.«

»Natürlich«, erwiderte Atorius. »Allerdings liegt ihr Schicksal nicht gänzlich in meiner Hand, genauso wenig wie das dieser *Kreatur*. Das Präsidium wird über diesen Fall zu entscheiden haben und wenn ich mich recht erinnere, habt Ihr einen Platz dort inne. Also könnt Ihr jeglichen Einspruch selbst vorbringen.«

Delia schwirrte der Kopf. Sie verstand nur die Hälfte von dem, was die Magier beredeten, doch es beunruhigte sie. Sie konnte sich keinen Reim darauf machen. Die Wörter *Dryade*, *binden*, *Kreatur* und *Gefahr* spukten ihr durch den Kopf. Sie war derart in ihre Gedanken versunken, dass sie die weiteren Worte beinahe verpasst hätte.

»Das wäre dann vorerst alles.« Und schon näherten sich Schritte der Tür.

Die Metzgerstochter wich zurück und suchte eilig Schutz im Schatten der Treppe, und das keinen Moment zu früh. Die Tür öffnete sich und die drei Magier traten aus dem Raum.

Atorius graues Haar wirkte gelblich in dem spärlichen Licht, als er sich seinem jüngeren Begleiter zuwandte. »Damit wäre es entschieden. Nero, ich erwarte, dass Ihr bis zum Abend ein Gespräch mit ihnen sucht.«

Der neigte den Kopf. »Selbstverständlich. Ich werde sie abpassen, ehe sie sich von ihren Freunden verabschieden.«

»Gut.«

Als die Männer endlich gegangen waren, atmete Delia auf und kroch aus ihrem Versteck hervor. Sie war ein wenig zittrig, doch auch ein Funke Stolz regte sich in ihr. Diese Reise hatte sie verändert. In Eschenbach hätte sie sich nie getraut, einem der hohen Herren auch nur in die Augen zu sehen, und nun besaß sie schon die Unverfrorenheit, ein geheimes Gespräch zu belauschen.

Wer war wohl dieser jemand, von dem Atorius gesprochen hatte? Agata, Hestia und … ihr Herz machte einen Hüpfer. Es musste der Heiler sein, den sie meinten. Suchend sah sie den Flur entlang. In einem dieser Zimmer musste er liegen. Vielleicht konnte er ihr erklären, was sie da gerade mit angehört hatte.

Nacheinander öffnete sie die Türen und linste hinein. Die meisten Räume waren verlassen oder vollgestellt mit Gerümpel, aber als sie den haarigen Rücken eines Mannes erblickte, der gerade in einem Waschzuber saß, kniff sie die Augen zu und schloss die Tür eilig wieder.

Sie fand das richtige Zimmer weiter hinten. Als sie den Kopf hineinsteckte, sah sie ihn. Der Heiler lag in einem schäbig aussehenden Bett und wälzte sich unruhig herum. Sein verletztes Bein hing auf einer Seite heraus und sie konnte die straffen Verbände sehen. Es erschreckte sie, dass sein Zustand sich so sehr verschlechtert hatte.

Verunsichert blieb sie stehen und wagte es nicht, einzutreten. Vermutlich wäre es eine Torheit, ihn gerade jetzt zu wecken, wo er endlich in einem anständigen Bett ausruhen konnte. Beschämt biss sie sich auf die Innenseite ihrer Wange und wollte sich schon abwenden, als eine Hand sich auf ihre Schulter legte.

Ihr Aufschrei wurde von dem Handschuh gedämpft, der sich fest auf ihren Mund presste.

»Still, Kleine. Du willst doch nicht das ganze Gasthaus aufwecken«, sagte eine raue Stimme nahe an ihrem Ohr.

Dann wurde sie losgelassen. Die Metzgerstochter stolperte von dem Unbekannten weg und fuhr mit weit aufgerissenen Augen herum. Hinter ihr stand ein wild aussehender Mann mit schwarzem Bart und einem Kettenhemd. Es dauerte kurz, bis sie ihn erkannte.

Der Mann zog eine Augenbraue hoch. »Ah, ich kenne dich. Du bist Sams Mädchen.«

Bei diesen Worten errötete sie. »I-ihr …«, stammelte sie, noch immer ein wenig außer Atem. »Ihr seid der Söldner, nicht wahr? Der, der Sam geholfen hat. Ich habe Euch einmal im Lager gesehen.«

Er nickte. »Ja. Mein Name ist Lawson, falls ich mich noch nicht vorgestellt habe.«

»Delia«, erwiderte diese und deutete einen Knicks an, als ihr ihre guten Manieren wieder einfielen.

»Nun denn, Delia, ich hoffe doch, ich kann darauf vertrauen, dass du mich nicht verrätst?«

»Das hängt wohl von der Art des Geheimnisses ab«, wagte sie sich vor und lächelte, als er leise lachte.

»Du gefällst mir. Sam hat eine gute Wahl getroffen. Das hätte ich ihm gar nicht zugetraut. Normalerweise ist er nicht der Entschlossenste, der Bursche.«

Seine Offenheit war ansteckend und sie musste ein Kichern unterdrücken. »Ich habe es ihm leicht gemacht«, verriet sie, obwohl ihre Wangen noch immer schamvoll brannten. Hoffentlich konnte der Söldner das in dem schwachen Licht nicht sehen.

Sie warf einen Blick hinüber zum Bett. »Ich habe ihn gesucht, nachdem ich hörte, er sei hier. Er war der Heiler von Eschenbach«, fügte sie erklärend hinzu.

»Ich habe es gehört«, brummte Lawson. »Ich habe ihm geraten, sich von den Menschen fernzuhalten, aber hat er auf mich gehört? Verliebter Idiot.«

»Von den Menschen?«, hakte Delia nach. »Ist er denn keiner? Einer der Magier nannte ihn eine *Kreatur*. Was hat das zu bedeuten?«

Die Lippen des Söldners wurden schmal. »Kreatur? Das sieht ihnen ähnlich, unsereins so zu nennen. Verfluchte Bastarde. Dabei sind sie keinen Deut besser als wir.« Er warf ihr einen scharfen Blick zu. »Ich würde es dir ja sagen, aber ich denke, je weniger du weißt, desto besser. Wenn wir uns noch einmal über den Weg laufen, erzähle ich dir vielleicht meine Geschichte. Aber nicht jetzt. Die Zeit ist zu knapp, genauso wie der Wein.«

Lawson sah kurz über seine Schulter und zog dann die Tür hinter sich zu. Delia lief unterdessen zum Bett des Heilers und kniete sich daneben. Zaghaft berührte sie seine Stirn, die vor Fieber glühte. Seine Lider öffneten sich flatternd, aber sein Blick war nicht fokussiert.

»Hestia?«, murmelte er. »Wo bist du?«

»Nein«, sagte die Metzgerstochter. »Ich bin es, Delia. Erinnert Ihr Euch an mich?«

Schweiß perlte von seiner Stirn. »Hestia«, wiederholte er und stöhnte.

»Seht mich an«, bat sie leise und er drehte ihr wieder den Kopf zu.

Seine Augen waren dunkelbraun, fast schwarz. Sie glänzten merkwürdig und erinnerten sie an eine Muschelperle, wie sie einmal eine von ihrer Mutter geschenkt bekommen hatte. Etwas zupfte an einer lang vergessenen Erinnerung. Sie hatte diese Augen schon einmal von so nahe gesehen, aber damals hatte sie zwischen Bäumen gekniet, die Beine nass vom Morgentau.

Ein Ratschen riss sie aus der seltsamen Nostalgie, die sie überkommen hatte, und sie sah erschrocken auf. Der Söldner hatte die Fesseln durchtrennt, die den Heiler ans Bett banden. Sie waren ihr zuvor gar nicht aufgefallen.

Wo hätte er denn schon hinlaufen sollen?

»Wohin bringt Ihr hin?«, wollte sie wissen und klopfte sich die Knie ab, nachdem sie aufgestanden war. Es war völlig klar, was Lawson plante. Warum sonst sollte er hier sein, wenn nicht, um den Heiler zu befreien?

»An einen Ort, an dem er sicherer ist als hier«, erwiderte der Söldner kurz angebunden und schob dem Verletzten einen Arm unter den Rücken, um ihn hochzuhieven. »Hilf mir hier mal.«

Sie wickelten ihn gemeinsam in die Decke, dann hob Lawson ihn auf seine Arme. Der Heiler murmelte unverständliches Zeug vor sich hin, schien aber ansonsten kaum etwas mitzubekommen.

Eilig öffnete Delia ihm die Tür und folgte den beiden. »Woher kennt Ihr ihn überhaupt?«

»Du bist voller Fragen, was?«, kam die unwirsche Antwort. Als sie schon meinte, er würde nichts mehr hinzufügen, sagte er: »Wir sind alte Bekannte.«

Meine Güte, man könnte meinen, er wäre geistig beschränkt, dachte sie verärgert. Konnte er denn nicht verstehen, dass sie Antworten brauchte?

Sie traten hinaus auf die Straße. Versteckt in einer Seitengasse wartete ein unscheinbarer Karren auf sie, der von einem massigen Pferd gezogen wurde. Er legte den Heiler auf den Karren und deckte ihn mit einigen zusätzlichen Fellen zu.

Der Heiler regte sich unruhig. »Nye«, sagte er undeutlich.

»Was?« Der Söldner beugte sich vor. »Was hast du gesagt?«

»Nye«, wiederholte der Heiler. »Nicht sicher. Er muss … fort.«

»Darum kümmern wir uns später« versprach Lawson. »Wenn wir einige Meilen zwischen uns und diese vermaledeite Stadt gebracht haben.« Er schwang sich auf den Kutschbock und nickte Delia zu. »Du solltest besser wieder reingehen, ehe man dich vermisst.«

»Wartet. Wie wollt Ihr an den Wachen vorbeikommen?«, warf sie ein und erinnerte sich an ihren eigenen feindseligen Empfang am Morgen.

»Bestechung«, sagte Lawson und ein Grinsen verzog seine Züge. Es machte ihn viel jünger, auch wenn ein schwärzlich verfärbter Zahn dabei zum Vorschein kam. Er ließ die Zügel knallen und das Zugpferd setzte sich in Bewegung.

»Auf Wiedersehen!«, rief Delia ihm nach. »Achtet gut auf ihn.«

Der Söldner hob zum Abschied die Hand und schon war er um die nächste Straßenecke verschwunden.

In der Stadt der Grauhunde

LUNE

Am nächsten Morgen versammelten sie sich schon früh vor ihren Zimmern, um zu besprechen, wie sie den freien Tag nutzen würden. Alle sprachen wild durcheinander und Lune ließ sich von ihrer Vorfreude anstecken. Noch nie hatte sie eine so große Stadt besucht, soweit sie sich erinnern konnte, und freute sich bereits darauf, die engen Gassen zu erkunden.

Ihre lautstarke Diskussion wurde jäh unterbrochen, als Agata mit wippenden grauen Locken ihren Kopf aus der Tür streckte.

»Werdet ihr wohl Ruhe geben!«, zeterte sie. »Manche Menschen versuchen, sich zu entspannen. Runter mit euch oder ich versetze euch einen Tritt, der euch auf die Straße befördert!«

Leise vor sich hin schimpfend verriegelte sie die Tür wieder.

»Das nenne ich einen Stimmungsdämpfer«, grummelte Espen und rieb sich die Schläfen. »Wenn sie nicht immer gleich schreien würde … egal, ich habe sowieso noch etwas zu erledigen. Wir sehen uns später.«

Dann war er auch schon die Treppe hinuntergeeilt. Lune sah ihm verwundert nach, aber Jared reagierte ausweichend auf ihre Frage, wohin er verschwunden sei. Erst da fiel ihr wieder ein, dass Rhenawen, Espen und er nicht mit ihnen weiterziehen würden.

Jared kramte unterdessen in seinen Taschen und zog einen Beutel mit Münzen hervor. Er nahm ein Silberstück heraus und ließ es durch seine Finger gleiten. »Wer hat Hunger?«

Sie brachen zu fünft auf und kurz darauf streiften sie gut gelaunt durch die Straßen. Delia zog Sam aufgeregt hinter sich her und beschrieb ihm alles, was sie zu Gesicht bekam. Die Stadt war riesig und beeindruckend mit ihren Wehrtürmen, der Festung der Tharlins, die als gewaltiger Koloss mit ihren Schießscharten, Mordlöchern und dicken Mauern an einem Steilhang über der Stadt aufragte, und der Kathedrale aus schwarzem Turmalin mit ihren zwölf Türmen und Kuppeln.

Die Wege waren gepflastert und jedes Haus aus grauem Basalt erbaut. Die Grauhunde der Ehr patrouillierten durch die Straßen. Lune hatte selbst in Eschenbach schon von ihnen gehört. Sie waren die abgerichteten Schoßhunde der Stadtwache, die alle nur die Stahlröcke nannten. Bei einem Aufruhr warfen sie sich laut bellend dazwischen und verbissen sich in die Übeltäter so lange, bis ihre Herren den Gegenbefehl gaben. Die Biester waren so groß wie Kälber, bullig und mit blutunterlaufenen Augen. Ihre Rasse wurde in den Höhlen unterhalb von Grauehr eigens für den Krieg gezüchtet, so erzählte man sich. Es hieß, wenn sie in einer Meute jagten, könnten nicht einmal Feuer und Stahl sie aufhalten. Das mochten nur Geschichten sein, aber Lune schauderte bei dem Gedanken.

Ketzer grollte jedes Mal warnend, wenn sich ihm einer der Hunde näherte. Jared griff ihm besänftigend ins Nackenfell. Seine Anwesenheit beruhigte ihre angespannte Nervosität. Der schwarzhaarige Junge strahlte Gelassenheit aus und lächelte ihr zu, als er die Anspannung in ihrem Gesicht bemerkte.

»Keine Sorge, diese Hunde sollen nicht die gesamte Bevölkerung hier drinnen auffressen, nur weil sie schlecht gelaunt sind. Außerdem kann Sam sie unter Kontrolle halten, wenn es ernst wird.«

Ihr Weg führte sie an der Eisernen Gasse vorbei, wo die Meisterschmiede die Rüstungen und verzierten Helme für die Stahlröcke anfertigten. Die Mädchen ließen Jared gewähren, der staunend die Waren begutachtete. Ketzer nutzte die Gelegenheit, um sich von Rhenawen, die sich interessiert über ein Sortiment von Krummdolchen beugte, hinter den Ohren kraulen zu lassen. Unwillkürlich fragte sich Lune, ob es viele Mädchen wie sie in Schattenhafen gab.

Die bemalten Schilde in den Schmieden zeigten die Wappen edler Häuser. Da war der dreiköpfige Höllenhund der Finsters mit roten Augen und Stachelhalsbändern. In einer Werkstatt erspähte sie die zwölf Goldstücke der Euristes, der Adelsfamilie, die das Bankenwesen in Cantos dominierte. Und natürlich prangte auch hier überall die Fledermaus auf den Rundschilden und Harnischen. Die Träger dieser Wappen wurden vom einfachen Volk verehrt.

Lune beobachtete Jareds fachkundige Miene, als er beinahe andächtig über die Schneide einer Axt fuhr, um die Schärfe zu prüfen.

»Lasst uns endlich weitergehen«, nörgelte Sam. Auch Ketzer schien es nicht länger erwarten zu können, denn er sprang jaulend an dem schwarzhaarigen Jungen hoch.

»Schon gut, schon gut«, brummte der beleidigt und löste sich endlich von der Axt.

Sie stöberten einen Bäcker auf, der ihnen für zwei Kupferstücke eine Kirschpastete überließ, und setzten sich an einen Brunnen, wo sie sich gierig über die noch warme Süßspeise hermachten. Lune beobachtete die Menschen, die mit gesenkten Häuptern umherliefen und sich möglichst klein machten, wenn sie einen der Stahlröcke erblickten.

Delia entdeckte schließlich Gareth und winkte ihn fröhlich zu sich heran. Er hatte Neirin im Schlepptau und die Jungen gesellten sich zu ihnen.

Gareth schnappte sich das letzte Stück von Jareds Pastete und schob es sich in den Mund.

»He!«, protestierte dieser und schubste den hellhaarigen Jungen weg.

Der grinste nur frech und kaute genießerisch. Neirin setzte sich schwungvoll neben Lune, die ihn verlegen anlächelte.

»Was treibt ihr so?«, erkundigte sich der Tischlerbursche.

»Wonach sieht es aus?«, stichelte Lune. »Wir haben die Backstube geplündert.«

»Genau«, brummte Jared und sah bedauernd auf seine leeren Hände hinab, von denen noch der Sirup tropfte.

»Ach, komm schon, Jared. Du hattest das größte Stück«, schimpfte Delia.

»Na und?«, raunzte er. Ketzer kam herangeeilt und leckte ihm begierig die Finger sauber.

»Was fangen wir mit dem restlichen Tag an?«, fragte Delia und kämmte sich mit den Fingern durchs Haar.

Sam zuckte mit den Schultern. »Was immer wir wollen.«

Sie machten sich wieder auf den Weg und sahen sich nach weiteren fremdartigen Schauplätzen um. Gareth nickte zu einer breiten Gasse hin, in der sich die verschiedenen Handwerkszünfte aneinanderreihten. »Lasst uns mal einen Blick hineinwerfen«, bat er.

»Zuerst sollten wir uns noch die Kathedrale ansehen «, schlug Delia vor und deutete auf das mächtige Bauwerk vor ihnen.

Sam legte neugierig den Kopf schief und nickte. »Sie sieht interessant aus.«

»Könntest du bitte aufhören, Ketzer als Gefäß zu benutzen«, fauchte Rhenawen ihn an. »Er ist noch nicht einmal voll ausgewachsen und duckt sich schon jetzt vor dir weg, wenn du in seine Nähe kommst.«

»Tut mir leid«, murmelte Sam reumütig.

Delia funkelte das dunkelhaarige Mädchen an, verkniff sich aber einen wütenden Kommentar und zog den Leibwechsler mit sich.

Die Pforte der Kathedrale war geschmückt mit Abbildern von Heiligen und schaurigen Fratzen, die auf sie herab stierten. Einer der Propheten, Jehan, der Gehörnte, hielt eine steinerne Tafel in Händen, auf der stand: »Mögen die Zwölf über jeden wachen, der aufrichtigen Herzens ist.«

Die schweren Flügeltüren schwangen mit einem Knarren auf und die Stille der Kirche senkte sich auf ihre Ohren. Keiner der Besucher wagte es, diesen heiligen Ort mit lauten Geräuschen zu entweihen. Ein feuchter, schwerer Geruch hing über allem.

Die riesigen, kreisrunden Buntglasfenster warfen farbige Lichtreflexe auf die düsteren Mauern. Anmutige Kuppeln thronten über eleganten Steinbögen. Es schien unmöglich, dass Menschen dazu fähig gewesen waren, solche Monumente mit bloßen Händen zu erschaffen.

Eine tiefe Ehrfurcht ergriff Lune. Sie entdeckte zwei massive Statuen, die auf sie herabblickten. Die Statue der Hüterin stand in einem Wasserbecken, unverkennbar mit dem Lavendel im Haar und dem Krug in den zierlichen Händen, aus dem ein Rinnsal Quellwasser floss, von dem jeder Reisende trinken durfte. Und die andere, im Schatten einer Säule, stellte die Richterin dar, die eine Waage hochhielt, auf der eine Feder und ein Schwert im Gleichgewicht lagen.

Insgesamt gab es zwölf Götter, die über die Menschheit wachten. Soweit sie wusste, folgte man jenseits des Gebirges keiner einheitlichen Religion. Stattdessen hatten sich dort exzentrische Kulte gebildet, in denen Rituale meist in Orgien mündeten, derer sich jeder anständige Mensch schämen würde. Lune rümpfte bei diesem Gedanken die Nase.

»Komme ich überhaupt noch zu den Göttern?«

Lune sah sich überrascht um und sah in Jareds traurige Augen. Sie musste an sein Geständnis bei den Berserkern zurückdenken und schluckte. Gern hätte sie ihn beschwichtigt, wusste aber nicht, wie.

»Wenn wir sterben, werden die Götter über uns richten«, mischte sich Delia ein. »Wir sollten auf ihr Urteil vertrauen.«

Jared lächelte ihr unsicher zu, ließ das Thema aber fallen.

»Wie hältst du es mit der Religion?«, richtete sich Neirin an Rhenawen, die die Statuen um sie herum kritisch betrachtete.

Sie zuckte beiläufig mit den Schultern. »Mein Vertrauen in Götter wurde schon vor langer Zeit erschöpft. Und außerdem glaube ich, dass eure Zwölf nicht das sind, was ihr euch vorstellt.«

Sie zerfielen in kleine Grüppchen, während sie durch die Kathedrale liefen. Lune hatte sich bei Neirin untergehakt und genoss die zur Schau gestellte Kunstfertigkeit, die sie umgab.

»Ich habe gestern Abend den Heiler besucht«, teilte der Dieb ihr leise mit.

»Und?«, fragte Lune. »Wie geht es ihm?« Sie schämte sich dafür, dass sie in den letzten Tagen kaum einen Gedanken an ihn und Hestia verschwendet hatte.

Neirin seufzte. »Nicht besonders gut. Es ging ihm besser, aber jetzt … Seine Wunden wollen sich nicht schließen und geistig … Er ist verwirrt. Bevor ich gegangen bin, hat er mich angeschrien, ich müsse fliehen oder es werde mich mein Leben kosten. Es tut weh, ihn so zu sehen.«

Er ließ den Kopf hängen. Das Mädchen umarmte ihn. »Das tut mir leid.«

Sie wusste nicht, was sie sonst noch hätte sagen können, also hielt sie ihn einfach nur fest.

»Was ist mit dir?«, fragte er. »Hast du mit Agata gesprochen?«

»Nein«, gestand sie leise und legte den Kopf auf seine Schulter. Die Kräuterhexe war ihr die letzten Tage immer wieder ausgewichen, aber sie traute sich nicht, selbst auf sie zuzugehen. Nicht nach allem, was geschehen war, ehe sie getrennt worden waren.

»Du musst mit ihr reden, Lu«, beschwor Neirin sie sanft.

Ich weiß, dachte sie und ließ den Blick über die prächtigen Säulen der Kathedrale wandern.

Aus dem Augenwinkel sah sie eine Bewegung im Dachgebälk und schaute auf. Eine Gestalt huschte eilends davon, doch der Lichtschein eines der Fenster ließ schwarzes Haar aufblitzen.

JARED

Sie hatten sich aufgeteilt. Lune, Sam und Delia hatten die Gasse der Weber entdeckt und darauf bestanden, sich näher umzusehen. Die übrigen Jungen und Rhenawen hatten sie dafür nicht begeistern können, weshalb diese auf eigene Faust weiter durch die Straßen streunten. Das dunkelhaarige Mädchen hatte sich unterwegs von ihnen getrennt mit der Behauptung, sie würde Espen suchen gehen.

Neirin hatte sie auf weniger belebte Straßen geführt, in denen sie aufatmen konnten. Ketzer lief schwanzwedelnd voraus.

Jared genoss die Gelegenheit, mit ihnen herumzualbern und zu vergessen, wie merkwürdig sich die Umstände für ihn entwickelt hatten.

Zwar waren sie endlich in Grauehr angekommen, aber wie sollten sie sich mit den Rebellen in Verbindung setzen? Espen hatte verkündet, er werde in den Wirtshäusern unauffällig Nachforschungen anstellen und jemanden auftreiben, der sie zu den hier stationierten Widerstandskämpfern bringen würde. Jared konnte nur hoffen, dass der Junge wusste, was er tat.

»Was machst du für ein grimmiges Gesicht?«, riss Gareth ihn aus seiner Grübelei. »Bist du immer noch sauer wegen der Pastete?«

»Ja«, scherzte Jared und gab dem Tischlerburschen einen freundschaftlichen Stoß gegen die Schulter.

Gareth lachte. »Ich kenne niemanden, der so futterneidisch ist wie du, Jared!«

»Was kann ich denn dafür?«, empörte dieser sich. »Ich hatte Hunger!«

»Du hast immer Hunger.«

Jared schnaubte und sah beleidigt in eine andere Richtung. Der Wolf schlängelte sich durch seine Beine und sah ihn treuherzig an. »Du bist auf meiner Seite, nicht Kumpel?«

»Wenn es ums Fressen geht, doch immer«, kicherte Neirin.

Jared verdrehte die Augen. »Pass bloß auf, sonst hast du heute Nacht kein Zimmer«, drohte er. »Ketzer hätte sicher nichts dagegen, in deinem Bett zu schlafen.«

Der Wolf jaulte, als wollte er ihm zustimmen. Dann wandte er abrupt den Kopf zur Seite und stellte das Nackenfell auf. Ein Grauhund war um die Ecke gebogen. Jared wollte sich zu ihm hinknien, um ihn zu beruhigen, als eine laute Stimme neben ihnen ertönte.

»Bei der gütigen Richterin! Neirin! Da ist er ja!«

Jared fuhr zu dem Ausrufer herum. Ein grobschlächtiger Mann hatte Neirin am Oberarm gepackt, den Mund vor geheuchelter Überraschung halb geöffnet. Doch in den kleinen Schweinsaugen lag ein berechnender Ausdruck. Mit der freien Hand umklammerte er einen knorrigen Gehstock. Der rotblonde Junge war vor Schreck kreidebleich geworden.

»Weißt du eigentlich, wie lange wir schon nach dir suchen?«

Einige Passanten blieben stehen und beobachteten den Aufruhr. Neirin schien viel zu verwirrt, um irgendetwas anderes zu tun, als entsetzt dreinzuschauen. Eine junge Frau kämpfte sich durch die Schaulustigen. Ihre Spitzenhaube war verrutscht, sodass ihre rotblonden Locken hervorquollen, und ihre Röcke flatterten, als sie auch schon die Arme um den Jungen schlang.

»Oh, du hast ihn gefunden!«

Zwei Soldaten stießen die Umstehenden beiseite. Es waren Stahlröcke. An ihrer Seite hatten sie den Grauhund. Die Passanten warfen ihnen noch letzte, neugierige Blicke zu, wagten es aber nicht, länger stehenzubleiben.

»Was ist denn hier los?«, herrschte einer der Soldaten sie an. »Warum diese Unruhe?«

Die Frau wischte sich eine Träne von der Wange. »Es geht um meinen kleinen Bruder«, schniefte sie. »Er ist vor ein paar Tagen von zu Hause weggelaufen. Nur die Seherin weiß, wer ihm diesen Floh ins Ohr gesetzt hat. Unsere Mutter ist schon ganz krank vor Sorge.«

Neirin wehrte sich verzweifelt gegen ihren Klammergriff, als der Mann ihn auch schon grob am Kragen packte und schüttelte wie einen jungen Hund.

»Gut so!«, keifte ein altes Weib, das an ihnen vorbei humpelte. »Nur so kommen sie wieder zur Vernunft!«

»Ihr verwechselt mich! Meine Mutter ist schon lange tot!«, schrie Neirin.

»Nye, was redest du da?«, schluchzte die Frau, aber Jared erkannte, dass ihre Augen vollkommen trocken waren. »Lass uns einfach nach Hause gehen.«

»Nein! Lasst mich los!«

»Du dumme Rotznase!«, brüllte der Mann und zog dem Jungen mit Wucht seinen Stock übers Ohr.

»Lasst ihn in Ruhe!«, bellte Jared. Er sprang vor und packte die Frau am Oberarm, um sie von Neirin wegzuziehen. Die begann, hysterisch zu kreischen, und einer der Soldaten zog ihn unsanft am Revers zurück und versetzte ihm einen Stoß, der ihn auf die harten Pflastersteine beförderte. Bei dem Versuch, sich abzufangen, schürfte er sich die Handballen auf.

»Immer mit der Ruhe, Bursche.«

Die Frau schluchzte nun noch heftiger und wich vor ihm zurück.

»Ich erkenne ihn! Er gehört zu einer dieser Diebesbanden!«, keuchte sie und deutete mit dem Finger auf ihn. »Oh, Nye, worauf hast du dich da nur eingelassen?«

Als Jared sich aufrappeln wollte, traf ihn ein gepanzerter Fuß in die Rippen und er stöhnte auf.

Wieder spürte er die schweren Stiefel, die ihm beinahe die Rippen brachen. Er rollte sich zu einem festen Ball zusammen wie ein Igel. »Du wirst nur dann beißen, wenn ich dir sage, dass du zubeißen sollst, Junge!«

»Wir wollen doch keinen Ärger machen«, knurrte der Soldat.

Ketzer sprang ihn an und der Mann stolperte zurück. Der junge Wolf stellte sich schützend vor Jared, die Zähne gebleckt.

»Na gut, ihr könnt ihn mitnehmen!«, sagte einer der Männer und gab der jungen Frau mit einer Geste zu verstehen, zu verschwinden. »Aber verpasst ihm eine Tracht Prügel, die er nicht wieder vergisst.«

»Das versteht sich von selbst«, versicherte ihm der Mann, der Neirin noch immer gepackt hielt und ihn nun herumzerrte. »Und du kommst jetzt mit mir.«

Gareth hastete an Jareds Seite und zog ihn auf die Füße. Neirin wehrte sich noch immer gegen den unerbittlichen Griff, der ihm die Luft abschnürte. »Jared!«

»Nye!«, brüllte Jared und versuchte, ihm zu folgen, aber einer der Soldaten stellte sich ihm in den Weg. »Nye!« Die Panik in den Augen des Jungen brannte sich ihm in die Netzhaut.

Gareth neben ihm versteifte sich, als die Soldaten ihre volle Aufmerksamkeit auf sie richteten.

»Hast du irgendeinen genialen Plan, wie wir hier ungeschoren rauskommen?«

Jared schüttelte nur stumm den Kopf. Ketzer knurrte warnend, als der Grauhund nach ihm schnappte.

»Pfeif dein Schoßtier zurück, du diebische Ratte«, forderte einer der Soldaten, »dann muss niemandem etwas geschehen.«

»Ich bin kein Dieb«, zischte Jared.

Der Mann machte einen Schritt auf ihn zu und noch ehe Jared entscheiden konnte, was zu tun war, nahm Ketzer ihm die Entscheidung ab. Der Wolf sprang vor. Mit einem Scheppern krachte er in den Soldaten. Blitzschnell entfloh er den behandschuhten Händen, nur um sich dem Grauhund gegenüber zu sehen, der sich auf das Zeichen des Wachmanns hin auf ihn stürzte. Er fiel dem Wolf in die Seite, der überrascht aufjaulte.

Im selben Moment griff der zweite Soldat an. Hände packten Jared und rissen ihn von Gareth weg. Der schwarzhaarige Junge trat zu. Sein Stiefel prallte mit einem dumpfen Schlag auf die Rüstung. Gareth kam ihm zur Hilfe und versetzte dem Soldaten einen

Kinnhaken, der ihn zurückstolpern ließ. Mit einem unterdrückten Fluch hielt er sich die Knöchel. Die Haut war aufgeplatzt.

»Weg hier, schnell!«, rief Jared und zog ihn mit sich. Ketzer befreite sich aus der Umklammerung des Grauhundes und rannte den beiden Jungen hinterher.

LUNE

Lune und Delia bewunderten gerade die feinen Stickarbeiten eines Seidenkleides, als ein Ausruf an ihre Ohren drang. Neugierig geworden, folgten die Mädchen ihm. Mit Sam im Schlepptau gelangten sie zu einem kreisrunden Platz, auf dem sich eine Menschenmenge versammelt hatte. In der Mitte war ein Podest aufgebaut, von wo aus ein stämmiger Mann mit einer Schriftrolle in der Hand laut etwas verkündete.

»… und des unbefugten Betretens der Heiligen Halle. Dieses gotteslästerliche Verbrechen ist nicht zu tolerieren! Der Hauptmann unserer Wache, der junge Erbe von Schattenhafen, verurteilt diese Diebin zu der Strafe, die sich für eine solche geziemt.«

Die Leute klatschten. Lune sah, wie zwei Männer in der Menge die Köpfe zusammensteckten und betroffen murmelten, bis eine Frau sie zum Stillschweigen ermahnte.

Die beiden Freundinnen schoben sich durch die Leiber, bis sie einen guten Blick auf das Podium hatten. Sam hielt sich an Delias Schulter fest, um nicht von ihnen getrennt zu werden.

»Was ist hier los?«, wollte er wissen. »Was geschieht dort?«

Ein Mädchen, vielleicht sechzehn Jahre alt, schritt auf die Tribüne, flankiert von zwei bewaffneten Wachen. Sie war blass, trat aber auf Aufforderung vor und legte mit beherrschter Miene ihre rechte Hand auf den Richtblock. Lune stockte der Atem.

Ein hochgewachsener, maskierter Mann packte die Axt, auf die er sich gelangweilt gestützt hatte. Die Diebin zitterte, sah dem Henker aber fest in die Augen, als er die Axt über den Kopf hob. Der Stahl glänzte wie ein polierter Nagel. Kaltes Grauen packte Lune und sie schlug sich eine Hand vor den Mund. Delia griff nach ihrem Arm und sie sahen einander bestürzt an.

»Bei Eovaine …«, wisperte Delia.

Die konvexe Schneide fuhr nieder. Mit einem lauten Krachen wurde sie nur wenige Zoll über der Hand aufgehalten. Die Luft um das Metall herum kräuselte sich wie Wasser und die Axt zitterte, als würde sie gegen einen Widerstand drücken.

Hundert Augenpaare beobachteten fassungslos, wie die Waffe sich in der Hand des Henkers drehte, sodass die scharfe Schneide nun nach oben zeigte. Die Augen der Diebin waren vor Schreck weit aufgerissen. Dann schoss die Axt wie von unsichtbarer Hand geführt nach oben und fuhr dem Mann in den Hals.

Die Diebin schrie auf, als sich ein feiner, roter Sprühnebel über sie senkte.

»Was war das?«, fragte Sam beunruhigt. »Wer hat geschrien?«

Aber die Mädchen brachten keinen Ton heraus. Die Waffe hatte sich mit einem Ruck aus dem Hals ihres Besitzers gelöst, und entglitt dabei seinen kraftlosen Händen. Der Henker kippte zur Seite und blieb reglos liegen. Eine Blutlache breitete sich um seinen Kopf herum aus. Die Axt zitterte noch kurz in der Luft, ehe sie scheppernd auf das gezimmerte Holz fiel.

Irgendwo in der Menge begann jemand, zu kreischen. Die Diebin taumelte zurück. Delia zögerte nicht länger. Sie rannte los, kletterte auf die Bühne und packte das Mädchen am Arm. Sie sagte etwas zu ihr, das Lune nicht verstehen konnte, und zog sie dann mit sich. Sie eilten die Stufen hinunter. Ein Soldat versuchte, sie zu packen, aber die Diebin rammte ihm zwei Finger in die Augen und er ging schreiend in die Knie. Die anderen Wachen waren zu sehr damit beschäftigt, die Axt zu hypnotisieren, als könnte diese sich im nächsten Augenblick auf sie stürzen. Lune kam ihnen entgegen, während Sam noch immer völlig verdattert dastand.

»Verdammt!«, brüllte er. »Sagt mir endlich mal jemand, was los ist?«

»Keine Zeit«, entgegnete Lune atemlos und wandte sich Delia zu. »Was hast du vor?«

Die flüchtenden Mädchen stürzten sich in das Getümmel und wurden von der Menge verschluckt. Lune riss Sam mit sich, der ins Taumeln geriet, sich aber wieder fing und von ihr mitschleifen ließ.

Das Bellen der Grauhunde übertönte beinahe die Schreckensschreie. Lune sah aus dem Augenwinkel, wie eine der Bestien ein Kind anfiel und es unter sich begrub.

»Sam, tu doch was!«, schrie sie panisch.

Doch da glomm vor ihnen etwas auf. Delia machte eine unwillkürliche Bewegung mit der Hand und ein Feuerball schoss daraus hervor auf das Ungetüm zu. Die Flammen setzten sein Fell in Brand und er stob jaulend davon.

»Ah!« Sam fasste sich an die Schläfe. »Mach das nicht noch einmal, Dee! Ich hatte ihn schon fast!«

Lune stieß ein Ehepaar aus dem Weg, sprang auf ein Fass und von dort aus langten ihre Hände zu einem Fenstersims. Sie zog sich hoch und bedeutete den anderen, ihr zu folgen.

»Das ist nicht dein Ernst!«, rief Delia aus. »Wie soll Sam da hochkommen?«

Doch das Heulen der Hunde belehrte sie eines Besseren. Lune hievte sich als Erste aufs Dach und zog die Diebin zu sich hinauf. Die Meute sprang wild bellend die Mauer hoch und die Hunde überschlugen sich beinahe bei dem Versuch, sie zu erreichen. Delia brauchte quälend lang, um die Fassade zu erklimmen.

»Sam, greif nach meinem Fuß«, rief sie hinunter.

»Ich kann nicht«, rief er kläglich und rutschte wieder auf das wacklige Fass zurück. »Verschwindet, ich halte die Hunde in Schach.«

»Aber …«

»Lass gut sein, Dee. Mich findet schon wieder jemand.«

»Mach schon!«, trieb Lune sie an. »Du hast das hier angefangen, dann bring es auch zu Ende!«

Sie langte nach der tastenden Hand der Metzgerstochter und gemeinsam mit der Diebin gelang es ihr, Delia auf das Dach zu ziehen.

Von ihrem Aussichtspunkt aus verschaffte Lune sich einen raschen Überblick. In dem Teil der Stadt, den sie bisher besucht hatten, wogte ein Meer aus Dächern, das von offenen Plätzen durchbrochen wurde. Aber in Richtung der Festung wurden die Gassen dichter. Dort musste sie hin. Mit einem Satz flog sie über den Abgrund und landete geschmeidig auf dem nächsten Gebäude.

Zwar erforderte es mehr Geschick, auf den morschen Holzplanken der Elendsviertel sicheren Tritt zu fassen als auf den gebrannten Lehmziegeln, aber Delia konnte sich kaum dazu überwinden, von Dach zu Dach zu springen. Die Stahlröcke dachten zum Glück nicht daran, die Blicke gen Himmel zu richten, und ihre Hunde drängten in die völlig falsche Richtung.

Gut gemacht, Sam, dachte Lune und konnte sich ein Grinsen nicht verkneifen.

Hinter dem Turm einer kleinen Kapelle fanden sie schließlich Schutz. Sie kauerten sich an den rauen Stein und verbargen sich im Halbdunkel. Das Gebell der Hunde entfernte sich weiter.

Lune nahm die Diebin zum ersten Mal richtig in Augenschein. Sie hatte kurz geschnittene, dunkle Locken, einen schlaksigen Körper wie ein Junge und ein ovales Gesicht. Ihre Augen hatten die Farbe von Vergissmeinnicht und schienen zu groß, was ihr etwas Unschuldiges, Verletzliches gab.

Das perfekte Gesicht für eine Unruhestifterin, bemerkte Lune.

Die großen Augen blinzelten und eine stumme Frage stand darin geschrieben: Was war gerade geschehen?

Delia und Lune wechselten ratlose Blicke. Es kam nur eine plausible Erklärung in Frage: Das Mädchen war eine Magierin, genau wie Delia und sie selbst.

»Das kann nicht sein«, wisperte die Diebin und schlang die Arme fest um ihren Körper.

Lune hatte noch deutlich vor Augen, wie die Mägde in ihrer Unterkunft die Köpfe zusammengesteckt hatten, und wenn solches Gerede in dieser Stadt üblich war, musste das fremde Mädchen sich schrecklich fühlen.

»Wer bist du?«, wollte Lune leise wissen.

Die Diebin sah sie an mit diesen riesigen Augen. »Thalia.«

Die Mädchen verfielen wieder in Schweigen, jedes von ihnen zu betroffen, um etwas zu sagen. Als Lune es nicht mehr aushielt, tatenlos herumzusitzen, kroch sie zum Rand des Kapellendaches. Ein Blick in die Tiefe sagte ihr, dass sie mindestens sechsundzwanzig Fuß vom Erdboden trennten.

Ich muss verrückt gewesen sein, über diese Spalten zu springen.

»Darf ich denn fragen, weshalb ihr mir geholfen habt?«, fragte Thalia schließlich. Die Diebin hatte den Kopf auf die Knie gelegt und musterte sie verschüchtert.

»Ich sehe nicht gern zu, wie Menschen ihre Hände einbüßen«, antwortete Delia schroff.

Lune kroch wieder zurück und erhob sich. Die beiden anderen taten es ihr nach. Thalia maß gut einen halben Kopf mehr als sie selbst.

Irgendwann werde auch ich noch wachsen, dachte Lune verdrießlich.

»Ich danke euch vielmals.« Die Diebin schlug die Augen nieder. »Wie kann ich diese Schuld begleichen?«

»Bleib am Leben und versuch, deine Hände bei dir zu behalten. Es wäre schade, wenn mein Anflug von Größenwahn sinnlos gewesen wäre«, antwortete Delia.

Das zauberte Thalia ein Lächeln aufs Gesicht. »Ich werde mich darum bemühen«, versprach sie. Die Diebin deutete in die Richtung, aus der sie gekommen waren. »Sie werden das Gebiet abgeriegelt haben. Niemand wird uns hier vermuten.«

»Die Stahlröcke würden euch tatsächlich nicht hier vermuten«, ertönte eine Stimme. Sie schreckten zusammen. Nathaniel schwebte hinter ihnen in der Luft und schenkte ihnen ein abfälliges Lächeln. »Runter mit euch, aber schnell.«

Delia gehorchte der Aufforderung sofort und Lune sah sich gezwungen, ihrem Beispiel zu folgen. Geschickt schwang sie sich von der Dachkante in einen Wehrgang, der zu beiden Seiten des Mittelschiffes verlief, und kletterte von dort die Wand hinab. Acht Fuß über dem Boden ließ sie sich fallen.

Nathaniel landete neben ihr. »Wen haben wir denn da?«

Er beobachtete sichtlich amüsiert, wie Delia abrutschte und unelegant auf Hände und Knie fiel.

Lune funkelte ihn feindselig an. »Wie habt Ihr uns gefunden?«, verlangte sie zu wissen, während Delia sich den Staub von der Hose klopfte.

Der Magier warf ihr einen amüsierten Seitenblick zu und deutete auf Delias Arm. Zuerst verstand die Metzgerstochter nicht, doch dann ertastete sie den Steinreif um ihr Handgelenk.

»Damit war es sehr einfach, eurer Spur zu folgen.«

Die Ohren des Mädchens verfärbten sich scharlachrot. Lune ballte die Fäuste, unfähig, etwas zu erwidern. Es machte sie unglaublich wütend, dass die Magier sie zu jeder Zeit hatten orten können.

»Ihr seid ein Magier«, sagte Thalia langsam, die Nathaniel unverwandt betrachtete.

»Sehr gut erkannt«, erwiderte dieser spöttisch. »Genau wie du, wie ich gesehen habe.«

Sie zuckte bei seinen Worten zurück. Die Lippen hatte sie fest aufeinandergepresst.

»Da wir das nun geklärt hätten, kommt.« Er gab ihnen ein Zeichen, ihm zu folgen. »Euer kleines Theater hat euch eine Audienz beim Lord persönlich eingebracht. Herzlichen Glückwunsch.«

RHENAWEN

Rhenawen stand an einen Brunnen gelehnt und horchte auf das Treiben, das sie umgab. Aus dem Augenwinkel registrierte sie die Blicke, die ihr die Passanten zuwarfen. Sie hatte sich ein schwarzes Tuch um Mund und Nase gebunden, damit sich niemand ihr Gesicht einprägen konnte. Nur ihre Augen waren noch zu erkennen.

Sie fragte sich unwillkürlich, ob der Vermummte amüsiert sein würde, wenn er hören würde, dass er nicht der einzige Besucher war, der sich maskierte. Würde er wissen, dass sie ihn nachgeahmt hatte, wenn er es herausfand?

Hör auf damit, schalt sie sich. Schon morgen würden sie sich auf die Suche nach dem Versteck der Rebellen machen und die Magier weit hinter sich lassen. Dann würde es vorbei sein, endgültig.

Sie atmete tief durch und ließ es zu, dass die Erleichterung sich ihrer bemächtigte. Endlich hatten sie ihr Ziel erreicht. Wenn alles glatt verlief, würden sie den Stein in wenigen Tagen loswerden. Sie würde nach Astor zurückkehren und den Dariya mit dem sternenhellen Haar vergessen, der sie beinahe jede Nacht heimsuchte. Dort würde er sie niemals aufspüren können.

Sie musste unwillkürlich lächeln über ihre eigene Torheit. Immer öfter ertappte sie sich dabei, von ihrem Verfolger als lebend zu denken.

Sie zog das Stilett hervor und betrachtete es eingehend. Es war ein ausnehmend schönes Stück. Die Stichwaffe besaß eine dünne Klinge, die den Querschnitt eines Dreiecks hatte. Solche Instrumente waren wie geschaffen für einen unauffälligen Mord. Die Einstichstelle war zu klein, um stark zu bluten, aber im Innern richtete die Klinge verheerenden Schaden an. Sie strich über das feine Muster in dem starren Metall und bewunderte die Kunstfertigkeit, mit der das Stilett gefertigt worden war.

Das Mädchen bückte sich und schob die Waffe unauffällig in ihren Stiefel, ehe sie sich wieder aufrichtete und sich umsah. Eine

Frau raffte bei ihrem Anblick die Röcke und entschwand hastig in eine Parallelstraße. *Gut.*

Ihr gefiel die Unsicherheit auf den Gesichtern der Menge. Selbst die Wachen blickten immer wieder zu ihr herüber, als wollten sie sich vergewissern, dass sie noch da war. Ein vermummter Fremder bekam mehr Aufmerksamkeit, aber keiner würde es wagen, sie zu belästigen, solange man nicht wusste, welches Gesicht sich unter der Kapuze verbarg.

Mit Bedauern dachte sie an den Zweihänder, den sie in Felle verschnürt bei den Sätteln zurückgelassen hatte, doch ihre Rippen schmerzten noch immer zu sehr, um sich derart zu belasten.

Sie löste sich von dem kalten Stein und verschwand in der Menschenmenge. Ziellos wanderte sie umher und hielt Ausschau nach Espens schmutzig blondem Schopf. Vermutlich saß er in irgendeiner Spelunke und trank mit Tagelöhnern in der Hoffnung, sie würden ein paar verdächtige Sätze fallen lassen. Vielleicht konnte sie die Angelegenheit beschleunigen, ohne sich die Stahlröcke auf den Hals zu hetzen. Irgendwo musste es doch eine zwielichtige, versteckte Gasse geben, in der sich die Meuchelmörder und Taschendiebe zusammenrotteten.

Sie entdeckte einen zahnlosen, alten Bettler, der in einem Häusereingang kauerte. Vielleicht würden ein paar Münzen seine Zunge lockern.

Als sie ihre Schritte schon auf ihn zu lenkte, hörte sie die gedämpften Schmähungen.

»Abschaum wie du hat hier nichts verloren!«, raunzte eine unangenehme Männerstimme. Die Worte wurden begleitet von einem widerlichen Spuckgeräusch.

Rhenawen drehte den Kopf, um den Sprecher auszumachen. In einer Seitengasse drängte sich ein kleiner Pulk von schmierigen Kerlen, die einen jungen Mann umringten. Auf den zweiten Blick erkannte sie in ihm Erik. Sie zögerte kurz, ehe sie sich ihnen näherte.

»Du schleichst hier schon verdächtig lange herum und ich weiß auch, weshalb.« Der Sprecher tippte sich mit dem Finger gegen die Nase. Unterdessen drückte einer seiner Kumpane den jungen Mann fester an die Häusermauer. »Du bist eines dieser Scheusale, was? Du siehst zwar nicht so aus, aber vielleicht lernt ihr ja auch nur dazu. Ein Wunder, dass man euch überhaupt in die Stadt gelassen hat.«

»Kein Wunder …«, stieß Erik zwischen zusammengepressten Zähnen hervor. »Wir stehen unter dem Schutz des Königs. Ihr werdet also …«

»Gar nichts werden wir«, grollte ein anderer und versenkte seine Faust in Eriks Magen. »Magier stehen unter königlichem Schutz, aber du kannst keiner sein. Ansonsten hätten wir dich gar nicht zu fassen bekommen. Nein, du bist einer von denen, die Familien auseinanderreißen, mit einem Fingerzeig, nicht wahr?« Spucketröpfchen sprühten von seinen Lippen. »Niemand wird dich vermissen, wenn wir es hier zu Ende bringen.«

Die nackte Angst stand in das Gesicht seines Opfers geschrieben und Rhenawen verspürte einen Anflug von Mitleid, den sie gleich wieder unterdrückte. Dennoch schritt sie ein. Wenn ihr Augur verschwand, würden die Magier nur noch länger in der Stadt bleiben.

»Das reicht«, herrschte sie die Männer an, die sich erschrocken zu ihr umsahen.

»Was willst du?«, fragte der, der Erik noch immer gepackt hielt, grob. »Misch dich nicht in fremde Angelegenheiten ein.«

»Ich will, dass ihr von hier verschwindet, und zwar sofort«, zischte sie und ließ unter ihrem Mantel die Klinge eines Dolches aufblitzen.

Ihr Gegenüber kniff die Augen zusammen, rührte sich jedoch nicht. »Warum setzt du dich für so einen ein?«, wollte er angewidert wissen. »Das sind Abscheulichkeiten, keine Menschen.«

Ihre Bewegung war so schnell, dass die Männer zu spät reagierten. Im nächsten Moment spritzte schon Blut von der stoppeligen Wange des Kerls und befleckte sein Hemd. Er schrie unterdrückt auf und ließ dabei Erik los, der sich hastig außer Reichweite der zupackenden Hände brachte.

»Vielleicht war ich nicht deutlich genug«, sagte sie milde, »aber ich sagte *Sofort*. Ich denke, wir sind hier fertig. Solltet ihr noch einmal Hand an einen der Sucher legen, werde ich nicht mehr so nachsichtig sein. Sei froh, dass du so glimpflich davongekommen bist.«

Der Mann presste die Hand gegen die offene Wunde.

»Oh, das würde ich nicht tun. Deine Hände sind dreckig, wohl von der ehrlichen Arbeit, und der Wundbrand könnte umso schneller einsetzen. Die Konsequenzen wären wohl recht unschön anzusehen, auch wenn es kaum möglich ist, dieses Gesicht noch weiter zu verunstalten.«

»Du miese Schlampe«, heulte der Mann. Seiner fleckigen Schürze nach zu urteilen, war er Metzger. »Die Stahlröcke werden wir dir auf den Hals hetzen!«

»Und zugeben, von einem kleinen Mädchen übertölpelt worden zu sein?« Sie legte den Kopf schief. »Würdest du das wirklich …«

Zwei Jungen schleuderten um die nächste Ecke, die Blicke nach hinten gerichtet, und rannten mitten in den Pulk hinein.

Einige der Männer stolperten und stürzten, als sie umgeworfen wurden, und landeten in einem Wirrwarr aus Armen und Beinen auf dem Steinpflaster. Sie machten, dass sie davonkamen, als ein Trupp Stahlröcke hinter ihnen durch die enge Gasse marschiert kam.

Die Jungen rappelten sich eilends wieder auf und sahen sich gehetzt um. Ein kleiner Wolf kam schlitternd neben ihnen zum Stehen.

»Jared?«, stöhnte Erik. »Wirklich?«

Die Menschen flohen beim Anblick der Stadtwache in die umliegenden Häuser und Gassen. Auch die restlichen Handlanger des Metzgers nahmen die Beine in die Hand und wurden nicht weiter behelligt.

»Na wunderbar«, sagte Rhenawen trocken. »Würde mir jemand erklären, wie ihr hierherkommt?«

Gareth verzog das Gesicht. »Lange Geschichte, vielleicht später, wenn wir dann noch nicht in einer Zelle sitzen.«

JARED

Jared verfluchte sich, dass sie Rhenawen und Erik in diesen Schlammassel mit hineingezogen hatten. Mit dem Tuch vor Mund und Nase hätte er das Mädchen fast nicht erkannt. Jetzt wünschte er, er hätte es ihr gleichgetan. Selbst wenn Gareth und er entkommen würden, würden die Steckbriefe sie vermutlich äußerst präzise abbilden.

»Wir sollten von hier verschwinden«, sagte Erik und drehte sich um.

»Ein bemerkenswert kluger Vorschlag.«

Eine weitere Patrouille war vor ihnen aufgetaucht und schnitt ihnen den Fluchtweg ab.

Einer der Männer, ein Jüngling, trat vor. Ein dreiköpfiger Höllenhund prangte auf seinem ledernen Brustharnisch. »Ich bin Cedric Finster, Hauptmann der Wache«, stellte er sich vor und musterte sie abschätzend. »Ihr steht hiermit unter Arrest! Alle!«

Erik schluckte. »Und was wollt Ihr von uns, Hauptmann?«

»Ich bin befugt, Euch wegen Diebstahls und Anzettelung eines Aufstandes festzunehmen«, sagte Cedric und reckte das Kinn. »Es wäre für alle Beteiligten einfacher, wenn ihr keinen Widerstand leistet.«

»Und woher stammen diese Vorwürfe?«, wollte Rhenawen wissen. »Soweit ich informiert bin, haben die Sucher es nicht nötig, zu stehlen.«

»Man wird die Beschuldigungen, die gegen euch vorgebracht wurden, prüfen«, erwiderte der Hauptmann, doch sein kühler Blick lag auf Erik. Seine Augen verengten sich. »Ich erkenne dich wieder«, sagte er leise und sein förmlicher Ton entglitt ihm. »Werft den hier in den Kerker. Alle übrigen sollen vorerst zu den anderen Unruhestiftern gebracht werden.«

»Ihr werdet hier niemanden mitnehmen«, entfuhr es Jared. »Wir wurden zu Unrecht beschuldigt.«

»Das stimmt«, sprang Gareth ihm bei und funkelte sein Gegenüber angriffslustig an. »Was passiert also, wenn wir uns weigern, mitzukommen?«

Der Hauptmann hob die Faust und seine Soldaten legten wie ein Mann die Speere an. »Dann werden wir euch wohl davon überzeugen müssen, zu kooperieren.« Ein selbstgefälliger Ausdruck lag auf seinem Gesicht.

Er nickte zu Erik hin und gab einem seiner Männer einen Wink. »Fesselt den Auguren.«

Mit einem zornigen Aufschrei stürzte Jared sich auf den Mann, der bereits Handschellen aus seinem Gürtel zog. Sie krachten ineinander. Es gelang dem Soldaten, das Schwert zu ziehen, doch der Junge packte seinen Arm und hielt die Waffe von sich weg.

Er hörte Rhenawen, die etwas über seinen Kopf hinweg rief. »Hände weg von dem Auguren!«

Und schon brach Kampfeslärm um ihn los.

Jared und der Soldat rangen kurz miteinander, dann zog er blitzschnell das Knie nach oben. Der Mann ließ augenblicklich von ihm ab. Einer seiner Kameraden nahm seinen Platz ein und rang den Jungen zu Boden. Jared wälzte sich herum und entging so einem Seitenhieb. Mit einem Satz war er wieder auf den Beinen.

Rhenawen hatte ihre Zwillingsdolche gezogen und hielt sich gleich zwei Gegner vom Leib. Sie duckte sich gerade unter einem Hieb hinweg und nutzte den Schwung, um hinter den Mann zu gelangen. Sie trat ihm in die Kniekehle und stieß ihm dann den

Dolch in die Schulter, zwischen der Halsberge und dem Brustpanzer. Sein Schrei endete in einem entsetzlichen Gurgeln.

Zwei Soldaten hatten Erik an eine Wand gedrängt und versuchten, dem sich windenden Auguren Fesseln anzulegen. Ein weiterer stand mit einem Knebel bereit.

Gareth entwischte den zupackenden Händen eines Angreifers und kam neben Jared zum Stehen. Er nickte ihm zu.

Die beiden Jungen sprangen vor und zogen die Soldaten von Erik weg, der herumwirbelte und dem, den Gareth zurückhielt, einen Fausthieb versetzte. Der brüllte auf, eher vor Wut als vor Schmerz, und spie eine Reihe von Verwünschungen aus. Im nächsten Moment verstummte er, als Rhenawen ihm den Knauf ihres Dolches an die Schläfe knallte und er zusammenbrach.

»Lauf weg, Erik!«, rief sie. »Wir geben dir Rückendeckung!«

»Ich kann doch nicht …«

»*Dich* wollen sie eingekerkert sehen«, schnitt sie ihm das Wort ab. »Vielleicht sogar tot. Also mach, dass du davonkommst!«

Erik verzog gequält das Gesicht, doch dann machte er auf dem Absatz kehrt und rannte, so schnell ihn seine Beine trugen.

»Verfolgt ihn!«, brüllte Cedric, doch schon waren Rhenawen und Gareth zur Stelle, um sich den Soldaten in den Weg zu stellen. Der blonde Junge hielt sich die Männer mit einer Pike vom Leib, die er einem der Soldaten abgenommen haben musste, und schien sich seiner Haut erwehren zu können.

Ein gespenstisches Heulen ließ Jared herumfahren. Ein Grauhund hatte sich in Ketzers Nacken verbissen und der kleine Wolf strampelte verzweifelt, um freizukommen. Der Junge stieß einen erstickten Laut aus und hechtete ihm zu Hilfe. Er griff nach dem schartigen Halsband des Hundes und zerrte ihn von dem Welpen weg. Der Grauhund musste seine Beute notgedrungen loslassen und schnellte mit geifernden Fängen zu ihm herum.

Jareds Finger entgingen den schnappenden Kiefern nur um Haaresbreite, dann stürzte der Hund sich auch schon auf ihn und verbiss sich in seiner Schulter. Jared brüllte vor Schmerz. Sie stürzten zu Boden. Verzweifelt vergrub er die Finger in dem fettigen Fell, als das Biest versuchte, sich in seiner Kehle zu verbeißen. Sein Herz raste. Er wollte sich unter dem massigen Körper hervorwinden, aber es war vergeblich. Jared grub seine Nägel in die weiche Schnauze und der Hund jaulte auf.

Dann verschwand das Gewicht von ihm und er konnte wieder atmen. Gareth hielt das Halsband gepackt und stieß dem Grauhund mit einem Ruck die Pike zwischen die Rippen. Der winselte und erschlaffte. Zwei Soldaten packten Gareth von hinten und rangen ihn zu Boden.

Eine gepanzerte Hand erwischte Jared am Kragen und riss ihn unsanft hoch. Ein muskulöser Mann mit vernarbtem Gesicht und einer Augenklappe hielt ihn gepackt. Er stieß den Jungen von sich. Ein Wachmann wollte ihm die Arme auf den Rücken drehen. Jared fuhr zu ihm herum und sein Faustschlag zertrümmerte die Nase des Mannes, der aufheulte.

Keuchend sah Jared sich um. Die Soldaten hatten einen dichten Ring um sie geschlossen. Man hatte Gareth inzwischen die Hände auf den Rücken gefesselt. Ein Soldat kniete auf seinem Kreuz, hatte die Hand in seinem hellen Haar vergraben und drückte ihn auf die Pflastersteine herunter. Ketzer lag winselnd auf der Seite. Sein Hinterlauf zeigte schwere Bisswunden und sein Pelz war zerzaust. Jareds Schulter pochte. Er sah an seinem Arm hinab und musste feststellen, dass sein Ärmel rot glänzte.

Rhenawen war als Einzige noch nicht überwältigt worden und lieferte sich ein Duell mit Cedric und einem seiner Handlanger. Um sie herum lagen regungslose Körper und Verwundete, die von den Kämpfenden wegkrochen. Jemand hatte ihr die Kapuze heruntergerissen. Ihr dunkelbraunes Haar glänzte rötlich im Sonnenlicht, als könnte es sich nicht entscheiden, welche Farbe es annehmen wollte.

Sie war gut, bemerkte er. Sogar sehr gut.

Gerade wirbelte sie in einer Drehung herum, um einer Attacke zu entgehen, und blockte einen Streich gegen ihre Hüfte. Doch er sah die Schweißtropfen, die von ihrer Stirn perlten, und ihre zusammengekniffenen Augen. Ihre Schmerzen waren offenkundig und er fragte sich, wie sie trotz ihrer erst halb verheilten Rippen so lange durchgehalten hatte.

Seine Aufmerksamkeit richtete sich wieder auf sein Gegenüber, als der Einäugige auf den verletzten Wolf zutrat und im Gehen einen Dolch zog. Er kniete sich neben ihn und griff in sein Nackenfell. Sein verbliebenes Auge glänzte vor Bosheit.

»Nein!« Jared wollte sich auf ihn stürzen, ihn schlagen, ihn treten, ihn verletzen … Zwei Männer traten ihm in den Weg. Als er sich zur Wehr setzte, explodierte ein blendender Schmerz in seinem Rückgrat und er kippte haltlos nach vorn. Arme schoben sich unter seine Achseln und sie schleiften ihn fort. Jared versuchte, aufzustehen, aber seine Beine gehorchten ihm nicht mehr. Sie schleppten ihn unaufhaltsam weiter.

»Nein! Ich muss ihm helfen!«

Der Einäugige sah ihn nachdenklich an. Er strich dem Wolf übers Fell und näherte die Klinge seiner entblößten Kehle. Jared schrie und versuchte, auf die Füße zu kommen.

Sein Entsetzen schien den Mann zu belustigen. Er lachte, zog den Dolch aber zurück und stand auf. »Dein Wolf wird ohnehin sterben«, stellte er fest und näherte sich Jared. Er riss ihm an den Haaren den Kopf in den Nacken und der Junge spürte, wie das kalte Metall seine Kehle liebkoste.

»Und jetzt ganz ruhig, Junge«, knurrte der Einäugige ihm ins Ohr.

»Haltet ein mit dem Wahnsinn!«

Der Ruf ließ die Kämpfenden kurz innehalten. Alle Köpfe drehten sich nach dem Mann um, der auf sie zugeeilt kam. Graue Strähnen hingen ihm ins Gesicht, aber sie konnten die Narbe nicht verdecken, die sich über seine Wange zog.

»Anselm?«, entfuhr es Rhenawen ungläubig. »Was tust du hier?«

Sie war nur für einen Augenblick abgelenkt, doch es reichte aus. Der Hauptmann sprang vor und überwand ihre Deckung. Sie konnte gerade noch rechtzeitig die Arme hochreißen, um zu verhindern, dass ihr der Schädel gespalten wurde. Mit einem Klirren fing sie das Schwert mit überkreuzten Dolchen über ihrem Kopf ab, doch die Klinge seines Mitstreiters vermochte sie nicht mehr aufzuhalten. Es gelang ihr noch, sich zur Seite zu drehen, wenn auch nicht schnell genug. Sie keuchte auf, als ein schneidender Schmerz durch ihre Wade fuhr, begleitet von dem Geräusch reißenden Stoffs.

Rhenawen und der namenlose Soldat standen sich so dicht gegenüber, dass sie seinen säuerlichen Atem riechen konnte. Mit einem unterdrückten Aufschrei stieß sie Cedric von sich und ließ den Dolch hinabschnellen. Der Kettenhandschuh lenkte die Klinge zwar ab, aber der namenlose Soldat heulte dennoch auf und ließ das Langschwert fallen. Mit einer Drehung brachte sie sich näher an ihn heran und bremste die Klinge kurz vor seiner Kehle ab.

Ihr verletztes Bein zitterte unter seiner Last und ihre Rippen stachen, doch sie versuchte, es auszublenden, und sah ihm fest in die schreckgeweiteten Augen. Sie waren von einem nichtssagenden Braun und er hatte einen leichten Silberblick. Einige Adern waren auf seiner Nase geplatzt, was die Vermutung nahelegte, dass er sich die Wachstunden mit einer Amphore Wein versüßte. Sie presste ihm die Waffe fester unter das unrasierte Kinn.

Es wäre so einfach, ihm das Leben zu nehmen. Sie müsste nur ein wenig Druck ausüben und schon würde er an seinem eigenen

Blut ersticken. Würde jemand um ihn weinen, wenn er fort war? Sie bemerkte die Tränen, die sich in seinen Augenwinkeln sammelten.

»Ich sollte dich töten«, zischte sie, ehe sie ihm einen Stoß versetzte, der ihn zurück wanken ließ.

Ihr Blick fand den Hauptmann, der sie wachsam im Auge behielt, aber seine Miene zeigte auch noch etwas anderes. Er wirkte beinahe verwirrt. Dennoch hielt er das Schwert nach wie vor drohend erhoben.

»Feigling«, sagte sie abfällig. Zwar bezweifelte sie, dass er sich so einfach provozieren ließ, doch wenigstens einige seiner Männer würden es ihm als Schwäche auslegen, wenn er nicht darauf reagierte. Ihm schien dieser Umstand bewusst zu sein, denn sein Kiefer spannte sich an.

Scheinbar unberührt von der Szene, die sich ihr bot, schlenderte sie von ihm weg, als wäre er unwichtig geworden, nahm dabei jedoch jedes Detail zur Kenntnis. Die angrenzenden Gassen waren verstopft von Stahlröcken, die sie umzingelt hatten. Die Jungen waren überwältigt worden. Gareth wurde von einem Soldaten zu Boden gedrückt und Jared wehrte sich im Griff eines anderen. Seine Augen waren auf sie geheftet und sie sah die unausgesprochene Frage darin. Sie hob eine Hand, um ihn zu beschwichtigen, und schenkte ihm ein beruhigendes Lächeln, das zu einer Grimasse wurde, als sie das verletzte Bein übermäßig belastete.

Rhenawen nahm sich zusammen und schlug den Mantel zurück, um zu sehen, welchen Schaden das Schwert angerichtet hatte. Ihr Hosenbein war blutdurchtränkt und unter dem zerschnittenen Stoff klaffte eine lange Wunde auf, die von ihrem Knöchel aufwärts bis fast zum Knie reichte. Der Muskel war verletzt und sie bezweifelte, dass sie eigenständig noch weit kommen würde.

Dann wanderte ihr Blick weiter und fiel auf ein pelziges Bündel am Boden. Ketzer fiepte leise und leckte sich das verklebte Fell. Rhenawen achtete nicht länger auf die Soldaten, als sie auf den Welpen zutrat und neben ihm auf ein Knie sank.

Sie legte die Dolche auf das Straßenpflaster und beugte sich über den kleinen Wolf. Beruhigend legte sie dem Welpen eine Hand auf die Seite, die sich unter seinen flachen Atemzügen stetig hob und senkte. Er winselte kläglich und legte den Kopf auf den Pflastersteinen ab, als wäre er zu schwer, um ihn noch länger zu tragen.

»Ihr müsst wirklich an dem kleinen Biest hängen.«

Ihr zornentbrannter Blick traf den Einäugigen, der sie gelassen musterte. Noch immer gruben sich seine Finger in Jareds Schopf und ein feines Rinnsal Blut lief dem schwarzhaarigen Jungen über den Hals, wo der Dolch saß.

»Bei den Göttern, lasst den Jungen los, Cerberus«, sagte Anselm, der sich an den umstehenden Soldaten vorbeidrängte.

Der Mann warf ihm einen geringschätzigen Blick zu, ließ dann jedoch von Jared ab, der von ihm weg taumelte und sich die Kehle rieb.

»Und ihr anderen«, fügte Anselm an die umstehenden Soldaten gewandt hinzu. »Steckt endlich die Waffen weg.«

Er versicherte sich noch kurz, dass sie der Aufforderung nachkamen, dann hockte er sich neben Rhenawen und griff nach ihrem Oberarm, um sie zu stützen. »Alles in Ordnung?«

Sie schenkte ihm ein zynisches Lächeln. »Wie man es nimmt, würde ich sagen.«

Als er die tiefe Wunde erblickte, sog er scharf die Luft ein und sah sich nach dem Hauptmann um.

»War das unbedingt nötig?«, rief er erbost.

»Sie hat sich gewehrt«, erwiderte Cedric unbeeindruckt. »Ich befolge nur Befehle.«

»Woher kennt dieses Mädchen Euch?«, fragte Cerberus, ehe Anselm erneut zu sprechen anheben konnte. Er deutete mit dem Dolch auf Rhenawen. »Ist sie diejenige, von der Ihr gesprochen habt?«

Anselm warf ihr einen unbehaglichen Seitenblick zu, nickte aber. »Ja, das ist sie.«

Ihr Kopf schnellte herum. »Du hast ihnen von mir erzählt?«

Er rang sich ein schwaches Lächeln ab, auch wenn er die Hand vorsorglich wieder zurücknahm. »Geschäft ist nun einmal Geschäft. Aber keine Sorge. Sie wollen bloß mit dir reden.«

»Ach ja?«, fauchte sie aufgebracht. »Wie mit Amy?« Sie musste sich zusammennehmen, um ihn nicht anzuschreien. »So wie sie mit Amy reden wollten?«

Der Vagabund erblasste sichtlich und erhob sich, um einige Schritte von ihr zurückzutreten. »Woher weißt du davon?«

Rhenawen hielt entsetzt inne. Sie hatte keine Ahnung, woher diese Worte, dieser Name gekommen waren, bloß dass sie Anselm verletzen würden. Ihr Herz pochte wild, als sie sich zu beruhigen versuchte.

»Du bist nicht der Einzige, der seine Quellen hat«, presste sie hervor, um ihre Unsicherheit zu überspielen. »Bist du wirklich so dumm zu glauben, ich hätte selbst keine Nachforschungen über dich angestellt?«

Cerberus lachte auf. Anselms Adamsapfel hüpfte, als er schluckte. »Du weißt nicht alles.«

»Ach ja? Ich verrate dir etwas. Du auch nicht.«

Anselm hob die Hände. »Du musst mir glauben, Mädchen. Ich belüge dich nicht.«

»Ich glaube dir nicht. Nicht mehr. Du hast eine Grenze zu viel überschritten.«

Rhenawen juckte es in den Fingern, ihn zu schlagen, mitten in dieses vernarbte, hinterhältige Gesicht. Er wusste nichts über sie. Was auch immer er herausgefunden haben sollte, es war nicht wichtig, aber sie den Stahlröcken auszuliefern … Es versetzte ihr einen Stich. Sie hatte tatsächlich so etwas wie einen Freund in ihm gesehen.

Es gibt keine echte Freundschaft, wann lernst du das endlich?

»Woher wusstest du, dass ich hier bin?« Diese Information war wichtig. Sie hatten versucht, sich bedeckt zu halten, anscheinend völlig umsonst, wenn er sie so leicht aufgespürt hatte.

Jared hockte sich neben sie und sie war sich seiner Nähe nur allzu bewusst. Beinahe hätte sie ihn gebeten, wegzugehen, aber sie tat es nicht. Er hatte es nicht verdient, so abweisend behandelt zu werden.

Anselm rieb sich mit der Hand über das stoppelige Kinn. »Es war reiner Zufall. Ich kenne einige der Sucher und bin gestern mit ihnen ins Gespräch gekommen.«

»Du unterhältst dich mit Magiern, wie interessant. Ich dachte, du würdest sie lieber in Ketten legen und der Tempelwache ausliefern.« Der Vagabund verzog das Gesicht. »Du tust wohl nie etwas, wenn es dir nichts nützt.«

Er schwieg.

Sie packte das Tuch, das ihr vom Gesicht gerutscht war und zog es tiefer, sodass es nun um ihren Hals baumelte. Das Mädchen fingerte an dem Knoten herum, bis er sich endlich löste. Mit einiger Mühe zog sie das verletzte Bein nach vorne und zischte dabei vor Schmerz. Sie schlang das Tuch um den Unterschenkel, um die Blutung zu stoppen. Die Pflastersteine waren bereits rot verschmiert.

Ihre Gedanken rasten. Anselm hatte sie also nicht verfolgt. Darüber war sie einigermaßen erleichtert, dennoch beunruhigte es sie, dass er sie für eine nennenswerte Trophäe hielt. Wie viel hatte er ihnen gesagt? Etwa …?

»Ich unterbreche dieses muntere Schwätzchen nur ungern«, ergriff der Einäugige wieder das Wort, »aber meine Geduld neigt sich ihrem Ende. Steh auf, Mädchen, dann können wir diese Angelegenheit endlich hinter uns bringen.«

»Damit Ihr uns abführen könnt?«, fragte sie bissig. »Ihr habt rein gar nichts gegen mich in der Hand. Weder gegen mich noch gegen meine Begleiter. Wenn die Sucher von Eurer Gastfreundschaft erfahren, werden sie nicht erfreut sein.«

»Wir haben das hier nicht angefangen«, bekräftigte Jared ihre Worte.

Cerberus verzog die Lippen zu einem abfälligen Grinsen. »Was die Magier zu sagen haben, interessiert mich nicht. Ginge es nach mir, würden sie alle auf dem Scheiterhaufen brennen.«

Jared packte sie mahnend am Unterarm, ehe sie etwas tun konnte, das sie bereuen würde. Rhenawen zuckte unter seiner Berührung zurück, die wie ein elektrischer Schlag durch ihren Unterarm fuhr.

»Nicht«, flüsterte er.

Sie sah in seine meerblauen Augen, in denen die Sorge stand. Sorge um sie und um das, was der Einäugige tun würde, wenn sie sich weiterhin sträubte.

»Du könntest nirgendwohin«, ließ Cedric verlauten. »Die Stadtwache hält die Tore, du würdest also nicht weit kommen.«

Die Ader an seiner Stirn trat hervor. Der Jüngling war sich nicht sicher, was sie zu tun bereit war, das sah sie in seinen Augen, und solange würde er abwarten, ehe er seine Wachsamkeit fallen ließ. Sein Ausbilder hatte wertvolle Arbeit bei ihm geleistet.

Allmählich erstarb die blinde Wut in ihr und wich der Vernunft. Wohin sollte sie schon gehen, solange ihr Bein ihr Gewicht kaum trug? Sie nickte Jared zu, um ihm zu zeigen, dass sie verstanden hatte. Dann bedeutete sie ihm, ihr aufzuhelfen.

Der Lord von Grauehr

RHENAWEN

Die Soldaten flankierten sie von beiden Seiten und führten die Gefangenen ab. Rhenawen ignorierte das Starren der Menschen, als sie die belebteren Straßen erreichten. Sie wurde von Gareth gestützt, der ihr immer wieder besorgte Blicke zuwarf, aber sie weigerte sich, das Tempo zu drosseln. Diesen Triumph würde sie ihren Bewachern nicht zugestehen. Beinahe meinte sie, erneut das kalte Eisen um ihren Hals zu spüren. Sie war schon einmal auf diese Weise durch die Straßen eskortiert worden, doch sie drängte die aufkommenden Bilder zurück. Daran wollte sie nicht erinnert werden. Sie waren durchtränkt von Verzweiflung, Bitterkeit und Hass.

Neben ihr ging Jared, der Ketzer in seinen Armen fest an sich drückte. Dessen Kopf hing wie leblos herunter und schwang im Takt seiner Schritte. Rhenawen lauschte auf Jareds Murmeln, der hin und wieder sanft beteuerte, es werde alles wieder gut werden, wenn der Welpe begann, leise zu jammern.

Die Passanten drückten sich gegen die Häuser, sobald sie den Hauptmann und den Einäugigen erblickten, um ihnen den Weg freizumachen. Rhenawen konnte schon bald nicht mehr verhindern, langsamer zu werden. Doch als sie kurz stehenblieb, traf sie der Schaft einer Lanze hart im Rücken. Der Stoß kam so unerwartet wie der Schmerz, der jäh aufflammte, und sie stürzte auf die Knie. Anselm drängte sich zwischen sie, als der Soldat erneut zum Schlag ausholte, und Rhenawen warf ihm einen hasserfüllten Blick zu. Sie achtete nicht darauf, als was der Vagabund den Soldaten alles beschimpfte, sondern reichte Gareth bloß die Hand, der ihr behutsam wieder aufhalf. Cerberus bellte einen Befehl, sie nicht anzurühren, und dann setzte sich der Tross wieder in Bewegung.

Als sie eine der Brücken überquerten, wusste das Mädchen, wohin man sie brachte, und die Angst verknotete ihr die Eingeweide.

Man nannte das Herzstück von Grauehr auch die Höhle der Fledermäuse. Gerade einmal ein Bruchteil der Burg lag sichtbar an der Oberfläche. Man hatte sie über Jahrhunderte immer tiefer in den Felsen gegraben und die Verliese lagen in unterirdischen Höhlen, in denen die Wappentiere des Hauses zu Hunderten hausten und an manchen Tagen wie riesige Gewitterwolken über die Stadt schwirrten. So zumindest hatte eine Abhandlung über die Adelshäuser von Cantos die Festung beschrieben.

Drei schwarze Fledermäuse auf grauem Grund zeigte die Standarte der Tharlins. Laut der Legende war der Gründer des Hauses von drei riesenhaften Exemplaren gerettet worden, als er, damals als einfacher Fußsoldat, auf dem Schlachtfeld drohte, seinen Wunden zu erliegen. Sie töteten seine wenigen überlebenden Kameraden und fütterten ihn mit deren Blut, damit er kräftig genug war, um von ihnen fortgetragen zu werden. Die Fledermäuse brachten ihn in ihre Höhlen, wo er genesen sollte. Aus diesem Grund beschloss er, seine Festung über ihren Tunneln zu erbauen, als er in den Stand eines Lords berufen wurde.

Die Tharlins zählten zu einem der ältesten Adelsgeschlechtern von Cantos. Trotzdem hatte es Rhenawen nie danach verlangt, ihr Herrschaftsgebiet näher zu erkunden.

Die Türme der Fledermausfestung ragten wie geborstene Baumstämme über ihnen auf und sie traten in ihren Schatten ein, der alles um sie her grau färbte. Feuergruben erleuchteten die schwarzen Mauern und warfen mehr Schatten, als sie zum Verschwinden brachten. Das Eisengitter wurde hochgezogen, als der Ausguck ihr Kommen verkündete. Die Wachen ließen sie schweigend passieren. In ihren dunklen Rüstungen verschmolzen sie beinahe mit der Umgebung. Dahinter erwartete sie eine weitere Brücke. Beklommenheit regte sich in Rhenawen, als das Gitter wieder auf die Steinplatten aufschlug, und sie musste sich beherrschen, bei dem Geräusch nicht zusammenzuzucken.

Du hast nichts zu befürchten, schalt sie sich selbst. *Du bist noch überall wieder rausgekommen.*

Durch die Stille war nur das Rauschen des Flusses zu hören, der unter ihnen dahinfloss, und der Widerhall ihrer Schritte. Die Brücke war geformt wie zwei sich berührende Dämonenflügel. Das Wasser umspülte die Pfeiler, grau wie ein von Schnee erstickter Wintersee.

Die schweren Eichentüren wurden von Dienern geöffnet. Sie schritten hindurch und gelangten in die Eingangshalle, in deren Zentrum ein Springbrunnen erbaut worden war. Das Wasser spritzte aus dem aufgerissenen Maul des flatternden Vampirs und seinen Flügelspitzen. Er sah aus wie ein grausiger Wasserspeier. Seine Augen bestanden aus geschliffenen Rubinen, die das Feuer der Kohlebecken verschwommen reflektierten.

Nero unterbrach sein Gespräch mit Nathaniel, als er den Hauptmann bemerkte. Lune kam auf sie zugeeilt, die Augen gerötet. »Was tut ihr denn hier?«, rief sie aus. »Sagt bloß, wir wurden alle an diesen unseligen Ort verschleppt.«

»Wir alle?«, fragte Jared verdutzt. Lune zog ihn ungeduldig mit sich ans andere Ende des Saals. Ihre Bewacher ließen es zu. Gareth und Rhenawen folgten ihnen langsamer. Sie löste sich unauffällig aus seinem Griff und zwang sich, das Hinken, so gut es ging, zu verbergen. Anselm hielt sich abseits von allen, doch sie spürte seinen Blick im Nacken.

Scher dich in die Weißen Lande.

Delia schenkte ihnen ein betrübtes Lächeln. »Warum bin ich nicht überrascht, euch zu sehen?«, bemerkte sie spitz an Rhenawen und Jared gewandt. »Ihr steckt eure Nase aber auch in alles rein.«

Rhenawen musste den Impuls unterdrücken, zurückzuweichen, als die beiden Magier auf sie zukamen. Nero musterte den Wolf in Jareds Armen und hob seinen Kopf an. Ketzer legte die Ohren an und ein Grollen löste sich aus seiner Kehle, doch ansonsten wehrte er sich nicht.

»Helft ihm«, stieß Jared hervor und sah hinab auf den kleinen Wolf. »Bitte.«

Neros Handfläche glühte kurz auf, dann zog er sie zurück und der Welpe jaulte. Er zuckte und wand sich, sodass Jared ihn absetzen musste.

Voller Erstaunen sahen sie dabei zu, wie der kleine Wolf sich aufrappelte und ungelenk ein paar Schritte tat. Sein Pelz war noch immer von Blut verklebt und er schnüffelte misstrauisch an seinem Bein. Die klaffenden Wunden waren alle verschwunden.

»Danke.« Jared atmete sichtlich erleichtert aus. »Ich danke Euch. Wenn er … Das hätten wir Lucien niemals erklären können.« Er richtete sich an Rhenawen. »Was ist mit dir …?«

»Mir geht es gut«, fiel sie ihm ins Wort.

Er öffnete schon den Mund, um ihr zu widersprechen, als Delia nach Luft schnappte.

»Meine Güte«, rief sie aus. »Jared, was hast du mit deiner Schulter gemacht? Du bist voller Blut!«

»Was?«, mischte sich Sam ein und suchte ihn mit leerem Blick. »Was ist mit dir, Jared? Bist du verletzt?«

Der zuckte nur mit den Achseln. »Nichts Ernstes, nur ein Mückenstich«, meinte er bloß. Ihr entging nicht, dass er einen besorgten

Blick auf Neros Hand warf, die soeben noch geglüht hatte. Anscheinend hatte er nicht vor, sich selbst heilen zu lassen.

»Sie ist diejenige, die ernsthaft verletzt ist«, nahm er den Faden wieder auf und nickte zu ihr hin.

Halt den Mund, dachte sie. *Halt den Mund, halt den Mund, halt den Mund.*

»Ich kann selbst beurteilen, wie es mir geht«, giftete sie ihn an, doch während sie das sagte, war ihr nur allzu bewusst, dass die beiden Magier ihre Auseinandersetzung aufmerksam verfolgten.

»Ach ja? Dann willst du mir erzählen, dass das kein Blut ist, das da auf den Boden tropft?«

Sie sah an sich hinab und musste feststellen, dass ihr provisorischer Verband feucht glänzte, und als sie das Bein bewegte, hinterließ sie mit dem Stiefel eine rote Schliere auf den steinernen Fliesen.

»Das ist nichts«, entgegnete sie dennoch abweisend und wandte sich ab.

Ihr fiel ein fremdes Mädchen auf, das neben Delia an der Wand lehnte und sich furchtsam in der Halle umsah. Ihre Kleidung war mit feinen, rotbraunen Sprenkeln übersät, die wenig Spielraum für Interpretationen ließen.

Lune, die anscheinend nur mit einem Ohr zugehört hatte, reckte den Hals.

»Wo habt ihr Neirin gelassen oder war er nicht bei euch?«, wollte sie wissen.

Keiner antwortete, doch Gareth und Jared tauschten finstere Blicke. Erst jetzt fiel Rhenawen auf, dass der rotblonde Junge fehlte, dabei hatte sie ihn bei den anderen zurückgelassen.

Beschäftigt euch mit dieser Frage, bitte. Reizt sie aus, solange ihr könnt, aber beachtet mich nicht weiter.

Der Blutverlust machte ihr allmählich zu schaffen, denn sie verspürte leichten Schwindel. Unauffällig entlastete sie das Bein, aber die Schmerzen wurden dadurch nicht gemildert.

Ihr fiel ein Vers aus einem alten Lied wieder ein, das Griffin ihr vor Ewigkeiten einmal vorgesungen hatte.

»Weißt du, es ist doch immer wieder ermutigend zu wissen, dass es irgendeinem armen Tropf dort draußen noch schlechter geht als dir selbst«, hatte er gesagt und dabei gelacht. »Wenn du das im Kopf behältst, kommt dir die Welt schon wieder ein ganzes Stück fröhlicher vor.«

Und sie biss und brannte doch,
quälte noch, quälte noch,
mein weiches, schwaches Fleisch,
bis ich ging ins Totenreich.

Trotz ihrer zwiespältigen Gefühle für ihn musste sie bei dem Gedanken an sein bärtiges Gesicht lächeln und dachte an den Brief, den er ihr geschickt hatte. Er hätte gewusst, was zu tun war.

»Könnt Ihr sie heilen?« Jareds Stimme hallte merkwürdig in der steinernen Halle.

»Nein«, entfuhr es ihr schärfer als beabsichtigt. Mit einem Ruck wurde sie aus ihren Überlegungen gerissen und starrte ihn zornig an. Wenn man sie nicht entwaffnet hätte, wäre sie mit den Zwillingsdolchen auf ihn losgegangen.

»Nein«, wiederholte Nero so leise, dass sie ihn kaum noch verstand. Ihr Kopf schnellte zu ihm herum und sie erwiderte seinen Blick, ohne zu blinzeln. Wenn sie diese Augen nur sah, ballte sich ihr Magen zu einer festen Kugel zusammen. Sie waren so durch und durch magisch, dass sie es kaum ertragen konnte. »Du kannst dich kaum auf den Beinen halten und es würde mich nicht wundern, wenn du demnächst ohnmächtig würdest, und noch immer verweigerst du meine Hilfe?«

Warum wollte er es unbedingt hören, wenn er die Antwort doch bereits kannte? Erwartete er tatsächlich von ihr, dass sie nachgeben würde? Nein, er wusste genau, wie er sie einschätzen musste. Es galt alles nur ihnen, seinen Ausgesonderten, denen er zeigen wollte, wie man mit Querulanten wie ihr umzugehen hatte.

Habt Ihr eine Ahnung, wie sehr ich Euch hasse?

Konnte er das nicht in ihren Augen sehen? Es ging nicht um Neid oder Missgunst, wie Jared vermutet hatte. Darum war es ihr nie gegangen. Es war so viel mehr.

»Ja.« Ihre Stimme klang seltsam resigniert und müde. »Immer noch.«

Und daran wird sich auch nichts ändern.

»Du«, setzte Jared an und warf die Hände in die Luft. »Du bist die sturste, dickköpfigste, arroganteste und dämlichste Person, die mir jemals untergekommen ist! Überwinde wenigstens einmal, nur ein einziges Mal deinen verdammten Stolz und lass zu, dass dir jemand hilft!«

»Zu viele Adjektive«, tadelte ihn Rhenawen. »Und nur wenige davon sind schmeichelhaft. Du verletzt mich. Du solltest mich doch inzwischen gut genug kennen, um zu wissen, dass du von mir keine andere Antwort erwarten kannst. Du hast unser Gespräch vor einigen Tagen doch nicht etwa schon vergessen, oder?«

Er sah aus, als hätte sie ihn geschlagen. In seinen blauen Augen stand eine solche Enttäuschung, dass es sie kalt überlief. »Das meinst du nicht ernst.«

Für einen Augenblick schloss sie die Augen und spürte die Müdigkeit in ihren Gliedern. Am liebsten hätte sie sich einfach hingesetzt und versucht, alles zu vergessen, was heute geschehen war. Sie war es leid, auf diese Weise angesehen zu werden. Es interessierte sie doch sonst auch nicht, was die Leute über sie dachten. Warum musste es bei ihm anders sein?

Als sie die Augen wieder öffnete, hatte sie ihre Gefühle wieder hinter einer steinernen Fassade verborgen. »Doch.«

Aber die stumme Wut in seiner Miene registrierte sie dennoch. Die anderen verfolgten die Auseinandersetzung gebannt. Delia sah schockiert aus, während Lune die Arme vor der Brust verschränkt hatte. Gareth und Sam dagegen schienen nicht recht zu wissen, was sie davon halten sollten. Ketzer presste seinen Rücken an ihr Bein wie eine Katze und fiepte.

»Es bleibt dabei.« Mehr hatte sie nicht zu sagen.

Rhenawen schritt zu dem Brunnen hinüber, um sich hinzusetzen, wobei sie dicht an dem Magier vorbeikam. Als er sie unvermittelt an der Schulter packte, versteifte sie sich. Er war ihr unangenehm nahe. Sie konnte den Duft riechen, der ihn umgab. Er roch nach Sandelholz und Rauch, als hätte er zu lange vor einem qualmenden Feuer gesessen. Sie spürte seinen warmen Atem an ihrem Ohr.

»Versuch einmal, mich nach meinen Handlungen zu beurteilen, Rhenawen.«

Dann ließ er sie los und ihre Blicke begegneten sich erneut. Sie zögerte, doch dann verzog sie nur verächtlich die Lippen und ging weiter.

Dämonenbrut.

Lune drängte sich vor, offensichtlich ungehalten darüber, was sie eben gehört hatte. »Ich frage noch einmal«, setzte sie mit bebenden Lippen an. »Wo ist Nye?«

Es herrschte kurz ein bedrücktes Schweigen, ehe Gareth schließlich antwortete. »Er wurde verschleppt.«

Lune starrte ihn geschockt an und falls es möglich war, wurde Jareds Blick noch grimmiger. »Verschleppt? Von wem?«, rief sie entsetzt aus. »Und wie kommt ihr überhaupt alle hierher?«

»Das würde ich auch gern wissen«, ertönte Neros Stimme. Die Augenbrauen des Magiers berührten sich beinahe und er sah zornig auf sie herab. Über seine Schulter hinweg beobachtete Nathaniel sie stumm, die Miene verschlossen, doch in seinen blassen Augen lag etwas Hungriges.

Die Versammelten überhäuften Nero augenblicklich mit Erklärungsversuchen. Sie redeten wild durcheinander, sodass man weniger als die Hälfte von alldem verstand, womit sie ihn bestürmten.

»… wir haben absolut nichts Falsches getan. Er ist plötzlich aufgetaucht …«

»… wie kann man jemanden dazu verurteilen, seine Hand zu verlieren?«

»… dann ist das Schwert geflogen, ach Blödsinn, es war eine Axt …«

»… sie wollten ihn in den Kerker werfen, da mussten wir …«

»… wir müssen einen Suchtrupp losschicken!«

»… das ist die Wahrheit, ich schwöre es!«

»Ruhe!«, donnerte Nero. »Seid still, alle!« Er rieb sich die Stirn und atmete tief durch, bevor er weitersprach. »Wisst ihr eigentlich, was ihr angerichtet habt? Euer rücksichtsloses Verhalten hat Menschen gefährdet und wird der Gilde angelastet werden! Keiner von euch ist in der Lage, von sich zu behaupten, er sei im Recht. Wenn wir Glück haben, werden durch euer unreifes Handeln und eure Gedankenlosigkeit keine ernsthaften Konsequenzen entstehen. Bis wir diese Stadt wieder verlassen haben, will ich keine Ausflüchte hören. Von keinem von euch. Ihr werdet euch zusammenreißen. Habt ihr das verstanden?«

Die Angesprochenen schwiegen betreten. Jetzt wandte Nero sich Jared und Gareth zu.

»Und von euch hätte ich mehr erwartet«, schnauzte er sie an. »Selbst wenn man zu Unrecht eines Verbrechens angeklagt wird, schlägt man nicht gleich zu, sondern versucht, die Angelegenheit vernünftig anzugehen. Ihr hättet nach mir oder einem anderen Sucher schicken lassen können, sobald man euch in Gewahrsam genommen hatte.«

»Gareth konnte nichts dafür«, meldete Jared sich hitzig zu Wort. »Es war meine Schuld. Ich habe zuerst angegriffen. Er hat nur versucht, mir zu helfen.«

»Hör doch auf, Jared«, ging Rhenawen dazwischen. »Wir alle haben in Einvernehmen eingegriffen, als Erik abgeführt werden sollte.«

Der Magier funkelte sie an. »Und über diese Angelegenheit werden wir uns auch noch unterhalten müssen«, schnaubte er. Es hätte sie nicht gewundert, wenn Funken aus seinen Nasenlöchern gestoben wären. »Glaubst du, wir hätten keine Vorkehrungen getroffen und Erik darauf vorbereitet, wie er mit dem Pöbel umzugehen hat?«

Rhenawen sah ihn herausfordernd an. »Glaubt Ihr, ich würde Euch vorher um Erlaubnis bitten?«

Für einen Moment dachte sie, Nero würde sie schlagen, denn seine Augen wurden gefährlich eng.

»Meine Herrschaften.« Ein Diener war aus einem der Korridore getreten und durchbrach die angespannte Stille. Er verbeugte sich respektvoll. »Wenn Ihr mir bitte folgen wollt.«

Er geleitete sie durch einen Gang und die dahinter liegenden Treppen hinauf. Zwei Soldaten kreuzten vor ihnen die Lanzen und ließen nur den Diener eintreten, der dem Lord ihre Ankunft ankündigte. Erst dann ließ man sie passieren.

Der Audienzsaal war nicht sonderlich groß. Fackeln erleuchteten den fensterlosen Raum. Die Banner an den Wänden waren nicht mehr als dunkle Flecken am Rande ihres Sichtfelds. Am Ende des Saals stand ein massiver Tisch aus dunkler Eberesche mit einem Stich ins Rote und dahinter waren fünf Stühle aufgestellt. Der Lord von Grauehr thronte auf dem in der Mitte. Er war blass, rasiert und sah ihnen ohne jede Gefühlsregung entgegen. Sein Haar war kurz geschnitten und stahlgrau. Die Fledermaus prangte auf seiner breiten Brust, die Flügel gespreizt. Unter dem samtenen Stoff trug er ein Kettenhemd. Sein grauer Umhang wurde von einer Brosche in Form eines rubinroten Blutstropfens gehalten.

Der Abendsegler war kein junger Mann mehr, aber selbst in den Nördlichen Reichen bekannt für seine Stärke. Er befehligte eine der diszipliniertesten Armeen ihrer Zeit und war bewandert in der Kriegsführung. Er hatte während des Aufstands in Sheron gekämpft und war auf dem Schlachtfeld zum Heermeister des Königs ausgerufen worden.

Zu seiner Linken saß sein ältester Sohn, Trevor Tharlin. Ein verächtliches Lächeln umspielte Rhenawens Lippen, als sie den Erben des Lords betrachtete. Er hatte nichts mit der Stärke seines Vaters gemein, sondern hing gelangweilt auf seinem Stuhl, das plumpe Gesicht gerötet, als hätte er die vergangene Nacht mit Wein und Weibern zugebracht. Neben ihm saß ein Jüngling, der sein zweitgeborener Bruder sein musste, doch seinen Namen konnte sie sich nicht mehr ins Gedächtnis rufen. Sein fein geschnittenes Gesicht wurde von weißblonden Strähnen umrahmt, die ihm bis auf die Schultern fielen. Klare, graue Augen sahen ihnen aufmerksam entgegen. Er hätte sich nicht stärker von seinem Sitznachbarn unterscheiden können.

Den Stuhl auf der rechten Seite des Abendseglers nahm der Einäugige ein, der nach ihnen den Saal betrat. Erst jetzt erkannte sie ihn an dem Helm, der vor ihm auf dem Tisch lag und die Form eines Hundekopfs mit hochgezogenen Lefzen besaß. Der Heerführer des Abendseglers, Lord Cerberus Finster, der Herr über Schattenhafen. Er war ein muskulöser Mann mit vernarbtem Gesicht und trotz seines fehlenden Auges ein Gegner, den man nicht unterschätzen durfte. Er war ein treuer Handlager seines Herrn und seine Grausamkeit konnte nur Desmond Tharlins eiserne Hand zügeln.

Neben ihr spannte sich Jared unmerklich an. Wenn Blicke töten könnten, wäre der Heerführer spätestens jetzt zusammengebrochen.

Er tat gut daran, dem Fledermauslord und seiner Sippschaft nicht zu trauen. Dieser Mann verzieh niemals. Er war die fleischgewordene Verkörperung der Worte seines Hauses. *Wir vergessen nicht.*

Sie blieben in respektvollem Abstand zum Tisch stehen. Der Hauptmann bezog hinter Lord Cerberus Position, der seinem Sohn kurz zunickte.

Rhenawen kniff die Augen zusammen, als sich im Schatten hinter dem Lord etwas regte. Ein hagerer Mann löste sich aus der Dunkelheit und musterte die Neuankömmlinge durch seine roten Augen. Das Mädchen spannte sich an. Seine Haut war wächsern und bleich, die Hände langgliedrig und erinnerten an weiße Spinnen. Das Gesicht ähnelte einem Totenschädel und der kahle Kopf glänzte im Licht der Fackeln. Er war in eine lange Kutte gekleidet, die ihn einhüllte wie ein Leichentuch.

Ein Vampir, schoss es ihr durch den Kopf. *Er hat einen verdammten Vampir als Berater!*

Auch Nero war sichtlich unbehaglich zumute, dennoch strahlte er Entschlossenheit aus, als er das Wort ergriff. »Mein Lord«, begann er förmlich, »ich freue mich, Euch bei bester Gesundheit anzutreffen.«

»Die Freude ist ganz meinerseits.« Der Abendsegler hatte eine gedehnte Art zu sprechen. Er lächelte nicht, allerdings tat er das dem Gerede nach nie. »Ihr hättet Euch gleich an mich wenden sollen, Dawson. Solange Ihr den Frieden wahrt, seid Ihr an meiner Tafel stets willkommen.«

»Nichts läge mir ferner, Lord Tharlin.«

Der ältere Sohn des Lords verzog das Gesicht zu einer ungläubigen Grimasse. »Wir haben anderes gehört«, ließ er verlauten. »Wir haben einen Toten zu beklagen, einen treuen Gefolgsmann seiner Lordschaft. Das Ableben unseres Henkers ist ein schwerer Verlust.«

Er hatte eine schleppende Stimme, doch der streitlustige Ton war kaum zu überhören.

Nero senkte demütig den Kopf. »Ich bedaure Euren Verlust, aber nichts davon kommt meinen Magiern oder den Ausgesonderten zuschulden.«

Er bedeutete dem fremden Mädchen, dem Nathaniel eine Hand auf die Schulter gelegt hatte, vorzutreten. Zitternd folgte sie seinem Wink.

»Dieses Mädchen, Thalia, wurde von Eurem Sohn, Lord Finster, wegen Diebstahls verurteilt. Ich habe mir erlaubt, ihre Erinnerung an das Geschehen zu sondieren. Auch sie trifft keine Schuld. Sie hat sich in ihrer Angst unbeabsichtigt ihrer magischen Fähigkeiten bedient, von denen sie bisher nichts ahnte, was zum Tod Eures geschätzten Henkers führte. Da Ihr uns in den letzten Jahren verwehrt habt, die Säuberungen in Grauehr und den anderen größeren Städten der Grenzlande durchzuführen, bestand für die Sucher keine Möglichkeit, sie vorzeitig zu entdecken. Wie Ihr wisst, obliegt die Gerichtsbarkeit eines Zauberkundigen der Gilde, weshalb ich Euch nicht gestatten kann, sie festzunehmen.«

»In unserer Stadt existiert dieser Abschaum nicht länger«, knurrte Cerberus angewidert. Thalia zuckte bei seinen Worten zusammen.

»Offensichtlich doch.«

»Ihr haltet Eure schützende Hand über eine Verurteilte?«, ereiferte sich Trevor.

Sein Vater gebot ihm mit erhobener Hand zu schweigen. »Was habt Ihr zur Verteidigung derer zu sagen, die dem Mädchen bei der Flucht geholfen haben?«

»Für die drei Ausgesonderten bitte ich um Verständnis.«

»Verständnis?«, näselte Trevor. »Womit hätten sie das verdient?«

Der Magier ertrug diesen Akt der Provokation stoisch. »Ja, Verständnis. Ich werde sie für ihr Eingreifen zur Rechenschaft ziehen, das versichere ich Euch. Aber sie haben sich keines größeren Verbrechens schuldig gemacht, als Solidarität gegenüber ihresgleichen unter Beweis zu stellen.«

Der Abendsegler nickte zustimmend. »Man wird es ihnen nicht nachtragen.«

Seine Augen blieben bei diesen Worten jedoch gefühllos, als ginge ihn diese Angelegenheit nichts an.

»Ich danke Euch«, sagte Nero und neigte respektvoll den Kopf.

Lord Tharlin wandte sich seinem Bluthund zu. »Wen habt Ihr mir in diese Hallen gebracht?«

»Zwei Unruhestifter, von denen behauptet wurde, sie seien den Diebesbanden angehörig«, berichtete sein Vasall, »und das Mädchen, von dem Anselm meinte, es würde sich lohnen, es herbeizuschaffen.«

Die grauen Augen des Abendseglers fixierten sie und eine Spur von Neugier schien darin aufzuglimmen. »Mit ihr befassen wir uns später. Hauptmann, erzählt mir von dem Vergehen der beiden Jungen.«

»Anscheinend flüchteten sie vor unseren Soldaten, als man sie erwischt hatte, und liefen meiner Patrouille in die Arme. Sie wurden begleitet von einem Sucher namens Erik, dem Spürhund der Magier, und dem Mädchen.« Cedric funkelte Rhenawen an. »Als wir sie aufforderten, sich zu ergeben, setzten sie sich stattdessen zur Wehr und verwundeten neun meiner Männer, von denen vier die Nacht wohl nicht überleben werden. Dieses Biest«, er deutete auf den jungen Wolf, »fiel einen unserer Grauhunde an, der inzwischen tot ist.«

»Dieses Scheusal von einem Hund hat ihn angegriffen und nicht umgekehrt!«, entrüstete sich Jared. »Und wir gehören auch nicht zu irgendwelchen Diebesbanden! Ich habe diese Stadt gestern zum ersten Mal betreten. Mein Freund wurde vor der Nase Eurer Stadtwache entführt und anstatt diese Verbrecher verfolgen zu lassen, haben Eure Leute diese Bestie auf uns gehetzt!«

»Sei still, Jared«, fuhr Nero ihn an.

Der schwarzhaarige Junge starrte ihn zornig an, hielt jedoch den Mund.

»Aber dennoch«, setzte der Magier wieder an, »muss ich mich doch sehr wundern, dass Ihr einen Repräsentanten der Sucher, der Euch ja offensichtlich bekannt war, einkerkern wolltet, ohne mich oder einen anderen seiner Vorgesetzten davon zu unterrichten.«

Cedric biss die Zähne zusammen. »Ich hatte meine Gründe für dieses Vorgehen.«

»Persönliche Gründe, nehme ich an«, spöttelte Rhenawen. »Soweit ich mich erinnere, und ich war dabei, kam es zu keinem Akt der Provokation seinerseits. Wie begründet Ihr Eure Absicht also?«

»Mein Sohn hat sich nicht vor euch zu rechtfertigen«, knurrte Cerberus. »Magier genießen hier nicht mehr Privilegien als der Pöbel. Ihre Vorzugsbehandlung begrenzt sich auf das Zentrum des

Königreichs, auch wenn sie das bisweilen zu vergessen scheinen.« Er verzog hämisch das Gesicht und die Narben auf seinen Wangen kräuselten sich.

»Mäßigt Euren Ton, mein Freund«, rügte ihn der Abendsegler gleichgültig. »Dieser Mann ist kein gewöhnlicher Magier, sondern noch immer von vornehmem Blut.« An Nero gewandt fuhr er fort: »Ich missbillige die Vorgehensweise meines Hauptmanns. Jedoch solltet Ihr Nachsicht mit ihm zeigen, so wie ich mit Euren Ausgesonderten. Das Gesetz hat hier eine lautere Stimme als die Herkunft. In Schattenhafen werden Vergehen sogar noch härter gehandhabt als in meiner Stadt, vor allem, wenn sie von Magiern verübt werden, also wird der Junge sich erst an die Zustände hier gewöhnen müssen.«

Cedrics Miene versteinerte, als er als Junge bezeichnet wurde, doch er sagte nichts.

»Natürlich, mein Lord«, stieß Nero zwischen zusammengebissenen Zähnen hervor. »Dafür habe ich Verständnis, solange es nicht wieder vorkommt.«

»Das hängt von Euch und Euren Suchern ab«, gab Lord Tharlin zurück. »In der nächsten Zeit will ich Euch nicht mehr innerhalb dieser Mauern sehen. Angesichts dieses unglücklichen Zwischenfalls«, er deutete mit dem Kinn auf Thalia, »wird man es Euch jedoch gestatten, die Säuberungen wieder einzuführen. Zuvor erwarte ich allerdings eine Benachrichtigung, damit die Stadtwache einer ausgewählten Delegation Zutritt gewähren kann. Alle übrigen werden unterdessen keinen Fuß mehr durch meine Tore setzen. Unterrichtet Euer Präsidium davon, Dawson.«

»Das werde ich gewiss tun.« Neros Kiefer mahlten, als würde er die Worte mühsam zurückhalten, die ihm noch auf der Zunge brannten.

»Gut, aber solltet Ihr versuchen, in Schattenhafen eine Säuberung durchzuführen, kann ich nicht für die Sicherheit Eurer Männer garantieren.« Cerberus lächelte finster bei den Worten seines Herrn.

»Ich verstehe.«

»Da wäre noch etwas, mein Lord«, sagte Cerberus und legte nachdenklich den Kopf schief. »Als wir diesen Jungen zu fassen bekamen«, er deutete auf Sam, »fiel mir auf, dass er eine interessante Narbe am Oberarm trägt …«

Neben ihr schnappte Jared hörbar nach Luft. Rhenawen suchte seinen Blick, doch er schien es gar nicht zu bemerken. Seine Augen waren starr auf seinen Freund gerichtet, dessen Hände angefangen hatten zu zittern. Einem unaufmerksamen Beobachter wäre es nicht aufgefallen, aber dennoch war das leichte Beben da. Delia schob ihre Hand in seine und drückte sie fest.

»Was für eine Narbe?«, fragte Trevor interessiert und beugte sich vor. »Ich will sie sehen.«

Ehe jemand protestieren konnte, wurde Sam von zwei Soldaten gepackt, die ihn auf die Knie zwangen und ihm mit einem Ruck das Hemd mit einem Messer aufschlitzten, um seine linke Schulter freizulegen.

Der blinde Junge zuckte zusammen, wehrte sich jedoch nicht. Seine zweifarbigen Augen huschten ruhelos umher. Delia schrie die Männer an, die sie aber nur achtlos wegdrängen.

Das Brandzeichen hob sich deutlich von seiner blassen Haut ab. Es war hässlich und die Narbe verzogen. Was genau es zeigen sollte, war nicht mehr zu erkennen, aber Rhenawen meinte, so etwas wie einen Flügel ausmachen zu können.

»Was soll das sein?«, fragte Trevor. »So etwas habe ich bisher noch nicht gesehen.«

»Das glaube ich gern«, sagte der Einäugige. »Dieses Zeichen sieht man auf dieser Seite des Meeres nicht oft. Das letzte Mal sah ich es vor zehn Jahren in Schattenhafen. Ich habe Gerüchte gehört, dass es wieder aufgetaucht ist, wollte es jedoch nicht glauben.« Er warf Jared einen langen Blick zu. »Vielleicht kann unser Freund hier Klarheit schaffen. Ich möchte wetten, so wie er kämpft, er ist ebenso involviert wie der Krüppel.«

JARED

Jared trat unruhig von einem Bein aufs andere. Der Herr von Schattenhafen ließ ihn keine Sekunde aus den Augen. Sein Mund nahm einen grausamen Zug an.

»Wie kommt Ihr darauf?«, fragte Jared angespannt.

»Ich habe nicht vor, mit dir zu diskutieren«, entgegnete der Einäugige. »Es gibt doch einen einfachen Weg, meinen Verdacht zu überprüfen.«

»Ich fürchte, ich verstehe nicht.« Warum war seine Stimme so rau?

»Doch, das tust du, Junge.« Er betrachtete ihn eine Weile, ehe er sagte: »Zieh dein Hemd aus.«

Jared ballte die Hände zu Fäusten. Die Angst, die dieser Befehl in ihm auslöste, drohte sich in seinem Gesicht zu spiegeln.

Er leckte sich über die Lippen. »Nein, das werde ich nicht tun.«

»Dann werden meine Männer wohl nachhelfen müssen.« Der Einäugige gab den Soldaten einen trägen Wink.

Hände packten ihn von hinten. Ehe man ihm die Oberbekleidung vom Leib reißen konnte, trat Jared nach hinten aus und riss sich los. Er wirbelte herum und stürzte sich mit einem Knurren auf den Mann. Es gelang ihm, ihn umzureißen, sodass er auf ihm hockte und blind vor Wut auf ihn einschlug. In seinen Ohren pochte sein eigener Herzschlag und sein Sichtfeld verzerrte sich, als er wieder und wieder zuschlug. Blut klebte an seinen Knöcheln und rann über das Gesicht seines Gegners, der sich unter ihm krümmte, aber da war kein Mitgefühl mehr in ihm.

Ein weiterer Angreifer verkrallte sich in die Rückseite seines Hemds. Das Geräusch reißenden Stoffs brachte ihn beinahe um den Verstand und er schnellte herum. Seine Faust krachte gegen den Kiefer von Cedric. Der jaulte auf. Jareds Knöchel fühlten sich an, als wären sie zertrümmert worden.

»Genug jetzt!« Nero trat zwischen ihn und die Soldaten. »Tu, was er gesagt hat, Jared.«

»Nein!« Der Junge zitterte am ganzen Leib. Wilder Blutdurst durchströmte ihn und er musste sich zusammenreißen, um den Magier nicht anzufallen. Er erschrak bei dem Gedanken und wich unwillkürlich zurück, um den Abstand zu ihm zu vergrößern. War wirklich so viel von den Lehren seiner Ausbilder zurückgeblieben?

Die Blicke seiner Freunde lasteten schwer auf ihm. Die Verzweiflung erstickte ihn. »Ihr versteht das nicht!«

Als der Einäugige aufstand und auf ihn zu schritt, hob Jared abwehrend die Hände.

»Nein.« Seine Stimme zitterte. »Das ist meine einzige Chance … Lasst mich gehen, bitte. Ich werde nie wieder zurückkommen …«

»Tu, was ich dir gesagt habe«, befahl Cerberus drohend.

Jared war drauf und dran, wegzulaufen. Einfach loszurennen, auch wenn die Wachen an der Tür ihn aufhalten, vielleicht sogar töten würden.

»Jared.« Sams Stimme war kaum mehr als ein Flüstern. Er blickte leer zu Boden, versuchte gar nicht erst, sich ihm zuzuwenden. »Es ist schon in Ordnung.«

Jared schluckte schwer. Ihm war klar, dass Sam ihm helfen wollte. Sein Freund hatte sich immer an das Leben geklammert, ganz gleich, wie fest es zuschlug. Aber selbst er wusste nicht, was nach all der Zeit aus ihm geworden war.

Und plötzlich waren da kühle Hände, die über seine nackte Haut strichen und ihm das Hemd zurechtzupften. Er wandte den Kopf und sah in jadegrüne Augen, in denen eine überraschende Sanftheit stand. »Ich regle das.«

Rhenawen legte ihre Hand auf seinen Unterarm und er zuckte unter ihrer Berührung zurück, sodass sie innehielt.

»Vertraust du mir?« Fragend sah sie ihn an und nach kurzem Zögern nickte er. Sie lächelte ihm aufmunternd zu.

Jared atmete zittrig aus und lockerte seine verkrampften Muskeln. Er kannte sie. Er konnte ihr vertrauen. Das sagte er sich immer wieder, während sie begann, seinen Ärmel hochzukrempeln.

»Ihr müsst das verstehen«, begann sie zu sprechen. »Eure Soldaten sind nicht dafür bekannt, gnädig mit Unruhestiftern umzugehen, und so könnt Ihr es meinem Begleiter nicht verübeln, dass er seinen Rücken nicht entblößen will. Es könnte dadurch ein falscher Eindruck entstehen. Er entstammt einem gewalttätigen Elternhaus, deshalb bitte ich um Nachsicht für sein Verhalten.«

Wie macht sie das bloß?

Die Lügen schienen ihr wie selbstverständlich über die Lippen zu kommen und rückten sein Verhalten in ein gänzlich anderes Licht. Er bewunderte dieses Mädchen, wie es mit wenigen Sätzen die Wahrheit neu erfinden konnte.

»Wie Ihr sehen könnt, wurde Jared nie so gezeichnet wie dieser Junge dort.«

Rhenawen drehte ihn ein wenig zur Seite, sodass die Anwesenden seinen Oberarm betrachten konnten. Seinen linken Arm zierten einige wulstige Narben, doch er besaß kein Brandzeichen, so wie Sam.

Woher hat sie das gewusst?, schoss es ihm durch den Kopf.

Cerberus kniff misstrauisch das Auge zusammen, nickte dann jedoch ungnädig.

Der Abendsegler wandte seine Aufmerksamkeit wieder Sam zu, der noch immer vor ihm kniete. »Wie außergewöhnlich.« Seine Stimme war beherrscht. »Wie kommt ein Rekrut der Söldner dazu, bei einer Säuberung ausfindig gemacht zu werden? Ich nehme an, Ihr habt es nicht gewusst, Dawson?«

»Nein«, erwiderte dieser. Jared sah sich zu ihm um. Neros Miene war unergründlich.

Einer der Soldaten spuckte Sam vor die Füße und musterte ihn, als hätte er eine ansteckende Krankheit. Seine Freunde sahen verständnislos drein. Nur Rhenawen neben ihm ließ die Schultern sinken und seufzte mitleidig. Sie wusste es, natürlich. Ihre körperliche Nähe beruhigte ihn.

Rhenawen hob herausfordernd den Kopf. »Wofür wollt Ihr ihn anklagen, Finster? Dieses Mal beweist nur, dass Sam etwas gelungen ist, was noch keiner vor ihm geschafft hat.«

Die Kiefer des Einäugigen mahlten. »Niemand entkommt den Söldnern.«

»Und woher wisst Ihr das?«, knurrte Jared. »Habt Ihr nicht eben noch behauptet, dass Ihr seit zehn Jahren keinen Söldner mehr zu Gesicht bekommen hättet?«

»Das genügt«, warf Nero ein und hob einen Arm, um Jared zum Verstummen zu bringen. »Ich werde diese Ausgesonderten nun mitnehmen, Lord Tharlin. Sie alle unterstehen meinem persönlichen Schutz.«

»Ihr wollt den Jungen tatsächlich verteidigen?«, grollte Cerberus und baute sich drohend vor dem Magier auf. »Ihr wollt ihn unter Menschen lassen, selbst jetzt noch? Seid ihr den Söldnern von Schwarzborn einmal begegnet, Magier? Wisst Ihr, wer das getan hat?« Er deutete auf Sams Mal.

»Nein«, gestand Nero freimütig. »Als während der Grenzkonflikte die Söldner Schattenhafen angriffen, war ich noch ein Novize und nicht aktiv am Kampfgeschehen beteiligt.«

»Das dachte ich mir«, höhnte Cerberus. Jared sah ihn hasserfüllt an, doch der Einäugige beachtete ihn nicht. Seine Aufmerksamkeit konzentrierte sich einzig auf Sam. »Ich bin deinesgleichen damals begegnet, als meine Einheit nach einer Patrouille aus dem Grenzgebirge nach Schattenhafen zurückkehrte. Es gab keinen Hilferuf, wir wurden nicht abkommandiert, dafür blieb ihnen keine Zeit mehr, aber wir sahen die Feuer aus der Ferne. Als wir in der Stadt ankamen, hatten sie bereits jeden niedergemetzelt, der es nicht geschafft hatte, sich zu verstecken oder zu fliehen. Die wenigen, die zurückgeblieben waren, um zu plündern, fielen über uns her wie hungrige

Wölfe. Sie stürzten sich lieber in die eigenen Schwerter, als sich zu ergeben, so blind war ihre Gefolgschaft.«

Delia schauerte sichtlich und tastete nach Sam, der ihre Finger beruhigend drückte. Er ließ die Schultern hängen und starrte stumm ins Leere. Wahrscheinlich beschworen die Worte des Einäugigen die gleichen Erinnerungen in seinem Freund herauf wie in Jared selbst. Bilder und Gefühle, die er schon so lange zu unterdrücken versuchte. Sie erstickten ihn beinahe, so wirklich fühlte sich das Grauen an.

»Jeder Söldner aus Schwarzborn trägt dieses Brandzeichen«, fuhr Cerberus fort. »Angeblich besitzt der Blutgreif ein ganz ähnliches Mal.« Jared erstarrte, als er diesen Namen hörte. »Auch er soll noch sehr jung sein, hat sich früh einen Namen gemacht und ist in ihren Rängen aufgestiegen. Die gesamten Nördlichen Reiche erzittern, wenn sie nur seinen Namen hören. Ihr könnt Euch nicht vorstellen, was dieser Bastard alles verbrochen hat. Er hat schon ganze Städte niedergebrannt und schert sich nicht darum, ob er einen Mann, eine Frau oder ein Kind vor seiner Klinge hat. Und Ihr wollt gerade einem Rekruten, der sein Zeichen trägt, Barmherzigkeit zukommen lassen?«

»Tut nicht so, als wüsstet Ihr, wovon Ihr redet!«, fauchte Jared. »Ihr wisst nichts über ihn! Und noch weniger über Sam!«

»Das reicht, Jared.« Nero legte ihm eine Hand auf die unverletzte Schulter. »Es reicht.«

Eine angenehme Wärme floss in seine versteiften Muskeln, und seine zügellose Wut verrauchte. Jared nickte stumm, auch wenn er in einem hinteren Winkel seines Verstandes ahnte, dass dies nicht seine eigene Entscheidung war.

»Ich weiß genug!«, knurrte Cerberus und ballte eine Hand zur Faust. »Wer könnte seinesgleichen jemals trauen?«

»Ich vertraue ihnen!«, rief Delia und stellte sich neben Jared, wobei sie Sam mit sich zog, dessen Hand sie weiterhin fest umklammert hielt. »Ich vertraue ihnen bei meinem Leben.«

Gareth gesellte sich zu ihr und nickte Jared ernst zu. Lune folgte seinem Beispiel und selbst das unbekannte Mädchen, Thalia, verschränkte trotzig die Arme vor der Brust. Und als Rhenawen ihn anlächelte, musste er das Lächeln unwillkürlich erwidern.

»Rührend«, höhnte der Einäugige. »Ihr wollt also wirklich eine menschliche Bestie zu Euren wertvollen Ausgesonderten sperren?«

»Wollt Ihr vielleicht andeuten, die Sucher könnten diesen Jungen nicht unter Kontrolle halten?«, fragte Nathaniel scharf.

»Ich glaube, Ihr unterschätzt den Feind.«

»Ich glaube, Ihr wisst nicht, wer der wahre Feind ist«, mischte sich Rhenawen ein.

»Oh doch, das weiß ich.«

Sie maßen sich mit Blicken, ihre grünen Augen mit dem einen, dunklen Auge. In seinen Zügen stand noch immer der pure Hass geschrieben, doch das Mädchen begegnete ihm mit kühler Berechnung. Jared schwante, dass sie seine Aufmerksamkeit mit Absicht auf sich zog, um Sam zu schützen. Cerberus' Miene umspielte ein grausamer Zug, als seine Lippen sich zu einem Lächeln bogen. Und plötzlich hatte er Angst um sie.

Tu das nicht, dachte Jared angespannt. *Tu das nicht, Rhen.*

Irgendetwas hatten sie gegen sie in der Hand, ansonsten hätte die Stadtwache nicht nach ihr gesucht. Dieser Mann, Anselm, er musste ihnen etwas verraten haben, das ihr schaden würde.

Hab ein bisschen Vertrauen.

Er zuckte bei diesen Worten unwillkürlich zusammen. Ihre Lippen hatten sich nicht bewegt, aber es war unverkennbar Rhenawens Stimme gewesen. Jared brauchte einen kurzen Moment, um es zu begreifen. Er hatte sie *in seinem Kopf* gehört.

So hat mich bisher noch niemand genannt, murmelte die Stimme wie zu sich selbst, ehe sie wieder verstummte.

Der Junge stand da wie versteinert. *Das habe ich mir eingebildet. Es muss Einbildung gewesen sein. Wie könnte sie … Gerade sie …*

»Lasst es gut sein, mein Freund«, unterbrach Lord Tharlin seine Gedanken. An Nero gewandt fuhr er fort. »Nehmt den Jungen mit, es ist mir gleich.« Seine Stimme war nicht erhoben, noch verriet sie Ungeduld oder Zorn. »Ihr könnt sie alle wegbringen.« Seine grauen Augen blieben an Rhenawen hängen. »Alle, bis auf sie.«

»Nein«, entfuhr es Jared, ehe er sich bremsen konnte, doch Neros Arm hielt ihn zurück.

»In diesem Fall werde ich bei ihr bleiben«, erklärte der Magier. »Das versteht Ihr sicherlich.«

»Ich habe es nicht nötig, gerettet zu werden!«, fauchte Rhenawen und funkelte ihn an.

»Das bestreite ich auch nicht«, entgegnete Nero und Jared sah ihm an, wie sehr er sich zügeln musste, das Mädchen nicht gehörig zurechtzuweisen, »aber ob es dir nun gefällt oder nicht, noch unterstehst du dem Schutz der Sucher, und damit ist es meine Pflicht, dieser Unterredung beizuwohnen.«

Der Abendsegler winkte gelangweilt ab. »Dagegen habe ich nichts einzuwenden. Wenn alle anderen die Freundlichkeit besitzen würden, draußen auf Euch zu warten. Dieses Gespräch braucht nicht noch mehr Zuhörer.«

Jared widerstrebte es, sie gehen zu lassen, aber als Gareth ihm zuwinkte, setzte auch er sich in Bewegung.

»Wartet!«

Er drehte sich zu dem Ruf um und taumelte einen Schritt zurück, als sich ihre Arme um seinen Hals schlangen. Verblüfft wusste er zunächst nicht, was er mit seinen Händen tun sollte, bevor er sie beinahe scheu um Rhenawens Taille legte.

Sein Herz klopfte verräterisch und wieder nahm er diesen Geruch nach Asche und Jasmin wahr, der ihrer Haut anhaftete. Er spürte ihren Atem an seinem Ohr, als sie ihm etwas zuflüsterte.

»Nimm es und sorg dafür, dass es niemand findet.«

Dann löste sie sich auch schon von ihm und nahm kurz seine Hand, als wollte sie sie zum Abschied drücken. Etwas Festes presste sich gegen seinen Handballen und es kostete ihn Mühe, den Gegenstand nicht fallen zu lassen, den sie ihm zwischen die Finger geschoben hatte.

Sie schenkte ihm noch ein flüchtiges Lächeln, das beinahe etwas Neckisches hatte, und trat dann zurück. Jared musste gar nicht nachsehen, um zu wissen, was sie ihm gegeben hatte, und bewunderte sie für ihre Geistesgegenwart. Dennoch verspürte er auch so etwas wie Enttäuschung, dass nicht mehr hinter dieser Umarmung gesteckt hatte als eine Finte.

Doch dann traf ihn die Erkenntnis. Wenn sie es für nötig hielt, das Artefakt wegzugeben, konnte sie nicht daran glauben, einfach ein klärendes Gespräch zu führen, um dann aus dieser Festung zu spazieren. Ahnte sie vielleicht, was sie erwarten würde, oder wusste sie es einfach nicht und hatte sichergehen wollen, dass der Zweck ihrer Reise nicht gefährdet wurde?

Sie lächelte ihm aufmunternd zu, als hätte sie seine Gedanken gelesen. »Wir werden uns bald wiedersehen.«

Jared schüttelte leicht den Kopf. »Rhen …«, begann er, wurde jedoch von einer harschen Stimme unterbrochen.

»Geht«, knurrte Cerberus. »Sofort, oder ich lasse Euch entfernen.«

Nathaniel zögerte kurz, wagte es aber nicht, zu widersprechen. »Selbstverständlich.« Dann scheuchte er sie hinaus. »Ihr habt es gehört, raus.«

RHENAWEN

Rhenawen sah ihnen nach, als sie die Halle verließen, und ihr Blick blieb an Jareds Nacken hängen. Der schwarze Rand einer Tätowierung lugte noch immer unter dem zerrissenen Stoff hervor, doch noch kaschierten die Schatten sie. Als hätte er ihre Gedanken gehört, drehte er sich noch einmal zu ihr um und in seinen traurigen, meerblauen Augen sah sie die Angst sitzen. Angst um sie, weil er sie mit diesen Männern zurücklassen musste. Es drängte sie, ihm hinterherzurufen, dass alles gut werden würde, bloß um die Sorge genauso aus seinem Gesicht zu vertreiben wie diese Traurigkeit. Es schien so unwirklich, dass gerade er ein Rekrut der Söldner gewesen sein sollte. Und wenn sie richtig lag, war er mehr als ein einfacher Rekrut gewesen.

Rhenawen wurde aus ihren Gedanken gerissen, als die Tür sich krachend wieder schloss. Anselm trat aus dem Schatten der Türpfeiler, bei denen er bisher still gewartet hatte. Er sah nicht gut aus. Seine Haut war blasser als gewöhnlich und tiefe Ringe lagen unter seinen Augen. Auf diese Weise ähnelte er dem Vampir auf irritierende Weise, der noch immer hinter dem Lord stand und das Geschehen aufmerksam verfolgte.

Anselms Blick streifte sie nur kurz, ehe er wieder wegsah. Rhenawen gab sich ungerührt, auch wenn sie innerlich das Gefühl durchlebte, ihre Eingeweide würden schmelzen. Was hatte er herausgefunden? Ein umherziehendes Mädchen würde kaum von Interesse für den Kriegsherrn von Cantos sein, es sei denn … Anselm war zu tief eingedrungen. Aber das konnte nicht sein. Die wenigsten kannten ihr Gesicht, auch wenn sie bereits von ihr gehört hatten.

Sie straffte die Schultern und ignorierte das stetige Pochen in ihrem Unterschenkel. »Wozu wurde ich hergebracht?«, verlangte sie zu wissen.

»Das wird uns dein Freund hier sicherlich gleich erklären«, antwortete Cerberus und nickte zu Anselm hin. »Immerhin scheint er sich davon etwas zu versprechen.« Bei seinem geringschätzigen Unterton verzog der Vagabund den Mund. Anscheinend beruhte ihre Abneigung auf Gegenseitigkeit.

Anselm trat vor den Abendsegler und seine Söhne und verbeugte sich knapper, als das Zeremoniell es vorschrieb. »Mein Lord«, begann er und es hörte sich an, als müsste er sich jede Silbe abringen. »Ich habe um die Ergreifung dieses Mädchens gebeten, weil ich glaube, dass sie über wichtige Informationen für den Süden verfügt …«

»Redet nicht so, als würdet Ihr einem der Bergstämme angehören«, herrschte ihn der Abendsegler an. »Oder habt Ihr Euer eigenes Blut vergessen, während Ihr fort wart?«

Anselm presste die Lippen aufeinander, neigte aber den Kopf. »Verzeiht, mein Lord. Ich habe mich in letzter Zeit vernachlässigt.«

Lord Tharlin nickte und gebot ihm mit der Hand, weiterzusprechen. »Fahrt fort.«

»Ich habe herausgefunden …« Er verstummte und sah sich nach Rhenawen um. Zweifel und Unsicherheit standen in sein abgehärmtes Gesicht geschrieben, während er sie musterte, als könnte er noch nicht begreifen, dass sie wirklich vor ihm stand. Als sie den Blick seiner grauen Augen erwiderte, begriff sie, was schon die ganze Zeit in ihrem Hinterkopf gearbeitet hatte.

Rhenawen stieß ungläubig die Luft aus, ehe sie sich wieder der Tafel des Abendseglers zuwandte. Die Ähnlichkeit war unverkennbar.

»Anselm …«, murmelte sie. »Ah, ich verstehe. Also du bist es.«

»Was bin ich?«, fragte er offensichtlich verwirrt und sichtlich bemüht, ihr zu folgen. Er schien mit seinen Gedanken weit fort zu sein.

Sie legte leicht den Kopf schief. »Ich hatte Gerüchte gehört. Aber wer hätte ahnen können, dass ausgerechnet du der verstoßene Bruder des Abendseglers bist?«

»Was?«, entfuhr es Nero überrascht.

»Ihr habt ganz recht gehört, Magier. Seht diese Information als Entschädigung für den Ärger an, den wir Euch heute bereitet haben. Das Präsidium dürfte diese Nachricht höchst interessant finden.«

Anselm schluckte und schielte zu Lord Tharlin hinüber, der mit den Fingern auf seine Armlehne trommelte. »Diese Enthüllung bedeutet mir nichts, Mädchen. Vielmehr bin ich an dem interessiert, was mein in Ungnade gefallener Bruder zu berichten hat.«

Anselm räusperte sich. Man sah ihm nicht an, ob ihn die Worte des Lords getroffen hatten.

»Wie ich gerade sagen wollte … Ich habe etwas herausgefunden, als ich im Exil war. Seit einigen Jahren verdiene ich mir meinen Unterhalt mit dem Sammeln von Gerüchten und geheimen Plänen, weil ich stets hoffe, meiner Heimat auf andere Art dienlich zu sein, als es mir früher vergönnt war. Ich habe die Fährte dieses Mädchens zum ersten Mal vor einem Jahr aufgeschnappt im Zusammenhang mit äußerst beunruhigenden Neuigkeiten …«

»Kommt auf den Punkt«, unterbrach ihn der Einäugige gelangweilt.

»Der Punkt ist, dass die früheren Versuche, in diese Festung einzudringen, nun fortgeführt werden sollen, und nicht länger von Stümpern.«

Wovon redet er da?

»Seit wann liegt Euch Eure Heimat derart am Herzen?«, fragte Cerberus zynisch.

»Entgegen der allgemeinen Auffassung bin ich noch immer ein Teil dieser Familie, die ich zu beschützen gedenke«, erwiderte Anselm stoisch, »auch wenn unser Verhältnis gelitten hat. Ich habe nicht vor, zuzusehen, wie die Grenzlande infiltriert werden – von ihr.«

»*Mir?*« Das Wort war heraus, ehe sie sich zurückhalten konnte. Ungläubig starrte sie ihn an. »Was soll das denn heißen?«

»Das soll heißen, dass ich begriffen habe, was deine Leute zu erreichen versuchen, indem sie ihre Spione hier einschleusen.« Seine Stimme klang so barsch, dass es ihr für einen Moment die Sprache verschlug. Von dem lakonischen Vagabunden, mit dem sie vor nicht allzu langer Zeit noch mit einem Ale an einem Tresen gestanden hatte, war nichts mehr übrig.

»Großartig, meine Glückwünsche dazu«, fauchte sie ihn an, »und nun erkläre mir doch bitte, welche Rolle du in dieser hübschen Geschichte mir zugedacht hast.«

Sie sah, dass seine Entschlossenheit unter der versammelten Aufmerksamkeit einzubrechen drohte.

»Ich …«

»Ich denke, was er versucht uns mitzuteilen, Herr«, erklang eine heisere Stimme, »ist, dass dieses Mädchen aus Dariya stammt und damit sowie mit ihrem Aussehen für die Tätigkeit einer Spionin geradezu prädestiniert wäre.«

Neben ihr sog Nero scharf die Luft ein und packte sie unvermittelt am Ellenbogen. Sie war zu verblüfft, um sich gegen seinen Griff zu wehren. Der Vampir hatte seine Starre aufgegeben und sich ihr zugewandt, die scharlachroten Augen fest auf sie gerichtet.

Der Abendsegler hob eine Augenbraue. »Wie interessant.«

Seinem zweitgeborenen Sohn fiel die Kinnlade herunter und er tauschte einen beinahe panischen Blick mit Cedric, der unwillkürlich die Hand auf den Knauf seines Schwerts gelegt hatte.

Der Bluthund dagegen musterte sie mit einer Miene, die nichts Gutes verhieß. Ein solcher Hass lag in seinem verbliebenen Auge, dass sie am liebsten davongerannt wäre, doch sie unterdrückte den Impuls und schluckte schwer.

»Woher wisst Ihr das?«, fragte sie mit bemüht ruhiger Stimme. »Es wird wohl kaum an meinem Aussehen liegen.«

Die Nasenflügel des Vampirs bebten, als er witternd die Luft einsog. »Ich kann es riechen. Du stinkst förmlich danach.«

»Und das aus dem Mund eines Aasfressers.« Sie wusste nicht, weshalb sie diese Bemerkung derart reizte, doch diese angespannte Stimmung machte sie nervös. Sie bemerkte, dass sie mit ihrem Ring herumspielte, und zwang sich, die Finger ruhig zu halten. Ihr Bein hatte wieder zu zittern begonnen und sie konnte spüren, dass der Boden unter ihr zunehmend rutschiger wurde. Als sie einen Blick nach unten riskierte, sah sie rote Schlieren auf den dunklen Fliesen. Der Magier hatte es ebenfalls bemerkt und seine Miene verhärtete sich.

Der Vampir zog die Lippen zurück und entblößte scharfe Reißzähne. »Vorsicht, kleines Mädchen.«

Sie wollte schon zu einer bissigen Erwiderung ansetzen, doch da verstärkte sich Neros Griff und er zischte leise: »Halte dich zurück.«

Sie hätte ihm gern widersprochen, musste aber zugeben, dass dies die klügere Taktik war. Denn jetzt hatte sie ein Problem. Wenn es vorhin nicht zur Sprache gekommen wäre, hätte sie vermutlich nicht verstanden, weshalb ihre Herkunft so interessant für die hier Anwesenden war. Schattenhafen, vor zehn Jahren. Sie wusste von dem Angriff auf diese Stadt. Irgendein Handelsstreit mit astorischen Würdenträgern war damals eskaliert. Aber an diesem Vorstoß waren auch Dariya beteiligt gewesen, die zuvor den damaligen Statthalter von Schattenhafen und seine Frau in ihren Betten ermordet hatten. So war die Stadt führerlos gewesen, als die Söldner angriffen. Sie hatte es fast vergessen, aber Cerberus sicherlich nicht.

Verflucht. Wieso hatten ihre Leute ein Erkennungszeichen bei den Leichen zurückgelassen? Nein, sie wusste, wieso. Es sollte bekannt werden, wer sie ermordet hatte. Um die Angst vor ihrem Reich zu schüren und um nebenbei zu belegen, wer für diesen Mord verantwortlich war. Nur so konnte man sichergehen, dass der Auftraggeber auch bezahlte.

»Ich hätte es mir denken können«, setzte Cerberus an und verschlang sie förmlich mit seinem Blick. »Warum habt Ihr das nicht eher gesagt, Anselm? Seid Ihr schüchtern geworden auf Eure alten Tage oder muss ich annehmen, dass Ihr versucht, dieses Mädchen zu schützen?«

»Ich versuche, niemanden zu schützen«, widersprach der Vagabund. »Hätte ich das tun wollen, hätte ich sie wohl kaum zu *Euch* gebracht. Jeder weiß, wie Ihr zu den Aschegeborenen steht.«

»Vielleicht steckt doch mehr in Euch, als ich angenommen habe.«

»Das kommt bei Euch ja beinahe einem Einlenken gleich.« Der Vagabund klang weniger spöttisch als erschöpft.

Ihr Blick huschte zwischen Anselm und den anderen hin und her, während sie zu begreifen versuchte, worauf der Vampir angespielt hatte. Ihr Aussehen sollte sie für die Tätigkeit als Spionin prädestinieren? Als ihr dämmerte, was er damit andeuten wollte, hätte sie am liebsten laut aufgelacht, trotz ihrer misslichen Lage. Es war völlig absurd.

»Ihr glaubt, ich wollte versuchen, mich bei einem Eurer Söhne einzuschmeicheln, nur um … was zu tun?« Wieder regte sich in ihr dieser Trotz, der sie schon bei früheren Gelegenheiten in Schwierigkeit gebracht hatte. »Würde mir vielleicht jemand erklären, was mir vorgeworfen wird? Weshalb sollte sich irgendjemand dafür interessieren, hier einzudringen?«

»Sag du es mir«, forderte Anselm sie auf, auch wenn sein aggressiver Unterton mehr als gekünstelt war. »Erst vor sieben Monaten ist es einem Spion gelungen, sich einzuschleichen. Er hat drei Wachen niedergestochen, ehe man ihn stellte, dabei hatte er es jedoch nicht auf eine spezielle Person abgesehen, sondern schien vielmehr etwas zu suchen …«

»Woher weißt du davon?«, fragte der Abendsegler und lehnte sich vor. »Dieser Vorfall unterlag strenger Geheimhaltung.«

Der narbige Mann lächelte verhalten. »Wie ich bereits sagte, ich habe mich nie gänzlich von diesem Ort abgewandt.«

Dieser triumphierende Unterton in seiner Stimme schürte ihren aufkommenden Zorn. Wie konnte er es wagen, sie zu beschuldigen? Wie kam er auf den Gedanken, sie könnte in diese ganze Angelegenheit verwickelt sein? War das alles nur ein Missverständnis? Hatte irgendjemand sie in Misskredit bringen wollen und ihm falsche Informationen zugespielt? War eine seiner Quellen unbrauchbar geworden?

Nein. So sehr sie auch an einen Irrtum glauben wollte, er wusste genau, dass seine Vorwürfe haltlos waren. Aber offensichtlich brauchte er einen Sündenbock. Er log, um irgendetwas zu erreichen, da war sie sich sicher, aber wenn er fortführe, könnte er sie in ernsthafte Schwierigkeiten bringen. Doch anscheinend war es ihr Überleben nicht wert, seine Anklage aufzugeben. Er hatte sie an die Stahlröcke verraten in dem Wissen, dass es sie umbringen würde.

Diese Erkenntnis fegte den letzten Rest ihrer Selbstbeherrschung beiseite.

»Anselm, es reicht.« Sie wollte einen Schritt auf ihn zugehen und ihn in dieses narbige, verlogene Gesicht schlagen, doch Neros Arm hielt sie noch immer zurück. »Ich weiß nicht, was für ein Spiel du hier spielst, aber ich kann dir versichern, es wird nicht ohne Konsequenzen bleiben.«

»Du drohst mir?«

»Nein.« Sie schenke ihm ein bitteres Lächeln. »Das ist keine Drohung. Es ist ein Versprechen. Du hast ja keine Ahnung, was du da tust.«

»Ach nein?« Er drehte sich ihr nun doch zu und jede Freundlichkeit war aus seinem Gesicht gewichen. Es war beinahe so, als würde ihr ein völlig Fremder gegenüberstehen. »Dann lass es mich anders formulieren, indem ich dir eine einfache Frage stelle. Du bist allein aus dem Grund hergekommen, um an Informationen zu kommen, die meinem Volk schaden können, leugnest du das?«

»Ich leugne es.« Ihre Stimme war fest, obwohl sie begriff, dass sie auf verlorenem Posten kämpfte. Solange auch nur der Hauch eines Zweifels bestand, würde man sie nicht gehen lassen, und derzeit hatte sie das Gefühl, als würde sie sich mit jedem Satz mehr in dem Netz verheddern, das Anselm ausgeworfen hatte.

»Ich weiß, du warst schon immer schnell mit Verschwörungstheorien, weil sie dir deine klägliche Barschaft erhalten haben, aber ich muss schon sagen, diese Behauptung ist noch irrsinniger als deine üblichen Einfälle.« Was blieb ihr noch, als seine Glaubwürdigkeit in Frage zu stellen? »Und jetzt bist du schon so weit, Fakten zu verkünden, für die du keinerlei Beweise hast.«

Darauf erwiderte er nichts.

»Das dachte ich mir. Kein abgefangener Brief, keine Zeugen, nein? Wie schade.«

In seinen Augen blitze eine Kaskade unterschiedlichster Emotionen auf, die sie nicht ganz zu deuten wusste, aber seine aufkommende Beunruhigung war beinahe mit Händen greifbar. Es würde auch ihn etwas kosten, wenn es ihm nicht gelang, den Abendsegler zu überzeugen. Sie sah, wie ein Schweißtropfen seine Schläfe hinablief und beschloss, noch ein wenig tiefer vorzustoßen.

»Also, alter Freund? Wie rechtfertigst du deine Anschuldigungen oder kannst du es etwa nicht?«

Er hob den Kopf und sah ihr zum ersten Mal seit ihrer Festnahme in die Augen und darin stand nichts als Verachtung. »Ich brauche mich nicht vor dir zu rechtfertigen, Cerys.«

Ihr war, als hätte er sie mit kaltem Wasser überschüttet. Ihr ganzer Widerstand erstarb und ließ nichts als Leere zurück, als hätte dieser Name ihr jegliche Emotion geraubt. Sie sah ihn nur stillschweigend an. An diesem Namen hing so viel, so viele Erinnerungen, ein ganzes Leben.

»Was? Ist die Silberzunge zu Blei geworden?«, fragte er abfällig.

Noch so ein Name, der schon fast in Vergessenheit geraten war.

»Seit wann weißt du es?« Ihre Stimme war seltsam tonlos, als würde eine ganz andere Person sprechen. Als wäre dieses Gespräch für sie belanglos geworden und jede Gefühlsregung zuvor nichts weiter als ein Schauspiel gewesen. So war es schon immer gewesen. Cerys war nicht unsicher oder ängstlich, das hatte sie schon vor langer Zeit abgelegt.

Sie schienen nach dieser Enthüllung gegensätzlich zu reagieren, denn als er nun antwortete, klang er wieder wie er selbst. Enttäuscht und zornig zwar, aber nicht länger aufgesetzt. »Schon eine ganze Weile.«

Ein Lächeln breitete sich auf ihren Lippen aus, obwohl es sich falsch anfühlte. »Ein falscher Name ist in meinen Augen noch kein Schuldeingeständnis.«

Sie zog sich in diese kühle, gleichgültige Hülle zurück, so wie sie es schon früher getan hatte, wenn sie den Schmähungen und Verwünschungen der Leute ausgesetzt gewesen war.

Schluss damit!, durchfuhr es sie und sie begann, sich gegen diese Gefühllosigkeit zu wehren. Sie hatte alles aufgegeben, was sie kannte, um endlich neu anfangen zu können, um nicht wieder in dieses Loch zu fallen, in dem sie das Leben mehr beobachtete als fühlte.

Gefangen in diesem inneren Zwiespalt verpasste sie beinahe, wie Anselm antwortete. »Aber alles, was diesem Namen anhaftet, schon. Du bist eine Ausgestoßene deiner eigenen Gesellschaft. Was könnte deinen Ruf besser wieder herstellen, wenn nicht die Erfüllung einer Aufgabe, an der bisher alle gescheitert sind?«

Ihre Lippen krümmten sich zu einem abfälligen Lächeln. »Ausgestoßen? Ich gestehe, davon weiß ich nichts. Nicht, dass es mich überhaupt scheren würde. Nach allem, was geschehen ist, glaubst du ernsthaft, ich würde meinem Volk weiterhin dienen?« Ihre Augen wurden schmal. »Wenn ich es könnte, würde ich alles vernichten, wofür es steht. Korruption. Machtgier. Größenwahn. Diese Dinge unterstütze ich nicht, um keinen Preis diesseits oder jenseits des Gebirges.«

»Ich glaube dir nicht.«

»Das habe ich auch nicht erwartet«, schnarrte sie. »Du bist nur einer in einer langen Reihe, der falschen Moralvorstellungen huldigt und damit versucht, seine Anschuldigungen zu rechtfertigen.«

Anselm ballte die Hände zu Fäusten. »Ich habe deine Missetaten nicht erfunden.«

Das Mädchen schloss die Augen und versuchte, die Welt auszuschließen. Vielleicht würde sich das alles als ein Traum herausstellen, wenn sie nur fest genug daran glaubte, und sie würde unter dem Sternenhimmel aufwachen und über ihre wirren Fantastereien den Kopf schütteln. Doch natürlich wusste sie, dass das nur Wunschdenken war.

Als sie die Augen wieder öffnete, fühlte sie sich gefestigter. »Du kennst nur einen Teil der Wahrheit, Anselm. Ich wünschte, du hättest mich bei unserem letzten Treffen darauf angesprochen. Ich hätte es dir erklären können.« Ihre Stimme war sanft, doch sie fuhr eindringlich fort. »Du kennst mich, Anselm. Wir sind miteinander gereist, hätte ich mich so lange dir gegenüber verstellen können? Nur weil du nun weißt, dass ich dir etwas verheimlicht habe, siehst du inzwischen wirklich bloß ein Ungeheuer in mir?«

Anselm trat einen Schritt zurück und all seine Streitsucht verrauchte, auch wenn der Argwohn nach wie vor in seinen Augen saß. Er schien verunsichert, wie er zu reagieren hatte.

»Antworte mir, Anselm«, sagte sie bittend.

»Ich …«, setzte er an, doch Cerberus, der das Gespräch bisher stumm verfolgt hatte, unterbrach ihn. »Das muss er nicht, wenn du uns diese Gerüchte doch schon bald selbst bestätigen wirst.«

»Ihr könnt doch nicht …«, setzte Anselm an, doch sein Protest erstarb wieder, als er die Miene von Cerberus sah.

»Ich kann und ich werde«, grollte sein Gegenüber und legte bedeutungsvoll die Hand an seine Waffe.

»Vater, sie ist nur ein Mädchen …«, hob Cedric an, doch der Einäugige brachte ihn mit einem »Schweig!« zum Verstummen.

Anselm rang die Hände und sah zwischen ihm und Rhenawen hin und her. Sein Gesicht war eine einzige Maske des schlechten Gewissens und des Zweifels, doch darunter mischte sich auch eine Spur Angst. Ja, er fürchtete sich vor dem Herrn von Schattenhafen.

»Nun gut.« Er hob abwehrend die Hände. »Ich möchte keinen erneuten Streit heraufbeschwören. Ich bitte Euch nur, es schnell hinter Euch zu bringen. Ich …« Anselm senkte den Kopf. »Es ist nicht leicht, eine Freundin zu verraten … auch wenn ihre Motive verabscheuungswürdig sind.«

»Verabscheuungswürdig«, wiederholte sie voller Bitterkeit, doch für mehr fehlten ihr die Worte. Sie verstand es nicht. Sie verstand ihn nicht.

»Und eben, weil sie das sind, solltest du von deinen Gefühlen Abstand nehmen«, maßregelte ihn Lord Tharlin. »Dennoch bin ich erfreut zu sehen, dass du die Belange deiner Familie zum ersten Mal ernst zu nehmen scheinst. Trotzdem solltest du nun gehen, bevor deine Sentimentalität deine Entschlusskraft weiter schmälert.«

»Natürlich«, presste Anselm hervor und verneigte sich vor seinem Bruder. Langsam wandte er sich zum Gehen, blieb jedoch noch einmal neben dem Mädchen und dem Magier stehen.

»Es tut mir leid.« Er suchte ihren Blick, als wollte er sie dadurch um Verzeihung bitten.

Mit diesen Worten kehrte er ihnen den Rücken zu und verließ den Saal. Sie sah ihm stumm hinterher, während sie mühsam die Schmähungen zurückhielt, die ihr durch den Kopf hallten.

Die Entwicklung, die dieses Gespräch genommen hatte, sorgte dafür, dass sich ihre Eingeweide zu einem harten Knoten zusammenballten.

Bleib ruhig, dachte sie. *Noch kannst du sie überzeugen. Zeige ihnen, dass du es nicht verstehst, mach ihnen deine Unwissenheit begreiflich, dann werden sie dich gehen lassen.* Doch sie glaubte ihren Worten selbst nicht mehr.

»Vielleicht solltet Ihr mir die Gelegenheit geben, mich zu erklären«, setzte sie an. »Meine Mitreisenden und ich wollten nichts weiter, als uns nach der langen Reise einige Tage hier auszuruhen, spätestens in zwei Tagen wären wir schon wieder aufgebrochen. Wir werden noch zu dieser Stunde abreisen, wenn Ihr es wünscht.« Es war ein verzweifelter Versuch, das wusste sie.

»Nein, das denke ich nicht«, entgegnete der Einäugige. »Du wirst diese Stadt eine ganze Weile lang nicht wieder verlassen.«

»Ich muss entschieden protestieren«, ging Nero dazwischen und ließ sie endlich los, um auf die Lordschaften zuzugehen. Rhenawen schwankte leicht und ein stechender Schmerz fuhr ihr durchs Bein. Sie hatte nicht bemerkt, dass der Magier sie gestützt hatte. Cerberus stellte sich ihm in den Weg und knurrte: »Bleibt zurück.«

»Ihr vergesst Euch!«, rief Nero sichtlich aufgebracht. »Es überschreitet Eure Befugnisse, willkürlich Passanten festzunehmen, weil sie zur falschen Zeit am falschen Ort waren.«

»Ich habe bald vier Leichen, die gegen ihre Unschuld aussagen werden.«

»Meine Schützlinge haben aus Notwehr gehandelt«, entgegnete Nero scharf. »Wären sie nicht mit blankem Stahl angegriffen worden, wäre die Situation nicht derart eskaliert!« Er atmete durch und fuhr ruhiger fort. »Wollt Ihr mir weismachen, dass Ihr einen Rekruten einer feindlichen Söldnereinheit ziehen lassen könnt, aber nicht ein junges Mädchen, das lediglich das Pech hatte, in dem Reich geboren worden zu sein, an das Ihr Eure Tochter verloren habt?«

Das Gesicht des Einäugigen verzerrte sich vor Hass. »Sprecht nicht zu mir, als wäre ich ein verweichlichter Fußsoldat. Ihr kennt die Aschegeborenen nicht so, wie ich es tue.«

»Und ohnehin spielt das keine Rolle.« Nero wandte sich dem Abendsegler zu. »Seit wann lasst Ihr Eure Untergebenen für Euch sprechen?«

Der Lord hatte bisher stumm zugehört und legte nun die Fingerspitzen aneinander. »Ich schätze die Meinung meiner Ratgeber und wenn einer von ihnen es für angemessen hält, dieses Mädchen genauer zu befragen zum Wohle unseres Königreichs, dann werde ich dem Gehör schenken.« Er nickte seinem Heerführer zu. »Ich überlasse sie ganz Euch, mein Freund, aber vergesst nicht, dass wir sie vorerst lebend brauchen. Auch ich habe noch die eine oder andere Frage an sie zu richten.«

»Dann stellt diese Fragen jetzt, in meinem Beisein, um Euch vom Wahrheitsgehalt ihrer Aussagen zu überzeugen«, forderte Nero.

Rhenawen leckte sich über die Lippen. Sie wusste, dass seine Bemühungen zwecklos waren. Ohnehin war sie genau da, wo sie sein sollte, nur dass sie sich die Umstände anders ausgemalt hatte. *Du musst bis nach Grauehr gelangen*, hörte sie Lonis Stimme erneut, als würde sie aus dem vergangenen Gespräch zu ihr hinüberwehen. *Es gibt dort einen geheimen Stützpunkt der Rebellen, der Briefe zu uns weiterleitet, und dort wird man euch vielleicht mehr verraten können. Es wird nicht einfach werden …*

Nein, in der Tat nicht, dachte sie grimmig. *Wie soll ich sie jetzt noch aufspüren, alter Freund?*

»Ich vertraue dem Wort eines Magiers nicht«, sagte Cerberus höhnisch, »also macht Euch nicht die Mühe. Wir haben hier unsere eigenen Methoden.«

»Das kann ich nicht zulassen. Ich … Lasst das Mädchen gehen.«

»Ist sie eine Eurer Ausgesonderten?«, wollte der Abendsegler gelangweilt wissen.

Nero rang sichtlich mit seinen nächsten Worten, ehe er sagte: »Nein.«

»Dann tragt Ihr auch nicht die Verantwortung für sie.«

»Das tue ich sehr wohl. Ich …«

»Lasst es gut sein«, unterbrach Rhenawen ihn. Innerlich bekämpfte sie den Drang, sich zu übergeben und bemühte sich krampfhaft, es nach außen hin nicht zu zeigen. »Ihr könnt hier ohnehin nichts mehr ausrichten.«

Er musterte sie stirnrunzelnd. »Ich versuche, dir zu helfen.« Zum ersten Mal regte sich bei seinen Worten etwas anderes in ihr als Ablehnung und Unwillen. Es klang beinahe so, als wäre er besorgt um sie. Und sie verspürte … war es Dankbarkeit?

»Ich würde es vorziehen, Magier, wenn Ihr Euch nicht einmischen würdet«, erwiderte sie. Wenn er nicht aufpasste, würden sie sich noch eine Zelle teilen müssen. »Das ist nicht Eure Angelegenheit.«

Geht endlich, bat sie im Stillen. *Bevor ich Euch anflehe, mich hier rauszuholen.*

»Ich bin sicher, die Gastfreundschaft, die mich hier erwarten wird, ist … unvergleichlich.«

»Warum tust du das?«, fragte er und seine Stimme bebte nun kaum merklich. »Geht dein Hass gegen uns wirklich so tief?« Die letzten Worte waren kaum mehr als ein Flüstern.

Rhenawen antwortete nicht, sondern wandte bloß den Blick ab, damit er die Angst in ihren Augen nicht sah. Es bedurfte ihrer gesamten Selbstbeherrschung, nicht zusammenzubrechen und zu weinen wie ein kleines Kind.

Nicht noch einmal, bitte.

Wenn sie nur den Himmel sehen könnte, aber in diesem Saal gab es keine Fenster, nur Gestein, das ihr die Luft zum Atem nahm.

Es ist alles gut. Alles ist gut.

»Ihr habt Euch nicht über das Wort des Lords dieser Stadt zu erheben«, mischte sich der Einäugige ein und stellte sich dicht neben sie.

»Natürlich nicht.« Nero neigte den Kopf vor dem Abendsegler. »Ich werde Euch nicht länger behelligen.«

Lord Tharlin nahm den Abschied wortlos hin und der Magier verließ eiligen Schrittes den Saal. Noch ehe sich die Türen geschlossen hatten, wurden dem Mädchen grob die Hände zurückgerissen und eiserne Ringe schlossen sich um die Gelenke. Sie ließ es widerstandslos geschehen, stand seltsam neben sich. Als man sie aus der Halle zog, erhaschte sie noch einen letzten Blick auf Cedrics blasses Gesicht, ehe ihr die Beine nachgaben.

Zur Stunde des Wolfs

JARED

Das Zimmer, das er sich mit Lucien und Espen teilte, war zu klein, stellte Jared schon nach kürzester Zeit fest. Vom Fenster zum Bett, vom Bett zur Tür und wieder zum Fenster. Er fühlte sich wie ein eingesperrter Wolf, seitdem sie zum Gasthaus zurückgekehrt waren. Ketzer lag zusammengerollt unter einem Stuhl. Sein Kopf pendelte hin und her, während er beobachtete, wie Jared ruhelos auf und ab wanderte.

Seine Gedanken kreisten um Rhenawen, den Einäugigen, den Abendsegler, den Stein und alles, was bisher geschehen war. Wie hatte es so weit kommen können? Er hätte sie nicht allein lassen sollen, hätte darauf bestehen sollen, zu bleiben. Was, wenn sie nicht zurückkehrte? Was würden Espen und er dann tun?

Nero ist bei ihr, versuchte er, sich zu beruhigen. *Er wird nicht zulassen, dass sie ihr wehtun.*

Aber warum waren sie dann noch nicht zurückgekehrt? Es dämmerte bereits und der Himmel vor dem Fenster zeigte die zahllosen Dächer der Stadt, die in ein warmes, rotgoldenes Licht gebadet wurden.

»Es wird schon gut gehen«, sagte Espen zum wiederholten Mal.

Nachdem er von seiner erfolglosen Suche zurückgekehrt war, saß er bei Jared und versuchte, ihm gut zuzureden. »Du wirst sehen, sie taucht schon bald wieder auf. Vermutlich wäre sie beleidigt, wenn sie sehen könnte, was du hier machst.«

»Hör auf, das ist nicht komisch«, knurrte Jared und fuhr sich durch sein ohnehin schon zerzaustes Haar. »Wärst du dabei gewesen, würdest du hier nicht so seelenruhig rumhocken und Witzchen reißen. Aber du warst zu beschäftigt damit, mit Huren zu turteln und mit Dieben zu saufen.«

Espen seufzte ergeben. »Schon verstanden, ich sage nichts mehr.«

Schuldgefühle beschlichen Jared. Es war ungerecht, über Espen herzuziehen und ihm Vorwürfe zu machen, nur weil er noch nichts Nennenswertes herausgefunden hatte. Er hatte seinen Spott nicht verdient, aber es half ihm, seinen Frust abzubauen.

»Du weißt nicht, wie dieser Einäugige sie angesehen hat«, murmelte Jared und ließ sich auf einen Stuhl fallen. Ketzer sprang auf und schmiegte sich an sein Bein, als würde er seine schwelenden Befürchtungen spüren. »Er wird sie nicht wieder gehen lassen. Niemals.«

Espen lächelte aufmunternd. »Du vergisst, wer bei ihr ist. Was will so einer schon gegen einen Magier ausrichten?«

Ja, was?, fragte sich Jared. *Aber wird Nero sich gegen diese Leute stellen? Für ein Mädchen, das ihn offen verabscheut?*

Er schreckte aus seinen trübsinnigen Gedanken auf, als Lucien eintrat.

»Wo wart ihr?« Der kleine Junge riss erschrocken die Augen auf. »Du blutest!« Seine Stimme wurde bei den letzten Worten schrill.

Jared sah an sich herab und stellte fest, dass er noch immer sein zerrissenes Hemd trug, das von dem Biss an seiner Schulter rot verschmiert war, und seine pochende Schläfe sagte ihm, dass sein Gesicht vermutlich nicht viel besser aussah. Dennoch zwang er sich zu einem Lächeln.

»Das ist nichts. Ich habe mich mit ein paar Burschen geprügelt.« Er stand auf und kniete sich neben Lucien. Aufmunternd tippt er ihm unters Kinn. »Mach nicht so ein besorgtes Gesicht.«

Brillante Lüge, dachte er müde.

Doch der kleine Junge verschränkte bloß vorwurfsvoll die Arme vor der Brust. Er besaß noch immer die Leichtgläubigkeit eines Kindes. »Gewalt führt zu nichts, hast du mir selbst gesagt.«

Jared konnte nicht anders, bei der ernsten Miene des kleinen Jungen musste er lachen. »Ja, manchmal sollte ich meine eigenen Ratschläge beherzigen.« Er zerzauste Lucien das feine blonde Haar.

Der lächelte und ließ die Arme wieder sinken. »Ist Rhen auch zurück?«

Der hoffnungsvolle Unterton, der in der Frage mitschwang, war nicht zu überhören. Es zog Jared den Magen zusammen, als Lucien den Kosenamen benutzte, den sie sich für Rhenawen ausgedacht hatten, um sie bei Gelegenheit damit zu ärgern.

»Ja. Ja, natürlich, aber sie hat sich schon hingelegt. Du weißt doch, seit ihrem Sturz tun ihr nach langem Gehen die Rippen weh. Wir sollten sie in Ruhe lassen.« Jared brachte es nicht über sich, ihm zu erzählen, was geschehen war.

Lucien sah enttäuscht aus, aber Jared konnte ihm ansehen, dass er innerlich aufatmete. Der Junge wurde immer ein wenig zappelig, wenn sie nicht alle beisammen waren.

Espen stand ächzend auf und streckte dem kleinen Jungen die Hand hin. »Komm, wir gehen runter was essen. Ich weiß nicht, wie es dir geht, aber ich könnte einen halben Ochsen verspeisen.«

Lucien nickte und zog ihn eifrig mit sich. »Komm mit, Ketzer! Abendessen!«

Der kleine Wolf schoss wie ein Pfeil davon und stieß ein freudiges Jaulen aus. Bei dem Wort *Essen* wurde er hörig.

Espen drehte sich noch einmal um und hielt sich dabei am Türpfosten fest, wie um nicht mitgeschleift zu werden, was Lucien zum Kichern brachte. »Kommst du gleich nach, Jared? Aber zieh dir zuerst was an, das nicht so aussieht, als wärst du in den Bottich eines Färbers gestolpert.«

Der nickte, obwohl er bezweifelte, auch nur einen Bissen herunterwürgen zu können.

Als die Tür hinter ihnen zufiel, seufzte er erleichtert. Er war dankbar, einen Augenblick lang für sich zu sein. Mit einem unterdrückten Fluch zog er sich das zerrissene Hemd über den Kopf und warf es in eine Ecke des Zimmers, ehe er sich hinterrücks aufs Bett plumpsen ließ. Das Gestell knirschte unheilverkündend, doch er ignorierte es und legte sich einen Arm über die geschlossenen Augen, um seine Umgebung auszublenden.

Was würde geschehen, nun, da Sams Geheimnis gelüftet worden war? Und damit beinahe auch seins? Sie waren Rekruten einer feindlichen Söldnereinheit, die für ihre Grausamkeit und ihre bedingungslose Treue bekannt war. Er war davon überzeugt, dass die Magier das nicht auf sich beruhen lassen würden. Aber sein Freund war inzwischen halb blind, wie sollten sie ihn da für gefährlich halten? Solange er selbst sich weiterhin bedeckt hielt, sollten sie sicher sein, oder?

Jared griff über die Schulter und fuhr mit den Fingern über die glatte Haut. Hatte sie es gesehen? Und wenn ja, hatte sie begriffen, was es war? Er fürchtete sich beinahe vor der Antwort.

Und wie sollte es nun weitergehen? Nachdem sie sich derart spektakulär in der Stadt angekündigt hatten, würden sie nicht viel länger bleiben können, und sie hatten sich nie darüber unterhalten, was sie tun würden, wenn sie versagen sollten. Sie hatten sich so sehr darauf verlassen, dass irgendetwas passieren würde, wenn sie Grauehr erreichten, dass sich alles auflösen würde.

Was haben wir uns nur gedacht? Dass uns ein Empfangskomitee erwartet, wenn wir durch die Tore reiten, und uns mit wehenden Fahnen begrüßt?

Jared drehte sich auf die Seite und fuhr erschrocken auf, als etwas an seinem Ohr kitzelte, aber es war nur eine Motte, die träge auf seinem Kissen hockte. Er bewunderte die roten Flecken auf den hellen Flügeln und das zarte Muster auf dem kräftigen Leib, das ihn an die geschwungene Handschrift eines gewissen Mädchens erinnerte.

Verdammt.

Jared horchte auf, als unten in der Gaststube eine Tür gegen die Wand prallte, als hätte jemand überstürzt den Schankraum betreten. Er sprang auf und schnappte sich ein zerknittertes Leinenhemd vom Stuhl, das er beim Hinausgehen überstreifte. Als er über das Geländer sah, erhaschte er einen Blick auf die schwarze Robe von Nero und polterte die Treppe hinunter.

»Wo ist Jared?«, hörte er den Magier fragen und Espens Stimme antwortete ihm. »Noch oben.«

»Hol ihn runter. Sofort.«

»Ich bin hier«, rief Jared und rannte auf den Magier zu, der mitgenommen aussah.

Lucien saß neben Espen, vor sich eine Schüssel mit Eintopf, und beobachtete sie. Ihm fiel gar nicht auf, dass die Linsen von seinem Löffel auf den Tisch tropften. Jared sah sich noch hilfesuchend um, als Delia bereits zu dem kleinen Jungen trat und leise auf ihn einredete.

»Wo ist sie?«, wollte Jared mit gesenkter Stimme wissen, um Lucien nicht noch mehr zu verunsichern. Angst krallte sich in seine Eingeweide. »Wo ist sie?«, wiederholte er drängender, als Nero ihm nicht sofort antwortete.

Am Rande bekam er mit, wie Delia mit Lucien an der Hand aufstand.

»Komm, lassen wir die Herren mit ihren wichtigen Gesprächen allein. Ich glaube, ich habe in den Stallungen ein Fohlen gesehen …«

Ketzer schlich hinter ihnen her, auch wenn er immer wieder gierig zu dem halb aufgegessenen Eintopf linste.

Jared fing ihren Blick auf und nickte ihr dankbar zu.

Der Magier wartete, bis sie die Tür hinter sich zugezogen hatte, ehe er zu sprechen begann. »Ich konnte nichts für sie tun. Sie wurde festgenommen.«

»Was?«, entfuhr es dem Jungen. »Nein, das kann nicht sein. Wieso …«

Der Magier packte ihn unvermittelt am Arm. »Jared«, sagte er eindringlich, »es ist wichtig, dass du mir jetzt zuhörst. Ihr seid zusammen gereist, demnach schließe ich, dass ihr drei das Meer überquert habt.«

»Ich … ja, aber weshalb …?«, stammelte Jared, doch sein Gegenüber ließ ihn nicht zu Wort kommen.

»Warum seid ihr wirklich hierhergekommen?«

»Das ist doch alles nicht wichtig!«, rief Jared aus. Wollte der Magier ihn denn nicht verstehen? Er musste wissen, was geschehen war, jetzt, bevor er durchdrehte.

»Doch, das ist es, Jared«, widersprach Nero. »Sie wäre nicht die Erste, die versucht, sich Zutritt in die Festung zu verschaffen. Ich will weder ihr noch dir unterstellen, dass ihr etwas Böses im Sinn hattet, aber ihr seid da in einen Konflikt hineingestolpert, der tiefer geht, als ihr ahnen könntet.«

»Ich verstehe nicht.«

»Ich werde dir zu gegebener Zeit alles erklären, aber zuerst musst du mir alles erzählen, was du über sie weißt.«

Jared lachte trocken auf. »Ich? Ich weiß gar nichts über sie.«

Er blickte hinab auf seine geschlossene Faust, die vor Anspannung zitterte, ehe er wieder in diese blaugoldenen Augen sah, in denen echte Sorge stand.

Sollte er dem Magier alles erzählen? Rhenawen hatte ihm davon abgeraten, aber sie brauchten ihn, nicht wahr? Hinter dem Rücken des Magiers schüttelte Espen unmerklich den Kopf, als ahnte er, was Jared auf der Zunge lag. *Nicht* formte er mit den Lippen.

»Verdammt!« Jared riss sich los und verschränkte die Hände im Nacken, während er einige Schritte zurücktrat. »Was soll ich denn bloß tun?«, stieß er hervor.

Espen sah ihn mitleidig an und hob ratlos die Schultern. Auch ihm stand der Zweifel ins Gesicht geschrieben.

»Was soll ich denn bloß tun?«

DELIA

Delia wickelte sich fester in ihre Decken und lauschte dem leisen Atmen in der Stille ihrer Kammer. Man hatte Thalia bei ihr einquartiert, doch die Silhouette, die sich unter den Decken abzeichnete, erinnerte sie unaufhörlich daran, wo ihre einstige Zimmergenossin sich noch immer befand.

In der Festung der Fledermäuse. Schon der Name bescherte ihr eine Gänsehaut.

Als sie Lucien wieder in sein Zimmer gebracht hatte, hatte sie beobachtet, wie Espen und Jared mit Nero gemeinsam an einem Tisch saßen, die Köpfe eng zusammengesteckt. Der Magier hatte besorgt ausgesehen, als er auf die beiden Jungen einredete, die sichtlich widerwillig zuhörten. Ihr ging Jareds Miene nicht aus dem Kopf, der so finster dreingeschaut hatte, als ginge es um seine Beerdigung.

Sie mussten sich sehr nahestehen, wenn er Rhenawens Launen so geduldig ertrug und nun derart aus der Fassung geriet. Oder vielleicht wusste er auch einfach mehr als sie.

Delia hatte keine Ahnung, was Rhenawen vorgeworfen wurde, doch dieser einäugige Soldat und der Lord hatten sie geängstigt. Wie sie mit Sam umgesprungen waren, obwohl er doch ganz offensichtlich blind war und sich nicht zur Wehr setzen konnte. Es hatte geschmerzt, ihn so zu sehen und ihm nicht helfen zu können.

Nun beschämte es sie, dass sie ihn bedrängt hatte, ihr von seinen Ängsten und Albträumen zu berichten, nun da sie wusste, wie schlecht es ihm ergangen war. Dabei entsprach sein Wesen so gar nicht der Brutalität, die den Söldnerscharen der Nördlichen Reiche nachgesagt wurde. Ihr wurde die Brust eng, wenn sie daran dachte, wie sehr er dort gelitten haben musste. Sie wäre jetzt gern bei ihm gewesen. Sie wusste, dass er einem Gespräch aus dem Weg gehen wollte, doch irgendwann würde er mit ihr darüber reden müssen. Um seinetwillen.

Ich will dir helfen, Sam. Bitte nimm meine Hilfe an. Und mich.

Sie hatte es sich noch nie so offen eingestanden, aber ihr lag viel an ihm. Und sie erwischte sich immer öfter, wie sie als *wir* von ihm und sich selbst dachte.

Delia seufzte und schloss die Augen. Morgen war ein neuer Tag. Dann würde sie weiter über alles nachdenken, aber nicht jetzt. Sie ließ es zu, dass der Schlaf sie umfing.

Sie wanderte einen dunklen Korridor entlang. Zu ihren Seiten reihte sich eine Zelle an die nächste. Sie sah schmutzige Gestalten, die an den Gitterstäben lehnten, manche ganz und gar regungslos. Es stank nach Schweiß und Blut und menschlichen Exkrementen. Eine abgemagerte Frau hob den Kopf, als sie vorbeikam, und starrte sie aus leeren Augen an, die so tief eingesunken waren, dass sie an einen Totenschädel erinnerten.

Irgendwo in ihrem Hinterkopf wusste Delia, dass sie träumte, aber dennoch erschauderte sie bei dem Anblick von so viel Elend und fragte sich, was diese Leute wohl verbrochen hatten, um hier zu landen.

Am Ende des Ganges sah sie einen Lichtschein, der aus einem Türspalt heraussickerte, und näherte sich neugierig. Beinahe schien es ihr, als würde er sie zu sich rufen. Schon aus einigen Schritten Entfernung hörte sie das Flüstern, das aus der Zelle dahinter drang.

»Ah, ich hätte … es … wissen müssen.«

Delia erschrak, als sie die heisere Stimme erkannte. Es war Rhenawens. Sie eilte auf die Tür zu und wollte sie aufschieben, doch ihre

Hand ging einfach durch das dicke Eichenholz hindurch. Sie schreckte zurück und besah sich misstrauisch ihre blassen Finger.

»Komm schon.« Diese Worte wurden gefolgt von einem gequälten Stöhnen.

Die Metzgerstochter schluckte, schloss die Augen und trat einen Schritt nach vorn. Sie ging durch die Tür wie durch Rauch und als sie die Augen wieder öffnete, hätte sie beinahe aufgeschrien.

Die Szene vor ihr wurde von dem matten Licht einer Kohleesse beleuchtet. Rhenawen lag auf einen Steinblock gefesselt, bleich wie ein Geist. Auf ihrer Stirn hatten sich Schweißperlen gebildet. Die Stricke, die sie hielten, waren rot verkrustet. Ihr Leinenhemd war kaum mehr als ein zerschlissener Lumpen über langen Striemen, die sich über ihren gesamten Körper zogen. Die Verletzung an ihrem Unterschenkel ähnelte einem dunklen Kokon aus geronnenem Blut.

Es kostete Delia Überwindung, ihr ins Gesicht zu sehen. Eine Augenbraue war unter einem langen Schnitt eingerissen und ihre linke Gesichtshälfte schimmerte in Blau- und Rottönen. Die Haut war neben ihrem Ohr aufgeplatzt und getrocknetes Blut verklebte ihre Haare zu Strähnen.

Rhenawens Oberkörper bebte, als sie unterdrückt zu lachen begann. »So werde ich also sterben. Das hätte ich wirklich nicht gedacht.« Sie verzog das Gesicht. »Verdammt, tut das weh.«

Ihr Kopf sank zurück auf die Steinplatte und sie schloss erschöpft die Augen.

Delia trat näher, bis sie dicht vor ihr stand. Der eiserne Ring an Rhenawens Finger reflektierte die rote Glut. Die Runen, die darin eingeätzt waren, bereiteten Delia Unbehagen, auch wenn sie es nicht erklären konnte. Erst jetzt fiel ihr auf, dass die Haut um den Ring herum verbrannt war.

Noch nie zuvor hatte sie das Leid eines Menschen aus solcher Nähe gesehen. Sie wollte die Hand nach ihr ausstrecken, aber wieder gingen ihre Finger einfach durch die sichtbare Welt hindurch. Das gefesselte Mädchen erschauderte unter ihrer Berührung und schlug die Augen wieder auf. Noch nie hatte Delia ein solches Grün bei einem Menschen gesehen. Es war zu intensiv, zu leuchtend.

»Wer ist da?«

Delia zog die Hand erschrocken wieder zurück. War etwa sie gemeint? Die Metzgerstochter seufzte erleichtert, als sie das Geräusch sich nähernder Schritte hörte.

Die Zellentür hinter ihr knarzte vernehmlich und ein Mann trat ein.

»Anselm.« Die Stricke ächzten, als Rhenawen versuchte, sich ihm zuzudrehen. »Was willst du?«

Delia sah zwischen ihnen hin und her, besorgt, was nun geschehen würde.

»Ich wollte dich sehen.« Der Mann trat ins Licht des Kohlebeckens. Tiefe Ringe lagen unter seinen Augen und seine Haut war fahl, beinahe blutleer. Er erinnerte Delia an eine wandelnde Leiche. »Du siehst nicht gut aus. Wenn ich gewusst hätte, was er tun würde …«

»Was willst du?«

Anselm hob den Kopf, den er bisher gesenkt gehalten hatte, um sie anzusehen. Er sah gequält aus, was die Metzgerstochter überraschte, da er doch zum Hofstaat des Abendseglers gehörte. Wie mochte er zu Rhenawen stehen?

»Ich möchte, dass du es verstehst. Warum ich es getan habe. Ich hatte wirklich keine Wahl.«

»Du hattest keine Wahl? Du?« Rhenawen lachte freudlos auf.

Daraufhin schwieg er. Die Hände an seiner Seite waren geballt und seine Kiefermuskeln zuckten, als würde er auf den Wörtern herumkauen, die ihm nicht über die Lippen kamen.

Als das Schweigen sich weiter ausdehnte, stieß die Gefangene einen abfälligen Laut aus. »Ist das alles? Du kommst hierher und willst Absolution für dein Handeln? Wozu? Damit du nach meinem Ableben besser schlafen kannst?«

Anselm schüttelte den Kopf. »Du verstehst nicht …«

»Nein, tue ich nicht.« Delia musste sich weiter vorlehnen, um ihre nächsten Worte zu verstehen. »Wo hast du mich da reingezogen?«

Anselm vermied es, ihr in die Augen zu sehen. »Das kann ich dir nicht sagen.«

»Warum nicht? Wir werden uns nach heute Nacht nie wiedersehen. Dein kleines Geheimnis wird diese Zelle nicht verlassen.«

Delia erschrak über diese Abgeklärtheit. Sie verstand nicht, wovon die beiden redeten. Wenn das alles nur ein Traum war, dann war er reichlich verworren. Wie kam sie nur auf solche Ideen?

Anselm ging zu dem Kohlebecken hinüber und drehte der Gefesselten dabei den Rücken zu. Er griff nach einem der Eisenstäbe daneben und stocherte damit in der Glut. Rhenawens Finger zuckten, doch ansonsten ließ sie sich ihre Anspannung nicht anmerken.

Er wird doch nicht …

»Ich hatte das nicht geplant, weißt du?« Der Feuerschein vertiefte die Schatten um seine Augen. »Eigentlich wollte ich ihnen diesen Auguren ausliefern, aber du hast dich mir geradezu aufgedrängt bei dem Spektakel, das du geboten hast.«

»Hör auf, mich anzulügen«, zischte sie. »Du hast dem Bluthund schon vorher von mir erzählt.«

»Das stimmt. Aber da hatte ich noch geplant, bloß deine Identität als Dariya zu enthüllen, und nicht, dich als Spionin zu enttarnen. Du hättest nur ein paar Gerüchte bestätigen müssen und dann wieder gehen können.«

»Warum hast du es dann getan?«

»Weil das viel überzeugender war. Ich muss das Vertrauen meines Bruders wiederherstellen, um zurückkehren zu dürfen. Hättest du an meiner Stelle anders gehandelt, wenn du es gekonnt hättest? Würdest du nicht auch alles dafür tun, um nach Hause zu kommen?«

Seine Schultern hatte er hochgezogen, als würde er sich gegen einen Schlag wappnen.

»Nein, würde ich nicht.«

»Ich glaube dir nicht, Cerys.«

Delia runzelte die Stirn. Cerys?

»Glaubst du wirklich, ich werde dem Abendsegler genügen? So dumm kannst du nicht sein.«

»Noch nicht. Aber wie lange wird die Wirkung des Feenglanzes noch anhalten, was meinst du? Zwei Tage, drei vielleicht? Wenn er sieht, dass du eine reinblütige Dariya bist und keine Verlassene, wird er mir vergeben.«

Das gefesselte Mädchen verzog abfällig die Lippen, ließ das Thema jedoch fallen. »Du hast diese Kerle also bezahlt, damit sie Erik anpöbeln?«

»Ja.« Anselm schnaubte. »Ohne einen beträchtlichen Anreiz hätten sie es nie gewagt, sich einem Mitglied der Sucher entgegenzustellen. Allerdings war er keine lohnende Beute für meinen Bruder. Da schon eher für seinen Schoßhund, aber du … Ich wusste, Cerberus würde sich mir nicht in den Weg stellen, wenn ich ihm dich ausliefere, eine Aschegeborene.« Sein Blick war starr auf die glühenden Kohlen gerichtet. »Er hat fast seine gesamte Familie an deinesgleichen verloren. Und auch mein Bruder hat diese Schmach nicht vergessen. Immerhin steht Schattenhafen unter seinem Schutz.«

»Seht ihr denn in jedem Dariya nur einen Mörder?«

Nur seine zusammengebissenen Zähne verrieten noch den Konflikt, der in ihm zu schwelen schien.

Rhenawen seufzte. »Anselm, ich hoffe, das war es wert.«

»Das war es.« Er rammte die Eisenstange so fest in die Kohlen, dass sie aufflammten und das stumpfe Ende mit einem Kreischen über den Boden des Beckens schrammte. Delia zuckte bei dem plötzlichen Lärm zusammen. »Glaub nicht, es wäre mir leichtgefallen. Ich bedaure, dass es so weit kommen musste. Ich habe dich immer gemocht …«

»Soll ich jetzt vielleicht Mitleid mit dir haben? Für deine schwierige Situation?« Ihre Stimme troff vor Verachtung. »Du bist ein Feigling, Anselm.«

Er fuhr zu ihr herum. Sein Gesicht war vor Zorn verzerrt und die rotglühende Eisenstange in seiner Hand verlieh ihm das Aussehen eines Dämons. »Nenn mich nicht Feigling! Du hast keine Ahnung, worum es hier geht! Was es mich gekostet hat!«

»Es kostet dich nichts.«

Anselms Schultern sackten herab und seine Wut erlosch so schnell, wie sie gekommen war. Er sah nur noch erschöpft aus. »Und weil du das glaubst, weiß ich, dass du ohnehin verloren warst.«

Rhenawen runzelte die Stirn. »Wie soll ich das verstehen?«

»Es gibt einen Grund, weshalb jemand wie du sich in Dûnrinth verstecken würde, ganz gleich, was du behauptest. Ich habe dich stets respektiert, aber nachdem ich herausfand, wer du wirklich bist … Ich glaube, jetzt kann ich es nicht mehr. Sagen wir, es hat mir die Entscheidung erleichtert. Und nun noch mehr, da ich weiß, dass dich ein solcher Verrat vollkommen kalt lassen würde.« Sie starrte ihn bloß schweigend an, versuchte nicht einmal, sich zu verteidigen. »Du lügst. Du tötest. Du intrigierst …«

»Und inwieweit«, unterbrach sie ihn gelangweilt, »unterscheidet uns das voneinander?«

»Ich bin nicht wie du«, widersprach er und ein stählerner Ausdruck legte sich über sein Gesicht. »Ich töte nur, wenn mir keine andere Möglichkeit mehr bleibt. Du dagegen … Sag mir, wie lange gehörst du schon zu ihnen?«

Sie schwieg.

»Cerys.« Er sprach den Namen beinahe sanft aus und seufzte. »Ich hätte es viel eher erkennen müssen. Du bist wirklich durch und durch eine Dariya.«

»Du weißt gar nichts«, flüsterte sie.

Er straffte sich. »Die Sucher werden am Morgen abreisen. Sie werden nicht kommen, um dir zu helfen.« Anselm hörte sich nun geschäftsmäßig an, als würde er endlich den Grund für sein Erscheinen abarbeiten. »Sie werden nicht kommen«, wiederholte er und hob die Eisenstange an, die noch immer rotorange glühte. »Und deshalb sollte ich das jetzt beenden.«

Als Anselm auf sie zutrat, entfuhr Delia ein entsetztes Keuchen und sie wich vor ihm zurück. Das gefesselte Mädchen sah ihm bloß stumm entgegen. Es trennten sie nur noch wenige Handbreit. Die Eisenstange zielte auf ihr linkes Auge und Delia schlug sich die Hand vor den Mund. Mit der anderen hielt sie sich den Magen, der sich schmerzhaft zusammenkrampfte.

Ein Schweißtropfen lief über Anselms Schläfe und er atmete keuchend. Die Spitze der Eisenstange zitterte leicht.

»Worauf wartest du?«

Rhenawen hatte sich die Fingernägel in die Handflächen gegraben. Das glühende Eisen wurde von ihren Augen reflektiert und trotz des hellen Scheins waren ihre Pupillen geweitet, als wollten sie alles um sich herum aufsaugen. Ein letztes Mal.

»Es ist doch überaus passend. Mach schon.«

Sie versuchte nicht, sich wegzudrehen oder zu schreien, damit man ihn aufhielt. Sie wollte es so. Anselm packte die Eisenstange mit beiden Händen und holte aus, doch noch immer stieß er nicht zu, sondern starrte sie nur an.

»Los doch, du Feigling! Mach schon!«

Anselm stieß einen unterdrückten Schrei aus und Delia drehte sich weg. Die Lider hielt sie fest zusammengepresst. Sie wollte das nicht sehen. Wollte es nicht. Wollte nicht. Sie schlotterte am ganzen Körper und wartete auf einen Schmerzensschrei, ein widerliches Schmatzen, auf irgendetwas.

Ein helles Klirren ertönte, als Metall auf Stein traf. Sie wagte es nicht, sich zu rühren. Ihr eigener Atem klang unnatürlich laut in ihren Ohren. Erst nach einigen weiteren Herzschlägen konnte sie sich dazu überwinden, die Augen wieder zu öffnen und hinzusehen.

Anselm war zurückgetreten und hatte die Hände vors Gesicht geschlagen. Die Eisenstange war von ihm weggerollt und glänzte unbefleckt im Licht der Kohleesse.

»Du kannst es nicht«, stellte Rhenawen fest. »Ich wusste es.« Ein Beben ging durch ihren Körper. »Du überlässt es lieber anderen, anstatt es selbst zu tun.«

Anselm schüttelte den Kopf. »Ich will es nicht, aber es führt kein Weg daran vorbei. Es würde alles zunichtemachen. Sie müssen dich erst so sehen, wie du wirklich bist.«

»Ach, so ist das.« Hass loderte in ihren Augen auf. Sie warf sich gegen die Stricke, die sie hielten, und frisches Blut lief ihr übers Handgelenk. Diese heftige Reaktion ließ Delia zurückschrecken.

»Kryasnik! Du elender Wurm! Du fürchtest dich. Du fürchtest dich vor dem Abendsegler! Du kannst nicht einmal genügend Mut aufbringen, mich eigenhändig umzubringen!«

Anselm richtete sich auf und strich sein Wams glatt. »Mein Bruder hatte recht. Ich sollte nicht zulassen, dass Gefühle mein Urteilsvermögen trüben.«

»Sollte ich hier jemals wieder rauskommen, werde ich dich töten.«

Anselm nickte steif. »Ich weiß, aber wir wissen beide, dass das nicht passieren wird. Du wirst diesen Ort nicht lebend wieder verlassen.« Mit diesen Worten drehte er sich um und ging schnellen Schrittes aus der Zelle.

Delia fuhr aus dem Schlaf und stützte sich haltsuchend an der Wand ab. Ihr Blick fiel auf das fremde Mädchen im Bett neben ihr. Ein Schluchzen löste sich aus ihrer Kehle. Die Kerkerzelle stand ihr noch so deutlich vor Augen, dass sie meinte, sie wäre sowohl in dem Gästezimmer als auch dort.

Es war nur ein Traum, versuchte sie sich zu beruhigen. *Nur ein dummer Traum.*

Aber warum hatte er sich dann so echt angefühlt?

Sie hob eine Hand an die Wange und spürte, dass sie feucht war. Und noch immer quollen Tränen aus ihren Augenwinkeln.

Es dauerte lange, bis sie sich wieder beruhigt hatte, aber an Schlaf war nicht mehr zu denken. Alles engte sie ein. Das Nachtgewand, die Steppdecke, das ganze Zimmer. In den Ecken lauerten dunkle Schatten, die sich zu bewegen schienen, und wenn sie still saß, meinte sie, die Wände würden auf sie zukommen.

Sie schlug die Decke zurück und stand auf, wobei die Holzdielen leise knarrten. Im Dunkeln tasteten ihre Finger nach dem grünen Umhang, den sie von den Suchern bekommen hatte. Es würde kalt sein dort draußen, doch sie brauchte frische Luft, um ihre Gedanken zu klären. Auf dem Flur wickelte sie sich in das wärmende Kleidungsstück und ging die Treppen hinunter.

Delia war so abgelenkt, dass sie die Stimmen beinahe überhörte, die aus der Schankstube herauf wehten. Sie hielt inne und lauschte angestrengt. Wer konnte das sein zu dieser fortgeschrittenen Stunde?

Neugierig geworden ging sie weiter, darauf bedacht, keinen Laut von sich zu geben, und lugte um die Ecke. An einem Tisch in einer der hinteren Ecken sah sie vier Gestalten beieinandersitzen, die sich gedämpft miteinander unterhielten. Sie wurden vom Licht einer einzelnen Kerze beleuchtet. Die Metzgerstochter erkannte die schwarze Robe von Nero und Jareds dunkles Haar. Sein Sitznachbar musste demnach Espen sein, auch wenn sie sich nicht sicher sein konnte, da dieser mit dem Rücken zu ihr gewandt saß. Das Gesicht der vierten Person war von einer Kapuze verborgen, doch sie erhaschte einen kurzen Blick auf helle Haut und einige weißblonde Strähnen, als der Fremde den Kopf drehte.

Delias Herz klopfte verräterisch und für einen Augenblick rang sie mit sich, ob sie nicht einfach kehrtmachen und auf ihr Zimmer zurückkehren sollte, doch Jared stand das Misstrauen deutlich ins Gesicht geschrieben und selbst Nero, der aufmerksam zuzuhören schien, trommelte ruhelos mit den Fingern auf der Tischplatte.

»Und du erwartest, dass wir dir das einfach glauben, ja?«, durchschnitt Jared die Stille. Er klang streitlustig.

»Von dir erwarte ich gar nichts«, giftete der Fremde zurück, bei dem es sich eindeutig um einen jungen Mann handeln musste, »aber ich hoffe, dass wenigstens einer von euch genug Verstand hat, mir zuzuhören.«

Delia konnte nicht anders, als sich näher heranzuschieben und die Ohren zu spitzen. Sie hockte sich auf die unterste Stufe und umschlang mit den Armen ihre Beine.

Das wird langsam zu einer schlechten Angewohnheit, Delia, tadelte sie sich.

»Ach ja? Das …«

»Sei still, Jared«, unterbrach ihn Nero. »Ich möchte hören, was er zu sagen hat.«

Der Fremde atmete sichtlich auf und nickte, als hinge sein Kopf an einer Sprungfeder. Weiße Zähne blitzen auf, als er sich über die Lippen leckte. »Was mein Onkel getan hat«, begann er stockend, »war falsch.«

»Wie kommst du darauf?« Nero legte die Fingerspitzen aneinander und sah ihn darüber hinweg prüfend an.

»Nach dem Abendessen wollte ich mit ihm sprechen, aber er hat auf mein Klopfen nicht reagiert, also bin ich reingegangen. Ich dachte, er hätte mich vielleicht nicht gehört. Auf seinem Schreibtisch lag ein angefangener Brief. Ich hätte ihn mir gar nicht angesehen, wenn nicht etliche zerknüllte Blätter danebengelegen hätten. Und was ich da las … Nun ja, seht selbst.« Er zog ein zerknittertes Blatt aus den Falten seines Mantels. »Dieser Brief ähnelte dem eigentlichen am ehesten. Ich habe es nicht gewagt, lange genug zu bleiben, um ihn abzuschreiben, und dachte, er wird das hier nicht vermissen.« Er zuckte entschuldigend mit den Achseln.

Nero nahm das Blatt entgegen und vertieft sich in den Inhalt. Jared war aufgestanden und spähte ihm über die Schulter. Seine Miene wurde steinern.

»Was soll das heißen? *Ich habe einen geeigneten Sündenbock gefunden?*«, spuckte er aus und sah den Fremden herausfordernd an.

Der seufzte nur. »Eben das habe ich mich auch gefragt. Und ich bin zu dem Schluss gekommen, dass er gelogen hat, was eure Freundin betrifft. Er brauchte einen Sündenbock und hat ihn gefunden.«

»Dieser Dreckskerl!« Delia zuckte bei den lauten Worten zusammen. »Wenn ich den in die Finger kriege, reiße ich ihm jede Rippe einzeln raus!«

»Sei leise, Jared. Du weckst noch das halbe Haus auf.« Es war tatsächlich Espens Stimme.

Dieser schien ihm gar nicht zuzuhören, sondern hatte begonnen, unruhig auf und ab zu gehen.

»Versteht ihr es jetzt?«, fragte der Fremde mit drängendem Unterton. »Ich will bloß meinen Onkel davor bewahren, einen schrecklichen Fehler zu machen. Er ist nicht wie mein Vater. Es wird etwas in ihm zerbrechen, wenn wir nicht handeln.«

»Sollen wir ihn etwa bedauern für seine Entscheidung? Der arme Mann«, stieß Jared gehässig hervor und erinnerte Delia damit an das, was in ihrem Traum gesagt worden war.

Ein Schauder lief über ihren Rücken. Wie konnte das sein?

»Ich glaube nicht, dass er aus eigenem Antrieb handelt!«, ereiferte sich der Fremde. »Ich glaube, etwas hat ihn dazu gezwungen!«

»Und was, denkst du, ist das?« Nero strahlte noch immer eine stoische Ruhe aus.

»Ich weiß es nicht«, gestand sein Gegenüber und warf in einer hilflosen Geste die Hände in die Luft.

Espen beugte sich vor. »Warum hast du uns das gezeigt?«, verlangte er zu wissen. »Warum erzählst du uns diese Dinge? Was versprichst du dir davon? Ich bezweifle, dass du rein altruistisch handelst.«

Der Fremde streifte müde die Kapuze ab und Delia erschrak, als sie den Sohn des Abendseglers wiedererkannte.

»Das tue ich auch nicht. Ich möchte euch um etwas bitten.«

»Und was wäre das, Arlen?«

Arlen, so hieß er also. Delia betrachtete ihn. Er glich Anselm auf schockierende Weise mit seinen tiefen Augenringen und der gebeugten Haltung.

»Ich möchte, dass ihr mich mitnehmt, wenn ihr diese Stadt verlasst.«

»Dich mitnehmen?« Jared lachte ungläubig. »Warum solltest du das wollen?«

Arlen rieb sich die Augen und lächelte dann kläglich. »Weil ich auch ein Magier bin.«

Sie alle verstummten. Der weißblonde Junge leckte sich über die Fingerkuppen von Daumen und Zeigefinger und löschte die brennende Kerze, sodass sie in Dunkelheit dahockten. Im Licht des Mondes konnte Delia gerade noch erkennen, wie er den Docht berührte und ein winziger Funke von seiner Fingerspitze sprang, der die Kerze wieder entfachte.

Er sagt die Wahrheit, dachte sie aufgeregt. *Der arme Junge.*

Als sich das Schweigen in die Länge zog, fuhr Arlen hastig fort, zu sprechen, als befürchtete er, sie würden ihn nicht weiter anhören oder wären zu sehr abgestoßen von seinem Kunststück.

»Mein Vater weiß nichts davon, aber ich kann es nicht ewig vor ihm verbergen. Ich halte dieses ständige Versteckspiel und die Angst nicht mehr aus. Ich will mir gar nicht vorstellen, wie er reagiert, wenn er es herausfindet. Aber wenn ich einer Gefangenen helfe, zu entkommen, wird er mich nicht verfolgen lassen, das weiß ich. Er würde mich verstoßen wie Anselm damals. Und ich wäre frei.«

»Oder er wird glauben, die Sucher hätten dich entführt«, stellte Espen trocken fest.

»Das wird er nicht, dafür sorge ich.«

»Und du meinst wirklich, er lässt dich in Ruhe?« Jared zog zweifelnd die Augenbrauen zusammen.

»Er hat seinen Bruder verbannt, weil der sich in eine Fee verliebt hat, also ja.«

»Du wirst uns helfen, sie zu retten, wenn die Sucher dich im Gegenzug aufnehmen?«, fragte Nero ruhig.

»Ja«, beeilte Arlen sich zu sagen. »Ich werde euch alles sagen, was ich weiß.«

Nero lehnte sich zurück. »Also schön.«

Arlen sah erleichtert aus, als wäre eine schwere Last von ihm abgefallen. Sogar ein Lächeln breitete sich auf seinem Gesicht aus.

»Wo ist sie jetzt?«, nahm Nero das Gespräch wieder auf.

»In den Kerkern unterhalb der Festung. Sie sind nur durch eine gut bewachte Treppe zugänglich, aber Cedric kann uns dabei helfen, unbemerkt rauszukommen. In der Nähe der Verliese habe ich einen zugemauerten Tunnel entdeckt, von dem aus man bis fast nach draußen gelangen kann, wenn einem Spinnen nichts ausmachen.«

»Du vertraust ihm?«

»Ich würde ihm mein Leben anvertrauen.«

»Würdest du ihm auch unser Leben anvertrauen?«, wollte Jared wissen.

»Nein, aber er weiß, wie wichtig das für mich ist. Ich habe ihm gesagt, was ich bin. Er wird dieses Vorhaben nicht gefährden.« Arlen senkte den Blick. »Außerdem«, fügte er leise hinzu, »tut sie ihm leid.«

Delia krampfte sich der Magen zusammen. Ja, sie konnte einem leidtun. Auch Jared sah elend aus, selbst im Kerzenlicht wirkte er blass.

»Was ist mit deinem Bruder?«, hakte Nero nach. »Wie steht er dazu?«

Arlen runzelte die Stirn. »Trevor? Ich habe es ihm nicht gesagt, wenn Ihr das meint, aber er wird froh sein, mich loszuwerden. Er befürchtet schon lange, ich könnte ihm sein Erbe vor der Nase wegschnappen. Vaters Gunst hat er schon lange verspielt.«

»Wie geht es ihr?«, fragte Jared unvermittelt und Delia sah die unverhohlene Angst in seinem Gesicht.

Arlen schluckt sichtlich. »Ich … Den Umständen entsprechend. Cerberus hat sie verhört, aber …«

»Verhört?«, wiederholte Jared angespannt. »Eine peinliche Befragung?«

Arlen wand sich sichtlich. »Ja, aber noch hält er sich zurück. Er lässt sich gern Zeit dabei. Und solange mein Vater noch nicht erfahren hat, was er wissen will, wird sein Bluthund nichts tun, was als unzumutbar gelten könnte.«

Jared marschierte um den Tisch herum auf den anderen Jungen zu, das Gesicht vor Zorn verzerrt. »Du widerlicher …!«

Neros Arm hielt ihn zurück und seine Stimme war scharf wie eine Rasierklinge. »Jared, halte dich zurück!«

Es war ein Befehl und Delia fiel auf, dass sie den Magier bisher noch nie einen Befehl aussprechen gehört hatte. Doch als er es nun tat, fand sie seine Autorität niederdrückend.

Jared schien dieses Gefühl jedoch nicht zu teilen, denn er versuchte, sich loszureißen. Es schüttelte ihn geradezu.

»Sie haben ihr wehgetan …«

Der Junge hörte sich durch und durch verloren an, sein Widerstand verpuffte.

»Ich weiß«, sagte Nero sanft, »und ich verspreche dir, wir holen sie da raus, aber nun musst du dein Temperament zügeln. Und bei allen dämonischen Flüchen, sprich leiser!« Der Magier sah sich angespannt um und Delia drückte sich tiefer in die Schatten. »Wenn jemand von diesem Vorhaben erfährt, klopfen die Stahlröcke schneller an die Tür, als du *Abendsegler* sagen kannst.«

Jared nickte schuldbewusst und setzt sich wieder, wobei er den Kopf in den Händen vergrub.

»Also gut, wie sieht der Plan aus?« Espen setzte sich aufrechter hin und blickte seine Mitverschwörer reihum an.

Nero rieb sich die Schläfen. »Die Sucher verlassen die Stadt im Morgengrauen, wie es von uns verlangt wird. Ich selbst werde bleiben und mich von unserem Freund hier in die Festung schmuggeln lassen.«

»Ich komme mit«, verkündete Jared.

»Nein, ihr beide werdet mit den Suchern gehen.«

Der Junge setzte zu einem Protest an, aber Nero schnitt ihm das Wort ab. »Dieses Unterfangen wird so schon schwierig genug, ohne dass ich einen rauflustigen Jungen an den Fersen kleben habe. Du weißt vielleicht, wie man einen Mann niederschlägt, aber hier sind andere Qualitäten gefragt. Es genügt, wenn einer von uns Kopf und Kragen riskiert. Eine Person, die nachts herumschleicht, ist schon auffällig genug. Und das werde ich weder mit dir diskutieren noch verhandeln.«

Sie maßen sich mit Blicken, bis Jared schließlich einknickte.

»Gut«, murrte er. »Ich gehe nicht mit, aber wenn etwas schiefläuft, wird mich niemand davon abhalten, es selbst zu versuchen.«

Der Magier schüttelte missbilligend den Kopf, wandte sich dann jedoch an Arlen. »Ich werde dich bei diesem Unterfangen unterstützen.«

»Wartet«, sagte Espen und kniff die Augen zusammen. »Worte sind schön und gut, aber woher sollen wir wissen, dass Euch kein Begrüßungskomitee erwarten wird?«

»I-ich …«, stammelte Arlen unsicher und wurde unter Espens unversöhnlichen Augen immer kleiner.

»Er sagt die Wahrheit«, ging Nero entschieden dazwischen. »Er will uns helfen.«

Die beiden Jungen an seiner Seite entspannten sich sichtlich.

»Jared, Espen, ihr solltet euch jetzt schlafen legen. Ihr müsst morgen früh aufstehen.«

Sie standen ohne Widerworte auf, auch wenn Jared kurz zögerte und es so aussah, als wollte er Nero noch etwas sagen, doch dann ging auch er.

Erst als sie auf die Treppen zusteuerten, begriff Delia, dass sie nicht bleiben konnte, ohne entdeckt zu werden. In Windeseile huschte sie einige Stufen hinauf und kauerte sich in eine dunkle Nische, dort wo die Treppe abknickte.

Und schon tauchten Jared und Espen auf, die eine Kerze vor sich ausgestreckt hielten. Sie versuchte, sich so klein wie möglich zu machen, und hielt den Atem an. Zwar glaubte sie nicht, dass sie ernsthaft bestraft werden würde, wenn man sie erwischte, aber sie wollte auch nicht wie Arlen sondiert werden. Außerdem wollte sie nicht ins Bett zurückgeschickt werden und den Rest der Unterhaltung verpassen.

»Ich traue ihm nicht«, hörte sie Jared murmeln. So wie er von unten beschienen wurde, sah er aus wie ein Gespenst. Ruhelos und grimmig.

Die Jungen gingen so dicht an ihr vorbei, dass Delia sie hätte berühren können, wenn sie gewollt hätte. Der Lichtschein der Kerze berührte ihr kupferrotes Haar, doch sie waren zu abgelenkt, um es zu bemerken.

»Ich auch nicht«, raunte Espen, »aber was haben wir denn für eine Wahl?«

Delia stieß die angehaltene Luft aus, als die Jungen aus ihrem Blickfeld verschwanden, und krabbelte eilig wieder zurück zu ihrem Lauschplatz.

Die Spannung, die in der Luft lag, war beinahe mit Händen greifbar. Arlen erhob sich gerade langsam, um sich zum Gehen zu wenden, als Nero mit erschreckender Geschwindigkeit aufsprang und ihn packte. Schon im nächsten Moment drückte er ihn mit dem Rücken auf die Tischplatte. Der weißblonde Junge keuchte erschrocken auf, wehrte sich jedoch nicht. Er schien vor Angst wie gelähmt.

»Lass dir eines gesagt sein, *Bursche.*« Nero beugte sich drohend über ihn und verstärkte einen Griff um Arlens Kragen. »Ich habe gesehen, wie du über Jared und Sam denkst. Du würdest sie am liebsten tot und begraben sehen und ich weiß, weshalb du so denkst, aber sollte einer der beiden im Anschluss an diese Befreiung zu Schaden kommen, wirst du dir wünschen, mir niemals begegnet zu sein.«

Arlen brachte ein Nicken zustande, erst dann ließ der Magier ihn los und trat zurück. Der Junge richtete sich wieder auf und strich seinen Umhang glatt. Und als er aufsah, war er wieder ganz der Sohn seines Vaters.

»Ich verstehe«, sagte er förmlich. »Aber keine Sorge, ich bin nicht Cerberus. Ich kann über meinen Hass hinwegsehen, wenn es mir dienlich ist.«

Der Verfechter der Gerechtigkeit

CERYS

Tropf. Tropf. Tropf. Ein stetes Rinnsal floss über die steinerne Wand, schlängelte sich durch die Vertiefungen. Tropf. Es glänzte im Licht der Fackel wie ein zuckendes, atmendes kleines Wesen. Mit halb geschlossenen Lidern konnte sie sich beinahe einbilden, eine gläserne Schlange würde sich über den rauen Stein winden, um sich dann zu glänzenden Tropfen aufzulösen.

Ihr Mund war völlig ausgetrocknet und sie fuhr mit der Zungenspitze die Lippen entlang, aber selbst die Luft schmeckte abgestanden.

Ihr Verstand fühlte sich träge an und ihre Augen irrlichterten ruhelos umher. Die Müdigkeit drohte sie zu übermannen und betäubte selbst das nagende Hungergefühl.

Cerys spreizte die Finger und drehte den Kopf, um die verletzliche, verschorfte Haut ihrer linken Hand zu betrachten, die vorher von ihren Fingernägeln verdeckt gewesen war. Sie erschauderte, als sie an den reißenden Schmerz zurückdachte und an die unaufhörlichen Fragen, von denen sie keine beantworten konnte.

»Ich möchte erfahren, weshalb du hergekommen bist.« Aus dem Augenwinkel konnte sie bloß seine Silhouette erahnen, doch der Rubin blitzte im Licht der Kohleessen auf.

»Manche Leute sterben in Unwissenheit.«

Der Bluthund stellte sich hinter seinen Herrn. »Antworte«, beharrte er lauernd, aber sie schwieg.

Der Abendsegler machte eine unbestimmte Geste und sie spürte, wie ihre linke Hand in eine Vorrichtung gespannt wurde. »Manchmal«, sagte er, während er sich über sie beugte, »wirkt dort, wo wohlgemeinte Milde scheitert, nur klassischer Schmerz. Du weißt, dass man das nicht ewig aushalten kann, also zwing mich nicht dazu. Wer hat dich geschickt? Rede.«

Gefühllose, graue Augen, die über ihr hingen.

»Schert Euch in die Weißen Lande!«

»Legt die Zange an, Cerberus, langsam.«

Erneut spürte sie den Hass, der an ihren Eingeweiden fraß, und er holte sie aus ihrem tranceähnlichen Zustand zurück. Wieder sah sie Anselm vor sich, mit diesem gebrochenen Blick. Wie hatte sie sich einbilden können, er sei vertrauenswürdig? Unter den Vagabunden gab es keine Ehre, sie hätte wissen müssen, dass er keine Ausnahme darstellte.

Die Eisenstange lag noch immer dort, wo er sie fallengelassen hatte. Sie und auch das Kohlebecken waren inzwischen erloschen, aber für wie lange noch?

Das Mädchen schloss erschöpft die Augen. Jede Verbrennung, jeder Schnitt und jeder Schlag hallte noch immer in ihr nach, auch wenn Cerberus sich zurückhielt. Anscheinend wollte er nicht, dass sein neues Spielzeug sich zu schnell abnutzte.

Anselm, ich schwöre dir, du wirst dafür bezahlen. Und wenn ich dich als Geist heimsuchen muss.

Sie schlug die Augen wieder auf und fixierte den Ring an ihrer rechten Hand. Dieser vermaledeite Ring. Er saß so unschuldig an ihrem Finger, so schlicht und schmucklos, wie er war. Ihr ganzes

Sichtfeld schrumpfte auf den eisernen Reif zusammen, während sie gegen die Erschöpfung ankämpfte, die sich ihrer bemächtigt hatte. Ihre Augenbrauen zogen sich vor Konzentration zusammen und ihr ganzer Körper spannte sich an. *Öffne dich*, dachte sie. Sie versuchte, alles auszublenden bis auf diese zwei Worte. *Öffne dich.* Ein Schweißtropfen perlte von ihrer Stirn. *Bitte!*

Die Runen flackerten auf wie zum Spott und ein stechender Schmerz fuhr ihr durch die Hand. Der Geruch von verschmortem Fleisch schlug ihr entgegen und sie musste würgen.

Keuchend fiel sie in sich zusammen. Es war aussichtslos, ihre Gedanken schweiften zu oft ab. Bilder von Jared und Lucien spukten ihr im Kopf herum und die drängende Frage, ob sie es aus der Stadt geschafft hatten. Hoffentlich waren sie schon weit fort. In Sicherheit.

Wir werden uns bald wiedersehen. Es waren ihre letzten Worte an Jared gewesen. *Nein*, dachte sie grimmig. *So darfst du nicht denken.*

Und das würde sie auch nicht. Sie würde es immer wieder versuchen, weil sie nun einmal nicht anders konnte, aber sie erwischte sich immer häufiger dabei, wie sie sich in ihren wachen Stunden ausmalte, wie sie reagieren würden. All jene, die sie zurückließ. Sie wünschte, sie hätte sich verabschieden können.

Griffin, verzeih mir. Nun bedauerte sie es, den Brief verbrannt zu haben. Wenigstens hätte sie dann etwas von ihm bei sich gehabt. Ob er um sie trauern würde? Oder würde er weiterhin nach ihr suchen, ohne sie jemals zu finden?

Und was war mit ihrer Familie? Erinnerten sie sich noch an sie oder hatten sie bereits verdrängt, dass sie existierte? Würde es Cynthia kümmern, wenn sie an diesem Ort starb?

Ihre Glieder ächzten, als sie auf der Steinplatte herumrutschte, um eine bequemere Position zu finden. Vergeblich. Ihr Körper fühlte sich wie betäubt an, doch sie wusste, dass einige der Wunden sich infizieren würden, wenn sie nicht behandelt wurden.

Eine wohlgenährte Ratte huschte im Halbdunkel durch die Zelle.

Mich bekommst du nicht, dachte sie flüchtig und hätte dabei beinahe gelächelt, obwohl es alles andere als witzig war.

Bisher hatte sie es nicht gewagt, auch nur kurz zu dösen, aber lange konnte sie das nicht mehr durchhalten. Ihre Lider wurden immer schwerer. *Bleib wach.* Sie blinzelte ins schummrige Licht.

Hier lag sie also. So viele hatten schon versucht, sie einzufangen, und nun gelang es gerade denen, die noch nicht einmal wussten, wen sie da festhielten. Ob sie es wohl begreifen würden, wenn die Wirkung des Feenglanzes nachließ? Wenn sie Glück hatte, würde ihre Gefangennahme bekannt werden und Cynthia würde sie zurückholen. Aber dann wäre alles umsonst gewesen. Vielleicht war der Tod dem vorzuziehen.

Je mehr Zeit verstrich, desto weiter brannte die Fackel herunter und die Schatten wurden länger.

Und wenn ich bloß meine Augen ausruhe?

Ein Geräusch weckte sie aus ihrem Schlummer. Verwirrt sah sie sich in der plötzlichen Dunkelheit um. Vom Fackelhalter ging nur noch ein Glimmen aus. Wie lange hatte sie geschlafen? Dann begriff sie endlich, was sie da hörte, und ihr Herz setzte einen Schlag aus. Von draußen her näherten sich Schritte.

Nein!, dachte sie panisch. *Es ist zu früh! Ich bin noch nicht so weit!*

Das Mädchen riss verzweifelt an den Stricken, die sie festhielten.

Verdammter Folterknecht!, schoss es ihr durch den Kopf. *Ich werde …*

Die Kerkertür schwang auf und flog krachend gegen die Wand. Das Mädchen unterdrückte die aufkeimende Furcht und erwartete schon, Cerberus' geschundenes Gesicht zu erblicken, doch es war nicht er, der eintrat.

Der Hauptmann sah sich in der Zelle um, die Nase gerümpft. Begleitet wurde er von einer Wache. Sie hob den Kopf und sah ihm offen ins Gesicht. Er würde nicht sehen, wie sie kuschte.

An Cedrics Kinn blühte ein Veilchen, ein Abschiedsgeschenk von Jared. Sie musste ein Lächeln unterdrücken, was ihr nicht ganz gelang.

»Das Lachen wird dir noch vergehen.« Die Wache spuckte vor ihr aus.

Cedric machte eine auffordernde Geste mit der Hand. »Danke, lass uns jetzt allein.«

»Seid Ihr sicher, Hauptmann?« Der Zweifel in der Stimme des Mannes war unüberhörbar. Offensichtlich hielt er den Jungen nicht für sonderlich abgebrüht.

Cedric runzelte verärgert die Stirn. »Denkst du, ich werde mit einem gefesselten Mädchen nicht fertig?«

Der Wachmann schrumpfte unter seinem Blick zusammen, der genauso dunkel war wie der seines Vaters. »Ich wollte nichts andeuten …«

Der Jüngling schnitt ihm mit einer gelangweilten Handbewegung das Wort ab. »Geh einfach. Ich will allein mit ihr sein. Ich habe gehört, dass sie eine Aschegeborene ist. Angeblich lassen die sich nicht so einfach brechen.« Er legte den Kopf schief, während er auf sie zuschritt. »Das werden wir jetzt herausfinden.«

Der Schlag kam unerwartet und brutal. Ihr Kopf flog zur Seite und ihre Schläfe schlug gegen die steinerne Platte, auf der sie noch immer lag. In ihrem Ohr klingelte es und blutiger Speichel rann aus ihrem Mundwinkel.

»Du siehst, du musst mich nicht darüber belehren, wie man mit Gefangenen umzugehen hat. Oder hast du vergessen, wer mein Vater ist?«

»Nein, natürlich nicht«, beeilte die Wache, sich zu sagen, während sie sich rückwärts aus der Zelle schob. »Ich sage den Kameraden, dass Ihr nicht gestört zu werden wünscht.«

»Sehr schön.«

Cedric hob eine behandschuhte Hand, um sie am Kinn zu packen, doch sie zog den Kopf zurück und spuckte ihm ins Gesicht.

Er zuckte zurück und wischte sich angeekelt den blutigen Speichel von der Wange.

»Geh endlich!«, fuhr er die Wache an, dann versetzte er ihr einen Hieb in die geprellten Rippen und sie sog zischend die Luft ein.

Die Tür schloss sich mit einem dumpfen Schlag und sie waren allein.

»Du …«, setzte sie an, wobei sie noch immer nach Atem rang, »… schlägst zu … wie ein Knabe.«

Darauf erwiderte er nichts. Er schien auf die Schritte der Wache zu lauschen und erst, als sie verklungen waren, packte er eines ihrer wunden Handgelenke und drückte es fester auf den Stein. Dabei strich sein heißer Atem über die empfindliche Haut an ihrem Hals.

»Vielleicht liegt das daran«, er zog mit der anderen Hand einen Dolch hervor, »dass ich dich gar nicht schlagen will.« Und er durchtrennte die Fesseln ihrer rechten Hand.

Cerys starrte ihn mit einer Mischung aus Fassungslosigkeit und Misstrauen an. »Was soll das werden?«

Als er die Stricke um ihre Arme gelöst hatte, kniete er sich hin, um auch ihre Füße loszuschneiden. »Wonach sieht es denn aus?«

Als der letzte Strick fiel, grunzte er zufrieden und richtete sich wieder auf. Das Mädchen richtete langsam den Oberkörper auf und ließ ihn dabei nicht aus den Augen, dann stürzte sie sich auf ihn.

Sie verpasste ihm einen Schlag gegen den Kehlkopf, sodass er würgend zurücktaumelte.

»Wofür war das denn?«, japste er.

Sie bückte sich und zog das Stilett aus ihrem Stiefel, auch wenn sie dabei leicht ins Wanken geriet und sich mit einer Hand an der Steinplatte abstützen musste, als plötzlicher Schwindel sie überfiel. Ihr verletztes Bein zitterte unter seiner Last, doch es tat kaum weh.

Er hob abwehrend eine Hand, mit der anderen umklammerte er seinen Hals. »Ich versuche, dir zu helfen!«

»Warum sollte ich dir glauben?«, entgegnete sie feindselig, auch wenn sie beinahe ebenso außer Puste war wie er. »Du hast mich doch erst hierhergebracht.«

Cedric nahm einen tiefen Atemzug und richtete sich wieder auf. »So hatte ich mir das nicht vorgestellt. Wo hast du die Waffe her? Ich dachte, die hätten dich durchsucht.«

»Nicht gründlich genug.«

»Scheint so.« Er hob in einer beschwichtigenden Geste die Hände. »Ich bin unbewaffnet.«

Sie kniff die Augen zusammen, doch seine Kleidung beulte sich nirgends auffällig aus. Er schien die Wahrheit zu sagen, doch sie verstand noch immer nicht, was er vorhatte.

Die Tür öffnete sich quietschend einen Spalt breit und sie trat rasch hinter die Steinplatte, um damit ein wenig Deckung zu gewinnen. Herein schob sich ein Junge mit weißblondem Haar, der Sohn des Abendseglers, der über seine Schulter sah, als hätte er Angst, verfolgt zu werden.

»Die Luft ist rein.«

Er stutzte, als er sich zu ihnen umdrehte. »Was ist denn hier los?«

»Frag das diese Verrückte«, knurrte Cedric und deutete auf sie, während er sich die Kehle rieb.

Der weißblonde Junge schenkte ihr ein Lächeln, das anscheinend freundlich sein sollte, doch es verrutschte ein wenig. »Wir wollen dir helfen, hier rauszukommen.«

»Sie scheint uns nicht mehr zu brauchen, Arlen«, meinte der Hauptmann verdrießlich.

»Wieso?«, entfuhr es ihr. Sie trat hinter der Steinplatte hervor, das Stilett fest umklammert.

Der Sohn des Lords sah sie ernst an. »Weil wir wissen, dass Anselm gelogen hat.«

Cerys schnaubte ungläubig. »Zwei glühende Verfechter der Gerechtigkeit, also.«

»Nein, ich bin der einzige Idiot«, korrigierte Cedric sie schulterzuckend. »Arlen hier hat seine eigenen Gründe.«

»Und die wären?«

»Keine Zeit«, wimmelte dieser sie ab. »Wir müssen uns beeilen, wenn wir den Wachwechsel ausnutzen wollen.«

Der Hauptmann brummte zustimmend. »Gut, dann los. Wir sollten nicht trödeln.«

Sie folgte den Jungen aus der Zelle, wobei sie versuchte, mit ihnen Schritt zu halten. Cedric bedachte ihr Hinken mit besorgter Miene, sagte jedoch nichts, auch wenn er sich auffällig in ihrer Nähe hielt. Anscheinend befürchtete er, sie würde auf halbem Weg umkippen.

Der lange Gang des Gefängnistrakts war wie ausgestorben. Nur hinter den Gitterstäben hörte man vereinzeltes Wehklagen und Stöhnen. Ihre Schritte hallten unnatürlich laut durch den verlassenen Tunnel und sie fragte sich nervös, wie tief sie unter Fels begraben waren.

Der Hauptmann führte sie in einen abzweigenden Gang, der an einem eisernen Gitter endete, das er mit einem Schlüsselbund aufschloss. Sie alle zuckten bei dem lauten Kreischen der Scharniere zusammen und Cedric fluchte unterdrückt.

»Schnell, da durch«, zischte er. In stillem Einvernehmen drückten sie sich an die Wände und schlichen in geduckter Haltung weiter, wobei Cedric ständig stehen blieb und in die angrenzenden Gänge spähte. Zweimal mussten sie warten, bis sich eine Wache auf ihrem Rundgang entfernte, ehe sie es wagten, weiterzugehen. Das Mädchen stützte sich an dem rauen Stein ab und versuchte, ihr verletztes Bein zu entlasten. Die Wunde spannte unangenehm unter dem Kokon aus getrocknetem Blut und Stoff. Immer wieder sahen sie sich nach allen Seiten um, als könnte eine Wache aus der Wand herausspringen und Alarm schlagen.

»Wo sind denn alle?«

»Ich habe die meisten von ihnen weggeschickt«, erwiderte Cedric mit gedämpfter Stimme, der nicht weniger beunruhigt aussah als sie selbst. »Sie sollten in der Wachstube sein, zumindest noch für den Rest der Nacht. Ich habe sie reichlich mit Wein versorgt. Nur am Eingang sind noch zwei Wachleute postiert, aber dafür haben wir Arlen dabei. Er kann sie ablenken. Zu einer Partie Karten sagen sie selten nein.«

Sie schlichen eine Treppe hinauf und passierten einen weiteren kurzen Tunnel, der sich zu einem beschaulichen Gewölbe öffnete. Man konnte zwei Käfige ausmachen, die im Halbdunkel standen. Neben der niedrigen Tür stand ein Tisch, auf dem halb geleerte Teller und Krüge verteilt waren, als wären die wachhabenden Soldaten überstürzt aufgebrochen. Einer der Becher war umgefallen und der schale Geruch nach Ale hing in der Luft.

»Das gefällt mir nicht«, murmelte Arlen. »Du meintest, du könntest sie vielleicht überzeugen, zu ihren Kumpanen in der Wachstube zu stoßen, solange du Dienst hast. Warum sieht es dann so aus, als wären sie eben noch hier gewesen?«

»Weiß ich nicht«, erwiderte Cedric und sah sich wachsam um. Er bückte sich sogar, um zu sehen, ob sich jemand unter dem Tisch versteckt hatte. »Ich habe mit ihnen gesprochen, als ich runtergekommen bin, aber sie haben abgelehnt. Vielleicht ist irgendetwas passiert.« Er hörte sich besorgt an.

»Meinst du, jemand hat ein Ablenkungsmanöver gestartet?«, mutmaßte Arlen.

»Schon möglich.«

Ein Ablenkungsmanöver? Wer war noch an dieser Befreiungsaktion beteiligt? Vielleicht Anselm? Nein, das konnte nicht sein.

»Warum sind sie gegangen?«, rief Cedric aus und griff sich ins dunkle Haar.

»Weil ich sie fortgeschickt habe.«

Beim Klang dieser Stimme packte Cerys die kalte Angst. Die Jungen prallten zurück, als die Gestalt des Bluthundes sich aus dem Schatten des Durchgangs löste und neben ihm die Anselms, der von zwei Wachen flankiert wurde. Arlen schien zur Salzsäule erstarrt zu sein. Cedric jedoch stellte sich schützend vor das Mädchen.

Sie kam nicht umhin, seine Entschlossenheit zu bewundern, als er trotzig das Kinn reckte. »Vater.«

Der Einäugige hatte die Arme vor der Brust verschränkt. Sein Gesicht zeigte seinen nur mühsam beherrschten Zorn. »Sohn.« Er trat auf sie zu. »Ich dachte mir schon, dass ich dich hier finden würde.«

»Bleibt zurück, Cerberus.« Arlen hatte offensichtlich seine Stimme wiedergefunden. »Das hier geht Euch nichts an.«

Der Einäugige kräuselte die Lippen zu einem höhnischen Lächeln. »Nein? Ihr befreit meine Gefangene und das soll mich nichts angehen? Nimm dir nicht zu viel heraus, *Bursche*.«

Arlen presste die Lippen aufeinander, doch so einfach gab er sich nicht geschlagen. »Ich habe eigene Gründe, sie zur Rechenschaft zu ziehen, wie Ihr sehr genau wisst. Ich will …«

Der Bluthund stieß ein bellendes Lachen aus. »Willst du mir ernsthaft weismachen, du wolltest dich rächen? Du? Für so etwas ist dein Gemüt nicht geschaffen.«

»Woher wollt Ihr das wissen?«, ereiferte sich Arlen. »Ihr kennt mich nicht!«

»Ich habe dich aufwachsen sehen, und ebenso wie mein Sohn bist du niemand, der Blutvergießen genießen könnte. Aber im Gegensatz zu dir ist er in der Lage, die Notwendigkeit dahinter zu verstehen.« Er musterte Cedric prüfend. »Er hat dich dazu überredet, sie freizulassen, nicht wahr?«

Cedrics Kiefer spannte sich an, doch er widersprach seinem Vater nicht.

»Ich wusste es.« Cerberus schüttelte beinahe belustigt den Kopf. »Deine Überheblichkeit hat dich schon immer in Schwierigkeiten gebracht. Du hast dich nicht gegen den Willen deines Lords zu stellen. Ich dachte, das hättest du inzwischen begriffen, aber anscheinend leidet dein Gedächtnis angesichts eines hübschen Gesichts.«

»Sie hat nicht gelogen, Vater!«, rief Cedric erbost aus, auch wenn eine leichte Röte in seine Wangen kroch. »Sie hat nichts verbrochen!«

Anselm stand reglos da, als ginge ihn das alles nichts an, auch wenn in seinen Augen ein Sturm tobte.

»Es ist nicht an dir, das zu beurteilen«, knurrte Cerberus seinen Sohn an. »Noch eine Lektion, die ich dir beibringen muss, wenn ich mit diesem Bürschchen dort fertig bin.«

Cedric zuckte zurück und sie konnte die unverhohlene Angst in seiner Haltung sehen.

»Das verbiete ich Euch!«, brüllte Arlen und sein Echo hallte in dem Gewölbe wider. »Ihr werdet ihn nicht anrühren!«

Nun richtete der Einäugige seine Aufmerksamkeit auf den Sohn seines Herrn. »Du hast mir nicht zu sagen, wie ich meinen Sohn zu erziehen habe.« Arlen hielt dem unheilvollen Blick des Bluthundes stand, auch wenn seine Hände unmerklich zu zittern begonnen hatten. Cerberus' Mundwinkel hoben sich ein Stück. »Vielleicht kommt dein Vater zu der Einsicht, dass ich auch dir eine Lehre erteilen sollte. Er hält dich ohnehin für zu weichherzig.«

Cedric drehte den Kopf ein wenig zu Seite und sie musste sich vorbeugen, um ihn zu verstehen. »Der Gang hinter ihm führt aus den Kerkern heraus. Verriegle die Tür, damit kannst du dir Zeit verschaffen. Wie werden versuchen, sie lange genug hinzuhalten, damit du entkommen kannst.«

Seine ernste Miene überraschte sie beinahe so sehr wie sein Angebot. Er würde sich tatsächlich gegen seine Leute stellen, nur um ihr zu helfen.

»Jetzt, Arlen«, sagte er ruhig und ihre Verbündeten stürmten vorwärts. Arlen warf sich auf Cerberus, während der Hauptmann zu einem Faustschlag ansetzte. Doch Cerberus wich ihm aus und verdrehte dabei Arlen den Arm, der aufschrie. Der Bluthund stieß ihn von sich, die Zähne zu einem Knurren gebleckt.

»Du erhebst deine Hand gegen mich?«, grollte er.

Cedric antwortete nicht, sondern ballte nur kampfbereit die Fäuste.

Das Mädchen zögerte nicht länger, sondern blendete den Schmerz aus und hinkte voran. Anselm trat ihr in den Weg, doch sie hieb mit dem Stilett nach ihm, das sie bisher hinter ihrem Rücken verborgen gehalten hatte. Der Vagabund konnte gerade noch verhindern, ausgeweidet zu werden, und wich stolpernd zurück.

»Schnappt euch das Mädchen«, bellte Cerberus seinen Wachleuten zu. Einer der Männer stürmte auf sie zu, doch sie wich seinen zupackenden Pranken geschickt aus und rammte ihm das Stilett in die ungeschützte Augenhöhle. Er keuchte auf und der säuerliche Gestank von Ale schlug ihr entgegen. Er schwankte, das unversehrte Auge vor Entsetzen geweitet, dann brach er zusammen und sie zog die Klinge zurück, die mit einem ekelerregenden Schmatzen herausglitt.

Sie hörte ein würgendes Geräusch von Anselm, der sich neben der Tür heftig erbrach.

Mit unbewegter Miene wandte sie sich geschmeidig dem zweiten Soldaten zu, der ungläubig auf seinen toten Kameraden herabsah, sich jedoch schnell wieder fasste und seine Pike hob.

Cedric rang unterdessen mit seinem Vater. Cerberus schlug ihm seinen Ellenbogen ins Gesicht. Blut spritzte auf und ein widerliches Knacken war zu hören. Der Jüngling stieß einen dumpfen Schmerzenslaut aus, ließ jedoch nicht von seinem Kontrahenten ab. Erst als sein Vater ihn am Kragen packte und ihm die Stirn ins Gesicht schlug, stolperte Cedric zurück. Seine Nase und sein Mund waren blutverschmiert.

»Ich bin dein Vater!«

Der Einäugige schlug seinen Sohn nieder und warf ihn mit einer Hand über den Tisch. Cedric schlitterte über das Holz und landete in den Essensresten und Scherben. Er hatte den Kopf in den Armen vergraben, um sich zu schützen.

Sein Vater rümpfte die Nase. »Ich schicke dich zurück nach Schattenhafen, wenn das hier vorbei ist. Ich hätte dich nicht herbringen sollen. Du bist deiner Mutter viel zu ähnlich.« Er drehte sich um und fixierte Arlen, der mit geballten Fäusten vor ihm stand. »Aus dem Weg, Bursche, oder ich räum dich fort.«

Arlen zitterte. Ob vor Angst oder Wut wusste sie nicht zu sagen. Da nahm Cerys eine Bewegung aus dem Augenwinkel wahr, duckte sich instinktiv unter der Pike hinweg und schnellte vor. Mit einer Drehung brachte sie sich näher an den Soldaten heran, dessen Waffe im Nahkampf ihrer unterlegen war. Die Furcht verzerrte sein Gesicht zu einer grotesken Maske und sie stieß ihm das Stilett unters Kinn. Der Mann öffnete den Mund zu einem Schrei, brachte aber nur einen gurgelnden Laut zustande und hustete Blut. Über seine Schulter hinweg fixierte sie Anselm, der sich das Erbrochene aus dem Mundwinkel wischte.

»Ihr werdet uns gehen lassen!«, brüllte Arlen.

Wieder rannte er gegen den Einäugigen an, auch wenn es aussichtslos war.

Cerys hielt weiterhin auf die dunkle Öffnung des Torbogens zu, trieb Anselm mit erhobener Waffe zurück und hielt sich dabei an der Mauer, um den beiden Kämpfenden nicht in die Quere zu kommen.

Cerberus packte Arlen wie einen jungen Hund und schleifte ihn auf einen der Käfige zu. Der Junge wehrte sich verbissen, doch Cerberus stieß ihn hinein und warf die Tür hinter ihm zu. Arlen stolperte über das unförmige Bündel am Boden, fing sich aber mit den Händen am Gitter ab. »Nein!«

Ihr Kopf zuckte in seine Richtung. Anselm nutzte diesen kurzen Moment der Unachtsamkeit und warf sich auf sie. Sie rangen kurz um das Stilett, bis sie ihm auf den Fuß trat und er aufjaulte.

»Mit dir befasse ich mich später.«

Nun wandte sich der Bluthund ihnen zu. Sie entwischte Anselms zupackenden Händen und hatte die Tunnelöffnung schon fast erreicht, als sie am Kragen zurückgerissen wurde.

Arlen rüttelte verzweifelt an den Gitterstäben. »Hört auf!«

Mit einem heftigen Ruck riss sie sich los und wich vor Cerberus zurück. Ihr Bein gab dabei fast unter ihr nach. Sie presste die Hand fest gegen den Oberschenkel, als könnte sie es dadurch stabilisieren.

Der Bluthund sah auf seine toten Soldaten hinab und sein Kiefer spannte sich an. »Nun, da diese beiden Dummköpfe uns nicht länger stören, sollte ich dich von deiner elendigen Existenz erlösen.«

Er zog einen langen Dolch hervor, dessen Schneide im Licht der Fackeln aufblitzte, und holte nach ihr aus, doch sie wich seinem Streich strauchelnd aus und rollte sich zur Seite hin ab, sodass nun der Tisch zwischen ihnen stand. Ihre Rippen knarzten unter der plötzlichen Belastung und sie verbiss sich einen Aufschrei, kam jedoch wieder auf die Füße. Sie packte einen der Hocker und schleuderte ihn nach dem Einäugigen, der behände auswich und dabei lachte.

»Ist das alles, Mädchen?«

Er kam gemächlich auf sie zu. Sie spürte die harte Mauer in ihrem Rücken und sah sich hektisch nach einer brauchbaren Waffe um. Hinter ihr schrie Arlen noch immer die Eisenstäbe an und Cedric regte sich schwach unter dem Tisch. Auf ihre Hilfe konnte sie nicht mehr zählen.

Aus dem Augenwinkel erblickt sie eine Eisenstange nahe den Käfigen und hastete darauf zu. Kaum hatte sich das kühle Metall in ihre Handfläche geschmiegt, wirbelte sie auch schon herum, um einen weiteren Dolchhieb abzublocken. Ihre Arme erzitterten unter der Wucht und sie musste sich wegdrehen, als die Klinge abgelenkt wurde, sodass die schartige Schneide sie nur um Haaresbreite verfehlte. Sie stieß nun ihrerseits mit dem Stilett zu, doch er schlug es ihr aus der Hand. Es schlitterte kreiselnd über den Steinboden davon.

Erneut holte sie mit der Eisenstange aus. Er fing ihren Schlag beschämend mühelos vor seinem Gesicht ab und entriss ihr mit einem Ruck die behelfsmäßige Waffe, sodass sie vorwärts taumelte. Sie sah schon vor sich, wie die Klinge sich in ihre Eingeweide bohrte, als der Einäugige aus dem Gleichgewicht geriet.

Drahtige Arme hatten sich um seinen Hals geschlungen und zogen ihn von ihr weg. Sie erhaschte einen Blick auf Cedrics wirres Haar, in dem sich Brotkrumen und undefinierbare Essensreste verfangen hatten.

»Lauf!«, stieß er mühsam hervor, auch wenn seine Stimme gepresst klang, als würde ihm jemand die Nase zu halten. Sein Gesicht war eine einzige rote Masse und seine Lippe war aufgeplatzt und bereits angeschwollen.

Cerys hastete zum wiederholten Mal los. Anselm reagierte zu langsam, er würde sie nicht mehr abpassen können.

»Nein«, knurrte Cerberus und griff über seine Schulter hinweg. Er erwischte seinen Sohn bei den Haaren und riss ihm dadurch den Kopf zurück. Der Jüngling wimmerte, als sich einzelne Büschel aus seiner Kopfhaut lösten, aber er weigerte sich, seinen Klammergriff zu lockern.

Sie wusste, dass er sie nicht mehr würde einholen können, und ein winziger Hoffnungsschimmer flackerte in ihrer Brust auf, als sie eine derartige Schwäche überkam, dass sie zur Seite taumelte. Das Mädchen keuchte erstickt auf, ihr Kopf dröhnte. Ihre verkrampften Finger glitten über die steinernen Platten. Sie hatte gar nicht bemerkt, wie sie gefallen war. Sie kämpfte darum, einzuatmen, auszuatmen, irgendetwas zu tun.

Wenn man doch immer nur einatmen könnte.

Wie lange war es her, dass sie ihren Sud aus Blauschatten eingenommen hatte? Vor ihr tauchte ein Abbild der unscheinbaren Pflanze auf, so nah, dass sie sich einbildete, danach greifen zu können. Ihre Finger berührten nur Luft, als sie sich danach streckte.

Der Bluthund rammte seinen Rücken gegen die Wand. Cedric schrie auf, als seine Schläfe jäh mit einem Fackelhalter kollidierte. Wieder schmetterte sein Vater ihn gegen die Steinmauer und er konnte sich nicht länger halten. Halb ohnmächtig sank er zu Boden.

Am Rande ihres Sichtfelds tauchten schmutzige Reitstiefel auf. Sie schlug nach den Knöcheln und raffte sich wieder auf, ungeachtet der schwarzen Punkte, die vor ihren Augen tanzten. Das Mädchen versetzte dem verblüfften Anselm einen Stoß vor die Brust, der rittlings über eine der Leichen fiel.

Sie hörte Cerberus schwer gehenden Atem, kurz bevor sein Stiefel sie am Oberschenkel traf, und sie stürzte. Cerys konnte sich noch an der Tischkante abfangen, als seine Hand sie schon grob herumriss und sie auf die hölzerne Platte presste.

Ihre Finger tasteten in blinder Panik nach hinten und stießen auf etwas Hartes. Sie griff danach und schmetterte ihm den Krug an den Kopf. Tonsplitter und Tropfen regneten auf sie herab. Der Dolch bohrte sich einen Zoll von ihrem Hals entfernt ins Holz. Cerberus stieß einen unterdrückten Fluch aus und presste sich die Hand gegen das Ohr. Aus seinen Haaren tropfte eine Mischung aus billigem Wein und Blut.

Sie nutzte seine kurzzeitige Unachtsamkeit und rollte sich weg, doch seine Finger erwischten sie am Kragen. Mit einem Schritt war er hinter ihr und kalter Stahl küsste ihre Kehle. Mit einem rauen Aufschrei griff sie in die Schneide und drückte sie von ihrem Hals weg, wobei helles Blut zwischen ihren Fingern hervorquoll. Die Schneide biss ihr in die Handflächen und grub sich tief in ihr Fleisch, als er versuchte, den Dolch ihren Händen zu entwinden. Der Schmerz lief sie aufstöhnen. Cerberus trat ihr brutal in die Kniekehle und sie stürzte.

Keuchend stand er über ihr. Seine linke Gesichtshälfte war vom Blut verkrustet. Sie stemmte sich auf die Ellenbogen. Im Rücken spürte sie die Kälte des Steins unter ihr. Er verzog die Lippen zu einer hasserfüllten Grimasse. Anselm trat neben ihn. Ihr Magen krampfte sich vor Angst zusammen, dennoch wurde sie merkwürdig ruhig.

Kuron. Vielleicht werden wir uns nun endlich wiedersehen.

Aber der Bluthund schien es sich anders überlegt zu haben. Cerberus langte nach ihr und packte sie am Revers. Er schleifte sie zu dem Tisch hinüber, von dem Cedric eilig wegkroch. Sie stolperte über ihre eigenen Füße und schlug mit dem Ellenbogen auf das glatte Holz. Das verschüttete Ale durchweichte ihre Ärmel und der ranzige Geruch stieg ihr in die Nase.

»Streck den Arm aus«, befahl er und als sie sich nicht rührte, packte er sie unterhalb des Ellenbogens und schwang ihre rechte Hand auf die Tischplatte. Er fixierte sie und nickte dann Anselm zu.

»Der Hammer dort«, sagte er und nickte zu den Käfigen hinüber. »Hebt ihn auf.«

Der Vagabund rührte sich nicht, ließ nur den Blick auf dem Werkzeug ruhen, das im Halbschatten dalag.

»Worauf wartet Ihr?«, fragte Cerberus bedrohlich ruhig. »Sie hat es verdient. Wir müssen jeden weiteren Fluchtversuch unterbinden.«

Langsam ging Anselm in die Hocke und hob den Hammer auf. Der metallene Kopf schleifte über die Steinplatten. Ihr Atem ging unwillkürlich schneller. Sie stemmte sich gegen den Bluthund, doch er war so unverrückbar wie ein Fels.

Anselm trat neben sie, hielt den Blick aber weiterhin angestrengt auf die Tischplatte gesenkt. Cerys hatte die rechte Hand zur Faust geballt, obwohl sich dabei ihre Fingernägel in die ausgefransten Schnitte gruben.

Sein stinkender Atem kitzelte sie am Ohr, als der Bluthund flüsterte: »Ich würde die Hand flach hinlegen.«

Sie keuchte vor Angst, zwang ihre Finger aber auseinander und presste sie auf das Holz.

»Ihr wisst, was Ihr tun müsst, oder Anselm?«

Er schien das Unbehagen seines Gegenübers zu genießen, und sie ahnte, dass er es nur wegen ihm tat. Es ging nicht um sie, ansonsten hätte Cerberus sie schon längst getötet.

Anselm nickte mechanisch. Er holte mit dem Hammer aus und ließ ihn nach kurzem Zögern auf ihren Handrücken herabfahren.

Sie biss die Zähne zusammen, konnte ein Stöhnen aber nicht unterdrücken. Ein Stechen fuhr ihren Arm hinauf, doch der Schmerz war auszuhalten.

»Fester«, sagte Cerberus beinahe sanft. »Ihr wollt doch, dass das Mädchen bricht, oder etwa nicht?«

Die leeren Augen eines der Soldaten schienen sie anklagend anzusehen, doch sie wandte den Kopf nicht ab. Sie wollte nicht sehen, was nun geschehen würde. An den Wimpern hing ein Blutstropfen, beinahe als würde er sie beweinen.

Beim nächsten Schlag schrie sie gepeinigt auf und ein Knirschen ging durch ihre Fingerknochen. Verzweifelt versuchte sie, sich zu entziehen, um dem nächsten Schlag auszuweichen, der sie wimmern ließ. Blut lief ihr zwischen den Fingern hindurch und mischte sich mit dem Ale. Als Anselm wieder zuschlug, zertrümmerte er ihr die Knochen des Mittel- und Ringfingers. Ihre Schreie gellten durch das Kellergewölbe und sie krümmte sich zusammen. Die Tränen liefen ihr ungebremst übers Gesicht und ein Schluchzen entrang sich ihrer Kehle.

Meine Hand, durchfuhr es sie. *Meine Hand.*

Panik überkam sie und sie suchte flehend Arlens Blick, der brüllend an den Gitterstäben rüttelte.

»Anselm!«, brüllte er. »Ich habe dich immer in Schutz genommen! Immer! Das bist nicht du!«

»Vielleicht muss ich aber so werden.« Anselms Worte waren so leise, dass sie ihn kaum verstand.

Ein letztes Mal schlug er zu, dann trat er einen Schritt zurück und der Hammer entglitt seinen verschwitzten Fingern. Mit einem dumpfen *Plong* landete er in den Essensresten.

Der Griff des Einäugigen löste sich und sie taumelte zur Seite. Cerys umklammerte ihr rechtes Handgelenk, noch immer schluchzend, auch wenn sie gegen die Tränen ankämpfte.

»Wirst du meine Fragen jetzt beantworten?«

Cerys konnte den Blick nicht von ihrer Hand nehmen. An drei Fingern hatte sie offene Brüche. Sie konnte den Knochen durch das stetig fließende Blut glänzen sehen, das ihr den Arm hinab lief, und schmeckte Galle. Es schüttelte sie am ganzen Körper.

»Ich habe Euch nichts zu sagen«, stieß sie gepresst hervor.

So viel lag ihr auf der Zunge, aber sie hatte das Gefühl, sich übergeben zu müssen, wenn sie den Mund noch einmal aufmachte.

»Ihr wisst, was Ihr zu tun habt.«

Sie hatte sich keuchend an die Mauer gelehnt und versuchte verzweifelt, die Schmerzen auszublenden. Doch selbst wenn sie die Finger stillhielt, war es kaum auszuhalten.

Anselm verzog gequält das Gesicht, als er wieder auf sie zukam. »Warum zwingst du mich dazu?« Er packte ihren Arm und seine Hand schwebte über ihren verstümmelten Fingern. In seinen grauen Augen schimmerte es verräterisch. »Warum willst du, dass ich dir wehtue?«

»Weil du das verdient hast«, zischte sie hasserfüllt durch zusammengebissene Zähne und sah ihn durch die verschwitzten Strähnen hinweg an.

Ein harter Ausdruck huschte über seine Züge und er wollte nach ihr greifen, aber das Mädchen schlug ihm mit der freien Hand ins Gesicht und riss ihm zwei parallele Streifen in die Wange. Er zuckte zurück und ließ von ihr ab.

Sie glitt an der Mauer hinab und presste den Rücken fest dagegen. Wie wunderbar wäre es, wenn sich der Stein einfach öffnen und sie verschlingen würde.

Cerberus lachte und betrachtete sie mit hungrigem Auge. »So störrisch.«

Ein dumpfes Krachen ertönte und der Einäugige sackte in sich zusammen. Hinter ihm stand Arlen, der einen faustgroßen Stein erhoben hielt.

»Was zum …«, entfuhr es Anselm, als Arlen sich auch schon auf ihn stürzte und ihm den Stein wieder und wieder gegen die Schläfe hieb, bis die Gegenwehr des Vagabunden erlahmte.

»Arlen …«, murmelte er noch fassungslos, als sein Kopf endlich zur Seite sackte.

Arlen schluckte. »Ist er tot?«

»Nein.« Cedric war zu seinem Vater gekrochen und prüfte seinen Puls. »Er ist bloß bewusstlos, genauso wie der da.«

Arlen stieß den angehaltenen Atem aus und ließ den Stein fallen. »Gut.«

Cerys stemmte sich in eine sitzende Position. Sie sah hinab auf ihre Hände. Aus den tiefen Schnitten quoll noch immer Blut. So viel Blut. Sie konnte den Blick nicht davon abwenden. Es lief ihr zwischen den zerschmetterten Fingern hindurch und tropfte auf den grauen Stein. So wie damals. Ein unkontrolliertes Zittern ergriff sie, als verdrängte Erinnerungen sich wieder einschlichen und ihren Geist vergifteten. Beinahe meinte sie, den Geruch nach Narde und verbranntem Weihrauch wieder in der Nase zu haben.

»Cerys?«

Sie zuckte zusammen, als sie so plötzlich angesprochen wurde. Arlen beugte sich besorgt über sie. »Kannst du aufstehen?«

Sie zwang sich zur Ruhe. »Ja.«

Fahrig tastete sie nach dem Stilett, das nicht weit entfernt lag, und steckte es zurück in ihren Stiefel. Sogleich fühlte sie sich sicherer, als es sich vertraut an ihren Knöchel schmiegte.

Arlen ergriff die Unterseite ihres Armes und zog sie wieder auf die Beine.

»Wir werden uns darum kümmern«, versprach er und drückte ihren Unterarm, ehe er sie losließ.

Sie schüttelte nur den Kopf. »Wie hast du …?«

Ihr Blick fiel auf den Käfig, in dem er eingesperrt gewesen war. Der Riegel glühte orangefarben und war verzogen, als wäre er vor wenigen Augenblicken noch großer Hitze ausgesetzt gewesen. »Dann bist du …«

»Ja.« Arlen vermied es, sie anzusehen. »Jetzt weißt du es. Das ist das große Geheimnis.«

Sie konnte sich nicht dagegen wehren, dass sie ihn nun anders wahrnahm. All ihre Sinne richteten sich auf ihn und in ihr schrie es *Feind!* Dennoch rang sie sich ein Lächeln ab. »Ich verstehe. «

Arlen sah sich nach den verdrehten Leichnamen um. »Du hast sie getötet«, murmelte er.

»Wir müssen uns beeilen«, ließ Cedric verlauten, der ebenfalls aufgestanden war, auch wenn er leicht schwankte. »Der Lärm wird die Wache angelockt haben.«

Und tatsächlich drangen bereits schwere Stiefelschritte aus dem Gang hinter ihnen.

»Ich habe etwas gehört.«

»Lasst uns nachsehen!«

»Was machen wir mit denen?«, wollte Arlen wissen und deutete auf den gefällten Bluthund und Anselm.

»Dafür haben wir keine Zeit. Schnell«, drängte Cedric und scheuchte sie durch den Durchgang. Hinter ihnen schlug er die Tür zu und verriegelte sie. »Wir sollen den Magier vor der Dämmerung treffen. Wir lassen sie liegen. Hoffentlich bleiben sie noch eine Weile in diesem Zustand.«

»Den Magier?«, hakte das Mädchen nach, das eher taumelte als ging.

»Nero Dawson«, erklärte Cedric knapp und fasste sie unter. »Er wollte, dass wir dich rausholen.«

Das kann nicht sein, schoss es ihr durch den Kopf. Die Sucher wollten *ihr* helfen? Das war unmöglich. Sie würden ein Zerwürfnis mit dem Abendsegler niemals riskieren. Handelte er etwa eigenmächtig? Aber warum sollte gerade er das wollen? Was hatten Jared und Espen ihm versprochen, um ihn zu überzeugen?

»Hier rein«, unterbrach Arlen ihre Gedanken und zog sie am Hemdsärmel hinter sich her in eine Mauernische, in der ein düsterer Wandteppich hing, der das Wappentier seines Hauses zeigte. Cedric zog den schweren Stoff beiseite und offenbarte dahinter einen klaffenden Riss im Gestein, durch den sie sich hindurchquetschten. Der Saum von Arlens Wams blieb an den aufgerauten Kanten hängen und zerriss, doch er beachtete es nicht weiter. Schon bald tasteten sie sich in völliger Dunkelheit voran. Die Schwärze schien sich auf sie herabzusenken und ihr den Atem aus den Lungen zu pressen, doch sie versuchte, es auszublenden. Sie durfte sich nicht ablenken lassen, nicht jetzt. Vor ihr stieß Arlen einen unterdrückten Fluch aus.

»Autsch … verdammte Stufen, seid vorsichtig.«

Cerys erspürte die Erhebung mit dem Fuß, ehe sie sich wieder in Bewegung setzte. In ihrem Rücken hörte sie Cedrics schweres Atmen. Seine Kopfwunde musste ihm zu schaffen machen, dennoch wartete er geduldig, wann immer sie eine kurze Verschnaufpause brauchte, um ihr Bein zu entlasten. Sie kamen quälend langsam voran und das Mädchen fragte sich, ob es den Stahlröcken inzwischen gelungen war, die Kerkertür aufzubrechen.

Irgendwann entließ die Treppe sie und der Tunnel machte eine scharfe Biegung. Sie prallte gegen die Steinmauer und Arlen flüsterte eine Entschuldigung.

Der Durchgang endete und sie erspähten einen senkrechten Lichtstrahl. Dann schien die Dunkelheit aufzuschwingen, als Arlen sich dagegen drückte. Die steinerne Platte öffnete sich mit einem Knirschen und sie traten in das schwache Licht einiger Fackeln, die vom Gang aus in das spärlich eingerichtete Zimmer hereinschienen. Sie blinzelten geblendet, denn nach der gefühlten Ewigkeit in völliger Finsternis kam es ihnen unangenehm hell vor.

»Wo sind wir?«, wollte Cerys wissen und sah sich um. Spinnenweben bedeckten die wenigen Möbel wie ein Tuch und Staub kitzelte ihre Nase.

»In einem der Gästezimmer, die wir kaum noch benutzen. Es liegt zu abgeschieden und zu weit im Berginnern.« Arlen übernahm die Führung. »Wir haben diesen Geheimgang entdeckt, als wir früher hier gespielt haben.«

Er streckte den Kopf aus der Tür und sah sich wachsam um. »Alles ruhig.«

Sie schlichen durch die verlassenen Gänge wie Geister. Nur wenige Wachen waren in diesem Teil der Festung stationiert und so dirigierte Cedric sie ungesehen an ihnen vorbei. Doch die Reglosigkeit trog.

Cedric hielt auf einmal inne und neigte lauschend den Kopf. »Hört ihr das?«

Er hielt sich einen Finger an die Lippen. Einige Herzschläge lang war nichts zu hören, bis auf ihr unregelmäßiges Atmen. Dann zerriss ein lauter Gongschlag die Stille.

»Scheiße!«, stieß Cedric hervor und griff sich mit beiden Händen ins abstehende Haar, in dem sich Spinnweben verfangen hatten. »Das ist die Glocke. Gleich wimmelt es hier nur so von Soldaten!«

Sie reagierten völlig kopflos.

»Schnell! Weg hier!«, bellte Arlen.

»Ihr geht«, widersprach Cedric. »Ich versuche, sie hinzuhalten.«

»Auf gar keinen Fall!«

»Geh schon, Arlen.« Cedric lächelte kläglich. »Ich hatte ohnehin nicht vor, euch zu begleiten. Und die Strafe wird schon nicht so schlimm ausfallen.«

Der weißblonde Junge sah keineswegs überzeugt aus, nickte dann aber. »Also schön, weg hier.«

Cerys fand keine Gelegenheit mehr, dem Hauptmann zu danken, denn Arlen zog sie bereits weiter. Gemeinsam hasteten sie los, als auch schon die ersten Soldaten um die Ecke bogen und Kampfeslärm losbrach.

Sie rannten den Gang entlang, doch auch die Wachen vor ihnen waren alarmiert worden und versperrten ihnen den Weg. Arlen hob einen Arm, die Finger zu einer Klaue gekrümmt, und ein Kerzenleuchter ging auf einmal krachend neben den bewaffneten Männern nieder. Diese waren so überrumpelt, dass sie an ihnen vorbeischlüpfen konnten, doch in dem Durcheinander wurden sie voneinander getrennt und auf einmal fand sich Cerys allein in einem schwach beleuchteten Gang wieder.

Fluchend hastete sie weiter, als sie die Schritte ihrer Verfolger hinter sich vernahm. Sie schleuderte um eine weitere Ecke und fiel beinahe die Stufen hinunter, die sich vor ihr öffneten. So schnell sie konnte, sprang sie die Treppe hinunter, doch ihr Bein blieb irgendwo hängen und sie fiel. Mit mehreren schmerzhaften Aufschlägen kullerte sie den letzten Absatz hinab und landete zusammengerollt auf der Seite, die verletzte Hand an sich gepresst und kurzzeitig starr vor unterdrückter Pein. Ungeachtet ihrer stechenden Rippen rappelte sie sich schließlich wieder auf und warf einen Blick über die Schulter. Es waren zwei Wachen, die sich an ihre Fersen geheftet hatten, und sie hatten die Hälfte der Treppe bereits hinter sich gebracht.

Sie rannte los, einen weiteren fensterlosen Gang entlang. Die Festung war ein einziges Labyrinth und sie hatte keine Zeit, sich darin zurechtzufinden. Wenn eine Weggabelung sich auftat, hieß es wählen oder sterben. Ihr einziger Vorteil war es, dass die schweren Rüstungen ihre Verfolger verlangsamten.

Und dann sah sie ein schwaches Licht, das unmöglich von einer Fackel stammen konnte. Ihr Herz tat einen hoffnungsvollen Hüpfer. Weitere Treppen und an ihrem Ende ein langer Flur und dahinter ein Torbogen ins Freie. Sie spurtete darauf zu. Das Blut rauschte in ihren Ohren und ihr Herz klopfte nun so heftig, dass es ihr aus der Brust zu springen drohte. Sie atmete flach und unstet.

Dann empfing sie kühle Nachtluft. Ein angelegter Garten tauchte vor ihr auf. Die gedrungenen Hecken wirkten wie missgebildete Kreaturen, die ihre Klauenhände nach ihr ausstreckten. Sie duckte sich unter den Ästen eines Kirschbaumes hinweg, dessen Zweige an ihrem Nacken kitzelten. Sie rannte über das stoppelige Gras und folgte dann einem angelegten Pfad. Wieder warf sie einen Blick zurück, als ihre Hände gegen metallene Stäbe prallten und sie schmerzerfüllt aufschrie. Ein schmiedeeisernes Tor versperrte ihr den Weg. Ein Schluchzen entrang sich ihrer Kehle und sie rüttelte verzweifelt mit einer Hand daran. Ihre Verfolger hatten sie schon fast erreicht.

Ein letztes Mal warf sie sich mit der Schulter dagegen und das Schloss glühte golden auf. Sie stolperte nach vorn, als es abrupt aufschwang, fing sich aber wieder. Steinerne Fliesen bedeckten nun den Boden. Ihre Schritte hallten laut von den Felsenwänden wider. Und dann war da ein Geländer und dahinter öffnete sich der Kanal. Ohne weiter darüber nachzudenken, schwang sie sich darüber und fiel in die Tiefe.

Der Aufprall war brutal. Das Wasser spritzte schäumend auf, aber es reichte ihr gerade mal bis kurz über die Knie. Ein Wimmern entfuhr ihr, als siedende Pein ihr ohnehin schon verletztes Bein durchströmte. Beinahe wäre sie gestürzt, doch sie zwang sich, weiter zu humpeln.

Sie drehte den Oberkörper, um hinaufzusehen, als sie schon aus dem Augenwinkel das Aufblitzen von Metall sah. Erst dann hörte sie es. Ein Schlag wie von einer gepanzerten Faust traf sie oberhalb der Hüfte und sie konnte einen Aufschrei nicht unterdrücken. Sie musste sich an der schmierigen Kanalwand abstützen und tastete nach dem Bolzen, der aus ihrem Unterleib ragte. Wieder ertönte das unverwechselbare Klacken, gefolgt von einem weiteren Sirren. Das Mädchen presste sich fester gegen die Mauer, die Augen zusammengekniffen. Vielleicht war das alles nur ein böser Traum und sie würde schon bald neben Lucien und den anderen erwachen. Ihre

Lippen bebten, als sie stumm ein Stoßgebet in die Nacht aussandte. Und diesmal blieb es still.

Die Soldaten waren aus ihrem Sichtfeld verschwunden, aber Cerys zweifelte nicht daran, dass sie einen Weg zu ihr herunter finden würden. Das Mädchen biss die Zähne zusammen und brach den Schaft des Bolzens ab, damit er sie nicht weiter behindern konnte, dann setzte sie sich wieder in Bewegung. Sie zog das Bein nach, kam aber viel zu langsam voran. Wenn die Stahlröcke sie entdeckten, konnte sie nicht mehr auf ein Entkommen hoffen.

Wo steckten die anderen? Hatte auch Arlen einen Weg in das Kanalsystem gefunden? Nein, viel wichtiger war, war Jared ebenfalls hier? Wenn sie nun sterben würde, konnte er allein auf Lucien und Espen aufpassen? Wo war der Rabenstein?

Eine Brücke kam in Sicht. Grinsende Wasserspeier beugten sich über den Rand und schienen ihr Grimassen zu schneiden. Der Widerschein von Fackeln spiegelte sich an den feuchten Wänden. Noch waren sie ein gutes Stück entfernt, aber sie kamen schnell näher. Salzige Tränen brannten in ihren Augenwinkeln. Sie trat in den Schatten der Brücke und blieb stehen. Vielleicht konnte sie sich irgendwo verstecken.

Auf einmal riss jemand sie nach hinten und eine Hand erstickte ihren Aufschrei. Das Mädchen wurde hinter einen Pfeiler gezogen.

»Keinen Mucks«, zischte eine Stimme an ihrem Ohr.

Cerys umklammerte den Arm des Mannes mit einer Hand, die glitschig vom Blut war. Sie verharrten still. Keiner von ihnen wagte es, sich zu rühren. Das Wasser spülte kalt um ihre Beine und beruhigte das Stechen.

Es dauerte nicht lange, bis der Soldatentrupp die Brücke erreicht hatte. Ihre Fackeln malten gelbe, sich kräuselnde Muster aufs Wasser. Die stählerne Schnauze eines Hundes schob sich in ihr Blickfeld. »Wo ist sie?« Der Stahl verzerrte Cerberus Worte und machte sie rauer, härter, erbarmungsloser.

»Sie muss hier entlanggekommen sein, aber es gibt Dutzende angrenzende Leitern und …«

Cerberus konnte seinen Zorn nicht mehr bändigen. Sein Schwert fuhr auf den Sprecher nieder und teilte ihn fast in zwei Hälften. Eine rote Wolke stob im Fluss auf. Er knurrte und brüllte: »Wer sie findet, bringt sie unversehrt zu mir!«

Durch die glänzenden Eisenzähne seines Helms war sein vernarbtes Gesicht beinahe gänzlich verborgen. Seine Männer kämpften sich weiter vor und er folgte. Ein Bluthund auf der Fährte.

Cerys stieß die angehaltene Luft aus. Sie schlotterte. Die Kälte des Wassers kroch ihr allmählich die Beine hoch.

Der Mann hielt sie noch immer gepackt und zog sie langsam rückwärts mit sich. Seine Hand verschwand von ihrem Mund und er gab ihr einen Stoß, der sie vorwärtstrieb in einen abzweigenden Kanal, der in einen Tunnel mündete. Sie fuhr herum und blickte in ein paar unverkennbar blaugoldene Augen. Er war tatsächlich gekommen, um sie zu retten.

»Wie?«, war alles, was sie herausbrachte.

Wie hatte er sie gefunden? Wie hatte er die Sucher von diesem irrsinnigen Unterfangen überzeugen können? Wieso riskierte er so viel für sie?

Er schüttelte bloß den Kopf. »Jetzt ist dafür keine Zeit. Wir müssen weiter.«

Ihr brannten tausend Fragen auf der Zunge, doch sie schluckte sie hinunter und wandte sich wieder der schwarzen Öffnung zu. In dem Tunnel war es dunkler als in einer mondlosen Nacht. Nur die behandschuhte Hand auf ihrer Schulter wies ihr die Richtung.

Sie streckte die geschundenen Finger vor sich, die von der Feuchtigkeit brannten. Ihr Atem klang viel zu laut in ihren Ohren. Zweimal strauchelte sie auf dem unebenen Grund. Einmal meinte sie, das Quieken einer Ratte zu hören und das Scharren von Krallen auf rauem Stein.

In der Finsternis tauchten immer wieder Bildfetzen vor ihrem geistigen Auge auf. Cerberus, der sich über sie beugte. Ein glühender Schatten huschte an ihr vorbei und sie zuckte instinktiv zurück, als sie sich an den Biss der heißen Kohlen erinnerte. Cerys wehrte sich dagegen, versuchte Luciens lachendes Gesicht heraufzubeschwören, doch es wurde überschattet von Leichen, die vor ärmlichen Hütten lagen, die bleiche Haut von Raureif überzogen. Und dann sah sie wieder das totenbleiche Gesicht des Vermummten vor sich, der die Zähne zusammenbiss, als sie ihm das eigene Stilett ins Fleisch stieß. Es gab kein Entkommen.

Irgendwann sah sie Licht am Ende des Tunnels. Cerys hatte keine Ahnung, wie viel Zeit seitdem verstrichen war. Sie konnte kaum noch einen klaren Gedanken fassen durch den ätzenden Nebel, der zunehmend ihre Sinne trübte. Kurzzeitig war sich sie nicht einmal mehr sicher, ob der Mann, der inzwischen vor ihr lief, ihr Freund oder ihr Feind war. Seine Umrisse zeichneten sich gegen die hereinbrechende Dämmerung ab.

Die Welt kippte zur Seite. Cerys bemerkte nicht, wie sie fiel, bis eisiges Wasser ihren erhitzten Körper umspülte und sie wieder zurückbrachte. Keuchend versuchte sie, sich wieder aufzurichten, doch die Erschöpfung saß tief in ihren Gliedern und murmelte ihr zu, dass sie sich treiben lassen solle. Aufgeben.

»Steh auf«, befahl er.

Sie versuchte es, doch der Stein unter ihrer Hand rutschte weg und sie landete wieder im Wasser.

»Steh auf, Rhenawen.«

Nero drängte sie weiter, doch wie sollte das gehen? Die endlosen Verhöre, ihre Flucht, der Blauschatten, der Fall in den Kanal, sie forderten nun ihren Tribut. Und die Kälte lullte sie ein. Es lohnte sich nicht mehr, sich dagegen zu wehren. Die Taubheit kroch in ihre Glieder und linderte die Schmerzen in ihrer Hand.

»Nein«, flüsterte sie.

Sie spürte, wie er sich neben sie kniete. »Versuch es noch einmal.«

»Nein, ich kann … nicht mehr.«

Seine Züge wurden weicher. »Du kannst. Ich helfe dir.«

Das Mädchen sah ihm in die Augen, die selbst in dem schwachen Licht zu erkennen waren. Und zum ersten Mal verspürte sie nicht den Drang, sich abzuwenden. Er streckte die Hand aus und sie ergriff sie, auch wenn die Schnitte dadurch wieder aufrissen. Nero schlang seinen anderen Arm um ihre Hüften und hievte sie hoch. Als sie wieder auf den Beinen stand, musste sie sich an der glitschigen Mauer abstützen.

»Gut gemacht, Rhenawen.«

»Cerys.« Die Worte entschlüpften ihr, bevor sie darüber nachdenken konnte. »Mein Name ist Cerys.«

Er nickte, dann wandte er sich wieder dem Ausgang zu. Sie gingen weiter, wenn auch langsamer als zuvor. Der Fluss mündete in einen weiteren befestigten Kanal unter freiem Himmel. In der Ferne waren die Soldaten zu hören, die mit ihren schweren Stiefeln zwischen den Häusern umherliefen.

Der Wind blies ihr die feuchten Haare aus dem Gesicht. Sie hätte gern die Arme um ihren Körper geschlungen, aber sie schmerzten zu sehr und glänzten vor Blut. Schützend legte Cerys sie an die Brust und biss die Zähne zusammen. Jeder ihrer Schritte verursachte ein lautes Platschen. Sie konnte nur hoffen, dass das Rauschen sie übertönte.

Eine Gestalt löste sich von der Mauer und sie erkannte das weißblonde Haar von Arlen.

»Ihr habt es geschafft«, rief er erleichtert. »Schnell, jetzt. Sie werden die Patrouillen schon bald ausweiten.«

Die Stadtmauern tauchten vor ihnen auf, aber sie waren auf einen unbedeutenden Nebenarm gelangt, der lediglich von kleinen Fachwerkhäusern gesäumt wurde, und der Wehrturm war nicht besetzt. Ein Gatter versperrte die Öffnung durch die Mauer, aber Arlen zog einfach einen Dietrich aus dem Gürtel und stocherte das Schloss auf. Dann trat er zur Seite und ließ sie passieren, wobei er Neros hochgezogene Augenbraue ignorierte. Hinter sich verschloss er es wieder. Der Kanal öffnete sich und das Wasser floss ungehemmt weiter und mündete nur wenig entfernt in Stromschnellen. Sie wateten ans Ufer.

Nero übernahm die Führung und lotste sie zu einer kleinen Baumgruppe, wo drei Pferde angebunden standen und grasten. Er half Cerys auf eine junge Stute, ehe er selbst hinter ihr aufstieg, und das Pferd wendete.

Arlen sah sich noch einmal um, als erwartete er, Cedric würde doch noch auftauchen, doch sie alle wussten, dass er es nicht darauf angelegt hatte, zu entkommen. Er hatte ihnen bloß Zeit erkaufen wollen und nie vorgehabt, sie zu begleiten. Sie hoffte, dass es ihm gut ging.

Die Flüchtigen gaben ihren Pferden die Sporen. Sie preschten die Straße entlang und schon bald war Grauehr nur noch eine vom Licht des neuen Tages erleuchtete Ansammlung von Punkten unter einem schwarzen Hang in der Ferne.

Der Magier und der Welpe

SAM

Sam saß an einem der Feuer und starrte in die Flammen, die wie flackernde Schemen vor seinen Augen tanzten. Das Knistern des Holzes beruhigte seine angespannten Nerven. Seitdem sie die Stadt verlassen hatten, herrschte eine gedrückte Stimmung. Keiner von ihnen wusste, was sie in den nächsten Tagen erwarten würde. Sie alle waren in ihren eigenen düsteren Gedanken gefangen. Die Geschehnisse in Grauehr suchten sie noch immer heim, doch bisher hatten sie es vermieden, darüber zu sprechen.

Er schloss konzentriert die Augen und suchte mit seinen Sinnen die Umgebung ab, bis er den schnellen Herzschlag eines Vogels erspürte und nach ihm griff. Durch die Augen der Krähe, die er herabzitierte, beobachtete er aufmerksam seine Freunde, die mit ihm am Feuer saßen.

Lune hatte begonnen, an den Fingernägeln zu kauen, und Espen köpfte Grashalme. Gareth hatte sich mit dem Rücken ins Gras gelegt und betrachtete die Sterne über ihnen. Delia wiegte sich versonnen und sah ins Leere. Die Sommersprossen hoben sich deutlich von ihrer blassen Haut ab und sie hatte die Unterlippe zwischen die

Zähne gezogen. Sam wollte die Hand nach ihr ausstrecken, um sie zu trösten, doch er wagte es nicht. Nicht, nachdem sie nun wusste, was er gewesen war.

Noch immer verspürte er tiefe Dankbarkeit ihnen gegenüber für den Beistand, den sie ihm in Grauehr geleistet hatten. Sie konnten nicht einmal erahnen, wie viel es ihm bedeutete, dass sie ihn nicht von sich gewiesen hatten.

Die Krähe wandte den Kopf und entdeckte Jared, der missgelaunt in die Flammen stierte. Ketzer lag zusammengerollt neben ihm. Nachdem sie ohne sie aufgebrochen waren, hatte er Lucien sagen müssen, dass Rhenawen eine Weile nicht nachkommen würde. Zuerst hatte der kleine Junge es nicht verstanden, aber nachdem ihm die Gerüchte zu Ohren gekommen waren, die unter den Ausgesonderten kursierten, hatte er zurückgewollt. Und als Jared ihn nicht gelassen hatte, hatte Lucien ihn beschimpft und war schließlich weinend davongerannt. Hestia kümmerte sich um ihn, aber Jared hatte der kleine Junge seitdem nicht mehr sehen wollen.

Espen seufzte und sah schließlich auf. »Verdammt nochmal, ich fühle mich, als hätte ich eine Schüssel Termiten zum Abendessen verspeist.«

Lune kicherte hysterisch. Sie alle waren viel zu angespannt, um adäquat zu reagieren.

Delia setzte sich auf. »Sam«, begann sie sanft. »Ich weiß, das ist nicht der richtige Zeitpunkt, aber vielleicht wäre es angebracht, uns zu erzählen, was damals passiert ist. Wir müssen auf alles vorbereitet sein.«

Er zog den Kopf zwischen die Schultern und entließ die Krähe, um ihre erwartungsvolle Miene nicht länger sehen zu müssen. »Vielleicht ist es besser, wenn sie euch für unwissend halten. Dann werdet ihr auch in keine Scherereien hineingezogen.«

»Wir stehen hinter dir, Sam«, versicherte ihm Gareth. Ein warmes Gefühl breitete sich in Sams Brust aus, als die anderen bekräftigend murmelten.

»Außerdem lenkt es uns eine Weile davon ab, nur finster vor uns hin zu brüten«, meinte Delia und drückte ermutigend seine Hand.

»Na schön«, seufzte Sam. »Macht es euch bequem. Es ist eine längere Geschichte.«

Seine Freunde rückten enger zusammen, er hörte, wie das Gras unter ihren Körpern leise raschelte. Er befeuchtete seine Lippen, sammelte sich kurz und begann zu erzählen.

»Ich bin weit jenseits des Grenzgebirges aufgewachsen, in der Nähe eines kleinen Dorfs, das an der Grenze zu Ystorm liegt. Meinen Eltern gehörte dort ein Bauernhof, den wir gemeinsam mit ihnen bestellten.«

»Wir?«, fragte Delia leise.

»Ich und meine Geschwister«, erklärte Sam. »Meine ältere Schwester Beth kümmerte sich um uns, nachdem unsere Mutter erkrankt war und das Bett kaum noch verlassen konnte. Um mich und Bill. Ich glaube, ich habe ihr das nie gedankt. Wir wuchsen sehr abgeschieden auf. Mein Vater war ein herzensguter Mann, der hart arbeitete, um uns ein angenehmes Leben zu bieten, aber wir wollten mehr. Es kam oft vor, dass wir unsere Arbeiten auf dem Hof vernachlässigten und ins Dorf schlichen, zu Gleichaltrigen, mit denen wir den Marktplatz unsicher machten. Bill und ich haben ihm viel Kummer bereitet.«

Die Erinnerungen kamen nur langsam zurück, so lange hatte er sie schon in sich begraben. Bill hatte die Verkäufer immer mit wilden Faxen abgelenkt, während Sam die Äpfel stahl, um sich dann schleunigst aus dem Staub zu machen. Beth hatte ihnen mit einem Zweig auf die Finger geschlagen, als sie es herausfand, aber sie hatte es ihrem Vater gegenüber nie erwähnt. Sein Herz zog sich zusammen. Er vermisste sie.

»Schon damals liebte ich es, in den Wäldern herumzutollen, und es kam mir so vor, als würden sie mich rufen. Es war mir egal, dass unsere Ältesten uns vor den Gefahren darin warnten. Ich war jung und naiv und dämlich. Ich hätte auf sie hören sollen.« Er konnte ihre gespannten Gesichter beinahe vor sich sehen. »Ich glaube, ich war neun Sommer alt, als es geschah. Ihr müsst wissen, meine Art verbreitet sich nicht bloß auf die herkömmliche Weise. Ich wurde nicht so geboren, ich wurde dazu gemacht.«

Sam schloss die Augen und wieder lag er schreiend in seinem Bett, als ein jäher Schmerz in seiner Seite ihn aus dem Schlaf riss. Der Junge erinnerte sich noch, wie er versucht hatte, sich aus der Wolldecke zu winden, während über ihm eine dunkle Silhouette aufragte. Der Vollmond hatte in dieser Nacht durch sein Fenster geschienen und das Blut auf seiner Haut in Quecksilber verwandelt.

»Ich weiß nicht, wer mich gebissen hat oder weshalb.«

»Gebissen?«, fragte Gareth ungläubig. »Soll das heißen, wenn du mich beißt, werde ich auch zu einem Leibwechsler?«

»Nein, natürlich nicht«, schnaubte Sam abfällig, auch wenn er sich innerlich wand. »Dazu bedarf es einer ganz bestimmten … Art Leibwechsler. Vermutlich diese adeligen Herrschaften, von denen Cassandra gefaselt hat. Wie auch immer …« Er räusperte sich. »Mein Vater vertrieb den Eindringling und für einige Monate gelang es uns, die Sache geheim zu halten, aber als das Dorf schließlich davon erfuhr, spielten sie uns übel mit. Sie fürchteten sich vor Kreaturen wie mir.«

Er ließ den Kopf hängen. Eine zierliche Hand legte sich auf die seine und drückte sie aufmunternd. *Delia.*

»Erzähl weiter«, ermutigte sie ihn.

»Ich erspare euch die Einzelheiten. Sagen wir, die Dorfbewohner taten alles, um meine Familie davon zu überzeugen, dass ich vertrieben werden müsse. Sie gingen sogar dazu über, meiner Schwester aufzulauern, wenn sie vom Markt zurückkam, und zertrampelten das frische Obst, das sie gekauft hatte. Ich rechne es meiner Familie hoch an, dass sie mich so lange verteidigt haben, aber letztendlich hatten sie wohl keine Wahl.«

Sam wünschte, er könnte tatsächlich so empfinden, aber er spürte nur die alte Zurückweisung und die Enttäuschung. Sein Vater, der zuerst wie erstarrt gewesen war, unfähig, mit seinem verfluchten Sohn zurechtzukommen, war schließlich zu einem mürrischen Mann geworden, der sich fast jeden Abend betrank. Und irgendwann, als es besonders schlimm war, war er aufgestanden, hatte ihn bei der Hand genommen und ihn mit sich zum Ochsenkarren gezerrt.

»Mein Vater, er …« Sam schluckte.

»Er hat dich zu den Söldnern gebracht.« Aus Gareths Mund klang es beinahe noch schlimmer als in seinem Kopf.

»Ja«, bestätigte Sam. »Das hat er.«

»Dein eigener Vater?«, hakte Jared nach. »Du hast mir nie erzählt, dass er es gewesen ist. Ich dachte, sie hätte dich einfach aufgespürt wie …«

… *mich.* Es hing ungesagt zwischen ihnen, doch noch war sein Freund nicht bereit, sein Geheimnis zu teilen, und Sam würde ihn nicht dazu drängen.

»… wie es sonst üblich ist«, vollendete Jared den Satz holprig.

»Doch, er war es. Er sagte, ich gehöre zu meinesgleichen. Er hatte getrunken.«

Sie waren ins Dorf gefahren und Sam war von seinem Vater ins Gasthaus geschleift worden, wo er ihn vor zwei bewaffneten Männern auf die Knie gestoßen hatte. Erst später hatte er erfahren, dass sie nach fähigen Rekruten für Schwarzborn gesucht hatten.

»Nehmt ihn«, hatte sein Vater gesagt, »aber verschont dafür alle anderen. Er ist dazu verflucht, Leid und Schande zu bringen, da wird er sich gut bei euch machen.«

Und sie waren darauf eingegangen. Ein Leibwechsler zählte für sie mehr als die zehn verheulten Bälger, die sie ansonsten zusammengetrieben hätten. Vor allem, da er noch so jung und formbar gewesen war.

»Oh doch«, knurrte Jared und es hörte sich an, als hätte er gegen einen der brennenden Scheite getreten, »er hatte die Wahl. Dein Vater muss ein jämmerlicher Feigling gewesen sein, wenn er seinen eigenen Sohn einfach weggegeben hat wegen etwas, für das du überhaupt nichts konntest!«

»Sachte, Jared!«, meckerte Gareth. »Ich habe mir die Finger verbrannt!«

»Jared«, setzte Sam besänftigend an, weil er wusste, was in seinem alten Freund vorging, »ich wünschte mir, es wäre nicht so gekommen, aber ich verstehe ihn. Er hätte mich auch davonjagen können, dann wäre ich vermutlich elendig verhungert, aber so konnte ich wenigstens meine Geschwister vor der Einberufung bewahren. Und das bereue ich nicht.«

Jared brummelte bloß unverständlich.

»Ich weiß nicht, was ihr über die Söldner gehört habt, aber mir erging es nicht allzu schlecht«, setzte Sam wieder an, wobei er Jareds ungläubiges Schnauben geflissentlich ignorierte. »Weil ich ein Leibwechsler bin, waren sie darauf bedacht, mich mehr zu schonen als die meisten.«

Es entsprach nicht der Wahrheit, aber er wollte Delia nicht zu viel zumuten. Außerdem hatte er trotz all der Schrecken auch wahre Freundschaft erfahren. Und die Zeit bei den Söldnern, so finster sie auch gewesen sein mochte, hatte ihn schließlich hierhergeführt, in den Kreis seiner Freunde und zu Delia.

Ihre Hand bebte unmerklich auf seiner. »Dieses Mal an deiner Schulter«, setzte sie zögerlich an, »was bedeutet es?«

Sam berührte das Brandzeichen unwillkürlich. »Es zeigt, dass ich den Söldnern zugehörig bin. Jeder Rekrut erhält es, wenn er den Initiationsritus, ähm, übersteht.«

»Du meinst *überlebt*«, schnappte Jared.

Wenn Jared nicht aufpasste, würde er sich demnächst noch verplappern.

»Und dieser Blutgreif, von dem sie geredet haben?«, wollte nun Lune wissen. »Wer ist er?«

»Das weiß ich nicht«, gestand Sam, neigte aber nachdenklich den Kopf. »Auf seine Beschreibung könnten einige passen, immerhin müsste ich ihn kennen. Aber vielleicht wurde er in den Frostfängen ausgebildet und nicht auf Schwarzborn …« Er seufzte. »Anscheinend ist er erst nach meinem Entkommen bekannt geworden.« Seine Miene verfinsterte sich. »Aber es gibt immer wieder Rekruten, die Vergnügen an den Lehren ihrer Ausbilder finden.«

Ich muss Jared nach ihm fragen, dachte Sam bei sich. *Er müsste es wissen.*

Espens Ausruf unterbrach seine Grübelei. »Jared, sieh nur!«

»Was denn?«, mischte sich Gareth ein.

»Nero ist zurück«, sagte Jared. Das Gras raschelte, als er auf die Beine kam.

Sam strengte sein empfindliches Gehör an. Über die schnellen Schritte der beiden Jungen hinweg hörte er, wie Espen aufgeregt flüsterte.

»Sie haben es geschafft. Sie haben es tatsächlich geschafft.«

JARED

Schon aus der Ferne erblickte er die zwei einsamen Reiter, die auf das Lager zugeritten kamen. Ein führerloses Pferd trottete hinter ihnen her. Jared war erleichtert, dass sie sich in einem abgelegenen Teil des Stützpunktes befanden und damit nicht die ganze Aufmerksamkeit auf sich ziehen würden. Er und Espen liefen ihnen entgegen, als sie gerade ihre Pferde zügelten.

Die Beklemmung um Jareds Herz wich, als er das unverkennbar dunkel schimmernde Haar einer der Gestalten erblickte, die sich gerade vor Nero aus dem Sattel gleiten ließ.

Er rief ihren Namen und Rhenawen drehte sich um, gerade als er sie fest in seine Arme schloss. Sie stieß ein überraschtes Keuchen aus, doch dann erwiderte sie seine Umarmung.

»Bei allen Rachegeistern, ich dachte …« Ihm versagte die Stimme.

Sie fühlte sich so gebrechlich an. Jared vergrub das Gesicht in ihrem Haar und atmete den schwachen Duft nach Jasmin tief ein, der ihm betätigte, dass das nicht bloß ein Traum war. Er spürte, dass sie zitterte, und löste sich von ihr, um ihr seinen Umhang umzulegen. Dann hielt er sie auf Armeslänge von sich und erschrak.

Sie schenkte ihm ein mattes Lächeln. »Nicht das, was du erwartet hast?«

Dann gaben ihre Beine nach und er fing sie gerade noch auf.

»Rhen«, wisperte er hilflos, als er das Blut auf ihrer Kleidung und auf ihrer hellen Haut sah.

Nero kam mit Arlen herbeigeeilt und bedeutete ihm, ihnen zu folgen. Jared schob einen Arm unter ihre Kniekehlen, stützte mit dem anderen ihren Rücken und trug sie zu einem der Zelte, auf das Nero zuhielt.

Zuvor war ihm das Zeltlager wie ausgestorben erschienen, doch nun erschienen Leute zwischen den Stoffbahnen. Er mied Delias erschrockenen Blick, die hinter Lunes Schulter hervorlugte. Gareth stand der Mund offen und Sam sah wie üblich ein wenig verloren drein und zupfte am Ärmel seines Nebenmannes. Natürlich waren sie ihm gefolgt. Auch einige weitere Ausgesonderte waren angelockt worden und steckten die Köpfe zusammen. Einer krabbelte sogar aus seinem Zelt, aufgeweckt von dem aufkommenden Gemurmel. Das Zeltlager hatte sich in einen Hornissenschwarm verwandelt. Jared beugte sich tiefer über das Mädchen in seinen Armen, um sie vor den neugierigen Augen zu schützen, die ihnen folgten.

Hinter ihm schubste Espen einen Jungen zurück, der sich ihnen neugierig genähert hatte. »Bleib bloß weg!«

»Geht alle wieder zu Bett!«, schnauzte Nero die gaffende Menge an, ehe er in dem Zelt verschwand.

Drinnen legte Jared sie auf ein schmales Bett und achtete darauf, ihren Kopf behutsam auf ein Kissen sinken zu lassen. Das Mädchen wurde nun vom Schein einer Öllampe erhellt und er sog zischend die Luft ein. Eine Hand hatte sie auf die Brust gelegt, auch wenn sie die Finger dabei seltsam gekrümmt hielt. Einzelne Glieder waren bis zur Unkenntlichkeit angeschwollen und die Haut war tiefrot und bläulich verfärbt. Die Fingernägel waren dunkel und er konnte das Weiß ihrer filigranen Knochen sehen. Entsetzt ließ er den Blick weiterwandern bis zu dem abgebrochenen Bolzen. Als er ihre andere Hand ergriff, um ihren Puls zu fühlen, sah er, dass man ihr die Fingernägel herausgerissen hatte. Er drehte ihr Handgelenk, um die tiefen Schnitte zu betrachten, die sich über ihre Handfläche zogen.

»Ich werde ihn umbringen«, stieß er erstickt hervor. »Ich werde sie alle umbringen.«

Jemand drückte seine Schulter, und als er sich umsah, blickte er in Espens blasses Gesicht. Er hielt ihm ein feuchtes Tuch hin und Jared nahm es dankend entgegen.

Sanft kühlte er ihr die Stirn. Ihre Augen irrlichterten umher und ihre Lider flatterten unruhig. Ihre Haut glühte förmlich, als er ihre Wange berührte.

»Ich brauche mehr Tücher«, sagte er zu Espen, der sogleich losrannte und mit einer Waschschüssel und zahllosen Tüchern über dem Arm zurückkehrte.

Jared schrak zusammen, als das Mädchen unvermittelt hochfuhr.

Der Magier drückte sie zurück in die Kissen. »Beweg dich nicht.«

Doch sie wollte nicht hören. »Raus«, nuschelte sie. »Er muss raus.«

»Was?« Jared beugte sich über sie. »Was hast du gesagt?«

»Schafft … ihn hier raus!«, stieß sie mit mehr Nachdruck hervor. Ihr Blick war auf jemanden hinter seinem Rücken gerichtet.

Er fuhr herum und erblickte Lucien, der in der Zeltklappe stand und das Geschehen mit schreckensweiten Augen beobachtete.

»Oh, verdammt«, entfuhr es Espen und Jared verstellte, so gut es ging, die Sicht auf das verletzte Mädchen.

Espen schnappte sich den kleinen Jungen ohne viel Federlesen und klemmte ihn sich unter den Arm. »Ich kümmere mich darum.«

»Nein!«, schrie Lucien und streckte in einer verzweifelten Geste seine Hände nach ihnen aus. »Ich will nicht gehen! Nein! Nein! Nein!«

Panisch hielt Espen ihm den Mund zu. »Still, du Irrer. Willst du alle aufwecken? Das Publikum reicht mir.«

Tränen quollen dem kleinen Jungen aus den Augenwinkeln. Espen ließ seine Hand erst sinken, nachdem Lucien den Kopf geschüttelt hatte. »Gut, dann lass uns jetzt gehen.« Er nahm ihn bei der Hand. »Was machst du überhaupt hier«, schimpfte Espen, während er ihn mit sich zerrte. »Ich dachte, du wärst bei Hestia …«

Jared rieb sich die Stirn. »Verdammt. Verdammt nochmal.«

Arlen stand noch immer neben Nero und schien nicht zu wissen, wohin mit seinen Händen. Er schwankte leicht und Jared fragte sich, wie lange sie wohl schon auf der Flucht waren. Als Jared ihn dennoch anschnauzte, er solle ihm gefälligst zur Hand gehen, kniete Arlen sich gehorsam neben ihn und reichte ihm ein weiteres Tuch.

Der Magier überwachte, wie die Jungen die Schnitte an ihren Händen abtupften, und nickte dann sichtlich zufrieden.

»Bleibt hier«, wies Nero sie streng an. »Verlasst unter keinen Umständen das Zelt.«

Und er rauschte wieder hinaus und ließ sie allein zurück.

Nachdem sie getan hatten, was sie konnten, ließ Arlen sich auf die Fersen zurücksinken und seufzte tief. Jared setzte sich zu Rhenawen aufs Bett und hielt ihr einen feuchten Lappen an die Blutergüsse an ihrer Schläfe. Das Mädchen murmelte im Schlaf vor sich hin.

»Ist alles nach Plan verlaufen?«

Arlen blies die Backen auf. »Nein, ganz und gar nicht. Wir hatten unwahrscheinliches Glück, überhaupt bis hierhergekommen zu sein.«

»Wie meinst du das?«, bohrte Jared stirnrunzelnd nach.

Arlen rieb sich die Nasenwurzel. »Als wir die Stadtmauern endlich hinter uns gelassen hatten, hefteten sich Spähtrupps an unsere Fersen. Wir konnten sie abschütteln, aber dafür mussten wir ohne

Unterbrechung durchreiten und ständig auf kaum zugängliche Pfade ausweichen. Ich hoffe nur …«

Laute Rufe unterbrachen ihn und die Jungen fuhren auf. Arlen schob die Plane beiseite und lugte durch den Spalt hindurch.

»Was siehst du?«

»Die Leute laufen herum wie aufgescheuchte Hühner, aber immerhin sind die Schaulustigen verschwunden. Es sieht aus, als ob …« Fluchend ließ er den Stoff wieder fallen. »Schnell«, zischte er. »Lösch die Lampen, rasch.«

»Was …?«, setzte Jared an, wurde jedoch unterbrochen.

»Sie sind hier.« Arlen blies die Öllampe aus und nun sah Jared die wandernden Lichtschatten von Fackeln, die über den Zeltstoff huschten. »Eine Streife durchsucht das Lager, verflucht. Ich hätte wissen müssen, dass sie die Sucher im Verdacht haben würden. Hätte ich doch nur nicht diesen dämlichen Kerzenleuchter umgestoßen … pscht. Was ist das?«

Schwere Schritte näherten sich dem Zelt, doch sie hielten nicht inne und sie atmeten auf.

»Sie bekommen sie nicht«, knurrte Jared und baute sich beschützend vor dem Bett auf.

Er konnte Arlens Gesicht im Dunkeln nicht sehen, ahnte aber, dass sein Herz ebenso schnell klopfen musste wie sein eigenes. Der Junge war neben ihn zurückgewichen und verströmte eine nervöse Anspannung.

Ein dunkler Schatten, neben dem der helle Schein einer Fackel auftauchte, fiel auf ihr Zelt. Panik kochte in Jared hoch, als sich eine gepanzerte Hand zu ihnen herein schob.

»Ich würde Euch nicht raten, mein Zelt zu betreten«, ertönte Atorius' Stimme und die Hand verschwand wieder. »Mein Wort, dass Euer entflohener Gast nicht hier ist, wird ausreichen müssen.«

»Das tut es nicht«, raunzte eine fremde Männerstimme. »Wir haben Befehle. Tretet beiseite.«

Ein kurzes Schweigen herrschte, dann sprach der Magier wieder. »Also schön.«

Die Plane wurde mit einem Ruck zurückgeschlagen und ein grobschlächtiger Soldat starrte ihnen direkt ins Gesicht. Keiner der beiden Jungen wagte es, auch nur einen Muskel zu rühren. Jared erwartete schon, dass der Mann seine Kameraden herbeirufen würde, aber der ließ nur den Blick weiterwandern und hielt die Fackel höher, damit auch die Ecken ausgeleuchtet wurden. Er schien einfach durch sie hindurchzusehen. Dann zog er den Kopf wieder zurück und die Plane schlug hinter ihm zu.

»Scheint niemand da zu sein«, brummte er missgelaunt.

»Gut, dann verschwindet jetzt.«

»Sehr wohl, hoher Sucher«, grunzte der Mann und seine schweren Stiefelschritte entfernten sich wieder.

»Bei allen Rachegeistern.« Jared ließ sich wieder auf die Bettkante sinken, als seine Knie plötzlich weich wurden, und vergrub das Gesicht in den Händen. »Ich dachte schon, es wäre aus.«

»Ich auch«, japste Arlen und ließ sich auf den Hintern fallen. »Scheiße, was für eine Nacht.« Er lachte auf. »Ich wüsste zu gern, wie sie das gemacht haben. Aber ich schätze, das ist nicht der richtige Zeitpunkt, um über magische Praktiken zu diskutieren.«

CERYS

Stimmen weckten sie aus ihrem leichten Schlummer und sie blinzelte ins Licht einer Öllampe. Ein runzeliges Gesicht schob sich in ihr Blickfeld. Argus legte ihr besorgt eine Hand an die Stirn und tupfte ihr mit einem Tuch die Schläfe ab.

»Wo bin ich?« Sie drehte den Kopf und das Innere eines Zelts erschien vor ihr. Schwarze Beinkleider schoben sich vor sie und eine vertraute Stimme ertönte.

»Wie geht es ihr?« Nero beugte sich nun ebenfalls über sie.

»Nicht gut«, seufzte Argus. »Sie hat hohes Fieber und die Verletzung an ihrem Bein eitert. Ich habe einen der Burschen losgeschickt, mir meine Medizintasche und einige Kräuter zu bringen, aber wir sind nicht gut versorgt. Unter diesen Umständen greife ich nicht gern auf solche Methoden zurück, aber irgendetwas absorbiert meine Magie, wenn ich sie zu heilen versuche.«

»Ich habe es auch gespürt«, stimmte ihm Nero zu. »Verdammt, das macht es unnötig kompliziert.«

Das Mädchen biss sich auf die Unterlippe und betete, die Magier würden nicht anfangen, sie auszufragen, doch anscheinend gönnte man ihr eine Schonfrist.

Argus zog aus einer verborgenen Tasche seiner Robe eine Phiole, die mit einer aquamarinfarbenen Flüssigkeit gefüllt war.

»Was ist das?«, wollte sie misstrauisch wissen.

»Ein schmerzlinderndes Elixier. Es wird dir helfen, dich zu entspannen, bis ich deine Verletzungen versorgt habe.«

Er hielt ihr das Fläschchen an die Lippen und ein bitteres Aroma breitete sich auf ihrer Zunge aus, aber sie zwang sich, es hinunterzuschlucken.

»Widerlich«, war ihr einziger Kommentar dazu.

Sofort merkte sie, wie ihr ein wenig schwindelig wurde. Neros nächste Worte richteten sich an sie. »Kannst du dich ein wenig auf die Seite drehen? Ich möchte mir diesen Bolzen näher ansehen.«

Sie gehorchte, musste dabei aber die Zähne zusammenbeißen. Als seine Finger nach dem Saum ihres Hemdes griffen, hielt sie ihn am Handgelenk zurück. »Nicht.« Es gelang ihr nicht, die Angst aus ihrer Stimme zu verbannen. Scham stieg in ihr auf, doch er missverstand sie.

»Keine Sorge, ich werde behutsam vorgehen.«

Fast hätte sie aufgelacht. »Nein, das ist es nicht. Ich … Ihr solltet mich nicht anfassen.«

»Ist schon gut, ich werde dir nichts zuleide tun«, murmelte Nero.

Behutsam zog er den Stoff zurück und entblößte ihre nackte Haut und die verkrusteten Striemen, doch sie wusste, was er noch sehen würde. Unter den frischen Verletzungen zogen sich die Male früherer Misshandlungen über ihre Haut. Mit wachsendem Unglauben in den blaugoldenen Augen begann er, das Hemd am Bauch einzureißen, bis er es ihr über die Arme abstreifen konnte und zusammengeknüllt fallen ließ. Bis auf das straffe Tuch, mit dem sie ihre Brüste zurückband, lag ihr Oberkörper nun entblößt vor ihnen. Argus schüttelte mitfühlend den Kopf.

Unter den Verbrennungen, Blutergüssen und Striemen erstreckten sich zahlreiche verblasste Narben, die von einer schweren Kindheit erzählten. Besonders markant aber waren die silbrigen Linien, die sich um ihre Handgelenke schlängelten wie Spiralen. Nero fuhr gedankenverloren mit zwei Fingern darüber und sie erschauderte bei dieser Berührung. Und wieder war sie ein kleines Mädchen, umringt von schemenhaften Gestalten, und hatte ihre Stimme im Ohr.

Ich bin wirklich gespannt, wie lange du es aushältst.

»Wer hat dir das angetan?«, flüsterte Nero.

Ihre Kehle war wie zugeschnürt und sie konnte bloß den Kopf schütteln und war dankbar für die Benommenheit, die sich langsam in ihr ausbreitete. Ihr Blick ging immer wieder ins Leere und sie fühlte sich angenehm dösig.

Der Druck auf ihrem Arm verschwand wieder und augenblicklich konnte sie freier atmen.

»Wir müssen den Bolzen herausziehen«, sagte Nero an den alten Magier gewandt, der den Kopf schüttelte.

»Noch nicht. Damit warten wir, bis du zurück bist, oder noch besser, wenn ihr beide in einem Sanatorium seid, wo man sich wirklich um sie kümmern kann.«

Cerys achtete schon nicht mehr auf das Gespräch, sondern war in die Betrachtung der sich träge wiegenden Schattenspiele an der Zeltdecke versunken. Ein Summen begleitete diesen merkwürdigen

Tanz und sie brauchte eine Weile, bis sie begriff, dass es von ihr kam.

»Du kannst sie meiner Obhut überlassen. Ich werde die oberflächlichen Wunden mit Schnaps auswaschen und verbinden und um ihr Bein lege ich einen Breiumschlag, aber um die Hand wird man sich im Sanatorium kümmern müssen.«

Cerys besah sich die Männer und seufzte dann.

»Zu schade«, murmelte sie und sie drehten sich ihr zu. »Wenn diese Augen nicht wären, könnte ich jetzt in ein paar netten Tagträumen versinken.«

Nero schoss das Blut in die Ohren. »Verdammt«, stieß er hervor. »Was hast du ihr da gegeben?«

Argus hüstelte, aber sie konnte den Schalk in seinen Augen aufblitzen sehen. »Anscheinend etwas, das die Hemmschwelle deutlich herabsenkt.«

Der jüngere Magier funkelte ihn erbost an. »Findet Ihr das witzig?«

»Aber nein, wie käme ich dazu.« Wieder hüstelte Argus, doch das Lachen darin war diesmal deutlicher herauszuhören.

Sie stimmte ein altes Wiegenlied an und beachtete die beiden Magier schon gar nicht mehr. Erst als Nero die Zeltplane beiseite schlug, richtete sie sich ein wenig auf.

»Wohin geht Ihr?«, fragte sie mit schleppender Stimme.

Nero gluckste, doch dann wurde seine Miene wieder ernst. »Es gibt da noch eine Angelegenheit, die geklärt werden muss. Schließlich wollen wir nicht, dass dein unfreiwilliger Helfer unter seiner Entscheidung zu leiden hat.«

CEDRIC

Cedric lag auf dem Bett in seiner Kammer und starrte zum Baldachin hinauf. Die Nacht war schon weit fortgeschritten, aber er fand keinen Schlaf. Er hatte sich nicht einmal die Mühe gemacht, sich umzuziehen. Stattdessen lag er da und zählte die Schritte der Wachen, die an seiner verschlossenen Tür vorbeiliefen.

Er konnte nicht glauben, dass ihm nur noch wenige Sandumläufe bis zu seinem Tod blieben. Die Angst krallte sich in seine Eingeweide wie ein tollwütiges Tier und er versuchte, den Gedanken auszublenden. Er hatte sich immer vorgestellt, irgendwann in den Diensten seines Lords zu sterben, für sein Land, aber niemals wäre ihm in den Sinn gekommen, am Strick zu enden.

Er verfluchte Arlen dafür, ihn zu diesem irrwitzigen Unterfangen überredet zu haben. Wenn sein Cousin nicht gewesen wäre, hätte er den Abend gemeinsam mit seinen zwei Cousinen verbracht und ihnen vielleicht einen der kleinen Zitronenkuchen aus der Küche stibitzt, die Beatrice so gerne aß. Aber er würde ihr nie wieder etwas mitbringen können. Und so sehr er sich wünschte, ihr kleines Gesicht noch einmal sehen zu dürfen, hoffte er, der Abendsegler würde sie nicht zwingen, seiner morgigen Hinrichtung beizuwohnen. Veronika war älter als er und sie würde sich nichts anmerken lassen, aber innerlich würde sie noch härter und unnahbarer werden als ohnehin schon. Trotzdem war es tröstlich, zu wissen, dass wenigstens einige Leute ihn betrauen würden.

Nicht wie sein Vater. Sein Vater, der nicht einmal ein gutes Wort für ihn eingelegt hatte, nicht einmal versucht hatte, ihn zu retten. Seinen Sohn. Sein einziges, verbliebenes Kind.

Er war schon immer hart für seine Vergehen bestraft worden, grausam sogar. Einen sündigen Soldaten erwarteten zwanzig Peitschenhiebe, der verantwortliche Kommandant musste für die Vergehen seines Untergebenen mit vierzig Schlägen bezahlen. Ja, es war nie leicht gewesen, aber nie hatte er sich vorstellen können, Cerberus würde ihn sterben lassen.

Er rollte sich herum und setzte sich auf, das Gesicht in den Händen vergraben. Warum nur hatte Arlen entdecken müssen, dass er ein Magier war? Warum hatte er ihn in diese ganze Angelegenheit mit hineingezogen? Und obwohl Cedric alles getan hatte, um seinen Cousin zu beschützen, hatte dieser fortgewollt. Dabei hatte er sogar diesen Auguren für ihn wegsperren lassen wollen. Schließlich war von ihm die größte Gefahr ausgegangen, entdeckt zu werden.

Die Türangeln quietschten und er blickte auf. Eine schlanke Gestalt schlüpfte herein.

»Mutter!«

Er sprang auf und fiel ihr in die geöffneten Arme. Sie küsste seine Stirn, seine Wangen.

»Mein Sohn«, flüsterte sie erstickt. »Mein wundervoller Sohn.«

Sie drückte ihn fest an sich und er ließ es zu, fühlte sich wieder in seine Kindheit zurückversetzt, als sie noch jedes Übel aus der Welt hatte schaffen können. Er schloss die Augen und genoss den Lavendelduft ihres Haars.

Als sie sich wieder voneinander lösten, streichelte sie ihm besorgt die Wange, doch Cedric hielt ihre Finger fest. Er wollte die Sorge in ihren Augen nicht sehen, die denen ihres Bruders so sehr glichen. Auch wenn das Grau ihrer Augen ein wenig dunkler war als das des Abendseglers und sie weich wurden, wenn sie ihn anblickten. Er wollte ihre kurze gemeinsame Zeit genießen dürfen.

»Was haben sie dir angetan?«, wisperte sie und besah sich die Blutergüsse in seinem Gesicht und die offensichtlich gebrochene Nase, doch er schüttelte nur den Kopf.

»Ich hätte nicht gedacht, dass er dich mich besuchen lässt«, gestand Cedric.

Seine Mutter schürzte die Lippen. »Vermutlich hätte er es auch nicht zugelassen, wenn ich gefragt hätte.«

»Vater weiß nichts davon?«

»Nein. Dein *Vater*«, sie spuckte das Wort förmlich aus, »hatte nicht einmal den Schneid, es mir selbst zu sagen.«

»Er hat nichts getan.« Cedric konnte das Beben nicht aus seiner Stimme verbannen, das zeigte, wie sehr es ihn verletzte. »Er hat mich nicht einmal verteidigt.«

»Pscht, mein Schatz, ich weiß.« Sie strich ihm eine dunkle Strähne hinters Ohr. »Dein Vater liebt meinen Bruder wie ein Hund seinen Herren. Dass er dich auch liebt, vergisst er zuweilen, und wenn es ihm wieder einfällt, wird es zu spät sein.« Sie schloss die Augen. Eine Träne funkelte in ihrem Augenwinkel.

Er nahm ihre Hände in die seinen und rang sich ein trauriges Lächeln ab.

»Es tut mir leid, dass ich dir solchen Kummer bereite.«

Sie wischte die Träne eilig fort. »Das tust du nicht, nie«, versicherte sie ihm. »Du warst noch nie dafür geschaffen, unter diesen hartherzigen Männern zu dienen. Du warst schon immer zu gut, zu rechtschaffen und mitfühlend.«

Er schluckte einen harten Kloß hinter. »Wissen sie es auch? Beatrice und Veronika?«

Sie alle standen sich so nahe wie echte Geschwister. Nachdem die Frau des Abendseglers gestorben war, hatte seine Mutter sich um ihre hinterlassenen Kinder gekümmert, als wären sie ihre eigenen. Vielleicht, um den Verlust ihrer eigenen Tochter besser ertragen zu können.

»Sie wissen es. Beatrice ist noch zu jung, um es zu verstehen, aber Veronika hat eine Vase nach deinem Vater geworfen, als sie es erfahren hat, und sich dann in ihrem Zimmer eingesperrt.«

Cedric musste schmunzeln. »Das sieht ihr ähnlich. Ma, versprich mir, dass du auf sie aufpasst … wenn ich nicht mehr da bin.«

Seine Mutter nahm ihn bei der Hand und setzte sich mit ihm auf sein ungemachtes Bett. Sie sah ihn eindringlich an. »So darfst du nicht reden. Du musst mir jetzt gut zuhören, Cedric. Ganz gleich, was passiert, wohin es dich auch verschlägt, du sollst wissen, dass ich dich liebe. Und ich werde alles tun, um dich vor deinem Vater zu beschützen.«

»Ich … ich verstehe nicht«, stotterte er verwirrt.

Da öffnete sich die Tür erneut und der schwarzgewandete Magier trat ein.

Seine Mutter sprang auf und umfasste seine Hände. »Nero! Danke, dass du gekommen bist.«

»Selbstverständlich«, erwiderte dieser und küsste ihr galant die Hand. »Ich konnte dir doch noch nie etwas abschlagen.«

»Hattest du auch keine Schwierigkeiten auf dem Weg?«, erkundigte sie sich.

»Nein, es war nicht allzu schwer.« Er zuckte lässig mit den Schultern. »Die meisten Wachen sind noch immer auf der Suche nach den Flüchtigen. Keiner hat mich bemerkt, als ich die Treppen heraufkam, und die Wache an der Ecke habe ich schlafen geschickt.«

»Was hat das alles zu bedeuten?«, entfuhr es Cedric, der überhaupt nichts mehr verstand. Was machte dieser Magier in seinen Gemächern? Und wieso kannte seine Mutter ihn?

Seine Mutter schenkte ihm ein halbherziges Lächeln. »Du hast doch nicht geglaubt, ich würde tatenlos zusehen, wie man dich mir wegnimmt? Nero ist ein guter Freund, er hat eingewilligt, dich fortzubringen.«

»Fort?«, wiederholte er begriffsstutzig. »Wohin denn?«

In diesem Moment öffnete sich die Tür zum dritten Mal und Anselm trat ein. »Wir haben nicht mehr lange, bis die Wachen zurückkommen. Beeilt euch.«

Seine Mutter bedachte Anselm mit einem kühlen Lächeln. »Danke, liebster Bruder.« Dann gab sie ihm eine schallende Ohrfeige.

Der Vagabund rieb sich die Wange, die sich bereits rot verfärbte. »Ich schätze, das habe ich verdient.«

»Allerdings«, fauchte sie ihn an, »aber darüber unterhalten wir uns später.« Sie drehte sich wieder zu ihrem Sohn um. »Er hat recht. Ihr müsst euch beeilen.«

Erst jetzt wurde Cedric wirklich bewusst, was das für ihn bedeutete. Er musste nicht sterben. Er würde leben.

»Ma …« Er wusste nicht, was er sagen sollte. Sie lächelte ihn an. »Ich danke dir.«

Sie drückte ihn noch einmal fest an sich und schob ihn dann zu dem Magier hin. »Geh jetzt.«

»Aber was wird aus dir? Was passiert, wenn mein Onkel es herausfindet?«

Sie winkte ab. »Das wird er nicht, mach dir keine Sorgen. Es wäre nicht das erste Mal, dass ich meinen Bruder aufs Kreuz lege. Er wird glauben, du wärst geflüchtet, nachdem die Wache sich betrunken hat.«

Cedric zuckte bei der Vorstellung zusammen, was den armen Wachleuten blühen würde, aber sein Mitgefühl hielt sich in Grenzen. Auch sie waren nicht für ihn eingestanden, so wie er es für sie immer getan hatte. »Und wie kommen wir hier raus?«

»Durch ein Portal«, erklärte Nero.

»Ein Portal?«

Cedric kniff misstrauisch die Augen zusammen und der Magier lachte auf. »Du kannst nicht ganz aus deiner Haut, was?«

Der Jüngling presste die Lippen aufeinander. »Warum habt Ihr die Gefangene nicht auch auf diese Weise befreit?«, wollte er dennoch wissen.

»Weil ich den Ort, an den ich mich teleportieren möchte, vorher schon einmal gesehen haben muss. Und ich hatte noch nicht das Vergnügen, in den Kerkern dieser Festung eingesperrt zu sein. Nun denn.«

Nero murmelte einige Sätze in einer Cedric unbekannten Sprache und zeichnete mit den Händen ein kompliziertes Symbol in die Luft. Dann breitete er die Arme aus, als wollte er davonfliegen, und ein blendendes Licht brach auf. Das Portal war kreisrund und schien sich in sich selbst zu drehen wie ein öliger schwarzer Mahlstrom, wobei es von goldenen Strudeln durchzogen war.

Der Magier trat sichtlich erschöpft zurück. Cedric glaubte, die dunklen Ringe unter seinen Augen wären zuvor nicht da gewesen, und er sah den Schweiß, der dem jungen Mann über die Schläfe lief.

»Bevor ich es vergesse.« Nero streckte auffordernd die Hand in Anselms Richtung aus. »Habt Ihr es?«

»Ja.« Der Vagabund zog ein rechteckiges Bündel aus seinem Mantel und reichte es dem Magier, ehe er noch etwas darauflegte, das in ein Tuch eingehüllt war. »Gebt sie ihr zurück. Sie bedeuten ihr viel.« Dann beugte er sich vor und murmelte ihm gedämpft einige Worte zu. Anselm wich dem bohrenden Blick des Magiers aus und machte einen Schritt zurück. »Leb wohl, Junge.«

Cedric sah sich noch einmal nach seiner Mutter um, in deren Augen er Hoffnung sah. Für ihn und vielleicht auch für Arlen und seinen Vater. Dann trat er hinter dem Magier durch das wirbelnde Portal.

Schweiß, Blut und Portale

CEDRIC

In einem Augenblick war Cedric noch von blendend hellem Licht umgeben und im nächsten landete er unsanft im plattgetretenen Gras. Dann erlosch das Portal und Dunkelheit umfing ihn. Er kniff die Augen zusammen, vor denen noch immer goldene Wirbel tanzten, und schüttelte den Kopf wie ein Hund, der eine Mücke verscheuchen will. Cedric blinzelte. Er brauchte eine Weile, bis sich seine Augen an das schummrige Licht gewöhnt hatten, aber auch so bemerkte er, dass um ihn herum ein Tumult losbrach.

»Was war das?«, hörte er eine Mädchenstimme rufen.

»Schaut mal, da sind Leute rausgefallen!«

»Wahnsinn. Sie sind einfach aus dem Nichts aufgetaucht!«

»Runter von mir«, fauchte eine Stimme Cedric an, die aus Richtung seiner Füße kam und er drehte den Kopf. Seine Beine lagen halb über einem Jungen, der ihn anfunkelte. Hastig rappelte er sich auf und trat einen Schritt zurück. Auch der fremde Junge kam wieder auf die Beine und klopfte sich demonstrativ die Kleidung ab. »Pass beim nächsten Mal gefälligst besser auf!«

»Verzeihung«, murmelte Cedric verlegen. »Ich, ähm, wusste nicht, wo ich … landen würde.«

Sagt man das so?

Cedric sah sich neugierig um und damit war er nicht allein. Unzählige Augenpaare waren auf ihn gerichtet und er spürte, wie die Röte seine Wangen überzog, was man in dem schummrigen Licht glücklicherweise nicht sehen konnte. Vermutlich machte sein zerschlagenes Gesicht ihn zu einem Objekt wilder Spekulationen. Er runzelte die Stirn, als er die Zelte erblickte. Sie mussten sich in einem befestigten Lager befinden.

Hätte Nero nicht ein etwas unauffälligeres Plätzchen auswählen können?

Er fühlte sich, als säße er auf dem Präsentierteller. Das mussten die Ausgesonderten sein, alles angehende Magier so wie Arlen. Aber in dessen Gegenwart war es ihm bedeutend leichter gefallen, zu vergessen, welche Kräfte in ihm schlummerten. Nun allerdings fühlte er sich in die Enge gedrängt. Sein ganzes Leben lang war er von Menschen umgeben gewesen, die Magie verabscheuten, und es war nicht spurlos an ihm vorübergegangen. Was würde sein Vater sagen, wenn er ihn sehen könnte?

Hör auf damit! Es ist nicht wichtig, was er denken würde!

Er zog diese Horde unausgebildeter Magier seinem Vater eindeutig vor. Er wollte ihm niemals wieder unter die Augen treten müssen.

Er drehte sich zu Nero um, der noch immer neben ihm stand und so aussah, als hätte er diesen Auftritt so nicht geplant.

»Wo …?«, setzte Cedric an, wurde jedoch von einer schneidenden Stimme unterbrochen.

»Was steht ihr hier noch alle rum! Zurück in eure Zelte, sofort!«

Durch die Schaulustigen kam ein Magier in wehender Robe auf sie zu und er wirkte nicht erfreut, sie zu sehen. Er hatte stahlgraues Haar, glatt rasierte Wangen und seine Augen waren in etwa so freundlich wie die eines Grauhundes. Die Ausgesonderten räumten ihm eilig den Weg frei und machten, dass sie davonkamen. Mit diesem Mann schien nicht gut Kirschen essen zu sein.

»Was fällt Euch eigentlich ein, so ins Lager hereinzuplatzen?«, herrschte er Nero an, der reichlich zerknirscht dreinsah.

»Ich entschuldige mich für mein Auftreten, Atorius. Ich habe wohl meine Konzentration abschweifen lassen, als wir das Portal betraten. Eigentlich wollte ich eine Meile außerhalb wieder auftauchen.«

Auftauchen? Na schön, das geht wohl auch.

Atorius runzelte die Stirn. »Solche Fehler dürfen einem hohen Sucher nicht unterlaufen«, stellte er eisig fest.

»Ich weiß, verzeiht mir.« Nero schien diese Schelte zu missfallen, doch er schluckte sie widerspruchslos.

Nun wandte der ältere Magier sich Cedric zu. »Und wer ist dieser Bursche?«

Bursche? Cedric hob trotzig den Kopf. »Ich bin Cedric Finster, Hauptmann der Stadtwache von Grauehr. Ich meine, das war ich, bis … gestern …« Seine Stimme wurde immer leiser, bis er schließlich verstummte.

Das würde er nie wieder sein. Nie wieder würde er gemeinsam mit einer Streife durch die Gassen patrouillieren. Nie wieder würde er dem Lord einen Bericht abgeben. Nie wieder würde er mit den Wachleuten gemeinsam würfeln.

Ich werde nie wieder ein Teil von alledem sein.

Nero schien zu wissen, was in ihm vorging, und legte ihm mitfühlend eine Hand auf die Schulter.

»Der Hauptmann?«, fragte Atorius und seine Augen wurden gefährlich schmal.

Der jüngere Mann richtete sich auf. »Er hat mir geholfen, Arlen aus der Stadt zu schmuggeln …«

»… gemeinsam mit einer Gefangenen«, schnitt Atorius ihm das Wort ab. »Ich vermute, Ihr habt nun auch noch einen Todgeweihten zu uns geführt.«

Neros Schweigen war Antwort genug.

Sein Gegenüber schien auf eine Erklärung zu warten, doch als diese ausblieb, runzelte er die Stirn. »Ist Euch klar, was Ihr da getan habt?«, fragte Atorius mit unterdrücktem Zorn in der Stimme. »Ihr habt den Abendsegler nicht nur einmal gegen uns aufgebracht, nein, Ihr habt es sogar zweimal in nur zwei Tagen geschafft!« Seine Nasenlöcher blähten sich. »Man wird Euch Eures Amtes entheben, aus dem Kreis der Sucher ausschließen und Euch vermutlich für die nächsten Jahrzehnte in der Gilde beschäftigen! Waren diese naseweisen Gören das wirklich wert?«

»Ja«, antwortete Nero schlicht.

Atorius verzog missbilligend die Lippen. »Ihr habt Eure Pflichten schon immer viel zu ernst genommen, aber dass Ihr sie nun auch noch auf Außenstehende ausweitet … lächerlich und dumm.« Er wandte sich ab. »Geht jetzt, schließlich müsst Ihr Euch noch um Euren neuesten Schützling kümmern. Und tretet mir für die nächsten Tage nicht mehr unter die Augen.«

Nero neigte respektvoll den Kopf. »Ich werde mich daran halten.«

Er wollte sich gemeinsam mit Cedric abwenden, als sie die kalte Stimme noch einmal einholte. »Und Nero.« Der Angesprochene blieb stehen. »Bei einem nächsten Verstoß werdet Ihr nicht mehr so glimpflich davonkommen. Wir werden unverzüglich aufbrechen. Ich kann darauf verzichten, dass eine weitere Patrouille hereinspaziert und alles durchsucht. Ich erwarte, dass Ihr noch vor Morgengrauen ein weiteres Portal erschafft und mit den beiden verschwindet. Habt Ihr das verstanden?«

»Ja«, presste Nero hervor und ging dann schnellen Schrittes davon. Cedric blieb wie vor den Kopf geschlagen stehen, dann beeilte er sich, ihm zu folgen.

Nero steuerte ein Zelt ganz in ihrer Nähe an und ließ ihm den Vortritt. Innen stank es nach Schweiß und Blut. Der Jüngling hielt sich den Ärmel vor die empfindliche Nase, als er sie erblickte. Cerys lag schlafend auf einer Pritsche. Vereinzelte Strähnen hingen ihr ins schweißnasse Gesicht und ihr Oberkörper war bandagiert worden. Der helle Stoff hatte sich an manchen Stellen bereits rot verfärbt.

Ein alter Mann saß neben ihr und schnarchte leise. Der Kopf war ihm auf die Brust gesunken und die Arme hatte er über dem beachtlichen Bauch gefaltet. Nero rüttelte ihn an der Schulter, um ihn zu wecken.

»Ihr solltet Euch schlafen legen, Argus.«

Der Alte brummte zustimmend und erhob sich ächzend. »Ja, ja, gut.«

Nero geleitete ihn hinaus und sie sahen zu, wie er davonwackelte.

»Ihr seid wieder da.«

Cerys hatte sich auf den Ellenbogen gestützt und blinzelte ihnen entgegen. Sie verzog das Gesicht, als sie sich in eine aufrechtere Position stemmte. Ihre grünen Augen waren glasig, wohl von dem Schmerzmittel, das man ihr verabreicht hatte. Sie langte fahrig mit der linken Hand nach einem hölzernen Becher, zischte aber, und zog sie wieder zurück. Die tiefen Schnitte in ihrer Handfläche waren ebenfalls mit Leinenstreifen umwickelt worden, doch der Stoff war blutdurchtränkt und eine gelbliche Flüssigkeit hatte die Ränder verfärbt.

Sie fluchte in einer ihm unbekannten Sprache und starrte den Becher so finster an, dass Cedric beinahe gelacht hätte. Aber nur fast.

»Erlaubst du?«

Cerys biss die Zähne zusammen, doch anscheinend siegte ihr Durst über ihren Stolz und sie nickte. Als er ihr den Becher an die Lippen hielt, trank sie gierig. Ein wenig Wasser lief ihr über das Kinn und benetzte die Verbände, doch es schien sie nicht weiter zu kümmern.

»Danke«, murmelte sie ungnädig, als er das Trinkgefäß wieder absetzte. Cedric fand es klüger, darauf nicht zu antworten, und versuchte, den perlenden Tropfen auf ihrem schlanken Hals nicht länger anzustarren. Stattdessen sah er zur Zeltdecke hinauf.

»Du solltest dich wieder hinlegen«, ließ Nero verlauten, der die Wasserschüssel aufhob, die noch immer neben dem Bett stand. »Und du, Cedric, kannst mir helfen, alles für unseren Aufbruch vorzubereiten.« Mit diesen Worten schüttete er das Wasser vor dem Zelt schwungvoll aus.

JARED

Noch vor Sonnenaufgang wurden die Zelte abgebrochen. Sie alle waren übernächtigt wegen der Ereignisse des vergangenen Abends. Die Kinder spekulierten bereits wild, weshalb die Stahlröcke das Lager durchsucht hatten, und schon bald machte die Runde, dass mehrere Neulinge zu ihnen gestoßen waren. Die Ausgesonderten schienen der Auffassung zu sein, dass sie zu ihnen gehörten und heimlich aus dem städtischen Gefängnis hatten geschmuggelt werden müssen, da die Stadtwache bekanntermaßen hart gegen magisch Begabte vorging. Dass jemand verletzt worden war, schrieben sie einfach der Grausamkeit der Wärter zu. Vermutlich wurden diese Gerüchte von den Suchern auch noch geschürt, um die Wahrheit zu vertuschen. Nur wenige ahnten, dass hinter dem Vorfall sehr viel mehr gesteckt hatte.

Jared lehnte sich gegen einen Holzpfosten und verfluchte das unaufhörliche Ruckeln des Planwagens. Arlen sah auch nicht sonderlich glücklich aus. Als Adeliger hatte er sich vermutlich noch nie dazu herablassen müssen, so unbequem zu reisen. Cedric dagegen hatte sich neben ihnen zusammengerollt und schnarchte seelenruhig vor sich hin. Jared beneidete ihn darum. Zu gern wäre auch er einfach eingeschlummert, nachdem er die vergangene Nacht über bloß hellwach an die Zeltdecke gestarrt und sich ausgemalt hatte, wie es ihr wohl gehen mochte.

Er drehte den Kopf und sah zu Rhenawen hinüber, die noch immer von den Drogen benebelt war. Sie war wunderschön, daran konnten auch die Verbände und die Blutergüsse nichts ändern. Es war schon merkwürdig, überlegte er. Auf ihrer bisherigen Reise hatte er sich ständig über sie geärgert und erst, nachdem sie verschwunden war, hatte er bemerkt, wie sehr er sich inzwischen an ihre Gesellschaft gewöhnt hatte. An ihre scharfe Zunge und ihren wachen Geist. Er wusste ganz genau, dass er sich auf sie verlassen konnte, und er brauchte sie. Und nicht nur er. Auch Espen und Lucien brauchten sie.

»Wieso musst *du* dich eigentlich verstecken?«, riss Arlen ihn aus seinen Gedanken.

»Muss ich nicht«, gab Jared steif zurück. »Ich bin ihretwegen hier.«

»Sie bekommt nicht mit, dass du da bist«, ätzte der weißblonde Junge. »Also hat es überhaupt keinen Sinn, dass du bleibst.«

»Ich werde mir nicht von einem verwöhnten Balg sagen lassen, was ich zu tun habe«, brauste Jared auf.

»Wen nennst du ein verwöhntes Balg?«, schoss Arlen zurück und kniff die grauen Augen zu Schlitzen zusammen.

»Na dich«, stichelte Jared. »Wenn ich herausgefunden hätte, dass ich ein Magier bin, hätte ich nicht erst gewartet, bis jemand mich holen kommt.«

Arlens Ohren liefen im Schein der Öllampe rot an. »Du hast doch keine Ahnung, wie das ist! Ich konnte nicht einfach aus dem Stadttor spazieren, wie es mir beliebte. Wenn ich es versucht hätte, wären die Stahlröcke spätestens am nächsten Morgen nach mir ausgeschickt worden. Und wenn du es unbedingt wissen musst«, Arlen funkelte ihn an, »ich hatte bereits Leute gefunden, die mich unbemerkt aus der Stadt schaffen sollten, aber dazu kam es nicht.«

»Und weshalb nicht? Weil sie nur in deinen Tagträumen existiert haben?«

»Weil sie von meinem Vater gesucht wurden!«, rief Arlen hitzig.

Sie erdolchten sich gegenseitig mit Blicken, als Cedric sich murrend aufrichtete.

»Was ist denn los?« Er rieb sich verschlafen übers Gesicht. »Es dämmert gerade erst.«

»Sag es ihm«, forderte Arlen ihn auf. »Sag ihm, warum ich nicht schon früher verschwinden konnte.«

»Was?« Cedric stöhnte und rieb sich die Schläfen. »Rede mal in zusammenhängenden Sätzen, ja?«

»Ich habe nur höflich gefragt, weshalb Arlen warten musste, bis die Sucher ihn abholen kommen, anstatt einfach zu türmen«, fügte Jared ergänzend hinzu und grinste den weißblonden Jungen dabei spitzbübisch an, der die Fäuste ballte und etwas von *Von wegen höflich* zischte.

»Das hat er versucht«, seufzte Cedric. »Obwohl ich ihm davon abgeraten habe. Ich ahnte, dass das nicht gut gehen würde. Immerhin gehörten sie angeblich zu den Rebellen, die von jenseits des Meeres hergekommen sind.«

»Rebellen?«, hakte Jared nach, der nun hellhörig wurde.

»Ja«, bestätigte Arlen und rümpfte die Nase. »Es gibt einige von ihnen. Sie glauben, sie wären hier sicher vor den Schergen des Rats. Kurz vor dem geplanten Aufbruch wurde ihr Versteck entdeckt und sie mussten Hals über Kopf fliehen, ohne mich.«

»Erzähl mir von ihnen«, drängte Jared aufgeregt und vergaß, dass er sich eigentlich weiterhin zynisch hatte geben wollen. Er hatte gedacht, es wäre alles umsonst gewesen, aber wenn auch sie weitergezogen waren … »Wo sind sie hingegangen, weißt du das?«

Arlen zuckte mit den Achseln. »Nein, aber sie erzählten mir von einem Unterschlupf in Celeros. Dorthin sind wir doch unterwegs. In die Stadt der Magier.«

»Die Stadt der Magier«, echote Jared andächtig.

Sie verfielen wieder in Schweigen, doch in Jared meldete sich ein Hochgefühl. Er griff in seine Hosentasche und der unförmige Stein schmiegte sich in seine Handfläche. Espen, der seit ihrer Abreise niedergeschlagen war, würde vor Freude vermutlich in die Luft springen. Anscheinend waren sie ihrem Ziel doch näher, als sie vermutet hatten.

Er schob die sich aufdrängende Frage beiseite, was wohl geschehen würde, wenn sie den Stein erst übergeben hätten, und wollte Arlen gerade fragen, ob er sonst noch etwas wisse, als Nero hereinkletterte.

»Was macht ihr alle hier drinnen? Raus jetzt, man kann hier ja kaum noch atmen.«

»Ich dachte, wir sollen uns bedeckt halten«, widersprach Arlen stirnrunzelnd.

»Ja.« Nero rollte mit den Augen. »Aber das bedeutet nicht, dass ihr euch hier drinnen verkriechen müsst. Ihr sollt euch einfach unauffällig unter die Leute mischen. Vor allem du, Arlen. Willst du deine zukünftigen Kameraden nicht kennenlernen?«

»Doch«, gab der zerknirscht zu. »Ich dachte nur, wenn die Stahlröcke wieder auftauchen …«

»Darum brauchst du dich nicht zu sorgen.« Nero kniete sich neben das schlafende Mädchen und besah sich die Verbände. »Mir geht es vielmehr darum, dass ihr nicht herumerzählt, was in der Stadt vorgefallen ist. Und«, er hob mahnend einen Finger, »redet nicht über ihre Gefangennahme oder die Söldner. Ich will keine unnötige Panik auslösen. Verstanden, Arlen?«

Der Blick des Magiers bohrte sich in den des Jungen, der den Kopf einzog.

»Ja, verstanden.«

»Und du hast auch ihren Namen nicht vergessen?«, hakte Nero nach.

»Rhenawen«, murrte Arlen. »Ich weiß es noch, auch wenn ich wirklich nicht verstehe …«

»Gut«, schnitt Nero ihm das Wort ab, »dann könnt ihr jetzt gehen.«

Jared hatte das Gefühl, ein entscheidendes Detail verpasst zu haben, sagte aber nichts.

Nachdem Cedric und Arlen gegangen waren, entspannte er sich ein wenig. Arlen mochte ihn offensichtlich nicht, und den ehemaligen Hauptmann einzuschätzen, fiel ihm schwer. Immerhin hatte der ihm noch vor wenigen Tagen eine Pike unter die Nase gehalten.

Er beobachtete den Magier dabei, wie er den nassen Lappen von Rhenawens Stirn entfernte und die Verbände prüfte.

Schließlich erhob er sich wieder. »Wenn du möchtest, kannst du hierbleiben«, sagte Nero und zog Rhenawen fürsorglich die Decke bis ans Kinn. »Es ist besser, wenn sie nicht allein ist, wenn sie aufwacht.« Jared nickte. Das hatte er ohnehin vorgehabt, doch der Magier fuhr fort. »Du solltest dich verabschieden, wir werden bald aufbrechen.«

»Aufbrechen?«

Nero rieb sich müde über die Augen. »Wir konnten den Bolzen entfernen, aber für mehr fehlen uns hier die Mittel. Also werde ich die Reisezeit für sie und Cedric verkürzen. Ein Portal«, fügte er erklärend hinzu, als er Jareds fragenden Blick bemerkte. »Aber mach dir keine Sorgen, Jared. Sie wird es gut überstehen.«

Dann ging er und ließ Jared mit dem schlafenden Mädchen zurück. Er rückte näher an sie heran und strich ihre eine verirrte Strähne aus dem Gesicht. Ihre Haut glühte noch immer fiebrig.

»Was hast du dir nur dabei gedacht?«, wisperte er und betrachtete sie. Im Schlaf sah sie jünger aus. »Ich hoffe, du erholst dich bald wieder. Es gibt so viel zu besprechen.« Er seufzte und zerzauste sich das schwarze Haar. »Weißt du, was du mir für einen Schrecken eingejagt hast, Rhen?«, fügte er leise hinzu.

Er wollte mehr sagen, ihr erklären, wie er sich die letzten Tage gefühlt und was er soeben erfahren hatte, auch wollte er sich dafür entschuldigen, sie nicht selbst befreit zu haben, aber die Worte in seinem Kopf wollten ihm einfach nicht über die Lippen kommen.

»Ich bin wirklich nicht gut in so etwas«, murmelte Jared zu sich selbst und verstummte wieder. Es genügte ihm, bei ihr zu sitzen und über sie zu wachen. Er hatte noch nie so empfunden wie in dieser Halle, als er sie hatte zurücklassen müssen.

Woher hatte sie gewusst, dass man sie einsperren würde?, dachte er und drehte das Artefakt in seinen Händen. Er hatte gar nicht bemerkt, wie er es hervorgeholt hatte. Der Stein reflektierte fröhlich das Licht, als würde er sich über ihn lustig machen.

Was machen wir da eigentlich? Das ist Wahnsinn.

Jared fuhr zusammen, als der Wagen abrupt schwankte und jemand sich schreiend auf ihn stürzte.

»Ihr habt mich angelogen!« Kleine Fäuste trommelten auf seine Brust ein. »Ihr habt gelogen!«

Luc.

»He, he. Sachte«, beschwor Jared den kleinen Jungen und zog den Kopf zurück, sodass sein Kinn außer Reichweite war. Ein pelziger Leib sprang dazwischen und Jared fluchte, als er in die Hand gezwickt wurde. Er schob den Welpen beiseite, der jaulend protestierte und sich in den Saum seines Hemdes verbiss.

»Aufhören, du kleine Ratte!«, knurrte er und wusste selbst nicht, wen genau er damit meinte.

Gerade als es Jared gelang, Luciens Handgelenke zu packen und Ketzer abzuschütteln, kam Hestia hereingeklettert.

»Luc! Hör auf damit!«, rief sie und zog Ketzer am Nackenfell zurück, als dieser wieder zum Sprung ansetzte. Der kleine Wolf fiepte. »Du solltest wirklich nicht hier sein!«

Lucien hatte den Kopf in der Ellenbeuge vergraben und begonnen, krampfhaft zu schluchzen.

»Komm.« Hestia streckte ihm die freie Hand entgegen. »Wir sollten zurückgehen.«

»Nein«, flüsterte eine heisere Stimme und sie alle wandten sich zu Rhenawen um, die sich mühsam aufrichtete und dabei die geschiente Hand schützend vor den Bauch hielt. »Lass ihn, Jared.«

Langsam lockerte er seinen Griff und Lucien warf sich in ihre Arme. Seine Finger krallten sich in die Decken und er weinte nur noch heftiger.

»Pscht«, murmelte Rhenawen und tätschelte ihm den Rücken. »Ist ja schon gut. Es ist gut.« Obwohl sie dabei das Gesicht verzog, zog sie ihn fest an sich und er verschränkte die Arme in ihrem Nacken, als wollte er sie nie wieder loslassen.

»Es tut mir leid, dass ich dich allein gelassen habe.«

Auch in ihren Augen schimmerten nun Tränen und Jareds Brust wurde eng.

Ketzer winselte und schlich geduckt zu ihnen herüber. Er schmiegte sich an Jareds Oberschenkel und leckte dann entschuldigend seine Finger. Dieser nickte Hestia zu, die ihm ein Lächeln schenkte und wieder aus dem Wagen kletterte.

Jared setzte leise zu sprechen an. »Weißt du, Luc«, er rückte näher an sie heran. »Manchmal lügen wir, um die Menschen, die uns wichtig sind, nicht zu beunruhigen.«

Lucien sah ihn mit geröteten Augen an und nickte dann. Er kroch zwischen sie und rollte sich dort gemeinsam mit Ketzer zusammen, den Kopf in ihren Schoß gebettet und schon bald schlief er ein.

Sie saßen schweigend beisammen und betrachteten den kleinen Jungen.

»Du wärst fast gestorben«, bemerkte Jared leise.

»Ja, ich wäre fast gestorben«, sagte sie und hielt dabei den Blick auf Ketzer gesenkt, dem sie behutsam die Flanke streichelte. Dabei sah Jared die weiche Haut, dort wo ihre Fingernägel einst gewesen waren.

Er war um Worte verlegen und stemmte sich stattdessen auf die Knie, nahm Lucien auf die Arme und richtete sich auf, ehe er noch einmal zu ihr heruntersah und lächelte.

»Du solltest versuchen, dich noch ein wenig auszuruhen.«

CEDRIC

Dieses Mal spuckte sie das Portal in einer dämmrigen Seitengasse aus. Nero schwankte bedenklich und lehnte sich mit dem Rücken schwer atmend gegen die Häuserfassade. Die dunklen Locken, die ihm in die Stirn hingen, glänzten schweißnass. Es musste sehr anstrengend sein, in einem so kurzen Zeitabstand zwei Portale heraufzubeschwören. Cerys hatte noch immer in leichtem Schlummer den Kopf an seine Schulter gelehnt und schien nicht einmal mitzubekommen, dass sie getragen wurde und nicht länger in einem Planwagen lag.

Der Magier nickte die Gasse hinunter. »Da lang. Wir sollten uns beeilen, bevor uns noch jemand sieht.«

Sie hasteten durch die menschenleeren Straßen und schon bald tauchte vor ihnen ein langgezogener Bau auf, zu dem Nero sie dirigierte. Auf sein Geheiß hin öffnete Cedric eine Tür, bei der es sich um einen Dienstboteneingang handeln musste, und sie schlichen durch einen schmalen Flur. Sie huschten an einer angelehnten Tür vorbei, hinter der es verführerisch duftete. Cedric erhaschte einen kurzen Blick auf zwei Küchenmädchen, die munter schwatzend einen Teig kneteten, und eine dickbäuchige Frau, die einige Näpfe spülte und dabei vor sich hin pfiff. Sein Magen rumorte wehmütig, aber er zwang sich, weiterzugehen.

Als ihnen eine junge Frau mit Schürze entgegenkam, drückten sie sich hastig in eine Nische, doch sie war so mit einem Büchlein in ihren Händen beschäftigt, dass sie keinen von ihnen bemerkte und nur vor sich hinmurmelnd an ihnen vorbeilief.

»… Tollkirschen … wo steht es denn … wie dämlich kann man sein …«

Sie schlichen eine schmale Treppe hinunter und einen finsteren Gang entlang, der von der Lichtkugel beleuchtet wurde, die der Magier beschwor. Schließlich betraten sie eines der angrenzenden Zimmer.

Nero legte das schlafende Mädchen auf ein Bett, das dort bereitstand, und ächzte, als er sich wieder aufrichtete. Derweil sah Cedric sich um und kam zu dem Schluss, dass dies nicht die angemessene Umgebung für ein Krankenlager war. Die fensterlose Kammer war trostlos und nur spärlich eingerichtet, nichts, worin man sich wohlfühlen könnte, und einem Kerker allzu ähnlich.

»In diesem Untergeschoss befindet sich die alte Seuchenhalle«, erklärte Nero, als er seine skeptische Miene bemerkte. »Zur Zeit des Dämonenfiebers brachte man all jene her, welche erste Symptome zeigten, um die restlichen Stadtbewohner vor einer Ansteckung zu schützen. Sie wurde aber schon vor Jahrzehnten stillgelegt und inzwischen benutzt das Sanatorium die alten Räume als Lager für Heilpflanzen und Gerätschaften. Niemand wird uns hier finden.«

Cedric nickte, auch wenn er nicht verstand, weshalb sie nicht einfach hilferufend hereingeplatzt waren. Wozu versteckten sie sich noch immer?

Nero beugte sich über das Mädchen und begann, den provisorischen Verband zu entfernen, den er um ihre verkrüppelte Hand gelegt hatte, um sie vor weiterem Schaden zu bewahren.

Cerys erwachte und stöhnte unterdrückt, als er die verklebten Stellen behutsam löste.

»Bleib still liegen«, wies er sie an und zerknüllte dabei die schmutzigen Binden. »Wir werden uns darum kümmern.«

»Ich fürchte, da gibt es nicht mehr viel zu retten«, entgegnete sie bitter und besah sich die zertrümmerten Finger, die sie merkwürdig gekrümmt hielt.

Cedric hatte schon weitaus schlimmere Verletzungen gesehen, aber als er den blankliegenden Knochen sah, wurde selbst ihm mulmig zumute.

»Komm her.« Der Magier winkte ihn zu sich und Cedric stellte sich gehorsam neben ihn. »Kannst du Blut sehen?«

Der Jüngling schnaubte. »Ich wäre ein schlechter Soldat, wenn ich es nicht könnte.«

Ich kann es nur nicht gut riechen, aber das braucht Ihr nun wirklich nicht zu wissen, dachte er beleidigt.

»Schön, dann kannst du mir assistieren«, murmelte Nero vor sich hin. »Warte kurz bei ihr, ich bin bald wieder zurück.«

Und schon war er durch die Tür verschwunden und ließ sie mit dem pulsierenden Lichtball allein zurück, der an der Decke schwebte. Der Jüngling seufzte und ließ sich an der Wand herabrutschen. Er zog die Knie an und bettete sein Kinn darauf. Die Müdigkeit lastete noch immer schwer auf seinen Gliedern und erinnerte ihn an die vergangenen durchwachten Nächte.

»Ich verstehe ihn«, sagte das Mädchen unvermittelt und Cedric sah zu ihr hinüber. »Deinen Vater«, fügte sie erklärend hinzu, wobei sie ihn nicht ansah, sondern das umherschwebende Licht beobachtete. »Wie hast du sie verloren? Deine Schwester, meine ich.«

Er schluckte und senkte den Kopf. »Es geschah während des Angriffs auf Schattenhafen vor zehn Jahren. Die Katapulte zerstörten Häuser und Türme und sie wurde unter den Trümmern begraben. Sie war sofort tot. Keinen letzten Abschied. Nichts, woran man sich festhalten könnte. Mein Vater hat es nie verkraftet. Ich glaube, sie war die Einzige, die er jemals geliebt hat.«

»Beneidest du sie?«, wollte Cerys leise wissen.

Cedric dachte kurz darüber nach und horchte in sich hinein. »Nein, das tue ich nicht«, stellte er überrascht fest. »Ich meine, natürlich wünsche ich mir, es wäre anders, aber sie hat schließlich nicht darum gebeten, zu sterben.«

»Verstehe«, murmelte sie und blies sich eine Strähne aus dem Gesicht. »Wie war ihr Name?«

»Freya.«

Es fühlte sich merkwürdig an, diese Silben wieder auf der Zunge zu schmecken. Er hatte es stets vermieden, sie zu erwähnen, denn er wollte die Tränen seiner Mutter nicht sehen und das Mitleid anderer nicht auf sich ziehen. Er schüttelte den Kopf, wollte nicht mehr mit diesem fremden Mädchen teilen als notwendig und sie bedrängte ihn auch nicht weiter.

Er schreckte aus einem leichten Schlummer auf, als laute Stimmen aus dem Flur hereinwehten.

»Ich habe doch schon gesagt, dass ich …«

»Schluss mit diesen Ausreden!«, ertönte nun eine scharfe, weibliche Stimme, bei der Cedric unwillkürlich den Kopf einzog. »Was fällt dir ein, mich nach einer Nachtschicht abzufangen, um mich dann ausgerechnet hierher zu verschleppen!«

»Sprecht doch leiser, Verica, ich bitte Euch. Es muss nicht das ganze Sanatorium wissen, dass wir hier unten sind«, beschwor Nero die keifende Furie.

Sie bogen um die Ecke. Die Frau, die den Magier begleitete, war hochgewachsen und von hagerer Gestalt. Eine steile Falte zeichnete sich zwischen ihren Augenbrauen ab, als würde sie andauernd zu solchen Schimpftiraden ansetzen. Die schlohweißen Haare hatte sie zu einem strengen Knoten zurückgebunden, sodass ihre pechschwarzen Augen aus dem bleichen Gesicht hervorstachen.

»Es sollte besser eine gute Erklärung hinter alledem stecken, mein Junge, sonst Gnade dir Siarrah …«

Sie verstummte abrupt, als ihr Blick auf das halbnackte Mädchen auf dem Bett fiel.

»Reicht das als Erklärung?«, fragte Nero müde und ging weiter in den Raum hinein.

»Vorerst«, entgegnete sie und folgte ihm. Die Heilerin beugte sich über Cerys, um ihre Stirn zu fühlen und ihr Augenlid nach unten zu ziehen. »Sie hat viel Blut verloren«, stellte Verica fest und prüfte dann den Puls. »Zu schnell.«

Stirnrunzelnd besah sie sich die zertrümmerten Finger und die blutigen Bandagen. »Das Mädchen sieht aus, als wäre es gefoltert worden. Was ist geschehen?«

»Cerberus Finster«, erwiderte Nero bloß und Cedrics Magen zog sich beim Klang dieses Namens zusammen. »Er ist passiert.«

»Und weshalb versteckst du sie hier, anstatt sie hoch in die Behandlungsräume zu bringen?«

»Ich will nicht, dass die gesamte Gilde zu tratschen anfängt. Die neuen Ausgesonderten haben nicht viel von alledem mitbekommen und es wäre besser, wenn das so bleibt. Würdet Ihr mir da nicht zustimmen?«

»Und außerdem bist du in die ganze Sache so tief verwickelt, dass auch das Präsidium nicht alles mitbekommen sollte«, bemerkte sie spitz. »Würdest du mir da nicht auch zustimmen?«

Nero verzog das Gesicht und verzichtete, darauf zu antworten.

Die Art, wie sie miteinander umgingen, diese spitzzüngige und dennoch besorgte Schelte erinnerte Cedric an seine Cousine Veronika und seine Mutter. Sie mussten einander nahestehen, vor allem, da diese Frau den hohen Sucher duzte.

Die Heilerin rieb sich die Nasenwurzel. »Also schön, ich verstehe schon. Was ich allerdings nicht verstehe, ist, weshalb sie noch immer in diesem erbarmungswürdigen Zustand ist. Ich kann mich nicht erinnern, dir beigebracht zu haben, so schlampig zu sein.«

»So einfach ist es nicht«, beschwichtigte sie Nero. »Ich habe durchaus nicht alles vergessen, was ich von Euch gelernt habe, aber mit Magie kommt man bei ihr nicht weit. Sie absorbiert jegliche Energie, ich kann es nicht erklären. Und für rein handwerkliche Maßnahmen fehlen mir sowohl das Werkzeug als auch das Wissen.«

Verica runzelte die Stirn und die Steilfalte vertiefte sich noch. »Nun gut, das ist hinderlich, aber sei es drum. Und wer ist das da?« Sie deutete mit dem Kinn auf Cedric.

»Jemand, der ebenfalls schnell verschwinden musste, aber er kann helfen.«

»Gut«, meinte sie bloß und winkte Cedric zu sich. »Du, Junge, kannst mir assistieren. Ich vermute, ihr seid hierher teleportiert, und wenn ich dich so ansehe, Nero, mehr als einmal. So bist du zu nichts nütze, also geh und hol mir alles, was ich brauche. Der da kann dir helfen. Beeilt euch.«

Cedric folgte Nero in einen der angrenzenden Räume, wo der Magier begann, in diversen Schubladen und Säcken herumzukramen und ihm alles auf die geöffneten Arme zu stapeln.

»Ihr seid auch ein Heiler?«, wollte Cedric wissen, während er den Stapel Decken balancierte, auf dem sich bereits ein Sammelsurium von Beuteln und seltsamen Instrumenten türmte.

Nero schüttelte den Kopf. »So weit würde ich nicht gehen. Ich habe mein Studium in der Heilkunst abgesessen, das prädestiniert mich mehr als so manch anderen, aber ich bin nur für die handwerklich groben Eingriffe gut. Wo ist es denn? Ah, da bist du ja.«

Triumphierend hielt er eine Knochennadel samt Garn in die Höhe.

Cedrics Magen rumorte, aber er ließ sich nichts anmerken und befolgte die Anweisungen, die Nero ihm gab. Sie brauchten nicht lange, bis sie alles zusammengesucht hatten.

Der Jüngling zerrte einen provisorischen Schreibtisch aus dem Nebenzimmer herein und der Magier breitete darüber ein sauberes, weißes Laken aus, auf dem er das Werkzeug drapierte und die diversen Gegenstände anordnete, von angerührten Tinkturen, deren Geruch in der Nase stach, über Scheren bis hin zu schnurgeraden Stöckchen. Verica verließ das Krankenbett nur kurz und kam mit einem niedrigen Hocker wieder zurück. Cerys legte widerspruchslos die verletzte Hand auf dem Tuch ab, das die Heilerin darauf ausgebreitet hatte. Sie beobachtete die Vorbereitungen stumm.

Nach einer Weile schien Nero zufrieden mit der Anordnung der Instrumente und wandte sich Cedric zu. »Bist du fertig?«

Der nickte und unterdrückte ein Gähnen.

»Gut«, sagte Verica, »dann geh raus und wasch dir die Hände, damit wir anfangen können.«

Anfangen?, stöhnte er innerlich, verbiss sich aber eine pampige Erwiderung. Immerhin hatte dieser Mann ihn davor bewahrt, auf dem Schafott zu landen, und zudem noch seine gebrochene Nase gerichtet, ehe sie aufgebrochen waren.

Warum er das Veilchen nicht auch gleich entfernt hat, wüsste ich allerdings gern, dachte er verstimmt und rieb sich über das schmerzende Kinn.

Als er von draußen zurückkam, hielt Nero ein halb geleertes Fläschchen in der Hand. »Ich hoffe, sie hat es mit dem Laudanum nicht übertrieben.«

Cerys war in sich zusammengesunken und schien wieder eingeschlafen zu sein, auch wenn die Augäpfel unter den Lidern rastlos umherhuschten. Der Magier setzte sich auf einen Schemel neben das Kopfende und lehnte den Kopf gegen die Wand.

Die Heilerin winkte Cedric herbei und sie setzten sich gegenüber voneinander hin, sodass der Hocker, auf den die malträtierte Hand gebettet war, zwischen ihnen stand. Erst jetzt bemerkte er die dunklen Ringe unter ihren Augen.

Cedric schluckte schwer. »Sagt mir, was ich tun soll.«

»Reich mir die Schüssel dort drüben. Zuerst müssen wir …«

Schon bald existierte die Welt um sie herum nicht mehr. Cedric nahm nichts mehr wahr, was nicht mit seinen direkten Bemühungen um Cerys zu tun hatte. Nur Neros Hände tauchten hin und wieder auf, die ihm etwas reichten und ihm manchmal vorkamen, als gehörten sie keinem Körper mehr an.

Zuerst setzten sie Blutegel an die geschwollenen Ergüsse, die merklich zurückgingen, ehe sie sich daran machen konnten, die offenen Wunden mit Schnaps auszuwaschen. Er beobachtete, wie gewissenhaft die feingliedrigen Finger von Verica dabei vorgingen, und ahmte sie, so gut er konnte, nach.

Zwei Finger mit einfachen Brüchen mussten geschient werden, das war leicht. Die Heilerin schob die glatt zerbrochenen Enden wieder unter die Haut, wobei sie nicht zimperlich vorging, und vernähte sie dann. Cedric half ihr mit der Schere und sah aufmerksam zu, wie die Knoten gesetzt wurden. Anders als bei den Näharbeiten seiner Mutter setzte sie die Knotenreihe nicht fort, sondern machte immer wieder neue, einzelne Stiche. Cerys stöhnte hin und wieder im Schlaf, erwachte aber nicht, auch wenn sie immer wieder unverständlich vor sich hinmurmelte.

Der Zeigefinger, an dem noch immer der eiserne Ring saß, war verschont geblieben, sodass sie ihn nicht mit einer Kneifzange abnehmen mussten, wie es anderenfalls notwendig gewesen wäre. Der Ringfinger jedoch schien der Heilerin Schwierigkeiten zu bereiten. Dort war der Hammer abgerutscht und hatte sich tief ins Fleisch gegraben, wodurch der filigrane Knochen in mehrere kleine Stücke zersprungen war, die sich in die Wundränder bohrten. Cedric musste sie mit den Fingern offenhalten, damit die Frau sich einen besseren Überblick verschaffen konnte. Es war eine anstrengende, fordernde Prozedur, aber er verrichtete seine Aufgaben klaglos.

Verica vermied es, die verbrannten Stellen um den Ring herum zu berühren, und setzte die Splitter geduldig mit einer Pinzette wieder zusammen, was sie eine halbe Ewigkeit zu kosten schien. Als sie die klaffende Wunde darüber geschlossen hatte, begradigte sie den Finger mit einem der Stöckchen, das sie fest daran band, damit sich die losen Teile nicht wieder gegeneinander verschoben. Cedric rieb die vernähte Haut mit einer entzündungshemmenden Salbe ein.

Als sie schließlich die letzten Bandagen anlegt hatten und sich das Blut von den Fingern wuschen, wusste er nicht, wie viel Zeit vergangen war. Er betrachtete die verbundene Hand nicht ohne einen gewissen Stolz. Verica hatte ihm gesagt, dass sie zuversichtlich sei, dass die Finger heilen würden. Der Ringfinger würde durch das zertrümmerte Gelenk wohl steif bleiben, aber alle anderen würde Cerys irgendwann wieder bewegen können. Nero jedoch hatte Sorge, die Schnitte an ihren Handflächen könnten sich entzünden, aber auch die hatten sie gewissenhaft versorgt und Cedric war sich ziemlich sicher, alle schwärenden Stellen im Alkohol ertränkt zu haben. Seine ganze Kleidung roch, als wäre er in ein Fass mit Mirabellenschnaps gefallen.

»Ich danke dir.« Nero rieb sich erschöpft die Stirn. »Ohne dich hätten wir vermutlich nicht durchgehalten. Du hast uns wunderbar geholfen.«

Die Heilerin nickte ihm zu und Cedric musste lächeln. Er räumte die letzten blutigen Tücher vom Tisch. »Es war das Mindeste, was ich tun konnte, nach allem, was Ihr für mich getan habt.«

Der Magier sah zu Cerys hinüber, die sich noch immer ruhelos unter den Decken bewegte und leise stöhnte. »Ich bezweifle, dass sie sich bei dir bedanken wird«, seufzte er und stand auf. »Mich wundert es nicht mehr länger, aber du solltest es nicht persönlich nehmen. Es fällt ihr sehr schwer, irgendwem außer sich selbst zu vertrauen.« Er lachte freudlos. »Weißt du, was sie mir gesagt hat, als ich meinte, wir würden unser Bestes geben? *Macht, was Ihr wollt.*« Er schüttelte den Kopf. »Manchmal frage ich mich, ob ich bei den Suchern je das bewirken konnte, was ich wollte. Vermutlich ist es nun ohnehin zu spät dafür.«

Schuldgefühle regten sich in dem Jungen. »Verzeiht, dass ich Euch in Schwierigkeiten gebracht habe, das war nie meine Absicht.«

»Du meinst, weil ich neben einer Gefangenen und dem Sohn des Lords auch noch einen Todgeweihten entführt habe?«

»Wie bitte?«, ertönte eine scharfe Stimme hinter ihnen und Nero seufzte.

»Mach dir deshalb keine Sorgen. Ich hätte nicht anders handeln können«, fuhr er fort, als hätte er nichts gehört.

»Wird man Euch deshalb wirklich degradieren?« Cedric hielt darin inne, den Hocker abzuwischen, und sah zu dem Magier auf.

»Darüber wird das Präsidium entscheiden«, meinte dieser mit einem müden Schulterzucken. »Ich werde ihnen meine Beweggründe nennen, mehr kann ich nicht tun, außer auf ein mildes Urteil zu hoffen.«

»Mildes Urteil … Das halbe Präsidium besteht aus alten Tattergreisen, die …« Verica murmelte noch weiter vor sich hin, aber Nero überging ihren Einwurf einfach.

»Und bis dahin lasse ich mir einen Grund einfallen, weshalb wir dich nun auch noch mitschleppen.« Schalk blitzte in seinen Augen auf.

»Das dürfte keine Schwierigkeiten bereiten«, beteuerte Cedric. »Die Magier haben meinen Cousin beansprucht. Da werden sie auch mich dulden müssen.«

»Wenn es nur so einfach wäre.«

Cedric erhob sich und trotz seiner blutverschmierten, stinkenden Kleidung hatte er sich noch nie so gut und frei gefühlt wie in diesem Augenblick. Er hatte ein unschuldiges Mädchen vor einem schrecklichen Schicksal bewahrt und seinem Cousin geholfen, endlich seinen eigenen Weg gehen zu können. Er neigte respektvoll den Kopf. »Ich bin Euch sehr dankbar.«

Ein Lächeln erschien auf Neros Zügen. Er schien so etwas nicht oft zu hören zu bekommen.

CERYS

In der Nacht verschlechterte sich ihr Zustand. Die stickige Luft in der Kammer stand still und sie konnte nicht einmal auf eine kühle Brise hoffen, um die angestaute Hitze in ihrem Innern zu vertreiben. Die Kleider klebten ihr schweißnass auf der Haut und sie zitterte unkontrolliert, während wirre Fieberträume sie heimsuchten und verdrängte Erinnerungen mit sich brachten.

Sie wälzte sich herum und hielt sich an dem schmalen Lichtstreifen fest, der durch die angelehnte Tür fiel. Hin und wieder fiel ein flatternder Schatten darüber, als eine Motte vorüberflog, die sich herunter verirrt hatte. Noch immer schmeckte sie das süßliche Elixier auf der Zunge, das man ihr verabreicht hatte, um ihr beim Einschlafen zu helfen. Nun wünschte sie sich, sie hätte abgelehnt.

Die verbundene Hand hatte sie in die Decken gekrallt, während längst vergessene Bilder sie plagten. Sie kämpfte verbissen gegen die bleierne Schwere an, die sich ihrer Glieder bemächtigt hatte.

Die herabfallenden Lavaströme von Belos schoben sich vor ihre Augen, die sie fest zusammenkniff, doch es half nichts. Vor den erleuchteten Palästen hoch über ihnen zeichnete sich Cynthias dunkle Silhouette ab. *Mutter.* Damals, vor so vielen Jahren, hatte sie ihr die Hand gereicht. Eine Hand, die sie nie hätte ergreifen dürfen. Aber hatte sie denn überhaupt eine echte Wahl gehabt?

Das Geräusch von raschelndem Stoff ließ sie die Augen wieder öffnen. Verica beugte sich über sie und fast war es ihr, als würde sie statt in ihre in Cynthias pechschwarze Augen blicken. In die Augen jener Frau, die sie ebenso fürchtete, wie sie sie liebte.

Die Finger der Heilerin strichen ihr sanft über die fiebrige Wange.

Nein, schoss es Cerys durch den Kopf und sie zuckte unwillkürlich zurück. *Nein. Tu mir nicht weh. Bitte, Cynthia, tu mir nicht wieder weh.*

Die Tür quietschte, als sich eine dunkle Gestalt hereinschob, und in der Ecke flammte ein Licht auf, das ein spitzes Kinn erhellte.

»Verica, man hat im Sanatorium nach Euch gefragt. Ihr solltet zurückgehen. Ich werde mich jetzt um sie kümmern.«

Seine Stimme war sanft und weich und wieder war sie ein kleines Mädchen, das sich an das Fußende ihres Bettes kauerte und andächtig in die Dunkelheit horchte. Vor ihr hockte Lisanna, die der Laute auf ihren Knien eine unschuldige Melodie entlockte und dabei sang. Ihre Stimme hatte sich nur im Schutze der Nacht entfaltet wie die Blüten der Magmaorchidee, wenn die beiden Schwestern sich unbeobachtet wussten. Lisanna hatte immer nur leise gesungen aus Furcht, man könnte sie auf dem Flur hören und dafür bestrafen.

Cerys rollte sich zusammen und umschlang ihren bebenden Körper mit den Armen. Sie hatte immer gedacht, ihre schlimmsten Erinnerungen wären jene an den Tag, als die Magier ihr alles genommen hatten, aber sie hatte sich geirrt. Die schlimmsten waren die, die von der Stimme ihrer jüngeren Schwester wieder zurückgebracht wurden. Sie waren gestohlen und kostbar und so bitter wie ein Mund voller Wermutkraut.

Und wieder sah sie Lisanna vor sich, wie sie auf dem Altar lag, den Kopf ihr zugewandt. In ihrem Mundwinkel klebte Blut, als sie Cerys ein kleines, trauriges Lächeln schenkte.

»Noch nicht«, sagte Verica. »Die dort oben können eine Weile ohne mich auskommen.«

»Wie geht es ihr?«

»Das Fieber will nicht sinken und sie murmelt irgendwelchen Unsinn vor sich hin. Sie wechselt immer wieder von der gemeinen Zunge zu anderen Sprachen hin und her …«

Wieder dieser Feuerschein, der von Vericas Augen reflektiert wurde.

Griffin, hilf mir doch!

Und erneut zogen Bilder sie hinab. Blut quoll aus den Schnitten an ihren Handgelenken, als sie verzweifelt an den Fesseln riss, die sie an den steinernen Altar ketteten. Grobe Hände packten ihr Kinn und zwangen sie, die bittere Flüssigkeit zu schlucken, die ihr brennend durch die Kehle rann. Sie wollte schreien, doch jeder Laut wurde von dem Geschmack nach Stachelbeeren und Asche erstickt.

Angst. Sie hatte solche Angst gehabt.

Hilf mir.

»Nero, hast du … dieses Zeichen auf ihrem Rücken gesehen?«

»Die Tätowierung?«

»Tätowierung.« Ein Schnauben. »Kann man das noch so nennen? Weißt du, woran mich das erinnert?«

»Ja, aber darüber will ich jetzt nicht nachdenken. Ich glaube kaum, dass sie die freiwillig auf ihrem Rücken trägt.«

»Sie könnte …«

»… was? Eine Fanatikerin sein? Macht Euch nicht lächerlich.«

Die Tätowierung. Das Zeichen. *Nein.*

Das Mädchen schluchzte auf und presste das Gesicht in den rauen Stoff ihres Kissens.

Das Bettgestell knarzte leise, als sich jemand zu ihr setzte. Sie hatte nicht bemerkt, wie er nähergekommen war. Nero strich ihr sanft über die Stirn. Sie konnte sich nicht erinnern, wann sie das letzte Mal liebevoll berührt worden war.

Er beugte sich herab und wrang ein feuchtes Tuch aus, mit dem er ihr das Gesicht abtupfte.

»Cerys, beruhige dich, es ist alles gut.«

Aber nichts war gut. Sie wusste, woher diese Fieberschübe und die Halluzinationen kamen, und dachte an die unscheinbaren, getrockneten Blätter, die noch immer in ihren Satteltaschen verstaut waren.

»Was ist das an deiner Hand, Nero?«

Aus dem Augenwinkel sah sie seine Finger, die er ins Licht der Kerzenflamme hob und drehte. Sie waren an den Spitzen dunkel verfärbt, als hätte er sie in Tinte getaucht.

»Ist das … Feenglanz? Sieh dir ihre Haare an!«

Sie schloss müde die Augen. Anscheinend sollte ein weiteres ihrer Geheimnisse gelüftet werden.

»Aber, dann ist sie … du hast behauptet, sie würde die Magier verabscheuen … natürlich, es ergibt endlich alles einen Sinn …«

»Nicht heute Nacht, Verica. Lasst uns morgen darüber sprechen. Ich bin zu müde, um mir jetzt darüber Gedanken zu machen. Geht zurück ins Sanatorium. Wenn ich Euch brauche, werde ich nach Euch rufen.«

Verica schwieg eine Weile, doch dann vernahm Cerys das Geräusch sich entfernender Schritte. Sie lauschte auf Neros steten Atem und auf das Plätschern, als er das Tuch wieder ins Wasser tauchte.

Er begann leise zu sprechen. »Ich wusste die ganze Zeit über, dass du etwas vor uns verbirgst. Aber wer hätte schon ahnen können, dass es *das* ist?«

»Sie würde mich nie gehen lassen«, wisperte sie.

Die Furcht stieg so jäh in ihr auf, dass sich ihr Magen krampfhaft zusammenzog. Ihr wurde übel und alles in ihr flüsterte ihr zu, sich endlich jemandem anzuvertrauen. Nicht einmal Griffin hatte sie erzählt, wie Cynthia sie bestraft hatte, als sie sie das letzte Mal enttäuscht hatte.

»Sprich weiter.« Da stand nichts als Besorgnis in seinen Augen. »Du kannst es ruhig sagen.«

Sie schüttelte verbissen den Kopf, doch dann brach es aus ihr heraus. »Sie wird mich finden. Egal, wie oft ich sie hintergehe, wie oft ich weglaufe, sie wird nie aufgeben. Sie wird mich finden.«

»Wer?«

»Meine … Mutter. Die Frau, die mich damals aufgenommen hat. Sie hat mich großgezogen, mich vieles gelehrt, aber …«

»Du kannst es mir sagen.«

»Es hatte seinen Preis. Und noch bin ich ihr zu viel schuldig geblieben. Sie wird mich nach Belos zurückbringen. Damit ich weitermache. Aber ich … will nie wieder … dorthin zurück.«

Sie kniff die Augen zusammen und heiße Tränen liefen ihr über die Wangen. Ihre Schultern zuckten und sie spürte die Erschütterungen ihrer Schluchzer in ihren malträtierten Rippen. Der Magier zog sie behutsam in seine Arme und wiegte sie wie ein Kind. Cerys blendete alles aus und vergrub den Kopf an seiner Schulter.

Und zum ersten Mal seit langer Zeit fühlte sie sich wieder geborgen.

Triggerwarnung

Im Kapitel »Unergründliche Seen« verursacht ein Gift bei der dann zentralen Hauptperson einen halluzinativen Zustand, bei dem sie sich selbst tiefe Verletzungen durch Schnitte zufügt. Die Szene umfasst die Seiten 339 bis 342. Die Person überlebt durch Hilfe von Außenstehenden. Falls diese Szene triggernd wirkt, wird empfohlen, die entsprechende Szene zu überspringen. Dem Fortgang der Geschichte kann man auch ohne die entsprechende Szene problemlos weiter folgen.

Danksagung

Ich hätte nie gedacht, einmal eine Danksagung zu schreiben. Es ist noch immer unfassbar, dass ich das Wörtchen »Ende« unter diesen ersten Band getippt habe. Verrückt. Aus meiner Schublade quellen so viele unterschiedliche Entwürfe heraus, aber endlich hat es einer bis ins Bücherregal geschafft. Es hat auch nur zwölf Jahre gedauert. Dieses Buch und mich, uns verbindet eine echte Hassliebe!

Aber da waren immer zwei Menschen, die mich darin bestärkt haben, nicht aufzugeben. Deswegen möchte ich an dieser Stelle meinen Eltern danken, die es mir nicht übelgenommen haben, wenn ich ihren Computer stundenlang blockiert habe, um an meinem neuesten Entwurf weiterzuschreiben, die mir schon früh vorgelesen und so meinen Hunger auf Geschichten geweckt haben. Und die mir immer den Rücken gestärkt haben, wenn ich über meinen getippten Zeilen verzweifelt bin. Ihr seid die Besten!

Ich muss hier vor allem meinem Vater danken, der jede Version dieser Geschichte gelesen und mit mir darüber diskutiert hat. Der sich immer verrückte Geschichten für mich ausgedacht hat, als ich jünger war. Ich glaube, letztendlich ist er schuld daran, dass ich eine eigene Geschichte schreiben wollte.

Besonders möchte ich auch denen danken, die dieses Buch als Erste gelesen haben. Danke Uli, dass du mein Debüt mit deinem kritischen Blick begutachtet und es für gut befunden hast. Danke Sigrid. Deine Anmerkungen am Seitenrand haben mich oft zum Schmunzeln und zum Grübeln gebracht. Ihr beide habt einige wichtige Veränderungen an diesem Werk bewirkt. Danke auch an Liz und Johannes. Eure lobenden Worte haben mich vor Stolz bestimmt zwei Zentimeter wachsen lassen.

Ich möchte mich auch bei meiner Familie und meinen Freunden bedanken, dass sie es immer geduldig ertragen haben, wenn ich wieder über nichts anderes als über die Veröffentlichung geredet habe, und sich trotzdem getraut haben, Fragen zu stellen, auch wenn sie wussten, dass dann ein nicht endender Wörterschwall auf sie niedergehen würde.

Ich danke auch Alex für dieses umwerfende Cover. Ich hatte mir schon tausende Male vorgestellt, wie es aussehen könnte, aber das Ergebnis hat all meine Erwartungen noch übertroffen.

Und ich möchte auch meiner Kartenillustratorin Beee danken. Thank you, Beee, for pulling the world of the Eleven Realms out of my head and into reality. With you, I could discover my world again with different eyes. This map is so beautiful and so rich of lovingly details. I wonder whether the readers will find all the little hints we hid in there.

Ein besonderer Dank gebührt auch Frau Solowij, die meinen Text auf Herz und Nieren geprüft hat, und es mir weitestgehend ausgetrieben hat, Augen aus ihren Höhlen spazieren zu lassen. Ich habe durch sie ein neues Gefühl für Sprache bekommen und konnte mein eigenes Manuskript endlich objektiv wahrnehmen, mit all seinen Stärken und Schwächen.

Danke auch an Frau Steck, die meinem Text die Rechtschreibfehler ausgetrieben und ihn aufpoliert hat. Es ist peinlich, wie viele Fehler auch nach hundertfachem Überarbeiten übrigbleiben. Sie hat mir auch darüber hinaus einige Impulse mitgegeben, durch die einzelne Szenen schöner und runder geworden sind.

Und zu guter Letzt möchte ich auch Dir, lieber Leser, liebe Leserin, danken. Dafür, dass Du meinem Buch eine Chance gegeben und es gelesen hast. Ich hoffe, ich konnte Dich für diese Welt begeistern und Dir ein paar vergnügliche Stunden schenken. Und keine Sorge, für den nächsten Band brauche ich keine zwölf Jahre. Der liegt schon fertig als Datei auf meinem Computer und wartet auf das Layout. Ihr müsst euch also nicht mehr allzu lange gedulden, bis es weitergeht. Ich setze mich unterdessen wieder fleißig an Band 3.